BASTEI
LÜBBE
TASCHENBUCH

B. C. DORNBUSCH

DER RUF DER RACHE

Das erste Buch der Trilogie
DIE SIEBEN MONDE

ROMAN

Aus dem Englischen
von Arno Hoven

BASTEI
LÜBBE
TASCHENBUCH

BASTEI LÜBBE TASCHENBUCH
Band 20856

MIX
Papier aus verantwortungsvollen Quellen
FSC www.fsc.org FSC® C083411

Dieser Titel ist auch als E-Book erschienen

Vollständige Taschenbuchausgabe

Deutsche Erstausgabe

Titel der amerikanischen Originalausgabe:
»Exile. The First Book of the Seven Eyes«
Originalverlag: Night Shade Books, New York

Textredaktion: Dr. Frank Weinreich, Bochum
Kartenillustration: Markus Weber, Guter Punkt GmbH & Co. KG, München
Titelillustration: © Thinkstock/Sara_Tarr
Umschlaggestaltung: Guter Punkt, München
Satz: two-up, Düsseldorf
Gesetzt aus der Caslon
Druck und Verarbeitung: CPI books GmbH, Leck – Germany
Printed in Germany
ISBN 978-3-404-20856-2

1 3 5 7 6 4 2

Sie finden uns im Internet unter www.luebbe.de
Bitte beachten Sie auch: www.lesejury.de

Für meine Mutter

Angst und Schrecken sind unsere einzigen Feinde.
Wir besiegen sie, indem wir sterben.
Brînianisches Sprichwort

KAPITEL EINS

»Er hat ihr die Kehle durchgeschnitten ... seiner eigenen Frau!« Draken vae Khellian konnte den flüsternden Stimmen nicht entfliehen. Seine Handgelenke waren an einen Ring im Schiffsbauch gekettet. Die eisernen Fesseln waren gerade lang genug, dass er den Kübel erreichen konnte, der als Toilette diente, sie hatten sein Arme blutig geschürft. Überall quälten ihn Krämpfe, weil er seit langer Zeit in derselben Haltung saß. Doch die körperlichen Schmerzen waren nichts im Vergleich zu dem unerträglichen Leid, das ihm das Herz zerriss.

»Hat wahrscheinlich gedacht, er würde davonkommen. Weil er der Cousin des Königs ist ...«

Unehelicher Cousin, dachte Draken. Doch Korde wusste, dass das jetzt ohnehin nichts mehr zählte.

»Ich habe gehört, dass er im Krieg ein Kommandant der Bogenschützen war«, sagte ein anderer. *»Hat den Kampf an der Küste geführt.«*

Und war dafür ausgezeichnet worden.

Beinahe drei Sieben-Monde waren verstrichen, seit er in dem nasskalten Gefängnisschiff angekettet worden war, und Draken hatte diese Zeit damit zugebracht, dem Schlagen der Meereswellen gegen die hölzernen Borde zu lauschen, von den Nachwirkungen des Fusels zu zittern und mit dem Versuch, das Geflüster der drei anderen Gefangenen zu ignorieren. Sie griffen ihn mit ihren höhnischen Bemerkungen gar nicht direkt an, aber ihr Gerede war nichtsdestotrotz kaum zu überhören.

Draken hielt den Kopf gesenkt und hatte die Augen zu Schlitzen verengt, während er auf eine Ratte hinabstarrte. Sie schlich sich näher heran, ihre Schnurrhaare zuckten. Wenn sie nah genug herankommen würde, könnte er sie schnappen und so die größte Mahlzeit ergattern, die er seit Wochen gehabt hatte.

»Die Wahrheit? Königliches Blut rettet dich nicht vor dem, was du bist.«

Die letzten Worte waren lauter und von dem jüngsten der Gefangenen ausgesprochen worden: von Sarc, einem hochaufgeschossenen Mann, eigentlich ein halber Junge, den man wegen einer Raub- und Mordserie verurteilt hatte. Die Prügel und noch schlimmeren Demütigungen, die Sarc erlitten hatte, während er auf das Gefängnisschiff wartete, endeten mit Drakens Verhaftung und Verurteilung. Nun war es Draken, der seinen Tribut zu zahlen hatte – Schmerz und Erniedrigungen, nicht nur für den Mord an Lesle, sondern auch wegen des doppelten Ärgernisses, dass sowohl königliches als auch brînianisches Blut durch seine Adern strömte. Niemand mochte einen Mischling.

Mögen die Götter mich bewahren! Die anderen Gefangenen wussten zum Glück nicht, dass seine Frau ausgeweidet worden war und man sie wie ein Tier hatte ausbluten lassen – genau so, wie es akrasianische Magier für ihre schwarzen Zaubersprüche taten. Wenn seine Mitgefangenen ihn auch noch der Magie verdächtigt hätten, wäre er längst tot.

»Land!« Füße klatschten über das Deck, Seile knallten, und die Takelage über ihnen knarrte. »Land in Sicht, Kapitänin! Land!«

Draken hob den Kopf.

»Mein Fernrohr.« Das war die Stimme der Kapitänin, forsch und klar.

Fußschritte trippelten über ihren Köpfen. Die Ratte huschte fort.

Niemand im Bauch des Schiffes blickte dem anderen in die Augen, als sich oben die Luke öffnete, sodass eine Ahnung kühler Meeresluft hereingelassen wurde und den Männern in der Bilge die Aussicht auf ein Rechteck aus blauem Himmel gestattet war. Die Kapitänin besudelte ihre polierten Stiefel nicht damit, zu ihnen hinunterzusteigen. Sie ließ noch nicht einmal ihr Gesicht sehen, als sie nach unten rief: »Noch ein halber Tag bis Akrasia, ihr Hunde!«

Draken lehnte den Kopf zurück und legte die blutenden Handgelenke in den Schoß. Er starrte auf den Fleck Sonnenlicht, der grell durch die offene Luke schien, und atmete Luft ein, die angefüllt war vom Geruch stinkender Männer, des Meersalzes, verfaulter Fische und der Ausscheidungen menschlicher Körper.

Akrasia.
Der Arsch der Welt.

Die Gefangenen versammelten sich an Deck, wo sie feststellten, dass das Schiff in einer ruhigen Bucht vor Anker lag. Frische Meeresbrisen drangen schneidend durch die Gefangenenkleidung: schlaff herabhängende Tuniken, schlecht passende Kniehosen und, anstelle von Stiefeln, um die Füße gewickelte Lumpen. Ihre Hände hatte man mit den Siegeln ihrer jeweiligen Verbrechen gebrandmarkt. Sie waren bereits vor so langer Zeit verurteilt worden, dass sie hatten zuschauen können, wie ihre Brandwunden Blasen warfen und sich immer wieder entzündeten, während sie mehr schlecht als recht verheilten.

Draken, der vor Hunger hohlwangig war, stellte sich schlotternd neben die anderen. Ohne Ketten fühlten sich seine Arme leicht und locker an, aber die Schnittwunden an seinen Handgelenken brannten in der salzhaltigen Luft. Die Sonne wärmte seinen Rücken, während ihr grelles Licht vom Deck reflektiert wurde.

Die in ihre Blutstein-Uniform gekleidete Kapitänin starrte sie streng an, ganz wie es ihrer Position zukam. Einst hatte Draken im Rang über ihr gestanden. Und selbst als er die Kriegsflotte verlassen und sich der geheimnisvollen Schwarze Garde angeschlossen hatte, waren sie beide weiterhin gute Bekannte geblieben, die häufig dieselben Tanzabende besucht und gelegentlich auch an denselben Gefechten teilgenommen hatten. Sie machte einen Schritt auf ihn zu; und die Finger um ihren Schwertgriff wurden weiß vor Anspannung.

»Es ist mir ein Vergnügen, auf Befehl der monoeanischen Krone das Urteil der Verbannung an euch zu vollstrecken, das wegen eurer Verbrechen gegen unser Volk gefällt wurde.«

Über ihren Köpfen schaukelte das Ruderboot immer noch an seinen Tauen.

»Ihr wollt doch wohl nicht sagen, dass wir schwimmen sollen?«, zischte Sarc.

Die Schiffsbesatzung wiederholte Sarcs Worte in einem höhnischen, winselnden Tonfall und brach dann in Gelächter aus. Der junge Mann blickte mit finsterem Gesicht aufs Meer. Er zitterte. Die anderen drei Gefangenen scharrten mit den Füßen. Streng genommen hatte das Schiff die Gefangenen tatsächlich schon nach Akrasia gebracht: Sie befanden sich innerhalb der Gewässer dieses Landes. Aber die Gefangenen zum Schwimmen zu zwingen, das bedeutete, den monoeanischen Brauch, die Götter über das Schicksal der Verbannten entscheiden zu lassen, auf das Äußerste zu erproben.

»Wir müssen das Raureif-Meer in zwei Sieben-Monden patrouillieren. Ich habe nicht die Zeit, euch zur Küste zu befördern«, sagte die Kapitänin. Ihr Blick und der von Draken verfingen sich ineinander. Ihre Lippen kräuselten sich zu einem höhnischen Grinsen, als sie zur Reling zeigte. »Offiziere zuerst, Kommandant.«

Draken schritt auf die Reling zu und schaute noch mal zu ihr zurück.

Sie wölbte eine Augenbraue. »Vielleicht findest du ja dort deinen brînianischen Vater, was, Draken?«

Er reagierte nicht auf die höhnische Bemerkung. Sklavenkinder und uneheliche Nachkommen lernten frühzeitig, Beleidigungen und Zurücksetzungen nicht zu beachten. Stattdessen konzentrierte er sich auf seine Umgebung. In Anbetracht der Zeit, die sie auf dem Meer zugebracht hatten, der Sonnenstellung am Himmel und der Topografie der Küste vermutete Draken, dass sie in der Nähe der Bucht von Khein waren. Während seines Dienstes bei der Schwarzen Garde hatte er viele brînianische Soldaten verhört. Ihre Aussagen und die taktischen Instruktionen, in die er eingeweiht gewesen war, legten nahe, dass die akrasianische Krone eine ansehnliche Festung bei Khein unterhielt – als Puffer zwischen der küstennahen Wildnis und der Hauptstadt Auwaer. Doch wer wusste schon, ob diese Informationen fehlerfrei waren? Oder wo genau er hier tatsächlich ausgesetzt wurde. Draken fragte sich, ob der Mörder seiner Frau via Khein zurückgereist war – durch eben diese Bucht hier – oder ob er überhaupt nach Akrasia zurückgekommen war.

Die Kapitänin zog ihr Schwert. »Du solltest jetzt besser springen, Kommandant, bevor ich dich aufschlitze und den Erringen überlasse. Schwimmen zu dürfen ist mehr, als ein Mörder wie du es verdient.«

Ihre Meinung über ihn war von geringer Bedeutung. Von absolut keiner ab jetzt. Er drehte sich der Reling zu, hob seine Hände über den Kopf und schnellte in einem hohen Bogen durch die Luft, sodass er mit einem Hechtsprung ins Wasser tauchte. Das Meer schloss sich wie flüssiger Stein um ihn und trieb ihm die Luft aus dem Brustkorb.

Wann immer er seine Augen schloss, sah er seine Frau, und diesmal war es nicht anders: wie sie in der Küche an ihren Handgelenken von einem Haken für Wildbret herabhing – ihr schlaffes Gesicht unberührt, das blonde Haar in Locken den Rücken hinunterfallend war sie immer noch wunderschön trotz der klaffenden Schnittwunde, die das leere ausgeweidete Körperinnere enthüllte und die von ihrem zierlichen Hals bis hinunter zu ihrer Weiblichkeit verlief. So die Götter es wollten, gingen Erringe in dieser kleinen Bucht auf Jagd und würden ihn in Stücke reißen – und so das Leiden beenden, das ihn jeden Augenblick, in dem Draken wach war, von innen auffraß und selbst seine unruhigen Träume heimsuchte.

Er sank nur ein wenig nach unten; seine Beine bewegten sich langsam in der Strömung. Ohne Luft brannten seine Lungen, doch das Wasser linderte die körperlichen wie die seelischen Schmerzen. Die See hatte dies stets vermocht, und auch Lesle hatte den Ozean geliebt. Aber sie konnte sicherlich nicht in Ma'Vannis Wasserparadies friedlich ruhen, während ihr Mörder frei herumlief. Abermals fragte er sich, ob ihr Mörder jetzt die akrasianischen Lande durchstreifte und seine Magie mit Lesles Innereien und ihrem Blut wirkte.

Der Gedanke entfachte einen Ausbruch von Hass, der seine Trauer vorübergehend ersetzte. Draken öffnete die Augen und starrte hoch zum Spiel der Sonnenstrahlen auf dem Meer über seinem Kopf. Vielleicht konnte er ihren Mörder finden und die magischen Praktiken unterbinden. Vielleicht vermochte er wenigstens

Lesle Frieden zu bringen. Nicht zum ersten Mal kamen ihm diese Gedanken in den Sinn, aber dies war das erste Mal, dass eine Möglichkeit zu bestehen schien, sie umzusetzen.

Seine Arme begannen, sich zu bewegen, und er trat mit den Beinen aus. Glücklicherweise hatte die Kriegsflotte seines königlichen Cousins ihn das Schwimmen gelehrt.

Als er sich schließlich aus dem Wasser befreien konnte, brach er in einem Haufen von Seegrasgewächsen zusammen. Beim Schwimmen hatten sich die Lumpen abgewickelt, die um seine Füße gebunden waren. Rücken und Beine zitterten vor Erschöpfung. Er hörte das leise Tröpfeln von jemandem, der gerade das Wasser verließ, und versuchte aufzuspringen. Doch die Warnung kam zu spät. Sarc sprang von hinten auf ihn, und Fäuste hämmerten auf Drakens schmerzenden Rücken ein.

Ein wuchtiger Schlag ließ in seinem Schädel Glocken klingeln.

»Das war wegen dir!«, rief Sarc. »Wenn sie dich nicht so hassen würde, hätte sie uns nicht zum Schwimmen gezwungen, du brînianischer Halbblut-Bastard!«

Ächzend schüttelte Draken den kleineren Mann von sich ab und drehte sich herum, nur um sogleich einen weiteren Hieb Sarcs einstecken zu müssen, dessen Faust in seinen Unterleib fuhr. Draken bemerkte, dass sie alleine waren; die anderen beiden der Verbannung unterworfenen Gefangenen hatten es anscheinend nicht geschafft, das Land zu erreichen.

Die monoeanische Kriegsflotte hatte Draken im Kampf ausgebildet, mit der Faust und dem Messer sowie mit Pfeil und Bogen. Und als er in den Rängen des Militärs aufgestiegen war, hatte man ihm die Sondermission anvertraut, nach dem Zehnjährigen Krieg mit der Schwarzen Garde der Krone die Reste der brînianischen Armee zu verfolgen. »Aufwischen« nannte sein königlicher Cousin das. In Wahrheit hatte Draken die letzten paar Jahre damit zugebracht, mehr Schriftrollen als Fäuste zu schwingen, doch sein Körper erinnerte sich an das, was er jetzt tun musste.

Draken raste in Sarc hinein. Der Halbstarke schlug wild um sich, aber Draken stieß seine Arme zur Seite und schlug ihm die Faust ins Gesicht. Sarc kämpfte und versuchte, sich selbst zu schützen.

Doch Draken rang ihn zu Boden, fixierte seine Arme und presste Sarc auf den felsigen Untergrund des Ufers.

»Folge mir nicht, oder ich werde dich töten«, warnte Draken. »Zweifelst du an meinen Worten?«

Sarc blickte ihn starr an. Er atmete schwer, stank nach dem Meer und verfaulten Zähnen. Schließlich schüttelte er den Kopf.

Draken schlug ihn erneut, spürte, wie die Kiefer des jungen Mannes aufeinanderknallten. Er holte zu einem dritten Faustschlag aus, aber die Augen Sarcs verdrehten sich, das Weiße kam zum Vorschein, und sein Körper wurde schlaff.

Draken starrte auf den übel riechenden, jugendlichen Kriminellen hinunter, und Zorn toste durch seine Adern. Das hier war anders als das Töten im Krieg oder das Aufstöbern von versteckten Feinden. Er wollte Sarc abermals schlagen, es verlangte ihn danach, nasses Blut zwischen seinen Fingern zu fühlen. Er wollte einen Mann, irgendeinen Mann, für das Verbrechen an seiner Frau, für seine Verurteilung und Verbannung bezahlen lassen.

Doch Sarc war nicht dieser Mann.

Draken schluckte schwer und ließ die Hand an seiner Seite herunterfallen. Es genügte. Sarc würde ihm nicht folgen.

Als er fortging und zwischen die Bäume trat, die den Felsenstrand säumten, richtete Draken den Blick himmelwärts, doch keiner der Monde verweilte an diesem Morgen. Nicht eines der Sieben Augen hatte sein Vergehen mit angesehen: den Angriff eines ausgebildeten Soldaten auf einen Zivilisten. Dennoch würde er in der Nacht ein Gebet der Wiedergutmachung sprechen und im Gegenzug ein gutes Werk für irgendjemanden tun, um sich nicht den Weg zu einem Ort zu verbauen, wo er wieder in der Huld der Götter stand. Falls solch ein Ort überhaupt noch für ihn existierte – und falls irgendein Akrasianer von einem verbannten Halbblut-Feind eine Gefälligkeit annehmen würde.

Es war zweifelhaft, ob die Dickichte am Ufer sinnbildlich waren für den Empfang, den er erwarten konnte. Sie griffen in Drakens Lumpen, als ob dieser Wald nicht wollte, dass er ihn durchquerte. Dornengestrüpp stach in seine nackten Füße. Er schleppte sich weiter voran, suchte sich einen Weg durch den Wald und versuchte das fremdartige Blattwerk mit seinen Blicken zu durchdringen, bis er über eine Wurzel stolperte. Verblüfft fiel er auf Hände und Knie. Seine Augen wanderten den Baum hoch, in dessen Wurzel er sich verfangen hatte. Der Stamm war für ungefähr drei Armspannen lang glatt – bis zu einer Stelle, wo gigantische Blätter austrieben. Sie waren so groß wie Segel und schützten ihn vor der Sonne. Graue Schlingpflanzen schlängelten sich den Stamm hoch. Er streckte die Hand aus, ergriff eine der Kletterpflanzen und drückte zu. Sie blutete geschmolzenes Silber, das seine Fingerspitzen besudelte. Er hatte von so etwas gehört, es jedoch für Fantasien seiner akrasianischen und brînianischen Gefangenen gehalten.

Jetzt fragte er sich, welche anderen vermeintlichen Lügen Wahrheiten sein mochten und welche Wahrheiten in Wirklichkeit Lügen waren. Dabei hatte er immer geglaubt, er verfüge über ein mehr als ordentliches Verständnis von der Politik und Kultur der akrasianischen Nation, und zwar aufgrund eines beruflichen Werdegangs, der ganz dem Studium und der Bekämpfung akrasianischer Soldaten gewidmet war. Das Königreich von Akrasia hatte einst ungefähr zwei Drittel des kleinen Kontinents umfasst: Wälder und Ackerböden und wenig bedeutende Handelsstädte, während das Fürstentum Brîn über das wirtschaftlich ergiebigere Drittel herrschte. Es verfügte über eine Vielzahl mondgeschmiedeter Minen und den einzigen Seehafen, der ganzjährig genutzt werden konnte. Über diesen Hafen hatte Brîn einst einen lebhaften Handel mit vielen Königreichen getrieben, sogar mit Monoea. Aber noch bevor Draken geboren worden war, hatte der akrasianische König Brîn schließlich erobert, nachdem dies Generationen vor ihm vergeblich versucht hatten. Ungefähr zu der Zeit, als Draken alt genug war, um der Kriegsflotte beizutreten, hatte derselbe akrasianische König eine Armee ausgeschickt, die sich aus brutalen brînianischen Soldaten zusammensetzte und den Auftrag hatte, Monoea zu erobern. Falls sie erfolgreich gewesen wären, hätte Brîn mit dem Raubgut seine Freiheit zurückkaufen und Akrasias Knute entfliehen können. Dieses Vorhaben misslang jedoch. Es hatte ziemlich lange gedauert, doch am Ende waren die Akrasianer und ihre brînianische Armee zurückgeschlagen worden.

Draken erinnerte sich noch an die »Nacht der Unterwerfung«, an die Festlichkeiten und die Freude darüber, dass der Zehnjährige Krieg vorüber war. Kurze Zeit später hatte sein königlicher Cousin ihn mit Auszeichnungen für seine Tapferkeit überhäuft. Doch die besten Belohnungen hatten noch kommen sollen.

»Ich überlasse die Überreste des Krieges deinen erfahrenen Händen, Draken, weil ich weiß, dass ich dir vertrauen kann«, hatte der König gesagt, als er Draken auf die Füße hochgezogen hatte. Draken, der als Sklave geboren und dann zu einem der ranghöchsten Offiziere der Schwarzen Garde emporgestiegen war, hatte um Lesles Hand anhalten und sie sich sichern können, weil er das Vertrauen seines Königs genoss.

Versunken in Erinnerungen, legte Draken unter einem von schillernden Schuppen bedeckten Baum eine Pause ein. Er berührte mit der Hand den kühlen, weichen Stamm, zuckte jedoch zurück, als der Baum unter seiner Hand erzitterte. Zögerlich versuchte er es erneut und *sah* dieses Mal, wie sich der Baum schüttelte; auch hörte er, dass über seinem Kopf die Zweige raschelten. Goldene Früchte hingen schwer inmitten dünner grauer Blätter, aber keine von ihnen war heruntergefallen; er verspürte auch nicht den Wunsch, einen Baum hochzuklettern, der in der Lage war, ihn abzuschütteln. Was für eine Art von Zauberei war das hier? Er wich zurück. An anderen Stämmen wucherten Ranken und Moos, aber dieser Baum war frei von solchen Verzierungen. Eine kleine Lichtung umgab ihn, als ob sogar das Unterholz es nicht wagte, sich diesem Fürsten des Waldes zu nähern.

Draken rappelte sich hoch und setzte seinen Weg fort. Einmal hörte er dicht hinter sich ein Rascheln und blieb stehen, blickte hinter sich. Er starrte auf Blätter in mannigfaltigen grünen Farbschattierungen und lauschte eine ganze Weile. Seine Stirn legte sich in Falten. Ein Tier würde nicht verstummen, nur weil er dies tat. Vorsichtig schritt er zurück und stocherte im Dickicht herum, fand aber nichts.

Der Tag wurde immer wärmer. Die Hitze und der Flüssigkeitsmangel machten sich bemerkbar. An Bord des Schiffes hatte er wenigstens regelmäßig Wasser bekommen. Auch der Hunger nagte in seinem Magen. Die Entbehrungen begannen, ein Druckgefühl in seinem Kopf zu erzeugen, das sich immer weiter in sein Bewusstsein drängte – neben die Erinnerungen an Lesle, an ihr Lachen, an die Empfindung ihrer Haut unter seiner Hand … Er schob sie alle beiseite. Seine brennenden, mit Wunden übersäten Füße und schmerzenden Knie verlangsamten sein Schritttempo, doch er schleppte sich verbissen weiter, während der Tag verging.

Unter dem Licht zweier Monde, die über einer Lücke im Blattwerk schwebten, stieß er in der Nacht auf eine Straße aus Kopfsteinpflaster. Anhand der Stellungen beider Monde versuchte er abzuschätzen, welcher Monatstag heute war, gab das jedoch bald wieder auf. Von den Sieben Augen waren drei von gleicher Größe. Der Mond mit dem schwarzen Fleck war Elna, der andere mochte Korde oder Shaim sein. Er konnte es nicht mit Gewissheit sagen, denn hier nahmen sie andere Positionen am Himmel ein als in Monoea.

Vor ihm verlief die Binnenlandstraße geradeaus weiter, bis sie sich in der Dunkelheit des Waldgebietes verlor. Hinter ihm machte sie eine Biegung – zurück in Richtung des Meers – und verschwand dann aus seinem Blickfeld. Der Weg weiter ins Inland würde ihn zur Zivilisation führen, vielleicht zu Lebensmitteln, bestimmt zu Menschen und Gefahren. Er nahm die Route geradeaus.

Als er zu einem Haus kam, blieb er stehen. Ein Pferd döste in einem kleinen Viehpferch, ein abseits gelegenes Gebäude sah wie ein Hühnerstall aus. Die Wände der Behausung bestanden aus behauenen Baumstämmen, Fensterläden hielten die Nacht fern, und das Dach war flach. In seiner Heimatstadt in Monoea herrschten frostige Winter. Ein flaches Dach würde dort unter der Last des Schnees zusammenbrechen. Akrasia – oder auch nur diese Region – sah anscheinend nicht viel Schnee.

Einen kurzen Moment lang zog er in Betracht, das Pferd zu stehlen, überlegte es sich jedoch anders, als er daran dachte, dass solch ein Verlust eine arme Familie zugrunde richten mochte. Eier allerdings konnte sie gewiss erübrigen. Er stieg über die Einzäunung und kroch zwischen den wenigen Hennen umher, bis sich seine Finger um ein warmes Ei schlossen. Er knackte die Schale an seinen Zähnen auf, und der schleimige Dotter ergoss sich seine Kehle hinunter; bald darauf fand er zwei weitere Eier. So roh schmeckten sie nicht, doch sie nahmen dem Hunger seine schneidende Schärfe. Danach ging er weiter; und die glatten, runden Pflastersteine hatten eine beinahe schmerzlindernde Wirkung auf die misshandelten Füße, solange er darauf achtete, dass er sich nicht versehentlich einen Zeh an den Wölbungen stieß. Erneut vernahm er eine Bewegung im Dickicht, und zwar nahe der Straße, dann eine weitere direkt voraus. Er hielt allerdings nicht an, da er davon ausging, dass es Tiere sein mussten.

Eine Ansammlung von Bauwerken nahm in der Dunkelheit vor ihm Gestalt an. Eine Siedlung. Dorthin zu gehen wäre ein Ausdruck von Todessehnsucht. Dennoch trugen ihn seine Füße weiterhin auf die steinernen Gebäude zu, deren Fensterläden alle dicht verschlossen waren. Sein Blick fiel auf Buchstaben, die in einen Sturzbalken geätzt waren. Er konnte recht passabel Akrasianisch sprechen, allerdings nicht lesen.

Aus einem niedrigen offenen Stall hörte er friedliche Tiergeräusche. Links von dem Stall befanden sich zwei dunkle Wirtshäuser – was gäbe er nicht für einen Schluck kalten Wein! – und eine von einer Pforte verschlossene Schmiede. Die restlichen Gebäude schienen Wohnhäuser zu sein – einem Dorf in Monoea gar nicht so unähnlich. Er dachte an Menschen, die in warmen Betten schliefen, und atmete langsam die saubere, feuchte Luft ein, deren Geruch einen Beigeschmack von Holzrauch, Salzwasser und seinem eigenen Schweiß hatte. Er fragte sich, ob dies die Ortschaft Khein war und warum hier weder schützende Mauern standen noch irgendjemand Wache hielt. Vielleicht war die Garnison weiter weg, irgendwo im Wald oder entlang dieser Straße.

Am anderen Ende des Dorfes wand sich der Weg um einen Brunnen. Er joggte dorthin und kurbelte den Eimer hoch. Das Seil quietschte, doch niemand entzündete ein Licht, um nachzuschauen, wer sich hier herumtrieb. Draken trank gierig und spritzte sich das Gesicht nass; dabei wünschte er sich, er besäße einen Trinkschlauch, um Wasser mitnehmen zu können.

Als er ein zweites Mal trank, hörte er das rasche Klappern von

Hufen auf Kopfsteinpflaster. Er atmete tief ein, um sein stotternd schlagendes Herz zu beruhigen. Er überlegte, sich zu verstecken, doch die Hufgeräusche kamen zu schnell näher. Und im Grunde genommen hatte er nichts Schlimmeres getan, als ein wenig Wasser zu nehmen. In Monoea waren Brunnen für jedermann frei zugänglich. Als er sich umdrehte und den Neuankömmlingen entgegensah, hielt er immer noch die Schöpfkelle in der Hand.

Der dritte aufgegangene Mond beleuchtete sie recht gut: zwei Schlachtrösser, die mit einem Klappern beschlagener Hufe auf steinigem Untergrund sowie einem Rauschen ihrer ruhelosen Schwänze anhielten. Die Reiter waren durch die schwarzen eintätowierten Linien, die um ihre Augen verliefen, als reinblütige Akrasianer gekennzeichnet und starrten förmlich vor Waffen. Messer waren an ihren Gürteln und Schwerter an ihren Sätteln befestigt, Bögen hingen auf ihren Rücken. Sie trugen grüne Wappenröcke, die mit den Sieben-Monden von Akrasia gemustert waren; der eine davon wies drei Streifen auf, der andere hatte keinen.

Draken durchforstete sein Gedächtnis nach den akrasianischen Dienstgraden der Soldaten. Ein Wappenrock ohne Streifen bedeutete, dass man es mit einem berittenen Bogenschützen oder Klingenmann zu tun hatte: In der akrasianischen Sprache wurden diese Soldaten *Servii* genannt. Streifen kennzeichneten Offiziere. Drei davon, das war besser als Pferde-Marschall, soweit er wusste.

Fischschuppenpanzer gingen ihnen bis zu den Hüften und schützten auch die Oberarme: kostspieliges Zeug, das zu Hause in Monoea lediglich der Königsgarde zuteilwurde. Gesteppte Lederschienen umkleideten ihre Unterarme, im gleichen Stil wie die Stiefel gehalten. Entweder irrte sich Draken in Bezug auf die Abzeichen, oder die akrasianische Krone verfügte über erhebliche Geldmengen, wenn sie selbst für ihre rangniedrigsten Soldaten so viel auszugeben vermochte. Auf dem Pferd, das den Servii trug, befand sich ein längliches Bündel, das man hinten an seinen Sattel festgebunden hatte und zu groß war, um bloß zusammengerolltes Bettzeug zu sein.

Der Servii fixierte Draken mit dem bedächtigen, starren Blick eines Soldaten, der wusste, was er vorhatte. Wenn man voraussetzte, dass er unter seiner Rüstung keine ungewöhnlich dicke Polsterung trug, hatte er Oberschenkel so stämmig wie Zaunpfähle. Der dreifach gestreifte Marschall, der ein überlegen wirkendes Halblächeln zeigte und dessen langes schwarzes Haar hinten von einem weißen Reif aus Mondgeschmiedetem zusammengehalten wurde, hob sein Kinn hoch und fragte auf Akrasianisch: »Was machst du so weit weg von zu Hause, Pirat?«

Wenn sie nur wüssten, wie weit entfernt von seinem Zuhause er wirklich war. Und Pirat – ja, wahrhaftig. Sie hielten ihn für einen Brînianer, zweifellos angesichts der dunklen Hautfarbe, die er von seinem brînianischen Vater geerbt hatte. Die Zeit, die er damit zugebracht hatte, für die monoeanische Krone Akrasianer und Brînianer zu verfolgen, hatte ihn gelehrt, dass die meisten brînianischen Krieger nicht viel von der Sprache ihrer Eroberer kannten; denn sie erachteten es als eine Frage des Stolzes, sich zu weigern, das Akrasianische zu erlernen. Und sicherlich sollte er es jetzt mit seinem monoeanischen Akzent nicht sprechen. Er hob seine Arme zu einer, wie er hoffte, entwaffnenden Geste und erwiderte auf Brînianisch: »Hier gibt's keine Probleme. Ich ziehe einfach durch.«

Die zwei unterhielten sich murmelnd miteinander und starrten zornig auf ihn herab. Der größere Soldat drängte sein Reittier nach vorn. Draken vernahm das unverwechselbare Zischeln eines Schwertes, das an Leder vorbeistrich.

Der Tod verweilt im Zögern. Drakens Vater hatte ihn das gelehrt – frühzeitig in seinem Leben und sorgfältig eingebläut mit dem Lederriemen. Ohne weiter nachzudenken, warf er die Schöpfkelle nach den beiden, rannte um den Brunnen herum und raste in die Deckung des Waldes. Sogleich hörte er die Geräusche von Verfolgern, die ihm hart auf den Fersen waren. Die Soldaten spien Flüche aus, als sie ihr Tempo verlangsamen mussten, um einen Weg durch die eng nebeneinanderstehenden Bäume zu finden. Draken schaute nicht zurück. Er rannte einfach weiter.

Seine nackten Füße protestierten; Zweige und kleines Gestein bohrten sich in Zehen und Sohlen. Doch das zusammengepresste Erdreich bildete eine verlässliche Oberfläche. Sämtliche Äste waren zu hoch, um sie zu erreichen, und das Gestrüpp war zu licht, um sich darin zu verstecken. Da er in einem strammen Tempo durch den Wald rannte, hatte er keinerlei Vorwarnung, als plötzlich der Boden unter einigen wächsernen Kriechpflanzen nachgab. Er stolperte kopfüber in eine tiefe Rinne. Der Aufprall trieb ihm die Luft aus den Lungen.

Brachiale Schlaggeräusche hinter ihm. Die Akrasianer riefen sich gegenseitig kurze Richtungsangaben zu.

Sein Herz pochte im Gleichklang mit den stampfenden Hufen, während Draken in größter Hast an Ranken und Blättern riss, um sich unter ihnen zu verstecken. Eine Reihe von Büschen verbarg das Loch zwischen einem dichten Gewirr überirdisch verlaufender Wurzeln. Wenn die Soldaten vorbeiritten, ohne nach unten zu blicken oder ins Loch zu stürzen, hatte er eine Chance.

Ich bin der Erdboden, dachte er und presste sich flach in die Rinne.

Bevor er blinzeln konnte – bevor die Angst ihn wieder Atem schöpfen ließ –, stieg ein Streitross über seinem Kopf in die Höhe; sein großer Unterleib sperrte das Mondlicht aus. Das Pferd übersprang mühelos die Rinne, während das andere vorbeidonnerte. Draken schreckte zurück, aber das Geräusch der Hufe verklang allmählich.

Zu guter Letzt verstummte alles, mit Ausnahme des Blattwerks, das sich in einem leichten Windhauch bewegte. Drakens Muskeln zitterten immer noch von der Anstrengung, zu der er so abrupt gezwungen worden war; und er benötigte einen Moment, um Atem zu schöpfen, bevor er sich herumdrehen und überprüfen konnte, ob er Verletzungen erlitten hatte. Die kleine, helle Mondgottheit Zozia war mit ihren Brüdern und ihrer Schwester aufgegangen, die zusammen genug Licht ausstrahlten, um die langen Stalaktiten aus grauem Moos zum Vorschein zu bringen, die hoch oben von den Ästen herabhingen. Die Bäume waren mit ihnen drapiert wie mit verstaubten Sohalia-Bändern.

Draken brachte seinen Dank an Zozia zum Ausdruck, weil sie ihn beschützt hatte, und wartete darauf, dass sich seine Atmung normalisierte. Erst dann kämpfte er sich wieder auf die Beine. Einen Augenblick lang stand er nur da und schaute in die stille Dunkelheit hinein. Keine Geräusche oder Bewegungen waren ringsumher zu vernehmen. Er sank rücklings auf eine Wurzel hinab und rieb sich die Augen mit einer seiner schmutzigen Hände.

Der Hunger drängte ihn, zu der Ortschaft zurückzugehen, um etwas Essbares zu finden, das er stehlen konnte. Aber wenn er derjenige gewesen wäre, der ihn verfolgte, würde er das Dorf bald unter die Lupe nehmen. Und falls es sich bei dieser Siedlung um Khein handelte, dann bedeutete dies, dass es dort Soldaten gab, und zwar eine ganze Menge. Die Straße würde seine Reise erleichtern, doch vielleicht war es besser, Menschen im Augenblick zu meiden – zumindest in der Nacht.

»Ich habe doch nur etwas Wasser genommen, sonst nichts«, murmelte er. Und außerdem hatte er nicht einmal genug getrunken. Ohne etwas zu essen und zu trinken konnte er nicht längere Zeit ein angemessenes Schritttempo beibehalten. Er schaute hinab auf seine zerrissene, verschmutzte Kleidung und die hässlichen Brandmale auf seinen Händen, die ihn als Verbrecher kennzeichneten. Wenn er das nächste Mal die Gelegenheit dazu hatte, würde er Lebensmittel und bessere Kleidungsstücke stehlen müssen. Jetzt bedauerte er, das Pferd in seiner Koppel zurückgelassen zu haben.

Draken seufzte und kletterte aus der Rinne. Stehlen. Und er hatte Sarc bewusstlos geschlagen. Veränderte sich sein Wesen so leicht, nur weil die Umstände seiner Existenz sich wandelten? Diese Verbannung hatte ihn bereits dazu gebracht, verbrecherische Handlungen nicht nur in Erwägung zu ziehen, sondern tatsächlich zu begehen.

Stunden später bewegte sich ein Stück weit voraus ein Licht auf dem Boden, als ob es lebendig wäre: Feuer. Er schlich darauf zu. Als er nahe genug war, erkannte Draken die Soldaten, denen er entschlüpft war. Bei dem Duft bratenden Fleisches drehte sich ihm der Magen vor Hunger um. Eines ihrer Pferde hob den Kopf und schnupperte in seine Richtung, aber die Männer achteten nicht darauf.

Die beiden saßen in der Nähe des Feuers und spielten »Khels

Steine« mit weiß glitzernden Spielsteinen: ein mondgeschmiedetes Set. Sehr kostspielig. Die mondgeschmiedeten Gegenstände waren gegeneinander aufgestellt, zusammen mit einem behelfsmäßigen Spielbrett, das auf dem nackten Erdboden ausgelegt war; Zweige markierten die sich ständig ändernden Territorien. Der Marschall stand kurz davor, zu gewinnen, und fegte mit seinen Steinen über das Spielfeld hinweg.

Dann sagte der Marschall etwas zum anderen Soldaten, das zu leise war, um es zu verstehen, und bewegte sein Kinn, um damit auf irgendetwas hinzuweisen. Der Servii kicherte, gab eine Erwiderung und stand auf, während der Marschall die Spielsteine aufhob.

Der Soldat ging hinüber zu einem Bündel, das auf dem Boden lag. Er kniete sich daneben hin und zog die Stricke fester. »Ha«, sagte er und grinste seinen Herrn an. »Die hier wird sich nicht wie die Letzte von den Stricken freizappeln. Sie wird einen angemessenen Preis bringen; ganz bestimmt.«

»Falls sie denn noch irgendwas wert ist, nachdem ich damit fertig geworden bin, sie zu verhören.«

»Wir könnten es hier machen.«

»Nein. Lass sie schwitzen.«

Draken hörte ein Wimmern aus dem Bündel, und seine trockenen Lippen pressten sich vor Zorn zusammen angesichts dieser barbarischen Scherze. Das Bündel war zu klein für einen Erwachsenen und zweifellos für einen akrasianischen Sklavenmarkt bestimmt. Doch über was würden sie ein Kind befragen wollen?

Er stand einen Moment lang da: hin und her gerissen zwischen der Notwendigkeit, den beiden Soldaten aus dem Weg zu gehen, und seinem Mitgefühl für das gefangene Kind. Und dann tat der Servii etwas, das die Angelegenheit entschied. Als das Kind heftig zuckte, versetzte er ihm einen scheußlichen Tritt. Der gedämpfte Aufschrei reizte Drakens ohnehin angeschlagenes Nervenkostüm und drängte ihn dazu, hinüberzurennen und das hilflose Wesen zu verteidigen. Aber die Stimme der Erfahrung meldete sich ebenfalls und riet zur Vorsicht.

Scheiß drauf, dachte er.

Von den Göttern verdammte akrasianische Sklavenhändler!

Wenn es jemand verdiente, bestohlen zu werden, dann waren es diese beiden. Er war niemals absichtlich grausam gewesen, hatte selbst nicht ein einziges Mal einen gefesselten, wehrlosen Gefangenen getreten, auch wenn es der Versuchungen dazu reichlich gegeben hatte. Und auch ihm war dergleichen nicht zugestoßen. Auch nicht während der Zeit, die er in Gefangenschaft vor und nach seiner Verurteilung zugebracht hatte, war Draken von seinen Wächtern Leid angetan worden – und das, obwohl sein königlicher Cousin ihm alle nur mögliche Verachtung entgegengebracht hatte. Das monoeanische Gesetz erkannte für Recht, dass die Götter allein das Schicksal eines Menschen bestimmen durften, selbst das eines Bastard-Sklaven, der zum Mörder geworden war. Nur die Kapitänin des Schiffs hatte es gewagt, den Geist dieses Gesetzes auf die Probe zu stellen.

Draken schaute hinauf zur hellen Zozia, der winzigsten und weisesten Gottheit der Sieben Augen, der Göttin der Kinder und der Schwachen. Er fühlte, dass sie ihn ebenfalls beobachtete. Sie hatte ihn beschützt – als die Soldaten ihn gejagt hatten, als Sarc ihn angegriffen hatte, als er zu schwach gewesen war, um sich selbst zu schützen. Selbst die Große Mutter, Ma'Vanni, hatte Korde, dem Gott des Todes, nicht gestattet, ihn in ein nasses Grab zu zerren, als er es beinahe vorgezogen hätte, sich auf den Meeresgrund sinken zu lassen, statt sein Leben zu retten. Er verdankte den Göttern Leben, Freiheit und seinen Willen. Im Gegenzug dafür würde er dieses kleine Leben vor den zwei Soldaten schützen. Draken machte sich daran, die beiden genau zu studieren. Die Jahre, die er in der Schwarzen Garde seines Cousins damit zugebracht hatte, Jagd auf die letzten untergetauchten brînianischen Eindringlinge zu machen, hatten ihn mit dem vertraut gemacht, was nun zu tun war.

Schon bald würde einer von den beiden sich zur Ruhe betten – und dann konnte Draken in Aktion treten.

KAPITEL ZWEI

Schließlich legte der Marschall seinen Gürtel neben sich, allerdings so, dass er Schwert und Dolch leicht erreichen konnte. Er wickelte sich in seinen Umhang und schloss auf der Stelle die von den schwarzen Linien umrandeten Augen. Der Servii lehnte unterdessen mit überkreuzten Beinen an einem Baum. Die Bewegungen seines Kopfes verrieten Draken jedoch, dass der Soldat immer noch wachsam war und die Umgebung beobachtete.

Draken kauerte in der Dunkelheit außerhalb der Lichtung und achtete kaum darauf, dass sich seine Muskeln verspannten. Der Wald um sie herum war still – zu still. Wo waren die Vögel? Wo die Geschöpfe der Nacht und ihre Beutetiere? Eine unmöglich lange Zeit wartete er; seine Gelenke begannen zu schmerzen, und sein Magen krampfte sich vor Hunger zusammen. Er kämpfte mit seiner trockenen Kehle und Hustenreiz stieg seinen Hals empor. Draken bewegte den Unterkiefer nach unten und hielt ihn mit großer Anspannung in dieser Position, bis sein Kopf von der Anstrengung schmerzte, den Reiz zu unterdrücken. Ma'Vanni und Khellian, die Gottheiten des Friedens und des Krieges, zogen langsam das Himmelszelt hinauf. Ihr Licht schien auf das Bündel, als es sich bewegte und ein erneutes Wimmern aus dem Stoff drang.

Der wachehaltende Servii blickte zu dem gefangenen Kind, bevor er aus dem Schein des Feuers schlenderte. Er hob seinen Schwertgürtel an, um an die Schnürbänder seiner Kniehose zu kommen.

Draken ließ langsam den Atem ausströmen und kroch vorwärts; er kostete die Erleichterung aus, sich endlich wieder bewegen zu dürfen. Leise, aber rasch stahl er sich über die Lichtung und suchte sich seinen Weg zu der schlafenden Gestalt des Marschalls. Draken zog das Messer aus der Scheide des Schlafenden und presste seine freie Hand auf den Mund des Marschalls, während er gleichzeitig die Schneide der Klinge dicht an die Kehle des Mannes legte. Die

Augen des Marschalls öffneten sich. Für einen Augenblick schien Drakens Sicht zu verschwimmen. Eine schwarze Mondsichel prägte seinem Geist ihre Gestalt ein. Er blinzelte sie fort.

Der Körper des Marschalls ruckte in einer plötzlichen Kraftanstrengung nach vorn. Draken presste das Messer stärker gegen die Kehle, sodass Blut hervorquoll. Die Hand des Marschalls, mit der er nach dem Heft seines Schwerts gegriffen hatte, erstarrte in der Bewegung. Draken schüttelte seinen Kopf, und der Marschall zog die Hand zurück.

»Ich glaube, wir verstehen uns«, hauchte Draken auf Akrasianisch. Er behielt die Hände des Marschalls genau im Auge. Seine Muskeln spannten sich an, um vorbereitet zu sein, während er darauf wartete, dass der andere Gardesoldat wieder auftauchte. Es dauerte nur einen Moment.

Der Servii zog sein Schwert, als er sah, dass Draken seinen außer Gefecht gesetzten Offizier am Boden festhielt. Draken ließ den Mund des Marschalls los und warf dessen Schwert nach hinten weg, sodass es ein gutes Stück von ihnen entfernt lag. Dann schnitt er mit der Klinge in die Haut des Marschalls und schaute den Servii mit hochgezogenen Augenbrauen an. »Lass das Schwert fallen!«

»Tu, was er sagt, Varin.« Der Marschall sprach in einem ruhigen, aber schroffen Tonfall. Draken merkte sich die Reaktion. Dieser Mann würde nicht leicht einzuschüchtern sein.

Der Servii warf seinem vorgesetzten Offizier einen aufmüpfigen, finsteren Blick zu, schleuderte jedoch sein Schwert zur Seite. Es blieb mit dem Griff nach oben in dem weichen Dreck nahe dem sterbenden Feuer stecken.

Draken zeigte mit seinem Kinn zum Bündel. »Lass das Kind frei.«

»Kind? Du glaubst, das da ist ein Kind?«, fragte der Marschall.

Draken verschärfte den Druck des Messers unter dem Kinn des Offiziers. »Befehlt es ihm!«

Der Marschall seufzte. »Mach schon, Varin. Befrei den Mondling.«

Draken blinzelte. Ein Mondling? Mondlinge stahlen Säuglinge in der Nacht, wenn Eltern nicht darauf achteten, die Türen und

Fenster verschlossen zu halten. Sie waren Kreaturen aus Ammenmärchen.

Varin schritt auf den Gefangenen zu. »Zu Befehl, mein Herr.«

Jetzt, wo Draken näher dran war, konnte er das Bündel besser sehen. Fest verschnürt mit einem silberfarbenen Seil, war der oder die Gefangene in ein Stück Stoff eingewickelt worden, in dessen grobem Gewebe sich Gräser und Schmutz verfangen hatten. Es besaß wahrhaftig die Größe eines Kindes. Durch ein Loch am Ende des Stoffes stießen dunkle Locken hervor, die im Licht des Feuers glänzten. Der Servii knotete das Seil auf, und wer auch immer im Innern des zusammengeschnürten Bündels war, sprang heraus, als wenn eine Spirale ihn fortkatapultiert hätte.

Draken erhaschte einen Blick: ein rundes Gesicht, volle Wangen, ernste dunkle Augen, ein Lockenschopf rund um die Schultern und ein geschmeidiger nackter Körper, der die Farbe von Braunrinden-Tee hatte. Das Wesen musste weniger als vier Fuß groß sein. Bevor er auch nur blinzeln konnte, war es verschwunden. Er hätte sich verwirrt am Kopf gekratzt, wenn eine seiner Hände frei gewesen wäre. Das war kein Kind. Er hatte fest umrissene Brüste zu Gesicht bekommen. Doch sie war so klein!

Sie alle starrten in die Richtung, in welche die Gefangene verschwunden war.

»Du hast gerade eine gefährliche Feindin des Reiches befreit«, stellte der Marschall in trockenem Tonfall fest, was Drakens Aufmerksamkeit augenblicklich zum aktuellen Problem zurückkehren ließ.

Gefährlich. Ja, genau. Von solch einem winzigen Wesen ging Gefahr aus …

»Das Seil.« Draken ruckte mit dem Kinn und warf dem Servii einen vernichtenden Blick zu. »Komm hier rüber und fessle ihn. Wenn du irgendetwas versuchst, schneide ich ihm die Kehle durch.«

Um diese Drohung zu unterstreichen, ließ er einen weiteren Blutstropfen hervorquellen, und der Marschall ächzte unter seinem Griff. Draken drehte ihn auf die Seite, wobei er mit dem Messer beständigen Druck ausübte. Dann fesselte der Soldat die

Hände des Marschalls hinter dessen Rücken und band auf Drakens Geheiß auch die Fußknöchel zusammen. Während er dies tat, machte der Servii ein finsteres Gesicht, murmelte leise vor sich hin und warf Draken von der Seite wütende Blicke zu.

Draken scheuchte ihn mit einer Handbewegung fort. Varin wich langsam zurück und blieb nach zehn vorsichtigen Schritten stehen. Draken, der weiterhin das Messer an der Kehle des Marschalls hielt, überprüfte die Knoten, wobei er den Servii genau im Auge behielt. Sie waren fest genug. Dann schritt er auf den Soldaten zu und blieb kurz stehen, um weitere Stricke vom Bündel aufzuheben.

Ein Messer schnellte in die Hand des Mannes. Bei Khellians Eiern! Draken wollte keinen der beiden töten. Er hatte nur die Absicht gehabt, Zozia gegenüber etwas wiedergutzumachen, indem er das misshandelte Kind befreite, das in Wirklichkeit eine Mondling-Frau war – und außerdem, wenn er ehrlich zu sich selbst war, um ein paar Lebensmittel und ein Pferd zu stehlen. Die Schwerter waren im Moment zu weit weg, um von Nutzen zu sein; aber das war in Ordnung. Während der Ausbildung in der Kriegsflotte des Königs hatte er eher Erfahrung mit Pfeil und Bogen als mit Schwertern erworben; bei der Schwarzen Garde hatte er allerdings auch eine Menge über schmutzige Nahkampftechniken gelernt.

Sie kreisten langsam umeinander, schätzten sich gegenseitig mit prüfenden Blicken vorsichtig ab. Unvermittelt stürzte sich der Servii auf Draken.

Ein stechender Schmerz! Die Wunde war nicht tief, doch der Servii hatte ihm schon beim ersten Versuch eine blutende Verletzung zugefügt. Es hatte keinen Sinn, diese Sache in die Länge zu ziehen. Bevor sie sich einen weiteren Schritt umkreisten, sprang Draken seinerseits auf den Gegner zu. Der Servii streckte die Hand mit dem Messer vor, änderte dann ein wenig seine Zielrichtung, um das Herz von Draken zu finden. Der duckte sich unter dem Stoß, ließ jedoch seinen Arm nach oben schnellen und stieß zu: Er stach genau in die Kehle des Soldaten und riss das Messer sofort wieder zurück. Blut schoss hervor – schwarz im silbernen Mondlicht. Der Servii taumelte und fiel nach hinten. Hektisch tastete er an der Wunde herum, während er sich in den getrockneten Blättern und im Schmutz krümmte. Doch es war zu spät.

Draken stand neben ihm, durchstand eine Übelkeit erregende Welle der Erschöpfung und starrte in die Augen des Servii, als dieser sich gegen den Tod wehrte. Hinter ihm brüllte der sich in seinen Fesseln windende Marschall auf. Draken drehte sich um und schaute ihn an, während das Zappeln des Servii verebbte.

Die wohlgestalteten Gesichtszüge des Marschalls verzerrten sich zu einem Ausdruck des Hasses. »Wie es scheint, hat das Reich einen brandneuen Feind.«

»Nicht so brandneu«, erwiderte Draken. Er hielt dem Blick jener schwarzen Augen stand, fühlte sich jedoch leer und seelenlos, während sich das Blut des Servii auf den Erdboden ergoss. Es roch nach Salz und wühlte den Hunger in seinem Bauch zu etwas Ekelerregendem auf. Dieser Kampf hatte seine Schuld gegenüber den Göttern nicht verringert.

Dann schüttelte er sich, um wieder handlungsfähig zu werden. Er säuberte sein Messer am Bein des toten Mannes und schnallte sich den Gürtel des Servii um die eigene Hüfte. Er sammelte Lebensmittel und Flaschen zusammen, nahm einen grünen Umhang, der ihn wärmen sollte, und packte seine unrechtmäßig erworbenen Güter in eine Satteltasche. Dann begann er das größere der beiden Pferde, eine Stute, zu satteln.

Der Marschall starrte ihn die ganze Zeit an: Die Empörung riss jeglichen Ausdruck von Kultur aus seinen schmalen Gesichtszügen und hinterließ an ihrer statt etwas Animalisches. Draken hatte keinerlei Zweifel, dass dieser Zorn sich zu loderndem Hass entwickeln würde. Dann aber sprach der Marschall erneut.

»Jetzt bestiehlst du uns auch noch? Empfindest du keinerlei Schamgefühl unter dem festen Blick der Sieben Augen?«

Vater hätte ihn ohne das geringste Zögern getötet, dachte Draken und unterdrückte ein Zittern. Es gab doch nichts Besseres, als Messer in Leute zu stecken, wenn man Kindheitserinnerungen zurückbringen wollte, die man nicht mochte. Die Wahl zwischen der Option, das Richtige zu tun, und der Option, das Einfache zu tun, war niemals eine *einfache* Entscheidung.

Die kastanienbraune Stute wirkte verlässlich und umgänglich. Sie stand still, während er den Gurt an ihrem Sattel festzog und dann aufsaß. Und die ganze Zeit dachte er darüber nach, ob er den Marschall töten sollte. Und vielleicht war es angebracht, dass er Varin begrub oder wenigstens ein Gebet für ihn erübrigte. Er schaute zurück zu dem toten Servii …

Der verschwunden war.

Jedes bisschen Luft entfloh Drakens Lungen.

Er drängte das Pferd hinüber zu dem Baum, wo der Mann gestorben war. Der Körper hatte einen Abdruck im aufgeweichten Erdreich hinterlassen, und das Mondlicht beleuchtete eine nicht unerhebliche Blutlache. Draken schaute sich um. Er hatte beobachtet, wie der Mann gestorben war. Aber da war keine Spur von ihm.

»Wo ist er?«, fragte er.

Der Marschall schaute mit einem grausamen, stummen Lächeln zu, während Draken rund um die Lichtung ritt und das nahegelegene Gehölz unter die Lupe nahm. Doch er fand nichts. Die Monde ließen sich inzwischen in den Palast der Götter zurückfallen, um den Tag über zu schlafen, und Draken konnte keinen weiteren Augenblick des Wartens mehr erübrigen. Mit einem letzten Blick auf den Marschall wendete er das Pferd von der Lichtung weg. Selbst nachdem er sich klargemacht hatte, dass er viel zu weit fort war, um gesehen zu werden, konnte er das Gefühl nicht abschütteln, dass jene von Tätowierungen umrandeten Augen auf seinen Rücken gerichtet blieben.

Draken schmiegte sich in seinen Umhang, während sich das Pferd im Schritt vorwärtsbewegte. Die mondlosen Augenblicke vor der Morgendämmerung verstrichen langsam und still, als ob die Welt ihren Atem anhielt, bevor das befreiende Anbranden der Sonne einsetzte. Als dann jedoch ein Schrei die Stille durchschnitt, ging die Stute so schnell durch, dass er sie kaum in Zaum zu halten vermochte; im Vergleich zu ihren Bewegungen war sein ganzer Körper steif und zusammengestaucht. Das Tier zitterte unter ihm. Seine Ohren waren flach angelegt, die Nüstern schnaubten, der Schwanz zuckte hin und her, die Halsmuskeln waren starr unter seinem Handteller.

Das penetrante Echo des Schreis hämmerte durch Drakens Körper und versengte seine Adern wie Gift. Ein Hauch von Blut verunreinigte die Luft und erinnerte ihn daran, wie sein Haus gerochen hatte, als er Lesle fand. Das vertraute Leid fing an, seine Seele auszufüllen, doch dieses Mal war es etwas Körperliches, das sich tief in sein Herz eingrub. Er atmete heftig, füllte seine Lungen mit Luft und bemühte sich, das Gefühl zu vertreiben; aber er fand kein Pardon. Das Leid drückte sein Herz fest zusammen und ließ es danach wieder frei, als ob es Draken seine Macht demonstrieren wollte. Die Anstrengung, sich dagegen zu wehren, ließ ihn zitternd und keuchend zurück; zusammengekauert hing er über dem Hals des Pferdes.

Er war durch Lesles Tod völlig zerstört worden – anschließend gefangen in einem verwirrenden Sturm von Anschuldigungen und Schmähungen, von Gerichtsverfahren, gefolgt von seiner Verbannung. Aber dieses völlig neue Leid ergriff ihn wie ein körperliches Geschöpf: wie ein Wurm, der sich in sein Inneres hineinschlängelte, das Letzte von dem auffraß, was gut und richtig war, und nichts als Hass und Verbitterung zurückließ. Es schmerzte ihn, fuhr durch seine Muskeln und ließ sein Mark erkalten.

»Gesegnete Ma'Vanni, was geschieht da gerade mit mir?«, keuchte er.

Das Pferd wandte den Kopf, um mit einem Auge den Wahnsinnigen auf seinem Rücken zu mustern.

Drakens Kopf begann, sich in Nebel zu hüllen. Kalt, so kalt. Schmerz und Trauer wirbelten durch ihn und stürzten ihn zu Boden. Mit einem dumpfen Aufprall landete er auf Händen und Knien im Schmutz. Dornbüsche zerkratzten mit winzigen Dolchen sein Gesicht. Der stechende Schmerz ließ ihn für einen Atemzug wieder zu Bewusstsein kommen, doch die Trauer drohte erneut, ihn völlig zu benebeln; Hass und Verbitterung waren die einzigen Empfindungen, die sich noch ungedämpft durch seinen Geist wanden, und beides wurzelte in Lesles Tod.

Er musste diese Gefühle loswerden – sie irgendwie aus sich herausbekommen. Notfalls würde er sie eben mit dem Messer herausschneiden. Schon suchte er nach der Klinge an seinem Gürtel und hob sie an seine Kehle. Das kalte Metall strahlte eine Ruhe aus, die mit einem Gefühl von Kontrolle einherging. Er hatte immer noch so viel Kraft. Er konnte diese Sache aufhalten. Das Messer drückte sich tiefer in seine Haut hinein …

Eine schrille Stimme schnitt durch die Nacht. »Gib ihn sofort frei, niederträchtiger Fluch! Ich bin Mantiker, und ich gebiete über dich.«

Draken erstarrte unter dieser Stimme und fühlte, wie etwas an seinem Innern zerrte. Leid und Trauer lockerten ihren Griff um sein Herz, glitten tiefer und klammerten sich an seinen verkrampften Eingeweiden fest.

»Hinfort, schändlicher Geist; zurück nach Eidola mit dir!«

Drakens Klinge fiel in die Dornenbüsche. Seine Gedärme schienen sich ineinander zu verknoten, als er einen leuchtenden, trüben Nebel erbrach, der durch die Bäume fortschoss. Draken fiel nach hinten auf sein Gesäß und blickte auf, um seinen Retter zu suchen.

Behandschuhte Hände streckten sich nach ihm aus. Er kniff die Augen zusammen und sah den Schatten des Mannes, dem die Hände gehörten. In seinen Augen funkelte Licht, das von einem der silbrigen, zitternden Bäume ausstrahlte. Der Fremde ergriff ihn und zog ihn quer durch das niedrige Farngestrüpp auf die kahle Erde, die einen schimmernden Baumstamm umgab.

KAPITEL DREI

»Das war's. Ihr seid wieder Euer eigener Herr.«

Draken öffnete die Augen. Eine blasse, silberne Gestalt hockte ein paar Fuß vor ihm. Ein verblichener grauer Umhang breitete sich rund um die Fersen der Person aus, und eine kühle Hand ruhte auf Drakens Stirn. Sein Herz schlug laut pochend Alarm. Denn ihm war die Tatsache nicht entgangen, dass die silberne Gestalt mit einem Langbogen und einem schweren Köcher voller grau befiederter Pfeile bewaffnet war. Der Neuankömmling lächelte jedoch. Außerdem war er auf eine sehr eindrucksvolle Weise die schönste Person, die Draken jemals gesehen hatte.

Seine Haut glühte hell-silbrig wie Mondgeschmiedetes, das von den Sohalia-Monden beleuchtet wurde. Seine Augen lagen weit auseinander und genau am richtigen Platz in dem schmalgeschnittenen Gesicht. Das einzige unpassende Merkmal war ein schwarzes Tattoo auf der bleichen Stirn des Mannes. Es stellte eine Mondsichel dar und wirkte auf irritierende Weise fast wie ein drittes Auge.

Draken kniff die Augen zusammen. Er hatte von gefährlichen Magier-Sekten gehört, die solche Tattoos trugen. Sein Blick huschte vom Gesicht der Gestalt zu dem Bogen auf ihrem Rücken.

Der Mann bemerkte, dass Draken seinen Bogen betrachtete, und legte ihn auf den Boden. »Ich habe nicht die Absicht, Euch etwas zuleide zu tun.«

»Ihr sprecht monoeanisch«, brachte Draken mit belegter Stimme hervor und drückte sich in eine sitzende Position hoch.

Der Magier tippte sich an den Kopf. »Nein. Aber Ihr tut es, und daher werde ich es auch so halten.«

Draken runzelte die Stirn. Aber bevor er ihn bitten konnte, seine Worte zu wiederholen, beugte sich der Mann nach vorn und streckte eine schmale Hand aus, die in einen geschmeidigen Handschuh gehüllt war, der die Fingerspitzen offen ließ. Silbernes

Haar glitt ihm dabei über die Schultern wie ein hell leuchtender Schal.

»Ich bin Osias«, stellte er sich vor. »Willkommen auf Akrasia.«

Draken zögerte. Seine Hand war schmutzig, noch befleckt von dem geronnenen Blut des Servii, den er getötet hatte.

Osias war nicht beleidigt; tatsächlich schien er sogar eher besorgt zu sein, es ihm recht zu machen. »Habe ich etwas Falsches getan? Geben sich Monoeaner nicht zur Begrüßung gegenseitig die Hand?«

Draken nickte, und nach einem weiteren kurzen Zögern ergriff er die ausgestreckte Hand. »Draken vae Khellian«, sagte er.

»Es ist eine Ehre, Euch kennenzulernen, Draken vae Khellian. Ein edler Name für einen Krieger. Gottgleiches für den Gottgefälligen.«

Draken kämpfte gegen das hysterische Verlangen, in Gelächter auszubrechen. In Monoea bedeutete »vae« in Verbindung mit dem Namen eines Schutzgottes, dass der Betreffende von unehelicher Geburt war. Vielleicht waren die Dinge hier jedoch anders. »Woher wisst Ihr, dass ich ein Krieger bin?«

»Ihr tragt den Namen des Kriegsgottes, nicht wahr?« Osias lächelte und schüttelte leicht den Kopf. »Eure Finger sind schwielig von langen Jahren, in denen Ihr den Bogen nutztet – so wie meine. Und Ihr habt die Haltung von jemandem, der zu kämpfen versteht.«

Draken nickte.

Osias setzte sich zurück und schlang einen Arm um seine Knie. »Ihr seid ein Monoeaner, gewiss, doch Eure Hautfarbe kennzeichnet Euch als Brînianer.«

Drakens Vater war ein brînianischer Sklave im monoeanischen Königshaus gewesen und Draken der Abkömmling seiner Paarung mit einer wollüstigen Cousine des Königs. In Schande vom Hof verstoßen, hatte die Mutter den Säugling Drae, so Drakens Kindesname, in der Obhut seines Sklavenvaters zurückgelassen – mit der Aussicht auf eine Zukunft als Leibsklave, vielleicht sogar für den König. Aber noch bevor der Junge zehn Jahre alt geworden war, hatte sein Cousin den Thron von Monoea bestiegen und den

Sklavenhandel gesetzlich verboten. Auf diese Weise war Draes Vater freigekommen und zum Söldner geworden; was vor allem hieß, dass er keine Verwendung für seinen jungen Sohn hatte. Der König nun verspürte Mitleid für seinen Bastard-Cousin und traf Vorkehrungen, ihn in die Kriegsflotte aufnehmen zu lassen. Doch Osias brauchte all das nicht zu wissen.

»Mein Vater war Brînianer.« Das war alles, was er dazu sagte.

Osias zuckte mit den Schultern. »Nun, in dem Fall ist es am besten, wenn Ihr behauptet, ein echter Vollblut-Brînianer zu sein. Bei Eurem Aussehen wird man Euch das fraglos abnehmen. Als Gemischter werdet Ihr noch getötet oder versklavt, und wie die Gadye zu sagen pflegen: Kleine Geheimnisse schaden keiner Seele.« Er blickte über seine Schulter. »Setia wird das bestätigen, wie ich meinen möchte.«

Draken ging die fremdartigen Begriffe durch. »Setia?«

»Meine Gefährtin. Sie kennt die Brînianer ebenso wie das Leben eines Halbbluts. Sie wird Euch eine Freundin sein.« Osias Lächeln verblasste, und sein Blick fiel auf Drakens gebrandmarkte Hand. »Was macht Ihr in diesem Wald?«

»Habe ich unbefugt Euer Land betreten? Wenn dem so ist, stehe ich in Eurer Schuld.«

»Nein, nein. Ich bin weit von zu Hause fort.«

»Warum seid Ihr dann hier? Und wie habt Ihr mich gefunden?« Draken blickte ihn direkt an, und Argwohn flackerte auf. »Antwortet der Wahrheit entsprechend; ich werde das Gleiche tun.«

»Die Wahrheit? Ich bin auf der Verfolgung von Flüchen gewesen.« Osias blickte sich um, dann wandte er seine bemerkenswerten Augen wieder Draken zu. Sie waren blau, befand Draken. Blassestes Meeresgrau-blau. »Und ich fand einen in Eurem Innern.«

»Einen Fluch? Aber wie …« Ihm fehlten die Worte. Flüche. Geister von Herdgeschichten, die man erzählte, um Kinder in Angst zu versetzen. Die nüchterne Art, in der Osias von ihnen gesprochen hatte, ließ es beinahe plausibel erscheinen, dass eine rachedurstige Kreatur der brînianischen Legendenwelt Besitz von ihm ergriffen und sich an seiner Trauer genährt hatte. Das war sicherlich einfacher, als glauben zu müssen, dass er beinahe seinem Kummer über den Verlust von Lesle erlegen war.

»Der Fluch hat die Flucht ergriffen, bevor ich ihn meinem Willen unterwerfen konnte.« Osias' Stimme nahm einen nachdenklichen Tonfall an. »Eine merkwürdige Sache. Ich muss die Königin vor dieser Entwicklung warnen, denn wo es einen Fluch gibt, werden weitere folgen. Und Ihr müsst als Zeuge dafür vor ihr aussagen.«

Die Königin ... die akrasianische *Königin*? »Als Zeuge? Nein, nein. Ich kann mich nicht zum Hof begeben«, erwiderte Draken. »Ich bi...«

»Ein Monoeaner. Ich habe das schon begriffen.« Osias nutzte offenkundig sein Wissen zu seinem Vorteil. Er betrachtete Draken genau.

»Dann begreift Ihr sicherlich auch, was das bedeutet. Warum ich hier bin.« Draken unterließ es, auf die in seine Hände eingebrannten Male zu schauen – Male, die Osias ohnehin nicht übersehen konnte.

»Ihr habt ein schweres Verbrechen begangen und müsst dafür mit Verbannung büßen.« Osias erhob sich und schritt in einem engen Kreis um Draken herum. Seine Art zu gehen war die eines Mannes mit langgliedrigen Extremitäten und ausgeprägtem Selbstbewusstsein. Er blieb stehen und legte seine Hand an den silbernen Baum, der sie vor dem Mondlicht abschirmte. Der Baum schauderte unter seiner Berührung. »Wer verfolgt Euch?«

Draken spürte einen Frostschauer. »Niemand.«

»Jemand mit Magie tut es aber.« Osias schüttelte den Kopf. »Ich spüre Mondling-Abwehrzauber, doch Euer edles Blut wird Euch beschützen.«

»Ich bin nicht edel.«

Osisas wölbte eine Augenbraue. »Ist das wahr?«

Draken schaute weg. Er mochte zwar edles Blut in sich tragen, doch es mit gemeinem Blut zu vermischen hatte eine Lästerung der Götter dargestellt.

»Hier seid Ihr ein brînianischer Nêre. Ein Krieger-Lord. Ich werde dafür sorgen.«

»Ich bin noch niemals zuvor in Brîn gewesen.« Draken streckte ihm seine gebrandmarkten Hände entgegen. »Und was ist damit? Diese Zeichen weisen mich als Mörder aus.«

Osias starrte ihn streng an. »Seid Ihr das denn? Ein Mörder?«

Er hatte im Namen des Krieges getötet. Und seine Arbeit in der Schwarzen Garde hatte es ebenfalls erfordert, dass er Leben nahm – Tote, die ihm anscheinend mächtige Feinde eingebracht hatten. Die einzige Erklärung für den Mord an Lesle und die Tatsache, dass man ihm anschließend die Schuld angehängt hatte, war wohl, dass jemand Rache geübt hatte. Auch die akrasianischen magischen Praktiken, die bei dem Mord angewandt wurden, wiesen in diese Richtung. Er hatte niemals in Betracht gezogen, dass seine Vergangenheit seine Frau in Gefahr bringen könnte. Diese Gefahr zu übersehen hatte zu ihrem Tod geführt.

»Sind wir das nicht alle?«

»Aber seid Ihr ein Verbrecher?«, wollte Osias wissen.

Draken senkte den Blick. »Nein. Zumindest nicht in der Art und Weise, wie man es denkt.«

»Dann bedeuten die Brandzeichen nichts.« Osias nahm Drakens Hand und studierte sie. »Ich kümmere mich darum, dass Ihr Nahrung erhalten und eingekleidet werdet; und Ihr werdet bei Hofe als Zeuge auftreten. Ein besserer Anfang, als ihn Euch Eure alten Landsleute gegeben haben, oder?«

Draken hielt an seiner Zurückhaltung fest. Er brauchte Zeit, um sich eine Meinung über diesen Mann zu bilden. Ganz gewiss hatte ein Zauberer seine Frau umgebracht, und er würde sich nicht mit einem zusammentun, ohne sich dies zuvor reiflich zu überlegen. Andererseits mochte Osias sein Eintritt in die Welt der Magie sein. Es war möglich, dass er Draken zum Mörder seiner Frau führen konnte.

»Darf ich Euren Bogen sehen?«, bat Draken, anstatt zu antworten. In Monoea war es eine Art höflicher Brauch, die Waffen anderer zu untersuchen.

Osias reichte ihm die Waffe. Sie war so groß wie Osias selbst: ein wunderschönes, biegsames Gerät, das hellgrau leuchtete. Draken fuhr mit seiner Hand am glatten Holz entlang und zog die kraftvolle Sehne bis zu seiner Wange zurück. Während des Zehnjährigen Krieges hatte er mit erbeuteten brînianischen Langbögen geschossen, aber ihm war noch nie einer von solcher Qualität zu Gesicht gekommen.

»Ich habe … hatte einen Recurvebogen. Kleiner, gefertigt für den Einsatz zu Pferde«, erzählte er. »Oder um ihn in den Takelagen von Segelschiffen zu nutzen.«

»Vielleicht können wir solch eine Waffe für Euch auf den Märkten von Auwaer finden.« Bei der Erwähnung der Hauptstadt schossen Draken die Gedanken nur so durch den Kopf; bevor er jedoch Osias bitten konnte, ihm zu erklären, wo genau sie sich befanden, materialisierte sich aus dem Schatten eine Frau. »Setia, darf ich dir Draken vorstellen?«, fragte Osias die Erscheinung.

Die plötzlich vor ihm stehende Frau reichte Draken nur bis zur Mitte seiner Brust. Silberne Locken in ihrem krausen Haar deuteten ein Alter an, das sich in ihrem Gesicht nicht zeigte. Sie wich zurück, als er ihr ins Gesicht schaute.

Erschrocken erkannte Draken, dass die zahlreichen Tupfen, die er für Sonnenstrahlen gehalten hatte, die durch das dichte Blattwerk der Bäume fielen, tatsächlich ein Teil ihrer natürlichen Haut waren, die von bleichen Flecken durchsetzt war. Die Tupfen verschwanden unten an ihrem Hals unter dem Saum ihrer Kleidung und tauchten auf ihren Händen wieder auf.

Zu guter Letzt gewannen seine Manieren jedoch die Herrschaft über sein Erstaunen. »Meine Dame«, sagte er und beugte sich über ihre Hand, »es ist mir eine Ehre.«

Sie wandte sich Osias zu und redete in einer anderen Sprache zu ihm. Osias antwortete in derselben Sprache und streckte die Hand aus, um über ihren Arm zu reiben. Er nickte Draken zu. »Wir sollten uns in Bewegung setzen, damit die Mondlinge nicht glauben, wir hätten den Fluch hierher gebracht.«

»Mondlinge?«, fragte Draken, der überrascht war, das Wort erneut zu hören.

»Gewiss. Setia ist ein halber Mondling, und sie schätzen Mischlinge weniger als die meisten«, antwortete Osias. »Kommt. Vor dem Abend treffen wir in Auwaer ein, und Ihr werdet noch die

Gelegenheit bekommen, Nahrung zu Euch zu nehmen, bevor wir die Königin sehen.«

»Das ist keine gute Idee«, erwiderte Draken laut, während er in Gedanken seinen Standort zu ermitteln versuchte. Er war in der Tat in der Nähe von Khein an Land geschwommen, genau wie er anfänglich vermutet hatte. Bis nach Auwaer würde es demnach ungefähr ein Tagesmarsch sein, falls die beschlagnahmten Landkarten, die er kannte, maßstabsgetreu waren.

Osias fixierte ihn abermals mit seinem scharfsichtigen, starren Blick. »Das war keine Bitte, mein Freund.«

Ein Gefühl von Kälte breitete sich von Drakens Scheitel bis zu seinen Zehen aus. Stoff wurde plötzlich um ihn herum lebendig, und ein Mantel flatterte um seine Stiefel herum … Stiefel? Er schaute an sich herab. Seine Lumpen waren verschwunden. Er trug neue Kleidungsstücke: einen sauberen schwarzen Umhang, der seine Schultern bedeckte; eine schwarze Tunika, die seinen Hals und seine halbe Brust nackt ließ; eine stramm sitzende Lederhose, die auf Kniehöhe in Stiefeln steckte. Die Sachen fühlten sich steif und neu an. Und real. Das gestohlene Messer ruhte an einem Gürtel in einer Scheide, die er ebenfalls vorher nicht besessen hatte.

»Was ist das? Was habt Ihr mit mir gemacht?«

»Ich habe Euch angemessen gekleidet. In den Farben von Brîn, Eurem Fürstentum.«

»Verwandelt mich zurück, Zauberer.«

»Ihr nennt mich einen Zauberer, als ob es eine Beleidigung sei, während ich doch nur die Absicht habe, mich darum zu kümmern, dass Ihr in Auwaer verköstigt und gut behandelt werdet.« Osias sah ihn eindringlich an. »Als Gegenleistung müsst Ihr der Königin nur von dem Fluch berichten.«

»Wenn ich vor diese Königin trete, wird sie mich als das erkennen, was ich bin, und mich töten lassen.«

»Wenn Ihr hier bleibt, werden Euch mit sehr viel größerer Sicherheit die Mondlinge verdammen. Ich glaube, sie folgen Euch, und ich gehe nicht davon aus, dass sie es gut meinen.« Osias zeigte in Richtung des Baumes und verzog die Lippen zu einem kalten

Lächeln. »Kommt, Draken. Ich bitte um einen simplen Austausch von Gefälligkeiten.«

»Ein Austausch, der mich das Leben kosten könnte.«

Osias wurde dunkel; seine Haut nahm die Farbtönung von angelaufenem Mondgeschmiedetem an. »Nein. Ein Austausch, der es retten wird.« Seile wanden sich wie kriechende Schlangen um Drakens Körper, drückten sich straff an ihn und hielten seine Hand an einer Stelle fest, von der aus sie das Messer nicht zu ergreifen vermochte. »Ich frage Euch nicht. Begleitet mich als mein Freund oder als mein Gefangener. Das ist Eure Wahl. Doch Ihr geht nach Auwaer, und Ihr tretet vor die Königin.«

Draken kämpfte gegen die Seile an, während Osias und Setia stumm zuschauten. Zum Schluss presste er die Kiefer aufeinander und blickte zur Seite. Ein Gefühl der Hoffnungslosigkeit überkam ihn. »In Ordnung. Ich werde mit Euch gehen. Ich lege mein Leben in Eure Hände. Doch erwartet nicht, dass es mir gefällt.«

Die Seile schlängelten sich fort und zerfielen zu seinen Füßen zischend zu Staub.

Binnen kurzer Zeit verwandelte sich Drakens anfänglicher Zorn in Frustration, die ihn in den Wahnsinn trieb. Angesichts von Hunger und Erschöpfung schien die Anstrengung, die unwillige Stute durch das dicht bewachsene Waldgebiet zu zerren, einer endlosen Schlacht gleichzukommen. Er hoffte, dass ihn schließlich eine wirkliche Mahlzeit erwartete. Allerdings war er skeptisch, dass man ihm bei seiner Ankunft in der Hauptstadt etwas zu essen anbieten würde.

Während Setia vor ihnen den Weg auskundschaftete, reichte Osias ihm einen Wasserschlauch nach hinten. Draken trank und starrte auf die Himmelsabschnitte, die durch das dichte Dach der Baumkronen sichtbar waren. Der Morgen war zum helllichten Tag geworden und der brachte eine feuchte Hitze mit sich. Draken bot im Gegenzug Osias eine gestohlene Flasche an und schleuderte den herbeigezauberten Umhang über das Pferd.

»Ich danke Euch für den Trunk«, sagte Osias und gestikulierte mit der Flasche. »Ein exzellenter Ocscher-Wein. Den habt Ihr dann wohl zusammen mit dem grünen Umhang gefunden, richtig?«

Draken drehte sich um und schaute nach seiner Stute, die es eigentlich nicht nötig hatte, dass er sich um sie kümmerte; doch er wollte verbergen, dass er nicht wusste, wie er antworten sollte. *Soll Osias ruhig glauben, dass ich immer noch wütend über meine Gefangennahme bin; es ist ja durchaus wahr.* Bald setzten sie ihren Marsch fort, und Draken beobachtete Osias, während sie gingen. Dessen Haar reflektierte das Licht wie altes Glas, und er bewegte sich ebenso selbstsicher wie anmutig.

»Ich versichere Euch, dass ich unter den anderen meiner Art nicht so beachtenswert bin«, bemerkte Osias über seine Schulter hinweg.

Draken zupfte ein paar Stacheln von seiner Tunika. Sie blieben an seinen Fingerspitzen kleben und brannten wie winzige Insektenstiche. »Woher wisst Ihr die ganze Zeit, was ich denke?«

»Es tut mir leid«, entschuldigte sich Osias. »Ich werde so tun, als ob ich es nicht wüsste.«

»Ihr habt meine Frage nicht beantwortet.«

»Ich bin Mantiker, und ich bleibe von wenigen Geheimnissen verschont.«

Draken blieb unvermittelt stehen. »Ich habe Euch gehört – vorhin. In meinem Kopf. Ich dachte, ich hätte es mir eingebildet.«

Nicht eingebildet, mein Freund.

Dies hier war etwas anderes als bei den Trickbetrügern, Straßenkünstlern und Sektenpriestern, die er zu Hause gesehen hatte. Reale magische Praktiken waren gefährlich und instabil, und sie erzürnten die Götter. Sich ihrer zu bedienen war nicht nur Ketzerei; es war Wahnsinn, zumindest was die meisten Leute anbelangte. Vor einer Generation hatte die monoeanische Krone angeordnet, dass eine zivilisierte Nation nicht mehr magische Praktiken brauchte, als der Staat für seine Arbeit benötigte.

Osias kicherte, doch es klang nicht unfreundlich. »Magie ist hier nicht illegal, obwohl die meisten sich ihrer nicht zu bedienen vermögen. Ich bin ein Jäger von Flüchen und ein Torwächter in Eidola, wo wir solche schändlichen Wesen einsperren. Ich verfüge über ein paar Zauber und andere kleine Annehmlichkeiten, doch Gegenstände der Macht kann ich nicht benutzen.«

»Und Ihr könnt Gedanken lesen.«

Osias nickte. »Ich kann die Gedankenwelten von Sterblichen betreten, sofern sie vom Tod verändert worden sind. Und du, mein Freund, hast bereits ein langes Bündnis mit dem Tod.«

Draken schob den Gedanken an seinen jüngsten Mord beiseite. Etwas anderes machte ihm zu schaffen. Eine kleine mystische Sekte, deren Anhänger behaupteten, sie könnten zu den Toten sprechen, hatte einst Korde angebetet, der darauf die Toten in Ma'Vannis Wasserreich schleppte. Nach dem Krieg hatte der monoeanische König in seinem Bemühen, den Glauben wieder auf die Verehrung der Gottheiten des Friedens auszurichten – auf Muttergöttin Ma'Vanni und ihren Sohn Shaim –, Drakens Trupp befohlen, diese Sekte auszurotten. Er hatte sich darüber gefreut, den Auftrag ausführen zu dürfen, denn die Sekte hatte den Toten weitaus mehr angetan, als bloß mit ihnen zu sprechen.

»Ihr folgt Korde«, sagte er nun.

»Er ist mein Schirmherr, o ja.«

Drakens Lippen kräuselten sich. »Dann seid Ihr ein Nekromant, ein Geister- und Totenbeschwörer.«

»Ein angemessener Ausdruck«, sagte Osias nickend. Er schien Drakens Widerwillen nicht zu bemerken.

Draken trat einen Schritt nach hinten und drückte seine Schulter gegen die Stute, damit sie sich umdrehte. »Es war ein Fehler, mit Euch mitzukommen. Lasst mich jetzt gehen. Ich werde meinen Weg schon finden.«

»Draken«, erwiderte Osias, »ich brauche Eure Hilfe und Ihr die meine.«

Draken setzte seinen Fuß in den Steigbügel.

»Für Euch alleine ist es nicht sicher.« Osias ließ seinen Blick über den dichten Wald um sie herum schweifen. »Das hier ist ein äußerst gefährlicher Ort, dieser Wald. Der Fluch jagt Euch immer noch. Und vielleicht auch noch etwas anderes.«

Draken verspürte ein Frösteln. Fluch oder nicht: Er hatte sich vor Kurzem noch beinahe selbst ein Messer durch die Kehle gezogen. Und Ma'Vanni empfing keine Selbstmörder in ihrem Reich. »Ich weiß nicht. Ich …«

»Ich bin Euer Freund; und einen Diener solltet Ihr nötig haben.« Osias ließ sich auf ein Knie nieder und neigte den Kopf. Ein Sonnenstrahl verfing sich in seinem silbernen Haupt und blendete Draken wie Schnee, der an einem heiteren Tag das Licht reflektiert.

»Keine magischen Seile? Ihr denkt, dass ich nicht erkenne, was Ihr da gerade versucht? Zuerst beharrt Ihr auf Eurem Wunsch, und jetzt verlegt Ihr Euch aufs Bitten. Leute zu manipulieren, Magier, ist in meinem Heimatland ein verhasster Charakterzug.«

Osias hob seinen Kopf nicht. »Ihr *seid* daheim.«

Als Draken auf Osias' gebeugten Kopf hinabblinzelte, füllte ein Seufzer seine Lungen, und er ließ die Schultern herabhängen. Seine einzige Alternative bestand darin, hier zu dem Kriminellen zu werden, für den man ihn in Monoea hielt. Seine beste Überlebenschance bestand darin, seine Dienste als Krieger an den Meistbietenden zu verkaufen und wie sein verrotteter Vater ein Söldner zu werden. Es war ein ehrliches Leben, wenn auch kein ehrenhaftes. In Anbetracht seines vergangenen Daseins im Dienste des Königs und seiner gegenwärtigen Umstände begann Draken zu zweifeln, ob solche Unterscheidungen überhaupt eine große Rolle spielten. Das Bad im Meer hatte gewiss den letzten Rest seiner Ehre fortgespült. Er war nach Akrasia verbannt worden – verdammt und verloren.

Und die Arbeit als Söldner mochte ihn unter Umständen in die Lage versetzen, Lesles Mörder zu verfolgen.

»Steht auf«, sagte er barsch. »Bringt mich zu der Königin. So die Götter wollen, wird sie mich gut für das bezahlen, was ich ihr geben werde.«

Nicht lange danach klaffte plötzlich das Blattwerk auseinander und enthüllte einen unbefestigten Pfad, dessen Boden von Hufabdrücken zerwühlt war. Blätter und Gräser zu beiden Seiten des Weges waren stellenweise zertrampelt worden. Einer der gigantischen perlmuttfarbenen Bäume erhob sich auf einer breiten

Lichtung neben dem Pfad. Draken hatte die plötzliche Erkenntnis, dass Osias' Bogen aus dem Holz eines solchen Baumes gefertigt worden war.

Früchte waren offensichtlich von den Zweigen gerissen worden, und Hufe hatten die herabgefallenen Früchte zertrampelt und halbmondförmige Dellen in dem nackten Erdboden hinterlassen. Draken kniete sich nieder, um die frisch zerquetschten Früchte zu untersuchen. Das Obst sonderte einen hellgelben Saft ab, dessen Geruch ihn an Lesles Lieblingsblume erinnerte, die Quinnex. Sie hatte sie massenweise gepflanzt, damit sie in jedem Sommer blühten. Der Duft dieser Blumen hatte sich an dem Tag, als er Lesle fand, mit dem Geruch ihres Blutes vermischt.

»Das ist ein Ocscher-Baum«, erklärte Osias. »Aus den Früchten wird der Wein gekeltert, den Ihr mit mir geteilt habt, doch solange sie noch grün sind, sind sie giftig.« Der Baum hing voller goldener Früchte, die inmitten der Blätter wie kleine Sonnen strahlten.

»Jemand ist kürzlich hier vorbeigekommen«, stellte Draken fest, während er auf die zerquetschten Früchte zeigte. »Und wie es aussieht, war er in Eile.«

Osias nickte, und sie marschierten zügig weiter, ohne jemanden auf dem Pfad anzutreffen. Schweigend schritten sie voran, während Drakens Magen sich über Hunger beklagte, Sorgen seinen Verstand trübten und die Glieder ihn schmerzten.

Und dann endeten ohne Vorwarnung Bäume und Pfad.

Die Welt endete.

KAPITEL VIER

Vor ihnen herrschte schlichte Dunkelheit ohne jegliche Kontraste: ein Schwarz, das so schwarz war, wie Draken es nie zuvor gesehen hatte. Als ob alles Licht ausgelöscht und eine blinde, fremdartige Leere hinterlassen worden wäre. Das Gras und die Bäume traten vor diesem Hintergrund deutlich hervor – glänzende Grün- und Grautöne sowie das strahlende Gold der Occscher. Doch wenn er sein Augenmerk auf die Finsternis richtete, spürte er schmerzhaft, wie sich seine Pupillen weiteten, als wäre er in eine endlose Nacht hineingetreten.

Seine Hand bewegte sich langsam nach oben, um auf der Brust ein Schutzsiegel zu zeichnen. »Was in Ma'Vannis Namen ist das?«

»Die PALISADE, die rund um Auwaer verläuft«, antwortete Osias. »Sie ist ziemlich stark und stört meine Wahrnehmungsfähigkeit. Ist gut möglich, dass uns hier jemand überrascht, ohne dass ich es merke.«

»Ich werde die Lage auskundschaften«, sagte Setia.

Sie ergriff den niedrigsten Ast des Baumes und zog sich hoch. Mühelos bewegte sie sich durch die Zweige nach oben und kletterte hinüber zu einem anderen, höheren Baum, wo sie im dichten Geäst verschwand. Als sie sich schließlich wieder neben ihnen auf den Boden fallen ließ, sprach sie in einem gedämpften, warnenden Tonfall.

»Grüne sind dicht um uns herum.«

»Soldaten der Königlichen Garde«, konstatierte Osias mit grimmiger Miene. Seine Pupillen waren jetzt geweitet, die Iriden violette Ringe, die sich von dem Weiß der Augen abhoben. »Ich nehme an, wir sollten besser abhauen und den richtigen Eingang finden. Den Gardesoldaten kann man nicht trauen – nicht, wenn Draken bei uns ist. Nicht schon jetzt.«

Draken hörte den Pfeil, der sich eine Bahn quer durch das Blattwerk schnitt, aber er sah das Geschoss erst, als es mitten im Flug direkt vor seinem Herz zitternd innehielt. Osias streckte die Hand aus und pflückte es aus der Luft. Sein Ärmel rutschte zurück, was ein breites, mattes Metallband an seinem Unterarm freilegte.

Osias' Iriden kehrten ihren Veränderungsprozess wieder um, verkleinerten die Pupillen und überschwemmten das Weiß seiner Augen. Jedes von ihnen war nun vollständig violett-grau, und die Farbe wirbelte umher. Es wirkte so fremdartig, so *falsch*; es zu sehen war geradezu ekelerregend. Draken trat einen Schritt zurück und schluckte mühsam. Osias begann, den Pfeil an seiner Bogensehne anzulegen.

Setia trat näher zu Osias und legte ihre kleine Hand auf seinen Arm. »Sie glauben, Draken ist alleine. Sie sehen uns noch nicht durch deinen Abwehrzauber.«

Ein Geräusch, das so tödlich wie das Zischen einer hungrigen Schlange klang, erfüllte den Wald, und Soldaten in grünen Umhängen materialisierten sich um die drei herum und kreisten sie mit vorgehaltenen funkelnden Schwertern ein. Lederpanzerungen schauten zwischen den Falten ihrer grünen Umhänge hervor; schwarze Bänder umkleideten jedes Handgelenk, schwere schwarze Stiefel zierten die Beine bis zu den Knien. Die Stärke der ruhig und still dastehenden Truppe übertraf bei Weitem die Anzahl der Pfeile in Osias' Köcher.

Osias begegnete dem Blick eines jeden Soldaten, während er sich langsam um sich selbst drehte und sein Umhang über den Waldboden fegte. »Wir sind mantikgebunden. Wir können nicht berührt werden.«

Eine Schwertspitze nach der anderen sank herab, und dann trat einer der Soldaten zur Seite und verbeugte sich vor jemandem, der sich zu Pferde näherte. Nur aufgrund der Tatsache, dass er jahrelang seine Gefühle Tag für Tag verborgen hatte, vermochte es Draken, seinen Schock zu unterdrücken. Der Marschall, den er gefesselt im Wald zurückgelassen hatte, stieg aus dem Sattel und führte sein Pferd zu Fuß weiter, wobei er sich mit brutalen Schwüngen seines Schwertes einen Weg durch das Unterholz hackte. Die Flanken des Tieres waren nass, rund um die Kandare hatte es Schaum vor seinem Maul.

»Lord-Marschall Reavan!« Die Soldaten der Königlichen Garde schlugen sich die Faust an die Brust und schauten mit besorgten Blicken auf sein Gesicht. Einer der Soldaten trat vor. »Wir haben einen Brînianer abgefangen und ein…«

»Ruhe!«

Nach seinem brüsken Befehl traten sie zurück, um ihn in den Kreis hineinzulassen. Mit einem spöttischen Lächeln überflog er ihre gesenkten Schwerter, ließ den Blick über die Eindringlinge huschen und bei Drakens Gesicht innehalten.

Lord-Marschall? Oh, ihr Götter, er steht an der Spitze der gesamten akrasianischen Armee. Draken, der nicht von der Stelle wich, war hin und her gerissen zwischen dem furchtbaren Bedauern, den Mann verschont zu haben, und der Erleichterung darüber, dass er einen solch hochrangigen Soldaten nicht ermordet hatte. Der verschwundene Servii musste verwundet weggekrochen sein, nur um danach zurückzukehren und den Lord-Marschall loszubinden. Doch etwas an dieser Vermutung fühlte sich nicht richtig an.

Der Lord-Marschall schaute zu Osias. »Ihr wagt es, ungebeten die PALISADE in Angriff zu nehmen?«

»Ich habe mich in einem gebührenden Abstand genähert, um eine Botschaft an Eure Königin zu übermitteln, und ich habe lediglich nach dem Haupttor Ausschau gehalten«, entgegnete er.

Der Lord-Marschall ließ es für den Moment dabei bewenden. Stattdessen richtete er die Aufmerksamkeit auf seine Soldaten. »Wegtreten!«, blaffte er. »Ihr greift keinen Mantiker an, ohne die Stimme der Toten zu riskieren.«

Schwerter wurden in die Scheiden gesteckt, während jeder Soldat einen Schritt zurücktrat. Dann klappten sie ihre Kapuzen nach hinten. Die Augen eines jeden waren ebenfalls von schwarzen Linien gesäumt. Mit erstarrten Gesichtern zogen sie sich in einer eher vagen Formation hinter ihrem Lord-Marschall zurück und hefteten ihre teilnahmslosen Blicke auf seinen Rücken. Draken erkannte unerbittliche Disziplin wieder, wenn er sie sah. Sie hatten keinen Gedanken in ihren Köpfen, außer der Bereitschaft, unverzüglich auf die nächste Anordnung ihres Befehlshabers zu reagieren. *Ich war mal einer von ihnen*, dachte er.

»Er stinkt nach dem Meer und trägt brînianisches Schwarz«, sagte der Lord-Marschall, der mit seinem Kinn ruckartig in Drakens Richtung wies. »Was hat dieser Pirat mit Euch zu tun, ehrwürdiger Mantiker?«

»Draken ist ein brînianischer Blut-Lord, ein Mann von Ehre. Ich bin im Wald auf ihn gestoßen, als er angegriffen wurde«, antwortete Osias.

»Und die Gemischte?« Das Wort war eine Beleidigung, gerichtet an Setia.

Osias erwiderte mit ebenso fester Stimme: »Mantikgebunden.«

Der Lord-Marschall straffte sich. »Ich bin Lord-Marschall Reavan von der Königlichen Garde, Vertreter Ihrer Majestät, Königin Elena von Akrasia. Kniet vor Eurem Souverän, Mantiker.«

Osias ließ sich von dieser Herausforderung nicht in Unruhe versetzen. »Meine Untertanentreue gehört meinesgleichen und meinem König, guter Vetter. Doch ich verspreche, Euch die Ehrerbietung zu erweisen, die Ihr verdient, solange ich in Eurer Gesellschaft bin.« Mit allen zehn Fingerspitzen berührte Osias seine Stirn und verbeugte sich ein wenig – eine buchstäblich entwaffnende Geste. Seine Hände waren frei von Waffen, Bogen wie Pfeil verschwunden.

Ehrerbietung, die er verdient – in der Tat. Und besagte Ehrerbietung wurde von Osias bestimmt. Der Mantiker hatte eine Unterhandlung über Verhaltensweisen angefangen. Draken beobachtete Reavan, um einzuschätzen, was der in diese Eröffnung hineindeutete.

Der Lord-Marschall war kein dummer Mann. Er hatte den Sinn von Osias' Äußerung durchaus verstanden. Erneut ruckte sein Kinn in Drakens Richtung; er schien unwillig, das Thema fallen zu lassen. Ob er nun Anspruch auf ihn erhob oder nicht, hier würde jedenfalls keine schlampige Diplomatie toleriert werden. Draken erstarrte.

»Er ist nicht wie Setia«, räumte Osias ein. »Doch er ist ein Zeuge meines Berichts für die Königin.«

Reavan hob trotzig das Kinn. »Dieser Blut-Lord, wie Ihr ihn nennt, hat meinen Ersten Hauptmann ermordet.«

Draken runzelte die Stirn. Erster Hauptmann? Der Servii, den er getötet hat, hatte keine Streifen getragen. Und wenn der Mann tatsächlich gestorben war, wie war dann Reavan freigekommen?

Osias hielt inne. »Bitte nehmt meine Entschädigung zu seinen Gunsten an.« Er verbeugte sich erneut, diesmal tiefer.

Draken wollte seine Angelegenheiten selbst erledigen. Er öffnete den Mund, um Widerspruch einzulegen, doch er spürte, wie eine kleine Hand in seine glitt: Es war die von Setia.

»Was werdet Ihr der Königin an seiner Stelle geben?«, verlangte Reavan zu wissen.

»Es ist bereits gegeben worden«, erwiderte Osias. »Wir reisen unter diplomatischem Schutz, und Ihr habt uns angegriffen. Ich habe es unterlassen, mir das hierfür Zustehende zu nehmen, so wie es mein Recht wäre.«

Reavans Lippen pressten sich zu einer weißen Linie zusammen. Mehrere Hände fuhren zu Schwertgriffen. Drakens Unterleib verkrampfte sich. Osias hingegen tippte sich nur an den Kopf und wartete auf Reavans Entscheidung.

»Wenn Ihr eine Botschaft von Eidola habt, wird Ihre Majestät Euch schleunigst sehen wollen«, erklärte Reavan schließlich. »Der Mantiker wird uns als ein freier Mann ins Innere der Mauer begleiten, aber die Gemischte und der Brînianer sind als Gefangene zu betrachten, bis etwas anderes von der Königin verfügt wird. Der Tod meines Ersten Hauptmanns ist eine Staatsangelegenheit.«

»Ihr habt mich gejagt …«, begann Draken, doch Osias unterbrach ihn mit sanfter Stimme.

»Ich bin sicher, Ihre Majestät wird unsere Seite verstehen, Lord-Marschall.« Osias neigte den Kopf. »Doch einstweilen soll es so sein.«

Abermals ein Gefangener. Draken gefiel das überhaupt nicht. Doch als die zwei Soldaten seine wunden Handgelenke hinter dem Rücken fesselten und die Zügel der Stute nahmen, die er geführt hatte, ertrug er dies, ohne sich zu wehren. Es gab zu viele scharfe Schwerter um ihn herum. Die Seile gruben sich in die alten Schnittverletzungen der Handschellen ein. Die Brandzeichen auf seinen Händen konnten den Männern nicht entgangen sein, als sie ihn gefesselt hatten. Der Soldat, der gerade den Knoten prüfte, flüsterte etwas zu einem seiner Kameraden.

Osias gesellte sich zu Reavan, der dem Trupp voranging. Ihnen folgten Draken und Setia, die von mehreren Schwertspitzen vorwärtsgetrieben wurden. Draken fühlte sich nicht wohl dabei, in die leere Schwärze hineinzugehen, aber die Schwerter nahmen ihm jegliche Entscheidung ab.

Als sie näher kamen, bewegte sich sein ganzer Körper nur noch schleppend, als ob er durch brusthohen Schnee waten müsste. Und bei jedem Schritt stürmten entsetzliche Bilderwelten auf ihn ein: Er würde ins Nichts hinunterfallen und eine Ewigkeit lang herabstürzen; halb verfaulte Kreaturen machten Jagd auf jene, die dumm genug waren, näher zu kommen; er sah seinen endlos währenden Tod in der Schwärze.

Der Lord-Marschall, der sein willfähriges Pferd am Zügel führte, und Osias einen halben Schritt hinter ihm gingen weiter, als ob sie sich mit Freuden ins Nichts fallen ließen. Dann war Reavan nur noch zwei Schritte von der Schwärze entfernt, und er wedelte mit seiner Hand, als ob er ein Spinnengewebe beiseitewischte.

Ein Lichtblitz durchschnitt plötzlich die Schwärze. Draken kniff die Augen zusammen, um in dem blendenden Licht sehen zu können. Reavan marschierte hindurch, ohne zu zögern, und Osias folgte ihm. Der Soldat hinter Draken verpasste ihm einen harten Stoß mit dem Schwertgriff und riss ihn so aus seinem Schockzustand heraus. Sobald Draken durch die PALISADE hindurch war, hatte er das Gefühl, als wäre ein Schleier von seinen Sinnen gerissen worden. Sie traten auf eine Straße aus sauberem weißen Kies. Doppelstöckige Gebäude aus grauem Stein und glatt geschliffenem Holz flankierten den Weg. Dutzende von Leuten sprachen in einem nüchternen, gewöhnlichen Tonfall und bewegten sich rasch, als ob sie gerade Besorgungen machten. Schrilles Gelächter brach irgendwo aus. Ein Mann, der sich eine Lederröhre für Schriftrollen über den Rücken geworfen hatte, joggte an ihnen vorbei. Kleine Jungen zogen klappernde Karren hinter sich her, und Pferde beförderten Fuhrwerke. Irgendwo brannte Abfall, die schwachen Gerüche von Küchenfeuern und Wolle und Staub trieben durch die Luft. Tiere schnüffelten, Leute unterhielten sich, Wagenräder knarrten, und Kies knirschte unter den Schritten der neben ihm einhermarschierenden Soldaten. Ein grüner kleiner Hügel, der von Bäumen beschattet wurde, erhob sich zu seiner Linken.

Draken hatte niemals zuvor an einem Ort so viele reinblütige Akrasianer gesehen. Sein Eindruck von der Bevölkerung wurde beherrscht von einem vereinheitlichenden Merkmal: Jedes Auge war schwarz umrandet – von den kleinsten Kindern bis hin zu den ältesten Erwachsenen wiesen alle diese typische Eigenschaft auf. Es diente dazu, ihre Mienen zu intensivieren. Darüber hinaus tendierten die meisten zu der hellen Haut, den hageren Gesichtszügen und den schwarzen Haaren, die für Reavan und seine Gardesoldaten kennzeichnend waren.

Draken schaute hinter sich, hielt Ausschau nach irgendetwas Bekanntem. Der weiße Kies endete an dem Pfad in den Wald hinein. Die Bäume griffen auf ein nahegelegenes Haus über, und drei Kinder spielten an der Tür mit einem kleinen Nagetier. Ein Junge nahm die Kreatur an ihrem Schwanz hoch, und sie begann zu quieken. Die Schwärze jedoch war verschwunden und von dieser Seite nicht zu sehen.

Vor Überraschung geriet Draken ins Stolpern. Einer der Gardisten packte ihn am Arm. »Gib auf deinen Weg Acht, Pirat.«

Die Sonne stand hoch am Himmel. Nach dem schattigen Wald fühlte sich die Wärme auf Drakens Schultern sehr angenehm an. Osias' Haar strahlte in der Sonne so grell, dass man den Blick abwenden musste, und in dem Licht nahm seine blasse Haut einen neuen Glanz an. Auch Setias Flecken leuchteten.

Erwachsene Passanten zeigten ein verstecktes Interesse an ihrer Gruppe, insbesondere an Draken, Kinder jedoch starrten sie unverhohlen an. Reavan, der mit hochgerecktem Kinn und nach vorn gerichtetem Blick voranging, nahm keinen dieser Menschen zur Kenntnis. Unvermittelt rannte ein kleines Mädchen auf sie zu, ohne auf die glänzenden Schwerter zu achten. Es trug eine lange, locker herabhängende Tunika, und seine Füße waren nackt. Ein Sonnenbrand hatte Wangen und Nase gerötet. Es sah Draken direkt an. »Bist du der Piratenfürst?«

Die Leute in der Nähe schauten mit plötzlich erwachter Aufmerksamkeit zu. Der Vater kam näher und nahm die Hand des Kindes. »Verzeihung, mein Herr«, entschuldigte er sich bei Draken, warf Reavan einen reuevollen Blick zu und zog die Kleine trotz ihrer Proteste fort.

»Aber ich will den Fürst sehen, Vater!«

»Er ist zu jung, um der Fürst zu sein«, murmelte der. »Komm, mein Kind.«

»Er sieht aber aus wie der Mann auf der Münze!«

»Alle brînianischen Blut-Lords sehen ähnlich aus«, erwiderte der Vater leise und zerrte sie weg.

»Der Mann scheint Angst vor Euch zu haben«, sagte Osias zu Reavan; sein Tonfall war nicht zu deuten.

»Mädchen!«, rief Reavan. Seine Augen waren auf Osias geheftet, seine Hand lag am Dolchgriff.

Die zwei blieben stehen und drehten sich um – das Kind erwartungsvoll, der Vater widerwillig.

»Komm her, Kind!«, befahl Reavan mit einem Lächeln, das aussah, als hätte er sich den Schwertgürtel zu fest umgeschnallt. »Ich werde dir nicht wehtun.«

Das Mädchen riss sich los und rannte zu ihm zurück. Sein Vater kam einen Schritt näher, überlegte es sich dann aber anders.

Durch eine List und gutes Timing hatte Osias das Ansehen von Reavan auf den Prüfstand gestellt. Der Lord-Marschall hatte keine andere Wahl, als seinem Volk einen guten Leumund unter Beweis zu stellen. Draken war angespannt; er hatte so ein Gefühl, als ob das Ganze jetzt auf seine Kosten gehen würde.

»Betrachte ihn nur, Kind«, sagte Reavan und zeigte auf Draken. »Dieser Pirat ist wegen Verbrechen gegen Akrasianer auf dem Weg zu den Käfigen.«

»Ich bin kein Pi…«, begann Draken, doch ein plötzlicher Stich in die Nierengegend brachte ihn zum Schweigen. Die Spitze eines Schwertes stieß durch seinen Umhang und seine Tunika wie ein Erring durch blutgetränkte Meere.

Reavan schaute mit einer Geduld zu, die seine Genugtuung nur oberflächlich tarnte.

Draken verließ sich darauf, dass man ihn nicht sofort vor all diesen Leuten umbringen würde, und sprach weiter. »Dein Vater hat recht, kleines Mädchen: Ich bin kein Fürst«, erklärte er. Dann schaute er zu Reavan. »Ich bin aber auch kein Pirat. Und ich werde nicht für lange Zeit ein Gefangener sein.«

Reavans Lächeln verblasste, doch er gab der Kleinen eine Münze und schickte sie zu ihrem erleichterten Vater zurück. Anschließend trat er nahe an Draken heran. »Sprich noch einmal, und ich werde dich mit Freuden töten. Mantikgebunden oder nicht – gib mir nur einen Grund.«

Draken antwortete nicht darauf. Sein Triumph war von kurzer Dauer gewesen. Reavan in der Öffentlichkeit vorzuführen stellte genauso sehr eine Kränkung seines Egos dar, wie es die nicht öffentliche Niederlage im Wald gewesen war. Ein dünnhäutiger Adliger – am Hofe seines Cousins hatte Draken viele solcher Edelmänner kennengelernt. Dass er mit ihnen vertraut war, schenkte ihm etwas Trost.

Sobald sie ihren Marsch wieder aufgenommen hatten, brachten die Gerüche von köstlichem Essen seinen Magen zum Knurren. Vor der Gebäudereihe verlief ein sauberer Holzbohlenweg die lange Straße hinunter, damit die Fußgänger spazieren konnten, ohne dass ihre Stiefel staubig wurden, obgleich man die weiße Straße allem Anschein nach penibel pflegte. Die Häuser waren auf Hochglanz gebracht, sodass sie das Licht reflektierten. Geschnitzte Symbole schmückten die Türstürze. Draken kniff die Augen zusammen und stellte fest, dass er sie nunmehr lesen konnte: Es schien sich um Nachnamen zu handeln.

Lachende, barfüßige Kinder spielten auf einem Hügel, dessen Mittelpunkt ein riesengroßer Brunnen bildete, hergestellt aus schwarzem Hartgestein. Scharf konturiert im grellen Sonnenlicht, erhob sich dort die Darstellung einer Frau, die in ein langes, fließendes Gewand gekleidet war. Ihre langen Rundungen glänzten nass im Licht der Sonne. In der einen Hand hielt sie ein Schwert, mit der anderen reckte sie eine Ansammlung weißer Scheiben empor, die an Schnüren hingen; sie reflektierten intensiv die Strahlen der Sonne und gaben in der lauen Brise ein Klimpern von sich, das sich mit der Geräuschkulisse der ständig geschäftigen Stadt verband.

War das vielleicht eine Darstellung der Königin? Draken wagte es nicht, die Frage laut zu stellen. Die Wunde am Rücken, die er beim letzten Mal davongetragen hatte, als er sich ungefragt äußerte, schmerzte immer noch wie ein frisches Brandzeichen.

Vor ihm endete die weiße Straße an einem beeindruckenden schwarzen Gebäude, das ebenfalls aus Hartgestein errichtet war. Es stand auf einem sanft ansteigenden Hang, davor erstreckte sich eine weit ausgedehnte Grünfläche. Ein Festungsgraben mit hoher Böschung, der von einem mit schrecklichen Stacheln bestückten Zaun umschlossen wurde, bog sich um die Ecke des Gebäudes. Die brackige Strömung hatte weißgraue Wassermarkierungen auf den schwarzen Mauern hinterlassen.

Die grob behauenen Steine schafften es, selbst im grellen Sonnenlicht nicht zu glänzen. Das Bauwerk war ein spartanischer, ausladender Kasten mit zweckmäßigen Mauerzinnen und einem hohen Turm nahe den Toren. Hoch oben auf den Befestigungen übten Bogenschützen mit Pfeilen. Gewaltige verschlossene Tore auf der Brücke schützten den Eingang, vor dem sich ein Trupp von zwei Dutzend Soldaten in grünen Umhängen aufhielt. Der weiße Kiesbelag führte durch die Tore hindurch, die nach vorne aufschwangen, als sie sich näherten. Die Soldaten salutierten vor Reavan, indem sie die Faust ans Schlüsselbein legten. Er beachtete sie nicht. Osias und Setia warfen sich gegenseitig einen Blick zu und folgten ihm durch die Tore, Draken blieb dicht hinter ihnen.

Sie gingen durch einen langen, schattigen Säulenvorbau, wo sie vor der Sonne geschützt waren. Er führte zu einem Innenhof, der unter freiem Himmel lag und ebenfalls eine Grünfläche aufwies, die aus der niedrig wachsenden Bodenvegetation bestand. Das Blubbern eines Springbrunnens dämpfte die Geräusche der Stadt. Die drei Neuankömmlinge schauten sich um, fuhren mit ihren Blicken die überdeckten Laufgänge und Balkone entlang, die sich vor den Innenseiten des Gebäudes befanden. Nur wenige der zahlreichen Türen standen offen, um Luft und Licht hereinzulassen, was ebenso streng wirkte wie das Äußere des Bauwerks.

Der Lord-Marschall drehte sich zu Osias um. »Meine Königin hat die Gepflogenheit, unfreundlich zu ungebetenen fremden Gästen zu sein. Ein Mantiker besitzt selbstverständlich ein gewisses Privileg. Aber seht zu, dass Ihr Ihre Majestät nicht beleidigt, denn so etwas wird schnell und mit Sicherheit eine Strafe nach sich ziehen. Im Innern ihres Empfangszimmers wird Magie übrigens nicht funktionieren, und in anderen Bereichen müsst Ihr eine Erlaubnis einholen, bevor Ihr sie ausübt.«

Draken, der verärgert war, weil er so lange hatte schweigen müssen und unbeachtet geblieben war, zerrte an den Fesseln, mit denen seine wunden Handgelenke zusammengebunden waren. »Wie lange müssen wir warten, bis wir sie sehen? Ich würde diese Stricke gerne so schnell wie möglich loswerden.«

»Schweig, bis die Königin dir zu sprechen befiehlt!«, schnauzte der Lord-Marschall.

Setia drängte sich vor. »Warum hasst Ihr Draken so sehr, mein Herr?«

Der Lord-Marschall wandte sich ihr zu und nahm sich einen Augenblick Zeit, um sie zu mustern. Draken ertappte sich dabei, dass er sie ebenfalls beobachtete – allerdings fasziniert. Sie entsprach schwerlich seiner Idealvorstellung von einer Frau, doch Setia verfügte über eine animalische Sinnlichkeit, als ob ihre lockeren Kleidungsstücke einen Körper verbargen, der für die Freuden des Fleisches besonders geschaffen war. Osias blickte ihn an, als ob er wüsste, was Draken gerade dachte. Draken runzelte die Stirn. Und wahrscheinlich wusste er es tatsächlich.

»Er kümmert mich überhaupt nicht, weder in positiver noch in negativer Weise. Nur der Wille meiner Königin kümmert mich.« Reavans Stimme war gefährlich leise, als ob Setia ihn zu einem Duell herausgefordert hätte. Er machte auf dem Absatz kehrt und stolzierte fort.

Er kann seine Wut nur schlecht verbergen, dachte Draken. Setia allerdings hatte eine gute Frage gestellt.

»Warum glauben sie, dass ich ein Pirat bin?«, fragte er Osias mit flüsternder Stimme. Die Männer von der akrasianischen Kriegsflotte wussten natürlich von der brînianischen Piraterie, aber es ergab keinen Sinn, bei der Begegnung mit einem Fremden diese Schlussfolgerung zu ziehen und ihn sofort für einen Seeräuber zu halten.

Osias schaute ihn mit einem kurzen humorlosen Grinsen an. »Ihr seid doch Brînianer, nicht wahr?«

Und dann gab es keine weitere Unterhaltung, denn sie betraten das Gemach der Königin.

KAPITEL FÜNF

Draken drehte sich der Magen um, als er den Blutgeruch im Innern des Thronsaals wahrnahm. An einem Ende des Raums stand ein weißer Metallsessel, der so dünn wie das Papier von Buchrollen war und wie ein Vollmond an einem sternenlosen Mittsommerhimmel leuchtete. Draken fragte sich, wie er überhaupt irgendwelches Gewicht tragen konnte und weshalb die Königin etwas so Schwaches als ein Symbol ihrer Macht bei sich aufbewahren sollte; dann begriff er voll Staunen – mondgeschmiedet. Er hatte beispielhafte Gegenstände aus dem Metall aus der Nähe gesehen, das in den abgelegenen Gebieten von Akrasia gefördert wurde: eine kleine Klinge, leicht wie Sonnenlicht in seiner Hand, billiger Schmuck und kostbares Geschmeide. Der monoeanische König trug eine Kette aus diesem Material. Aber niemals hatte Draken irgendetwas so Großes und unschätzbar Wertvolles zu Gesicht bekommen.

Noch beeindruckender war eine aufwändige Ausstellung von mindestens einhundert Schwertern, Messern, Äxten und anderen, fremdartigen Waffen, welche die Wände zierten. Viele schimmerten wie frisch geputzte Zähne und waren so weiß wie der Thron selbst. Ein kurzes, übel aussehendes Schwert allerdings war bis zum Griff besudelt und strotzte vor dunklen Flecken. Als es aufgehängt worden war, musste man es kurz zuvor noch zum Töten benutzt haben, denn Blut war sogar noch die schwarze Wand hinuntergelaufen.

Mit einem Schlag wurde Draken klar, dass immer noch Blut von dem Schwert tropfte. Es sammelte sich am Boden zu einer Lache und versickerte dann in einer Spalte. Es sah nicht danach aus, als ob der Strom fallender Tropfen irgendwann enden wollte. Was für eine Teufelei war hier am Werk? Er senkte die Augenbrauen und wies mit einer Kinnbewegung Osias auf das Phänomen hin, der mit finsterem Blick hinüberschaute.

Lord-Marschall Reavan beugte das Knie vor dem Thron, streckte seine Hand in Drakens und Setias Richtung und ließ sie energisch nach unten fallen. Auch Setia machte einen Kniefall. Widerwillig kniete sich Draken hin, als die hinter ihm stehende Gardesoldatin die Spitze ihres Schwertes schmerzhaft gegen seinen Rücken drückte. Osias begab sich zwischen die Soldaten und den Thron, blieb aber stehen. Reavan wandte seine Aufmerksamkeit wieder dem mondgeschmiedeten Prunkstück zu, als ob die Königin sich dort materialisieren würde.

Draken starrte zum silbernen Haar des Mantikers hoch, das trotz der Düsternis leuchtend war. Ein bleiches Licht folgte ihm, das eine schwache, staubige Spur in der Luft hinterließ. *Ihr Götter, mir wird schwindelig vor Hunger*, dachte Draken, *ich sehe wohl Gespenster.*

»Hauptmann Tyrolean teilt mir mit, dass wir Besucher haben, Reavan«, sprach eine Stimme, die so geschmeidig wie geschmolzenes Eisen klang, dabei aber die Klarheit einer Autoritätsperson besaß.

Die Bemerkung kam vom Eingang, durch den sie gerade gekommen waren, und sie drehten sich alle, um zu schauen, wer da gesprochen hatte. Draken sah eine Silhouette mit weiblichen Formen, doch der breit gebaute Mann, der vor ihr hereinkam, zog zuerst sein Interesse auf sich. Er hatte die von Linien umrandeten Augen eines Akrasianers und zeigte die argwöhnische Einstellung eines erfahrenen Leibwächters. Er hielt zunächst eine Distanz von fünf Fuß zu der Frau, aber als sie ihn fortwinkte, zog er sich zurück und stellte sich in den Eingang. Seine Augen überflogen den Raum, dann ließ er den Blick auf Draken ruhen. Die spitzen Griffe von zwei Schwertern ragten wie Hörner aus ihren Scheiden über seinem Rücken empor. Beeindruckende Waffen … Draken aber fragte sich, wie er sie herauszog, ohne sich selbst in die Handinnenseiten zu stechen. Seine grüne Tunika zeigte zwei diagonale weiße Streifen. Sich umzudrehen, damit er den Mann im Auge behielt, war zwar schmerzhaft für Drakens steifen, erschöpften Körper, doch er wagte es nicht, seinen Blick von den Neuankömmlingen abzuwenden.

»Ich habe Euch einen Mantiker gebracht, meine Königin«, antwortete Reavan, mit einem amüsierten Klang in der Stimme. Er schritt zu ihr, beugte sich über ihre Hände und hob sie zu seiner Stirn. Es war ein einfaches Zeichen der Zuneigung zwischen einer königlichen Dame und ihrem Vertrauten, und doch fehlte jegliche Freundlichkeit.

Sie gab keine Erwiderung.

Osias, der ihr das Gesicht zugewandt hatte, berührte die eigene Stirn mit den Fingerspitzen beider Hände. »Diese Audienz ehrt mich, Königin Elena.«

Sie trat aus dem blendenden Licht des Eingangsbereichs und schritt auf den Thron zu. Ein schwarzes Gewand hüllte ihre schmale Gestalt in Dunkelheit. Draken hatte augenblicklich den Eindruck, dass sie atemberaubend sein würde, wenn sie lächelte, doch sie war allem Anschein nach nicht von heiterer Natur.

»Die Trauerkleidung steht Euch nicht, meine Königin«, erklärte Reavan. »Werft sie von Euch, sodass wir neu anfangen können.«

»Bei den Sieben-Monden, Reavan, scheltet mich nicht vor meinen Gästen. Ich werde meinen Vater bis Sohalia betrauern, wie es angemessen ist.« Ihr ungezwungener Tonfall passte nicht zu ihrem angespannten Ausdruck. Sie bewegte sich weiter, das Zischeln eines Seidenrocks war zu vernehmen, und dann schritt sie an ihnen vorbei zu dem weißen Thronsessel. Als sie sich hinsetzte, kreuzte sie ein Bein über das andere. Dann rutschte sie ein wenig hin und her, als ob sie sich in dem Sitzmöbel einzugewöhnen versuchte. Der Thron gab nicht im Geringsten unter ihrem Gewicht nach.

Sie fixierte unverwandt Osias. »Was bringt Euch an meinen Hof, ehrwürdiger Mantiker?«

Osias hatte sich umgedreht, während sie zum Sessel gegangen war. Er starrte sie an, ohne sogleich eine Antwort zu geben.

»Wollt Ihr es mit Magie versuchen?« Königin Elena ließ ihrer Stichelei kein Lächeln folgen.

Draken sträubte sich innerlich.

»Nein, Eure Majestät«, antwortete Osias.

»Ihr zeigt eine bemerkenswerte Zurückhaltung für jemanden, der noch so jung ist«, sagte sie. »Die meisten Mantiker können nicht widerstehen, den Abwehrzauber in meinem Thronsaal auf die Probe zu stellen.«

Osias lächelte: ein schwacher Versuch, die Stimmung aufzuhellen. »Es sind schon viele Sohalias vergangen, seit man mich zuletzt bezichtigte, ich würde Zurückhaltung üben oder jung sein.«

Sie schien es nicht zu mögen, dass ihre eigenen Worte auf sie zurückfielen. Sie wandte sich mit ihrer Gereiztheit Reavan zu und verstärkte damit Drakens Verärgerung. »Mantiker drehen sich immer im Kreis, wenn sie sprechen.«

»Kommt zur Sache, Mantiker«, sagte Reavan. »Erzählt der Königin, weshalb Ihr alle hier seid.«

»Draken ist hier, weil ich es so wünschte.« Osias streckte die Hand nach unten und fuhr mit den Rückseiten seiner Finger leicht über Drakens Wange, der bei der Berührung das Gefühl hatte, dass ihn ein seltsamer Schauder der Wertschätzung durchströmte. »Setia und ich sind eher in Verfolgung eigener Pläne hergekommen.«

Königin Elena wölbte eine ihrer schmalen Augenbrauen. »Ihr habt Pläne, was mein Reich anbelangt?«

»Pläne, was seinen Schutz anbelangt«, entgegnete Osias. »Ein Verräter droht, und ich habe den Wunsch, dies allen Herrschern des Landes zu melden.«

Ihre Augen verengten sich, und sie beugte sich nach vorn. »Ich bin Herrscherin dieses Landes.«

Du musst etwas beweisen, oder?, dachte Draken.

Osias neigte den Kopf. »Selbstverständlich, Eure Majestät, ich habe mich versprochen.«

»Ihr meint natürlich, dass Ihr die Absicht habt, den Fürsten von Brîn zu informieren.«

»Gewiss, Eure Majestät. Und ebenfalls Lady Oklai, die Mondling-Mutter.«

Bei diesem Namen presste Königin Elena die Lippen aufeinander.

Draken veränderte seine Haltung, dabei versuchte er, sich unauffällig zu bewegen; doch die dunklen Augen der Königin huschten zu ihm. Einst hatte ein Pfeil die Panzerung an seinem Knie durchbohrt, und es trug seitdem sein Gewicht nicht allzu gut, wenn er lange Zeit kniete. Seine Vorgesetzten, sogar der König persönlich, hatten dieser Verletzung stets Rechnung getragen.

»Ein Verräter, sagt Ihr«, echote Elena leise.

»Ich fürchte, ein Mantiker hat den Rahmen unserer edlen Aufgaben verlassen und eigene Pläne betrieben.« Osias' Stimme wurde schwächer, als Reavan näher herantrat.

»So wie Ihr – denn die Aufgaben der Mantiker sind mit den Toten und nicht mit den Lebenden verbunden«, murmelte der Lord-Marschall.

»Das ist eine starke Anschuldigung – nahezu ein Verrat an den Euren, nicht wahr?«, fragte die Königin, die Reavan unbeachtet ließ.

Osias pflichtete ihr mit einem Nicken bei. »Einige werden dies denken. Aber dies betrifft weit mehr Leute als nur meinesgleichen.« Osias hielt inne und wechselte dann kurz in die brînianische Sprache. »*Fhavla Korde*. Akrasianer nennen sie Flüche.«

Reavan stieß ein ungläubiges Lachen aus. »Ihr seid den ganzen Weg hergekommen, bloß um uns ein Ammenmärchen zu erzählen?«

Osias ruckte bei Reavans verächtlicher Bemerkung missfällig mit dem Kinn. »Alle Märchen erwachsen aus einer wahren Saat. Genau bei Einbruch der letzten Nacht habe ich im Mondling-Wald oberhalb von Khein einen Fluch gesehen.«

Die Königin runzelte die Stirn. »Euer eigener König hat kürzlich noch die Nachricht geschickt, dass alles in Ordnung sei.«

Osias zögerte, bevor er schließlich eingestand: »Das wusste ich nicht. Seit dem letzten Sohalia bin ich nicht mehr zu Hause gewesen.«

»Ihr seid also ein Einzelgänger.«

Draken bemerkte die Niedergeschlagenheit im Tonfall des Mantikers, als dieser erwiderte: »Die Wahrheit? Ich bin auf einer lang andauernden Erkundungsmission. Ich stieß durch Zufall auf den Fluch und hielt es für weise, Euch zu warnen. Vielleicht ist es das Beste, wenn ich Eure Grenze stärke. Sollte der Fluch Besitz von Euch ergreifen, Eure Majestät, fürchte ich, dass Ihr eine Marionette unter der Kontrolle eines Verräters werden könntet.«

»Ich weiß Eure Besorgnis zu schätzen. Jedoch versichere ich Euch, dass ich dank unserer Verteidigungsmaßnahmen recht gut geschützt bin. Und wir haben Vorkehrungen getroffen für den Fall, dass ich nicht dazu fähig sein sollte, Führungsaufgaben wahrzunehmen.« Elena setzte ein nachsichtiges kleines Lächeln auf. Draken hatte recht gehabt: Selbst falsche Liebenswürdigkeit veränderte ihre gesamte Erscheinung, denn die Düsternis floh, und sie war wunderschön. Nun aber hob sie eine ihrer anmutigen Hände an den Hals, und ihr Lächeln verblasste. »Was gibt es, ehrwürdiger Mantiker?«

Draken schaute zu seinem Gefährten hoch, und ihm drehte sich der leere Magen um beim Anblick von Osias' Augen, in denen sich die Farben verwirbelten und die abermals violett wurden. Er drehte den Kopf, um nach hinten zu schauen, doch die Wächterin stieß ihn an. Er konnte aber nicht wegblicken. Das letzte Mal, als Osias so ausgesehen hatte, wäre Draken beinahe getötet worden.

Etwas huschte über seinen Kopf hinweg. Draken sah nicht, wie Osias es vollbracht hatte, aber sein Gefährte hielt plötzlich einen Pfeil in der Hand, den er aus der Luft gefangen haben musste. Einen Moment lang schaute Osias zu Setia zurück, und irgendeine Verständigung fand zwischen ihnen statt, denn er nickte ihr kurz zu und drehte sich anschließend zur Königin um. Er schritt zum Thron, kniete sich direkt vor ihr nieder und legte zu ihren Füßen den Pfeil auf den Boden.

»Tretet von der Königin zurück!«, rief Reavan mit schneidender Stimme.

Finger drückten sich in Drakens Bizeps, und die Gardesoldatin stieß ihn nach unten. Seine schmerzenden Muskeln schrien auf, als er auf den harten Steinboden prallte, dann ein weiteres Mal, als er sich nach hinten warf in dem Bemühen, sich zu befreien. Ein schwerer Stiefel auf seinem Rücken drückte ihn zu Boden und hielt ihn dort fest. Er ächzte und dachte dabei: *Wenigstens bin ich jetzt nicht mehr auf meinem Knie.*

Eilige Schritte brachten weitere Gardisten herbei. Stiefel und Umhänge sausten an Drakens Gesicht vorüber. Zischend schlossen sich die Türen, und Dunkelheit senkte sich über den Raum, die nur durch die entfernten Lichtkreise von Fackeln etwas aufgehellt wurde. Das Gewicht auf Drakens Rücken verlagerte sich; es war schmerzhaft schwer und bohrte sich in seine Wirbelsäule hinein. Der Pfeil leuchtete mit einem schwachen silbernen Schillern auf dem schwarzen Boden. Wie hatte der Mantiker ihn ohne den Einsatz von Magie fangen können? Oder war Osias' Macht größer als die der installierten Abwehrzauber?

Osias trat zurück und stellte sich zwischen Draken und Setia. Er sprach schnell, als er erklärte: »Das war nicht Draken, Eure Majestät. Lasst ihn auf…«

»Das ist ungeheuerlich!«, fiel Reavan ihm ins Wort. »Diese Besucher sind offensichtlich eine Ablenkung, um Möglichkeiten für einen Angriff zu schaffen. Dies ist ein Mantiker-Pfeil!«

Draken wehrte sich gegen den Stiefel, doch ein Stechen im Genick ließ ihn erneut innehalten. Die Schnittwunde brannte wie die wuchtigen Schläge in der monoeanischen Meeresbrandung.

»Er ist mithilfe der Mantik hergestellt worden, aber es ist nicht meiner«, antwortete Osias. »Auch nicht von Draken.«

»Ihr müsst ihn herbeigezaubert haben, Todessprecher«, behauptete Reavan. »Es gibt keine anderen Mantiker in der Stadt.«

»Wie Ihr schon gesagt habt – meine Magie ist hier unwirksam.« Osia kniete sich neben Draken auf den Boden und legte ihm ungeachtet des nahen Schwertes die Hand auf den Rücken. »Und außerdem: Beabsichtigte ich den Tod von Königin Elena, so wäre sie bereits tot.«

Großartig, dachte Draken. *Beleidige sie nur, wo sie doch so erpicht darauf sind, mich zu durchbohren.*

Reavan schritt auf sie zu. »Ist das eine Drohung?«

»Es ist die Wahrheit«, erwiderte Osias. »Wenn Ihr irgendetwas über meinesgleichen wisst, dann muss Euch klar sein, dass ich nur die Wahrheit sagen kann.«

»Lasst mich aufstehen!«, knurrte Draken in den Fußboden hinein. »Ich weiß absolut nichts von irgendeinem Pfeil …«

»Ruhe!« Die Königin.

Draken vernahm ein Zittern in ihrer Stimme, das Augenblicke

zuvor noch nicht da gewesen war. »Der Mantiker hat den Pfeil aufgehalten, oder etwa nicht? Reavan, nehmt die Schwerter weg, und lasst diesen Brînianer aufstehen!«

Zwei Gardesoldaten ergriffen Draken an den Oberarmen und beförderten ihn wieder auf seine Knie. Im Gesicht des Lord-Marschall höhlten sich unterhalb der Wangenknochen die Backen aus – wie bei einem Schädel –, seine Lippen pressten sich aufeinander, er blickte finster drein.

Hinter ihnen gab Hauptmann Tyrolean mit der Hand Gardesoldaten ein Zeichen und hieß sie, nach draußen zu gehen. Zwei Gardisten traten von hinten auf Draken zu. Die Geräusche weiterer eiliger Schritte setzten ein und verschwanden langsam, während die Soldaten davontrabten, um den Rest der Bastion zu warnen. Tyroleans tiefe Stimme erteilte Befehle, während Reavan sich neben der Königin hinkniete und ihr einen Kelch anbot. Die Tür schwang auf, als Leute hindurchgingen. Draken nutzte die Gelegenheit, um über den Innenhof hinweg zur entgegengesetzten Seite der Bastion zu blicken. Die Dachlinie war deutlich sichtbar, bis Tyrolean bemerkte, dass Draken dorthin schaute, und die Tür wieder schließen ließ.

Der Bogenschütze war auf diesem Dach, fuhr es Draken durch den Kopf. Weshalb sollte sie jemals einen solchen direkten Schuss in Richtung Thron ermöglichen? Das war dumm; er selbst allerdings war nicht so dumm, dies laut auszusprechen.

Königin Elena lenkte Osias' Aufmerksamkeit auf sich. »Könnte dies ein Teil der Rebellion sein, von der Ihr gesprochen habt – diese Sache mit den Flüchen?«

Entweder war sie ein Einfaltspinsel, oder sie versuchte gerade, sich selbst etwas weiszumachen. Draken fand nicht, dass sie einfältig aussah, aber Grausamkeit und Überzeugung konnten ein großes Maß an Unfähigkeit kompensieren. Er wartete darauf, dass sein Herz aufhörte, so heftig zu pochen, doch seine Sorge war zu groß. Warum nur wurde die Königin nicht an einen sichereren Ort gebracht?

»Der Gedanke drängt sich mir auf, dass dieser Angriff etwas mit den Flüchen und dem verräterischen Mantiker zu tun hat, von dem ich sprach«, antwortete Osias. »Es ist einer unserer Pfeile, Eure Majestät.«

Lord-Marschall Reavan trat an den Thron heran. Er holte tief Luft, bevor er zu sprechen begann, als ob er Gelassenheit in sich sammeln würde für eine längere Auseinandersetzung. »Diese Fluch-Geschichte ist eindeutig konstruiert worden, um Euch abzulenken, meine Königin, und auch, um verlorengegangenes Vertrauen zurückzugewinnen. König Truls berichtet, dass der Frieden stets in angemessener Weise eingehalten wird. Kein Wort von Flüchen: Die Wahrheit ist, dass er niemals von ihnen gesprochen hat, weil – wie ich denke – er genau wie wir weiß, dass es Ammenmärchen sind.«

Bevor er sich eines Besseren besann, platzte es aus Draken heraus: »Genau das habe auch ich gedacht. Doch ich spürte es, obwohl …« Das Schwert stach erneut in seinen Rücken. Er drehte sich um und blaffte: »Lasst das sein!« Die Schwertspitze zog sich um einen Zoll zurück, der Gardist blinzelte überrascht.

Königin Elenas kalter Blick wandte sich Draken zu.

»Vergebt ihm.« Osias sprach in einem sanften, entschuldigenden Tonfall. »Der Fluch griff ihn an, und die Erinnerung daran schmerzt ihn immer noch. Es fehlte nicht viel und er wäre gestorben, Eure Majestät.«

»Und praktischerweise ist er es trotzdem nicht«, murmelte Reavan.

Osias beachtete ihn nicht. »Ich habe Draken als einen Zeugen hierhergebracht, damit er helfen kann, dass Ihr es versteht. Das sind mächtige, bösartige Wesenheiten. Sollten sie die richtige Seele ergreifen, insbesondere Eure Seele, Eure Majestät, könnten sie einen Mantiker mit einer Macht unterstützen, die uns nicht gehört.« Osias zögerte, und seine Miene verwandelte sich zu einem Ausdruck kindlicher Hoffnung. »Glaubt Ihr mir? Erkennt Ihr, dass ich die Wahrheit sage?«

Königin Elena zögerte, dann aber nickte sie. »Ja, ich erkenne es.«

»Königin Elena!« Mit schwungvollen Bewegungen begann Reavan auf und ab zu gehen; die Fäuste in die Seiten gestemmt, sodass seine Finger weiß wurden. »Die Weisheit ist geflohen im Angesicht dieses Angriffs. Ganz gewiss ist dies ein brînianisches Komplott, um Eure Herrschaft zu unterminieren!« Er blickte zurück zu Draken, und sein Gesicht verzerrte sich vor gefährlicher Wut. Reavan war ein Mann, der kurz davorstand, etwas zu unternehmen, unter dem Draken zu leiden haben würde. »Ein Zeuge? Der brînianische Pirat hat uns angegriffen.«

»Erst nachdem Ihr mich angegriffen habt«, unterbrach ihn Draken. »Und ich bin kein Pi…«

»Seid still, Sir«, sagte Tyrolean leise, der nun ganz nah hinter Draken stand.

Dieser war so stark mit Reavan beschäftigt gewesen, dass er nicht bemerkt hatte, dass Tyrolean ihm so nah gekommen war. *Reiß dich zusammen*, schalt er sich selbst. *Lass nur zu, dass jemand sich an dich ranschleicht – und du wirst nicht alt werden.*

»Der Mantiker hat mir das Leben gerettet«, erklärte die Königin, die plötzlich recht jung aussah. Doch die nächsten Worte radierten dieses Bild aus. »Und Ihr vergesst Euren Platz, Lord-Marschall. Geht zu den Soldaten meiner Garde. Seht zu, dass sie mir den Attentäter bringen. Und zwar lebendig.«

Keinerlei Wärme milderte ihren Ton. Reavan vollführte eine knappe Verbeugung und ging fort, seine raschen Schritte hämmerten auf dem Steinboden.

Elena wandte sich wieder Osias zu, sobald der Lord-Marschall verschwunden war. »Erzählt mir mehr über diesen Brînianer. Weshalb ist er so weit fort von zu Hause?«

»Sein Name ist Draken. Er kommt durch zufällige Zauberei hierher, und ich habe Anspruch auf ihn erhoben.«

Draken sah keinen Grund, ihm zu widersprechen. Bisher hatte der Mantiker sein Geheimnis bewahrt, und Draken hatte niemand anderen, dem er trauen konnte.

»Lasst mich Eure Stimme hören, Draken.«

Seine Hände waren taub von den Fesseln, und er dachte, dass er langsam zu alt dafür wurde, auf diese Weise zu knien. So etwas war in Ordnung für jene Soldaten, die sich in ihren Zwanzigern befanden; er jedoch war über fünfunddreißig und besaß einen Körper gepflastert mit den Narben alter Kämpfe. Aber das Schwert in seinem Rücken hatte er nicht vergessen. »Es ist, wie Osias sagt, Königin Elena. Der Fluch griff mich an, und Osias rettete mich.«

»Seid Ihr ein reinblütiger Brînianer?« Ihr Blick wanderte abschätzig über Draken, als ob sie widerlich fand, was sie dort sah.

Draken blickte zu Osias hoch. Dies konnte brenzlig werden. Sie hatten die Feinheiten ihrer Lüge nicht besprochen.

»Das ist er, Eure Majestät«, erklärte Osias.

Königin Elena trommelte einmal mit ihren Fingern auf das dünne Metall ihres Sessels. Es klingelte wie eine Glocke, und eine Gardesoldatin ergriff abermals Drakens Arm; ihre Finger bohrten sich in seinen Bizeps. *Nervöse Leute*, stellte er mit einiger Verachtung fest. Er hätte erwartet, dass die Garde einer Königin ihre Haltung besser wahrte.

»Der brînianische Thronerbe und seine Verlobte sind hier«, sagt Königin Elena schließlich, »und ruhen sich von ihrer Reise aus. In ein paar Tagen werden sie den Hof besuchen. Sie mögen Anspruch auf Euch erheben, wenn sie das wollen. In der Zwischenzeit werdet Ihr in den Käfigen gefangen gehal…«

»Er hat nichts Böses vor«, warf Osias eilig ein.

Elenas umrandete Augen waren weiterhin fest auf Draken geheftet. »Ich sollte mir nicht den Luxus erlauben, Nachsicht zu üben, wenn es um irgendeinen Brînianer geht, insbesondere nicht bei einem, der meinen Ersten Hauptmann getötet hat.«

»Er ist ein brînianischer Nêre, ein Krieger-Lord, der Euch ehrenhaft dienen wird«, sagte Osias. »Respektiert in seinem Heimatland. Und keine Gefahr für Euch. Ich habe keine Entschädigung gefordert, als die Soldaten Eurer Garde uns angriffen, nun aber wünsche ich eine Wiedergutmachung, die darin besteht, dass dieser Mann freigelassen wird. Ich bin sicher, dass der ehrwürdige Fürst Khel es ebenfalls von Euch erbitten würde.«

»Ich will Fürst Khel nicht beleidigen«, erwiderte Elena. »Doch ich muss vorsichtig sein, besonders in dem Fall, dass der Wahrheit entspricht, was Ihr von den Flüchen sagtet.« Sie hielt inne und starrte erneut Draken an. »Er darf in Eurem Gewahrsam bleiben. In der Zwischenzeit, Draken, solltet Ihr darüber nachdenken, wie Ihr mir von Nutzen sein könnt.«

Draken neigte den Kopf. »Das werde ich, Eure Majestät.« *Es ist ja nicht so, als hätte ich etwas Besseres zu tun – wo ich doch hier als Gefangener festsitze*, dachte er. Aber er erkannte auch einen kleinen Verhandlungserfolg, wenn er ihm zu Ohren kam. Und wenn es regelmäßige Mahlzeiten gab, würde das seine Lebensbedingungen bereits um das Siebenfache verbessern.

»Also …« Elena begann, ihnen die Erlaubnis zu geben, sich zu entfernen. »Ich habe noch andere Angelegenheiten zu klären …«

»In dieser, Königin Elena, habt Ihr einen mächtigen Verbündeten gewonnen«, erwiderte Osias leise.

Elenas umrandete Augen huschten in seine Richtung, und sie erhob sich halb von ihrem Thron. »Vielleicht seid Ihr doch nicht so leichtgläubig, wie Ihr erscheint, ehrwürdiger Mantiker.«

»Die Mantiker schützen viele Geheimnisse«, erklärte Osias. »Nicht alle davon sind unsere eigenen.«

Etwas in der Art und Weise, wie ihr Gesicht sich anspannte, verursachte bei Draken ein neues, alarmierendes Summen, das seinen ganzen Körper erfasste. Aber es ging vorbei; und sie setzte sich wieder hin und glättete ihren Rock mit einer Hand. Mit einem triumphierenden Lächeln wandte sie sich Draken zu.

»Ich freue mich, Euch meine Gastfreundschaft anzubieten, Draken«, sagte sie. »So wie Ihr ausseht, werdet Ihr in der Tat ziemlich nützlich sein.«

Ein Zittern durchfuhr ihn angesichts der plötzlichen Rückkehr ihrer Schönheit. Er wusste nicht, ob dies von seinen Nerven oder ihrer Attraktivität herrührte. *Oh, ihr Götter* … Doch, sie war gefährlich.

Nachdem Setia und Draken losgebunden worden waren, legten die Gardisten großen Wert darauf, mit ihnen durch einen unerfreulichen Innenhof zu spazieren, der voller drückend heißer Käfige war, die man noch nicht einmal mit Leintuch zum Schutz vor der Sonne versehen hatte. Unglückliche Gefangene litten in der Hitze; schweißnass und blutverschmiert, Männer wie Frauen gleichermaßen. Es gab drei flache Tische, die von Zahnrädern und Ketten nur so starrten und voller Blutflecken waren; eine Leiche baumelte von einem Galgen herab.

Draken starrte auf den spindeldürren Leichnam – der Mann war erst kürzlich gestorben –, während er sich an seinem Strick drehte. Als Draken das Gesicht zu sehen bekam, hielt er inne. Sarc.

Er hatte keinen leichten oder gar schönen Tod gehabt. Die eine Hand hatte sich unter dem Seil um seinen Hals verfangen – wohl in dem vergeblichen Bemühen zu entkommen. Die andere baumelte seitlich herab; sie war gebrandmarkt wie Drakens Hand. Der Kopf hatte sich zur Seite geneigt, die Augen waren hervorgetreten. Körperausscheidungen hatten seine zerlumpten Gefängnisklamotten besudelt, die, als Folge von Auspeitschungen und anderer Folter, in blutigen Fetzen herabhingen.

Osias drehte seine Augen nach innen und murmelte etwas im Flüsterton. Draken steckte die Hände unter seinen Umhang und ging weiter. Er hatte wenig Zeit für Mitleid. Nachdem er seine Aufmerksamkeit von den Käfigen und dem schauerlichen Toten abgewandt hatte, nahm er die Gelegenheit wahr, die Reihe der Bogenschützen entlang des Daches zu studieren. Die Soldaten hatten die Pfeile eingespannt. Diese Bastion war nichts als ein Gefängnis für ihn.

Ihr Raum war groß, luftig und einfach möbliert. Dicke Balken stützten die Kohleziegeldecke, und ein kleines Feuer brannte in der Herdstelle. Eine einzelne große Matratze lag auf einem niedrigen Podest, zwei Bänke standen seitlich neben einem Tisch. Draken öffnete die Fensterläden. Nach einem kurzen Blick hinaus auf die Straße und den ruhigen Festungsgraben, dessen Wasser träge vor ihrem Fenster dahinfloss, schloss er die Läden wieder. Zweifellos lebte etwas Gemeines in diesem Gewässer. Diener brachten etwas zu essen, und die drei langten kräftig zu, ohne miteinander zu reden.

»Ihr glaubt, dass mir diese Sache über den mächtigen Verbündeten entgangen ist«, unterbach Draken die Stille, als der gröbste Hunger gestillt war. »Bin ich das oder seid Ihr damit gemeint?«

Osias lächelte. »Ihr kämpft gut, nicht wahr?«

Draken zuckte mit den Schultern. »Man hat mich im Umgang mit dem Bogen ausgebildet, seit ich klein war.«

»Und Ihr seid ein denkender Mensch. Also meine ich, dass sie in Euch einen Verbündeten gewonnen hat, oder nicht?«

»Das bleibt abzuwarten. Ich bin nicht so erpicht darauf, ihr zu dienen, wenn sie mir mit diesen Käfigen droht«, erwiderte Draken säuerlich und stand auf, um sich die Hände zu schrubben. Er gestikulierte, wobei er Wassertröpfchen umherschleuderte. »Ihr werden meine Brandzeichen nicht gefallen. Und auch nicht meine Vergangenheit.«

»Sie wird nichts davon erfahren. Die meisten Brînianer tragen Armschienen oder so viele Kettchen, dass Ihr damit Eure Narben verdecken könnt. Wo wir gerade davon sprechen – ich werde mich jetzt um die Schnittwunden auf Eurem Rücken kümmern.«

Draken zog sich die herbeigezauberte Tunika über den Kopf und setzte sich hin, den Rücken dem Mantiker zugewandt. Osias' sanfte, warme Finger glitten über seine Haut nach unten, untersuchten eine Schnittwunde, und Draken zuckte zusammen, ohne es zu wollen. Die verdammte Verletzung verursachte einen stechenden Schmerz, der bis in die Knochen ging.

»Ah, ja. Sie haben ihre Klingen im Schmauch beschichtet.« Osias öffnete sein Bündel. »Ich habe eine Gadye-Salbe, die das Gift herausziehen sollte.«

»Sie haben mich vergiftet?« Draken drehte sich herum, damit er sehen konnte, was der Mantiker da tat.

Osias tauchte die Finger in einen kleinen Lederbeutel mit schwarzer Salbe. »Ein schwacher Giftstoff, der entwickelt wurde, um Schmerzen zu erzeugen, die vor allem der Ablenkung dienen sollen.« Er schmierte das Zeug über Drakens Schnittwunden, und dank der kühlenden Wirkung verschwand das Stechen.

»Was ist ›Gadye‹?«, erkundigte sich Draken.

»Heiler und Wahrsager«, antwortete Osias. »Ein uraltes fahrendes Volk, das recht gut über das hinauszuschauen vermag, was unsere Augen uns mitteilen.«

»Viele halten sie für Lügner und falsche Propheten«, warf Setia ein, als sie über das Bett kroch, um in ihrer Nähe Platz zu nehmen.

»Setia, sie halten keine Mondling-Sklaven mehr. Lass nicht zu, dass vergangener Groll dich davon abhält, den Wert einer Person zu erkennen.« Osias klang eher nachsichtig als tadelnd.

Draken, der keine Meinung zu den Gadye hatte, beugte den Kopf und dehnte den Hals, während Osias die Salbe auftrug. Die Kühle schien in seine Haut einzudringen und sich in seinem ganzen Körper auszubreiten, womit ihm zugleich etwas von seiner Besorgnis genommen wurde.

»Wer hat das Euren Händen angetan?«, fragte Setia.

Draken verkrampfte sich. Die Brandzeichen starrten ihn wieder an – karmesinrote, hässliche Verräter. Der Schmerz war nicht das Schlimmste gewesen, sondern die Schande. »Zu Hause hat man mich als Verbrecher gebrandmarkt.«

»Versucht, Euch keine Sorgen zu machen.« Osias' Atem streifte über Drakens Nacken hinweg. »Es ist ziemlich gut gelaufen, denkt Ihr nicht auch?«

Draken hob den Blick. »Ich weiß ja nicht, wie Ihr das seht, aber mir sind die Worte ›gefangen gehalten‹ nicht entgangen.«

»Es geht ihr darum, den äußeren Schein zu wahren«, entgegnete Osias. »Sie wird Euch nicht lange festhalten. Ich bin mehr besorgt über die Nachricht meines Königs an sie.«

»Sie klang ziemlich einfach«, meinte Draken, der sich zu einer Bank zurückzog und sich die Tunika wieder über den Kopf zog.

»Ich habe der Königin nicht die vollständige Wahrheit mitgeteilt – und auch Euch nicht.« Osias schürzte die Lippen. »Mein König ist verschwunden. Das ist der Grund, weshalb ich von zu Hause fort bin. Ich bin gekommen, um nach ihm zu suchen. Wenn er also nicht die Nachricht geschickt hat – wer dann?«

Draken beugte sich nach vorn und stützte die Ellbogen auf die Knie. »Irgendwelche Vorstellungen, was seinen Aufenthaltsort anbelangt?«

Der Mantiker schüttelte den Kopf. »Seit dem letzten Sohalia sind wir in Kreisen gewandert. Und jetzt, angesichts des Fluches, frage ich mich …« Er hielt inne und schaute Setia an. »Könnte es sein, dass König Truls etwas mit dem freigekommenen Fluch zu tun hat?«

»Eine Schwächung der Tore halte ich für wahrscheinlicher«, erwiderte sie, »da ihr zwei – sowohl du als auch der König – fort seid. Schick eine Nachricht nach Eidola. Deine Brüder werden sich darum kümmern.«

Osias nickte, doch er starrte geistesabwesend in das Feuer.

»Sie haben Euch im Thronsaal ignoriert«, sagte Draken nach ein paar Momenten zu Setia und stützte das Kinn in die Hand. »Warum?«

»Sie hielten mich für Eure Sklavin.«

»Meine? Wieso?«

»Weil viele Brînianer Mischlinge als Sklaven halten.«

Draken schüttelte den Kopf. »Ihr habt mich also mit jenen in eine Reihe gestellt, die sich Sklaven halten. Möglicherweise ist mir ja nicht viel Ehre geblieben, doch Sklaverei würde ich nicht tolerieren.«

»Viele entsetzliche Dinge wurden von Flüchen bewirkt, bevor die Mantiker sie in Eidola einschlossen«, erklärte Osias. »Doch das Schlimmste von allem war, dass sie die Menschenarten miteinander vermischten, um sich selbst zu verbergen – oftmals durch Vergewaltigung. Man betrachtet Gemischte als Nachkommen von Flüchen, durch deren Einfluss sie geschwächt wurden. Daher traut man ihnen nicht. Es ist selten, dass ein Mischling kein Sklave ist.«

Draken runzelte die Stirn. Das war etwas, wovon er nie zuvor gehört hatte. »Ich habe im Zehnjährigen Krieg gekämpft. Danach habe ich auf die akrasianischen Eindringlinge Jagd gemacht: Die meisten waren Brînianer und konnten dankbar sein, dass wir diese Einstellung zur Sklaverei vertraten. Ich dachte, ich wüsste … Nun ja. Wie dem auch sei, für mich klingt das wie ein Ammenmärchen. Das ist schwerlich eine Entschuldigung für Sklaverei.«

»Ich widerspreche Euch da nicht«, erwiderte Osias, »aber Ihr habt den Fluch gespürt. Was hättet Ihr unter seinem Einfluss getan?«

Osias und Setia schliefen, Draken jedoch fand keine Ruhe, während der Nachmittag in den Abend überging. Die Luft in dem Raum fühlte sich drückend und feucht an. Er tigerte umher und unterbrach seine Schritte erst, um die Fensterläden erneut zu öffnen. Er verspürte Erleichterung, als kühle Luft über seine Brust hinwegstrich. Die Nacht war gekommen und der Himmel schwarz geworden.

»Die Monde gehen in dieser Phase erst spät auf – so dicht an Sohalia.« Setia sprach leise, als sie sich zu ihm ans Fenster gesellte. »Aber ihr Licht ist heller als je zuvor.«

»Wir sind weit fortgeschritten in der Phase der abnehmenden Monde«, stimmte Osias zu, dessen Stimme noch rau vom Schlaf war. »Noch ein weiterer voller Aufstieg bis Sohalia.«

Sohalia. Tag der Toten. Wer würde sich um Lesles Grab kümmern, die Kerzen anzünden und Münzen auf ihren Altar legen? Wie würde sie Ruhe finden können, während ihr Mörder frei herumlief? Draken musste ihn finden. Fünf der Sieben Augen starrten anklagend auf ihn herab, und er ging steifbeinig vom Fenster fort.

»Ruht Euch jetzt aus, Draken«, sagte Osias. »Kommt und liegt mit uns.«

Das lenkte ihn praktischerweise von seinen größeren Problemen ab. »Ich werde auf dem Fußboden schlafen.«

»Sie werden neugierig sein, wenn Ihr nicht mit uns zusammen schlaft. Brînianer schlafen zu vielen in einem Bett.«

Draken war nicht anders als jeder junge Seemann gewesen, wenn er sich auf Landgang in Städten voller Frauen befunden hatte, die danach Ausschau hielten, sich ein paar Extra-Münzen zu verdienen. Er hatte vieles gesehen und getan; das Leben allerdings war ruhig geworden, seitdem er Lesle geheiratet hatte – und seitdem waren sechs Sohalias vergangen.

»Seid Ihr zwei mehr als … Freunde?«, fragte er.

»Über das Angestammte hinaus teilen wir Intimitäten miteinander, doch wir sind nicht durch Kinder aneinander gebunden.« Osias streifte seine Tunika ab, während er sprach. Straffe Muskeln bewegten sich unter der blassen Haut. Mit einem Ruck riss Draken den Blick von ihm los. So schön wie Osias auch war, so gab es doch etwas Disproportionales an ihm. Und seine Faszination für den Mantiker irritierte ihn.

»Ich werde aufpassen«, sagte Osias. »Ihr könnt unbeschwert ruhen.«

»Kommt schon, Draken. Wie viel Zeit ist vergangen, seit Ihr zuletzt eine ordentliche Nachtruhe hattet?«, fragte Setia.

»Zu viele Nächte, um sie zu zählen«, gestand Draken.

Seufzend nahm er seine Niederlage hin. Er legte seine Stiefel und sein Hemd ab und streckte sich auf dem Bett aus, an dessen Rand er allerdings blieb. Dabei suchte er nach etwas, mit dem er sein Bewusstsein von den entsetzlichen, unangenehmen Gedanken abbringen konnte. Da erschien es ihm besser, auf Osias' Manschette zu blicken, während der Mantiker sich zu Bett begab. Sie sah wie unpoliertes Basismetall aus, und es schien, dass sie weder einen Verschluss noch eine Nahtstelle hatte.

»Was ist das an Eurem Arm?«

»Kordes Fessel, die mich an das Leben und an den Dienst bindet.«

Draken wandte den Blick ab und richtete ihn zur Balkendecke.

Osias musste sein Schweigen als Ausdruck des Unglaubens genommen haben, denn er stützte sich auf einen Ellbogen hoch. »Ich bin von den Göttern, Draken. Indem ich Euch helfe, riskiere ich den Zorn von Mächten, die größer sind, als Ihr Euch vorstellen könnt.«

»Und weshalb solltet Ihr für mich ein solches Risiko auf Euch nehmen?«, wollte Draken wissen.

Osias lächelte nur. »Ich sollte es überdenken, vermute ich. Ihr habt ziemlich viel Mühe gemacht.«

Während sie sprachen, zog Setia ihre Kleidung aus. Draken versuchte, nicht hinzuschauen; doch so wie es jedem ergeht, wenn er sich bemüht, nicht zu gucken, musste auch Draken unwillkürlich hinsehen. Ihr Leib war üppiger, als es auf einem Fest des monoeanischen Königshauses als schick angesehen worden wäre, doch ihre kompakten Muskeln waren gut ausgebildet. Sie blickte ihn an, als sie sich drehte, um eine Lampe auszublasen, und er schaute fort.

»Schaut mich ruhig an, wenn Ihr möchtet. Es macht mir nichts aus«, sagte sie, wandte sich von der Lampe ab und drehte sich zu ihm.

Er fühlte sich ungeschickt, wusste sich jedoch nicht zu helfen, und ließ den Blick die Konturen ihres Körpers entlanggleiten. Die Tüpfel bedeckten ihre gesamte Haut: Sie dehnten sich auf ihrem Rücken, den Oberschenkeln und dem Unterleib aus und verengten sich an ihren Knöcheln und Füßen. Abgesehen von der sanften Schwellung ihres Bauches und ihren vollen Brüsten hatte sie kein Fett an sich, nur einen muskulösen Körper, wie er ausschließlich in der Wildnis anzutreffen war.

»Los, Setia«, murmelte Osias. »Wärme uns mit deinem Feuer.«

Draken war augenblicklich angespannt und fragte sich, was *das* wohl bedeuten mochte.

Sie blies die restlichen Lampen aus, sodass der Raum in Dunkelheit getaucht wurde – mit Ausnahme des Glimmens der restlichen Glut in der Herdstelle –, und kroch zwischen die beiden Männer. Draken hörte einiges Geraschel, dann rollte Osias sich herum, wobei er den Arm um Setia gelegt hatte, und seufzte tief auf. Draken spürte die Kurven ihres Rückens an seiner Flanke und den festeren Druck von Osias' Oberarm. Die Hitze von Setias Körper stach die Kühle des Abends aus.

Alles wurde ruhig und still. Niemals zuvor hatte Draken einem Schweigen gelauscht, das so überzeugend war.

Osias fasste ihn kurz an seine nackte Brust, und Drakens Unbehagen bei der Berührung war nur ein bisschen schwächer als sein Unbehagen, als er die Hand fortschüttelte. Osias war freundlich gewesen – zu ihm, einem Fremden und gebrandmarkten Verbrecher.

Trotz der außergewöhnlichen Umstände fand sich Draken nun in dieser Situation wieder: Dieser lange, merkwürdige Tag endete für ihn damit, dass er sein Bett mit zwei Fremden teilte – und dass eine noch tiefere Dunkelheit als die Nacht sein Bewusstsein hinwegzuschwemmen begann.

»Schlaft, fremdartiger Mann«, wisperte Osias, und Draken schlummerte ein.

KAPITEL SECHS

Draken spürte zuerst die Behaglichkeit, dann die Weichheit und Wärme. Es gab irgendeinen guten Grund, der das Bewusstsein davon abhielt zurückzukehren. Er konnte nicht darüber nachdenken, weshalb das so war. Es spielte aber auch keine Rolle.

Er fühlte weiche Haut direkt an seiner, einen verhaltenen Atemzug an seinem Hals – ein Rhythmus, so regelmäßig wie sein eigener Herzschlag – und einen Arm, der quer auf seinem Brustkorb lag. *Aah, Lesle.* Er hatte sich um seine Frau gerollt, und sein Arm steckte unter ihrem Körper.

Und plötzlich stach die Erkenntnis ihm ins Herz. *Lesle ist tot.* Jeden Morgen war es das Gleiche: ein Moment, in dem er es nicht wusste, sich nicht erinnerte. Dann verließ ihn der Frieden wieder und an seiner Stelle blieb nichts als ein finsteres Loch zurück. Flatternd öffneten sich seine Augenlider.

Osias starrte ihn mit blutunterlaufenen Iriden an. »Bewegt Euch nicht, mein Freund. Wir sind in großer Gefahr.«

Draken ließ den Blick nach oben gleiten, ohne seinen Kopf zu drehen.

Silbrige Fäden füllten den Raum über dem Bett und glänzten im Sonnenlicht, das durch das Fenster hineinströmte. Auf den ersten Blick schienen die Stränge willkürlich und zufällig angeordnet zu sein. Aber je länger er hinschaute, desto besser vermochte er ein feines, verwirrendes Muster zu erkennen.

Das bloße gewaltige Ausmaß dieses Objektes war absolut unglaublich. Es erstreckte sich durch den gesamten Raum, war von filigraner Konsistenz und dennoch mit verblüffender Festigkeit straff gespannt. Dass es nur eine Handspanne über Drakens Nase hing, half auch nicht gerade, die Situation zu entspannen. Die verflochtenen Stränge spiegelten ihre verzerrten und gequälten Gesichter wider.

»Es gibt da etwas, dass Ihr mir nicht erzählt«, flüsterte Draken.

»Es ist Gift. Wenn wir es berühren, werden wir Schmerzen und einen langsamen Tod erleiden, den wir schließlich willkommen heißen.« Osias ächzte. »Mantische Magie von der gerissensten, bösartigsten Art.«

»Und warum bringen sie uns nicht einfach um?«, fragte Draken.

»Das hier hinterlässt keinerlei Beweise. Die Haut absorbiert das Gewebe, und es bringt die Adern durcheinander«, erwiderte Osias.

»Was unternehmen wir dagegen?«

»Ich werde den nötigen Zauberspruch ausführen, um uns zu befreien«, antwortete Osias.

»Wie lange wird das dauern?«

»Einige Zeit. Die Toten kommen nicht so einfach in Städte, die voller Leben sind.«

Setia wandte den Kopf nach oben, um Drakens Blick zu erwidern, doch sie sprach kein Wort. Ein goldener Schein um ihre Iris herum färbte auf das Dunkelbraun ab.

»Ist bei Euch alles in Ordnung, Setia?«, erkundigte sich Draken.

Sie antwortete mit einem winzigen Nicken. Ihr Arm war um seine Taille gelegt, ihr Busen drückte gegen seine Brust. Osias' langer blasser Arm lag ausgestreckt über ihnen beiden, seine Finger streichelten in einem beruhigenden Rhythmus entlang Drakens angespanntem Rücken. Das Gewirr der Gliedmaßen fühlte sich wohltuend an, doch ging damit auch die Qual der Versuchung einher. Draken seufzte auf und bemühte sich, an etwas anderes zu denken.

Osias erriet, welche Gedanken ihm durch den Kopf gingen. »Vielleicht werden wir ein anderes Mal Eurer Neugierde nachgehen. Seid nun still, alle beide. Meine Dienerin nähert sich, aber noch widersetzt sie sich dem Abwehrzauber rund um diese Bastion.« Osias holte tief Luft, anschließend wurden Wörter in einer Draken unbekannten Sprache ausgeatmet. Doch es waren nicht nur die Wörter, die anders waren.

Osias' Stimme war belegt und gebieterisch, und sie schien nicht nur aus seinem Mund, sondern aus der Luft rundherum zu kommen. Der ganze Raum füllte sich mit dieser STIMME; die Sparren zitterten, die Matratze vibrierte. Setia drückte ihr Gesicht an Drakens Brust. Draken schnupperte. Die Luft roch nach frisch umgegrabener Erde. Er konnte den Blick nicht fortreißen, fragte sich aber, ob es nicht eine Torheit war, weiter hinzuschauen.

Zuvor war ihm warm gewesen; jetzt aber wurde ihm heiß. Schweiß nässte seine Brust dort, wo Setia sich an sie presste, und sie schmiegte sich noch näher an ihn. Der regelmäßige Rhythmus ihrer Atmung wurde immer wieder von einem Zittern unterbrochen, und er legte die Arme fester um ihren Leib. Osias' Stimme hämmerte gegen seinen Schädel, schien ihm das Mark zum Sieden zu bringen. Er spürte sie in jedem Wirbel.

Das riesige Gewebe blieb hingegen vollkommen ruhig: eine glitzernde, sich weit ausdehnende Gefahr, die über ihnen hing.

Der Geruch zerfiel zu einer Fäulnis, bei der sich einem die Gedärme verdrehten. Drakens Magen drohte zu rebellieren, und sein Verstand brauchte einen Moment, um zu erkennen, was seine Augen sahen. Eine Frau erschien in dem Gewebe – durch es hindurch. Es war immer noch intakt, und sie schien keine schlimmen Auswirkungen von dem angeblichen Gift zu spüren.

Dann erklärte eine vernünftig klingende Stimme in seinem Hinterkopf: *Das sollte sie auch nicht, oder? Denn sie ist gewiss schon tot.*

Hautfetzen umrahmten ihre Zähne. Die Augenhöhlen waren leer – schwarze Löcher –, die Augäpfel schon vor langer Zeit verfault. Die sich zersetzenden Überreste eines einstmals herrlichen Gewandes hingen in Fetzen an ihr herunter. Die einzige Erinnerung daran, welche Schönheit sie möglicherweise einst besessen hatte, war ihr üppiger Haarschopf, der aber auch nur glanzlos herabhing. Davon abgesehen war sie grässlich und keifend. Draken starrte sie mit gespannter Aufmerksamkeit an. Er konnte nicht wegschauen, als sie nach dem Gewebe griff und daran zerrte.

Das Muster verlor seine Form und zerriss. Es flatterte auf die tote Frau zu, dann war sie verschwunden. Sie hinterließ eine Spur ihres Fäulnisgeruchs und ein Echo ihres Schreis in Drakens Kopf. Osias schnipste träge mit einer Hand in Richtung des Fensters. Die Läden schwangen auf, und eine Brise trug den Geruch fort.

Osias richtete seine Aufmerksamkeit auf Setia. »Ich habe sie fortgeschickt, Liebling«, sagte er. Sie rollte zu ihm herüber – fort von Draken und in Osias' Arme hinein. Er streichelte ihr Gesicht und küsste sie.

Draken hatte keine Worte, um auszudrücken, was er empfand. Er hatte eine ganze Bandbreite von Gefühlen durchlaufen und war gerade erst blinzelnd aufgewacht. Er schob den Unterkiefer vor und ballte die Finger zu Fäusten.

Osias löste sich von Setia. »Berührung heilt unsere Beschwerden, Draken.«

Draken schüttelte den Kopf. »Es geht mir gut.«

»Es geht Euch nicht gut.« Osias streckte bereits die Hand nach ihm aus. »Ihr habt Euch in der Nähe mächtiger Todesmagie befunden.«

Ein Großteil der Lavendelfarbe war aus Osias' Augen fortgewaschen worden und hatte einem friedlichen Blaugrau Platz gemacht. Sein Mund öffnete sich zu einem anhaltenden Lächeln. Vorher hatte das Mal auf Osias' Stirn allem Anschein nach sein perfektes Aussehen getrübt; jetzt diente es dazu, dieser Vollkommenheit noch etwas hinzuzufügen.

»Oh, ihr Götter, Ihr seid wunderschön«, flüsterte Draken. Danach erstarrte er. Was sagte er da gerade?

»Es ist nur Euer eigenes Herz, das Ihr da seht«, wisperte Setia. »Es ist, als würden wir in einen Teich starren: Die Natur des Mantikers besteht darin, uns unser Selbst zu zeigen.«

Osias kam näher heran. Er legte seine langen Finger zärtlich um Drakens Gesicht und gab ihm einen leichten Kuss auf die Stirn.

Das war alles. Osias wich zurück. »Geht es Euch gut?«

Draken wusste nichts darauf zu erwidern, aber der üble Geruch, die Furcht und das Unbehagen waren verschwunden. Er schluckte, wünschte sich etwas zu trinken und brachte ein zuckendes Kopfnicken zustande.

»Nach dieser Prüfung müssen wir unsere Kräfte wieder auffüllen«, erklärte Osias in einem nüchternen Tonfall. Während er seine Tunika überstreifte, fügte er hinzu: »Die Toten haben eine eigene Art und Weise, sich am Leben festzuhal…«

Die Tür schwang auf, so heftig, dass sie gegen die Wand knallte.

Reavan. Sein Mund war geöffnet, als wollte er etwas sagen; stattdessen beäugte er Draken, der mit entblößter Brust immer noch im Bett lag, Setia nackt neben ihm. Draken riss die Bezüge über sie.

»Einen schönen Tagesanbruch wünsche ich Euch, Lord-Marschall«, grüßte Osias, der bereits auf den Beinen war. Er klang unbefangen.

Das Gesicht von Reavan war finster vor Wut. Mehrere Gardesoldaten warteten mit gezogenen Schwertern direkt hinter ihm. »Ihr wagt es, ohne Genehmigung Eurer Königin Magie zu betreiben?«

Draken glitt unter Setia hervor, um aufzustehen. »Wir wurden angegriffen.«

»Still, Pirat!«, befahl Reavan.

Draken trat einen Schritt vor. »Ich spreche, wann es mir beliebt.«

Reavan zog sein Schwert. »Würdest du gerne die Stimme meiner Klinge hören?«

Osias trat würdevoll zwischen Reavan und Draken. »Richtet Königin Elena aus, dass ich mich für die Magie entschuldigen möchte. Draken jedoch spricht die Wahrheit. Wir wurden angegriffen.«

Reavan blickte sich wütend im Zimmer um. »Ich sehe niemanden. Sind die Angreifer geflüchtet?«

»Sie ließen eine Falle zuschnappen, die ich zunichte machte«, antwortete Osias. Seine Stimme klang ausgeglichen und umgänglich, doch in seinem Rücken zuckte ein Muskel.

Reavan war einen Augenblick lang still und wies dann mit einem Handzeichen die Gardesoldaten an, sich zurückzuziehen. »Bleibt in Eurer Kammer, bis Ihr zum Hof befohlen werdet.« Ein gemeines Lächeln verzerrte Reavans Lippen, als er von Draken zu Setia schaute. »Es könnte den ganzen Tag dauern, doch Ihr werdet ohne Zweifel eine Möglichkeit finden, die Zeit rumzukriegen.« Die Tür schlug laut hinter ihm zu.

»Ein richtiger Schweinehund – genau das ist er«, schimpfte Draken.

Osias brachte ihn zum Schweigen. »Wir sind in der Königlichen

Bastion von Akrasia, und wir müssen dem Lord-Marschall Respekt erweisen.«

»Ihr habt recht, Osias«, stimmte Draken ihm zu. »Aber ich auch.«

»Ich frage mich, wie sie so schnell vom Einsatz der Magie erfahren haben«, meinte Osias nachdenklich. »Sie müssen einen bestimmten Abwehrzauber errichtet haben.«

Setia stieg aus dem Bett. Sie streckte die Hand aus und berührte die verblassenden blauen Flecken auf Drakens Brust. »Was ist Euch passiert?«

Er schaute zur Seite. »Das Gefängnis ist mir passiert.«

Ein Hausmädchen mit ernstem Gesicht brachte das Frühstück. Sie sagte kein einziges Wort, auch nicht, als Draken ihren Blick auf sich zog, um ihr zu danken.

»Akrasianer billigen es nicht, dass man zu dritt in einem Bett schläft«, sagte Osias und lächelte, um zu zeigen, dass er scherzte. »Gerüchte über unsere Unanständigkeit sind bestimmt schon in der ganzen Bastion verbreitet worden.«

»Oder sie fürchten uns«, meinte Draken, der eher hoffte, dass Letzteres der Fall war.

»Irgendwer oder irgendwelche Leute hassen uns. Sie haben jene Falle zurückgelassen«, sagte Setia leise.

»Ebenfalls höchst merkwürdig. Habt Ihr bemerkt, wie die Falle uns widerspiegelte?«, fragte Osias.

Draken nickte.

»Es ist beinahe so, als ob diese Leute uns durch diesen Zauber beobachten konnten – als ob sie den Wunsch hatten, uns beim Sterben zuzuschauen«, mutmaßte Osias. Dann sah er Draken an. »Habt Ihr Erfahrung mit solchen Mördern?«

»Ich habe Erfahrung mit Mördern, aber mit keinen wie diesen«, antwortete er vorsichtig. Seine Erfahrung mit Mördern, die Magie einsetzten, war begrenzt auf die Tötung seiner Frau, und darauf wollte er nicht zu sprechen kommen. Er wechselte das Thema.

»Elena ist neu auf dem Thron, nicht wahr? Wo wir gerade über verfrühte Tode reden – mir ist zu Ohren gekommen, dass ihr Vater am letzten Sohalia starb.«

»Bei einem Attentat ermordet, um genau zu sein«, antwortete Osias. Er zuckte mit den Schultern, als Draken ihn mit hochgezogenen Augenbrauen anblickte. »Das ist nicht gerade allgemein bekannt. Ich habe nur durch den Hof in meiner Heimat davon gehört.«

Draken hob erneut die Brauen. »Wer erbt eigentlich den Thron, falls Elena stirbt? Sie hat keinen Erben, oder?«

»Sie hat noch niemanden als solchen ausgezeichnet«, antwortete Osias.

»Lord Reavan hat die Kontrolle über die Armee«, hob Draken hervor und schaute die beiden anderen ostentativ an.

»Nur weil Ihr den Mann nicht mögt, bedeutet dies nicht, dass Ihr ihn des Verrats beschuldigen könnt«, erwiderte Osias.

Draken beugte sich auf seinen Ellbogen nach vorn. »Jedenfalls nicht unverblümt in sein Gesicht. Doch der Meuchelmord an ihrem Vater erklärt die Anspannung rund um die Bastion. Wurde Elenas Vater zufällig mit einem Pfeil erschossen?«

»Er hing an seinen Handgelenken und war ausgeweidet worden. Einige hegen den Verdacht, dass Magie im Spiel war, weil die Innereien komplett entfernt worden waren und man das Blut hatte abfließen lassen.«

Draken stand auf und kippte dabei die Bank hinter sich um. »*Was?* Was habt Ihr gesagt?«

Osias blinzelte ihn an. »Der König ist ausgeweidet …«

»Nein. Der letzte Teil. Die Innereien verschwunden, das Blut abgeflossen. Seid Ihr Euch sicher?«

»Gewiss doch«, antwortete Osias. »Der König war mächtig, seine Körperteile könnten wirkungsvoller Magie als Grundlage dienen …«

Draken fluchte in Khellians Namen.

»Was ist?«, fragte Osias.

Draken beugte sich mit geballten Fäusten über den Tisch. »Ihr seid Euch sicher – absolut sicher –, dass er durch Ausweiden starb?«

Setia nickte, während sie die Bank wieder aufrichtete und dann darauf Platz nahm. »Ja, gewiss. Der Kurier kam von der Bastion und hatte Elenas Siegel. Wo ist das Problem, Draken?«

Sein Magen zog sich schmerzhaft zusammen, während er sich setzte. »Es ist ein Zufall; ja, das muss es sein.«

Osias und Setia stellten keine Fragen, sondern warteten bloß. Draken dachte nach und kam zu einer Entscheidung. »Das Verbrechen, dessen ich angeklagt worden bin, wegen dem man mich verbannt hat – ich habe es nicht begangen. Doch der Mörder benutzte meine Klinge, und man fand mich, als ich versuchte, sie abzunehmen …« Er wandte den Blick ab. Er hatte Tage damit verbracht, seine Unschuld zu beteuern. Diese Worte waren verbraucht.

Osias nickte. »Fahrt fort.«

Draken konnte sich nicht dazu überwinden, Lesles Namen zu sagen. »Sie war an ihren Handgelenken aufgehängt und ausgeweidet worden. Als ich sie fand, waren ihre Innereien fort, und sie war vollständig ausgeblutet, wie ein geschlachtetes Tier.« Das Letzte hatte er in einem rauen Flüsterton gesprochen. »Die Krone hat den Einsatz von Zauberei gesetzlich verboten, als Akrasia in unser Land einfiel und sie gegen uns ausübte. Es war ohnehin eine Formalität; mein Volk verlor seine magischen Praktiken schon vor langer Zeit. Doch ich bin … ein halber Brînianer. Ich wurde nicht nur wegen Mordes angeklagt, sondern auch wegen der Ausübung von Zauberei, obgleich der König diesen Teil totschwieg. Es muss ein akrasianischer Magier gewesen sein, der sie umgebracht hat.«

»Das scheint mir ein voreiliger Schluss zu sein, Draken.«

Er schüttelte den Kopf. »Ihr wisst noch nicht alles. Nach dem Krieg führte ich ein Regiment der Schwarzen Garde an, das Jagd auf den Rest der Akrasianer und Brînianer in Monoea machte. Ich werde von ihnen gehasst. Von den Folterbänken aus pflegten sie mir Drohungen entgegenzuschleudern, selbst dann noch, als ich ihnen mit dem Messer die Hälse durchschnitt.«

Setia starrte ihn mit weit aufgerissenen Augen an, und Draken bedauerte es, den letzten Teil gesagt zu haben. Andererseits war es vielleicht das Beste, wenn die zwei genau wussten, mit wem sie es zu tun hatten. Draken hatte herausgefunden – nach einem Leben voller Bemühungen, in der Gesellschaft nach oben zu kraxeln –, dass Furcht eine Menge dazu beitrug, Respekt herzustellen.

Osias hob lediglich die Fingerspitzen an seine Lippen und dachte nach. »Ich beginne zu verstehen. Und mir Sorgen zu machen. Ihr solltet wissen, dass die Mantiker die Einzigen sind, von denen die alte Blutmagie ausgeübt wird.«

»Aber in dem Krieg haben die Akrasianer Zauberei benutzt …«

Osias schüttelte den Kopf. »Keine Blutmagie. Nicht die uralten Riten. Kein Mantiker ist nach Monoea gegangen und dort in den Krieg gezogen.«

»Und es war ein Mantiker-Pfeil, mit dem gestern auf Elena gezielt wurde«, hob Setia hervor.

»Eure Situation ist komplizierter, als ich geglaubt habe«, sagte Osias. »Wenn Eure Vergangenheit bekannt wird, könnte Euch jemand in den Mord am König hineinziehen. Wir müssen den Hof glauben lassen, dass Ihr ein reinblütiger Brînianer seid. Besser, Elena hält Euch für einen Piraten, als dass sie der Wahrheit zu nahe kommt.«

»Von mir werden sie es nicht zu hören bekommen«, erklärte Draken. »Aber Reavan hat mich in Lumpen gekleidet gesehen, nachdem ich direkt vom Schiff kam. Bei Khein hat man uns von Bord geworfen. Auch die Soldaten, die mich fesselten, haben dies gesehen.« Er hielt seine gebrandmarkten Hände hoch. »Es ist nicht allzu schwer, die Wahrheit zu erraten, Osias.« Er fragte sich verwundert, warum der Lord-Marschall das nicht erwähnt hatte. Noch mehr unbeantwortete Fragen. Vielleicht war der Mann ja nicht *nur* ein dünnhäutiger Adliger.

Osias ergriff seine Hände und betrachtete die Brandzeichen genau. »Dürfte ich Eure Male verändern? Es ist ein alter brînianischer Brauch, die Hände von adlig geborenen Kleinkindern zu brandmarken, um auszuschließen, dass Betrügereien passieren und der echte Nachwuchs durch falschen ersetzt wird. Bestimmte Häuser brandmarkten sogar ihre Sklaven.«

»Das haben sie seit Generationen nicht mehr getan«, hob Setia hervor.

Osias blinzelte und lächelte dann. »Aber der Hof wird das nicht wissen, jedenfalls nicht mit Sicherheit. Die Königin könnte glauben, dass dies bei den alten Häusern oder den Inselbewohnern immer noch Brauch ist. Sie ist diejenige, die wir überzeugen müssen.«

Draken blickte auf die Tür und senkte die Stimme. »Ich glaube, die Naivität der Königin ist größtenteils gespielt, Osias. Und meine Gelenke sind narbenbedeckt von den Handschellen.«

»Dann werden wir es so arrangieren, dass Eure Handgelenke unter Armschienen verborgen bleiben«, erwiderte Setia. »Keine Sorge, wir werden es schaffen, dass sie uns glaubt.«

Draken begann, sich zu erheben, um die Sache aus seinem Bewusstsein zu bekommen. Dann jedoch hielt er inne; seine Gedanken rasten, und sein Herz pochte wild. »Wisst Ihr, was dies für mich bedeutet – ein weiteres Opfer zu entdecken? Ich könnte herausfinden, wer meine Frau ermordet hat, und so meine Unschuld beweisen. Ich könnte wieder nach Hause zurückgehen.«

KAPITEL SIEBEN

Das Brandmarken schmerzte. Osias benutzte keine Zauberei, um das Aussehen der Male auf Drakens Händen zu verändern, sondern überdeckte das alte Muster einfach mit einem neuen. Hierfür nahm er ein Schüreisen aus dem starken Feuer, das er in dem bereits drückend heißen Raum angefacht hatte. Draken brauchte seine ganze Kraft, um nicht aufzuschreien, als das rotglühende Metall seine Haut berührte; und beim zweiten Mal legte er sich zitternd und schwitzend auf dem Bett zurück. Doch der Mantiker hatte seine Sache ordentlich gemacht. Jetzt trug Draken Male, die mehr nach Darstellungen eines Hirschgeweihs aussahen. Wie Khellians Kriegshelm.

Während er mit dick eingesalbten Händen im Bett lag, um sich nach der Tortur auszuruhen, konnte er die Vorstellung nicht loslassen, wie er seine Unschuld beweisen und Rache für den Tod seiner Frau üben würde. Die Anfänge eines Plans nahmen in seinem Verstand Gestalt an. Es war gefährlich, und Rache wurde als Häresie betrachtet; daher war er nicht so dumm, die Sache gegenüber Osias und Setia zur Sprache zu bringen. Sie würden niemals zustimmen. Aber er hatte seine Frau verloren – dazu sein Heim, sein ganzes Leben. Dies machte er sich abermals klar, während er nach oben zu der ungewohnten Decke starrte und die Schmerzen seiner Verbrennungen erduldete. Er war unwiederbringlich verändert … beschädigt. Verzweifelt. Und dies war sicherlich ein Plan, der aus der Verzweiflung geboren war.

Als es Zeit wurde, dass er sich für den Hof bereitmachte, hatte Osias' Salbe die Verbrennungen größtenteils geheilt. Die Male sahen nicht so aus, als ob sie seit den Tagen seiner Kindheit schon dort gewesen wären, aber sie machten auch nicht den Eindruck, als seien sie erst am Morgen entstanden.

An Elenas Hof wurden Fleisch-, Gemüse- und Obstsorten sowie ein vollmundiger goldfarbener Wein serviert, wie sie Draken nicht kannte. Selbst das Brot war merkwürdig: Jeder Bissen schmolz auf der Zunge und ließ knusprige, saure Samen im Mund zurück. Die Speisenden saßen auf Kissen an niedrigen Tischen, die eine zweckmäßige Höhe für die kleinen Mondling-Sklaven hatten. Die Königin lag auf einem Podium hinter einem Tisch und war von akrasianischen Männern umgeben, die ihr frische Luft zufächerten. Reavan hielt sich nah an ihrer Seite auf und bediente sie persönlich.

Über eine flüchtige Bekanntgabe an der Tür hinaus wurde ihre Ankunft von niemandem zur Kenntnis genommen; Draken stellte jedoch mehrfach fest, dass die Blicke der Höflinge auf ihm ruhten. Reavans Gesichtsausdruck war alles andere als freundlich. Draken konzentrierte sich auf sein Essen, bis der Türsteher verkündete: »Prinzessin Aarinnaie, Tochter von Fürst Khel von Brîn, und Lord Geord von Brîn bitten darum, empfangen zu werden.«

»Er sieht wirklich wie ein brînianischer Thronerbe aus, was?«, bemerkte Osias, der Draken mit dem Ellbogen anstieß.

Ein Mann mit braungebrannter Haut trat in den Saal. Dunkle, gewellte Haare verschleierten ein breites Gesicht mit flachen Wangen. Silberweiße Ketten füllten den Halsausschnitt seines Gewandes aus, und an seinen Handgelenken klimperten etliche Armreifen. Noch mehr Ketten hingen um seine Fußknöchel unterhalb der weit geschnittenen Hose. Seine Füße waren nackt, sodass man auch die Ringe an seinen Zehen sah. Draken hatte niemals zuvor in seinem Leben – auch nicht bei seinem eigenen König – eine solch lächerliche Zurschaustellung von Reichtum gesehen.

Dem Mann folgte eine junge Frau, die auf Brînianisch Szirin Aarinnaie hieß und ähnlich wie ihr Begleiter mit Ketten geschmückt und in ein glänzend besticktes Gewand gekleidet war. Sie näherte sich nicht mit Geord dem Podium, sondern suchte ihren Sitzplatz auf. Begleitet wurde sie von zwei Leibwachen: Der eine hatte einen schwergewichtigen Körperbau und ein hartes Gesicht, der andere schien beinahe zu schmächtig, um das Schwert zu schwingen, das auf seinen Rücken geschnallt war. Aarinnaie bewegte sich geschickt und geräuschlos, als ob sie sich an etwas heranschleichen würde, und während des Gehens zögerte sie nur in dem Moment, wo ihr Blick Drakens Gesicht entdeckte.

Geord kniete sich vor Elena hin und entschuldigte sich für ihre Verspätung. Elena scheuchte ihn mit einem Wedeln der Hand fort, damit er speisen ging. Sein Gesicht legte sich in Falten und zeigte ein griesgrämiges Stirnrunzeln: Er war es nicht gewohnt, auf eine dermaßen effiziente Weise missachtet zu werden. Doch als sein Blick auf Draken fiel, verschwand die mürrische Miene; an ihre Stelle trat ein Ausdruck des Schocks. Danach vermied er sorgfältig jeden Augenkontakt.

»Glaubt Ihr, ihm wurde nicht erzählt, dass ich hier bin?«, murmelte Draken an Osias gewandt.

Der Mantiker zuckte mit den Schultern. »Davon zu hören, dass ein brînianischer Blut-Lord in der Bastion ist, und zu sehen, wie Ihr dem Hofe beiwohnt, sind zwei sehr verschiedene Dinge.«

Geord nahm Platz und unterhielt sich mit seinen Vertrauten. Prinzessin Aarinnaie schaute nicht erneut in Drakens Richtung, und sie redete auch mit keinem der Anwesenden.

Sobald die Speisen abgeräumt waren – stehengelassen wurden Wein und schwarze Früchte, die nach dem Öffnen ein blutrotes Inneres offenbarten –, begann der eigentliche Hof. Eine Frau aus einer Stadt namens Reschan ersuchte um mehr Soldaten zum Schutz gegen einen Aufstand, der von einem Mann angeführt wurde, der Va Khlar hieß; und sie wurden bewilligt, allerdings nicht so viele wie gewünscht. Draken legte das zu den Akten und erinnerte sich an den Namen von dem Tag her, an dem er die Königin kennengelernt hatte. Ein weiterer Bittsteller wollte aufgrund irgendeines Schlupfloches in der Gesetzgebung abgabenfreie Verschiffungen von Stoffen aus der Stadt Auwaer erreichen, und dies wurde höflich verhandelt.

Schließlich trat der mit Gold behangene Brînianer auf das Podium zu; diesmal wurde er angekündigt als Geord, Thronanwärter des Fürstentums Brîn, Verlobter der Fürstentochter. Er war erschienen, um über Abgaben auf Exporte zu diskutieren. Doch der Thronerbe kam mit seinem Thema nicht weit. Zum Schluss zeigte Elena auf Draken. Das Gefühl der Übelkeit in Drakens Magen erblühte zu einem quälenden Stechen.

»Kennt Ihr diesen Mann, mein Herr?«, fragte sie Geord.

Draken erhob sich, so wie Osias es ihm geraten hatte. »Blut-Lord Draken, mein Herr«, stellte er sich vor und neigte den Kopf.

Geord musterte Draken gewissenhaft, als ob er ihn zuvor übersehen hätte, was Draken schamlos erwiderte. »Euer Familienname, mein Herr?«

»Ich trage keinen«, erwiderte Draken. Er entspannte seinen Gesichtsausdruck, während er den Rest der Lüge vortrug. »Mein Vater erhob keinen namentlichen Anspruch auf mich, obgleich er sich darum kümmerte, dass ich gebrandmarkt und zum Kämpfen ausgebildet wurde. Ich wurde auf den Drachenstern-Inseln aufgezogen.« Osias hatte ihm versichert, dass es keine Möglichkeit gab, umgehend zu überprüfen, ob seine Geschichte der Wahrheit entsprach.

Geord wölbte eine Augenbraue. »Ein Bastard also?« Abermals musterte er Draken und zuckte dann mit den Schultern. »Sieht ausreichend reinblütig aus. Also ein *kinve* aus einem niederen Insel-Haus. Ich kann mir nicht vorstellen, weshalb er sich an Euren Hof wendet.«

Kinve. Draken kannte diesen Begriff. Er bezeichnete einen unehelichen Sohn, der als solcher anerkannt, aber ohne Landbesitz war. Das funktionierte für seine Zwecke. Draken hatte keine Ländereien, die er in diesem von Göttern verlassenen Land sein Eigen nannte.

»Recht interessant ist«, merkte Elena an, »dass der Mantiker ihn mitgebracht hat.«

»Aha. Er ist also tot.« Geords Tonfall ließ Draken erstarren, und leises Gelächter erklang vonseiten der speisenden Adligen. »Oder sollte es bald sein?«

»Ich dulde nicht, dass meine Gäste gehänselt werden«, erklärte Elena mit abgehackter Stimme.

Geords Halsketten klimperten, als er eine tiefe Verbeugung machte. »Ich bitte um Entschuldigung ob meiner Leichtfertigkeit bei solch einem ernsten Thema«, sagte er. Leises Lachen und Geflüster folgten ihm auf dem Weg zurück zu seinem Sitzplatz. Aarinnaie entfernte sich von ihm, als er sich niederließ.

Trotz ihrer Ermahnung entschied Elena, den Kalauer zu ignorieren. »Der Hof würde gerne hören, was der ehrwürdige Mantiker zu berichten hat«, verkündete sie.

Als ob ihnen endlich die Erlaubnis dazu gegeben worden wäre, wandte sich die Aufmerksamkeit aller Osias zu, der sich erhob und an das Podium herantrat. Er kniete sich nicht hin und verbeugte sich auch nicht, wie die anderen es getan hatten, sondern vollführte seine eigene Geste, mit der er an andere appellierte: Mit den Fingerspitzen berührte er seine Stirn. Draken schaute auf die Höflinge. Die meisten Blicke wurden weicher, als sie sich auf den Mantiker richteten, doch einige Augen verengten sich.

»Nachdem wir einen weiten Weg gereist sind« – Osias blickte über die Schulter zu seinen Gefährten –, »haben wir unter der freundlichen, liebevollen Fürsorge Eures Haushaltes Erholung und Erleichterung von unseren Reisestrapazen gefunden. Dafür, Königin Elena, danke ich Euch sehr.«

»Seit der Herrschaft meines Vaters haben die Mantiker das ihnen geschenkte Vertrauen und ihren Wert unter Beweis gestellt; und Ihr seid stets willkommen in der Stadt Auwaer. Unsere Übereinkunft hat sich als friedensstiftend und nutzbringend für alle Völker von Akrasia bewährt. Ich hoffe, dass Ihr dies ebenfalls so beurteilt habt.«

Die Stimme der Königin klang gleichmäßig und höflich. Osias verbeugte sich zum Zeichen der Zustimmung. Warum rief dieser triviale Austausch von Höflichkeitsbezeigungen dann ein besorgniserregendes Kribbeln in Drakens Nacken hervor? Er warf einen Blick durch den dunklen Empfangssaal und sah bei den Anwesenden keinen anderen Gesichtsausdruck als den respektvollen Interesses.

Die Königin hob das Kinn. »Weshalb wurde uns bei Drakens Ankunft nichts über die Besonderheiten seines Erbes gesagt?«

Es gab Geflüster, doch Reavan erhob eine Hand, und es erstarb.

»Ich hielt es für vernünftig, Drakens Identität zu verbergen, bis ich das Ausmaß der Gefahren für ihn würde ermitteln können«, antwortete Osias. »Er ist das Opfer eines Angriffs durch einen Fluch, und ich habe die Verantwortung für seine Sicherheit und sein Wohlergehen auf mich genommen.«

Flüsternde Stimmen waren zu vernehmen. Reavan jedoch fragte mit lauter Stimme: »Ihr vertraut Eurer königlichen Familie nicht?«

»Ich erinnere den Hof daran, dass er nicht ›meine königliche Familie‹ ist«, erklärte Osias. »Ich bin auf einer diplomatischen Mission von Eidola hierhergekommen, gemäß den Bedingungen unserer Übereinkunft. Ich habe diese Bedingungen erfüllt, indem ich Euch über die Bedrohung der Krone unterrichtet habe. Deshalb bin ich augenblicklich zur Höflichkeit verpflichtet und zu nichts mehr.« *Kontrolliert die Provokationen Eures Lord-Marschalls*, sagte Osias mit diesen Worten.

Geord hielt derweil ohne Unterbrechung seinen starren Blick auf Drakens Gesicht gerichtet. Der beschäftigte seine Hände, indem er einen Schluck Wein zu sich nahm, und spürte, dass er selbst kurz davor stand, sich provozieren zu lassen.

Zwischen dem Mantiker und der Königin hing ein beklemmendes Schweigen in der Luft. »Mein Lord-Marschall hat sich natürlich versprochen«, stellte sie schlussendlich klar.

Reavans Lippen pressten sich zusammen, und er blickte finster.

Der Lord-Marschall neigte den Kopf, doch niemandem am Hofe konnte entgangen sein, dass er nicht einmal die allermindeste Entschuldigung aussprach. Trotz der Rüge war Reavan offensichtlich der engste Berater von Elena. Allerdings bemerkte Draken auch, dass sie beide nur wenig füreinander übrighatten. Warum behielt die Königin ihn dann in solcher Nähe?

Elena fuhr mit einer Frage fort, die dazu führte, dass der Fluss des Blutes in Drakens Herz zu gefrieren drohte. »Trotz unseres Übereinkommens und des gegenseitigen Respekts habt Ihr einen brînianischen Blut-Lord an meinen Hof gebracht. Muss ich Euch erst daran erinnern, wie viele sie umgebracht haben? Möglicherweise schmieden sie sogar immer noch ein Komplott gegen mich.«

Also würde sie den Mordanschlag auf ihr Leben nicht zur Sprache bringen – nicht direkt jedenfalls.

»Draken weiß, wer die Krone und das Schwert hält, Eure Majestät«, sagte Osias.

Draken erlaubte sich, anderer Meinung zu sein. Ihm wurde schnell bewusst, dass er nur geringe Kenntnisse des komplexen

Verhältnisses zwischen Akrasia und dem Fürstentum Brîn hatte, zumindest wenn es auf Detailinformationen ankam. Er wusste, dass Akrasia beim Angriff auf Monoea vor einem Jahrzehnt besiegte Brînianer als Infanteriesoldaten unter dem Befehl von akrasianischen Offizieren in den Kampf geschickt hatte. Er wusste, dass sie grimmige Krieger waren. Und er durfte wohl von der Annahme ausgehen, dass die Brînianer Ressentiments gegenüber ihren akrasianischen Eroberern hegten – besonders, da erwartet wurde, dass sie in einem Krieg starben, den sie im Interesse von Akrasia fochten. Doch er wusste nicht, wie nah dieses Ressentiment einer offenen Rebellion kam. Er runzelte die Stirn. Eine Rebellion könnte es schwieriger machen, Lesles Mörder zu finden. Er schaute hoch zu Elena, studierte ihre kalte Schönheit. Sie ähnelte mehr der Statue auf der Anhöhe als einer wirklichen Person. Doch um seine Freiheit zu gewinnen und um seine Rache zu realisieren, brauchte er ihr Entgegenkommen. Er brauchte ihr Vertrauen. Und er fragte sich, wie weit er sich würde verbiegen müssen, um es zu erringen.

»Je früher Euresgleichen erkennt, dass Gefolgschaftstreue gegenüber Eurer Königin die einzige Möglichkeit für Euch ist, zu überleben, desto besser wird es für uns alle sein.« Mit seinem Kelch in der Hand lehnte sich Reavan zurück und bedeutete einem Sklaven, ihm nachzuschenken.

Draken war in Verlegenheit, da er nicht wusste, ob der Lord-Marschall die Mantiker oder die Brînianer meinte. Oder beide.

Elena sprach nun leise, sodass Draken sich anstrengen musste, um sie zu hören. »Ihr kränkt unseren ehrenwerten Gast, Reavan.«

»Er kränkt Euch, Eure Majestät, indem er einen mordenden Piraten hierher bring…«, begann Reavan, doch Elena hatte genug davon.

»Der Mantiker hat seine Aufrichtigkeit und seinen Wert bewiesen. Heute Morgen erduldete er einen Angriff, und er hat nicht um eine Entschädigung ersucht wegen unseres fehlenden Schutzes für ihn und die Seinen. Das heißt …«, fügte sie hinzu und wandte ihren dunklen, festen Blick wieder zu Osias, »… er hat es noch nicht getan.«

»Ich würde nur im Namen von Draken darum bitten. Er ist als ein Zeuge und loyaler Diener zu Euch gekommen.«

»Loyale Diener bringen nicht ihre Ersten Hauptmänner um«, warf Reavan ein.

»Ein Fluch hatte Draken ergriffen und kontrollierte seine Taten und Bewegungen.« Es war egal, dass sich die Geschehnisse nicht in dieser Reihenfolge abgespielt hatten. Draken begriff schnell, dass der Mantiker die Wahrheit als etwas Fließendes betrachtete. »Ich bin ihm begegnet, nachdem er Euch und Euren Ersten Hauptmann angegriffen hatte – und da hat er sich eine Klinge an die Kehle gehalten. Ich habe ihn gerade noch rechtzeitig gerettet.«

Ein Wispern lief durch den Hofstaat, denn sie alle wussten, was Selbstmord für das Leben nach dem Tode bedeutete: dass man als stimm- und körperloser Schatten eine Ewigkeit lang auf der Welt umherstreifte.

»Ihr bestätigt dies, Reavan?« Elena schaute nicht ihren Lord-Marschall an, sondern starrte stattdessen zu Draken.

Reavan sprach widerwillig, als ob er eine Falle witterte. »In Khein war es, wo wir ihn zuerst erblickten, meine Königin, und dort nur ganz kurz; später hat er uns gefangen genommen und meinen Ersten getötet.«

»Wie ich schon gesagt habe, war Draken besessen und trägt keine Schuld an seinen Handlungen«, unterstrich Osias.

Draken erkannte, wie geschickt der Mantiker ihn vom Verbrecher zum Opfer umgeformt hatte. Ma'Vanni mochte ihn verdammen – er glaubte es beinahe selbst.

»Erhalte ich die Erlaubnis zu sprechen, meine Königin?« Die Stimme ertönte aus dem hinteren Bereich des Saals.

»Gewiss, Gardehauptmann Ilumat. Euer Rat ist willkommen.«

Sie warteten, während ein junger Mann, der einen grünen Wappenrock mit einem Streifen trug, auf das Podium zuging. Erst als er auf die Knie gefallen war und zu seiner Königin hochschaute, begann er zu sprechen. »Ich weiß nichts über irgendwelche Flüche. Ich habe jedoch Kenntnis von Beweismaterial für eine Rebellion, die sich nach dem Eintreffen des Blut-Lords ereignet hat. Er sollte streng verhört werden.«

Draken widerstand der Versuchung zu grinsen. *Jetzt ist es also schon eine richtige Rebellion, was? Als Nächstes wird er wohl damit kommen, dass die brînianischen Blut-Lords eine Armee aufgestellt haben.*

Das Beweismaterial deutete in Wirklichkeit darauf hin, dass dem Angriff auf Königin Elena eine Verschwörung mit begrenzter Täteranzahl zugrunde lag. Er schätzte, dass es sich um drei gerissene Personen handelte: eine recht hochgestellte Gruppe, die klein und beweglich genug war, um die Bastion zu infiltrieren. Und da war die Sache mit dem Mantiker-Pfeil. Es wäre freilich sonderbar, wenn er Einzelheiten über akrasianische Angelegenheiten wissen sollte, die dieser Soldat nicht kannte. Doch das würde seiner eigenen Sache nur helfen, solange er die Möglichkeit bekam, sie vorzubringen.

»Der Verdacht, es gäbe eine Rebellion, ist unbegründet, Hauptmann«, entgegnete Elena und bestätigte damit Drakens Meinung über sie. Sie überdachte Sachverhalte mit größerer Sorgfalt, als sie durchblicken ließ.

Ilumat neigte seinen Kopf. »Ein Verdacht, den wir am Hofe jedoch ernst nehmen müssen. Der brînianische Fürst möchte gern sein Schwert von Euch zurückbekommen; das ist kein Geheimnis. Verhört zumindest diesen Blut-Lord. Lord-Marschall Reavan hat seine Methoden, um an die Wahrheit zu gelangen.«

Reavans Augen glitzerten wie Messerspitzen, als er zu Draken blickte, und ein kleines Lächeln kräuselte seine Lippen.

Ja, gewiss, dachte Draken, *wir sind hier auf deinem Gelände und spielen nach deinen Regeln, Lord-Marschall. Doch ich habe noch ein Ass im Ärmel, und dieser junge Mann schafft gerade die Voraussetzung dafür, dass ich es ausspiele.*

Draken entdeckte den ausdruckslosen Tyrolean, der den Rücken der Königin bewachte, und fragte sich, was er wohl von all dem hielt.

Dann stand Geord von Brîn auf. Sein verärgerter Blick war auf Draken geheftet. »Königin Elena, ich kenne zwar diesen *kinve* nicht, doch kann ich es nicht dulden, wenn jemand aus meinem Heimatland bedroht wird. Wir alle wissen, was ein Verhör von Lord Reavan mit sich bringt. Wir alle haben Eure Käfige gesehen.«

Elena runzelte die Stirn, und Reavan setzte laut klimpernd seinen Kelch ab. Draken ließ beinahe den Kopf auf den Tisch fallen. Ein Diplomat war Geord wahrlich nicht. Und er selbst war so nahe dran gewesen …

»Eine Kränkung ist nicht beabsichtigt, mein Herr«, sagte Elena. »Ihr seid ein Freund dieses Hofes und werdet es trotz der Taten Eurer Brüder bleiben. Ich erachte Euch nicht als verantwortlich für sie, bis Ihr der Fürst seid.«

Sie war erneut ausgewichen. Geord legte die Stirn in Falten.

Draken ertappte sich dabei, wie er nach der Tischkante griff und dann seine Hände auf seine Oberschenkel fallen ließ.

»Draken hegt keine bösen Absichten.« Osias reckte die Hand hoch. »Lasst ihn vor dem Hof sprechen.«

Hauptmann Ilumat pflichtete ihm bei. »Lasst uns seine Geschichte in seinen eigenen Worten hören, meine Königin.«

Elena wandte ihren Blick Draken zu. Draken nickte und erhob sich. Er hatte beobachtet, welche Sitten und Gebräuche am Hofe erwartet wurden, und befolgte sie nun. Mit dem Sprechen wartete er, bis er sich vor dem Podium auf ein Knie niedergelassen hatte. Auch Osias setzte sich in Bewegung, um an seiner Seite zu stehen.

»Ich wünsche Euch nichts Schlechtes, Königin Elena. Ich wünsche nur, in die Heimat zurückzukehren.« Es machte nichts, dass diese Heimat Monoea war.

»Ihr benehmt Euch nicht wie ein einfacher Soldat. Was für eine Stellung habt Ihr inne?«

»Ich bin ein … Kopfgeldjäger, Eure Majestät.« Obgleich er beabsichtigt hatte, dies zu sagen, fühlte sich die Lüge auf seinen Lippen merkwürdig an.

»Ihr verfolgt Strafgefangene und dergleichen?«, hakte Königin Elena nach. »Bringt Ihr sie zu Gerichten bei Hof, damit sie dort verurteilt werden? Oder tötet Ihr sie?«

»Es sind zumeist Mörder«, antwortete er. »Und ich schaffe sie lebendig herbei, wenn ich dazu in der Lage bin.«

»Im Auftrag von wem?«, verlangte Reavan zu wissen. »Gewiss nicht in dem der Krone.«

»Und auch nicht im Auftrag von *Khel Szi*«, murmelte Geord.

Dies war kniffliger. Draken konnte schwerlich mit der Antwort herausplatzen, er täte es im Auftrag des monoeanischen Königs. »Im Auftrag von dem, der mich anheuert – wer auch immer das sein mag: Bürger, adlige Häuser, Hofgerichte. Ich bin nicht überrascht, dass der Thronerbe Geord mich nicht kennt. Meine Arbeit ist … recht prekär. Ich muss meine Identität häufig verschleiern.«

Elena wölbte ihre Augenbrauen und hob das Kinn. »Ihr arbeitet für Va Khlar und seinesgleichen?«

Draken versuchte, ihren Gesichtsausdruck zu deuten, und entschied sich dafür, den Kopf zu schütteln. »Nein, Eure Majestät.«

»Dann ist er ein Söldner«, folgerte Hauptmann Ilumat, »und noch schlimmer als ein Pirat.«

Bevor Draken dagegen Widerspruch erheben konnte, sprach erneut die Königin. »Seid Ihr denn erfolgreich bei dieser Tätigkeit?«

Bei der Frage würde sich die Wahrheit anbieten. »Ich werde als einer der Besten angesehen.«

»Ich habe doch Eure geschworene Treue, richtig?« Elena hob eine Hand, als Geord wieder einmal aufstand; den Mund hatte er schon geöffnet. »Ich beschuldige Brîn nicht der offenen Rebellion, doch die Ressentiments seiner Bewohner gegen die Krone sind weithin bekannt.«

Bekannt sogar jenseits des Meeres in Monoea. Osias legte eine Hand auf Drakens Schulter, um ihn so zu einer Antwort zu drängen. Doch er war der Cousin des monoeanischen Königs und hatte diesem Eide geschworen – als Verwandter, als Bogenschütze und als Soldat der Schwarzen Garde. Die nächsten Worte kamen ihm nicht leicht über die Lippen.

Für Lesle, dachte er. »Ich bin loyal gegenüber der Krone«, antwortete Draken und schluckte den letzten Rest von Unschlüssigkeit hinunter. Es hinterließ ein Gefühl der Übelkeit in seinem Bauch, als ob er etwas Widerliches getrunken hätte. »Ich bin Euch gegenüber loyal, meine Königin.«

Sie beehrte ihn mit einem strahlenden Lächeln; die Angelegenheit entwickelte sich schließlich in ihrem Sinne.

»Dennoch möchte ich Euch darum bitten, mich mit der Möglichkeit auszuzeichnen, Euer Vertrauen erwerben zu dürfen«, fuhr er fort.

Reavan setzte sich aufrechter hin und hob die Augenbrauen. Osias' Hand legte sich fester auf Drakens Schulter.

»Wieso ist es notwendig für Euch, zu beweisen, dass ich Euch trauen kann?«, fragte sie.

»Für mich ist es nicht notwendig«, erwiderte er. »Doch ich glaube, dass es das für Euch ist.«

Drakens Kehle war sehr trocken geworden. Vielleicht war dies am Ende doch keine so gute Idee. Man konnte unerwartet Pfeile auf ihn schießen, und seine Augenlider würden kaum zucken; doch für diese Art von verbalem Schlagabtausch war er einfach nicht gemacht. Etwas an der Weise, wie Elena ihn anstarrte, um ihn zum Wegsehen zu zwingen, erinnerte ihn daran, dass dies eine Frau war, die aus einer bloßen Laune heraus seine augenblickliche Hinrichtung befehlen konnte. Und er hatte keinerlei Zweifel, dass sie dazu fähig war.

»Die Verschwörer gegen Euch könnten sich immer noch in Auwaer aufhalten«, führte er weiter aus – und übernahm dabei die entschlossene Einstellung des Hofes, die Einzelheiten des Angriffs geheim zu halten –, »und Ihr kennt überdies alle, die in den vergangenen Tagen die PALISADE durchquert haben. Um Euch von meiner Loyalität und meinem Wert für Euch zu überzeugen, biete ich an, dass ich die Verschwörer in Eurem Auftrag ausfindig mache.«

Reavan presste den Mund fest zusammen und blickte äußerst finster drein. Königin Elena stützte ihr Kinn auf eine Hand und starrte Draken unverwandt an.

Da hast du's! Jetzt hast du es echt geschafft. Er machte sich darauf gefasst, dass Wachleute ihn gleich zu den Käfigen schleppen würden. Der ganze Raum fiel in die Art von Schweigen, die einem durch Mark und Bein ging und das Blut in den Adern gefrieren ließ.

»Ja, Draken«, sagte Elena schließlich. »Ich möchte sehr gerne, dass Ihr dies tut.«

KAPITEL ACHT

Später am Abend ließ sich Draken auf ihr gemeinsames Bett fallen; der vorherige Aufruhr in seinem Magen wurde nun durch eine innere Wärme ersetzt, die das Selbstvertrauen ihm geschenkt hatte. Er streckte seinen lädierten Rücken, indem er die Arme hinter den Kopf legte und diesen sanft Richtung Brust zog. »Ich schätze, man wird mich noch nicht umbringen – jetzt, wo sie mir eine Arbeit gegeben hat.«

»Das ist der Ocscher-Wein, der da aus Euch spricht«, meinte Osias und setzte sich neben Draken auf das Bett. »Wie seid Ihr nur darauf gekommen, der Königin Eure Hilfe anzubieten?«

»Ich weiß Eure Besorgnis zu schätzen; aber Rebellen und Meuchelmörder zu jagen ist genau das, was ich tue.« Draken widerstand dem Drang, von Osias wegzurücken, der sich mit der Hüfte an seine Seite lehnte. »In meiner Heimat, meine ich.«

»Ihr kennt die Möglichkeiten der Mantiker nicht«, hob Osias hervor. »Und Ihr habt nicht deren Waffen. Was, wenn der Attentäter Euch angreift?«

Das war nur zu wahr: Draken besaß noch nicht einmal ein Messer. Er rieb die Fingerspitzen aneinander und erinnerte sich an das Gefühl, einen Bogen in der Hand zu halten, sowie an den Anblick von Pfeilen, die auf seinen Befehl hin von Schiffsrelingen herabregneten. »Ich habe Euch, oder?«

»Gewiss, mich habt Ihr«, antwortete Osias, doch er sah darüber nicht glücklich aus.

»Der Attentäter muss ein Mantiker sein«, erklärte Setia, als Osias aufstand, um zum Schutz gegen die stärker werdende Nachtkälte die Fensterläden zu schließen.

»Was bringt Euch dazu, dies zu behaupten?«, fragte Draken.

»Zwei Gründe. Erstens: der Pfeil aus Ocscher-Holz. Zweitens: Nur jemand mit einer Zauber-Tarnung wäre dazu in der Lage, sich unentdeckt durch die Bastion zu bewegen.«

»Wer sonst verfügt über eine Magie wie diese?«

»Mondlinge«, erwiderte Setia. »Doch die sind viel zu klein für Langbögen.«

»Dennoch gibt es eine ganze Menge von ihnen«, meinte Draken. Er erinnerte sich an Reavans Gefangene im Wald. Sie war gewiss ein Mondling gewesen, bestimmt für ein Leben als Sklavin.

Osias setzte sich wieder auf das Bett. »Ja, gewiss. Es gibt viel zu überlegen. Ich spüre eine andere magische Person, und es ist nicht nur wegen des Pfeils und des Gewebes. Wenn er ein Mantiker ist, dann benötigt Ihr meine Hilfe.«

Draken wölbte eine Augenbraue, als er Osias anschaute. »Dieser Pfeil könnte auch gestohlen worden sein, um uns in die Irre zu führen. Und was lässt Euch glauben, der Attentäter sei ein ›er‹?«

»Guter Gedanke. Ich habe keinen Grund anzunehmen, dass der Attentäter männlich ist – außer dass alle Mantiker es sind. Und ich vermute, bei dem Attentäter könnte es sich um jemand anderen handeln, der nur vorgibt, ein Mantiker zu sein.« Osias betrachtete Draken. Sein Gesicht sah fahl aus in dem dämmrigen Fackellicht. »Wie seid Ihr darauf gekommen?«

»Ich habe es Euch gesagt.« Draken setzte sich auf und schwang die Füße wieder auf den Boden. Obgleich er die Nachtruhe vor sich hatte und betrunken vom Wein war, vermochte er kaum seine ängstliche Unruhe in Schach zu halten, die Suche endlich zu beginnen. »Genau das ist es, was ich tue.«

War das Pochen in seinem Kopf oder kam es von draußen an der Tür?

Sowohl als auch, schlussfolgerte Draken und brachte sich in Erinnerung, wo er war, bevor er der Person – wer auch immer sie sein mochte – zurief, dass sie weggehen solle. Er rieb sich mit den Händen übers Gesicht, löste sich von Setia und rollte sich vom Bett herunter. Sobald er aufrecht stand, hielt er inne, um den sich drehenden Raum wieder zum Stillstand kommen zu lassen.

Hauptmann Tyrolean hob gerade die Faust, um abermals zu klopfen, als Draken die Tür öffnete. Hinter dem Hauptmann standen zwei Gardesoldaten, deren kürzlich polierte Ledermonturen glänzten und deren Wappenröcke absolut fleckenlos waren.

Draken blinzelte sie an, und Tyrolean musterte ihn im Gegenzug von Kopf bis Fuß, bevor er sprach: »Wir sind beauftragt worden, bei Euren Nachforschungen zu helfen.«

Dies war etwas, womit er nicht gerechnet hatte, doch Draken vermutete, es sollte ihn nicht überraschen. Vielleicht hatte Osias recht damit gehabt, dass der Ocscher-Wein Selbstgefälligkeit hervorrief. Er schien tatsächlich diese Wirkung zu haben – in seinem Kopf zumindest.

»Richtet der Königin aus, dass ich die Hilfe zu schätzen weiß. Ich werde mich an Euch wenden, sollte ich Euch benötigen«, sagte er, schlüpfte hinaus in den Korridor und schloss die Tür. Anschließend lehnte er sich gegen sie, um sich zu stützen. Er spürte, dass das geschnitzte Holz gegen seinen nackten Rücken drückte, und beobachtete, wie Tyrolean seine vielen Narben musterte, bis hin zu den ältesten, die von einer grausamen Auspeitschung während seiner Zeit als Sklavenkind stammten.

»Die Königin hat uns geschickt – hierhin, genau jetzt«, sagte Tyrolean, als ob dies die Sache regelte.

Draken seufzte, da er vermutete, dass dies wirklich so war. »In Ordnung. Kommt jedoch später zurück; wir sind gerade erst aufgewacht.«

Die anderen beiden Gardisten sahen einander von der Seite an und lächelten wissend.

Draken machte einen Schritt. »Habt Ihr etwas, das Ihr mir sagen möchtet?«

»Nichts«, antwortete Tyrolean und schaute zurück zu seinen Gardesoldaten. »Nach dem Frühstück werden wir Euch rufen.«

Draken ging wieder ins Zimmer zurück und verkündete die Neuigkeiten. Osias reckte die langen Arme über den Kopf und setzte sich auf. Selbst wenn seine Haare total durcheinander waren, schimmerten sie wie altes, poliertes Silber. »Vielleicht werden sie uns ja behilflich sein.«

»Nein«, entgegnete Draken, »sie sind bloß hier, um uns im Auge zu behalten. Tyrolean vertraut mir nicht.«

»Ich nehme an, dass wir keine andere Wahl haben«, sagte Setia. Sie streckte sich, und die Decken glitten nach unten, sodass ihre Brüste enthüllt wurden.

Draken dachte an die feixenden Gardesoldaten und wandte sich ab, um die sanitären Einrichtungen aufzusuchen.

»Das Erste, was ich sehen will, ist das Dach«, erklärte Draken, nachdem sie gegessen hatten und von der kleinen Gruppe von Gardesoldaten abgeholt worden waren.

Tyrolean schüttelte den Kopf. »Das bringt nichts. Meine Patrouillen haben nichts gefunden.«

»Hauptmann. Königin Elena hat Euch angewiesen, mir zu helfen. Also. Das Dach. Bitte.«

Tyrolean starrte ihn an – von Auge zu Auge, denn sie beide waren von gleicher Größe. Draken war sich auf eine unangenehme Weise bewusst, dass Tyrolean bewaffnet war, er selbst hingegen nicht. Aber er würde nicht zulassen, dass ihn das davon abhielt, sich Geltung zu verschaffen.

»Vorsicht, Pirat«, murmelte Tyrolean.

Draken erwiderte nichts darauf, doch er wich auch nicht zurück.

Tyrolean drehte sich so schnell um, dass sein grüner Umhang ein knallendes Geräusch machte, und marschierte voran zu den Treppen. Die Wächter im Turm senkten ihre Bögen, salutierten vor Tyrolean, indem sie mit der Faust ihre Brust berührten, und betrachteten jeden anderen mit eisigem Schweigen. Draken fiel auf, wie genau die Wachleute jedes ihrer Gesichter studierten, während sie vorbeigingen.

»Wie viele Soldaten der Königlichen Garde dienen in der Bastion?«, erkundigte sich Draken.

»Einhundert in Friedenszeiten«, gab Tyrolean zur Antwort.

»Ich kann mir vorstellen, dass sie die Gesichter der anderen kennen, die hier Dienst leisten – wenn nicht sogar viele der Namen«, meinte Draken.

»Jeder Gardehauptmann, der zur Bastion abkommandiert wird, hat den Befehl über mindestens fünf Pferde-Marschalls und fünfzig Servii …«

Drakens Brauen wanderten nach oben. »Und sie alle übernehmen abwechselnd den Schutz der Bastion?«

»Wenn es notwendig ist – ja, gewiss.«

Draken verspürte einen stechenden Schmerz. In Monoea schützte eine Elitekampftruppe den König. Es war eine verdiente Position, die man durch Einsatz und Vertrauen gewann. Er selbst hatte darauf hingearbeitet, innerhalb von zwei Sohalias in die Reihen dieser Eliteeinheit erhoben zu werden. Sollte sich seine Karriere auf dem richtigen Weg fortsetzen, so der Plan, würde er sogar eines Tages die Königliche Garde anführen, wenn dies seinem Cousin gefiele. Das hier aber ergab keinen Sinn. Warum in Khellians Namen sollte Elena einfach irgendjemandem gestatten, sie zu beschützen. Und warum sollte Reavan dies hinnehmen?

»Und der Attentäter könnte einen Zauber eingesetzt haben«, erinnerte Osias Draken. »Grüne Umhänge sind nicht so schwer zu erwerben oder herbeizuzaubern, wie Ihr Euch vielleicht entsinnt.«

Draken seufzte. Der Attentäter agierte im Schutze von Hunderten von Soldaten, Diensthabende wie Freiwachen. Und nicht nur das: Der Gesuchte verfügte womöglich über eine magische Verkleidung. Brillant.

Das Dach der Bastion gewährte einen großartigen Ausblick auf die aus grauen Steinen errichtete und von weißen Kiesstraßen durchzogene Stadt. Nach einem flüchtigen Blick ignorierte Draken diese Aussicht. Er schritt das Dach der Länge nach ab, ging dabei an fünf Bogenschützen vorbei und bog dann um die Ecke. Als er dort stand, von wo der Attentäter geschossen hatte, kniete er sich nieder und starrte über den Innenhof hinweg. Der Dachbereich war so gebaut, dass man durch die Türen sehen konnte, doch der Thronsaal mit den schwarzen Wänden lag im Schatten. Er korrigierte sein vorhergehendes Urteil über die Torheit der Königin. Absolut nichts verriet hier oben die Position des weißen Thrones.

Selbst ein wohlgezielter Pfeil erforderte eine Menge Selbstvertrauen. Er dachte daran, wie Osias so schnell seine Gedanken gelesen hatte, und runzelte die Stirn. Waren alle Mantiker dazu in der Lage?

»Ein Gespräch von Gehirn zu Gehirn?«, sann er im Flüsterton nach.

Das Einzige, was Tyroleans Ungeduld noch mehr betonen würde, war ein nervöses Klopfen mit dem Fuß. »Was sagt Ihr?«

»Man kann von hier aus nicht in den Thronsaal hineinschauen«, erklärte Draken. Mit einer Geste forderte er den Hauptmann auf, sich neben ihm hinzuknien, was Tyrolean mit Widerwillen tat. »Es ist zu dunkel. Sitzt Elena … Entschuldigung, Königin Elena. Sitzt sie immer auf dem Thron, wenn sie da drinnen ist?«

Tyrolean kniff die umrandeten Augen zusammen, doch er wandte seine Aufmerksamkeit nicht von den offenen Türen auf der anderen Seite des Innenhofs ab. »Es ist schließlich der Thronsaal.«

»Richtig. Doch sie hat sich nicht auf der Stelle auf ihn gesetzt«, sagte Draken und strich mit der Hand über sein borstiges Kinn. »Nicht an jenem Tag. Zuerst unterhielt sie sich nahe der Tür mit Lord-Marschall Reavan. Weshalb hat der Attentäter diese Gelegenheit nicht ergriffen?« Er stand auf. »Gibt es noch einen anderen Weg hier hoch?«

»Nein. Nur die Turmtreppe.«

Sie überquerten das Dach bis zum äußeren Rand, um über die schulterhohe Mauer nach unten in den düsteren Festungsgraben mit seiner von Stacheln bestückten Einzäunung zu schauen. Nichts trübte die Oberfläche des Wassers, die still und regungslos im Schatten der Bastion lag. »Was ist da drin?«, wollte Draken wissen. »Ich meine, im Festungsgraben?«

»Erringe.«

Draken schnitt eine Grimasse. An deren nach Beute schnappenden Kiefern und Dolchzähnen würde man nicht vorbeikommen. »Na ja, der Attentäter ist hier irgendwie hochgekommen. Und verkleidet oder nicht – ich bezweifle, dass er an Euren Wachposten im Turm vorbeigeschlendert ist. Ich möchte wetten, dass Ihr bis auf den Mann genau wisst, wie viele hier oben auf dem Dach eingesetzt werden.«

»Zehn auf jeder Seite, wenn wir bedroht werden.«

»Und am Tag des Anschlags?« Draken kannte die Antwort; als man ihn in die Bastion brachte, hatte er die Bogenschützen sofort durchgezählt. Er wollte sehen, ob Tyrolean wirklich genau Bescheid wusste.

»Ein Wachposten an jeder Ecke; und zehn waren über dem Tor positioniert.«

Draken schaute ihn schräg an. »Und das, nachdem der Vater der Königin ermordet worden ist? Ich würde meinen, Lord Reavan müsste die Sicherheitsmaßnahmen daraufhin eigentlich verstärkt haben.« *Oh, ihr Götter, Reavan ist nicht bloß boshaft, sondern auch inkompetent. Das heißt, er ist doppelt gefährlich.*

Tyrolean versteifte sich. »Es ist nicht an mir, Personen zu hinterfragen, die über mir stehen.«

»Das ist es sehr wohl, falls Euch das Leben der Königin kostbar ist«, erwiderte Draken. Er ignorierte Tyroleans missmutigen Blick und marschierte mit großen Schritten die äußere Mauer entlang, was die anderen dazu zwang, ihm schnell zu folgen, wenn sie mithalten wollten. Mit Ausnahme kleiner Abflusslöcher sahen die schwarzen Steine nicht so aus, als ob man an ihnen hochklettern könnte.

»Selbst wenn unser Attentäter eine Zauber-Tarnung besessen hat, wäre es verdächtig gewesen, wenn er über das Dach gegangen und hier stehen geblieben wäre, nicht wahr? Als ich am Tag des Mordversuchs Eure Wachposten beobachtet habe, waren sie die ganze Zeit in Bewegung.« Er warf Tyrolean einen kurzen Blick von der Seite zu und ließ einen Hauch von Spott in seine Stimme einfließen. »Natürlich war das hinterher. Während des Anschlags müssen sie regungslos in den Ecken gestanden haben, ganz wie Ihr sagtet.« Und so war es in Wahrheit auch gewesen.

»Sicher!«, blaffte Tyrolean – so scharf, dass man ein Schwert damit hätte schleifen können.

»Sie sind aufmerksam; das gebe ich zu. Zu jeder Zeit waren Pfeile auf mich gerichtet.« Draken war sich der Tatsache völlig bewusst, dass er gerade etwas von sich preisgab. Aber er brauchte Informationen, und zwar so dringend, dass es ihm egal war, wenn Tyrolean so erfuhr, dass er ebenfalls aufmerksam war. Er hob das Kinn. »Patrouillieren Eure Gardisten die Straße dort unten?«

»Die Erringe im Wasser reichen als Patrouille aus«, entgegnete der Hauptmann. »Sie fressen einen Mann in der Zeit, die es bräuchte, diesen Zaun hochzuklettern.«

»Wonach sucht Ihr, Draken?«, fragte Setia.

»Ich weiß es noch nicht«, antwortete er und fuhr mit der Hand oben an der feingeschliffenen schwarzen Wand entlang, während er um die Ecke schritt. Die Gebäude an der Straße grenzten hinten an die Bastion, als wollten sie eine Privatsphäre schaffen. Draken spürte einen Kratzer im Stein und blieb stehen, um auf die ruhige Straße zu blicken. Plötzlich wusste er, was hier geschehen war.

»Natürlich. Ein Enterhaken an einem Seil. Wenn der Angreifer bereits in dem Gebäude dort war, ist er aus diesem Fenster herausgekommen«, sagte Draken und zeigte auf den Kratzer im Stein. »Schleuderte den Enterhaken hoch, der dann hier hängen blieb. Der Attentäter weiß, dass niemand unten auf der Straße patrouilliert und allein die Erringe Wache halten. Hier … und hier. Schrammen.« Draken unterdrückte ein Lächeln. »Ihr habt gewiss schon einmal von solchen Dingen gehört, oder?«

Tyrolean warf ihm einen vernichtenden Blick zu.

»Das war wagemutig«, sagte Osias. »Wäre er gestürzt, hätte er es niemals rechtzeitig geschafft, den Erringen zu entfliehen.«

»Nicht halb so wagemutig wie die Tat, in ihrem eigenen Hause auf die Königin zu schießen«, meinte Draken, drehte sich fort und starrte zum Turm hinüber. Zwei der Bogenschützen drüben auf dem Weg hatten Pfeile an die Sehnen gelegt und den Blick auf ihre kleine Gesellschaft gerichtet. Vier weitere Bogenschützen beobachteten sie von der linken und der rechten Seite. Reavan hatte die Sicherheit verstärkt, weil Draken auf dem Dach war.

»Und hier hat er möglicherweise seinen Zauber eingesetzt, um sich äußerlich zu verändern.« Plötzlich kam ihm etwas in den Sinn. »Wie stark ist dieser Zauber? Könntet Ihr Euch unsichtbar machen, Osias?«

Er schüttelte den Kopf. »Allerdings wäre ich in der Lage, für solche Zwecke mit meiner Umgebung zu verschmelzen, solange ich versiert genug bin, die entsprechende Magie zu beherrschen.« Er lächelte und ließ wenig Zweifel daran, dass er selbst mehr als gut genug dafür war.

Draken seufzte innerlich; es war immerhin ein Mantiker-Pfeil gewesen. Hier und jetzt anzumerken, wie naheliegend es war, Osias zu den Tatverdächtigen zu zählen, war sicher nicht ratsam.

»Es war ein strahlend heller Tag, wie Ihr Euch erinnern werdet«, fuhr Osias fort. »Wenn das blendende Licht richtig stand, hätte der Attentäter dies zu seinem Vorteil nutzen können.«

»In Ordnung«, sagte Draken. »Wir werden jetzt auf der Straße unten weitermachen. Möglicherweise hat dort ja jemand etwas gesehen.«

Die befragten Akrasianer reagierten steif und höflich, als Antworten gaben sie ihm jedoch wenig mehr als das eine oder andere verlegene Schulterzucken. Er ging nicht auf die Einzelheiten des Anschlags ein, sondern erklärte, er führe Routine-Nachforschungen zur Sicherheit der Bastion durch. Sein brînianisches Aussehen war der Sache auch nicht förderlich, und das Gleiche galt für die schweigsamen, bewaffneten Gardesoldaten hinter ihm. Er erinnerte sich an die misstrauische Reaktion auf Reavan, als sie in die Stadt hineingekommen waren. Während er die Untertanen befragte, schweifte ihr Augenmerk ständig zu den Gardisten. So sauber und ordentlich hier auch alles war, so fühlte sich Auwaer doch nicht gänzlich frei an: als ob dies eine Stadt sei, die unter der Besetzung ihrer eigenen Leute stand.

Sein Cousin, der monoeanische König, war kein perfekter Mann, wie Draken wusste. Doch er besaß den Respekt seines Volkes. Er hatte gewiss keine Armee unterjochen müssen, damit sie für ihn kämpfte. *Ich hätte mein Leben für ihn gegeben*, dachte Draken; und das Bedauern darüber, was er alles verloren hatte, ließ abermals einen stechenden Schmerz in ihm aufflammen.

Das andere Problem war Osias. Obgleich die meisten Akrasianer den Mantiker mit ehrfurchtsvoller Höflichkeit empfingen, drehte sich mehr als nur einer mit Abscheu von ihm weg und weigerte sich, in seiner Gegenwart zu sprechen. Als Draken ihn fragte, weshalb dies so war, lächelte der sein atemberaubendes Lächeln.

»Sie schauen bitteren Wahrheiten ins Gesicht, wenn sie mich erblicken«, sagte er.

Doch Wahrheiten über den Attentäter kamen durch Drakens Befragungen nicht zum Vorschein. Am Ende des dritten Tages hatte Draken die Stadt Auwaer ein Dutzend Mal durchquert, sich in seinen neuen Stiefeln Blasen zugezogen und war der dringlichen Frage, wie er Tyrolean wohl abschütteln konnte, kein Stück näher gekommen. Nachdem er an diesem Abend über seine erfolglosen Nachforschungen Bericht erstattet hatte, feixte Reavan.

»Sollen wir Draken von seinen Aufgaben befreien, meine Königin?«

Draken war nicht überrascht, dass Königin Elena den Anschein machte, als ob sie über diesen Vorschlag nachdachte. »Noch nicht«, sagte sie schließlich. »Der Attentäter ist gerissen, doch ich hoffe, dass Draken noch gerissener ist.«

Während des ganzen Abends fühlte er ihre dunklen Augen auf sich ruhen und flüchtete vom Abendessen, so schnell er konnte. Aber auf dem Weg in ihre Räumlichkeiten vernahmen er und seine beiden Gefährten eine Stimme, die ihnen durch den Gang hinterherrief.

»Wartet, *kinve*! Ich möchte mit Euch sprechen.«

»Thronerbe Geord«, sagte Osias verblüfft. Seit dem ersten Abend hatte der Thronfolger Wert darauf gelegt, sich von Draken, Osias und Setia zu distanzieren, und sie noch nicht einmal mit einem flüchtigen Blick zur Kenntnis genommen.

»Der *kinve* und ich würden gerne allein sprechen, ehrwürdiger Mantiker, wenn es Euch genehm ist«, verkündete Geord.

Osias schaute Draken fragend an.

»Geht voraus«, beschied der. »Ich komme nach.«

»Ihr seid ein Mann, den kennenzulernen recht schwierig ist«, eröffnete Geord das Gespräch, als die beiden anderen weitergegangen waren. Er fingerte an einer seiner Ketten herum und beäugte Draken.

Wenn der zuvor schon von Geord und seinem prunkvollen Äußeren nichts gehalten hatte, so begehrte er nun innerlich dagegen auf. Ein Unbehagen breitete sich in ihm aus. »Wieso sollte es Euch überhaupt danach verlangen, mich kennenzulernen, mein Herr?«

»Ich wundere mich, wie ein gewöhnlicher Blut-Lord und der Mörder von Reavans Erstem Hauptmann so schnell in Elenas Gunst steigen konnte«, erwiderte Geord.

Draken erkannte, dass er auf eine leise, listige Weise nach einer Möglichkeit suchte, ihn zugrunde zu richten. Was er nicht erkannte, war der Grund dafür. »Ein Streich des Schicksals, nehme ich an, mein Herr«, antwortete er.

Zu seiner Verwunderung lachte Geord auf. »*Schicksal?* Ein gewöhnlicher Brînianer hat Khellian aufgegeben, um die akrasianische Mondmünster-Religion anzunehmen? Ich hätte gedacht, Euer Mantiker und Mondling würden Euch von solch einem Götzenglauben abhalten.«

Draken spürte, wie seine Lippen vor Verärgerung zuckten. Wenn Geord nur von den zahllosen Pfeilen wüsste, die rot von Drakens eigenem Blut in die Meere rund um Monoea geschleudert worden waren. »Ich habe Vorfahren, die nach Khellian benannt waren«, erklärte er. *Nach dem Gott des Krieges.*

Geord senkte den Blick auf seine gebrandmarkten Hände. »Man sagt, Ihr seid ein Bastard.«

»Das Blut meiner Ahnen fließt dennoch durch meine Adern, oder etwa nicht? Und ich bin ein Soldat. Ich habe mich nicht von meinem Schutzgott abgewendet.«

Geord beugte sich nahe zu ihm. »Ich will, dass Ihr aus Auwaer verschwindet, Draken.«

»Ihr und ich, wir wünschen dasselbe, mein Herr«, erwiderte er. »Unsere Königin hält mich hier.«

»Aufgrund Eures eigenen Angebots.«

»Bei der Wahl zwischen einem Auftrag und den Käfigen, mein Herr, schien der Auftrag mir die bessere Wahl zu sein. Ihr seht doch, wie Reavan mich anblickt. Ihr selbst habt sogar um meinetwillen vorgesprochen, nicht wahr?«

»Gewiss. Und ich will nicht, dass Eure Erfolglosigkeit meine Freundschaft zu diesem Hof beeinträchtigt, selbst wenn …« Geord hielt mit einem wissenden Blick inne, dessen Bedeutung Draken entging, und als er fortfuhr, wurde seine Stimme sehr leise. »Selbst wenn unser König möchte, dass wir mit dieser Königin verfeindet sind.«

König? War dieser Herrscher nicht ein Fürst in Brîn? Wie dem auch war – wenn dieser schusselige Narr von einem Thronerben noch mal ins Fettnäpfchen trat, würde er die Pläne und die Freiheit von Draken in Gefahr bringen. *Sei jetzt vorsichtig!* »Ich sehe keinen Grund für uns, dass wir es bekannt machen.«

»Das ist wahr«, stimmte Geord ihm zu. »Dafür ist noch nicht die richtige Zeit. Aber ich habe nicht die Absicht, meine Hand vom Thron zurückzuziehen.« Er trat noch näher an sein Gegenüber heran und streckte die Hand aus, um am Saum von Drakens Tunika herumzufingern. »Ihr wisst, wir könnten Gefährten sein, Ihr und ich. Ihr seid von angenehmem Äußeren, wenn auch ein bisschen grob im Umgang.«

Draken zwang sich zu einer ruhigen Antwort. »Wenn das alles gewesen ist, mein Herr, dann wünsche ich Euch jetzt eine schöne Nacht.«

Geords Lippen zuckten; Draken allerdings hatte keine Ahnung, ob Verärgerung oder Erheiterung dahintersteckten. Doch Geord gab ihm mit einem Wink zu verstehen, dass er wegtreten konnte. Den Rest des Weges zu seinem Zimmer legte Draken so gedankenverloren zurück, dass er beinahe an der Tür vorbeimarschiert wäre. Setia bettete sich gerade zur Nacht, Osias saß auf einer Bank und wartete auf Drakens Rückkehr.

Sogleich ging Draken zum Zimmerfenster. Er lehnte sich hinaus, und seine Hände ergriffen die Fensterbank. Die Monde waren noch nicht aufgestiegen, sodass die Stadt in tiefer Dunkelheit lag. Straßenfackeln brannten am Boden wie winzige Sterne.

»Was beunruhigt Euch, mein Freund?«, fragte Osias. »Was hat der Thronerbe gesagt?«

»Nichts Besonderes «, antwortete Draken. »Er hat lediglich versucht, bei mir vorzufühlen.«

Es wäre sinnlos, die Angelegenheit durch Mutmaßungen und Andeutungen zu verwirren. Geord schien zu glauben, dass zwischen ihnen beiden irgendein geheimes Verständnis bestand, aber Draken hatte keinen blassen Schimmer, worum es sich dabei handeln mochte. *Soso, der Fürst von Brîn mag Elena nicht*, dachte er. *Erzählt mir lieber etwas, das die Herolde der Stadt nicht wissen.*

Aber halt – König. Geord hatte »König« gesagt. Dann hatte Draken vielleicht doch eine nützliche Sache in Erfahrung gebracht. Vielleicht hatte ja die Verschwörung, Elena zu töten, in Brîn ihren Anfang genommen.

Er legte die Stirn in Falten und seufzte über seine eigene Dummheit. Nichts von alldem brachte ihn irgendwie seinem Ziel näher, Lesles Mord zu enträtseln. *Puzzle-Teile*, dachte er, *die alle durcheinandergeworfen wurden, um zu verbergen, wie sie richtig zusammenpassen.* Frustriert fragte er sich, wo er jetzt wäre, wenn er nicht den Ersten Hauptmann erstochen und die Mondling-Frau befreit hätte. Dann würde er nicht nach Gespenstern suchen. Nicht versuchen, eine fremde Königin zufriedenzustellen.

Tot in einer Schlucht, sagte er zu sich selbst.

»Worüber denkt Ihr so angestrengt nach?«, fragte ihn Setia.

Draken verriegelte die Fensterläden und schnürte seine Tunika auf. »Eine Sache, über die Geord sprach, erinnert mich an etwas. Als ich den Gardehauptmann tötete, passierte etwas Merkwürdiges.« Er zögerte und fragte sich, ob er fortfahren sollte. Osias würde ihn möglicherweise für verrückt halten, und im Augenblick waren er und Setia seine einzigen Verbündeten.

»Etwas Merkwürdiges«, wiederholte Osias.

»Nachdem ich ihn tötete, verschwand sein Leichnam.« In Anbetracht von Osias' gewölbter Augenbraue beeilte sich Draken, die Sache weiter auszuführen. »Ich weiß. Ich muss mich geirrt haben. Es war dunkel und ich erschöpft …«

Der Mantiker erhob sich und fragte in schneidendem Ton: »Ihr seid Euch dessen ganz sicher?«

»Nun ja, ich dachte, ich wäre verrückt geworden, und dann packte mich der Fluch. Das muss es gewesen sein.« Osias jedoch starrte so angespannt an ihm vorbei, dass Draken hinter sich blickte. »Was?«

»Mantiker sind faktisch bereits tot«, sagte Osias. »Doch unsere Körper sind es nicht. Wir durchstreifen die Länder außerhalb von

Eidola dank der Gnade unseres Herrn, des Gottes Korde, und wir atmen und essen und leben wie andere auch. Doch wir sind nicht wie die anderen. Wenn wir angegriffen und unsere Körper zugrunde gerichtet werden, können wir uns erneuern. Doch wenn wir gänzlich zerstört und somit tatsächlich getötet werden, verschwinden unsere Körper.«

»Aber der Hauptmann war Akrasianer«, entgegnete Draken. »Mit umrandeten Augen und alldem.«

»Zauber, Draken«, sagte Osias leise.

»Ihr glaubt also, dass er ein Mantiker war …« Er sprach nicht weiter. Als die Bedeutung von Osias' Worten seine Skepsis durchdrungen hatte, sank er auf die Bank hinab. »Ihr wollt damit sagen, dass er immer noch *lebendig* ist?«

Osias neigte den Kopf zum Zeichen der Zustimmung. Als er sein Gesicht wieder hob, war sein Ausdruck so abgespannt, dass es aussah, als wäre er gealtert. Seine jugendliche Ausstrahlung hatte sich verdüstert. »So lebendig, wie ein Mantiker sein kann.«

Draken vermochte nicht aufzunehmen, was dies bedeutete, außer der eisigen Erkenntnis, dass Lesles Mörder, wenn er denn wirklich ein Mantiker war, niemals für seine Verbrechen an ihr würde sterben können. Er musste schwer schlucken. »Merkwürdiger Zufall: Ich scheine einen Mantiker getötet zu haben, und jetzt sieht es so aus, als sei ein Mantiker hinter Elena her, richtig?«

»Merkwürdig, in der Tat«, sagte Osias. »Doch noch merkwürdiger ist, dass er mit Reavan zusammen war, der sich uns bei jeder sich bietenden Gelegenheit in den Weg stellt.«

Draken runzelte die Stirn und rieb sich mit der Hand über die Wange. »Natürlich habe ich an ihn gedacht. Er zieht den größten Nutzen aus Elenas Tod. Doch wenn ich ehrlich bin, muss ich sagen, dass mir sein Verhalten eher von seinem Ressentiment gesteuert zu sein scheint – und von dem Wunsch, die eigene Inkompetenz zu verbergen. Schließlich hat er nicht mehr herausgefunden als wir.« Draken bedauerte jetzt, dass er dieses Argument nicht vor dem Hof angebracht hatte, als er seinen eigenen fehlenden Erfolg hatte eingestehen müssen. »Er ist ebenso gut ein Verdächtiger wie jeder andere. Doch aufgrund der Art und Weise, wie der Mord an

Elenas Vater geschah, habt Ihr selbst nahegelegt, dass ein Mantiker diese Tat begangen haben muss.«

»Oder ein Gadye. Sie kommen jedoch nicht nach Auwaer, und sie tragen Masken, die eine Zauber-Tarnung unmöglich machen. Und die einzige andere Menschenart, die imstande ist, Blutmagie anzuwenden, sind die Mondlinge, die wir weitestgehend ausgeschlossen haben.«

Was weiß ich eigentlich?, dachte Draken. Herzlich wenig: Elenas Vater, den akrasianischen König, hatte man wie ein Tier ausgeweidet und ausbluten lassen. Wie Lesle. Und jetzt machte anscheinend ein Mantiker Jagd auf Königin Elena – sogar Osias hatte dies nahegelegt. Vielleicht war der gleiche Attentäter unter neuer Zauber-Tarnung zur Bastion zurückgekehrt. Wie aber sollte sich eine Verschwörung über das Meer bis nach Monoea erstrecken? Und weshalb? Oder waren diese Morde womöglich überhaupt nicht miteinander verbunden?

Er dachte an all die Soldaten der akrasianischen Armee, die er im Verlauf der Jahre vertrieben hatte. Einer von ihnen war gekommen, um Rache zu nehmen, vermutete Draken, und hatte den Mord so aussehen lassen, als wäre er Teil eines Blutmagie-Rituals gewesen. Das musste es sein. Er hatte erneut Lesles Leiche vor Augen und seufzte. Was sie durchgemacht hatte …

Osias trat näher heran und blickte ihm prüfend ins Gesicht.

Draken wurde sich bewusst, dass er sich wieder seinen Gedanken überlassen hatte und es still im Raum geworden war. »Nur, um darüber zu reden … Ich vermisse mein Zuhause, nehme ich an.«

Osias kniete sich vor ihm nieder und ergriff mit seinen langen Fingern Drakens Handgelenke. »Ich glaube, dass Ihr zu Hause seid. Hier … in Akrasia. In Brîn. Immerhin stammt Ihr von dem Blut hier ab.«

Draken schüttelte den Kopf. »Ich wurde hier nicht geboren. Dieser Ort gehört nicht zu mir, Osias.«

»Ihr könnt nicht zurückkehren.«

Ein Schweigen. »Nicht, ohne den Mörder meiner Frau zu finden.« Da! Er hatte seine Spielsteine geworfen, sein Vorhaben offenbart. Nun musste er sehen, was es ihm einbrachte.

Osias blickte auf in Drakens Gesicht; in das eigene hatte sich tiefe Trauer eingegraben. »Ach, mein Freund. Ich fürchte, wir werden vielleicht niemals alles enträtseln, was es darüber zu erfahren gibt. Doch ich bin hier, um Euch zu helfen. Ich werde nicht zulassen, dass sie Euch Schlimmes antun, und ich werde Euch nach Hause bringen – wo immer dies sein mag.«

Draken nickte und lehnte sich zurück in dem Bemühen, etwas Distanz zwischen ihnen zu schaffen. »Weshalb nennt Ihr mich ›Freund‹? Wir kennen uns kaum.«

»Weil Ihr seine Schönheit seht, und darin zeigt sich der wahre Glaube Eures Herzens«, erklärte Setia leise. »Nicht jeder vermag das zu erkennen, müsst Ihr wissen.«

Sie gingen wie üblich zu Bett. Draken zog sich nicht zurück, als Setia ihren warmen Rücken gegen seine Seite schmiegte. Sie wurde augenblicklich still. Osias streckte den Arm hinüber und berührte Drakens Brust, wie er es üblicherweise tat; dann nahm er seine Hand fort und schlief ein, ohne noch irgendetwas zu sagen.

Draken starrte noch lange Zeit in die Finsternis und dachte an seine Frau.

Das Licht des neuen Tages fühlte sich in Drakens Augen grell an. Zweimal musste er sich dafür entschuldigen, dass er gegenüber seinen Freunden kurz angebunden war; Hauptmann Tyrolean gönnte er eine solche Höflichkeit allerdings nicht. In knapper Form wies er ihn an, sie zum Tempel zu bringen. Vielleicht würde ja Frömmigkeit zu Antworten führen – nicht seine eigene natürlich, sondern die der anderen.

»Eine gute Gelegenheit, für Eure Weisheit und Euren Erfolg zu beten«, stimmte Tyrolean mit einer kleinen, unverschämten Verbeugung zu.

Draken gab sich keine Mühe, seine Verärgerung zu verstecken, und folgte Tyrolean mit einem mürrischen Gesichtsausdruck, bei dem sich seine Stirn in Falten legte. Kopfschmerzen dämpften jeglichen Rest von Begeisterung.

Der kuppelförmige Tempel war der schönste, den Draken jemals gesehen hatte. Er bot sich der warmen Luft Auwaers offen dar, während Säulen und eine niedrige weiße Mauer eine Grenze rund um den heiligen Ort zogen. Der Boden war mit Mosaiken ausgelegt, die jede denkbare Schattierung von Meerblau aufwiesen – sinnbildlich für Ma'Vannis Wasserreich –; alles andere war in Weiß gehalten mit Ausnahme der bemalten Statuen der Sieben Augen. Niemand schaute Draken ein zweites Mal an, als er hinter Tyrolean eine weiße Kutte anlegte und den gleichermaßen eingehüllten Gemeindemitgliedern folgte, die Opfergaben in Form von Münzen und Gräsern ablegten; Letztere hatte man zu kleinen Geschöpfen und abstrakten Mustern geflochten. Die einzigen strengen, unnachgiebigen, starren Blicke kamen von den Skulpturen der Sieben – schockierend für einen Menschen, der noch nie mit religiöser Bilderverehrung konfrontiert worden war. Draken gestand den steinernen Figuren eine gewisse Schönheit zu, doch er vermochte sich nicht der Vorstellung zu entziehen, dass Unterwerfungsgesten vor Statuen ein Sakrileg darstellten. Tyrolean aber kniete nieder und verrichtete seine Gebete vor Zozia, der kleinen Göttin, die ihre Hände in einer barmherzigen Geste ausbreitete. Er blieb dort für lange Zeit.

Osias ergriff Drakens Arm. »Ich denke, du solltest mehr daran interessiert sein, Khellian zu sehen.«

Draken studierte den ungeschlachten Gott mit der mürrisch wirkenden, starken Stirn, dem angespannten, zusammengepressten Mund und dem missbilligenden, finsteren Blick. Das Haar wuchs wild um seinen Kopf herum wie die Mähne einer Meereskatze; die Hörner eines Hirschbocks sprossen wie kantige Bäume aus seinem Helm hervor. Er ruhte auf einem grob behauenen weißen Steinblock, der mit Kampfsiegeln bemalt war, die Draken von Schreinen kannte, die er auf Kriegsschauplätzen gesehen hatte. Ein Schwert, eine Schüssel mit Blut und verstreute Münzen zierten den ansonsten schmucklosen steinernen Altar des Kriegsgottes. Draken schnitt mit der Klinge über seinen Handteller, tauchte seinen Finger in die Schale mit Blut, vermischte es mit seinem eigenen und schmierte sich damit eine Linie auf die Stirn. Dann drehte er sich um und blickte auf Ma'Vanni, die Muttergöttin. Sie nahm einen zentralen Platz im Tempel ein, und von ihr aus hatte man einen ausgezeichneten Blick auf die übrigen Leute im Inneren des Kultraums.

Tyrolean tauchte hinter ihnen auf; einen Fleck aus Asche von Zozias Altar auf seiner Stirn. Er nahm das Mal in Drakens Gesicht wahr. »Sollen wir mit den Leuten hier sprechen? Möglicherweise weiß ja einer der Mystiker oder Priester etwas.«

Aber trotz ihrer Gebete stießen sie den ganzen langen Tag nicht auf Antworten. Am Ende schlenderten sie stumm und erschöpft zur Bastion zurück. Draken jedenfalls war da schon seit längerer Zeit bereit, das Blut von seiner Stirn abzuwaschen.

Zu seiner Überraschung und seinem Schrecken gleichermaßen befahl Königin Elena, dass Draken allein zum Abendessen in ihre Privatgemächer kommen sollte. Er marschierte den Gang hinunter, und seine Schritte hallten durch die steinernen Korridore; mit jedem weiteren wuchs seine Sorge. So sehr Elena ihn faszinierte, so unangenehm war ihm ihre Macht über sein Wohlergehen.

Unangenehm, pah!, fuhr es ihm durch den Kopf. *Sie versetzt mich regelrecht in Panik.*

Ihre persönlichen Gardesoldaten, die zu beiden Seiten der Türen standen, legten die Hände an die Schwertgriffe, als er erschien. Der wie immer stoisch wirkende Hauptmann Tyrolean kündigte ihn an und bezog dann Stellung in der Nähe.

Königin Elena trug eine weite Hose und darüber eine lange, ärmellose Tunika aus schwarzem, offenmaschigem Stoff. Draken erfasste einen Hauch ihrer blassen, schlanken Figur unter der Kleidung. »Vergebt mir das Schwarz. Ein ermüdender Brauch. Das Trauern steht eher dem Herzen zu, meint Ihr nicht auch?«

Draken war sich nicht ganz sicher, wie er darauf antworten sollte, doch Trauer war etwas, das er gut kannte. »In der Tat, das Herz scheint dem niemals zu entkommen.«

Sie lächelte, als ob sie seiner Antwort zustimmte, aber er konnte sich nicht entspannen. Stattdessen schaute er sich um und versuchte auf diese Weise, sich selbst davon abzuhalten, sie anzustarren. »Wunderschöne Gemächer, Eure Majestät.« Er meinte es ehrlich. Hier war es heller als im Rest der Bastion: Die Wände waren in blassen Farben gehalten, die Balken gebleicht, und in den Fenstern hingen verschiedenfarbige Perlen hinter hauchdünnen Gardinen.

»Ihr solltet die Aussicht sehen.« Elena ergriff seinen Arm und führte ihn zum Fenster. Mit ihrer schmalen Hand teilte sie den Vorhang aus Perlen und zeigte auf das Gewässer direkt unter ihnen. Draken war dem Festungsgraben noch nie so nahe gekommen. Das Wasser verbreitete einen schwachen, schalen Meeresgeruch.

Elena stand ganz nah bei ihm, ihre Arme berührten sich. »Möchtet Ihr gerne zuschauen, wie die Erringe gefüttert werden?«

Nicht wirklich. »Wenn Ihr es wünscht, meine Königin.«

Auf Elenas Wort hin brachten zwei Diener einen Karren, in dem sich drei schwarze Ziegen mit wolligem Fell befanden, zum Zaun. Als ob die Tiere wüssten, was kommen würde, scheuten sie zurück und zerrten an ihren Haltestricken. Einer der Diener packte eine Ziege und warf sie über die Umzäunung, bevor sie protestierend meckern konnte.

Das Wasser sprudelte um das strampelnde Tier herum auf, während es versank. Dann arbeitete es sich wieder zur Oberfläche empor, wobei es vor Entsetzen pfeifende Geräusche von sich gab. Eine mannsgroße, sich schnell bewegende Gestalt erschien direkt unter dem Wasserspiegel und umkreiste die sich abmühende Ziege. Sie ging erneut unter und tauchte nicht mehr auf.

Weitere bleiche Gestalten kamen zum Vorschein. Eine hob den Kopf und schaute nicht etwa die anderen zwei meckernden Ziegen an, sondern Draken und Elena. Glatte, schuppenlose, blutleere Haut; flache Augen ohne Lider; ein Rachen voller Dolchzähne.

»Sie blicken zu uns hoch, weil ich sie häufig füttere«, erklärte Elena.

Die anderen Ziegen flogen unter noch größerem Protest in den Graben. Diesmal brodelte das Wasser vor lauter Heißhunger und

Blut und geriet in Aufruhr. Weitere Köpfe kamen in dem Gewässer zum Vorschein, doch die Männer brachten den Karren weg und ignorierten die Kreaturen. Zum Schluss ließen die sich nach unten sinken, ohne dass sich die Oberfläche auch nur kräuselte, und das blutrote Wasser wurde wieder schwarz und ruhig.

Draken hob den Blick zum ersten der Monde, der über dem Markt und den umliegenden Gebäuden aufstieg, und versuchte, das Gemetzel aus seinem Bewusstsein zu tilgen. »Bitte kommt von dem Fenster weg, Königin Elena. Es ist nicht sicher für Euch, dort zu verweilen, wo Ihr gut sichtbar seid.«

Aber dann verstand er es. Nur ein Narr würde es wagen, auch nur einen Zeh in das Wasser zu stecken. Die Erringe ermöglichten es ihr, Tag und Nacht die Fensterläden in ihren Erdgeschosszimmern offen zu halten. Die Perlenschnüre in den Fenstern ließen die Luft passieren, doch sie verbargen die Personen im Innern der Gemächer, sodass es so gut wie zwecklos war, Pfeile hindurchzuschießen. *Lächerlich einfach*, dachte Draken, *aber wirksam*.

»Kommt«, sagte Elena und legte abermals eine Hand kurz auf seinen Arm. »Speist mit mir.«

Als sie sich setzte, half Draken ihr mit dem Sessel und gestattete es nicht, dass ein Diener dies tat; in Monoea entsprach das der ganz normalen Höflichkeit. Sie blickte zu ihm auf, und einen Augenblick lang fragte er sich, ob er etwas verkehrt gemacht hatte. Aber sie sagte nichts, als er seinen Platz einnahm.

Während die Diener eilig Teller vor sie stellten, forderte Elena ihn auf: »Erzählt mir von Eurer Familie.«

Draken hob den Blick; er hatte sich gerade darauf konzentriert, nach seinem Wein zu greifen. Er nahm einen Schluck und schüttelte den Kopf. »Meine Eltern sind verstorben.«

»Ach, wirklich?«

Er unterdrückte ein Schulterzucken. Warum sollte sie ihm nicht glauben? »Sie sind schon seit langer Zeit tot, Eure Majestät.«

»Ihr wurdet auf den Drachenstern-Inseln aufgezogen?«

Das war seine Lügengeschichte. »Ja. Allerdings bin ich schon lange nicht mehr dahin zurückgekehrt.«

»Keine Kinder? Keine Frau?«

»Meine Frau ist gestorben«, antwortete er. »Und wir hatten keine Kinder.«

»Ist sie krank geworden?«

Er senkte den Blick. Über Lesle zu lügen, wäre seinem Gefühl nach Verrat an ihr. »Sie wurde ermordet, Eure Majestät.«

»Das tut mir leid.« Ihr Tonfall ließ Mitgefühl erkennen; doch er schaute nicht in ihr Gesicht, um zu prüfen, ob die Miene zu ihren aufrichtig klingenden Worten passte. »Habt Ihr den Mörder gefangen?«

Die Stimme blieb ihm zunächst im Hals stecken, bevor er eine Antwort geben konnte. Er nahm ein weiteres Schlückchen Wein. »Nein.«

»Habt Ihr es versucht?«

Er blinzelte. »Dazu bekam ich keine Gelegenheit. Doch sollte sich eine ergeben, werde ich sie ergreifen.«

Ein Augenblick verstrich, bevor sie erwiderte: »Zweifelsohne verdient es der Schuldige, für sein Verbrechen zu sterben.«

Er hatte Mühe, ihr in die scharfsinnig blickenden Augen zu schauen. »Ja, ganz gewiss, meine Königin. Und er wird dafür sterben.« Am Rande seines Gesichtsfeldes erhaschte er eine Bewegung: Tyrolean wechselte seine Position und kam ein paar Schritte näher.

Eine Zeitlang aßen sie schweigend, bis die Königin das Thema der Suche anschnitt. »Ihr habt immer noch nichts gefunden?«

»Nein, Eure Majestät«, antwortete Draken und versuchte, etwas zu finden, auf das er seinen Blick richten konnte. Der Halsausschnitt von Elenas Tunika enthüllte so viel von ihrer Brust, dass er sich ständig ermahnen musste, nicht dorthin zu starren. »Gibt es etwas, das ich wissen sollte? Sind in der Vergangenheit schon mal Feinde ganz nahe an Euch herangekommen?«

Er bedauerte die Fragen, kaum dass die Wörter seinen Mund verlassen hatten. Man befragte eine Königin nicht wie eine einfache Untertanin, und Feindseligkeiten oder Verschwörungen gegen sie zu erwähnen mochte durchaus als despektierlich betrachtet werden.

Falls Elena es ihm übel nahm, zeigte sie es jedoch nicht. »Meine Gardisten würden dies niemals gestatten.«

Draken schaute abermals zur Seite, bevor seine Augen aus freien Stücken über die blasse Schwellung ihrer Brüste strichen. *Reavans Gardesoldaten möglicherweise schon*, fuhr es ihm durch den Kopf. Die Annahme, dass der Attentäter Unterstützung von innen hatte, ergab durchaus einen Sinn, doch Draken wagte es nicht, dies ohne ausreichendes Beweismaterial anzudeuten.

An diesem Abend war der Lord-Marschall nicht zugegen, was auch gut war. Im Verlauf seiner Ermittlungen hatte Draken einige beiläufig erwähnte Tatsachen über Offiziere und Adlige vor Ort aufgeschnappt. Diese Dinge hatten sein Herz für Reavan oder andere seines Ranges nicht gerade erwärmt.

Elena stach mit ihrem Messer in ein Stück Obst. »Wie gefällt Euch meine Stadt, Draken?«

Draken neigte den Kopf. Durch die Beobachtung ihrer Vertrauten hatte er gelernt, dass sie diese kleinen Gesten der Unterwürfigkeit mochte. »Sie ist wunderschön, Eure Majestät. Euer Volk ist entgegenkommend und gastfreundlich. Es scheint sehr glücklich hier zu sein.«

Das war keine Lüge; die Leute schienen in der Tat glücklich zu sein, wenn sie sich auch vor den Soldaten in Acht nahmen. Auwaer war sauber und friedlich. Auf dem Markt herrschte Geschäftigkeit, und die Händler an den Verkaufsständen waren gefällig. Jedes Wirtshaus tischte kühle Biere und Weine auf. Draken fragte sich jedoch, ob die Akrasianer sich nicht manchmal nach einer Fluchtmöglichkeit sehnten. Seine Wege hatte ihn schon viele Male durch die Stadt geführt, und er hatte in den vergangenen paar Tagen fast alles gesehen, was sie zu bieten hatte.

Elena beendete ihr Mahl und lehnte sich in eine Ecke ihres Sessels zurück, wobei ein Arm auf der Rückenlehne ruhte. Bei dieser Bewegung ging der Halsausschnitt ihrer Tunika noch weiter auseinander.

Draken griff wieder nach seinem Wein.

»Gibt es etwas, das ich Euch geben kann? Etwas, das Ihr während Eures Aufenthalts braucht?«, erkundigte sich Elena.

Einen Moment lang dachte Draken nach, wie er darauf antworten sollte, denn es gab wirklich etwas. »Ihr seid höchst zuvorkommend«, begann er.

»Ihr wohnt nicht zu dicht zusammengedrängt in dem einen Raum.« Das war nicht gerade eine Frage.

Das Thema fühlte sich nach heiklem Terrain an. Er jedoch benötigte wichtigere Dinge als ein eigenes Zimmer.

»Wir leben recht bequem zusammen«, antwortete er. »Danke sehr.«

Elena nahm in ihrem Sessel eine neue Sitzposition ein, legte den zuvor ausgestreckten Arm nach unten an ihre Seite und schlug die Beine übereinander.

»Ich habe eine Bitte«, sagte er und hatte das Gefühl, vorsichtiger sein zu müssen als jemals zuvor. Aber wie oft würde er wie in diesem Augenblick ihr Ohr haben?

»Welche lautet?«

»Waffen, Eure Majestät.«

»Auwaer ist ziemlich sicher«, entgegnete sie. »Und Ihr habt Tyrolean und zwei Gardisten bei Euch.«

»Trotzdem. Ich mache von Berufs wegen Jagd auf Meuchelmörder, meine Königin.« Draken formte ein kaltes Lächeln. »Es ist stets so, dass mich irgendjemand tot sehen will.«

»Was wäre Euch am liebsten? Ein Schwert?«

Als gelernter Bogenschütze hatte er nicht allzu viel Erfahrung im Gebrauch von Schwertern. Da der Attentäter eine solche Waffe benutzt hatte, hatte Draken allerdings auch nicht die Absicht, die Aufmerksamkeit auf seine Fertigkeiten beim Bogenschießen zu lenken. »Messer sollten ausreichend sein.«

»Hauptmann Tyrolean wird Euch zur Waffenkammer begleiten, bevor Ihr zu Bett geht«, sagte sie und stand auf. »Ihr solltet jedoch ebenfalls einen Schneider aufsuchen. Da Ihr mich repräsentiert, solltet Ihr ordentlich gekleidet sein.«

Draken schaute auf seine Tunika hinab und fragte sich, was damit nicht stimmte.

Mit steifer Höflichkeit sagte sie ihm Gute Nacht, bot ihm allerdings ihre Hände an.

Er verbeugte sich und hob sie an seine Stirn, so wie er es bei den Höflingen gesehen hatte. »Habt Dank, meine Königin; und ich danke Euch für das Abendessen. Ich lasse es Euch wissen, sobald ich etwas herausfinde, und ich bete für Eure fortwährende Sicherheit.«

Anschließend schritten Tyrolean und Draken durch die von Fackeln erhellten Korridore. Mehrere Türen standen weit offen und gaben den Blick auf Räume voller herumfaulenzender Gardesoldaten frei. Drei Männer hockten im Gang und spielten mit Steinen; sie sprangen jedoch auf die Beine und berührten mit den Fäusten ihre Brüste, als Tyrolean an ihnen vorbeiging. Er erwiderte den Gruß, ohne in seinem Schritt innezuhalten. Draken spürte ihre starren Blicke in seinem Rücken.

Nachdem sie um die vierte Ecke gebogen waren – Draken hatte sich inzwischen hoffnungslos verirrt –, blieb Tyrolean an einer schweren Tür stehen, die von zwei Gardesoldatinnen bewacht wurde. Sie salutierten und traten zur Seite.

»Ihr habt einen höheren Rang als sie alle?«, erkundigte sich Draken, während er nach hinten den Korridor entlangblickte.

»Ich habe zweitausend Servii unter mir, und ich bin Erster Hauptmann von Lord-Marschall Reavan«, antwortete Tyrolean.

»Und ich dachte, ich hätte Reavans Ersten Hauptmann getötet«, sagte Draken.

»Ich bin der neue«, erwiderte Tyrolean. Sein Tonfall zeigte nicht an, ob er die Beförderung als eine besondere Gunst betrachtete.

Rauch wehte in den Gang hinaus, als Tyrolean die Tür öffnete. Regale von wenigstens zehn Schritt Länge bogen sich unter dem Gewicht der sich auf ihnen stapelnden Waffen: Stäbe und Speere, Schwerter jeder Größe, Scheiden, Bögen, Pfeile, Köcher, Riemen, Lattenkisten voller Federn und Pfeilspitzen. Diener arbeiteten an langen Reparaturbänken und einer heißen, rauchenden Schmiede. Der Rauch von Fackeln und Schmiede schnürte Drakens Lungen zusammen, obgleich es einen breiten, gemauerten Abzugsschacht gab, der durch die Decke führte, und die Fensterläden offen standen. Beim Anblick von Tyrolean hielten die Diener in ihrer Arbeit inne, einer von ihnen hastete herbei, um sich vor den beiden auf den Boden zu knien.

»Deine Hilfe benötigen wir im Augenblick nicht«, beschied Tyrolean ihm. »Geh weiter deiner Arbeit nach.« Danach zeigte er auf die Messer und schaute zu, wie Draken den Lagerbestand genau durchging.

»Gibt es einen Ort, wo ich das hier ausprobieren kann?« Draken hatte ein Paar Wurfmesser in den Händen, von denen er eines hochhielt.

Tyrolean gab keine Antwort, sondern schritt zu einer Wand und entzündete erst eine, dann eine weitere Fackel. Das flackernde Licht brachte an einem Ende der Halle eine Reihe von Zielobjekten aus Stroh zum Vorschein. Er kam zurück und stellte sich neben Draken, der ein Ziel auswählte und warf.

Das Messer war gut ausbalanciert, und Draken war zufrieden mit dem Wurf. Die Klinge bohrte sich in Höhe des Herzens tief in eines der Zielobjekte. Er schritt dorthin, um die Waffe zurückzuholen.

»Guter Wurf, mein Herr«, sagte ein Diener. Er war noch jung, vielleicht fünfzehn. Seine schmutzige Haut glänzte vom Schweiß, eine Folge der Arbeit an der Schmiede.

»Du wagst es, einen Höhergestellten anzusprechen, Junge?«, empörte sich Tyrolean und schlug ihm mit dem Handrücken ins Gesicht.

Der junge Mann wich zurück, verbeugte sich und hob eine Hand an seine blutende Nase.

»Ich nehme es ihm nicht übel«, sagte Draken.

»Er muss lernen, wo sein Platz ist.«

Draken schaute auf den schwitzenden, sich duckenden Jungen, der seine Augen gesenkt hielt, und dachte, dass er seinen Platz gut genug kannte. »Ich bin hier fertig. Die hier sind ausreichend.«

»Seid Ihr auch so ›ausreichend‹ mit einem Schwert?«, fragte Tyrolean.

Eine heikle Frage. Draken beschloss, ihr auszuweichen. »Mein Ziel ist es, jemanden gefangen zu nehmen, nicht, ihn zu töten. Ich muss die Beute in meine Hände bekommen, um sie zu ergreifen, ein Schwert würde nur im Weg sein.«

»Ihr habt Königin Elena erzählt, dass Ihr den Mörder Eurer Frau töten würdet, wenn sich die Gelegenheit ergäbe.«

»Das ist etwas anderes – etwas Persönliches«, antwortete Draken. Es schadete nicht, Tyrolean glauben zu lassen, dass er gefährlich war. »Und ein geworfenes Messer würde für diesen Zweck ausreichen.«

»Ich hoffe, dass ich das Gesicht des Mannes sehen werde, der mich tötet«, erklärte Tyrolean. »Es ist ehrenhaft, im Hellen zu töten – nicht aus dem Dunkeln heraus.«

»Sie war …« Ausgeweidet worden. Ausgeblutet. Die Haut abgezogen. Aber Draken hielt sich noch rechtzeitig zurück. Zu verraten, wie sie gestorben war, konnte seine wahre Absicht und seine Geschichte verraten. »Ihrem Mörder wird die Gerechtigkeit widerfahren, die er verdient – wie auch immer sie ausfallen wird. Wenn es ein Messer im Rücken ist, dann soll es so sein. Es ist besser als das, was mit meiner Frau geschah.«

Tyroleans Augen verengten sich grüblerisch, und er nickte. »Wenn das alles ist …«

»Diese Messer reichen aus«, erklärte Draken erneut und steckte sie in passende Unterarm-Klammern.

Sie schlenderten aus der Waffenkammer heraus; der Junge allerdings ging Draken nicht aus dem Kopf. Auch er war dafür, dass man Respekt vor Älteren zeigte. Doch ihm schien, dass er zu hart behandelt worden war, wo er doch nur ein Kompliment gemacht hatte. »Der Lehrling, der mich angesprochen hat – ist er ein Sklave?«

»Er ist ein reinblütiger akrasianischer Lehrling, man wird ihn eines Tages für seine handwerklichen Fertigkeiten gut entschädigen«, antwortete Tyrolean. »Unter Königin Elena wird allen Freigeborenen, einschließlich Brînianern, die Möglichkeit geboten, auf Kosten der Krone ein Handwerk zu erlernen. Sie hofft, eines Tages sogar die Sklaverei zu beseitigen und stattdessen jedem eine Berufsausbildung anbieten zu können.«

»Ihr seid eigentlich aufgeklärter, als ich erwartet habe«, sagte

Draken. Als Tyrolean darauf nichts erwiderte, fügte er hinzu: »Das war ein Kompliment, falls Euch das entgangen sein sollte, Erster Hauptmann.«

Tyrolean nickte kurz. »Unsere Königin sieht ihre Handlungen als Vorbild für ganz Akrasia an.«

Wenn dies stimmte, was würde dann – so fragte sich Draken – Königin Elena darüber denken, dass Reavan eine Mondling-Frau gefangen genommen hatte, um sie auf den Sklavenmärkten zu verkaufen? Doch er wagte es nicht, davon zu sprechen. Selbst angesichts dieses Funkens von differenziertem Denken, den Tyrolean gezeigt hatte, war der Mann immer noch dem Lord-Marschall unterstellt. Sobald sie die Unterkunft des Schneiders erreicht hatten, wünschte Draken dem Ersten Hauptmann höflich Gute Nacht; Tyrolean wandte sich jedoch ab, ohne darauf etwas zu erwidern.

Nachdem er es eine halbe Stunde ertragen hatte, dass der Schneider seine Maße nahm, ihn ständig anstieß, Stoffe auswählte und bei alldem leise gackerte, war es Draken endlich gestattet, zu seinem Zimmer zurückzugehen. Sobald er dort war, berichtete er von seiner Unterhaltung mit der Königin, während er Hemd und Stiefel auszog. Obwohl es schon Schlafenszeit war, setzte er sich an den Tisch, um seine neuen Scheiden fürs Handgelenk anzuschnallen.

Osias nahm neben ihm Platz. »Es ist gut, dass du bewaffnet bist. Lass mich dir helfen.«

»Elena ist nicht glücklich über meine Fortschritte«, sagte Draken und streckte den Arm aus. »Aber Mantiker oder nicht, jemand muss doch irgendwas gesehen haben … Bei den Sieben-Monden, nicht so stramm, Osias.«

Osias nahm eine Korrektur an der Schnalle vor. Als er fertig war, legte sich Draken aufs Bett. Er war zwar erschöpft, doch sein Rücken wollte sich nicht entspannen. Er war den ganzen Tag auf den Füßen gewesen, und daran hatte sich das beunruhigende Abendessen mit der Königin angeschlossen.

Osias ging zum offenen Fenster hinüber. »Wir haben überall gesucht, wo man es sich vorstellen kann«, hob er müde hervor. Seine Schultern sackten nach unten.

»Die Menschen werden niemals reden, solange Tyrolean und seine Leute in der Nähe herumstehen – und die Hände auf ihren Schwertgriffen haben«, murmelte Draken.

»Komm und leg dich jetzt hin, Osias«, sagte Setia. »Morgen früh beginnen wir wieder aufs Neue.«

Osias drehte sich um und setzte sich hin. Er öffnete den Verschluss seines Umhangs und ließ ihn von seinen Schultern rutschen, sodass er in unordentlichen Falten auf dem Bett liegen blieb. Er stand auch nicht auf, um das Kleidungsstück aufzuhängen. Stattdessen starrte er auf einen Punkt nahe der Wand ihm gegenüber.

»Was ist das Problem?«, fragte Draken.

Der Mantiker zog seine Tunika aus und verharrte anschließend in einer nach vorn gebeugten Position, mit den Ellbogen auf den Knien. »Ich bin verärgert, weil wir an die Bastion gebunden sind, bis du den Befehl der Königin ausgeführt hast.«

»Willst du denn irgendwohin?«, erkundigte sich Draken.

Osias drehte sich, um ihm ins Gesicht zu sehen. »Die anderen Völker Akrasias müssen wegen der Flüche gewarnt werden. Eine weitere Stadt könnte angegriffen werden. Sogar dein Brîn.« Osias' Lächeln fiel kurz aus; er war zu müde, um viel Humor zu zeigen.

»Dann geh«, forderte Draken ihn auf. »Ich werde hierbleiben und die Sache zu Ende führen.«

»Ich wage es nicht, dich zu verlassen. Dir wird immer noch zu viel Misstrauen entgegengebracht, wie Tyrolean demonstrierte.«

Draken schenkte ihm ein schiefes Lächeln. »Dir entgeht nicht viel, oder?«

»Mir entgeht mehr, als mir lieb ist. Mächtige Abwehrzauber beschützen die Bastion, und die PALISADE stört meine Sinne.«

»Wenn ich alles bin, was dich aufhält, dann sage ich dir eins: Innerhalb einer weiteren Sieben-Nacht wird die Fährte entweder eiskalt sein, oder ich werde den Attentäter finden.«

»Ich werde dich hier nicht den Launen der Königin überlassen, Draken.«

»Ich glaube nicht, dass sie mir irgendetwas antun wird, wo ich ihr doch jetzt helfe …« Daraufhin verstummte Draken. Er musste daran denken, was er da plötzlich sagte – wie merkwürdig das alles klang. Innerhalb von wenigen Tagen hatte er es irgendwie geschafft, sich selbst an eine feindliche Königin zu binden. »Ich frage mich, ob ich jemals nach Hause kommen werde.« Ihm war kaum bewusst, dass er laut sprach.

Osias legte sich zurück, dann aber rollte er sich auf seine Seite und streckte den Arm über Setia hinweg, um mit der Innenseite seiner Hand Drakens Brust zu berühren. »Ich frage mich das auch. Doch wie ich schon gesagt habe: Ich werde dich vor Schaden bewahren, so gut es mir möglich ist.«

Draken musste lächeln. »Du weißt, dass ich ziemlich tüchtig bin, Osias. In Monoea werde ich sogar für gefährlich gehalten.«

Osias schloss die Augen, doch seine Hand nahm er nicht von Drakens Brust fort. »In Akrasia wirst du ebenfalls für ziemlich gefährlich gehalten.«

KAPITEL NEUN

Finger strichen ihm über die Brust – so leicht wie Schmetterlingsflügel. Draken seufzte. Es fühlte sich gut an.

»Du bist wach?«, flüsterte Setia.

»Hmm.«

Sie reckte sich hoch und küsste seinen Hals. Dann glitten ihre Finger nach unten und verscheuchten seinen Halbschlaf durch eine andere Art von Sinneseindrücken, die ihn gänzlich aufweckten und ebenso angenehm waren. Dem Gefühl folgte sogleich Unbehagen.

Er ergriff ihre Hand. »Setia …«

»Warum hältst du mich davon ab?«

»Was ist mit Osias?«

»Wir können ihn wecken, wenn du es möchtest.«

Das war nun gerade nicht, was Draken meinte. Da er jetzt vollkommen wach war, gingen in seinem Innern sämtliche Alarmvorrichtungen los, und nicht alle waren unangenehm. Er starrte nach oben in die Dunkelheit und versuchte, darüber nachzudenken, was er nun sagen sollte. Die Fensterläden waren immer noch zum Schutz vor der Kälte fest verschlossen, und das Feuer brannte niedrig.

»Ich bin geschmeichelt …«, begann er.

»Weshalb weist du mich dann ab?« Sie klang verdutzt, nicht beleidigt.

»Es ist nicht meine Gepflogenheit«, antwortete er. »Und du bist sehr jung, Setia.«

»Ich bin älter, als ich aussehe.«

Er setzte sich auf, doch er zögerte. »Es tut mir leid, Setia, aber ich kann nicht. Ich will nicht.«

Sie starrte ihn mit großen, verwirrten Augen an. Er seufzte und küsste ihre Wange. Sie schlüpfte mit ihrem Gesicht unter seines und küsste ihn im Gegenzug auf den Mund. Für einen Augenblick verweilten sie so, und Draken vergaß seine Überzeugung. Wärme breitete sich in ihm aus und sank dann in seine Leistenbeuge hinab.

Osias rührte sich. »Wir sind wach, nicht wahr?«, fragte er, eine silberne, schlafende Schönheit im Licht der glühenden Asche.

Draken zog sich von Setia zurück, kletterte aus dem Bett und tastete nach einem Umhang. »Nein. Ich bin nur … Es tut mir leid. Ich kann nicht schlafen. Ich werde gehen.«

»Pass gut auf dich auf.« Falls Osias Drakens sexuelle Erregung oder sein Unbehagen bemerkte, war er anscheinend zu müde, um es wichtig zu nehmen. Der Mantiker schloss abermals die Augen, und Setia schmiegte sich wieder an ihn; ihr Blick allerdings folgte Draken, als der sich den Umhang über die nackten Schultern warf.

Er blieb draußen vor der Zimmertür stehen, damit seine Atmung sich beruhigen konnte. Ihm war mehr Freiheit vergönnt gewesen, seitdem er mit der Suche begonnen hatte, aber das Schweigen und die stets gegenwärtigen Gardesoldaten waren niederdrückend, sogar während des Tages. Würden sie wollen, dass er nachts in der Bastion umherging? Zum Schluss schalt er sich selbst. Es konnte doch nicht schaden, hier kurz umherzustreifen.

Er versuchte sich das, was gerade geschehen war, aus dem Kopf zu schlagen, stellte jedoch fest, dass er es nicht konnte. Inzwischen hatte sich Draken daran gewöhnt, sein Bett mit anderen zu teilen. Zum einen war er erschöpft davon, über merkwürdige Gebräuche zu verhandeln, ungewohnte Lebensmittel zu verdauen, neue Ansichten, Geräusche und Gerüche in sich aufzunehmen. Zum anderen war da die beständige Furcht, man könnte seine wahre Identität herausfinden und damit auch seine Abhängigkeit von der aussichtslosen Suche nach dem Attentäter. Seit seiner ersten Nacht in der Bastion hatte er sich selten vor Tagesanbruch gerührt.

Wenn er des Morgens wach wurde, waren Setias Beine und seine eigenen normalerweise ineinander verschlungen; oder ihr warmer, nackter Körper lag zusammengerollt an seiner Seite. Und Osias' Hand ruhte auf seiner Brust oder dem Rücken, als ob der Mantiker sich selbst versicherte, dass Draken immer noch da war. Dies rief unerwünschte Begierde und tägliche Peinlichkeit hervor. Trotz alledem gefiel es ihm, wieder mit jemandem in einem Bett zu schlafen. Es verringerte den täglichen Schock, in seinem fremdartigen neuen Leben aufzuwachen.

Er hatte sich nicht viele Gedanken über seine zukünftigen romantischen Verwicklungen gemacht. Im Gegensatz zu den meisten monoeanischen Edelleuten war es Draken erlaubt gewesen, aus Liebe zu heiraten, und im Unterschied zur Mehrzahl der Adligen hatte er nie Vergnügungen außerhalb seiner Ehe gesucht – noch nicht einmal einen gelegentlichen Flirt. Er wurde sich bewusst, dass er jetzt zum ersten Mal frei war, das zu tun, was er wollte. Doch er war sich nicht sicher, ob ihm diese Vorstellung überhaupt behagte, und er würde es sicherlich nicht mit Setia tun.

In Wirklichkeit hatte er auch immer noch das Gefühl, dass er seiner Frau treu sein sollte. Das Wissen, dass ihr Mörder nach wie vor frei herumlief, machte es schwierig, weiterzugehen – emotional und auch in anderer Hinsicht.

Als er sich dem grasbewachsenen Innenhof näherte, hielt er neben einer schwarzen Säule inne und blieb einige Augenblicke im Schatten stehen, den der Mond warf. Tagsüber eilten Diener, Wachleute und Besucher geschäftig im Hof hin und her, aber heute Nacht war er leer und wurde nur von zwei Monden erhellt, die tief am Himmel standen. Ein leiser Lärm drang von außerhalb herüber, aus Richtung der Tore zur Stadt.

Sieh an, Auwaer ist am Ende doch nicht so verschlafen, dachte Draken. Möglicherweise hielt Magie den größten Teil des Lärms fern, damit die Königin nicht in ihrer Ruhe gestört wurde.

Draken versuchte an sein kleines Landhaus und Lesle zu denken, an den Geruch jenes Ortes und an das Essen seiner Frau. Er entsann sich der Musik der Springbrunnen in ihrem Vorgarten im Sommer, aber das lautere Spritzen des Springbrunnens in der Mitte dieses Hofs übertönte seine Erinnerungen. Er dachte an die Menschen, die unter ihm als Soldaten gedient hatten, und an diejenigen, die über ihm zu Gericht gesessen hatten. Er versuchte, sich an den Namen seines ersten Offiziers zu erinnern, und als er es nicht vermochte, musste er eine aufkommende Panik niederkämpfen.

Während Draken noch seinen Erinnerungen nachstellte, fiel

ihm ein flüchtiger Schatten auf – nicht mehr als ein schwarzes Flimmern vor einem schwarzen Hintergrund. Wie es seine Gewohnheit war, wenn er etwas nicht richtig sehen konnte, hielt er augenblicklich seinen Atem an, und sein Körper regte sich nicht mehr. Da war es abermals – schnelle Bewegungen und dann ein Innehalten, das lange genug dauerte, um Draken auf den Gedanken zu bringen, dass er es sich entweder nur eingebildet oder die Spur von dem verloren hatte, was auch immer das dort war.

Draken hatte seine Messer, und ein lauter Ruf würde genügen, um ein Heer Königlicher Gardisten auf den Hof zu rufen. Doch er hielt sich noch einen Moment zurück. Vielleicht war das ja die Gelegenheit, etwas Nützliches herauszufinden.

Er entschied sich, die Grenze des Innenhofs abzusuchen. Die schwarzen Mauern der Bastion ließen nur sehr wenig Mondlicht in die Dunkelheit unter dem überdachten Durchgang. Korde war aufgegangen, und die helle kleine Mondgottheit Zozia hinter ihm warf ihr Licht in einem schrägen Winkel.

Abermals bewegte sich die Gestalt. Draken zog seine Kapuze hoch und folgte ihr. Er war froh, dass er nackte Füße hatte; Stiefel hätten Geräusche verursacht.

Die Gestalt führte ihn im Zuge einer Art langsamer »Verfolgungsjagd« um den Innenhof herum und dann zurück durch den Eingang, durch den Draken gekommen war. Leise fluchte er vor sich hin. Er hätte einfach stehen bleiben und warten können. Doch der viereckige Innenhof hatte viele Ausgänge, und Draken hatte keine Möglichkeit gehabt, im Vorhinein zu erkennen, welchen seine »Beute« nehmen würde.

Als der Hof hinter ihr lag, ging die Gestalt den Gang entlang, den auch Draken zuvor benutzt hatte; aber bevor sie den Gästeflügel betrat, wo Draken und seine Gefährten untergebracht waren, bog sie ab. Der schleichende Eindringling schritt nun mit größerem Selbstvertrauen einher und bewegte sich schneller.

Draken blieb ein paar Augenblicke stehen, bevor er ebenfalls um die Ecke bog. Die Bastion bestand aus zwei miteinander verbundenen Vierecken, von denen das eine auf den Hof zentriert war, von dem aus man zu den Haupttoren gelangte, und das andere auf den Gefängnishof. Aber die Korridore mündeten nicht immer von einem Viereck in das nächste. In den zwei Wochen hier hatte Draken noch längst nicht die gesamte Bastion kennengelernt. Jetzt aber ließ er zwischen sich und der Gestalt, die er verfolgte, einen größeren Abstand entstehen, da ihm klar wurde, dass er diesen Korridor genau an diesem Abend schon einmal gegangen war. Seine »Beute« führte ihn direkt zu den Privatgemächern der Königin.

Er entspannte sich. Ihre Nachtwachen würden den Eindringling niemals passieren lassen. Noch eine weitere Ecke, und der Schleicher würde direkt in zwei bewaffnete Gardisten hineinlaufen.

Draken blieb stehen, um zu lauschen. Von jetzt an sollten die Gardesoldaten die Angelegenheit allein erledigen können. Er würde es lieber zulassen, dass sie die Anerkennung dafür bekamen, den Schleicher ergriffen zu haben, als erklären zu müssen, warum er nachts in der Bastion umherstreifte. Doch möglicherweise – und dieser Einfall gab ihm auf eine unangenehme Weise zu denken – ging es hier um etwas anderes als Gefahr: Es mochte sich durchaus um etwas von intimerer Natur handeln.

Doch als er plötzlich schneidende, schnelle Kampfgeräusche vernahm, wurde sein Unterleib von Angstgefühlen aufgewühlt. *Verflucht!*

Draken zog eines seiner Messer aus der Unterarmscheide und bog um die Ecke. Er entdeckte zwei Gardesoldaten, die an der Wand zusammengesackt waren – mit aufgeschlitzten Hälsen. Einer von ihnen hatte es geschafft, sein Schwert zu ziehen, allerdings nur gerade so. Dem Eindringling war es irgendwie gelungen, zwei Königliche Gardisten so leise und schnell umzubringen, wie Draken es in seinem dem Kriegshandwerk gewidmeten Leben nie zuvor gesehen hatte.

Die geschnitzten Türen zu Elenas Gemächern waren gerade weit genug geöffnet, um einer schleichenden Gestalt das Eintreten zu ermöglichen. Draken, der den Eindringling nicht vorwarnen wollte, schlüpfte ebenfalls hindurch. Das Gesellschaftszimmer im vorderen Bereich, wo er ein paar Stunden zuvor mit der Königin zu Abend gegessen hatte, war leer. Türöffnungen in den gegenüberliegenden Wänden führten aus dem Raum hinaus. Durch einen

Ausgang zu seiner Rechten, der statt einer Tür Vorhänge aufwies, hörte Draken ein schlurfendes Geräusch.

Er spurtete zu dem Durchgang und lauschte angestrengt, um trotz des lauten Rauschens seines Blutes etwas vernehmen zu können; dann teilte er den Stoff mit der Klinge seines Messers. Mondlicht schien durch die Fenster; der Perlenvorhang ließ es in Streifen in das Zimmer fallen. Der Raum hatte zwei abgedunkelte Nischen. Ein großes, stilles Bett stand in der Raummitte; Kopf- und Fußende waren abgedeckt. Die seitlichen Paneele standen offen und gaben den Blick frei auf den Schatten von Elenas rabenschwarzem Haar auf ihrer Bettwäsche.

Eine dunkle Gestalt, Messer in der Hand, schwebte über dem Bett.

Mit einem lauten Schrei riss Draken die Vorhänge zur Seite. Der Angreifer wirbelte herum, das Messer nach oben gereckt – bereit, zuzustechen. Draken wich einem Stoß mit der Klinge aus, dessen Ziel seine Kehle gewesen war, packte die Messerhand des Attentäters und beugte sich in ihn hinein, um ihn eng an sich zu reißen. Dann zerrte er den Angreifer von dem Bett fort.

Die verhüllte Gestalt kämpfte und wand sich in seinem Griff. Draken, der stets auf das Messer seines Gegners achtete, fand schließlich den Druckpunkt an der Hand des Eindringlings, sodass sich dessen Finger von der Waffe lösten. Die Klinge fiel klappernd zu Boden. Elena setzte sich auf und starrte die beiden Kämpfenden an, den Mund vor Entsetzen weit geöffnet.

Der Eindringling versuchte, eine Hand nach oben gleiten zu lassen, um das andere Handgelenkmesser Drakens an sich zu reißen. Mit einem Arm verschärfte er den Griff um seinen sich wehrenden Fang und drückte die Klinge in seiner anderen Hand unnachgiebig gegen die Kehle des Angreifers. Den verließ daraufhin jeglicher Kampfgeist.

»Das war's«, verkündete Draken in singendem Ton. »Entspann dich einfach. Ich werde dir nichts tun, es sei denn, du erzwingst es.« Er ließ die Klinge an Ort und Stelle und streckte den anderen Arm aus, um die das Gesicht verbergende Kapuze zurückzuziehen. »Dann lass uns dich mal anschauen.«

Dunkle Locken ergossen sich über Drakens nackte Brust. Er erlitt den zweiten Schock in dieser Nacht, obwohl er schon bemerkt hatte, dass sich der Körper des Angreifers zierlich und an all den richtigen Stellen weich und nachgiebig anfühlte. *Er* war eine *Sie.*

»*Aarinnaie*«, hauchte die Königin.

»*Szirin* Aarinnaie«, blaffte sie zurück. Ohne Rücksicht auf das Messer wandte sie sich in Drakens Griff so weit um, dass sie über ihre Schulter ihren Bezwinger anschauen konnte – und erstarrte.

Draken blickte zu Elena. Sie war bleich wie Mondlicht – eine entsetzte Frau, die gerade eine Begegnung mit dem Tod erlebt hatte. Er räusperte sich. »Seid Ihr in Ordnung, Königin Elena?«

»Ich werde sie übernehmen.« An einem anderen Eingang, den ebenfalls Vorhänge zierten, war Tyrolean aufgetaucht. Er schritt vor, packte Aarinnaie an den Armen und riss sie mit einem Ruck von Draken los. Dieser nahm gerade noch rechtzeitig das Messer zur Seite, um zu verhindern, dass ihr die Kehle durchschnitten wurde. Die Frau schrie vor Zorn auf, doch Tyrolean drehte ihr die Arme nach hinten auf den Rücken. Er hielt ihren Kopf und Oberkörper nach unten gedrückt; dieser Kampf war vorüber, bevor er überhaupt begonnen hatte.

Draken steckte sein Messer in die Scheide an seinem Handgelenk zurück. »Seid Ihr in Ordnung, Eure Majestät?«, erkundigte er sich ein weiteres Mal. Ohne nachzudenken, streckte er ihr die Hände entgegen und half ihr auf die Beine. Ihre eiskalten Hände hielten die seinen krampfhaft fest.

»Aarinnaie, warum wolltet Ihr das tun?«, fragte sie. »Euer Vater hat jede Gelegenheit gehabt, ein geschätztes Mitglied meines Hofes zu werden, und Ihr mit ihm …«

»Ihr fordert die rechtmäßige königliche Familie auf, sich *Eurem* Hofstaat anzuschließen?« Aarinnaie spuckte auf den Steinfußboden. »Und zweifelsohne erwartet Ihr auch, dass wir Eure Herrschaft mit unserem Reichtum absichern. Spielt nicht die Närrin, Elena. Das passt nicht zu Euch.« Sie ächzte auf, als Tyrolean den Griff verstärkte, mit dem er sie festhielt.

»Mein Haus ist stets respektvoll zum Fürsten gewesen«, erwiderte Elena.

»Aah – es war also Respekt, als Euer Vater unser Schwert stahl und unser Volk ermordete?«

»Eure Majestät!« Vier weibliche Gardisten drängten sich mit gezogenen Schwertern in den Raum hinein.

»Mir geht es gut. Draken hat die Angreiferin aufgehalten.«

Draken, der immer noch in Elenas Nähe stand und weiterhin ihre Hände hielt, war froh, die Gardisten zu sehen. Je mehr Schwerter im Raum waren, desto besser.

»Zu den Käfigen, meine Königin?«, fragte Tyrolean.

Elena dachte nach und schaute zu Draken hoch. »Nein«, entschied sie. »Zu einer Gästesuite. Aber fesselt sie und lasst sie gut bewachen. Und verständigt den Thronerben Geord. Wo sind meine Wachen, die draußen vor dem Eingang zu meinen Gemächern postiert waren?«

Einen Augenblick lang herrschte Schweigen.

Draken räusperte sich. »Sie sind tot, Königin Elena. Ihre Kehlen wurden aufgeschlitzt.«

Elena schaute wieder Aarinnaie an. Etwas Kaltes und Herzloses huschte über ihr Gesicht. »Bringt sie fort.«

Die vier Gardesoldatinnen ergriffen Aarinnaie. Sie wehrte sich und schrie auf, aber die vier überwältigten sie und hoben sie vom Boden hoch.

Draken tat sein Bestes, um ihr grimmiges Gekreische nicht zu beachten, während sie aus dem Zimmer geschleppt wurde. »Nehmt Platz, Königin Elena. Ihr steht unter Schock.« Die Königin zitterte und umklammerte fest seine Hände, als ob nur die sie aufrecht hielten. Draken führte sie zu ihrem Bett zurück und ließ sich auf ein Knie vor ihr nieder, um sie zu ermutigen, sich hinzusetzen. Sie sank herab, in ihren weit aufgerissenen, entsetzt blickenden Augen war jede Spur von Stärke verschwunden.

Die Luft entwich Drakens Brust. *Ist es das gewesen, was Lesle in den letzten Augenblicken ihres Lebens gefühlt hatte?* Nur hatte in ihrem Fall niemand den Tod aufgehalten.

»Ich danke Euch«, sagte Elena. »Ich stehe in Eurer Schuld.«

Am liebsten hätte Draken sie in die Arme genommen, ihre Furcht und ihr Zittern durch seine Wärme verschwinden lassen.

Stattdessen versuchte er es mit einem trostspendenden Lächeln. »Ich bin nur froh, dass Ihr außer Gefahr seid, Eure Majestät. Reavan wird sicherlich jeden Augenblick hier sein.«

»Ihr reicht vollkommen, Draken«, antwortete sie sehr leise.

Draken blickte nach oben, und Tyrolean schaute ihm in die Augen. Das Gesicht des Ersten Hauptmanns war erstarrt, sein Ausdruck hart. Er sagte nichts.

»Ihr Dummköpfe alle, zündet die Fackeln an! Ich will sehen, wohin ich meine Füße setze.« Reavan drängte sich in die Gemächer der Königin hinein. »Was ist passiert? Ein Servii weckte mich mit irgendeiner idiotischen Geschichte über die Prinzessin, und als ich herkomme, finde ich zwei Gardisten tot im Korridor …«

»Aarinnaie hat versucht, mich zu töten«, erklärte Elena. »Draken hat sie aufgehalten.«

Die Augenbrauen des Lord-Marschalls bewegten sich nach oben.

»Eine glückliche zeitliche Fügung, Lord-Marschall«, ergänzte Draken schnell.

Ein Diener entzündete die Fackeln, die sich in Halterungen an der Wand befanden, sodass nun die Anspannung in Elenas Miene zu erkennen war.

Reavans Augen ruhten auf Elena, dann auf Draken, der ihre Hände noch nicht freigegeben hatte. »Und wie ist es gekommen, dass Ihr hier gewesen seid, in dem Schlafgemach der Königin – mit Eurer glücklichen zeitlichen Fügung?«

Draken löste behutsam die Hände von denen Elenas, wobei er sich seiner nackten Brust äußerst bewusst war und sich bemühte, ihr hauchdünnes Schlafhemd zu ignorieren. »Ich konnte nicht schlafen. Dann war ich draußen, um im Innenhof spazieren zu gehen, und erblickte jemanden, der sich in der Dunkelheit unter dem überdachten Durchgang bewegte. Es war diese Frau, wie sich später herausstellte. Sie verhielt sich verdächtig, und ich folgte ihr hierher.«

»Doch Eure zeitliche Fügung war nicht so glücklich, dass sie einschloss, die getöteten Gardisten zu retten?«

Die nächsten Wörter schlüpften ihm heraus, bevor er sie aufhalten konnte. »Ich beging den Fehler anzunehmen, dass Eure Soldaten sich selbst verteidigen könnten.«

Ein Herzschlag verstrich. Reavans Lippen wurden weiß, und Tyrolean verschränkte die Arme vor seiner Brust.

»Offensichtlich hat ihr Vater unsere kleine Piratenprinzessin gelehrt, wie man tötet.« Ohne Draken ganz wegzudrücken, stellte sich Reavan zwischen ihn und Elena. »Lasst mich nach Euch sehen, meine Königin – um meiner selbst willen, auf dass meine Ängste beschwichtigt werden.«

Draken trat freudig zurück.

»Ich bin in Ordnung, Reavan«, erklärte Elena. »Dank Draken.«

Nach Drakens Auffassung trug Elena damit langsam ein wenig zu dick auf. Reavan dachte das offensichtlich ebenfalls, denn seine Lippen kräuselten sich mehr zu einem spöttischen Grinsen als zu einem Lächeln. »Ja, gewiss doch. Dank Draken.«

Draken senkte das Kinn. »Falls Ihr nichts mehr von mir wünscht …«

»Ganz recht«, sagte Reavan. »Wir sollten den Mann zu seinen Gefährten und ihrem Bett zurückkehren lassen.«

Wenn Draken nicht längst vollkommen klar gewesen wäre, wie man in der akrasianischen Kultur die gemeinsame Benutzung eines Bettes durch drei Gäste beurteilte, dann hätte er es jetzt gewusst. Er unterdrückte seinen Ärger, neigte den Kopf zu einer weiteren Verbeugung und wandte sich ab.

»Ich werde sofort Vorkehrungen für ihre Hinrichtung treffen, Königin Elena. Ich werde ihr persönlich beiwohnen. Dann werdet Ihr leichter ruhen.«

Ohne darüber nachzudenken, drehte sich Draken rasch zu ihnen zurück. »Nein. Nein, das dürft Ihr nicht tun.«

Reavan wölbte elegant eine Braue, und seine umrandeten Augen weiteten sich interessiert.

»Ich verstehe Eure Loyalität gegenüber den Angehörigen Eurer früheren Herrscherfamilie«, erwiderte Elena. »Aber Aarinnaie ist eine Verräterin, das Gesetz ordnet an, dass sie augenblicklich hingerichtet werden muss.«

»Es wäre ein schrecklicher Fehler, Eure Majestät.«

Elena betrachtete Draken mit geschürzten Lippen – so lange, dass er glaubte, sie würde sich einen Tadel oder noch Schlimmeres überlegen. Dann aber fragte sie lediglich: »Wieso?«

»Sie weiß Dinge über die Verschwörung gegen Euch … Sie muss eine ganze Menge wissen, denn sie hätte all dies nicht auf eigene Faust geschafft.«

Reavan griff nach einer der Bettdecken, um sie nach oben über die Schultern der Königin zu ziehen. Er machte ein finsteres Gesicht, als sie ihn mit einem Schulterzucken abwies.

»Und welche Dinge könnten das sein?«, fragte Elena, während sie sich erhob.

»Für einen so jungen Menschen ist sie gut ausgebildet in der Kunst des Tötens; und sie hat ihren Hass gegen Euch gehegt und gepflegt. Jemand hat ihr dabei geholfen.« *Oder sie benutzt.* Aber Draken behielt diesen speziellen Verdacht für sich.

Reavans Tonfall war abwägend, als er erklärte: »Dann werden wir sie verhören, bevor wir sie hinrichten.«

»Beim Blute Khellians, nein!« Draken holte tief Luft und senkte abermals sein Kinn. »Ich bitte Euch um Verzeihung, Königin Elena, Lord-Marschall. Aber lebendig ist sie von größerem Nutzen. Sie könnte uns direkt ins Herz der Verschwörung führen. Und sie ist eine Prinzessin, nicht wahr? Ihr Tod wäre der perfekte Vorwand für Rebellen – falls ihre Anzahl groß genug ist –, sich offen gegen Euch zu erheben.«

Angesichts Reavans Blick, der ihn unverkennbar wütend anstarrte, hörte Draken auf zu reden, doch in seinem Kopf arbeitete es weiter. Wenn Aarinnaies Vater hierin verwickelt war, könnte das alles auf einen Bürgerkrieg hinauslaufen. *Oh, ihr Götter, es wird in jedem Fall darauf hinauslaufen.* Welcher Vater würde die Hinrichtung seiner Tochter ohne Gerichtsverfahren dulden? Er starrte Elena an. Sie fixierte ihn ebenfalls, und ihm wurde bewusst, dass sie das Gleiche dachte.

»Wir werden über Eure Vorschläge genau nachdenken«, sagte Reavan und fügte demonstrativ hinzu: »Ihr habt das getan, was Ihr gesagt habt, dass Ihr es tun würdet. Ihr seid frei, Auwaer zu verlassen, sowie Ihr es wünscht.«

Draken hätte erleichtert sein sollen. Osias war schon lange bereit, sich wieder auf den Weg zu machen. Und je länger Draken am Hofe blieb, desto größer war die Wahrscheinlichkeit, dass jemand entdecken würde, wer er wirklich war. *Korde möge mich verfluchen* … Er war ein Dummkopf gewesen, zu glauben, er könnte jemals Lesles Mörder finden.

Aber einfach so wegzugehen …

Er dachte an Elenas schmerzerfülltes Gesicht, als sie sich in ihrem Bett aufgesetzt hatte – nur wenige Handspannen von ihrem Tod entfernt. War es das Gleiche gewesen, was Lesle gefühlt hatte, als der Tod ihr Leben forderte? Sie musste eine entsetzliche Angst verspürt haben – ohne dass Draken dort bei ihr gewesen war, um sie zu retten. Und wie könnte er jemals seine Ruhe finden mit dem Wissen, dass er der Verschwörung gegen die Königin so nahe gekommen war – einer Verschwörung, der möglicherweise genau die Person angehörte, die auch seine Frau ermordet hatte?

»Es steckt mehr hinter dieser Intrige gegen Euch, als ich ursprünglich gedacht habe, Eure Majestät«, antwortete er leise. »Doch ich werde zur Seite treten, falls Ihr das wünscht.«

»In Wahrheit hasse ich es, Eure Unterstützung zu verlieren«, offenbarte Elena nach einiger Zeit.

Draken atmete leise aus. »Ich bin stets zu Euren Diensten.«

Sie straffte sich. »Draken, bitte verhört schleunigst Aarinnaie und erstattet mir Bericht. Heute Nacht noch.«

Das ängstliche Opfer war verschwunden, und an seiner Stelle stand eine Königin. Seine Königin.

Draken verbeugte sich. »Wie Ihr befehlt, Eure Majestät.«

KAPITEL ZEHN

Draken konnte schwerlich halb bekleidet ein ordnungsgemäßes Verhör durchführen. Er weckte Osias, als er in ihr Zimmer zurückging, und erzählte, was geschehen war.

»Ich nehme an, dass du jetzt wünschst, du hättest Setias Angebot angenommen?«, fragte Osias.

Draken rieb sich mit einer Hand über den Mund; er war nicht gewillt, darauf zu antworten. Die ihm unangenehme Anziehungskraft seiner Gefährten war im Augenblick die geringste seiner Sorgen. »Die Königin wäre jetzt tot, Osias, und es wäre meine Schuld. Weil ich sie nicht beschützt hätte.«

Osias schüttelte den Kopf und schenkte ihm ein trauriges Lächeln. »Ich fürchte um dich, Draken, und ich fürchte die Motive, die dieses Attentat umgeben. Wir wissen, dass ein Mantiker darin verwickelt ist. Tödlich für jeden, der versucht, ihn aufzuhalten. Tödlich für dich.«

»Zuvor hast du nicht versucht, mich aufzuhalten.«

»Willst du die Wahrheit hören?« Osias' Lächeln war verschwunden, sein Gesicht jetzt unbelebt wie eine Totenmaske. »Ich habe niemals damit gerechnet, dass du so lange am Leben bleibst.«

»Das ist ermutigend«, entgegnete Draken trocken.

Setia wurde durch ihre Stimmen geweckt. »Was ist los? Weshalb seid ihr wach?« Sie sah sehr jung und hübsch in ihrem gemeinsamen Bett aus; ihre Locken waren zerzaust und die Flecken ihrer Haut glänzten im Kerzenlicht.

»Entschuldigung, dass du geweckt wurdest«, sagte Draken, blickte ihr jedoch nicht in die Augen.

»Prinzessin Aarinnaie hat die Königin angegriffen«, teilte Osias ihr mit.

»Sie angegriffen?« Setia drückte sich in eine sitzende Position hoch. »Weshalb sollte Aarin so etwas tun?«

Aarin! Draken zog sein Hemd über und band die Schnüre an

seinem Hals zusammen. »Woher kennst du sie so gut, dass du sie bei ihrem vertrauten Umgangsnamen nennst, Setia?«

Ihr Blick glitt zu Osias.

Draken seufzte und setzte sich neben ihr auf das Bett. »Ich muss sie vernehmen. Falls du irgendetwas Hilfreiches weißt, würde ich es gerne hören.«

»Wie die meisten Gemischten in Brîn war Setia eine Sklavin«, erklärte Osias. »Sie diente dem Haus von Khel in der Königlichen Festung von Brîn, bevor die Akrasianer kamen. Sie kannte Aarinnaie, als sie noch ein Säugling war.«

Draken konnte nicht begreifen, dass Setia eine Sklavin gewesen war. Ihn verzehrte eine plötzliche Zuneigung zu ihr und schmerzliches Bedauern, dass sie unter solch grauenvollen Lebensumständen geboren worden war. Wenn irgendjemand wusste, wie sich das Sklavendasein anfühlte, dann er. »Aber das ist doch vor vielen Sohalias gewesen«, gab er zu bedenken. »Inzwischen muss Aarinnaie zwanzig oder gar noch älter sein.«

»Ich habe dir schon gesagt, dass ich älter bin, als ich aussehe«, erwiderte sie.

»Setia weiß viele Dinge über den brînianischen Fürsten und darüber, wie er seine Krone verlor«, sagte Osias.

»Was für Dinge?«, hakte Draken nach.

Setia musterte ihre Knie. »Als der brînianische König ermordet wurde, verschwand Fürst Khel, der damals noch ein Prinz war, für viele Sohalias. Er sei übers Meer gefahren, um sich zu verstecken, behauptete er später. Zu den Drachenstern-Inseln. Als er wieder auftauchte, empfand Elenas Vater mehr Nachsicht für ihn, da Fürst Khel den bestehenden Frieden nicht infrage stellte, sondern offiziell seine Treue und Gefolgschaft gegenüber der akrasianischen Krone erklärte.«

»Das ist wahrscheinlich allgemein bekanntes Wissen«, meinte Draken. »Und weiter?«

»Ich weiß, wo er wirklich hingegangen ist und was er getan hat«, behauptete Setia. Doch weitere Informationen gab sie ihm nicht.

»Weiß Aarinnaie das?«, fragte Draken.

Setia schüttelte den Kopf. »Das glaube ich nicht.«

Er entschied, sie nicht weiter zu drängen, obwohl er vor Neugier brannte.

»Setia könnte allerdings als Bedrohung wahrgenommen werden – von der Königin und von Aarinnaie«, erklärte Osias. »Insbesondere wenn die Krone in Erfahrung bringt, dass sie im Haus Khel war und die Flucht des damaligen Prinzen miterlebte.«

Draken nickte zum Zeichen des Verstehens, obwohl er sich nicht ganz sicher war, wieso Elena Setia als Bedrohung ansehen sollte. »Nun denn, es ist also unser Geheimnis. Von mir wird sie nichts darüber hören.«

Setia griff nach Drakens Hand. »Ich fürchte, Aarinnaie wird von dir … überrascht sein.«

»Sie hat mich doch bereits gesehen«, meinte Draken. »Am Hofe zuvor und auch heute Nacht. Sie schien allerdings tatsächlich überrascht zu sein. Weißt du, warum?«

»Es ist bloß …« Setia blickte an ihm vorbei zu Osias. »Du bist ein Brînianer, und du arbeitest im Auftrag der Königin. Brînianer kommen nicht oft an den Hof.«

»Ich bin kein Brînianer, schon vergessen?«, entgegnete Draken und blickte die beiden abwechselnd an. »Ich bin ein Monoeaner.« Er begann, zur Tür zu gehen, machte dann aber wieder kehrt. Ihm war der Blick zwischen der Mondling-Frau und dem Mantiker nicht entgangen. »Gibt es sonst noch was, das ihr mir erzählen möchtet?«

»Nicht im Moment«, antwortete Osias, dessen Rücken steif war und der seine Aufmerksamkeit auf Setia gerichtet hatte. Er drehte sich nicht um, als Draken das Zimmer verließ.

Eine Ansammlung dicht beieinanderstehender Königlicher Gardesoldaten verweilte in dem Korridor vor dem Raum, in den man Aarinnaie gebracht hatte. Zwei weitere standen in strammer Haltung im Innern des Zimmers; die Schwerter gezogen und die Augen auf ihre Gefangene gerichtet. Deren Füße und Hände waren mit Ketten an einen schweren Stuhl gefesselt. Eine Seite ihres Gesichtes war wund und rot, was in einem starken farblichen Kontrast zu ihren dunkelblauen Augen stand. Blut war von ihrem Mund den Hals hinuntergelaufen und hatte ihren Kragen beschmutzt. Bei näherer Betrachtung erkannte Draken, dass die Eisenfesseln an Händen und Füßen bösartig eng saßen.

Für ein paar Augenblicke stand er aufrecht neben ihr und starrte hinab in ihre trotzig blickenden Augen. Dann kniete er sich vor ihr hin, sodass er zu ihrem Gesicht aufschauen musste.

Sie reagierte darauf nicht – außer, dass sie ihre Augen schloss.

Draken stand auf, drehte sich um und entdeckte den Ersten Hauptmann Tyrolean, der vom Eingang aus zuschaute.

»Königin Elena hat nicht gesagt, dass die Gefangene misshandelt werden soll«, erklärte Draken. »Sie sagte, die Gefangene solle hierhergebracht und zwecks Befragung festgehalten werden.«

Die Finger des Hauptmanns zuckten in Richtung des Messers an seinem Gürtel. »Wenn meine Königin Probleme mit der Behandlung der Gefangenen haben sollte, so wird sie mich gewiss davon in Kenntnis setzen.«

»Mir wurde die Aufgabe übertragen, sie zu befragen, was bedeutet, dass sie in meine Verantwortung gegeben wurde. Befreit sie sofort von ihren Fesseln, und bringt etwas, womit sie sich saubermachen kann.«

Seine Brauen sanken tief auf die schwarz umrandeten Augen hinab. Augenscheinlich lag es außerhalb von Tyroleans Erfahrung, Befehle von einem brînianischen Fremden entgegenzunehmen. »Ohne eine Anweisung von der Königin werde ich ihr keinerlei Bewegungsfreiheit gestatten. Sie ist eine gefährliche Attentäterin und eine Verräterin.«

»Dann werde ich auf Handtücher und Wasser warten, Hauptmann«, erwiderte Draken. »Ich werde mich selbst um sie kümmern, da sie dazu nicht in der Lage ist. Und lasst uns in Ruhe. Wir müssen miteinander sprechen und benötigen dafür kein Publikum.«

»Es ist nicht sicher.«

Draken drehte sich um und schaute zu Aarinnaie, die sie beide anfunkelte. »Mit mir wird sie sicherer sein als mit Euren Gardisten«, sagte er.

»Ich habe damit gemeint, dass diese Frau für Euch nicht ungefährlich ist.«

Draken gab ein geübtes sarkastisches Lachen von sich, als er sich an Tyrolean vorbeidrängte, um zum Korridor zu gelangen. »Habt Ihr vergessen, dass ich derjenige gewesen bin, der sie gefangen genommen hat?«

»Ein privater Wortwechsel mit Euch, Blut-Lord?« Tyrolean folgte dicht hinter ihm, und nachdem sie einen gewissen Abstand zwischen sich und den Gardesoldaten gebracht hatten, fuhr er fort: »Ich will nicht, dass Ihr Forderungen an mich stellt, als ob ich ein gemeiner Servii wäre. Ich bin der Erste Hauptmann in der Bastion der Königin.«

Draken seufzte. »Ich mache das wegen der Gefangenen. Sie muss mich als einen Verbündeten ansehen, nicht als einen Feind. Ich werde niemals etwas aus ihr herausbringen, wenn sie glaubt, ich sei auf Eurer Seite.«

»Auf welcher Seite seid Ihr denn, frage ich mich?«

»Auf der Seite der Königin, Erster Hauptmann. Ich tue nur das, um was sie ersucht hat.«

»Seht zu, dass Ihr nahe an Eurem Auftrag bleibt«, ermahnte ihn Tyrolean. Dann stolzierte er fort, um mit seinen Gardisten zu sprechen.

Warum nur machten diese Akrasianer alles so verdammt schwierig? Draken lehnte sich an die Wand, da er die Absicht hatte, Aarinnaie ein paar Minuten lang schmoren zu lassen, und rieb sich mit Daumen und Zeigefinger die Augen. Ein Gefühl der Übelkeit, das von seiner Erschöpfung herrührte, flutete seinen Magen. Er fragte sich, wie wahrscheinlich es war, dass er von Aarinnaie ein paar Informationen über den Mantiker bekommen würde, der in die Verschwörung verwickelt war. *Eher unwahrscheinlich*, dachte er grimmig und blickte im nächsten Moment auf, als er seinen Namen hörte.

Thronerbe Geord bahnte sich seinen Weg durch die Gardesoldaten, zwei Wachen folgten ihm auf dem Fuße. Der eine von ihnen war ein riesengroßer, ausdrucksloser, mit Edelsteinen geschmückter Mann, der an Draken vorbeistarrte, als ob der gar nicht da wäre. Der andere war schmächtiger, hatte einen ansprechenden Blick und attraktive, feine Gesichtszüge. Seine Stirn war mit leichten Sprenkeln übersät, die Wimpern waren so dicht, dass seine Augen aussahen, als hätte man Striche um sie gezeichnet. Er starrte Draken mit einem ausgeprägten, höflichen Interesse an. Nachdem Geord unmittelbar vor Draken angehalten hatte, standen die beiden stumm hinter ihm Wache; ihre Hände ruhten auf den Schwertgriffen.

Trotz der nächtlichen Stunde trug der Thronerbe des Fürstentums von Brîn genug Ketten und Ringe, um den Tisch eines Verkaufsstandes für Schmuckstücke auszustatten. Sein gewelltes Haar fiel ihm locker auf die Schultern, und das weiße Metall glänzte auf seiner nackten Brust.

»Ihr«, sagte er.

»Jawohl«, erwiderte Draken in sanftem Ton. »Ich.«

»Meine Verlobte ist hier, und sie wollen mir nicht gestatten, sie zu sehen.«

»Sie ist kein Gast mehr«, erklärte Draken. »Sie ist eine Gefangene.«

»Bei den verfluchten Monden! Das weiß ich! Was mir nicht gesagt wurde, ist der Grund. Ich bin ein Abgesandter von Brîn. Gemäß unseres Übereinkommens habe ich das Recht, sie zu sehen.«

Geord brauchte jemanden, an dem er seinen Frust auslassen konnte, und Draken war nicht glücklich darüber, ihm diesen Gefallen erweisen zu müssen. Er wusste nichts über ein Übereinkommen, aber ihm war völlig klar, dass man Geord niemals erlauben würde, zu seiner Verlobten zu gehen. Zu diesem Zeitpunkt stand der Thronerbe ebenfalls unter Verdacht, zumindest soweit es Draken betraf. Aber vielleicht gab es eine andere Taktik, die sich hier anwenden ließ.

»Geht mit mir spazieren, mein Herr; würdet Ihr das tun?«

Geord dachte so lange darüber nach, dass Draken sich sicher war, er würde sich weigern. Dann aber drehte er sich um und ging mit großen Schritten fort, sodass Draken sich beeilen musste, um ihn einzuholen.

»Ich wurde angewiesen, sie zu verhören, mein Herr«, berichtete Draken, der versuchte, einen höflichen, ja sogar ehrerbietigen Tonfall anzuschlagen. »Ich werde tun, was ich kann, um sie zu retten;

aber sie hat heute Nacht einen Mordanschlag auf die Königin verübt und hätte beinahe damit Erfolg gehabt.«

»Sie …« Geords Schritte gerieten ins Stocken, da er, wie Draken annahm, ehrlich überrascht war. Dann drehte er sich um und schaute Draken ins Gesicht. Seine Stimme war ein raues Flüstern, als er fragte: »Bei den Sieben Augen, weshalb sollte sie so etwas tun?«

»Ich habe gehofft, Ihr könntet mir das erzählen«, erwiderte Draken. »Ich brauche Eure Hilfe. Wenn es überhaupt etwas gibt, das …«

»Ihr? Wieso Ihr?« Nachdem sie etliche Schritte den Korridor entlanggegangen waren, hatten sie außerhalb der Hörweite neugieriger Gardesoldaten Halt gemacht. Die zwei brînianischen Leibwächter warteten und beobachteten Draken.

»Die Königin wollte, dass ich das tue«, antwortete er. »Was eine gute Wendung für Euch und Euren Fürsten ist, da ich ein vernünftiger Mann bin.«

»Er ist ebenfalls Euer Szi«, machte Geord deutlich. Dann aber runzelte er die Stirn. »Ihr seid ein richtiger Brînianer, auch wenn der Akzent von einem abgelegenen Ort herrührt. Das Merkwürdige an Euch ist jedoch Euer Mantiker-Freund. Eure Vertrautheit mit ihm ist beunruhigend. Ich habe Gerüchte gehört.«

»Osias hat nichts zu tun mit Aarinnaies Anschlag auf Königin Elena«, entgegnete Draken und presste die Zähne zusammen.

Doch er hatte sein Gegenüber falsch verstanden. Geords Lächeln war dünn und gemein; er hatte kleinkarierte Beleidigungen im Kopf. »Meine Wachen kennen sich mit dem Klatsch in den Kasernengebäuden aus. Man sagt, dass Ihr Euch mit dem Mantiker die Gemischt-Sklavin teilt, weil Ihr Euch keine richtige Frau leisten könnt. Geht sanft mit Aarinnaie um, und ich werde Euch meinen Sklaven Konnon hier geben. Er spielt die Rolle einer Frau recht gut.« Mit einem Daumen wies er auf den Leibwächter.

Konnon zeigte keinerlei Reaktion auf die Beleidigung; Drakens Hand hingegen sauste vor und packte Geord an dessen Ketten. Genauso schnell war Konnons Schwertspitze unter Drakens Kinn und schnitt ihm in die Haut.

»Gebt meinen Herrn frei«, sagte er auf Brînianisch.

Draken hielt weiterhin Geord fest, neigte jedoch seinen Kopf nach hinten, weg von dem Schwert. »Du beschützt ihn, obwohl er dich beleidigt?«

Die Schwertspitze schwankte nicht. »Ich muss darauf bestehen, Blut-Lord.«

Tyrolean kam näher und sprach dann rasch, aber mit äußerster Ruhe – hier war ein Mann, der schon eine ganze Menge Kämpfe beendet hatte. »Dies ist schwerlich angemessenes Verhalten an einem königlichen Hof. Schwerter weg, und gebt den Thronerben frei, Draken.«

»Es ist nicht klug, den Mann zu verspotten, in dessen Händen das Schicksal Eurer Verlobten liegt, mein Herr.« Draken ließ Geord mit einem Stoß frei und trat aus der Reichweite des Schwerts, das an seiner Kehle geruht hatte. Konnon steckte es wieder in die Scheide, die Hand behielt jedoch den Griff fest umschlossen. Sein missmutiger Blick ruhte auf Geords Hinterkopf.

»Die Gefangene ist bereit für die Befragung, Draken«, ergänzte Tyrolean. »Thronerbe Geord, Königin Elena möchte, dass Ihr eine Nachricht in Euer Heimatland übermittelt. Sie erwartet Eure Anwesenheit.«

Geord richtete seine Ketten und ging in die Richtung, die Tyrolean ihm wies.

»Was wisst Ihr über den Sklaven Konnon?«, fragte Draken.

Tyrolean warf ihm einen Blick voller Stolz und Verachtung zu. »Er ist als Beleidigung für Königin Elena hier, der Bastard eines akrasianischen Adligen. Wieso befasst Ihr Euch mit einem Sklaven?«

»Bloße Neugier.«

Draken nahm von einem der anderen Gardisten eine Schüssel und ein Tuch entgegen, ignorierte die neugierigen Blicke und ging wieder in den Raum hinein. Aarinnaie ließ den Kopf tief hängen, doch hob ihn an, um zu sehen, wer hereingekommen war. Keinerlei Anzeichen von Freude in ihrem Gesicht. *Auch gut*, dachte sich Draken. Er war ebenfalls nicht glücklich darüber, sie zu sehen.

Nichtsdestotrotz zog er einen niedrigen Hocker nahe zu ihr

heran und stellte die Schüssel vor ihren Füßen auf dem Boden ab. »Ich werde Euch bloß waschen.« Er tauchte das Tuch in die Schüssel hinein und berührte damit ihr Gesicht.

Sie drehte den Kopf weg, und er ließ den Arm auf sein Knie fallen.

»Ihr seid verletzt«, sagte er. »Ich versuche nur zu helfen.«

»Ich brauche keine Hilfe von einem Verräter.«

»Ich glaube nicht, dass Ihr in der Position seid, sie zurückzuweisen.«

Ihre blauen Augen fixierten seine. »Ich werde sehen, wie man Euch für Euren Verrat hinrichtet.«

»Die einzige Hinrichtung, die Ihr erleben werdet, ist Eure eigene, solltet Ihr nicht kooperieren.« Er hob erneut das Handtuch hoch. Sie drehte sich nicht wieder weg und beobachtete jede seiner Bewegungen.

Als er ihre Lippen abtupfte, sagte er: »Sie haben wirklich die Absicht, Euch hinzurichten.«

Sie gab keine Antwort.

»Ich habe es geschafft, dass der Befehl ausgesetzt worden ist.«

Eine ganz geringe Verengung ihrer blauen Augen war das einzige Anzeichen dafür, dass sie an dem, was er sprach, interessiert war.

»Hebt Euer Kinn an, sodass ich das Blut von Eurem Hals abwischen kann«, sagte er. Als sie es nicht tat, griff er nach ihrem Kinn, um es an ihrer statt anzuheben, und rieb das Tuch an ihrer Kehle entlang. Danach beugte er sich nach unten, um das Handtuch in dem kalten Wasser auszuspülen, das sich infolge des Bluts schon leicht rosarot verfärbt hatte. »War das Eure Idee? Die Königin zu töten?«

»Sie ist nicht die Königin.«

»Dann Elena. War es Eure Idee, sie umzubringen? Ich frage dies, weil es eine kühne und beinahe perfekt durchgeführte Tat war. Ich bin beeindruckt.«

Nachdem sie mehrere Sekunden überlegt hatte, nickte Aarinnaie.

»Also alles auf eigene Faust unternommen?«, fragte Draken

nach. »Ihr seid sehr jung. Sicherlich gab es dafür qualifiziertere Kandidaten.«

»Ich bin gut ausgebildet …« Aarinnaies Stimme erstarb. »Ich weiß, was Ihr macht. Ihr versucht herauszufinden, wer sonst dahintersteckte. Möglicherweise ja mein Vater.«

Draken lehnte sich von ihr weg. »Ich würde mich getrauen, zu sagen, dass Euer Vater ein Hauptverdächtiger ist, auch ohne Eure diesbezügliche Andeutung. Anscheinend hat er eine Menge zu gewinnen. Aber ich bin nicht an ihm interessiert. Ich hege keine Zweifel, dass Königin Elena oder Lord-Marschall Reavan sich um ihn kümmern werden.«

Bei Reavans Namen zuckte sie zusammen. »Oder vielleicht Ihr?«

»Für den Moment befinden sich meine Angelegenheiten hier in der Bastion – bei Euch«, antwortete er, wobei er darauf achtete, weiterhin in einem leisen und vertraulichen Ton zu sprechen. »Geord zum Beispiel hat nach Euch gefragt.«

Er spürte, wie sie erstarrte, während er sich weiter fürsorglich um sie kümmerte.

»Wir haben gerade im Korridor miteinander gesprochen«, fuhr Draken fort. »Er wünscht sich sehr, Euch zu sehen. Vielleicht kann ein Treffen zwischen Euch beiden arrangiert wer…«

»Ich will ihn nicht sehen!« Nicht Furcht, sondern heftig entflammter Zorn sprach aus ihrem Zwischenruf.

»Warum nicht?« Draken war wirklich neugierig. »Er ist Euer Verlobter. Gerade jetzt trifft er sich um Euretwillen mit der Königin.«

»Ja, das glaube ich gern. Er braucht mich«, erwiderte sie und schüttelte den Kopf. »Ich werde nicht mehr über diese Sache sprechen. Er bedeutet mir nichts.«

»Gewiss müht er sich darum, dass Ihr freigelassen werdet. Er ist Euer einziger wirklicher Freund hier.«

Ihr Gesichtsausdruck war sorgenschwer, aber entschlossen. »Also gesteht Ihr ein, kein Freund zu sein? Wessen Freund seid Ihr dann?« In ihrer Stimme lag ein Unterton von Spott.

Draken schlug einen härteren Ton an. »Was verleitet Euch zu diesem Gedanken?«

Ohne auch nur im Geringsten zu stutzen oder überrascht zu sein, huschte ihr ein hinterhältiges Lächeln über die Lippen. »Ich kann Euch nicht trauen«, erklärte sie. »Und ich werde es nicht. Bald werdet Ihr möglicherweise sogar Elenas Abgesandter an meinen Vater sein, um meinen Leichnam zu überbringen, nachdem ich hingerichtet wurde.«

Mit einem Schulterzucken täuschte er Lässigkeit vor. »Vielleicht. Ich gehe, wohin meine Königin befiehlt.«

»Und die Akrasianer behaupten, sie würden keine brînianischen Sklaven halten.« Ihre Lippen öffneten sich zu einem spöttischen Lächeln. »Schaut Euch selbst an. Ihr seid nichts Besseres als ein Sklave für Elena, und Ihr könntet so viel mehr sein.«

So viel erkannte sie. Sein gesamtes Leben war er ein Sklave gewesen – gebunden zwischen einem unerreichbaren Familiennamen und einer Marine, die in einem Krieg kämpfte, den sie nicht begonnen hatte. Erst als sein königlicher Cousin ihn an den Hof gebracht hatte, hatte er das Gefühl kennengelernt, ein wenig frei zu sein … für jene kurze Zeit mit Lesle. Draken vermutete, dass es schon vorher friedliche Zeiten gegeben haben musste, doch er vermochte sich ihrer nicht zu entsinnen, weil er nicht in der Lage war, sich von den brutaleren Erinnerungen an Misshandlungen und Krieg loszureißen. Er hatte geglaubt, mit Lesle ein gewisses Maß an Frieden gefunden zu haben, aber ihr Mörder hatte ihre gemeinsame Freude für immer durch Leid verdunkelt.

Draken legte die Unterarme wieder auf die Knie; Handtuch und Wasser waren vergessen. Die Verbitterung führte dazu, dass seine Stimme tiefer wurde und wie ein böses Brummen klang. »Und schaut Euch an: in Ketten gelegt wie ein Tier in der Bastion der Königin, hundert Königliche Gardisten wetteifern darum, derjenige zu sein, der Euch mit seiner Klinge die Kehle durchschneiden darf.«

Draken hatte keinen echten Grund, gegenüber irgendjemandem Loyalität zu empfinden. Er hatte alles, was er bis jetzt getan hatte, im Namen des Überlebens und – wie er jetzt wusste – im Namen eines sinnlosen Bemühens unternommen, den Mord an seiner Frau aufzuklären. Doch er fühlte *etwas*. Elenas sehr reale Furcht zerrte an ihm, und jetzt saß diese junge Frau vor ihm, die sich in einer schlimmen Notlage befand. Es war alles so verwirrend und mitleiderregend. Wie war er nur in dieses Chaos hineingezogen worden?

Bei den Göttern, durch mein eigenes Handeln, fuhr es ihm durch den Kopf. Draken rieb sich mit der Hand übers Gesicht und vertrieb durch reine Willenskraft einen Zorn, der nichts mit der Gefangenen zu tun hatte. »Gebt mir einen Grund, Euer Leben zu retten, Aarinnaie. Zeigt mir Euren Wert für die Königin, und ich werde mein Bestes geben, um Euch zu beschützen.«

»Oh, Ihr werdet mich beschützen wollen. Denn wenn ich jemals eine Schlinge um meinen Hals fühle oder kalten Stahl an meinem Nacken, Draken vae Khellian, Kommandant der Bogenschützenreihen und Schwarzer Gardist für Euren Cousin, den monoeanischen König, dann werde ich Euren Namen so laut hinausschreien, dass die Götter ihn hören – und sicherlich auch Reavan.«

Auf Aarinnaies Gesicht breitete sich dieses kleine gewisse Lächeln aus: Ihre absolute Treffsicherheit hatte ein kaltes Messer grausam und tief in seine Seele gebohrt.

KAPITEL ELF

Während er zum Thronsaal zurückging, fühlte sich Draken wie betäubt. Wie hatte sie seine wahre Identität in Erfahrung gebracht. Zauberei? Oder war es etwas Profaneres gewesen, zum Beispiel durch jemanden, der ihn erkannt hatte? Aber wer, abgesehen von Setia und Osias, würde etwas über ihn erzählen können? Die beiden hatten sicherlich nichts gesagt. Ihm fiel augenblicklich der tote Gefangene Sarc ein. Draken runzelte die Stirn. Aber wie in Kordes Namen hätte Aarinnaie es geschafft, nah genug an einen im Käfig sitzenden monoeanischen Gefangenen heranzukommen und so von Drakens Identität zu erfahren? Warum sollte sie überhaupt auf den Gedanken kommen, so etwas zu tun? Und falls Sarc tatsächlich geredet hatte – wem sonst hatte er von Draken erzählt?

Die Idee war lächerlich. Aarinnaie hätte niemals mit Sarc gesprochen. Und wenn dieser irgendjemandem von Drakens Identität erzählt hätte, würde Draken höchstpersönlich längst am selben Galgen wie Sarc hängen.

Also blieben Osias und Setia übrig. Bei den Göttern! Und alle Beweise wiesen darauf hin, dass ein Mantiker in das Attentat verwickelt gewesen war. Osias war der einzige Mantiker in der Nähe. Benutzte er Draken etwa, um Kontakt zu den Ermittlungen zu halten?

»Nein«, murmelte er laut. »Es ist ein Zufall gewesen, dass er mich gefunden hat.«

Als hätte der Fluch …

Oder war es vielleicht doch kein so großer Zufall gewesen? Benutzte der Mantiker ihn, betrog er ihn? Es war wirklich merkwürdig, dass Setia versucht hatte, ihn zu verführen, gerade als Aarinnaie mit dem Messer in der Hand durch die Bastion schlich. *Aber, ihr Götter, das kann doch nicht stimmen!* Warum sollte sie ihn zu täuschen versuchen? Und Osias hatte ihn beschützt, war freundlich zu ihm gewesen. Das konnte doch nicht alles eine Verschwörung sein. Warum sollte man Draken überhaupt darin verwickeln? Vielleicht als Sündenbock? Wenn Osias enthüllte, wer Draken war, und behauptete, er stecke hinter dem versuchten Attentat auf Elena, würden dies sicherlich alle glauben. Insbesondere Reavan.

Aber es fiel Draken schwer, sich selbst davon zu überzeugen, dass Osias und Setia schuldig waren – schlimmer noch, er wollte es einfach nicht annehmen.

Auch nur über die Konsequenzen nachzudenken führte dazu, dass die Überlegungen in seinem müden Kopf sich schmerzlich ineinander verknoteten. Er entschied, sich an das zu halten, was er im Moment wusste, und den Rest später gedanklich durchzuarbeiten, wenn er munterer war. Er musste all seine Fähigkeiten einsetzen, um zu verhindern, dass Elena die Wahrheit darüber erfuhr, wer er war – und auch, um dafür zu sorgen, dass Aarinnaie am Leben blieb.

Das fröstelnde Gefühl, dass Pfeile auf seinen Rücken gerichtet waren, wurde er jedoch nicht los.

Kurze Zeit später fand sich Draken – so erschöpft, wie er war – im Thronsaal auf seinen Knien wieder, direkt vor Königin Elena und Lord-Marschall Reavan. Er wartete stumm und machte sich dabei Gedanken über das Treffen zwischen Geord und Elena. Wusste Geord ebenfalls, wer Draken war? Nein. Er hätte das ansonsten längst benutzt. Reavan war noch derjenige, der es am ehesten wissen konnte, doch er hätte mittlerweile bestimmt darüber gesprochen.

Die Königin trug weite Gewänder, die den Saum ihres weißen Nachthemdes zum Vorschein kommen ließen; Reavan hingegen hatte sich umgezogen und seine grüne Uniform sowie die Rüstung angelegt. Der Lord-Marschall erwartete immer noch, dass in dieser Nacht eine Hinrichtung stattfinden würde.

Draken gab sein Gespräch mit Aarinnaie wieder – mit Ausnahme der Sätze am Schluss. Seine Stimme verstummte am Ende seines Berichtes, und ihm wurde bewusst, dass er gefühlsmäßig immer noch unter dem Eindruck von Aarinnaies Enthüllungen stand.

»Das ist alles, was Ihr herausgefunden habt?« Reavan erhob sich von seinem Platz auf dem Podium zu Elenas Füßen, um den Thronsaal der Länge nach abzuschreiten. Draken weigerte sich, ihm mit seinem Blick zu folgen, und starrte stattdessen die Königin an. »Sie ist von keinem Nutzen, Eure Majestät«, fuhr Reavan fort. »Lasst sie mich aus der Welt schaffen, sodass wir dies hinter uns lassen können.«

Die Königin blickte finster und besorgt, die Lippen streng zusammengepresst. »Ich glaube, ich muss Euch zustimmen. Doch ich würde gerne Drakens Gedanken hören.«

Draken verlagerte sein Körpergewicht. Der steinerne Fußboden wirkte sich verheerend auf sein Knie aus. Seine Fantasie malte ungebeten ein Bild von Aarinnaie, wie sie seine wahre Identität hinausschrie, bevor der Mann mit der Axt ihr den Kopf abschlug. »Ich glaube, sie ist immer noch von Nutzen.« *Ihr Götter, denk nach, Draken. Denk nach!* »Es ist eindeutig, dass sie Teil einer größeren Verschwörung ist.«

Reavan machte eine wegwerfende Handbewegung. »Wenn wir sie jetzt töten und ihren Leichnam am höchsten Baum draußen vor der PALISADE aufhängen, wird dies eine nette Warnung an ihre Mitverschwörer sein.«

»Bei allem Respekt, Lord-Marschall«, sagte Draken, der sich verzweifelt an seiner Verschwörungstheorie festklammerte, »doch ich muss Euch widersprechen. Ich glaube, solch eine Handlung würde den Hass nur noch schüren, der diesen mörderischen Attentatsversuch auf Königin Elena überhaupt erst angeregt hat. Und außerdem ist Aarinnaie eine Tochter von Brîn. Sie ist eine Angehörige des Herrscherhauses.« Das Letzte war an die Königin gerichtet.

»Sie ist eine Verräterin«, erwiderte Elena.

Ihr Blick wich nicht den Bruchteil eines Moments von Drakens Gesicht, als Reavan erklärte: »Ihr Vater mag ein Fürst von Brîn sein, doch er dient in dieser Stellung, weil es Königin Elena so beliebt.« Er strich mit der Hand die grüne Tunika glatt, die mit dem Mondsiegel und den Streifen gekennzeichnet war, welche ihn als Lord-Marschall auswiesen. Seine Arme waren angespannt wie straff gezogene Seile. »Wir werden mit Geord auf dem Fürstenthron besser dran sein.«

Ein interessantes Bündnis, dachte Draken, dessen Gedanken zum ersten Mal abgelenkt waren, seitdem Aarinnaie ihm enthüllt hatte, dass sie von seiner Herkunft wusste. Zweifellos spielte Geord die Rolle des Einfaltspinsels bei dem, was auch immer Reavan vorschlug. »Ich habe keine Meinung über Fürst Khels Verdorbenheit, meine Königin, oder über den Wert des Thronerben Geord für die Krone. Ich bin hier, um mich um Eure Interessen zu kümmern, und ich sage Euch, dass ihnen durch die Tötung von Aarinnaie nicht gedient wird.«

»Sie ist nichts – weniger als nichts.« Reavan hörte auf, unablässig hin- und herzugehen, und stellte sich sehr nahe vor Draken hin, sodass dieser nach oben schauen musste, um dem Lord-Marschall ins Gesicht zu sehen.

Draken weigerte sich, eingeschüchtert zu sein, selbst wenn er auf Knien lag. Er straffte seinen Rücken. »Wenn sie nichts ist, wie hat sie dann diesen Mordversuch zustande gebracht? Und sie ist immerhin eine Prinzessin. Glaubt Ihr wahrhaftig, ihr Vater wird ihre Hinrichtung hinnehmen, ohne Vergeltung zu üben?«

»Ihr Vater hat keine wirkliche Macht, keine echte Armee«, entgegnete Elena. »Ihr seid aus Brîn. Ihr wisst dies, selbst wenn Ihr es nicht eingestehen werdet.«

Draken schüttelte den Kopf und fragte sich, welche politische Überzeugung und welche Verunsicherungen Reavan und Elena davon abhielten, rational zu denken. Die Brînianer verfügten über genug Macht, um Elenas Leben zu bedrohen. Aarinnaie hatte dies heute Nacht unter Beweis gestellt. »Wenn Fürst Khel in diese Sache verwickelt ist, wird Aarinnaies Tötung ihn zum Handeln zwingen. Wenn nicht, wird ihre Tötung sicherstellen, dass er Euer Feind ist. Und wird er nicht zumindest versuchen, ihren Tod zu rächen? Die Brînianer können …« Er hielt inne; und ihm wurde ganz heiß im Gesicht, weil ihm diese Formulierung herausgerutscht war. »Mein Volk kann kämpfen. Das müsst Ihr uns zugestehen. Warum soll man dem Fürsten einen Grund geben, es gegen Euch in den Kampf zu führen?«

»Lachhaft«, widersprach Reavan und schnaubte. »Die Brînianer könnten uns niemals in einem richtigen Krieg schlagen. Sie haben schon einmal verloren, habt Ihr das vergessen?«

Doch Draken blickte auf die Königin, um abzuschätzen, inwieweit sie sich von ihrem Schrecken erholt hatte. Was er sah, spornte ihn an, fortzufahren. »Da ist noch etwas, weshalb Aarinnaie von Nutzen sein kann, Eure Majestät. Sie weiß Dinge, die…«

»Drakens eigene Motive sind fragwürdig, meine Königin«, unterbrach ihn Reavan schnell – zu schnell. »Er versucht, Aarinnaies Leben um seiner brînianischen Landsleute willen zu retten.«

Draken wartete kurz, denn er wusste, dass seine eigene Ruhe einen positiven Kontrast zu Reavans Impulsivität darstellen konnte. Dennoch war es schwer, seine Position zu behaupten. »Ist das so falsch? Es scheint mir, dass die Tötung von Aarinnaie den Fürsten veranlassen wird, einen Bürgerkrieg zu führen. Sie ist der Schlüssel, um zum Kern dieser Verschwörung gegen Euch zu gelangen.«

»Wenn es denn eine Verschwörung gibt. Für meinen Geschmack ist das noch nicht bewiesen.« Reavan kehrte zur Kopfseite des Saals zurück. Er ließ sich mit überheblicher Nonchalance auf das Podium fallen, die edlen Gesichtszüge verzogen zu einer mürrischen Miene.

»Weshalb glaubt Ihr, dass sie mit anderen zusammenarbeitet?«, wollte Elena wissen.

Draken gefiel es nicht, das Verbrechen zur Sprache zu bringen, weswegen er mit gefesselten Händen in die Stadt geschleppt worden war; doch wollte ihm keine andere Möglichkeit einfallen, seine These zu belegen. Es gab doch nichts Schöneres, als gleich mit beiden Füßen in eine Sache hineinzuspringen. »Als ich den Ersten Hauptmann tötete, ist sein Leichnam anschließend verschwunden.«

»Das stimmt nicht. Ihr habt ihm die Kehle aufgeschlitzt und ihn weggezerrt …«

»Ihr habt es nicht gesehen, mein Herr. Es geschah hinter Eurem Rücken. Wir kämpften, ich tötete ihn, und dann war er verschwunden«, berichtete Draken und schluckte seine Unentschlossenheit bei der Lüge einfach hinunter. Er schaute wieder Königin

Elena an. »Osias behauptet, dass nur ein Mantiker verschwinde, wenn man ihn tötet. Und der Pfeil, der auf Euch abgeschossen wurde, war mithilfe der Mantik hergestellt worden.« Er hielt inne und versuchte, ihre Reaktion einzuschätzen.

»Ist das die Wahrheit, Reavan?«, fragte Königin Elena. »Die Leiche ist verschwunden?«

»Draken irrt sich«, antwortete Reavan.

»Aber wo ist sie dann?«, hakte die Königin nach.

»Ich habe sie im Wald beerdigt. Varin war aus Khein. Ich dachte …« Reavan verweilte neben ihrem Thron und beugte den Kopf. »Ich dachte, dies wäre der Ort, wo er würde ruhen wollen.«

Elena nickte und streckte den Arm aus, um Reavan an der Hand zu berühren.

Draken schloss einen Augenblick lang die Augen. Es war dumm gewesen, die Tötung des Ersten Hauptmanns zu erwähnen. Jetzt hatte Reavan Drakens Behauptung, dass das Opfer verschwunden war, einfach auf den Kopf gestellt. Aber weshalb? Irrte Draken tatsächlich in diesem Punkt? Er war erschöpft gewesen, möglicherweise hatte er sogar schon zu jener Zeit unter dem Fluch gelitten. Oder gab es etwas anderes, das hier vor sich ging?

»Genug von alldem, meine Königin. Ich werde ihre Geheimnisse recht schnell aus ihr herausholen«, blaffte Reavan. »Blut lockt die Erringe gewissermaßen aus der Reserve.«

»Foltert sie, wenn Ihr es müsst«, meinte Draken, der abermals den Kopf schüttelte. »Aber ich glaube, dass sie dazu fähig ist, zusammen mit ihren Geheimnissen zu sterben. Irgendjemand hat sie sehr gut ausgebildet. Diese Sache ist größer, als dass nur eine einzige verbitterte Prinzessin dahintersteckt. Sie ist intelligent, doch meine Freundlichkeit hat sie aus der Fassung gebracht. Außerdem hätte sie nicht so gesprochen, wie sie es tat, wenn sie in mir nicht einen potenziellen Verbündeten erkannt hätte. Ich kann dies benutzen, um mehr herauszufinden.«

»Vortäuschung von Freundlichkeit und der Bereitschaft, sich mit ihr zu verbünden«, sinnierte die Königin. »Ihr glaubt, das könnte etwas bewirken?«

»Wenn man eine gewisse Zeit dafür zur Verfügung hat, ja, meine Königin.«

»Was schlagt Ihr vor?« Elena lehnte sich in ihrem Sessel zurück und hob die Finger, um ihren langen Hals zu streicheln, während sie Draken musterte. Sie war beinahe dort, wo er sie haben wollte, aber der schwierigste Teil, den sie noch schlucken musste, stand jetzt erst bevor.

»Lasst sie fliehen. Sie wird uns zwangsläufig direkt zu dem Aufstand führen. Ich werde sie fangen und dann so tun, als ob ich mich von ihr umstimmen lasse. Wenn sie mir nicht glaubt, kann der Erste Marschall sie verhören«, führte Draken aus. »So oder so werden wir erfahren, was sie über die Rebellion weiß und bislang verschweigt. Aber wenn wir meinem Plan folgen, werden wir auch noch die Leute fangen, mit denen sie zusammenarbeitet.«

»Merkwürdig«, sagte Reavan. »Wir haben heute Nacht von ihrem Verlobten einen ähnlichen Vorschlag gehört. Er ist sich sicher, er könne sie zur Vernunft bringen, wenn wir ihm nur gestatten, sie mitzunehmen.«

»Weder vertraut sie Geord, noch respektiert sie ihn«, erwiderte Draken, hartnäckig seinen Standpunkt vertretend. »Wenn Ihr mir folgt, werdet Ihr genug erfahren, um die Bestie zu erschlagen und sie nicht bloß mit der Peitsche am Schwanz anzutippen. Und im Unterschied zu Geord habe ich keine echte Bindung an mein Heimatland. Meine Loyalitätsgefühle gehören ausschließlich Euch, meine Königin.«

Reavan wirbelte zu Elena herum. »Ich will keine weiteren waghalsigen Vorschläge mehr hören!«

Doch Elena blieb von seinem Ausbruch unberührt und hob eine Hand in Richtung ihres Lord-Marschalls. »Nein, Reavan, sprecht nicht. Noch nicht. Lasst mich nachdenken.« Sie starrte Draken mit strengem Blick an. »Wie lange wird es dauern, bis sie redet?«

»Ich habe keine Möglichkeit, das in Erfahrung zu bringen, Eure Majestät.«

»Und was werdet Ihr tun, um Ihr Vertrauen zu gewinnen?«

Draken hielt ihrem Blick ruhig stand. »Was auch immer ich dafür tun muss.«

»Er lügt!« Reavan schrie beinahe. »Ihr dürft dies nicht erlauben. Er wird Euch verraten.«

»Das werde ich nicht«, entgegnete Draken, dann wartete er auf ihren Entscheid. So die Götter wollten, würde sie schon bald einen Entschluss treffen – bevor seine Knie nachgaben.

»Von allen Personen an meinem Hof«, erklärte Elena schließlich, »ist Draken der Einzige, der Erfolg dabei haben kann, diese Verschwörung aufzudecken. Er stammt aus ihrer Heimat, und dennoch hat er kein persönliches Interesse an Aarinnaie oder dem Fürstenhof …«

»Das wissen wir doch gar nicht!«, schnauzte Reavan.

»Ich weiß es, und das reicht völlig«, erwiderte Elena. »Ich glaube, dass Draken es richtig machen wird. Außerdem ist er der Einzige, der ihr Vertrauen gewinnen kann.«

»Und was ist mit dem Thronerben Geord?«, fragte Reavan in abgehacktem Tonfall.

»Gemäß dem, was sie Draken berichtet hat, und entsprechend ihrer eigenen Handlungsweise heute Nacht ist es eindeutig, dass Aarinnaie keine Liebe für ihren Verlobten empfindet. Geord wollte ein geschätztes Mitglied meines Hofes sein, und Aarinnaie mich tot sehen. Dass die beiden zusammenarbeiten, ist unwahrscheinlich, insbesondere dann, wenn der Fürst sterben sollte, bevor sie verheiratet sind. Geord wird Aarinnaie keine Geheimnisse entwinden können.« Elena wandte den Blick Draken zu. »Bitte erhebt Euch, Draken, und kniet nicht länger vor mir. Ich möchte, dass meine engsten Berater in meiner Gegenwart auf ihren Beinen bleiben.«

Draken gefiel der empörte Gesichtsausdruck von Reavan gar nicht, und er war sich auch gar nicht allzu sicher, ob er einer ihrer engsten Berater war. Doch er konnte nicht abstreiten, dass es eine willkommene Erleichterung war, wieder auf die Beine kommen. »Ich danke Euch, meine Königin.«

»Ihr habt das verdient«, sagte Elena. »Fürwahr, ich ernenne Euch nun zum Nacht-Lord.«

Wenn Reavan zuvor verärgert gewesen war, geiferte er jetzt vor Zorn. »Elena! Meine Königin! Ihr kennt diesen Mann kaum. Er ist ein Brînia…«

»Reavan!« Elenas Stimme klang wie Donner, als sie seinen Protest zurückwies. »Draken vom Blute hat heute Nacht das Leben Eurer Königin gerettet. Er verdient diese Auszeichnung, so wie ich seine Treue verdiene.« Sie richtete ihre Aufmerksamkeit wieder auf Draken. »Nehmt Ihr diese Ernennung an?«

Draken wünschte sich sehnlichst, dass Osias hier wäre, um die Reaktion des Mantikers auf diese jüngsten Entwicklungen einschätzen zu können. Warum hatte er nicht daran gedacht, den Mantiker zu diesem Treffen mitzubringen? Sieben Mal verfluchte er sich selbst, dass er so ein Dummkopf war.

»Mit diesem Rang bin ich nicht vertraut«, gestand er.

»Der Nacht-Lord ist mein Recke, mein Schutzschild, meine Stimme, wenn ich nicht anwesend bin. Ich schenke Euch als meinem höchsten Lord das Vertrauen, diesen Aufstand zu untersuchen und jegliche Rebellion aufzulösen. Und da ich Euch durch geschworene Treue an mich binde, müsst Ihr Euren Tod vor meinen setzen. Dafür erhaltet Ihr alle Ehren, Ländereien und Entlohnungen, wie sie einer solchen Position angemessen sind.«

Draken konnte recht gut einen Befehl erkennen, der in ein Ersuchen gehüllt war. Hier gab es keine echte Wahlmöglichkeit. Er vollführte eine ungeschickte Verbeugung. »Es ist eine unvorhergesehene Ehre, meine Königin. Wie könnte ich sie nicht annehmen?«

Sie war so erfreut über seine Antwort, dass Draken sich sicher war, dass sie die Worte nicht hörte, die Reavan anschließend vor sich hinmurmelte.

»Unvorhergesehen, in der Tat.«

»Werde dir bewusst, dass sie dich gerade zu einem der wohlhabendsten Lords in Akrasia gemacht hat«, erklärte Osias.

Draken hatte Elena die Einzelheiten seines Plans erläutert, um Aarinnaie in die Falle zu locken, bevor ihm schließlich gestattet worden war, zu seiner Unterkunft zurückzukehren, in der er vollkommen erschöpft eingetroffen war. Nun drehte er sich in seinem Bett herum, damit er Setia und dem Mantiker ins Gesicht blicken konnte; einen Arm hatte er dabei unter den Kopf geklemmt. Er runzelte die Stirn. Mit Reichtum kam Macht, und Macht war gefährlich. In Monoea hatte er viele mächtige Leute stürzen sehen. »Ich bin immer noch fassungslos.«

»Sie sieht etwas in dir, dem sie vertraut«, stellte Osias fest.

»Wie kommt das, Osias, wenn doch alles, was ich ihr über mich erzählt habe, eine Lüge ist?«

»Nicht alles«, widersprach Setia. »Du bist vertrauenswürdig, ganz unabhängig von deinen Lügen.«

»Erzähl das Aarinnaie«, sagte Draken säuerlich. Er drehte ihnen den Rücken zu und dachte an seinen Verdacht gegenüber beiden. Das Heimweh kroch in ihn hinein wie ein sich langsam drehender Dolch.

»Ich habe Vorkehrungen getroffen, damit Ihr zu Eurem Vater zurückgeführt werdet«, verkündete Draken und streckte die Hände aus, um die Eisenschellen an Aarinnaies Armen und Beinen aufzuschließen. »Und zwar lebendig.« Er hatte den ganzen Morgen und den größten Teil des Nachmittags hindurch geschlafen. Sie den ganzen Tag in Ketten zu lassen war der erste Schritt seiner Winkelzüge, um ihr Vertrauen zu gewinnen. Die Schellen persönlich zu entfernen der zweite.

Sie rieb behutsam ihre wunden Handgelenke, was Draken an die eigenen Narben unter seinen Armschienen erinnerte. »Wie ist Euch das gelungen?«

»Ich habe diesen Vorschlag unterbreitet, und Königin Elena dachte, dass es das Richtige wäre«, antwortete Draken.

»Elena könnte das Richtige noch nicht einmal erkennen, wenn es auf ihr Hinterteil klatschen würde.«

»Vorsicht«, warnte Draken, »in meiner Gegenwart werdet Ihr der Königin Respekt zollen.« Er bot ihr seine Hand an, um ihr vom Stuhl zu helfen. Einen Augenblick lang starrte sie bloß darauf; eine verdrießliche, finstere Miene legte ihre Stirn in Falten.

»Kommt«, forderte er sie auf, »Ihr müsst ganz steif sein, nachdem Ihr so lange zum Sitzen gezwungen worden seid.« Seit ihrer Gefangennahme war ihr nur ein einziges Mal – um sich zu erleichtern – erlaubt worden aufzustehen.

Aarinnaie gestattete ihm, ihr beim Aufstehen zu helfen, aber bei der allerersten Gelegenheit drehte sie Draken den Rücken zu. Während sie zum Feuer humpelte, fragte sie: »Wer seid Ihr, dass sie Euch Gehör schenkt?« Dabei strengte sie sich offenkundig an, beiläufig zu klingen.

Draken durchquerte den Raum, um die Eisenfesseln auf eine steinerne Tischplatte zu werfen. Sie fielen mit einem Scheppern, sodass seine leise gesprochene Antwort beinahe überdeckt wurde. »Ich bin der Nacht-Lord der Königin.«

Aarinnaie drehte sich um und versuchte erst gar nicht, ihre Verblüffung zu verbergen. »Es hat hier seit zwei Generationen niemanden mehr gegeben, den man zum Nacht-Lord ernannte.«

»Ich soll Euch nach Brîn zurückbringen – lebendig, wie ich hinzufügen möchte –, und zwar als persönlicher Abgesandter der Königin. Sie ist, genau wie ich, sehr darauf bedacht, in dieser Angelegenheit einen Krieg zu vermeiden.«

»Ich wette, das stimmt.« Aarinnaie drückte die Hände so fest gegen die Feuerstelle, dass ihre Finger weiß wurden. »Sie hat ihren Krieg gehabt, nicht wahr?«

Draken starrte sie an. »Ihr habt noch keinen wirklichen Krieg gesehen, sonst würdet Ihr nicht so leichthin davon sprechen.«

»Wart Ihr bei den ersten Landungen auf Monoea?«

Draken zögerte. »Gewiss«, antwortete er leise. »Ich war dort.«

Sie nickte. »Sie hält Euch für einen Blut-Lord von einer Insel. Aber ich weiß es besser, nicht wahr?«

Draken stieß langsam die Luft aus. »Bevor ich Euch verlasse, damit Ihr Euch ausruhen könnt, möchte ich noch eine Sache klarstellen. Ihr seid in meiner Obhut, bis ich Euch Eurem Vater übergebe. Verratet mich, und Reavan wird sich Euren Kopf holen.«

Aarinnaie biss sich auf die Lippe, sagte jedoch nichts.

»Außerdem wird Hauptmann Tyrolean uns begleiten. Sollte mir irgendetwas passieren, hat er die Anweisung, Euch in nicht weniger als fünf Einzelstücken bei Eurem Vater abzuliefern. Und ich versichere Euch, dass er höchst begabt im Umgang mit seinen Schwertern ist.« Er schenkte ihr ein schmallippiges, kaltes Lächeln. »Wie es scheint, ist Euer Leben mit dem meinigen verbunden.«

Draken machte sich auf den Weg zum Thronsaal, doch einer der dort diensttuenden Gardesoldaten teilte ihm mit, dass sich Königin Elena in ihren Privatgemächern aufhielt. In dem Korridor vor ihrer Tür zögerte er für einen Moment. Die Steine waren blasser an den Stellen, wo man das Blut der getöteten Wachen weggeschrubbt hatte.

Die Gardisten salutierten mit knappen Bewegungen und gestatteten ihm den Eintritt. Augenscheinlich waren sie über seine neue Stellung informiert. Das Wohnzimmer war allerdings leer.

Eine Kammerjungfrau winkte Draken durch die Vorhänge eines Eingangs zu. »Königin Elena ist in ihrem Bad, Nacht-Lord, und bittet Euch einzutreten.«

»Ich kann warten«, erwiderte er.

»Unsinn, Draken!«, rief Elena. »Kommt herein.«

Nach einem Moment des Zögerns schlüpfte Draken durch die Vorhänge in das von Fackeln beleuchtete Schlafgemach. Die Königin badete in einer großen, im Boden eingelassenen Wanne, die sich in einem Alkoven befand, der durch einen Vorhang vom Rest des Raumes abgetrennt war. Er verweilte am Eingang, hielt seine Augen auf den Boden gerichtet und dachte darüber nach, was er sagen sollte. Ihm war niemals viel Zeit mit seinen Vorgesetzten zugestanden worden – und noch viel weniger mit seinem König. Er hatte gelernt, es zu vermeiden, um den heißen Brei herumzureden. Doch Elena gefiel es nicht, wenn man sofort zur Sache kam; sie hielt das für ordinär und unhöflich. Jetzt musste er so tun, als würde er eine leichte Unterhaltung führen, und das an einem Ort, wo nichts leicht war.

»Ich hoffe, Ihr seid wohlauf am heutigen Abend, Eure Majestät.«

»Gewiss, Draken. Und Ihr selbst?«

»Ziemlich gut, danke.« Nachdem der Austausch von Höflichkeiten beendet war, öffnete Draken den Mund, um Bericht zu erstatten; aber da sprach sie erneut.

»Melie, wasch mir den Rücken.« Elena beugte sich nach vorn. Draken sah ihren schmalen blassen Rücken durch den Vorhang, als die Mondling-Kammerjungfrau sich beeilte, der Anordnung Folge zu leisten.

»Ich habe nach Aarinnaie gesehen und ihre Eisenschellen entfernt«, berichtete er, wobei er versuchte, etwas anderes zu finden, auf das er seinen Blick gerichtet halten konnte.

»Ich vermute, Ihr werdet uns bald verlassen.«

»Ich würde gerne zum Mondfest in der Bucht von Brîn eintreffen.«

»Wie schade, dass Ihr die Feier in Auwaer verpassen werdet.« Elena seufzte. »Nun, ich nehme an, Ihr könnt immer noch der nächsten beiwohnen.«

Draken zuckte innerlich zusammen. Der Gedanke, dass er möglicherweise niemals wieder in seine Heimat zurückkommen würde, stand ihm zum allerersten Mal mit allen Konsequenzen vor Augen. Er unterdrückte einen ihm unvertrauten Schrecken und starrte mit leerem Blick die Königin an. Elena drehte den Kopf herum, und Draken wandte seine starrenden Augen von dem Schimmern des schäumenden Wassers auf weißer Haut ab.

»Lass uns allein, Melie.«

Die Kammerjungfrau senkte den Kopf, legte das Tuch nieder und schlüpfte durch die Vorhänge eines anderen Eingangs nahe der Badewanne.

»Würdet Ihr mir bei meinem Gewand helfen, mein Herr?«

Draken betrachtete genau den Steinfußboden unter seinen Stiefeln. »Meine Königin, ich …«

»Es ist genau dort; am Haken hängt es.«

Draken schritt vorwärts und nahm das Gewand herunter. Dann trat er an das Bad heran, wobei er versuchte, sie nicht zu genau anzuschauen.

»Ich bin nicht schüchtern, Draken«, offenbarte sie ihm, als sie sich aus dem Wasser erhob. Ihr Lächeln erhellte ihre Gesichtszüge und Drakens Bauch zog sich schmerzhaft zusammen; was erwartete sie von ihm? Er hatte keine Ahnung, wohin er seinen Blick wenden sollte. Überall war glitzernde weiße Haut zu sehen, die sich genau an den richtigen Stellen wölbte. Er schluckte und bemühte sich, die trockene Kehle zu befeuchten. »Meine Königin, ich …«

»Seid still. Als ich in meinem Schlafgemach geweckt wurde und Zeuge wurde, wie Ihr die Attentäterin abwehrtet, wusste ich, dass unser Zusammentreffen vorherbestimmt war.«

Sein Blick fand ihr Gesicht und fixierte es. »Ihr hattet einen fürchterlichen Schrecken bekommen.«

»Ich kenne meine Gefühle.« Im Gegenzug starrte sie ihn herausfordernd an – die umrandeten Augen wirkten beinahe schwarz im Vergleich zu ihrer blassen Haut – und trat einen Schritt näher auf ihn zu.

»Man ist leicht verwirrt, wenn man sich fürchtet«, erwiderte Draken, der verzweifelt versuchte, sie zur Vernunft zu bringen, bevor er seine eigene vollkommen verlor.

Sie beugte sich zu ihm und liebkoste sein Kinn mit ihren Lippen. Ihr Haar war zum Bad fest an den Kopf geflochten worden und roch nach etwas übermäßig Süßem. »Ich fürchte mich nicht, wenn du in der Nähe bist, Draken. Und ich bin nicht verwirrt.«

»Ich trauere immer noch um meine Frau, Eure Majestät.«

»Und ich um meinen Vater. Aber wie lange noch, Draken? Wie lange noch lassen wir es zu, dass der Tod unser Leben beherrscht?«

Er ballte die Hände zu Fäusten und drückte sie gegen seine Oberschenkel. »Aber …« *Das ist nicht das Gleiche*, wollte er flüstern – doch was wusste er schon davon, wie es war, einen geliebten Vater zu verlieren? Er wagte es nicht, sie zu beleidigen.

»Du würdest dich meinem Bett verweigern?«, wisperte sie, während ihre Lippen an seinem Hals lagen.

Draken versuchte es abermals. »Königin Elena, ich bin geschmeich…«

Ihre Lippen schlossen sich über seinen. Seine Hände begingen Verrat und suchten nach Haut, er erwiderte ihre Küsse. Alles war vergessen außer der blassen, feuchten Frau in seinen Armen.

Draken warf sich flach nach hinten aufs Bett. Sein Herz pochte so heftig, dass er es von der Kehle bis zur Leiste spürte. Wie lautete das richtige höfische Protokoll, wenn eine Königin von ihm abließ und er schauderte, als wäre er gerade von einem zum anderen Ende der Stadt gerannt? Beinahe hätte er gekichert, war dann jedoch froh, dass er es unterdrückte, als sie ihre warme Hand flach auf seine Brust legte und plötzlich ernst wurde.

»Du hast dem Tod schon einmal ins Angesicht geblickt?«

Er holte tief Luft. »Viele Male.«

Ein Zittern überkam sie. »Nichts hat mich darauf vorbereitet, meinem eigenen ins Auge zu sehen.«

Er ließ eine Hand unter ihr seidenweiches Haar gleiten und zog sie näher an seine Brust. Ihr Atem berührte ihn wie eine Feder. »Selbstverständlich nicht«, sagte er. »Einmal oder viele Male – es ist immer gleich. Furchterregend. Doch jetzt brauchst du dich nicht mehr zu fürchten. Du bist in Sicherheit. Ich werde dich beschützen. Wir alle werden dies tun.«

Ihre Hand fand seine. Sie fuhr mit den Fingern über seinen Arm und die Hand, über die Narbe seines Brandmals. Er starrte angestrengt zur Decke in dem Bemühen, nicht zu verkrampfen. Vielleicht würde ihr nicht auffallen, wie marmoriert die Hand war.

»Du scheinst vor dem Sterben keine Angst zu haben«, flüsterte sie.

Wenn sie wüsste. »Ich bin bereits gestorben. Was bedeutet es schon, noch einmal zu sterben?«

»Du meinst deine Frau.«

Nicht bloß sie. Er hatte zu viele Soldaten und Freunde verloren, um sie zu zählen, insbesondere in den ersten Jahren des Krieges, als sie alle noch jung und unerfahren gewesen waren. Osias hatte recht gehabt. Er war mit dem Tod bestens vertraut. »Und andere auch.«

»Die einzige Person, die ich je verloren habe, ist mein Vater gewesen; und ich hatte noch nicht einmal den Anstand, angemessen um ihn zu trauern. Ich habe mich zu sehr gefürchtet, weil der Verlust seines Lebens für mich einen Gewinn bedeutete …« Ihre Stimme versagte.

Daher also das übermäßig lange Trauern, über das sich Reavan beklagt hatte. »Du hattest Angst, dir den Thron zu nehmen.«

»Ja. Dumm, nicht wahr? Von dem Augenblick meiner Geburt an wurde ich dazu erzogen, irgendwann einmal zu herrschen. Ich wurde dazu ausgebildet, perfekt zu sein, und dennoch schwankte ich. Erst als ich die Krone trug, wurde mir bewusst, dass man mit ihr nicht zugleich Weisheit erbt.«

Draken stemmte sich auf einem Ellbogen hoch und legte eine Wange in seine Hand. »Und jedermann erwartet Perfektion von dir.«

Sie gab ein kurzes, brüchiges Lachen von sich. »Ganz im Gegenteil. Sie beten, dass ich nicht gut bin, damit sie durch mich Macht gewinnen können.«

»Alle Personen in einer Machtposition sind von falschen Speichelleckern umgeben.« Doch schon verfluchte er sich selbst für den Versuch, sie mit einer Binsenweisheit beschwichtigen zu wollen. Er hatte keine Ahnung, wie man eine Königin von ihren Sorgen befreite. »Es tut mir leid. Das ist überhaupt keine Hilfe.«

»Dich bloß hier zu haben, ist Hilfe genug. Ich brauche jemanden, dem ich trauen kann. Tyrolean spricht zu wenig, und Reavan … Ich weiß nicht, was er in diesen vergangenen Wochen getrieben hat. Mein Vater wünschte, dass ich ihn heirate, aber er ist nicht der richtige Mann für mich.« Zum ersten Mal legte sie eine Pause ein. »Nachdem du Aarinnaie gefolgt bist – wirst du zurückkommen?«

Der Anflug von Verzweiflung in ihrer Stimme berührte ihn auf eine unerwartete und unbehagliche Weise. »Ich gehe ja nur, weil ich muss.« Ihr Götter, er konnte nicht ermessen, wie es sein würde, in dieser weißen Stadt zu leben, eingepfercht von einer magischen Mauer und dem schwarzen Gestein der Bastion. Und wie würde er Lesles Mörder finden, wenn er sich stets hier aufhielt? Seine Pläne mit Aarinnaie mochten durchaus seine einzige Chance sein, nach dem Täter zu suchen.

»Es ist bloß … Ich muss wissen, dass du wirklich an meiner Seite stehst, selbst wenn du nicht bei mir bist.«

»Ich verstehe«, antwortete er. »Ich weiß nicht, was ich anderes tun soll, als dir zu sagen, dass ich zu dir stehe.« Er konnte ihr keine weitergehenden Zusicherungen geben, so hin und her gerissen, wie er war – zwischen dem Wunsch, Auwaer zu entfliehen, um Lesles Mörder aufzuspüren, und einer gesunden Furcht vor genau diesem Unterfangen.

Sie seufzte. »Andere werden deine Abwesenheit nutzen, um sich gegen mich zu verschwören.«

Er drehte sich auf den Rücken und damit von ihr weg. Selbst in der Dunkelheit spürte er, dass sie ein wenig Abstand benötigte. Er zögerte und fragte sich, ob sie über bestimmte Namen sprechen wollte. Er musste hier vorsichtig vorgehen. »Selbstverständlich werden sie das tun. Aber du hältst sie in Schach, so wie du es getan hast, bevor ich gekommen bin.«

»Ich fürchte mich davor, aber nicht meinetwegen, sondern wegen der Leute. Auch wenn sie es mir vielleicht nicht glauben, würde ich für die Sicherheit der Menschen sehr viel opfern – meine Stellung und sogar mein Leben. Doch wenn ich dies täte, würde ich den Weg für den brînianischen Fürsten bereiten …« Sie legte ihre Hand auf seine Lippen, obwohl er sie gar nicht unterbrochen hatte. »Nein. Verteidige ihn nicht. Du weißt, dass er grausam ist und Ränke gegen mich schmiedet. Nichts zu tun wird als Schwäche wahrgenommen. Und dennoch – wenn ich ihn bekämpfe, könnte der fragile Frieden, den mein Vater aufgebaut hat, zusammenbrechen und ein Krieg aufflammen. Wie soll ich nur vorgehen?«

Er unterdrückte ein Lachen. »Du fragst mich?«

»Du allein erzählst mir ohne eigennützige Hintergedanken, was du glaubst.«

Er dachte an all das, was sie nicht über ihn wusste. »Wie kannst du davon ausgehen? Ich bin ein Fremder für dich.«

»Das genau ist der Grund. Du bist anders als alle, die ich jemals kennengelernt habe.«

Draken antwortete nichts darauf. Er konnte sie darin bestärken, wie recht sie nur hatte. Doch wenn er danach in einem von Reavans Käfigen steckte, wäre er nicht in der Lage, ihren Attentäter zu finden – und noch viel weniger Lesles Mörder.

»Siehst du? Sogar jetzt versuchst du nicht, mich von deinem Wert und Nutzen zu überzeugen, sondern lässt mich meine eigenen Schlussfolgerungen ziehen. Reavan redet ohne Unterbrechung. Er füllt meinen Kopf mit seinen Worten und eben nicht mit meinen eigenen. Tyrolean starrt mich vorwurfsvoll an und trabt zum Tempel hinüber, um zu beten. Du sagst mir, was du denkst, und dann bist du still.«

Seine eigene Freude und Dankbarkeit über ihre Bewunderung überraschte ihn. Er konnte nicht anders, als die Worte auszusprechen, die sie zu hören wünschte. Er zog sie nah an sich heran. »Ich bin jetzt dein Nacht-Lord, auf dich vereidigt«, flüsterte er ihr ins Haar. »Ich werde zurückkommen, Elena.«

Sie nickte an seiner Brust.

Er hob den Kopf, um ihr Gesicht genau zu betrachten und nach Anzeichen von Kummer zu suchen. Als er Entschlossenheit darin entdeckte, küsste er sie impulsiv. Ihre leidenschaftliche Antwort überraschte ihn abermals. Er versuchte, zärtlich mit ihr umzugehen, da er wusste, dass nur ein Dummkopf ihr gemeinsames Liebesspiel einfach als Vergnügen betrachten würde, nachdem sie ihr Vertrauen in ihn gesetzt hatte. Danach, während sie in den Schlaf hinüberglitten, fragte er sich verwundert, warum er so plötzlich nicht mehr den Wunsch verspürte, sie zu verlassen. Er war dankbar, dass er ihre Furcht durch seine Selbstverpflichtung hatte beschwichtigen können; doch das Verlangen, sich an Lesles Mörder zu rächen, verzerrte sein Versprechen in etwas, das sich hässlich anfühlte – als wäre es eine Täuschung.

»Ihr müsst wach werden, mein Herr!«

Draken hörte die Worte, lange bevor er registrierte, dass sie an ihn gerichtet waren. Er drehte sich um und hob eine Hand, um sich vor dem Kerzenlicht zu schützen, das in seinen Augen flackerte. »Ja?«

Seine Stimme war nur ein gehauchtes Flüstern. Er war aus tiefem Schlaf so abrupt herausgerissen worden, wie er in ihn hineingefallen war. Die Gliedmaßen waren bleischwer, und er fühlte sich von wohliger Wärme erfüllt. Er spähte unter seinem Arm hervor, doch das flackernde Licht und zerzaustes Haar bewirkten, dass die Gesichtszüge der Person, die ihn geweckt hatte, undeutlich waren.

»Sie ist fort.« Elena senkte die Kerze.

Sie? Ach ja, Aarinnaie. Wie geplant, war sie geflohen.

Elena setzte sich neben ihn, nahm seine Hand und hielt sie fest. Das Licht von sechs Monden schien durch die Perlen in den Fenstern und hinterließ gezackte Streifen auf ihrem bleichen Gesicht. Der vorangegangene Abend kehrte mit so bestürzender Klarheit zu ihm zurück, dass man Zähneklappern davon bekommen konnte.

»Du hast geschlafen«, sagte sie. Ein träges Lächeln zeigte sich auf ihren Lippen. »Du musst die Ruhe gebraucht haben.«

»Das stimmt; danke sehr«, antwortete er und versuchte dabei, seine Stimme zu etwas zu zwingen, das einer normalen Ansprechbarkeit ähnelte. Er streckte sich und starrte zur Decke hoch. Zwischen getünchten Balken war Putz verteilt worden, wodurch eine Miniaturlandschaft aus Spitzen und Tälern entstanden war; eine unerwartet alltägliche Decke, so wie unzählige andere, die er von zu Hause kannte.

»Was denkst du gerade?«

Da er keinen echten Grund hatte, es vor ihr zu verbergen, antwortete Draken: »An Zuhause, nehme ich an.«

»Brîn. Vermisst du es?«

Brîn. Richtig. »Ziemlich.« Doch er hatte sich dabei ertappt, dass er sich diesem fremden Ort hier und seiner fremdartigen Ansammlung von Leuten verbunden fühlte, und das nach einer solch kurzen Zeit. Und welche Bindungen zu Monoea hatte er wirklich zurückgelassen, außer der Tatsache, dass es ihm vertraut war? Aber im nächsten Moment wies Draken den Gedanken zurück. Natürlich musste er Lesles Mörder finden und versuchen, wieder nach Hause zu kommen. Er gehörte nicht hierhin.

Elena hob seine Hand an ihre Lippen und küsste das rötliche Brandmal darauf. »Das sieht aus, als wäre es erst kürzlich passiert.«

»Die Haut ist empfindlich und leicht reizbar«, antwortete er und war froh darüber, für solche Nachfragen eine Lüge parat zu haben.

Sie beugte sich nach unten und küsste ihn auf die Wange. Er

legte seine Arme um sie. Sie strich mit ihrer Hand über seine Bartstoppeln und befreite sich aus seiner Umarmung.

»Ich habe Geschenke für dich«, sagte sie, während sie zu einem niedrigen Tisch hinüberging. »Als Nacht-Lord befehligst du meine Festung in Khein. Sechstausend Servii. Ich habe ihnen letzte Nacht eine Nachricht geschickt, auf die sie dir jetzt antworten werden.«

Draken blinzelte sie an, als er aus dem Bett stieg. »Ich weiß nicht, was ich sagen soll, Elena. Ich …«

Unbekümmert über seine Verblüffung hob sie eine weiße Kette hoch und brachte sie zu ihm. »Mein Siegel. Solltest du auf Schwierigkeiten stoßen, dann zeige das hier vor. Es wird beweisen, dass du Nacht-Lord und in meiner Abwesenheit meine Stimme bist.«

Am Ende der Halskette hing ein flacher, runder Anhänger, der verzerrtes Mondlicht reflektierte, während er sich drehte. Draken trat vor und nahm ihn entgegen. In dem Mondgeschmiedeten war Elenas Bildnis eingeprägt, und ein akrasianischer Schriftzug lief um den Rand der Scheibe. Er drehte sie herum, und es kamen die spiralförmigen Windungen einer enthaupteten Schlange zum Vorschein. Elena hob die Kette hoch und legte sie ihm um den Hals. Die Schmuckkette hing weit herunter, und der Anhänger fiel bis zum unteren Ende des Brustbeins hinab, sodass er sich leicht unter einer Tunika verstecken ließ. Das kalte Metall leuchtete weiß wie Mondlicht auf seiner dunklen Haut.

»Nur ein einziger meiner Gardesoldaten trägt mein Siegel«, erklärte Elena. »Nur du, Nacht-Lord.«

Draken starrte sie einen Augenblick lang an, bevor er den Kopf neigte, gleichzeitig besiegt und erfreut. »Ich danke dir.«

Es klopfte an der äußeren Tür.

Und Elena rief: »Kommt herein, Reavan.«

Der Lord-Marschall schlüpfte durch die Vorhänge zum Wohnzimmer herein. Er hielt in seinem Schritt nicht inne, doch er sah unglücklich aus, als er die Szenerie erfasste: Da stand Draken, der Elenas Siegel auf der nackten Brust trug, und das Haar der Königin war vom Liebesspiel noch durcheinander. Draken widerstand dem Verlangen, die Hand auszustrecken und sie zu berühren – und so aus reiner Boshaftigkeit einen Anspruch auf sie zu erheben.

Stattdessen trat er zurück und billigte Reavan ein Nicken zu, als er sich ihres Ärgers über das Verhalten von Höflingen erinnerte.

Eine Geste der Höflichkeit, die Reavan nicht erwiderte. »Abermals muss ich Euch dringend bitten, die Sache nochmals zu überdenken, Eure Majestät. Ihr kennt diesen Mann nicht. Ihr könnt ihm nicht vertrauen.«

»Draken hat es mir gegenüber bewiesen.«

»Dieses Schwert ist Euer Kronrecht!«

Sie sah Reavan mit einer hochgezogenen Augenbraue an. »Ihr seid derjenige, der vorgeschlagen hat, dass ich es ihm geben soll, falls Ihr Euch entsinnt. Wie habt Ihr das noch so gewandt ausgedrückt? ›Ihr könntet ihm an diesem Punkt genauso gut Meergeboren und das ganze verdammte Königreich übergeben.‹«

Also ist die ganze verdammte Ernennung zum Nacht-Lord geplant gewesen? Zumindest seit gestern. Allerdings ergab nichts von dem einen Sinn. So sehr Draken es auch hasste, sich dies einzugestehen: Doch Reavan hatte recht. *Sie kennt mich kaum*, dachte Draken, *und sie kann mir nicht vertrauen.* Aber er war einmal mehr ein Gefangener der Machenschaften von Leuten, die über ihm standen. Ein vertrautes Gefühl. Also blieb er stumm, sogar als sich seine Innereien verkrampften.

Reavans Lippen wurden weiß. »Es war zu meinem Bedauern eine sarkastische Bemerkung, Eure Majestät. Ich bitte aufrichtig um Entschuldigung.«

»Nicht nötig. Tatsächlich schulde ich Euch meinen Dank für Eure Empfehlung.« Sie hielt seinem Blick ununterbrochen stand. »Das Schwert, Lord-Marschall.«

Zu guter Letzt hielt Reavan es Draken entgegen. Rein äußerlich betrachtet war es schwerlich ein Geschenk von besonderer Schönheit. Die Scheide bestand aus glanzlosem, verbeultem Metall, das Heft und der Handschutz waren zerkratzt, der Griff mit schweißbeflecktem Leder umwickelt. Ein Teil davon begann sich schon abzulösen. Als das Schwert aus der Scheide gezogen wurde, gab es ein widerwilliges Raunen von sich, als ob es schlecht in seine Hülle passte. Nach dem, was Draken von Schwertern wusste, schien es aber eine ausreichend taugliche Klinge zu sein. Die Schneiden waren sauber und scharf, und sie funkelten im Kerzenlicht, als wäre die Klinge aus reinem Mondgeschmiedeten. Wenn dem so war, dann hatte das Schwert einen größeren Wert als der gesamte Lohn, den Draken bei der Schwarzen Garde im Verlauf eines Lebens verdienen könnte. Doch sein bloßer Geldwert konnte nicht dazu geführt haben, dass Reavan so erzürnt darüber war, es aufzugeben. Die Brînianer und Akrasianer hielten das Schwert aus irgendeinem Grund für bedeutsam, und Draken würde herausfinden müssen, weshalb dies so war.

»Ich danke Euch, Königin Elena«, sagte er und fragte sich, welchen Nutzen diese Klinge für ihn haben würde, da er bestenfalls ein armseliger Schwertkämpfer war.

»Seht zu, dass Ihr zurückkehrt, Draken«, erwiderte Elena. Jegliche Spur von ihrer vorausgegangenen Intimität war verschwunden. »Ich würde es hassen, Euch Reavan hinterherschicken zu müssen.«

KAPITEL ZWÖLF

Ein milder Regen kühlte den Tag ab. Es war der erste Regen, den Draken in Akrasia erlebte, und er erinnerte ihn an die Neujahrszeit zu Hause; nur dass es sauberer und klarer … regnerischer roch. Er rückte die Kapuze seines Umhangs zurecht und streckte einen Arm nach vorne, um seinem Pferd auf den feuchten Hals zu klopfen. Es handelte sich um die kastanienbraune Stute, die er von Reavan und seinem Ersten Hauptmann gestohlen hatte: seine Beute von Rechts wegen, wie Elena gesagt hatte. Draken nahm an, das bedeutete, dass sie ihm die Tötung ihres Ersten Hauptmanns verziehen hatte, und hoffte, dass die Geste Reavans Beachtung entgangen war. Elena hatte ihnen allen, sogar Setia, ausgezeichnete Reittiere zur Verfügung gestellt und sie in der frühmorgendlichen Kälte des Innenhofs der Bastion mit einem Winken auf die Reise geschickt. Reavan hatte ihrem Abschied nicht beigewohnt.

Irgendjemand hatte die vergangenen Tage mit Näharbeiten zugebracht. Drakens Kleidung trug sein neues persönliches Banner: ein brînianisches schwarzes Feld mit dem grünen akrasianischen Mondsiegel sowie vier schmalen Streifen, die seinen Rang als Nacht-Lord kennzeichneten. Elenas Anhänger stieß oftmals gegen die steife Lederrüstung, die stramm festgeschnallt unter seinem Hemd saß. Die Messer, die er sich in der Waffenkammer ausgesucht hatte, waren in neue Armstützen eingefügt worden, die jeweils vom Ende seiner Hand bis zur Ellbogenbeuge reichten. Mondgeschmiedete Kettenpanzerärmel schützten seine Oberarme. Die gesamte Aufmachung fühlte sich grässlich schwerfällig an, und er hatte niemals zuvor einen solchen Reichtum getragen. Er wünschte sich seine alte abgenutzte, schweißdurchtränkte Rüstung herbei, die sich so gut an die Konturen seines Körpers angepasst hatte.

Zum Schutz gegen den Regen behielt Draken seine Kapuze auf,

als sie losritten. Ein dicker Wollumhang hing um seine Schultern und bedeckte das Hinterteil seines Pferdes in der gleichen Weise wie bei Tyrolean. Während jedoch der Umhang des Hauptmanns aus dem schlichten Grün der Gardisten bestand, war der von Draken schwarz und mit zwei grünen Streifen versehen, die von jeder Schulter bis zum Kleidersaum reichten. Dazu war er auf dem Rücken mit dem Mondsiegel verziert worden.

Früh am Morgen hatte er in Elenas Wanne gebadet und sich mit einer glatten Klinge den Bart wegrasiert. Seine Haare waren im Gefängnis auf eine stattliche Länge gewachsen, sodass er es jetzt zu gelockten Zöpfen geflochten hatte, denn eine Gelegenheit, es zu scheren, hatte sich nicht ergeben. Was aber auch nicht weiter schlimm war, da die Männer hier Langhaarfrisuren trugen. Mit einer Hand fuhr er sich bekümmert über den Kopf, denn er wusste, dass seine Haare an den Schläfen schon ein wenig grau geworden waren.

Osias sprach ihn an, als sie für eine kurze Rast nahe einem Bach absaßen. »Ich hoffe, dass du dir sicher bist, was deinen Plan angeht«, sagte der Mantiker leise.

Draken wandte den Blick von dem makellos schwarzen Schweif von Tyroleans Pferd ab und ließ ihn dem Wasserlauf folgen, der sich seinen Weg durch Felsgestein und Ried suchte. Die Pferde streckten ihre Köpfe dem Nass entgegen.

»Bist du immer noch auf ihrer Fährte?«, fragte Draken seinen Gefährten und beobachtete, wie Setia zu ihrem Pferd sprach. Es schnupperte und stieß mit seinem Maul gegen ihre Schulter.

»Gewiss.« Osias lehnte sich an einen Felsblock, nachdem er mit beiden Händen aus dem Bach Wasser geschöpft und getrunken hatte. »Aarinnaie bewegt sich allerdings mit großer Geschwindigkeit.«

»Gut. Je schneller sie ist, desto eher gelangt sie zu demjenigen, der sie angestiftet hat.« Draken schielte nach Tyrolean, der mit dem Rücken zu ihnen stand, und senkte dann seine Stimme. »Ich habe allerdings ein Problem. Ich bin kein Schwertkämpfer, Osias. Ich war bei der Kriegsflotte in den Reihen der Bogenschützen, nicht bei der Infanterie.«

»Ich habe darüber nachgedacht.« Das Lächeln des Mantikers war so grimmig, wie seine Antwort undurchschaubar war.

Draken seufzte. »Heraus damit, Osias. Verrate mir deine Idee.«

»Lass mich dein Schwert sehen«, verlangte der Mantiker, und Draken zog es heraus und überreichte es ihm.

»Das ist reines Mondgeschmiedetes – sehr selten bei einer Klinge«, stellte Osias nach einiger Zeit fest und gab das Schwert an Draken zurück, der es in seine Scheide steckte. »Stark und gut ausbalanciert.«

Für Draken fühlte es sich größtenteils unhandlich an, wenn er es hielt. Er konnte mit einem Schwert um sich hauen, doch ihm waren nur kümmerliche einleitende Unterweisungen im Umgang mit der Klinge gegeben worden, bevor man sein natürliches Talent für den Bogen entdeckt und die Ausbildung neu ausgerichtet hatte.

Der Mantiker sprach nicht sofort weiter, und als er wieder zu reden begann, stellte er eine Frage. »Willst du immer noch nach Hause?«

Die Frage überraschte Draken. Um Zeit zu schinden, streckte er den Arm aus und strich mit einer Hand über einen am Bach stehenden Baum. Die Rinde war merkwürdig: rundes Zeug, das aussah wie die Schuppen einer Schlange. Lavendelfarbenes Moos wuchs unter jeder der kleinen Scheiben. Er versuchte, eine von ihnen mit einem Fingernagel nach oben zu drücken, doch sie rührte sich nicht.

»Es ist merkwürdig, weißt du. Ich habe im Land meiner Feinde einen höheren Rang erreicht, als es mir zu Hause jemals möglich wäre.« Zu Hause war er ein Bastard, die ständige Erinnerung an einen königlichen Fehltritt. Gleichgültig, wie sehr er sich auf dem Schlachtfeld bewährte, sein fehlendes Geburtsrecht konnte er niemals zu überwinden hoffen. Er zuckte mit den Schultern. »Ich vermute allerdings, dass ich zurückkehren sollte, wenn sich die Gelegenheit dazu ergibt.«

»Sollte? Nicht würde?«

Draken schüttelte wieder den Kopf. Wenn Elena nicht direkt vor ihm stand, war es schwierig, über den Zeitpunkt hinauszublicken, an dem er Lesles Mörder finden würde. »Mein König erwartet es möglicherweise von mir.«

Ernste Besorgnis verzerrte das Gesicht des Mantikers und zeichnete Schatten darin. »Und was ist mit deiner neuen Königin?«

Draken wandte den Blick ab. Selbstverständlich wusste Osias, was zwischen ihnen passiert war; die ganze Bastion wusste es wahrscheinlich inzwischen.

»Sollte es dir nicht gelingen, zu ihr zurückzukehren«, fuhr Osias fort, »dann – und das muss dir klar sein – wird sie glauben, dass dies ein Treuebruch der schlimmsten Art ist.«

»Sie sagte, sie würde mir Reavan hinterherschicken, falls ich nicht zurückkäme«, gestand er ein und stupste mit seinem Stiefel einen großen Stein in den Bach.

»Ohne Zweifel mit einer Armee in seinem Rücken. Sie würde ganz Akrasia auseinanderreißen, um nach dir zu suchen – um Rache zu üben oder um dich zu retten.«

»Retten? Ich bin doch dafür da, sie zu schützen.«

»Sie ist dir gegenüber ebenso eine Verpflichtung eingegangen, mein Freund.« Osias streckte den Arm aus und hob das Emblem von Drakens Brust weg. »Und die trägst du für alle sichtbar.«

Ein überraschender Gedanke kam Draken in den Sinn. War Osias etwa … Könnte er … eifersüchtig sein? Der Mantiker stand sehr nahe bei ihm, sein Atem wehte über Drakens Gesicht. Ein Zweig über ihnen bewegte sich in einer Brise, und einen einzigen, perfekten Augenblick lang erleuchtete ein Sonnenstrahl das Gesicht des Mantikers.

»Es war doch wirklich … überhaupt nicht ernst«, erwiderte Draken. »Du sprichst darüber, als sei es eine Hochzeit gewesen.«

Osias akzeptierte das nicht. »Du hast dich selbst stärker als im Falle einer Heirat an sie gebunden. Du bist ihr Streiter und Held. Du richtest jeden, der ihr ein Leid antut. Du bringst diejenigen zum Schweigen, die anders als sie denken. Du bist ihr Sprachrohr, wenn sie nicht anwesend ist, um sich Gehör zu verschaffen. Bevor es irgendein anderer tut, beschützt du sie, Draken – koste es, was es wolle. Du bist der höchste Lord in ihrem Hofstaat, der höchste Lord Akrasias, und zwar einschließlich des Fürsten von

Brîn.« Seine Augen waren von dunklerem Grau als gewöhnlich und verrieten so seine Beklemmung.

Draken ergriff die Schulter des Mantikers. »Es ist bestenfalls unwahrscheinlich, dass ich meine Unschuld in Monoea beweisen werde. Und es ist nicht so, als ob ich an irgendjemand anderen gebunden bin, richtig?«

Osias sah nicht überzeugt aus, doch er ließ den Anhänger wieder auf Drakens Brust fallen. »Aarinnaie reitet schnell. Wir müssen aufbrechen, wenn ich ihre Spur nicht verlieren soll.«

Erst als sie wieder ritten, wurde Draken bewusst, dass Osias es unterlassen hatte, seine Gedanken über Drakens Schwertausbildung zu Ende zu führen.

Bei Nacht schien der Wald zu erwachen und lebendiger zu werden. Seltsame Rufe erklangen aus weiter Ferne, und das Mondlicht warf scharf konturierte, furchteinflößende Schatten. Als ob sie sich zu ihrer eigenen Sicherheit zusammendrängten, schliefen Osias und Setia fast so nahe bei Draken, wie sie es in ihrem Bett getan hatten. Und als er in der Nacht erwachte, um Tyroleans Wache zu übernehmen, ruhte Osias' Hand auf seinem Rücken. Draken drehte sich herum und bemerkte, dass der Gardesoldat sie beobachtete.

»Gibt es ein Problem?«, fragte er.

»Keines, mein Herr«, antwortete Tyrolean. Er legte sich hin, rollte sich in seinen Umhang und schlief regungslos bis zur Morgendämmerung.

Setia war still gewesen, als sie den Wald durchquerten. Doch früh am nächsten Morgen brachte sie eine beunruhigende Frage aufs Tapet. »Sonderbar, dass Aarinnaies Spur in diese Richtung weist. Ich frage mich, wie sie durch die Mondling-Bäume kommt. Sie sind achtsame Wächter ihrer Ländereien und lassen kaum jemanden in ihr Gebiet. Die meisten müssen um ihre Wälder herumreisen.«

»Vielleicht gehören die Mondlinge der Verschwörung an und

sind mit Aarinnaie verbündet«, legte Draken nahe. Er war auf die Mondlinge gespannt.

»Es ist nicht so einfach zu bewerkstelligen, sich mit einem Mondling zu verbünden«, hob Osias hervor. »Doch es stellt uns vor eine andere essenzielle Frage: Wie kommen wir unbeschadet durch ihren Wald?«

Der Gardehauptmann griff nach dem Heft seines Schwertes. »Sie erinnern sich recht gut an die Schärfe einer akrasianischen Klinge.«

Draken rollte mit den Augen. In Akrasia schien die dominante Armee ebenso wie in Monoea von einer guten Portion Arroganz erfüllt.

Setia stieß einen Seufzer aus. »Sie fürchten nicht Euer Schwert, Hauptmann, und sie fürchten nicht den Tod. Einer unter uns muss von ihnen als ein Verbündeter akzeptiert werden, als ein *loc gar.*«

Tyrolean schnaubte beim Gebrauch des Brînianischen. »Wir haben dich bei uns, nicht wahr?«

»Ach, Hauptmann«, erwiderte Setia mit einem kleinen Lächeln, »die Mondlinge hassen Gemischte sogar noch mehr, als Akrasianer es tun.«

»Und sie beobachten uns«, stellte Osias fest, der mit seinen Augen das allgegenwärtige Grün um sie herum überflog. »Ich spüre ihren Abwehrzauber.«

»Dann trauen sie den Mantikern auch nicht.« Tyrolean zeigte ein Grinsen, das eine unangenehme Falte in sein Gesicht zeichnete.

Osias antwortete darauf mit seinem eigenen hintergründigen Lächeln. »Keiner tut das, und keiner sollte es tun.«

Der Gardesoldat schaute weg, und der Mantiker kehrte zu seiner Beobachtung der Baumkronen zurück. Osias' Augen wurden dunkelrot vor Wachsamkeit, und Draken schätzte sich glücklich, ihn an seiner Seite zu haben. Wenn er es denn tatsächlich war. Doch sicherlich waren seine müden Vorstellungen darüber, dass der Mantiker ihn benutzte, bloß ein Fantasiegespinst, geboren aus Verzweiflung und Erschöpfung. Osias war freundlich, und Draken konnte nicht glauben, dass Setia irgendeiner Verschwörung gegen die Königin angehören sollte.

Die nächste Nacht war klarer und kälter als die vorausgegangene; kleine weiße Dampfwolken gingen mit ihren leisen Stimmen einher. Draken war froh über seinen dicken Umhang und die Wärme der kastanienbraunen Stute unter seinem Körper. Die Monde erhellten das Erdreich, wo die Bäume es zuließen, dass ihr Licht den Waldboden berührte, und erzeugten einen aufsehenerregenden Kontrast zu den tiefdunklen Schatten unter dem Laub. Das Unterholz sah aus wie geduckte Tiere, die einer Beute auflauerten. Draken war schon nachts im Wald gewesen, aber niemals unter dem Licht von so vielen Monden. Es war etwas Unheimliches daran, dass die meisten Götter ihre Bewegungen beobachteten. Die Monoeaner vermieden es, in der Nacht zu marschieren, wenn Sohalia nah war.

Es war bereits spät am Abend, als Osias ihnen anzuhalten erlaubte. Beim Absteigen verdammten Drakens Muskeln vehement die aufgezwungene Bewegung, ebenso wie sie zuvor dagegen argumentiert hatten, auf dem Pferd zu bleiben – und das waren sie schon seit lange vor Einbruch der Dunkelheit.

»Wund?«, fragte Setia.

Draken dachte an Tyrolean und zuckte mit den Schultern. »Bloß müde.«

Setia trat näher und berührte seinen Anhänger. Sie lächelte zu ihm hoch, und er küsste ihre Wange. Lächerlich, diese absonderliche Zuneigung, die er für sie empfand. Aber ungeachtet dessen gab es diese Empfindung; so als ob Setia eine jüngere Cousine oder Schwester wäre. *Nicht ganz*, fuhr es ihm durch den Kopf, *wenn man bedenkt, wie sie in den vergangenen Nächten nackt neben mir geschlafen hat.* Aber er hatte sie nichtsdestoweniger gern, und die Konventionen, was Anstand und persönliche Nähe betraf, waren andere hier. Er vermutete, dass seine eigenen Gepflogenheiten sich ebenfalls änderten.

»Schau ihn dir an, wenn du möchtest«, forderte Draken sie auf.

Setia hob den Anhänger an und betrachtete ihn genau. »Es ist ein gutes Abbild«, meinte sie und blickte abermals zu ihm hoch.

»Du hast dir die Rückseite nicht angesehen«, sagte Draken, drehte die Kette und zeigte ihr die kopflose Schlange. »Ich weiß nicht, was das bedeutet.«

»Das solltest du aber. Es ist die Standarte, die Brîn nach dem Krieg zugewiesen wurde«, antwortete sie leise. Ihre Lippen öffneten sich, als ob sie mehr sagen wollte. Aber Tyrolean schaute zu, und Draken wandte sich ab, um nach seinem Pferd zu sehen. Scharf dachte er nach: eine enthauptete Schlange. *Wie nett*, fuhr es ihm durch den Kopf. *Streu nur Salz in die Wunde, Akrasia.*

Als die Pferde versorgt waren und die vier um ein kleines, von Steinen geschütztes Feuer Platz genommen hatten, das Osias herbeigezaubert hatte, fragte der Mantiker: »Draken, hast du die Sache mit dem Schwertkampf ernst gemeint?«

Drakens Aufmerksamkeit wandte sich abrupt seinem Freund zu. Mit der Frage hatte er allerdings ein Thema angeschnitten, das Draken vor Hauptmann Tyrolean nicht besprechen wollte. »Gewiss«, antwortete er langsam.

»Ich habe einen Plan, der viele deiner Probleme rasch lösen könnte. Doch du musst wissen, dass es sich um eine extreme Maßnahme handelt. Sie schließt Magie mit ein.«

Draken wusste, dass ihm das auf keinen Fall gefallen würde. Die Magie, deren Zeuge er bislang gewesen war, hatte ihn von dem Fluch und dem Gewebe befreit, doch nichts davon war angenehm gewesen. Und da war die Sache mit seinen Verdachtsmomenten gegen den Mantiker, obwohl die seit jener aufreibenden Nacht mit Aarinnaie und der Königin zugegebenermaßen verblasst waren.

Er kam wieder auf die Füße. »Ich glaube, du und ich sollten einen Spaziergang machen, Osias.«

Osias erhob sich folgsam, und sie schritten von den beiden anderen fort. Draken blieb in Sichtweite zum kleinen Feuer, das wie eine Ansammlung von Sternkäfern durch die Bäume flackerte.

»Du bist freundlich zu mir gewesen«, sagte er. »Und ich weiß nicht, warum.«

Osias nickte und wollte zu reden beginnen, doch Draken hielt ihn mit einer erhobenen Hand davon ab.

»Nein. Hör dir alles an. Ich machte Karriere, indem ich akrasianische Offiziere und ihre brînianischen Soldaten jagte und tötete. Hier habe ich, als Verbannter, um des Überlebens willen sowie in der Hoffnung gehandelt, den Mörder meiner Frau zu finden. Ich habe gestohlen und gelogen und gemordet. Ich habe Elena zu meinem Vorteil getäuscht.« Er hob den Anhänger von seiner Brust und ließ ihn mit einem dumpfen Schlag gegen seine Rüstung fallen. »Ich bin nicht dieser Mann – dieser Nacht-Lord. Außerdem erzähle ich dir damit nichts, was du nicht sowieso schon weißt. Also, aus welchem Grund hilfst du mir? Was springt für dich dabei heraus?«

»Das habe ich dir doch erzählt. Du bist ein Zeuge für die Flüche gewesen. Das ist der Grund, weshalb ich dich an den Hof gebracht habe.«

»So hast du es mir erklärt. Und ich habe als Zeuge ausgesagt. Aber warum solltest du mir weiterhin helfen?«

Osias' Augen verwandelten sich, wurden dunkelviolett und hart wie Stein; auch seine Haut verdunkelte sich. »Was die Flüche einmal finden, das werden sie abermals suchen. Zuerst warst du bloß ein Verbannter, ein Verbrecher. Das Schlimmste, was du zu dem Zeitpunkt tun konntest, war, einen Soldaten zu töten – oder vielleicht auch dich selbst. Innerhalb von Tagen hast du dann dich selbst zu einem der mächtigsten Männer in Akrasia erhoben. Sollte jetzt ein Fluch zu dir gelangen, könnte er sich verheerend auf die Krone und das Königreich auswirken. Er könnte dich zwingen, die Truppen, die jetzt unter deinem Befehl stehen, in Bewegung zu setzen, um viele Leute zu töten – um sogar Elena zu töten. Du hast die Macht, Akrasia zu zerstören, und die Flüche wissen das.«

»Du versuchst also nur, Akrasia zu schützen? Das ist wie schlechtes Gefeilsche auf dem Markt, Osias, und ich kaufe es dir nicht ab. Da steckt mehr hinter dieser Sache.«

Osias verschärfte seinen Tonfall. »An jedem Tag, den mein König verschollen ist, entfliehen mehr Flüche. Ohne ihn können wir die Pforten in Eidola nicht halten. Du bist gut darin, etwas aufzufinden. Du hast Aarinnaie gefunden. Vielleicht kannst du ebenso den König der Mantiker finden.«

Draken beugte sich näher zu ihm; seine Finger waren gebogen und bereit, ein Messer zu ziehen. »Es reicht mit den Ausflüchten. Das Beweismaterial deutet darauf hin, dass ein Mantiker in das Attentat auf Elena verwickelt ist.«

»Willst du damit andeuten, dass der König der Mantiker sich gegen die Königin verschworen hat?«

»Nein. Ich deute an, dass du derjenige bist.«

Osias' Lippen öffneten sich, und er blinzelte aus dunkelrot gewordenen Augen.

»Ich bin nicht dumm, Osias. Mir ist bewusst, wie leicht es dir gelingen könnte, die gesamte Verschwörung gegen Elena auf den Kopf zu stellen – auf *meinen* Kopf.«

»Das glaubst du selbst nicht.«

»Aber ich habe mich das gefragt. Und jetzt schlägst du diese Magie vor, um mich noch mehr an Akrasia zu binden – um mich zu kontrollieren, mir vielleicht eine Falle zu stellen.«

»Ich möchte einfach, dass du überlebst, Draken. Ich glaube, in dir liegt die Sicherheit von Akrasia.«

»Warum?« Das Wort platzte in einem raschen Luftstrom aus ihm heraus. »Warum ich? Khellian verdammte mich zur Verbannung. Die Götter stahlen mir alles, was ich jemals geliebt habe. Ich bin so ruiniert, wie es jeder Fluch ist, und beinahe so hassenswert.«

Osias trat einen Schritt zurück. »Du hast edles Blut. Ich kann es an dir riechen. Du entsinnst dich, dass ich es erwähnte, als wir uns kennenlernten?«

Draken zuckte mit den Schultern. »Na und?«

»Es ist ein Talent, das die Mantiker besitzen. Zu meinen Aufgaben als Mantiker gehört es, die edel Geborenen zu beschützen, insbesondere vor Flüchen.«

»Das einzige edle Blut in meinen Adern ist von monoeanischer Herkunft, und es ist von ruchloser Natur. Ich bin der uneheliche Sohn eines Sklaven und Cousin des Königs. Ich habe nicht einmal meine Mutter gekannt. Sie war mit Schimpf und Schande fortgeschickt worden. Ich bin kein edel Geborener. Ich kam als Sklave auf die Welt. Und meine Beweggründe sind so verunreinigt wie mein Blut. Ich will einzig und allein den Mann töten, der meine Frau ermordet hat.«

»Du wirst durch Rache keine Ruhe finden, Draken.«

»Nein, ich nicht. Aber meine Frau wird es.«

Osias seufzte und senkte mitleidig den Blick. »Blut lügt nicht. Und auch unsere Handlungen tun das nicht. Welche Absicht du auch immer hattest – du hast Elena geholfen. Du hast mir geholfen, sie zu beschützen. Und ich glaube, dass du mir helfen kannst, meinen König zu finden.«

»Dann ist es also das. Genau das willst du von mir.«

»In Ordnung, drück es auf diese Weise aus.« Osias senkte das Kinn und nickte. »Ich will, dass du meinen König findest. Und ich will, dass du mir hilfst, die Adligen von Akrasia und Brîn zu schützen, sodass wiederum sie das Volk schützen können.«

Das Volk schützen. Draken dachte an die Verzweiflung, die er in den Augen von Elena gesehen hatte, als Aarinnaie sie umzubringen versuchte, an die Art und Weise, wie sie sich an ihn, einen Fremden, geklammert hatte. Und nach alldem, als sie aus eigener Erfahrung wusste, was es bedeutete, dem Tod entgegenzutreten, hatte sie ihm gesagt, dass sie vieles opfern würde, um das Volk zu schützen – sogar ihr eigenes Leben. Er dachte an die Offiziere, die er gekannt hatte, und an den Offizier, der er selbst gewesen war. Er hätte tausend Mal das eigene Leben für das der Männer eingetauscht, die unter seinem Befehl gestorben waren. Es war etwas, das er für selbstverständlich gehalten hatte, aber er hatte es niemals so eindringlich empfunden wie in diesem Augenblick.

Wäre sein königlicher Cousin für ihn gestorben? Für sein Volk. Er wusste es nicht. Doch er glaubte Elena, wenn sie sagte, dass sie es tun würde: *Die Götter mögen mir helfen, ich glaube an sie.* Und er war sein ganzes Leben lang ein Soldat gewesen. Der Glaube an einen Herrscher bedeutete, ihn zu beschützen und ihm zu gehorchen, nicht mehr und nicht weniger.

Draken stellte fest, dass er seine Faust um ihren Anhänger geschlossen hatte. Er blinzelte und schaute auf das mondgeschmiedete Emblem in seiner Hand hinunter; ihr Abbild drückte sich in seine Haut hinein.

»Was …« Er hatte in schroffem Ton zu reden begonnen und räusperte sich. »Was genau schlägst du vor, sollen wir tun?«

Osias legte seine Hand über die von Draken und löste sie von Elenas Anhänger. Die Dunkelheit hatte sich von seiner Haut entfernt, und der Mantiker leuchtete in dem finsteren Wald wie ein lebendiger Gott. »Dies muss vor den anderen gesagt werden, mein Freund. Wir werden ihre Hilfe benötigen.«

Schweigend gingen sie zurück. Da nur noch der flackernde Schein des Feuers das Gesicht von Osias beleuchtete, sah er weniger wohlwollend aus. Das Tattoo hob sich von seinen bleichen Gesichtszügen ab, und das einzelne Mondauge schien direkt in Drakens Herz hineinzustarren.

»Ich schlage eine Seelenvereinigung vor«, verkündete Osias ohne Einleitung. »Wir finden einen geeigneten Soldaten, der in Ma'Vannis Welt hinübergegangen ist, jedoch zurückzukommen wünscht, und du beherbergst ihn. Einige warten an Ma'Vannis Toren und hoffen darauf, dass eben dies passiert.«

»Was?«, rief Draken. »Du meinst eine Besessenheit durch den Geist eines Toten?« War es nicht genau das, was der Fluch getan hatte?

»Nicht in der Form, wie du dir das vorstellst. Du lebst, und dies macht dich viel stärker als jede tote Seele. Du behältst die Kontrolle.«

»Ich hatte aber keine Kontrolle über den Fluch.«

»Er hat dich in einem schwachen Moment überrumpelt. Zu einer anderen Zeit, vorgewarnt und vorbereitet, könntest du dich dagegen wehren. Aber die geeignete Art von Seele wird nicht den Wunsch haben, deine Handlungen zu kontrollieren, ausgenommen, wenn es nötig ist. Dann gestattest du ihr, genug Kontrolle zu übernehmen, um deine Handlungen zu beherrschen.«

Draken begriff allmählich. »Wenn ich also kämpfen muss …«

»Wenn du feststellst, dass du eine Schwerthand nötig hast, gestattest du diesem Geist, als eine solche zu handeln.«

Draken verstummte, um diese Idee in sich aufzunehmen. Er riskierte einen Blick auf Tyrolean, der mit gespannter Aufmerksamkeit lauschte.

»Es gibt natürlich Probleme«, fuhr Osias fort. »Es wird einen Grund geben, weshalb der Geist dem Leben zugänglich bleibt. Er könnte – ich sage ›er‹, denn es ist am besten, wenn man einen Geist gleichen Geschlechts in sich aufnimmt – als Gegenleistung für deine Inanspruchnahme seiner Fähigkeiten möglicherweise etwas von dir wollen. Und du wirst seine Anwesenheit häufig spüren, auch in Momenten, da du es dir nicht wünschst.« Hier blickte der Mantiker zu Tyrolean, und Draken wusste, dass er versuchte, sich zurechtzulegen, wie er das Letzte formulieren sollte, ohne Draken noch mehr zu belasten, als er es schon getan hatte. »Die Toten sind an ihr Heimatland gebunden. Die Göttin Ma'Vanni wird ihnen nicht erlauben, über ihre Meere zu reisen, um sich ein anderes Land zu suchen.«

Drakens Schock und Entrüstung verrieten ihn, bevor er darüber nachdenken konnte, wie er sich den anderen mitteilen und zugleich seine Geheimnisse vor Tyrolean schützen sollte. »Somit kann ich nicht zurückkehren, wenn ich mich auf diese Sache einlasse?«

»Ich denke nicht, mein Freund. Und es ist ein unumkehrbarer Vorgang. Nur der Tod wird dich von der Bindung an diesen Geist befreien.«

In einem Anfall von innerem Aufruhr erhob sich Draken und ging mit staksenden Schritten entlang des kleinen Lichtkreises, den das Feuer warf. »Ich habe gesagt, dass ich zurückfahren würde, wenn ich könnte«, stellte Draken fest. »Jetzt redest du darüber, niemals zurückkehren zu können. Ich möchte mir jedoch diese Wahlmöglichkeit offen halten.«

»Wohin zurückkehren?«, wollte Tyrolean wissen, der seine Neugierde nicht mehr länger zügeln konnte.

Keiner antwortete darauf.

Tyrolean erhob sich. »Ich bin Erster Hauptmann der Akrasianischen Königlichen Garde. Ihr seid gezwungen, mir eine Antwort zu geben.«

Draken drehte sich zu ihm um und hob den Anhänger von seiner Brust weg. »Ich habe einen höheren Rang als Ihr, wie ich meine.«

»Ich glaube, wir können Hauptmann Tyrolean vertrauen«, sagte Osias in ruhigem Ton. »Und ich brauche seinen Geheimhaltungsschwur. Dies ist ein uraltes, vertrauliches Ritual, das noch nie von Sterblichen mit angesehen wurde.«

»Mit Ausnahme jener, denen du es angetan hast!«, schnauzte Draken.

»Alle Mantiker haben sich diesem Ritual unterzogen, mein Freund«, erklärte Osias.

»Du willst damit sagen, dass du einen dieser Geister in dir hast?«

Osias nickte. »Viele, genau genommen. Woher, glaubst du, bekommen wir unsere Macht?«

»Ich weiß es nicht. Von den Göttern?«

Osias zeigte ihm eines seiner rätselhaft lächelnden Antlitze. »Glaubst du, dass dir deine Macht von den Göttern gegeben wurde, Nacht-Lord?«

Das Argument, das Osias anzubringen versuchte, indem er seinen Titel benutzte, war Draken nicht verborgen geblieben. *Du lügst schon ziemlich lange, und deine Lügen beginnen, ein gewisses Ausmaß an Wahrheit anzunehmen*, dachte Draken. Vielleicht war dies Macht genug.

Er hockte sich dem Mantiker gegenüber ans Feuer. »Du glaubst nicht, dass ich jemals zurückkehre, nicht wahr?«

»Werden deine Leute dir jemals so ganz und gar vertrauen, wie wir es tun? Oder werden sie dir bloß so weit vertrauen, wie du mir traust?«

Draken rieb sich mit der Hand das Gesicht. Durch die Wolkendecke hatte sich das Mondlicht verdunkelt. Er zog die Kapuze seines Umhangs nach oben, um seine Augen vor dem tröpfelnden Regen zu schützen. »Du schleuderst mir das ins Gesicht zurück?«

»Nein. Ich fürchte einfach, selbst wenn du alles weiterverfolgen solltest, worum du dich bemühst« – Osias' mit großer Sorgfalt gewählte Worte kamen nur langsam über seine Lippen –, »würdest du nicht lange genug leben, um es zu sehen.«

Er würde nicht lange genug leben … weil er nicht so kämpfen konnte, wie er es müsste. Die Wahrheit ließ ihn wie betäubt zurück. Spezialisierung hatte die monoeanische Armee zu dem gemacht, was sie heute war: unschlagbar. Doch als einzelner Soldat, als ein Anführer – ob von einer Armee oder einem kleinen Trupp wie diesem hier –, war er nicht jeder Sache gewachsen. Draken legte den Kopf in den Nacken, um zum Himmel hochzustarren. Ein Mondstrahl brach durch die Wolken und das Blattwerk und beleuchtete die Regentropfen, die im silbrigen Schein wie winzige Edelsteine wirkten. Draken schaute zu, wie ein Halbmond die Lücke zwischen den Bäumen füllte und sich ein anderer nahe dahinter bewegte.

Er hatte akzeptiert, dass es an diesem Ort Mächte gab, die zu ergründen er niemals hoffen konnte: winzige Leute, die Mondlinge genannt wurden; der Zauber von Mantikern; eine schwarze Leere, die von den Akrasianern als Stadtmauer verwendet wurde. Er hatte Setias warme, waldgesprenkelte Haut akzeptiert und auch, dass Osias Gefahren wegzaubern konnte. Er hatte für die Zuneigung einer ausländischen Königin sogar seine Loyalität als Untertan gewechselt.

Aber die Gemeinsamkeiten mit der Heimat waren es, die ihm das Neue vertraut erschienen ließen: die unbeugsame Forderung eines Vorgesetzten, die Politik und die Freundschaft – all dies und mehr hatte ihm ermöglicht, an das Unwahrscheinliche zu glauben. Selbst im Zusammensein mit Tyrolean, der ihn die Hälfte der Zeit mit seinem Blick zum Wegsehen zwang, fand er ein gewisses Maß an Geborgenheit in dessen militärischem Gebaren. Bei den Sieben-Monden, es gab hier sogar Feinde, und Draken war abermals auf der Jagd nach ihnen, wie er es in seinem alten Leben gewesen war. Sich längere Zeit mit vertrauter Arbeit zu befassen hatte etwas von seinem Heimweh verdrängt, hatte ihm Zielsetzung und Richtung gegeben.

Nein, dachte er, *es geht hier um nichts anderes als einen Versuch, Lesles Mörder zu finden.*

Doch als er zu Osias blickte, der ihn über das Feuer hinweg beobachtete, schmolz einiges von seiner Entschlossenheit, Rache zu üben, dahin.

Setia rückte näher an Draken heran, sodass ihr Knie an seinem Oberschenkel lehnte, dann starrte sie regungslos in das Feuer.

Osias saß im Schatten und blieb stumm mit seiner ewig währenden Geduld. Tyroleans Aufmerksamkeit ruhte auf Draken, von dem er eine Antwort erwartete.

»Ich komme aus Monoea«, offenbarte ihm Draken. »Das ist alles, was Ihr wissen müsst.«

Tyrolean kniff die schwarz umrandeten Augen zusammen. »Ihr seht aber wie ein normaler Brînianer aus.«

»Brînianisches Blut fließt in meinen Adern.«

»Seid Ihr hier, um Akrasia zu schaden?«

Draken stöhnte auf. »Nein! Augenscheinlich soll ich es beschützen. Und falls Ihr auch nur ein Sterbenswörtchen von alldem hier sagt, werde ich Euch umbringen.«

Tyrolean zuckte bei Drakens barschem Tonfall nicht zusammen. »Ich werde Eure Geheimnisse für mich behalten, Nacht-Lord. Nicht aufgrund der Drohung, sondern weil Ihr mein Vorgesetzter seid und es ehrenhaft ist, so zu handeln.«

Als Draken sich für das Ritual auf dem Boden ausstreckte, zitterte er unter dem Niederschlag, der sich zu einem Platzregen ausgewachsen hatte. Er hatte Rüstung und Unterkleidung ablegen müssen, um »sich an die Verletzlichkeit zu gewöhnen«, wie Osias es ausdrückte. Schlamm haftete an seinem Rücken und kühlte seinen Körper aus. Er wusste nicht, ob sein Zittern mehr von der Kälte oder von der nackten Furcht herrührte, und gab es bald auf, sich darum zu sorgen. Jetzt, wo er sich zur Zusammenführung der Seelen verpflichtet hatte, wollte er nur noch, dass es vorüber war.

»Haltet Eure Hände auf ihm«, wies Osias Tyrolean und Setia an. »Er wird die Beständigkeit des Lebens brauchen.«

Sie nickten und legten die Handteller flach auf Drakens Brust und Rippen.

»Sicherlich hast du Freunde, mit denen du ein unmittelbares Band erschaffst trotz äußerlicher Unterschiede«, sagte Osias, dessen gravitätischer Ausdruck neu war. Er hatte sich in einen feierlich wirkenden Fremden verwandelt.

Draken, der nackt im kalten Matsch lag, war mehr in Sorge wegen einer Wurzel, die sich unter seiner Schulter befand und sich jeden Augenblick ein bisschen tiefer in den Muskel hineindrückte.

»Ich bin eher ein Einzelgänger«, antwortete er. »Ich möchte wirklich, dass das hier schnell erledigt ist, Osias.«

»Alles zu seiner Zeit. Du musst wissen, dass er dich berühren wird, um zu erkunden, ob die Partnerschaft funktionieren kann. Das mag durchaus unangenehm sein.«

»In Ordnung«, sagte Draken. »Ich friere hier.«

»Ich fürchte, dass du die Bedeutung von Kälte noch nicht kennst, mein Freund.« Osias' anschließendes Lächeln war sein letztes für eine lange Zeitspanne, während seine Hände Zeichen und Symbole in die Luft über Drakens Körper zeichneten. Draken fragte sich, ob die silbrige Spur glitzernden Regens, die von den Fingern des Mantikers herrührte, bloß seine Einbildung war.

Osias schnitt sich entschlossen mit einem Knochenmesser in die Innenseite der eigenen Hand. Schwarzes Blut tröpfelte auf Drakens Stirn, Kinn, Hals, Herz und Unterleib; es verbrannte seine Haut. Und dann verschwand der brennende Schmerz wie Wachs, das von einer Kerze tropft. Osias verfiel in seine eigene Sprache, und seine Zunge formte fremdartige Wörter zu einem Gesang.

Draken wusste nicht wirklich, wie er erkennen sollte, wenn die Geister sich ihrer kleinen Gesellschaft anschließen würden. Er spürte, dass er immer noch kalt und feucht war; die Wurzel bohrte sich weiterhin in sein Schulterblatt hinein; und die Geräusche des Windes legten sich nicht. Osias' Haltung schwankte nicht. Seine Stimme erklang, während er langatmig in dem befremdlich-melodiösen feierlichen Mantikergesang redete; seine nekromantische STIMME erfüllte den Wald mit lebendiger Resonanz. Die anderen bewegten sich nicht, während sie neben Draken auf dem Boden knieten und ihre Handflächen auf seine Brust drückten. Osias' Blut waren die einzigen warmen Stellen auf Drakens Körper.

Ihre Blicke trafen sich – die von Tyrolean und Setia. Draken spürte es, in dem Moment da sie einander anschauten. Er widerstand dem Verlangen zu sprechen. Osias hatte sie gewarnt, dass jegliche Worte außer denen des hypnotisierenden nekromantischen Liedes die Geister verscheuchen würden.

Draken lauschte stattdessen Osias' Ruf, und er fühlte, wie er davon fortgerissen wurde. Er nahm das Verlangen an, sich von seinem Körper wegziehen, von den Winden forttragen zu lassen und auf die Ansage des Mantikers zu warten. Das spärliche Glimmen der Monde schien herab, und Draken wollte dem Licht bis zu seinem Ende folgen. Er war nicht länger mit Tyrolean und Setia zusammen; sie waren an dem warmen Platz zurückgeblieben, wo Liebe und Hoffnung und Leben weilten. Mit dem Ort dort war Draken nur durch die dünne Fessel der Mantikerstimme verbunden; er empfand kein wahrhaftes Verlangen danach, dorthin zurückzukehren. Er trieb in einer schwarzen Leere zwischen den Monden und Osias. Es war tröstlich dort in der Finsternis. Alle Hoffnungen, Befürchtungen und Bedürfnisse schwanden dahin. Er *war* einfach da.

Friedlich.

Abgeschieden.

Mit einer nicht näher bestimmbaren Empfindung klaffte Osias' Blut auf seiner Haut auf und hinterließ unförmige schwarze Löcher in Draken; er trennte sich weiter von sich selbst: ätherisch und körperlich gebunden nur durch den dünnen Faden des Gedächtnisses. Ihm fiel ein, dass jene Löcher eigentlich Schmerzen verursachen mussten. Doch als er von hoch oben auf sich hinabschaute, bemerkte er keine Reaktion von dem Mann, den er dort liegen sah.

Er versuchte, sich zu erinnern, weshalb er zuschaute. Er versuchte, sich zu erinnern, weshalb es ihn kümmerte. Die Entfernung wurde größer. Selbst die Erinnerung daran, was Schmerz war, schwand im Mondlicht dahin. Er vermochte nicht viel Mitgefühl für die Person auf dem Erdboden aufzubringen. Eine bleiche, langhaarige Kreatur stand hoch aufgerichtet neben ihm, hatte die Arme ausgebreitet und lud den Schmerz zu sich ein. Draken sah andere oder die Andeutung weiterer Menschen, doch er konnte sich nicht sicher sein, wer sie waren und warum sie nicht ganz genauso aussahen wie Setia und Tyrolean.

Komisch, wie er sich ihre Namen ins Gedächtnis rufen konnte. *Sie sind Freunde*, stellte er nach einiger Zeit fest.

Es mochten Nächte oder nur Atemzüge vergangen sein, als sich der silberne Mann schließlich neben Draken niederkniete, in seine Augen hinunterlächelte und sein Gesicht mit einer liebevollen Hand berührte. Kälte und Schmerz und Vernunft knallten wieder in seinen Körper hinein, er zitterte heftig. Tyroleans Gesicht legte sich voller Besorgnis in Falten, doch seine Hände waren so fest wie eine Einzäunung aus Stein.

»Du bist jetzt zurück«, sagte der silberne Mann. »Es kostete einige Mühe. Du musst nun bei mir bleiben, Draken. Wirst du das tun?«

Draken schaute zu dem wunderschönen Gott hoch, der mit seinem liebevollen Lächeln und seiner zärtlichen Berührung über ihm schwebte, und nickte. Warum sollte er nicht bleiben wollen?

»Es ist ein Austausch von Geschenken«, flüsterte der silberne Mann. »Leben gegen Leben. Du wirst ihm ermöglichen, wieder ein wenig zu leben, und im Gegenzug wird er dich beschützen.«

Draken nickte, schluckte und strengte sich an, seine Stimme wiederzufinden. Sie klang sandig, als ob er sie lange Zeit nicht benutzt hätte. Osias. Genau das war sein Name. »Gewiss, Osias.«

»Er heißt Bruche. Er ist von adliger Geburt und ehrenhaft. Sobald ihr euch zusammenschließt, wirst du seine Geheimnisse kennen, und er wird um deine wissen. Nichts wird zwischen euch verborgen sein.«

Draken nickte zustimmend. Er konnte keinerlei Angst entwickeln; und wenn Osias behauptete, dass es notwendig und richtig war, dann war das auch so.

Osias strich Drakens Haar nach hinten und drückte dann seine eisernen Hände an die linke und rechte Seite seines Kopfes. »Bruche?«, fragte Osias leise und blickte an ihren Gefährten vorbei.

Ein Zittern strich über Drakens nackte Brust hinweg, und seine Haarwurzeln stellten sich alarmiert auf. Zuvor war er von jeglichem Schmerz abgetrennt worden, doch jetzt spürte er, wie eine eisige Kühle über seinen Kopf und dann über Stirn und Wangen hinwegstrich, bevor sie in seine Seele sank. Jeder Teil seines Körpers kribbelte; Bruche schien hier und dort zu schnuppern, nahm Gefühle und Erinnerungen und jeden Gedanken in Besitz, den Draken jemals gehabt hatte. Sein Bewusstsein erstarrte bei der Liebkosung durch körperlose Finger.

»Atme, Draken«, flüsterte Osias.

Draken verspürte den verzweifelten Wunsch, sich zu bewegen, doch eine unsichtbare Decke schien sich über ihn zu legen und ihn einzuhüllen wie ein Leichentuch. In einem Anfall von Panik schnappte er gierig nach Luft. Der Geist Bruche hatte gewartet, denn Draken ertrank plötzlich in einem Meer unbekannter Erinnerungen. Sein Mund öffnete sich zu einem Schrei; und direkt hinter dem Dröhnen der Macht, die seinen Körper füllte, konnte er immer noch Osias' STIMME hören, die Bruche dabei half, seinen Platz in dem neuen Zuhause zu finden. Die Kälte wich zurück. Draken war imstande, ein weiteres Mal ein kleines bisschen Luft in seine schmerzenden Lungen hineinzusaugen. Dann gab Osias ihn frei und ließ tausend Erinnerungen zurück: an Spiele und Schwerter und Frauen und Freunde und Ehre und Pflicht und Tod. All diese Lebenserinnerungen waren neu, und es schien ihm, als seien es mehr, als er jemals würde erfassen können.

Bruches Stimme, tief und von Gelächter erfüllt, ergoss sich in sein Bewusstsein. *Du wirst zu mir passen, mein Freund.*

KAPITEL DREIZEHN

Ich werde still sein, sodass du dich ausruhen kannst, sagte Bruche, als Draken sich so gut wie möglich abtrocknete und anzog.

Draken wusste nicht, was er darauf antworten sollte; also tat er es nicht.

»Schlaf neben mir, Draken«, forderte Osias ihn auf. Nach einem kurzen Mahl wickelte er sich in seinen Umhang und fiel in einen regungslosen Schlummer.

Wie geheißen, legte sich Draken so nah zu ihm, dass sie sich Rücken an Rücken berührten. Auch er verspürte das Bedürfnis nach Geborgenheit. Am nächsten Morgen ignorierte er demonstrativ Tyroleans missbilligenden Blick, als er erwachte und sein Arm um den schlafenden Mantiker geschlungen war.

Sie setzten sich erneut bei Tagesanbruch in Bewegung. Die Zwischenräume zwischen den Bäumen wurden größer und die Stämme dicker. Der Wald schien zu altern, während sich ihre Pferde im Schritt bewegten. Große Äste mit üppigen Früchten und dicken, wachsartigen Blättern hingen tief herunter; die Reisegefährten fanden Sträucher mit prallen rosaroten Beeren, um die sie ihr karges Mittagsmahl aus gepökeltem Fleisch und krustigem Brot ergänzten.

Bruche war Brînianer und während des Schwertkriegs Leibwächter des alten brînianischen Königs gewesen. Die Position hatte ihm Wohlstand und Frauen eingebracht, aber er war unverheiratet geblieben und hatte sein Leben der Verteidigung seines Souveräns gewidmet. Er war schließlich gestorben, als er den brînianischen König verteidigte, den Vater des derzeitigen Fürsten: Damals hatten die Akrasianer die Brînianische Königliche Festung erstürmt und jeden an Ort und Stelle ermordet. Er hatte ihr Schwert ausführlich untersucht, und ohne dass er etwas sagte, wurde Draken eines bewusst: Bruche war durch die Schneide genau dieses Schwertes gestorben, das Elenas Vater als Kriegsbeute geschwungen hatte. Draken sah die Erinnerung an diese Klinge, wie sie sich gegen Bruche wendete, spürte den Schmerz und dann nichts als Schwärze. Ma'Vannis Reich und der Tod waren ihnen beiden nun verschlossen.

Wie wirst du es aushalten, jetzt für die Akrasianer tätig zu sein?, fragte Draken, wobei er demonstrativ Tyrolean anblickte. *Wo doch Elenas Vater dich und deinen König ermordet hat.*

Ich atme wieder – durch dich –, und mein Leben ist mit dem deinen nun verbunden. Wenn du Königin Elena gegenüber Rechenschaft schuldig bist, dann muss ich mich damit arrangieren. Als Bruche sein Unbehagen spürte, fügte er hinzu: *Ich werde dich beschützen. Die Götter würden mir nicht gestatten, zu dir zu kommen, wenn du in deinen Absichten und Taten dessen nicht würdig wärest.*

Draken wusste nicht, weshalb sich die Götter für ihn interessieren sollten; gleichwohl erkundigte er sich: *Warum bist du hierher zurückgekehrt?*

Ich bin eine unvollendete Seele, und ich habe keinen richtigen Platz in Eidola oder bei Ma'Vanni. Mein ganzes Leben brachte ich damit zu, meinen König zu beschützen. Doch ich konnte es nicht. Vielleicht aber kann ich, indem ich dich schütze, Frieden mit meiner Göttin erlangen.

Sie verfielen in ein beklommenes Schweigen, und Draken verlor sich in der unvertrauten Bilderwelt aus dem Leben eines anderen Mannes.

Mitten in der nächsten Nacht, als sie vor lauter Erschöpfung in ihren Sätteln schwankten, hielten sie an, um sich in einem uralten Bestand von gigantischen Ocscher-Bäumen auszuruhen. Draken nahm seine Umgebung kaum wahr, als er sich taumelnd einen Platz in der Nähe des Feuers suchte, um dort zu schlafen. Erneut verlangte keiner von ihm, dass er eine Wache übernahm. Er erwachte mit Setia, die sich um ihn gewunden hatte; und in der Nähe schlief Tyrolean, der einen Arm über seine Augen geworfen hatte. Osias stand Wache; er hatte einen Pfeil an die Sehne gelegt und starrte zwischen den Bäumen hindurch.

Am nächsten Morgen ließ Setia ihr Sattel- und Zaumzeug liegen und erklärte, sie brauche es nicht. Tyrolean sprach sich dagegen aus, so teure Gegenstände einfach zurückzulassen, die im feuchten Wald ruiniert würden.

Doch Draken beschied ihm leise: »Lasst sie in Ruhe, Hauptmann.«

Tyrolean wandte sich von ihnen ab, zuvor allerdings registrierte Draken den finsteren Gesichtsausdruck des Gardisten. Er spürte Bruches kaltes, wesensfremdes Verlangen, angesichts des Widerstands gegen Drakens Autorität die Muskeln spielen zu lassen, aber er ging darüber hinweg.

Bruche schwatzte weiter, und weil Draken dem nicht entkommen konnte, begann es, ihm auf die Nerven zu gehen. Draken vermochte sich Bruches Erinnerungen ziemlich gut ins Gedächtnis zu rufen, so als ob sie seine eigenen wären; für ihn war es nicht nötig, dass sie auch noch sprachlich wieder aufgewärmt wurden. Andererseits brauchte er es auch nicht zu sagen, wenn er verärgert war; denn der Geist wusste es sowieso schon.

Bruche bewegte sich auf eine fremde, unerwartete Weise, und er räumte Draken gegenüber ein, dass die Schwerpunkte ihrer Körper sich unterschieden. Bruche war ein großer Mann gewesen. Am schlimmsten war es, wenn Bruche seinen Blick wandern ließ. Danach fühlte sich Draken oft minutenlang schwindelig. *Hör mit dem Gucken auf*, pflegte er dem Geist gereizt zu sagen und fragte sich, wie sie überhaupt kämpfen sollten, wenn es schon so schwierig war, nur an einem Ort zu stehen und sich umzuschauen.

Keine Sorge, mein Freund, erwiderte dann Bruche. *Wenn es so weit ist, wirst du einfach zur Seite treten müssen.*

Draken hatte jedoch keine Ahnung, wie er von seinem eigenen Körper zur Seite treten sollte. Und während er früher aufgrund seiner kriegerischen Tüchtigkeit gefährlich gewesen war, lauerte nun eine ungeprüfte Gefahr. Er hatte es noch nicht einmal gewagt, seine Schwerthand auszuprobieren, obwohl er Bruches Kampferfolge durch seine Erinnerungen gesehen hatte. Als Soldat hatte Bruche häufig und in kurzer Zeit seine Gegner getötet. Wenigstens das war ihnen gemeinsam.

Draken erschreckte sich, als seine Hand gegen das Heft des Schwertes stieß. Bruche hatte darauf bestanden, dass er es an seiner Hüfte trug anstatt am Sattel. Es prallte beim Reiten gegen seinen Oberschenkel, und sein Gewicht ließ es plump erscheinen. Er konnte sich nicht vorstellen, dieses ihm völlig unvertraute Schwert bei dem Schwindelgefühl mit einer irgendwie gearteten Effizienz zu schwingen.

Bruche war von der Klinge trotz ihres abgenutzten Aussehens beeindruckt gewesen und hatte widerwillig anerkannt, dass Mondgeschmiedetes das beste Metall war, das man für ein Schwert einsetzen konnte. *Es hat seine ausgesprochen scharfe Schneide beibehalten.*

Die Königin hat es mir gegeben; also setze ich mal voraus, dass es von einigem Wert ist, erwiderte Draken.

Bruche schnaubte. *Dieses Schwert ist in Brîn eine Legende. Es ist magisch, falls du an so etwas glaubst.*

Das war ein Witz. Schließlich wusste er, was Draken über Magie dachte.

Bruches Worte erklärten, warum ein jeder das Schwert für eine solch großartige Kriegsbeute hielt. Doch für Draken glich eine Waffe der anderen. In seinem Leben hatte er hunderte von Pfeilen abgeschossen. Es kümmerte ihn nur, ob sie auch geradlinig flogen und das Ziel töteten. Einem anderen Zweck dienten sie nicht. Bruche sagte nichts dazu, doch Draken konnte die Verachtung des Geistes angesichts seiner Einstellung zu dem Schwert spüren.

»Wir haben eine richtige Erholung nötig«, erklärte Osias und beäugte Draken, als ob er dessen innere Spannung spürte. »Wenn wir Glück haben, führt Aarinnaie uns zu einem Ort, wo wir das haben können.«

Draken blinzelte ihn überrascht an. Sobald er glaubte, dass er tatsächlich auf etwas achtete, das sich außerhalb seines eigenen unausgeglichenen Körpers befand, hörte er die Klänge eines entfernten, sonderbaren Pfeifens. »Was ist das für eine Musik?«

»Sie soll uns zum Wirtshaus führen«, antwortete Osias. »Es gibt hier draußen einen Musikanten, der sich im umliegenden Waldgebiet aufhält, um Reisende auf die Schenke aufmerksam zu machen. Heute Nacht werden wir in einem Gebäude zu Bett gehen.«

Setia nickte. »Wir nähern uns dem Fluss Erros, und die Sumpfgebiete sind lebensgefährlich.«

»Warum?«, wollte Draken wissen.

»Die ganze Zeit streifen Va Khlars Leute weiter von Reschan entfernt umher«, antwortete Tyrolean. »Und dieser Landesteil wird nicht von Gardesoldaten überwacht, wie es sein sollte.«

Diese Einstellung ist typisch für die Akrasianer!, merkte Bruche an. *Wenn es irgendwo ein Problem gibt, schick mehr Soldaten dorthin.* Zum Zeichen der Zustimmung verdrehte Draken innerlich die Augen.

»Dann ist also Aarinnaie dort, Osias?«, fragte er laut.

»Du bist voller Fragen heute«, entgegnete Osias belustigt, »während du früher so schweigsam warst.«

»Ist sie da?«

»Ihre Spur führt hierher. Ob Aarinnaie sich jetzt noch dort aufhält, weiß ich nicht.«

Tyrolean richtete sich in seinem Sattel auf und drängte sein Reittier angesichts der guten Neuigkeit vorwärts. Von ihnen allen war er am meisten darauf erpicht, ihre Reise rasch zu beenden und nach Auwaer heimzukehren.

Die Schritte der Pferde erzeugten angenehme Geräusche, während sie dem mit Blättern gepolsterten Pfad folgten, was es erschwerte, das Gefühl zu bewahren, vorsichtig sein zu müssen. Draken streckte die Hand hoch und riss von einem der Bäume ein Blatt ab. Es war blauadrig und breit, und die Oberfläche bewirkte, dass sich seine Finger danach wachsartig anfühlten. Zu einem früheren Zeitpunkt hatte Setia hervorgehoben, dass die Leute die Mondling-Gebiete nicht leichtfertig durchquerten. Doch sie waren inzwischen drei Tage durch diesen Wald geritten und niemandem begegnet. Was sollte es in den Sumpfgebieten schon geben, dass irgendwie gefährlicher sein könnte? Für Draken fühlte sich ganz Akrasia beinahe menschenleer an.

Sie setzten ihren Ritt in scharfem Tempo durch den sich lichtenden Wald fort, bis sie auf eine Lichtung kamen, wo ein niedriges, reetgedecktes Blockhaus stand, dessen Fensterläden angesichts der heraufziehenden Nacht fest verschlossen waren. Zwei Schornsteine, die sich jeweils an einem Ende des Daches befanden, stießen unregelmäßig Rauch aus, der, um Essensgerüche angereichert, einen angenehmen Duft verströmte.

Als Draken näher kam, erkannte er, dass man das Dach nicht ganz in der Weise mit Ried gedeckt hatte, wie es ihm von seiner Heimat her vertraut war. Zweige und Schilf waren ineinander verflochten und vereinten sich zu einem komplizierten Bildteppich, der ein Waldpanorama darstellte. Bilder von Tieren sprangen dort umher, schienen zu zucken und sich zu bewegen, als das verblassende Licht die unterschiedlichen Farbtöne der natürlichen Baumaterialien einfing.

»Würdest du bitte mal darauf schauen?«, wisperte Draken.

Von Gadye gemacht, murmelte Bruche. *Das hier ist ein geschützter Ort.*

Draken veränderte die Blickrichtung, um seine Umgebung zu inspizieren, als er fühlte, dass Bruche sich dies wünschte. *Warum ist es geschützt? Es ist doch bloß ein Wirtshaus, oder?*

Ich weiß es nicht, antwortete Bruche. *Aber der Mantiker hat uns nicht ohne bestimmten Grund hierhergeführt, und wenn die Person, die ihr verfolgt, ebenfalls hergekommen ist, dann möglicherweise, um jemanden zu treffen. Wir sollten wachsam sein.*

Draken spürte, wie sich etwas Kaltes tief in seinem Innern zusammenzog.

Ein Stallknecht erschien an seiner Seite. Draken saß ab, und der Pferdeknecht gaffte erstaunt, als der Anhänger locker von seiner Tunika herabbaumelte.

»Mein Herr«, sagte der Bursche, verbeugte sich tief und führte Drakens Pferd fort.

Bevor Osias absteigen konnte, beugte ein anderer Stallknecht das Knie vor ihnen. »Wir sind geehrt, Euch zu sehen, ehrwürdiger Mantiker.«

Osias legte seine schmale Hand auf den Kopf des Pferdeknechts. »Ich danke dir für deinen freundlichen Empfang. Mögen die Götter dich bewahren.«

»Bist du früher schon einmal hier gewesen, Osias?«, erkundigte sich Draken, als der Mantiker abstieg.

»Seit geraumer Zeit nicht mehr«, antwortete er, als sie auf das Wirtshaus zugingen. »Es wird ›Zur Kreuzung‹ genannt. Vor dem Krieg war dies ein sicherer Ort, ein Refugium. Die Legende behauptet, dass jeder an irgendeinem Punkt seines Lebens durch die ›Kreuzung‹ geht.«

Draken zeigte auf Tyrolean, der im gleichen Tempo wie sie ein paar Schritte hinter ihnen marschierte. »Was ist mit ihm?«

»Ein Gardesoldat wird im Tiefland recht ungefährdet sein, solange er sich um seine eigenen Angelegenheiten kümmert«, antwortete Osias. »Aber um dich mache ich mir Sorgen. Du zeigst mit deinen Farben eine geteilte Loyalität, und wegen deines Anhängers sind die Leute gewiss neugierig.«

»Nun ja, sie ist die Königin, oder? Was kann es also schaden?« Aber Draken steckte trotzdem die Halskette unter seine Tunika. Wenigstens fühlte sich das Gewicht des Schwerts an seiner Hüfte für Bruche beruhigend an. Er nahm an, dass dies das Höchstmaß an Selbstvertrauen war, das sie aufzubringen vermochten.

Die Grundfläche des eingeschossigen Gebäudes wurde größtenteils von Zimmern für die Unterbringung von Gästen eingenommen, denn der mit Tischen und Stammgästen überfüllte Gesellschaftsraum des Wirtshauses war recht klein. Die Kostgänger saßen dort, unterhielten sich miteinander und tranken aus eingedellten metallenen Schnabelkannen. Männer und Frauen waren gleichermaßen mit zweckmäßigen Schwertern und Bögen bewaffnet und so gekleidet, dass sie farblich mit der Umgebung draußen im Wald verschmolzen. Sie nahmen kaum Notiz von Draken, der als Erster durch den Eingang schritt, und selbst Osias verursachte nur wenig mehr als einen überraschten Blick. Tyrolean lenkte mehr Aufmerksamkeit auf sich, insbesondere die von drei akrasianischen Frauen, die jeden Konversationsversuch der Männer um sie herum abwimmelten. Doch beim Anblick von Setia, die als Letzte eintrat, wurde es still im Raum.

Eine Frau mit spitzem Gesicht – eine weitere Akrasianerin, nach dem Aussehen ihrer Augen zu schließen – stand zwischen den Tischen mit einem Krug in der Hand. Sie eilte auf die Neuankömmlinge zu, wobei sie ein Bein unter ihren gerafften Röcken schonte.

»Das Mondling-Halbblut ist in den Ställen willkommen und soll dort bleiben«, flüsterte sie ihnen zu.

Draken beäugte die anderen, um zu sehen, wie sie darauf reagieren würden.

Osias lächelte. »Setia gehört zu mir.«

Die akrasianische Kellnerin schüttelte den Kopf. »Sie wird nicht willkommen sein. Nein, überhaupt nicht.«

Ihre diplomatischen Fähigkeiten benötigen eine Nachbearbeitung, befand Draken. Er ließ eine Hand auf seinem Schwertgriff ruhen. »Bei wem nicht willkommen?«

»Bei den anderen Gästen«, erwiderte sie. »Und bei meiner Herrin.«

»Und wer könnte Eure Herrin sein?«, fragte Osias nach. »Vielleicht kennen wir uns ja.«

»Sie pflegt Bekanntschaften mit Mantikern, da gebe ich Euch recht; und sie ist ziemlich religiös«, antwortete sie und blickte über ihre Schulter zurück. »Aber sie ist intolerant gegenüber Gemischten. Sie wird niemals eine hier wohnen lassen.«

»Selbst im Falle eines besonderen Ersuchens der Königin?«, gab Tyrolean zu bedenken.

Die Frau ließ den grünen Umhang und die schimmernde Ledermontur von Tyrolean auf sich wirken. »Ich werde einfach meine Herrin fragen, meine Herren. Ihr könnt Euch mit dem Wasser in der Schüssel waschen, wenn es Euch gefällt.«

»Es gefällt uns«, erwiderte Tyrolean, der vor lauter Verärgerung abgehackt sprach. »Und etwas zum Trinken und zum Essen. Wir sind weit gereist und erschöpft wie jeder andere auch.«

»Ihr könntet ein wenig höflicher sein«, murmelte Draken, als sie davontrippelte, um ihre Wünsche zu erfüllen. »Jedermann starrt uns an.«

»Ich werde mich so verhalten, wie es mir beliebt. Dieser Umhang hier führt die Autorität der Krone mit sich – und zwar ohne den Widerstreit, den Eure Banner ausdrücken«, entgegnete Tyrolean und tauchte seine Hände in die Schüssel, auf die soeben die Kellnerin gezeigt hatte. Anschließend trocknete er sich die Hände so heftig an einem Handtuch ab, dass der Stoff riss. »Ihr seid derjenige, der gut daran täte, den Kopf einzuziehen, mein Herr.«

Draken öffnete den Mund, um eine scharfe Erwiderung zu

geben, aber Osias lenkte seine Aufmerksamkeit auf sich und schüttelte den Kopf. Also hielt Draken die Zunge im Zaum, während er sich die Hände wusch. Zum gegenwärtigen Zeitpunkt würde er einen Happen nicht ablehnen, doch er wollte verdammt sein, wenn Setia die Nacht in den Ställen verbringen müsste.

Nach dem Wortwechsel an der Tür beobachteten viele Augen die Neuankömmlinge unter halb gesenkten Lidern, das leise Stimmengewirr setzte allerdings wieder ein. Eine Kellnerin brachte Schnabelkannen und Holzschüsseln mit geschmortem Fleisch und Gemüse. Draken war es egal, dass er nicht wusste, was ihm vorgesetzt wurde. Außer den Beeren hatten sie sich auf ihrer Reise von warmem Wein, getrockneten Fleischstreifen und noch trockenerem Brot ernährt. Er kostete, was in der Schüssel war. Es stellte sich als gutes, salziges Essen heraus, war aber noch zu heiß, und so griff er nach seiner Schnabelkanne. Als die klare Flüssigkeit in seinen Mund hineinfloss, schmeckte sie zunächst wie mit Wasser verdünnter Wein, brannte dann jedoch in der Kehle. Er hustete, woraufhin Osias lächelte.

»Sei vorsichtig, Draken. Das Essen wird schon kalt werden.« Der Mantiker nahm ein leichtes Schlückchen aus seinem Becher, und der Mond auf seiner Stirn verzerrte sich warnend. »Ein brauchbares Gesöff.«

Draken antwortete mit einem Husten. Die Zunge brannte von dem heißen Zeug in seiner Schüssel und die Kehle von dem niederträchtigen Gebräu in seiner Schnabelkanne. In seinem Magen allerdings breitete sich Wärme aus, und die Anspannung lockerte sich.

»Glaubt ihr, dass sie mich hierbleiben lassen?«, fragte Setia leise.

Draken rutschte mit dem Ellbogen nah an ihren Arm heran, sodass sie sich berührten. »Ich werde mich schon darum kümmern, Setia.«

»Ich schätze einen Mann, der sich durch Taten beweist – und nicht durch Worte«, sagte Tyrolean. »Und ich muss erst noch sehen, dass Ihr dieses Schwert zieht.«

»Macht Euch noch einmal über mich lustig, und ich werde es schnell genug ziehen«, entgegnete Draken. Die Wörter fühlten sich jedoch fremd auf seiner Zunge an. Bruche hatte Einfluss auf seine Erwiderung genommen, dessen war sich Draken sicher.

Osias legte eine Hand zwischen ihnen auf den Tisch. »Ruhe jetzt. Ihr habt weitaus größere Feinde als einander.«

»Du hast natürlich recht, Osias«, sagte Draken, hielt jedoch dem starren Blick des Gardisten stand, bis Tyrolean wegschaute.

Gerade als das Schmorgericht so weit abgekühlt war, dass man es abermals probieren konnte, schlurfte die Kellnerin wieder zu ihnen zurück. Draken schaute von seinem Essen hoch; er hatte den Ratschlag ernst genommen, »den Kopf einzuziehen«.

»Meine Herrin möchte mit Euch sprechen«, sagte sie, wobei ihr Blick auf Draken ruhte. »Richtig, bloß mit Euch. Dem Söldner.«

Tyrolean feixte.

»Ich bin kein Söldner«, entgegnete Draken.

Vorsicht, mein Freund, wisperte Bruche in seine Seele hinein.

Tyroleans Grinsen verblasste. »Er ist ein Lord am Hof deiner Königin«, schnauzte er. »Erweise ihm Respekt.«

»Ich bitte sieben Mal um Entschuldigung, mein Herr.«

»Geh und sprich mit der Gastwirtin«, murmelte Osias. »Du bist nicht ohne Charme, weißt du.«

Draken nahm einen weiteren Schluck von der kristallklaren Flüssigkeit. Das Brennen in der Kehle lenkte die Gedanken von seiner Verärgerung ab, während er der Kellnerin zwischen den Tischen hindurch folgte. Einige Leute in dem überfüllten Raum beugten sich auf ihren Bänken nach vorn, um den beiden den Weg frei zu machen, wobei sie ihre dunkel umrandeten Augen hoben, um Draken zurückhaltend ins Gesicht zu sehen.

Nachdem sie die Küche mit ihrem lauten Geklapper durchquert und dann einen leisen, dämmrigen Gang betreten hatten, ließ ihn die Magd ohne ein weiteres Wort vor einer Tür aus unbearbeiteten Brettern zurück. Ein fremdartiger, süßlicher Rauch lockte ihn durch das Holz, den Raum zu betreten. Draken dachte einen Augenblick lang darüber nach, bevor er mit seinen Fingerknöcheln anklopfte. Seine vor innerer Kälte zitternde Hand fiel auf den Schwertgriff, als ob sie eigene Absichten hätte, gemäß derer sie zu handeln gedachte.

Bruche?, dachte er.

Bleib wachsam, antwortete Bruche.

»Kommt herein, und seid willkommen!«, rief eine fröhliche Stimme.

Draken drückte auf einen Hebel neben der Tür und stieß sie mit seiner freien Hand auf, während die andere weiterhin den Schwertgriff fest umklammert hielt. Bruche zog die Klinge sogar einen Zoll weit aus der Scheide. Draken ging einen Schritt in den Raum hinein und blieb abermals stehen. Die Luft war milchig vor lauter Rauch. Er konnte nicht mehr als eine Armlänge weit sehen.

»Wo seid Ihr?«, fragte er.

»Ich komme gleich, seid Euch dessen versichert«, erwiderte die Stimme.

Eine undeutliche Gestalt erschien, die in hauchdünne Schleier gehüllt war, was es so schwierig machte, sie von ihrer Umgebung zu unterscheiden – als ob man eine einzelne Wolke in einem Regensturm erkennen sollte.

Kleine, zarte Hände, die so weiß wie ein leeres Blatt Papier waren, tauchten aus den Schleiern auf und berührten die Brust dieser Person in Form einer weitverbreiteten Geste, die eine unbewaffnete Begrüßung symbolisierte. Mit einiger Mühe löste Draken seine Hand vom Schwertheft und ahmte die Geste nach, der er noch eine leichte Verbeugung hinzufügte. Er fragte sich, wer diese Person war und was sie von ihm wollte.

»Ich bin Draken von Brîn«, stellte er sich vor.

»Und Lord Draken von der Königin, behauptet mein Pferdeknecht«, ergänzte sie.

Draken nickte zögernd.

»Ich bin Galene von den Gadye«, sagte sie und streckte ihre Arme aus.

Er gestattete ihr, seine Hände zu nehmen, und Galene beugte ihren Kopf über sie. Draken hatte es vermieden, sie öfter anzuschauen, seitdem er die Brandmale erhalten hatte, doch angestachelt von Bruche, betrachtete er seine Hände nun genau. Sie waren breit und relativ sauber, seitdem er sie gereinigt hatte – mit Ausnahme der gezackten Nagelenden. Seine Armschienen bedeckten die Brandmale, allerdings schränkten sie seine Bewegungsfreiheit auch ein bisschen ein.

»Ehrliche, aussagekräftige Hände, die viel mehr zum Ausdruck bringen als Euer Gesicht«, konstatierte sein Gegenüber.

Ein Prickeln durchfuhr ihn, als er ihre Worte verstand. Er gab keine Antwort, sondern befreite behutsam seine Finger aus ihren. »Wie kann ich Euch helfen?«

»Kommt, Lord Draken. Nehmt bei mir Platz, und wir werden miteinander reden.« Ihre Schleier raschelten, als sie sich umdrehte.

So viel zum Schmorgericht. Er ließ sich dort nieder, wo sie hinzeigte, und unterdrückte das Verlangen, wegen des ebenso berauschenden wie zuckersüßen Rauchs mit den Armen herumzuwedeln. Sie saßen in einem gehörigen Abstand voneinander, der Draken zum Blinzeln veranlasste, damit er ihre verschleierte Gestalt erkennen konnte. Draken sagte nichts, obwohl Bruche ihn zum Sprechen drängte.

»Ich möchte um einen Gefallen bitten«, sagte sie. Bruche bewegte sich in Drakens Innerem, als ob er sich näher vorbeugte, um besser mithören zu können. »Wir werden unter Umständen angegriffen – in dieser Nacht oder in der nächsten. Ich brauche jemanden, der während der ganzen Nacht Wache hält.«

Die ganze Nacht aufbleiben? Draken war erschöpft von seiner Reise. »Habt Ihr denn keine eigenen Sicherheitsvorkehrungen?«

»Sie sind nicht so effizient wie der Nacht-Lord der Königin.«

Draken seufzte. Die Stallknechte waren klüger, als er gedacht hatte. »Und Ihr lasst Setia ohne weitere Einwände hierbleiben?«

Erneut lachte sie, diesmal klang es rauer. »Ich bin nicht an der Mondling-Frau interessiert. Das war mein Trick, um eine Audienz mit Euch zuwege zu bringen.«

Draken würde die Vorwände niemals verstehen lernen, die diese Leute für die geringfügigsten Angelegenheiten benötigten. »Und wer könnte angreifen?«

»Söldner lungern herum. Es sind Diebe und grimmige Kämpfer.«

Großartig. Draken stand auf.

Frag sie, wann der Angriff zu erwarten ist. Frag sie, was sie sonst noch weiß.

Draken schaute auf die verschleierte Gestalt hinab. »Warum der Rauch?«

Sie zuckte leicht zusammen, bevor sich ihre offenkundige Nervosität beruhigte. Draken hatte sie überrascht, was er allerdings auch beabsichtigt hatte. »Ich leide ständig unter Schmerzen«, antwortete sie. »Der Rauch macht es erträglicher.«

Sie hob eine weiße Hand und zog einen Schleier herunter, um ein lidloses geschwärztes Loch offenzulegen, das dort war, wo sich ihr linkes Auge hätte befinden sollen. Der Bereich um die Öffnung herum war runzlig und voller rötlicher Vernarbungen, die von der Wange bis zu ihrem Haaransatz reichten.

Draken starrte sie angestrengt an und zwang sich, nicht zurückzuweichen. Er musterte die bleiche Haut und das goldbraune Haar, das zu mehreren dünnen Zöpfen geflochten war. Ihr übrig gebliebenes Auge – ein scharfsichtiges grünes – betrachtete ihn mit gleicher Neugierde. Als er sich sicher war, dass er klar und deutlich sprechen konnte, fragte er: »Was ist Euch passiert?«

»Akrasianische Soldaten stahlen während des Schwertkriegs meine Maske«, antwortete sie.

Eine weitere Gräueltat aus dem Krieg.

»Ich werde heute Nacht Wache halten«, versprach er. »Aber ich möchte Euch vorwarnen: Morgen ziehen wir weiter.«

Sie nickte und legte sich ihren Schleier wieder über den Kopf. »Für jemanden, der von so weit hergekommen ist, feilscht Ihr wie ein Händler aus Reschan.«

Ein Gefühl der Besorgnis streichelte über seinen Rücken, und seine Finger kühlten ab. *Bruche wieder.* »Nicht von so sehr weit«, entgegnete Draken. »Ich bin Brînianer.«

»Ich spreche nur davon, weil Ihr wissen sollt, dass Eure Geheimnisse nicht so gut gehütet sind, wie Ihr glaubt. Ihr werdet beobachtet, und Nachrichten über Euch gehen Euch auf Eurem Weg voraus. Königliches Blut tut so etwas einem Mann an.«

»Woher wisst Ihr, dass ich von königlichem Blut bin?« Die Frage kam ihm über die Lippen, ohne dass er darüber nachdachte.

Sie neigte den Kopf in seine Richtung. »Ich bin eine Gadye. Selbst ohne meine Maske entgeht mir nicht viel.«

»›Königlich‹ geht zu weit. Das bin ich nur durch meine Mutter, eine Cousine des Herrschers.«

Sie beugte den Kopf, als ob sie ihm nicht glaubte, jedoch den Wunsch hatte, sich nicht deswegen zu streiten.

»Wer hat zu Euch darüber gesprochen?«, wollte er wissen. Er dachte an Aarinnaie, doch allem Anschein nach deutete Galene etwas anderes an. Wieder einmal gab es zu viel, was er nicht wusste. Selbst hier in den Wäldern war es so, als ob er sich am Hof befand.

Ein leises Kichern. »Alle Leute sprechen von Euch.«

»Ich weiß nicht, warum. Was sollte schon jemand von mir wollen?«

Sie antwortete ihm in einem forschen Tonfall der Verabschiedung. »Viele Sachen, Lord Draken. Viele Sachen. Doch ich habe alles erreicht, was ich wollte, also dürft Ihr jetzt gehen.«

Irgendwie misstraute er einer Frau, die von so vielen Schleiern und Rauch umhüllt war, dass er noch nicht einmal das Weiße ihres Auges sehen konnte. Er begann, ihr eine gute Nacht zu wünschen, drehte sich dann aber noch mal zu ihr um. »Eines noch … Ich suche nach einer jungen brînianischen Frau, die alleine reist. Braunes, gelocktes Haar, blaue Augen und mit schlechter Laune.«

Galene schüttelte den Kopf. »Ich verkehre nicht mit meinen Gästen; aber Ihr dürft es von meinen Bediensteten zu erfahren suchen.«

Merkwürdig, dass sie das Bedürfnis verspürt hat, dir all das zu erzählen, meinte Bruche, als Draken in die willkommene frische Luft des Korridors vor ihrer Unterkunft trat.

Vielleicht hat sie bloß darauf angespielt, um mich zu verunsichern.

Der Geist gab ein Geräusch von sich, das einem Schnauben gleichkam. *Damit ist sie ziemlich erfolgreich gewesen, was? Aber weshalb?*

Draken hatte keine Ahnung und beschloss, Osias deswegen zu befragen. Er seufzte abermals und machte sich auf den Weg zurück in den Gesellschaftsraum zu seinem kalten Mahl. Der Tag war lang gewesen, und er vermutete, dass sich die Nacht als noch länger erweisen würde.

KAPITEL VIERZEHN

Osias hörte schweigend zu, als Draken ihm erzählte, worum Galene ersucht hatte. Draken fragte sich, wie viele Informationen Osias seinem Bericht entnahm, doch der Mantiker hielt sich mit seinem Rat zurück und brachte nur seine Besorgnis um Drakens Sicherheit zum Ausdruck.

»Wenn die Gastwirtin vermutet, dass etwas Verbrecherisches passieren wird, dann haben wir allen Grund, wachsam zu sein. Ich glaube, du solltest nicht allein Wache halten.«

»Nein, Osias.« Ein Blick genügte, um Draken erkennen zu lassen, dass der Mantiker erschöpft war. Er bewegte sich wie ein alter, an Arthritis leidender Mann; sein Haar hatte sich in silberfarbenen Knoten verknäult, und das Gesicht war abgehärmt. Selbst Tyroleans schwarz umrandete Augen waren vor lauter Müdigkeit klein geworden.

Sie hatten Räume am Ende eines Flurs genommen, der gegenüber von Galenes dunklem Gang lag. Im Gegensatz zur rauchigen Unterkunft der Gastwirtin war das erste ihrer Zimmer erfüllt von dem milden Duft der süßen Hölzer, die in der geschwärzten Feuerstelle brannten. Die Decke war niedrig und der rissige Steinfußboden schräg. Es war jedoch alles sauber. Nachdem Tyrolean durch die Fenster hinausgeschaut hatte, schloss er zum Schutz gegen die nächtliche Kälte die Läden fest zu.

Draken gestattete Bruche, ihr Schwert zu schärfen, und schaute mit trägem Interesse zu, wie seine kalten Hände den Lederriemen fachmännisch über die Klinge bewegten.

Tyrolean schaute mit ein ganz kleines bisschen mehr als nur trägem Interesse zu. »Auch ich denke, dass Ihr nicht allein auf Streife gehen solltet.«

Draken blickte von seiner Arbeit hoch; doch seine Hände fuhren damit fort, den Riemen über die Klinge zu führen. »Ihr vergesst, dass ich niemals alleine bin.«

Bruches tiefes Kichern entschlüpfte seinen Lippen. Draken und Bruche waren dabei, ein Gleichgewicht bei der Kontrolle über den Körper zu finden. Aber wenn Bruche ein paar Funktionen übernahm, dann war es für ihn auch einfach, ein bisschen mehr von seiner Persönlichkeit hindurchschlüpfen zu lassen.

Setia warf in einem Anfall von Ungeduld ihren Umhang von sich. »Ich mache mir Sorgen über die Absichten dieser Frau. Weshalb hält sie sich nicht eigene Wachleute?«

Schließlich war das weiße Schwert zu Bruches Zufriedenheit geschärft und glänzte im Licht des Feuers, als ob es lackiert wäre. Draken, dessen Hand jetzt wieder vollständig unter seiner eigenen Kontrolle war, hob es hoch und drehte es, um das Licht einzufangen. Die Klinge spiegelte das Zimmer wider: Er erblickte sein eigenes Gesicht, das strenger aussah, als er sich erinnerte, das Flackern des Feuers, die silberfarbene Gestalt von Osias und das warme Bett, das er nicht würde benutzen können.

Tyrolean erhob sich und streckte die Hand aus. »Darf ich, mein Herr?«

Draken gab ihm das Schwert mit dem Griff voraus. Der Gardesoldat probierte ein paar elegante Übungsschwünge, bevor er die blanke Klinge auf seine flachen Hände legte und Draken mit leicht gesenktem Kinn den Griff wieder anbot.

»Keine kunstvolle Klinge, aber sie ist nichtsdestotrotz ausbalanciert und ganz in Ordnung«, sagte er mit offenkundiger, jedoch widerwilliger Anerkennung. »Für ein brînianisches Schwert.«

Draken wollte das Schwert gerade wieder in seine Scheide stecken, hielt nun aber in der Bewegung inne. Sein Blick verfing sich in dem des Gardisten. »Von dem Tag an, an dem wir uns kennengelernt haben, seid Ihr ständig auf Beleidigungen aus, Tyrolean. Warum erklärt Ihr Euch nicht rundheraus?«

Setia drehte sich um. Ihre Nasenflügel zuckten, als ob sie in der Luft nach einer Bedrohung schnupperte.

Osias hob eine Hand, bevor Tyrolean auch nur ein Wort erwidern konnte. »Keiner von uns hat sich irgendeinen der anderen zum Freund ausgewählt«, erklärte er, »doch Verbündete seid Ihr, und zwar auf Befehl Eurer Königin. Legt Eure Differenzen beiseite.« Er lächelte flehentlich. »Bitte. Ich fürchte, Eure Feindseligkeit wird sonst mehr als nur Euer beider Verhältnis in Mitleidenschaft ziehen.«

Draken nickte und ließ das Schwert in seine Scheide gleiten. Er musste sich eine ausgeprägte Unfähigkeit attestieren, Osias etwas verweigern zu können.

Tyrolean setzte sich wieder und nickte ebenfalls. »Wir werden es Euretwegen versuchen, ehrwürdiger Mantiker.«

»Aus welchem Grund auch immer – ich bin dankbar dafür«, antwortete Osias.

»Ich gehe jetzt.« Draken warf sich seinen Umhang über die Schultern. »Ihr anderen solltet euch ausruhen.«

Setia erhaschte seine Hand und drückte sie, bevor sie sie wieder losließ. »Schwöre, dass du uns weckst, wenn es nötig ist.«

Im Gesellschaftsraum saßen nur einige wenige Nachzügler tief gebeugt über ihren Schnabelkannen, während das restliche Wirtshaus in stillem Schlaf ruhte. Die Essensdüfte waren größtenteils verschwunden, sodass nur der Geruch vom Holzrauch des sterbenden Feuers übrig geblieben war. Draken bemühte sich, seine Schritte auf dem Weg nach draußen so geräuschlos wie möglich zu setzen.

Die Lichtung und das umliegende Waldgebiet abzuschreiten, anstatt bloß Wache zu stehen, war eine bessere Abschreckung, potenzielle Angreifer von ihrem Vorhaben abzubringen. Klares Mondlicht erhellte die Lichtung. Die Schatten sahen undurchdringlich aus und wirkten furchteinflößender als üblich.

Es ist eine vermeintliche Bedrohung und keine reale, stellte Bruche vernünftigerweise klar.

Richtig, stimmte Draken ihm zu. Doch irgendetwas hatte dazu geführt, dass sich ihm die Nackenhaare sträubten. Er schritt ruhig, doch fokussiert auf den Zweck seiner Tätigkeit durch den Außenbereich der Lichtung, und zwar genau innerhalb des schützenden Schattens der sie umgebenden Bäume. Auf diese Weise umkreiste er das Gasthaus so viele Male, dass er es nicht mehr zählen konnte. Er entdeckte jedoch nichts Ungewöhnliches und hielt schließlich inne, um sich an einen Baum zu lehnen. Ihn überkam ein Gähnen, bei dem seine Kiefer knackten. Sein Atem bildete Wölkchen vor seinem Gesicht wie der Rauch in der Kammer der Gadye-Frau.

Das hier ist sinnlos, befand er und dachte voller Missgunst an Osias und Setia, die ineinander verschlungen im Warmen lagen.

Schsch, jetzt. Was ist das?, wisperte Bruche und dirigierte seinen Blick in eine andere Richtung.

Eine Gestalt auf einem Pferderücken war zwischen den Bäumen hervorgekommen. Das Tier schien kaum mehr als ein Schatten zu sein: Sein schwarzes Fell war im Mondlicht kaum sichtbar, die Hufe machten keinerlei Geräusche auf dem Boden. Der Reiter war ein Gespenst, das sich in einen Umhang gehüllt hatte. Weder Harnisch noch Panzer klimperten, nicht einmal das Geräusch von gegeneinander reibendem Leder war zu vernehmen. Draken wagte es nicht, auch nur zu blinzeln, da er befürchtete, dass die Kreatur dann wieder in der Nacht verschwinden würde.

Ich sollte losgehen und ihn abfangen, bevor er das Wirtshaus erreicht. Jede Pore schrie förmlich, dass er handeln sollte.

Warte ab, riet Bruche. *Er könnte der Kundschafter einer ganzen Kompanie sein.*

Der Reiter näherte sich dem Gasthaus, blieb jedoch alleine und hielt vor einem Fenster an. Er drehte den Kopf, als ob er lauschte, doch er wandte sich nicht zurück, um etwaige Kumpane herbeizuwinken. Dann klopfte er mit einer kurzen Peitsche gegen die Fensterläden.

Als er keine Antwort erhielt, klopfte er erneut.

Nach einer kurzen Wartezeit pfiff der Reiter eine leise Melodie, und einer der Läden schwang auf. Eine Gestalt beugte sich heraus. Lange Locken entschlüpften dem Fensterflügel.

»Aarinnaie«, hauchte Draken.

Die Prinzessin war hier! Das wurmte ihn: Galene musste darüber Bescheid wissen. Wie konnte er bloß so dumm gewesen sein, das Gasthaus nicht einfach zu durchsuchen? Dieses ganze Gerede von einem Angriff war bloße Ablenkung, um …

Moment! Und halte deinen Zorn auf Galene zurück. Das Volk der Gadye neigt zur Verschwiegenheit. Vielleicht ist dies ihr Weg, dir die Prinzessin zu zeigen, ohne ihre eigenen Sitten zu verraten.

Aarinnaie und der Reiter unterhielten sich, die Köpfe eng beieinander. Draken konnte nicht hören, was gesagt wurde. Dann schlüpfte Aarinnaie zum Fenster hinaus.

Mit dem Zischen der scharfen Klinge, die aus der metallenen Scheide fuhr, rannte Draken über die Lichtung auf die beiden zu. Das Schlachtross stampfte und schnaubte bei Aarinnaies Bewegungen, als sie sich anschickte, hinter seinem Reiter aufzusitzen.

»Wartet, Aarinnaie!«

Bei Drakens Ruf schwenkte das Tier auf der Hinterhand herum. Aarinnaie war aufgesessen, musste sich jedoch an den Reiter vor ihr klammern, um nicht abgeworfen zu werden. Das Schwert des Reiters fuhr klirrend aus seiner Scheide, was das Pferd in höchste Alarmbereitschaft versetzte. Das Tier stemmte die Hufe in den Boden und fixierte Draken mit einem wütenden Blick. Eine Schürze aus bestens geöltem Kettengeflecht schaukelte um die Beine des Pferdes.

»Wartet!«, wiederholte Draken. »Aarinnaie steht unter meiner Obhut.«

»Das hat schon in den vergangenen Nächten nicht gestimmt!«, rief sie zurück.

»Ihr sollt zu Eurem Vater zurückgebracht werden«, erinnerte Draken sie; und in einem plötzlichen Anfall von Nervosität presste er die Zähne fest zusammen. Aus dieser Nähe war das schwarze Schlachtross riesengroß und wirkte durch seine Panzerung noch beeindruckender. »Auf Befehl unserer Königin.«

Der Reiter korrigierte ihn mit knurrender Stimme. »Eure Königin, nicht unsere.«

»Ich kann nicht zulassen, dass Ihr sie mitnehmt«, sagte Draken und trat vor.

»Ich werde sie verteidigen, ihr Leben und ihre Ehre. Beharrt auf Eurem Standpunkt, und ich muss Euch als Feind niederstrecken.« Das Schwert des Reiters senkte sich, und das Pferd schritt nach vorn, seine Vorderbeine bewegten sich mit eingeübter Präzision nach oben.

Draken wich nicht von der Stelle.

Unvermittelt sprang das Schlachtross nach vorn, und das

Schwert des Reiters krachte mit rasender, zornentbrannter Stärke gegen Drakens Klinge. Bruche gelang es im letzten Augenblick, den Hieb zu parieren. Doch der Schlag ließ Draken rückwärts taumeln, und das Schwert, das er mit beiden Händen hielt, entglitt seinem Griff und fiel in den Dreck. Schmerz flammte in seiner linken Schulter auf, die die Wucht des Schlages hatte einstecken müssen. Der Pein folgte rasch eine unangenehme Kälte, die über ihn hinwegglitt und ihn dabei durchdrang. Bis in sein Innerstes hinein kühlte er aus, die Empfindung ging durch die Haut, bis sie Herz und Lungen erreichte. Ihm war zu kalt, um zu zittern, zu kalt, um Luft zu holen, zu kalt, um nachzudenken.

Bruche bückte sich, griff nach dem Schwert und drehte den Körper rechtzeitig, um dem nächsten Vorstoß entgegenzutreten. Er ließ Draken in einem gewaltigen Bogen nach vorn hechten – das weiße Schwert hieb gegen den Pferdeharnisch, gleichzeitig duckte er sich unter dem Schlag des Reiters weg. Draken hatte keine Ahnung, ob seine Klinge durch die Panzerung gedrungen war. Das Pferd allerdings wirbelte herum und sprang erneut nach vorn.

Bruche wich den gigantischen Hufen aus und schlug nach dem Bein des Pferdes, als es vorbeisauste. Heißes, salziges Blut wurde Draken ins Gesicht geschleudert. Bruche knurrte, als er es auf den Lippen schmeckte. Doch dann mussten sie sich schon wieder einer Attacke zuwenden, denn das Ross galoppierte kraftvoll heran: Es benötigte nicht einmal vier Riesenschritte, ehe ihre Schwerter erneut aufeinandertrafen. Bruche versuchte zu vermeiden, dass es zu einem niederschmetternden Zusammenprall der Klingen kam, doch die Spitze des gegnerischen Schwertes verdrehte Drakens Heft und riss es ihm beinahe erneut aus den Händen.

Er fiel hart auf den Rücken, landete auf seiner verletzten Schulter, knallte mit dem Kopf auf den Boden. Die Luft wurde ihm beim Aufprall aus den Lungen gepresst. Ein schneidender Schmerz durchstieß Bruches Kälteschleier. Etwas in seiner Schulter war definitiv zersprungen.

Das Tier wandte sich ihm erneut zu, blieb jedoch stehen, als sein Herr es zügelte; die geweiteten Nüstern schnaubten wütend, lange Schwanzbüschel raschelten wie eine sich anschleichende Schlange. Der maskierte Reiter beugte sich nach vorn, richtete die Schwertspitze nach unten; er war bereit, Draken am Erdboden aufzuspießen.

Doch Bruche kämpfte sich wieder auf die Beine und sammelte Kraft für einen allerletzten Angriff – dann schwang Drakens rechter Arm nach oben zum dunklen Ärmel des Reiters. Die weiße Klinge zerriss Kettengeflecht und Muskelgewebe, als ob sie durch eine Flamme schnitt. Noch mehr Blut spritzte Draken ins Gesicht, und der Reiter schrie voller Zorn auf. Bruche führte die Klinge in einem Kreisbogen zurück und ließ sie von unten in einem Hieb wieder hochschwingen, der das Pferd unter dem rockartigen Kettenpanzer an der Brust traf. Der Schnitt ging nicht so tief, dass es zu Fall kam, doch das Ross wich mit einem schmerzvollen Schnauben zurück, während Bruche nach vorn stolperte und erneut zu Boden ging.

»Bei den Sieben, Ihr werdet in dieser Nacht sterben!« Der Reiter begann, ein Bein über den Pferdehals zu schwingen, um seinen Schwur wahrzumachen, während Draken sich bemühte, wieder auf die Beine zu kommen.

»Haltet ein!«, rief Aarinnaie und hielt den Mann vor sich umklammert. »Haltet ein mit Eurer Klinge!«

Der Reiter verharrte in der Bewegung.

»Er war freundlich zu mir«, erklärte Aarinnaie. »Er hat mich vor der Hinrichtung bewahrt. Bitte lasst davon ab!«

Der Reiter starrte auf Draken herunter und dachte einen langen Moment nach. Draken versuchte wieder, sich auf die Beine zu quälen, während Bruche das Schwert hob, als wolle er zu einem Gegenschlag ausholen.

»Ich werde Euch heute Nacht aufgrund der Bitte meiner Herrin verschonen«, entschied der Reiter schließlich. »Euer Gesicht jedoch werde ich nicht vergessen. Wenn Euer Tod kommt, so wird er Euch durch meine Hand ereilen.«

Draken hatte nichts Kluges darauf zu erwidern. Er vermochte kaum zu atmen. Seine deformierte Schulter fühlte sich an, als ob sich in der Gelenkpfanne ein heißes Schüreisen drehte, während sie verkehrt und zu fest in seiner steifen Rüstung steckte, sodass jedes Gelenkband sich bis zum Bersten dehnte. In seinem Innersten kochte es vor Wut und Schmerz.

Das Pferd schwenkte erneut herum; tellergroße Hufe schleuderten Erdklumpen mit Unkraut in die Höhe, als das Tier fortgaloppierte. Aarinnaie klammerte sich an ihren Retter, doch sie drehte den Kopf, um zu Draken zurückzublicken.

Draken tippte in einer Ehrenbezeigung die flache Seite des Schwertes an seine Stirn. Aarinnaie hatte diese Runde fraglos gewonnen.

Draken stützte sich auf Osias' Bett und ließ klappernd das Schwert zu Boden fallen. Der Mantiker drehte sich herum; er hatte die Augen weit geöffnet und war schlagartig munter. »Draken?«

»Ausgekugelte Schulter«, murmelte er. Dies laut einzugestehen führte dazu, dass ihn ein neuer Anfall von Übelkeit übermannte. Er sank auf den Boden und übergab sich. »Weck Tyrolean.«

Immer mit der Ruhe, Kumpel. Bruche lungerte am Rande seines Bewusstseins herum wie ein nervöser Vater, der die Geburt seines ersten Kindes erwartete. Die kalte Empfindung brachte Draken zum Zittern. Er kämpfte darum, die aufsteigende Panik unter seine Kontrolle zu bringen, und nuschelte: »Ich muss die Schulter richten lassen und muss sie verfolgen.«

Ohne ein Wort darauf zu erwidern, schickte Osias Setia nach Tyrolean und half Draken auf das Bett. Draken rutschte hin und her in dem sinnlosen Bemühen, es sich bequem zu machen, doch den pochenden Schmerzen, die anzeigten, dass in seiner Schulter etwas ganz und gar nicht in Ordnung war, konnte er sich nicht entziehen.

Verschlafen und mit nackter Brust traf Tyrolean ein. Er sagte nichts, während seine flinken Finger Drakens Rüstung aufschnallten und sie behutsam wegzogen. Anschließend untersuchte er eingehend das Ausmaß der Verletzung. Der Druck seiner Hände führte dazu, dass ein Zischen über Drakens Lippen kam, bevor der Gardist mit einem Ruck den Arm wieder an seinem Platz einschnappen ließ.

Draken schrie auf – in dem kehligen Tonfall, den zerstörende, unerträgliche Schmerzen hervorriefen, die so schnell verschwanden, wie sie aufgetaucht waren, und denen pure, fassungslose Erleichterung folgte. Schlimmer waren die Ärmel aus Kettengeflecht. Obgleich sie auf seinem Rücken festgeschnallt waren, erforderte es immer noch ein paar umständliche Drehbewegungen seiner rasch anschwellenden Schulter, um sie loszuwerden. Draken ächzte, als sich der letzte Teil seiner Rüstung endlich abnehmen ließ.

Elenas Anhänger war auf das Bett gefallen, und Tyrolean drückte ihn nun Draken in die Hand. »Was ist geschehen, mein Herr?«

»Aarinnaie«, antwortete er kurzatmig. »Sie ist mit irgendjemandem zu Pferde verschwunden.«

»Wurde sie entführt?«, fragte Osias mit schneidender Stimme.

»Sie ist nur allzu bereitwillig mitgegangen.«

Draken dachte daran, wie ihr Schrei über die Lichtung gellte: *Haltet ein mit Eurer Klinge!* Ein Anfall von Schwäche überkam ihn – nicht infolge der heftigen Schmerzen und nicht aus Angst, dem Tode nah gewesen zu sein, sondern angesichts der Erinnerung an Aarinnaies Blick, mit dem sie zu ihm zurückgeschaut hatte. In diesen Schrei hatte sie viel Gefühl hineingelegt.

Immer mit der Ruhe, sagte Bruche abermals. *Du hast gerade eine schlimme Zeit durchgemacht.*

Tyrolean begann, den Arm von Draken an dessen Seite festzubinden. »Wer war der Mann?«

»Hat er vergessen zu erwähnen, während er recht beschäftigt mit dem Versuch war, mich umzubringen.«

Tyroleans Finger hielten inne, und er schaute Draken ins Gesicht. »Und warum hat er es nicht getan, mein Herr?«

Draken wich seinem Blick aus. »Weil Bruche besser als er war.«

Der Hauptmann gab ein kurzes Schnauben von sich – die Erklärung schien ihn überzeugt zu haben – und widmete sich wieder dem Knoten der behelfsmäßigen Schlinge. »Ruht Euch jetzt aus«, riet er. »Wir haben hier eine Gadye-Gastwirtin, nicht wahr? Sie hat bestimmt etwas gegen Eure Schmerzen.«

»Ich muss heute Nacht noch einmal mit ihr sprechen. Sie weiß mehr, als sie gesagt hat.«

»Ihr seid nicht gesund genug, um Euch zu bewegen«, meinte Tyrolean. »Eis, Setia, falls das Wirtshaus einen Keller hat.«

Sie nickte und schlüpfte zur Tür hinaus, als Osias damit fertig wurde, sich anzukleiden und zu bewaffnen.

Draken schaute von Osias wieder zu Tyrolean zurück. Osias war ein wahrhaftiger Freund geworden, der Hauptmann jedoch war in erster Linie ein Soldat: daran gewöhnt, Befehle zu empfangen oder sie zu geben, und jeweils entschlossen zu handeln. Und vor allen Dingen war er daran gewöhnt, seine persönlichen Gefühle beiseitezuschieben. Dies beruhigte Draken mehr als alles andere.

Er holte tief Luft und biss die Zähne zusammen, um die Schmerzen zu ertragen. »Du weißt nicht, wo Aarinnaie ist, oder?«

»Ich werde daran arbeiten, ihre Spur aufzufinden«, versprach Osias. Der Schein des Feuers flackerte auf seiner silberfarbenen Haut, die das Licht irgendwie gleichzeitig zerstreute und absorbierte.

Setia kehrte mit Eis zurück, das sie, in kleine Stücke zerschlagen, in einem Stoffbeutel trug. Sie gab ihn Draken, wandte sich dann aber Tyrolean zu. »Haltet Ihr Osias für schön?«

Tyrolean fuhr mit einem Ruck hoch, als hätte man ihn wachgerüttelt. »Die Mantiker sind ohne Zweifel ein gutaussehendes Geschlecht.«

Setia blickte zu Draken und nickte zufrieden.

Dem Mantiker entging allem Anschein nach diese kurze Episode, da er damit beschäftigt war, seine Stiefel anzuziehen und sich den Umhang über die Schultern zu werfen. An der Tür drehte er sich noch einmal um. »Hauptmann, Eure Aufgabe ist es, Euch darum zu kümmern, dass Draken sich ausruht und unsere Wirtin uns nicht stört, bevor wir nicht besser informiert sind.«

Draken schaute zu Tyrolean, der im Gegenzug ein ironisches Grinsen zeigte, als die Tür hinter dem Mantiker einklinkte. *Sein erstes, seit wir uns kennengelernt haben*, dachte Draken.

»Der Mantiker glaubt, dass er rangmäßig über dem Nacht-Lord und seinem Ersten Hauptmann steht, was?«, sagte Tyrolean.

Draken fühlte, dass er den Hauptmann in diesem Augenblick beinahe mögen konnte. »Ihr denkt, Ihr könnt mich hierbehalten, Tyrolean?«

Der Angesprochene korrigierte die Position des Eises auf Drakens Schulter, ließ sich dann auf eine Bank fallen und stützte die Unterarme auf die Knie. »Ihr seid nicht stark genug, um zu stehen – noch viel weniger, die Gadye-Maske zu besuchen. Ich glaube nicht, dass dies schwierig für mich sein wird.«

Draken schloss die Augen. Es war allzu lange her, seit er sich ausgeruht hatte, und noch mehr Zeit war vergangen, seit er das letzte Mal ein Bett gesehen hatte. Galenes mit Narben übersätes Gesicht tauchte vor seinem inneren Auge auf und blieb dort. Was wusste sie über den Mann, der Aarinnaie heimlich abgeholt hatte?

»Und nennt mich Ty, ja?« Tyrolean unterbrach sich kurz selbst und gähnte. »Wann immer ich meinen vollen Namen höre, habe ich das Gefühl, dass ich eine Tracht Prügel von meinem Vater zu erwarten habe.«

Doch Draken war eingeschlafen, bevor er darauf eine Antwort geben konnte.

Er erwachte mit entsetzlichen Kopfschmerzen, einem sauren Gefühl im Magen und zum Geräusch von Regen, der auf den Boden prasselte. Einen Moment lang blieb er liegen, atmete durch und sammelte Mut, bevor er sich bewegte. Schließlich öffnete er die Augen und entdeckte Setia, die auf ihn herablächelte.

»Da ist Blut an dir. Ich dachte, es ist dir recht, wenn ich dich säubere.« Sie streckte die Hand aus und wischte mit einem nassen Tuch über seine Wange.

Draken rührte sich vorsichtig, um seine körperliche Verfassung zu überprüfen. Den Arm auch nur das kleine bisschen zu bewegen, das Tyroleans Bandage gestattete, führte dazu, dass eine Welle von Schmerz seinen Körper durchströmte, bei der sich ihm der Magen umdrehte. Und so ließ er Setias Reinigung ohne Protest über sich ergehen. Das Eis war während seines Schlafs geschmolzen und hatte das Bett unter seiner Schulter feucht werden lassen. Der Rest seines Körpers war vom Fieber schweißnass.

»Trink das«, sagte Setia und hielt ihm einen kleinen Metallbecher hin. »Die Gastwirtin hat es geschickt.«

Die zähe braune Flüssigkeit roch beißend und legte sich von innen über seine Kehle, doch er schluckte sie gehorsam herunter. Alles, um den Schmerz zu lindern. »Etwas Wein, wenn du so gut sein willst«, bat er heiser, und Setia versorgte ihn auch damit. Er fühlte sich schon etwas lebendiger, als Osias und Tyrolean hereinstiefelten und die Tür schlossen.

»Gut, Ihr seid wach.« Tyrolean ließ sich neben Draken aufs Bett fallen. Falten, die von der Erschöpfung herrührten, verengten seine umrandeten Augen. »Ein Va-Khlar-Söldner hat Aarinnaie mitgenommen, glaube ich. Er hat ihre Symbole im Wald zurückgelassen – und eine hübsche Blutspur. Ich bin ihnen bis zum Fluss Erros nachgejagt, doch sie waren verschwunden. Wir werden ihnen folgen, sobald Ihr dazu in der Lage seid.« Sein scharfsinniger Blick erfasste Drakens Zustand. »Aber nicht heute, wie ich sehe.«

Draken mühte sich in eine sitzende Position hoch, um ihm das Gegenteil zu beweisen, doch der Hauptmann musste seinen Unterarm ergreifen, um ihm zu helfen. Sein Kopf pochte aus Protest über die neue Körperhaltung. Draken strengte seinen Verstand an, um einen zusammenhängenden Gedanken zu bilden. Elena hatte diesen Namen erwähnt. Va Khlar.

»Seid Ihr sicher, dass es Leute von Va Khlar sind, die sie mitgenommen haben?«, fragte er.

»Ich war der dritthöchste Offizier in Reschan nach meiner Ernennung zum Pferde-Marschall«, erzählte Tyrolean. »Vier Sohalias habe ich in dieser Pissgrube von einer Stadt zugebracht. Ich kenne die Siegel von Va Khlar zur Genüge.«

»Was ist das überhaupt – Va Khlar?«

»Nicht was, sondern wer. Reschan ist so ziemlich in seinem Besitz, und er ist kein Getreuer von Elena und auch kein Gefolgsmann des brînianischen Fürsten«, erklärte Tyrolean. »Er nennt sich selbst einen Händler, aber die ›Händler‹, die sich unter seinem

Namen versammeln, machen für Geld schlichtweg alles; für den richtigen Preis töten sie auch.«

»Und Ihr glaubt, er ist derjenige, der hinter der Verschwörung gegen Elena steckt?«

Tyrolean nickte. »Es wäre ansonsten ein unwahrscheinlicher Zufall, dass Aarinnaie von einem seiner Männer gerettet wurde.«

»Die Prinzessin wäre ein wertvolles Mitglied von Va Khlars Clan«, warf Osias ein.

»Sofern sie den Entschluss treffen sollte, sich ihm anzuschließen«, gab Setia zu bedenken. Als Tyrolean ihr einen fragenden Blick zuwarf, fuhr sie fort: »Sie ist mit ihm gegangen – das ist richtig –, aber das bedeutet nicht, dass sie ein Mitglied dieser Gruppe geworden ist. Vielleicht ist sie ja eine Gefangene; vielleicht hatte sie den Eindruck, keine andere Wahl zu haben.«

»Na schön, hier ist noch eine Überlegung«, sagte Draken. »Vielleicht wusste Aarinnaie nicht, dass der Mann zu Va Khlar gehört.«

»Nach Eurem Bericht ist sie ausgesprochen bereitwillig mitgegangen«, überlegte Tyrolean laut. »Also gibt es zwei Möglichkeiten. Entweder ging sie mit ihm in voller Kenntnis dessen, was er ist, oder …«

»Oder sie wurde entführt und weiß nicht einmal, wem sie da in die Hände gefallen ist«, beendete Draken den Satz. *Und da sie einer reichen Herrscherfamilie angehört, würde sie einen hübschen Batzen Geld einbringen. Außer …* »Aarinnaie hat irgendeine Form von Einfluss auf den Mann, mit dem sie fortgeritten ist. Sie hat ihn davon abgehalten, mich umzubringen. Das sieht mir nicht wie das Verhalten einer Geisel aus.«

»Möglicherweise hat Aarinnaie ihn angeheuert.« Mit einem feuchten Tuch rieb Tyrolean sich das Gesicht, bis es rot wurde, wobei er winzige Tröpfchen auf seine in Leder gekleideten Knie verteilte. »Aber von alldem einmal abgesehen, bedenkt diese Problematik: Als Nacht-Lord ist Euer Wort Gesetz. Indem Ihr davon abgehalten wurdet, Eure vorgegebene Aufgabe auszuführen, Aarinnaie zu ihrem Vater zurückzubringen, hat Va Khlars Mann Königin Elena beleidigt, als ob er ihr die Kränkung direkt ins Gesicht gesagt hätte. Das könnt Ihr nicht durchgehen lassen.«

»Ich habe nicht die Angewohnheit, auf jede Beleidigung zu reagieren, Hauptmann.«

»Hab's begriffen, mein Herr. Aber was ist, wenn Va Khlar hinter dem Aufstand steckt?«

Draken blickte Tyrolean stirnrunzelnd an, der daraufhin mit den Schultern zuckte und fortfuhr: »Ihr müsst eingestehen, dass dies eine Möglichkeit ist. Und ich will verflucht sein, wenn wir vier ihn auf seinem eigenen Territorium in Reschan schlagen können. Wir brauchen Soldaten, und zwar schnell.«

Draken rieb sich mit der Rückseite seiner Hand über Mund und Kinn. Er benötigte dringend eine Rasur und trotz Setias Fürsorge auch ein heißes Bad mit Seife. Bruche veränderte seinen Blickwinkel, und bei der Bewegung des Geistes in seinem Innern wurde ihm übel. Er schluckte und zwang seinen Magen, sich zu beruhigen. »Was würde Aarinnaies Vater tun, wenn Va Khlar ein Lösegeld verlangt?«

»Er wird diese Leute jagen wie die Hunde, die sie sind, und ihnen den Tod bereiten, mit dem sie zu rechnen haben«, antwortete Tyrolean. »Und wenn Fürst Khel entdeckt, dass Ihr in die Sache verwickelt seid, wird er als Nächstes hinter Euch her sein. Ihr habt sie fortkommen lassen.«

Drakens schlechte Laune und seine pochende Schulter holten ihn ein. »Nun ja, vergebt mir. Ich war abgelenkt durch meine Bemühungen, nicht umgebracht zu werden.«

»Trotzdem.« Tyrolean lächelte grimmig. »Es könnte Krieg bedeuten, wenn wir die Angelegenheit so weiter laufen lassen.«

»Soldaten anrücken zu lassen könnte auch einen Krieg auslösen. Wir können keine herbeirufen – noch nicht. Nicht, ehe wir nicht mehr wissen.« Draken veränderte seine Position und gab ein lautstarkes Stöhnen von sich, als ein heftiger Schmerz wie ein Blitz durch seine Nervenbahnen fuhr – von den Fingerspitzen bis zu seiner Schläfe. Innerhalb von Tagen war Aarinnaie von einer gefährlichen Attentäterin zu einem verzogenen Fratz und nun zu einem politischen Albtraum geworden. Aber was auch immer sie war, ihre Beschlagenheit und ihre Flucht begannen, ihn zur Weißglut zu bringen. Er dachte daran, was Elena und insbesondere

Reavan sagen würden, wenn sie wüssten, dass sein Plan bislang danebengegangen war.

»Es ist alles schiefgelaufen. Ich darf nicht zulassen, dass Va Khlar sie tötet.« Er hielt inne, als eine neue Welle von Schmerz ihn überspülte, und fuhr fort, als das Schlimmste vorüber war. »Ich muss ihr Leben retten, selbst wenn ich dafür mit meinem eigenen bezahlen sollte. Es ist meine Belohnung dafür, dass ich dieses kleine Früchtchen überhaupt erst gefangen habe.«

Jeder verstreichende Augenblick bedeutete, dass die Spur etwas kälter wurde. Draken begann, seine Beine über den Bettrand zu heben.

Doch Tyrolean legte die Hand fest auf seinen Arm. »Mein Herr, Ihr seid nicht in der Verfassung, um zu reiten.«

»Wir finden sie möglicherweise nie, wenn wir mit der Suche zu lange warten, Hauptmann; und wer auch immer hinter der Verschwörung steckt, wird dann seinen Krieg haben«, erwiderte Draken. »Setia wird mir beim Anziehen helfen, und dann sind wir unterwegs.«

Der unangenehme Gadye-Arzneitrank wirkte immerhin so gut, dass es Draken möglich war, sich im Zimmer zu bewegen. Zudem hatte Setia ihn davon überzeugt, dass es seine Schmerzen noch mehr linderte, wenn er sich die Zeit für ein warmes Bad nahm. Als er in das erhitzte Wasser sank, fuhr Setia mit einem feuchten Tuch über seine Schultern und seinen Rücken und rieb vorsichtig seinen Hals entlang. Nachdem sie sein Haar gewaschen und das Gesicht mit ihrer eigenen, extrem scharfen Messerklinge rasiert hatte, lächelte er sie an. »Den Rest werde ich alleine schaffen, Setia. Danke.«

Sie sprach kein Wort und lächelte auch nicht, als sie sich zurückzog; er fragte sich, ob er ein weiteres Angebot abgelehnt hatte, ohne es bemerkt zu haben.

Weshalb schickst du die Mondling-Frau weg, wenn sie willens ist?, fragte Bruche.

Ich bin nicht wie du, der mit jeder beliebigen Person bumsen möchte, die seine Aufmerksamkeit erregt. Überdies waren nicht alle von denen weiblichen Geschlechts.

Wir Brînianer sind ein offenherziges Volk, das seine Empfindungen zeigt, erklärte Bruche, was bei Draken ein lautes Schnauben hervorrief. *Mit einer Dosis unserer Offenherzigkeit könntest selbst du es hinkriegen. Ich habe bemerkt, welche Empfindungen du für den Mantiker hegst. Offensichtlich würde er dir den Gefallen tun.*

Draken versuchte es mit einer anderen Taktik. *Ich bin nicht verzweifelt, weißt du.*

Ah! Elena. Die Erinnerungen werden der Sache wohl schwerlich gerecht, glaube ich.

Genug! Sie ist meine Königin und deine jetzt auch. Draken griff nach dem Anhänger auf seiner Brust und starrte ihr Bild an.

Ein wunderschönes Schmuckstück, bemerkte Bruche. *Und eine wunderschöne Königin.*

Draken, dem es widerstrebte, die wohltuende Wärme des Bades zu verlassen, ließ den Anhänger wieder auf seine Brust fallen. Er lehnte den Kopf zurück und lauschte dem Wasser, wie es über seine Haut rann. »Wunderschön« war eine angemessene Beschreibung. Warum also fühlte sich der Schmuckanhänger an, als wäre er von so großem Gewicht?

Deine Ehefrau. Die Gadye-Frau. Elena. Selbst Setia. Du würdest deiner eigenen Seele abschwören, um die ihren zu retten …

»Halt die Klappe, Bruche!«

Draken kletterte aus der Wanne, um sich anzukleiden, und versuchte, sich keine Sorgen darüber zu machen, wie er reiten würde. Auch nur mit den Schnürbändern an seinen Kniehosen zurechtzukommen war bereits eine große Prüfung. Die Medizin mochte seine Schmerzen gelindert haben, aber sie hatte nur wenig getan, um seine Erschöpfung und Steifheit zu verringern. Tyrolean wollte seinen Arm wieder festbinden, Draken jedoch wies ihn ab. »Ich werde mich frei bewegen müssen, um reiten zu können.«

»Zerrt Euch nicht erneut«, warnte Tyrolean.

»Macht Euch keine Sorgen«, erwiderte Draken trocken. Doch jede Bewegung war eine Erinnerung daran, dass er vermeiden sollte, genau dies zu tun. »Ich werde Galene ein weiteres Mal aufsuchen, um zu sehen, ob sie noch mehr sagen wird. Macht die Pferde bereit, ich treffe mich danach mit Euch im Hof.«

Galenes Tür öffnete sich, bevor er anklopfen konnte. »Mein Herr, bitte kommt herein.«

»Ich kann mich nicht des Eindrucks erwehren, dass Ihr mich hereingelegt habt, meine Dame.«

Galene hob die Hände, die im Vergleich zu den hauchdünnen Schleiern bleich wirkten, und bedeutete ihm mit einer Geste, ins Innere des Zimmers vorzutreten. Sie setzte sich, bevor sie ihm antwortete: »Ich habe Euch nichts Böses gewollt, Lord Draken. Die ›Kreuzung‹ schwört, die eigenen Gäste nicht zu verraten. Ich hoffe, Ihr versteht das.«

Er ließ sich ihr gegenüber auf einen niedrigen Stuhl fallen. Die seidenweichen Kissen waren so blass wie der Rauch, der sie umgab. »Und dennoch fühle ich mich verraten.«

»Ich fürchte, dass Ihr die Bedeutung von Verrat noch nicht ganz kennt.« Galene ließ eine Hand lässig ihren Oberschenkel entlanggleiten und neigte den verschleierten Kopf. »Sohalia kommt. Die Sieben Augen enthüllen die Geheimnisse, die man von sich selbst fernhält, was oftmals der schlimmste Verrat von allen ist.«

Der graue Rauch griff gierig nach seinen Lungen, seinem Herz und Verstand, er fühlte sich verloren in den Erinnerungen an die Sieben Augen. Sie redeten jede Nacht in der Sprache des Lichts. Sie riefen ihm zu, und er musste antworten …

Draken! Zum ersten Mal klang Bruche alarmiert. Draken stellte fest, dass er das Heft seines Schwertes ergriffen hatte. Er legte die Hand wieder in den Schoß und zwang seine Stimme, eine Antwort zu geben. »Ich bin Soldat gewesen. Jetzt bin ich Elenas Nacht-Lord. Das ist alles, was ich weiß.« Doch er spürte, dass ihm auf eine unangenehme Weise seine Pläne bewusst waren, Rache an dem Mann zu nehmen, der seine Frau umgebracht hatte.

»Ich weiß, dass Elena zu Eurem Herzen spricht, doch ein anderer Wille tut das ebenso.«

»Wie der Wille in … einer anderen Frau?« Elena hatte seine Loyalität und sein Leben, aber nicht sein Herz. Das hatte nur Lesle.

»Ich glaube, es ist eher jemand mit einer familiären Verbindung«, antwortete Galene.

Er schüttelte den Kopf. »Mir sind überhaupt keine Familienangehörigen mehr geblieben, meine Dame. Sie sind alle tot.«

Aber möglicherweise war das ja nicht die Wahrheit. Seine adlige Mutter? War sie schon tot? Als Sklavenjunge hatte er sie einmal gesehen: eine in einen Umhang gehüllte Gestalt, die über den Rasenplatz glitt, während er sich bei einem Ausflug im Freien um die Hunde des Königs gekümmert hatte. Sein Cousin, der damals ein junger Prinz gewesen war, hatte eine Hand auf Drakens Schulter gelegt und ihm erzählt, wer sie war und warum sie vom Hofstaat gemieden wurde. Vielleicht war dem Prinzen ja anschließend der Gedanke gekommen, Vorkehrungen für seinen jungen, versklavten Cousin zu treffen.

Und das ist alles den Weg des Verderbens gegangen, dachte Draken säuerlich. Er kehrte von seinen Erinnerungen zurück und stellte fest, dass Galene ihn beobachtete. »Es tut mir leid, meine Dame. Meine Gedanken schweifen umher.«

»Ohne meine Maske kann ich Euch nicht viel mehr anbieten als das, was ich gehört habe.«

»Ihr wusstet, dass ich königliches Blut in mir habe«, betonte er.

Sie nickte, bot ihm jedoch keine weitere Erklärung dazu an.

Er seufzte. »Was habt Ihr sonst über mich gehört?«

»Die Mantiker fürchten Euch, und die Mondlinge vertrauen Euch. Einen solchen Hass und einen solchen Glauben erlangt man nicht einfach.« Sie holte eine kleine Steingutflasche hervor und erhob sich. »Ein weiterer Trunk gegen Eure Schmerzen. Der Friede sei mit Euch, mein Herr.«

Draken, der sich beiseitegeschoben fühlte, beugte sich über ihre Hand und steckte die Flasche ein, bevor er sich widerwillig von ihr verabschiedete.

Aufgrund des kalten Nebels hatte sich jeder mit hochgezogener Kapuze und fest zugezogenem Umhang eifrig auf dem Hof umherbewegt. Die anderen waren schon aufgesessen, als Draken zu seiner kastanienbraunen Stute schritt. Dabei wurde der Saum seines Umhangs durch die Pfützen geschleift, und der herabklatschende Regen kühlte seine Wangen. Er bemühte sich, seine pochende Schulter zu ignorieren, als er auf sein Reittier stieg, und trank einen weiteren Schluck von der ekelhaften Flüssigkeit aus der Flasche. Trunk oder nicht, er sah einer nassfeuchten, elendigen und schmerzhaften Reise zum Fluss entgegen.

Das Grübeln wird nicht helfen, sagte Bruche. *Aber das hier vielleicht.* Kälte hüllte plötzlich Drakens Arm und seine Schulter ein und brachte ein gewisses Maß an gesegneter Taubheit mit sich.

»Also dann, bereit zur Abreise?« Tyrolean klang ausnahmsweise einmal freundschaftlich.

»Gewiss.« Draken vermied es, Osias anzuschauen. Im Augenblick hatte er zu viele Fragen an den Mantiker ebenso wie ein besorgniserregendes Gefühl von Misstrauen. Schon früher war Draken ihm gegenüber argwöhnisch gewesen, nun war diese Empfindung zurück, und zwar stärker als zuvor. *Die Mantiker fürchten Euch* – das hatte Galene gehört. »Wir müss…«

Ein Lichtblitz zischte durch die feuchte Luft: Lodernde Pfeile fielen auf das kompliziert gestaltete Dach aus Zweigen herab. Als Nächstes materialisierten sich bewaffnete Männer zu Pferde im dichten Sprühregen. Ein Schwert wurde geschwungen – so nah, dass Draken hören konnte, wie der Regen hell klingelnd davon abprallte. Er drängte seine Stute zur Seite und wich dem Schlag aus.

»Fort!«, schrie Tyrolean und riss sein Pferd herum.

Geräusche von Hufen, die sich aus klebrigem Schlamm lösten; Wut- und Entsetzensschreie, ein Flackern von Rauch in Drakens Nase. *Galene!*, dachte er. *Und die anderen in dem Gebäude.*

Es sind zu viele. Bruche war ruhig. Viel zu ruhig.

»Nein!«, schrie Draken zurück, doch seine Lungen erstickten in tiefer, betäubender Kälte, als Bruche die Kontrolle übernahm.

Auf Bruches Drängen hin versuchte die braune Stute wegzurennen, aber Draken kämpfte sich zurück und fing sie auf, sodass sie stattdessen nervös tänzelte. Er glaubte, er würde sich im Schutz der Bäume aufhalten, doch dann warf ihn der dumpfe Aufschlag eines Pfeils, der von seiner Brustplatte abprallte, beinahe aus dem Sattel.

Bruche riss seinen Blick von dem Wirtshaus fort, als Tyrolean schrie: »Lord Draken! Zu mir!«

Eingekreist von drei Schwertkämpfern in Schwarz, schlug Tyrolean mit seinen Schwertern durch den Sprühregen: Sein Pferd drehte sich dabei in einem solch ausgezeichneten kampferprobten Manöver auf den Hinterbeinen herum, wie es Draken noch niemals zuvor in seinem dem Kriegshandwerk gewidmeten Leben gesehen hatte. Tyroleans Angreifer blieben jedoch außerhalb seiner Reichweite und hielten ihn so an der Stelle fest. In diesem Augenblick fanden Draken und Bruche eine perfekte Übereinstimmung: Gemeinsam zogen sie das Schwert und trieben die Stute auf den Hauptmann zu. Bruche enthauptete den ihm nächsten Angreifer von hinten mit einem einzigen Schlag, und Draken schrie auf, als seine verletzte Schulter von stechenden Schmerzen durchbohrt wurde. Blut aus dem abgetrennten Hals des Mannes durchnässte die linke Seite Tyroleans, und der Angriff verschaffte ihm genug Zeit, die anderen zwei zu erschlagen.

»Mein Herr!«, rief Tyrolean ihm zu. »Reitet fort!«

Chaos wirbelte um Draken herum, als der Schmerz seine Sinne überwältigte. Eine schwarze Maske materialisierte sich aus dem Rauch und dem Regen. Stahlfarbene Augen verfingen sich in seinen. Draken schaffte es nicht, die Beine fester in den Körper seines Pferdes zu pressen, und spürte, wie er wegrutschte. Bruches Kälte vertiefte sich in ihrer Intensität. Schwärze begann, sein Sichtfeld zu überschwemmen.

»FLIEH!« Von Osias' Mantiker-STIMME aufgerüttelt, kam Draken wieder zu sich, und er sah, wie Bruche das Schwert gegen die schwarze Maske schwang. Etwas Rotes sprang aus der grauen Düsternis hervor, und ein Tropfen von salziger Süße lag auf seinen Lippen; dann schoss das Pferd mit großen Sprüngen nach vorne und zwischen die Bäume.

Nein!, schrie Draken im Geiste; sein Mund war wie durch eine ätherische Macht verschlossen.

Ich kann mich dem Mantiker nicht widersetzen, sagte Bruche, und Draken spürte, wie sein Körper das Pferd antrieb, den Schutz des Waldes aufzusuchen. Der Nebel hinter ihnen war voller Schreie.

Osias' STIMME bebte durch die Bäume und Drakens Seele. *»FORT VON HIER – IN SICHERHEIT!«*

Draken kämpfte dagegen an, doch Bruche brachte die kastanienbraune Stute mit Fußtritten dazu, in einen Galopp zu fallen. Er saugte in kurzen, abgehackten Zügen die Luft ein und kämpfte erneut dagegen an; aus seinem Zorn zog er Kraft. Dann packte er die Zügel fester und riss sie zurück. Die Stute, verwirrt angesichts der widersprüchlichen Befehle, tänzelte unter ihm; sie legte die Ohren flach an, riss den Kopf hoch und versuchte, sich von ihren Zügeln loszureißen. Draken zwang seinen eigenen Kopf, sich zu drehen, um zu schauen, was dort vor sich ging; das ging nur langsam, denn mit seinem widerspenstigen Körper kam er unter diesen Umständen kaum zurecht.

Osias erwiderte seinen starren Blick. Im Nebel erschien der Mantiker irgendwie größer, das Entsetzen führte dazu, dass sich seine Gesichtszüge in Falten legten. Ein einzelner Moment der Stille, dann überwältigten der Rauch und die Schreie Drakens Sinne.

»Los, mein Herr!« Tyrolean klatschte mit der flachen Seite seiner Klinge Drakens Pferd auf die Kruppe. Die Stute sprang trotz der angezogenen Zügel nach vorn und verfehlte nur ganz knapp einen Baum. Draken versuchte erneut, sie zum Halten zu bringen, doch der Schrecken machte sie stark. Sie lief, nahm mit jedem Schritt Tempo auf, während Pfeile neben ihm durch die Luft schwirrten.

KAPITEL FÜNFZEHN

Reite, mein Freund! Nur reiten!

Draken wusste nicht, ob das die Stimme von Bruche oder Osias war. Sein Bewusstsein füllte sich mit wortlosem Protest, doch er war Bruches grimmiger Kälte und dem vorwärtsstürmenden Pferd ausgeliefert. Sein Widerstand gegen Osias' STIMME schwand dahin. Er blickte nach hinten und sah, wie Setia zögerte und Tyrolean sie antrieb, dann aber brach sich seine Stute einen Weg durch den dichten Wald und verlangte seine volle Aufmerksamkeit. Er hockte tief gebeugt über ihren Nacken, und Bruches Seele hatte dafür gesorgt, dass ihm bis in sein Innerstes hinein kalt war. Die Stute sprang über einen umgestürzten Baumstamm und streckte sich zu vollem Galopp, als sie eine kleine Lichtung überquerten.

Dichtes Unterholz auf der anderen Seite behinderte das Weiterkommen durch den Wald, aber sein Pferd drängte weiter vorwärts, Bruche trat von der Kontrolle über seinen Körper zurück. Draken jagte in einem scharfen Ritt weiter, bis die Flanken der Braunen mit Schaum gesprenkelt waren. Er selbst keuchte so heftig, dass die Lederrüstung seine Atmung einschränkte. Mehrere Male schaute er zurück, doch das wilde Wettrennen zwischen Tyrolean und Setia hörte er eher, als dass er es sah. Niemand schien ihnen zu folgen, keine Pfeile flogen ihnen mehr hinterher.

»Anhalten!«, rief Tyrolean schließlich. »Setia! Draken! Anhalten!«

Bruche schlüpfte in den Hintergrund und machte sich kleiner. Draken brachte seine Stute zum Stehen und ermöglichte es den anderen, zu ihm aufzuschließen. Einen Augenblick lang starrten sich alle gegenseitig an. Er spürte, wie sein Pferd unter ihm zitterte.

»Sie hätten uns inzwischen mit Pfeilen erwischt, wenn sie uns weiter verfolgten«, meinte Tyrolean.

Beinahe wäre das passiert. »Aber trotzdem mag ich es nicht zu fliehen«, schnauzte Draken. »Jetzt haben wir keine Ahnung, wer diese Angreifer gewesen sind.«

Tyrolean, von getrocknetem Blut bedeckt, wischte sich mit einem sauberen Stück seines Umhangs durchs Gesicht. »Es waren zu viele. Wir hatten keine andere Wahl. Und sie waren maskiert.«

»Wie der Mann, der mich in der vergangenen Nacht angegriffen hat«, stellte Draken fest. »Also waren es Leute von Va Khlar.«

Tyrolean nickte, und das Gefühl der Übelkeit in Drakens Magen schwoll an. Er hatte den Angriff auf das Wirtshaus und seine Bewohner heraufbeschworen, jetzt bedauerte er sein Misstrauen gegenüber Galene. Sie hatte zu helfen versucht. Und nun war sie möglicherweise tot. Zumindest mehrere ihrer Gäste und Diener hatten das Leben verloren – so viel hatte er gesehen. »Ich wäre lieber zurückgekehrt, um Galene zu helfen.«

Tyrolean berührte mit der Faust sein Schlüsselbein als Ausdruck der Ehrenbezeugung. »Es ist meine Pflicht, das Leben meiner Vorgesetzten zu schützen, Nacht-Lord. Wäret Ihr geblieben, wäret Ihr ums Leben gekommen. Ich will nicht mit der Aufgabe betraut sein, Euren Leichnam zurück zu meiner Königin zu befördern.«

Ich könnte es nicht besser ausdrücken, Draken. Die Stimme des alten Kriegers war ruhig und freundlich. Abermals begann Regen auf die dampfenden Flanken seines Pferdes herunterzuprasseln. *Außerdem kannst du nicht jede Frau retten, die du kennenlernst.*

Draken schaute weg und ließ das Grün des Waldes im verschwommenen Silbergrau des Regens verschwinden. Wie war es bloß dazu gekommen, dass er Tyroleans Vorgesetzter war? Er war nicht besser als jeder andere Soldat, ja sogar noch schlechter in Anbetracht der Fehler, die er gemacht, und der Entscheidungen, die er getroffen hatte. Wie nur hatte alles so schieflaufen können?

Fehler werden nicht allein von Untergebenen gemacht, hob Bruche hervor.

»Der Angriff riecht nach Va Khlars Männern«, sagte Tyrolean ohne Rücksicht auf Drakens Vorwürfe. »Die Geschicklichkeit, die Verwüstung, die Masken.« Er schüttelte den Kopf; Unbehagen stand ihm in die umrandeten Augen geschrieben. »Nachrichten über diesen Vorfall werden die Bastion erreichen. Königin Elena wird empört sein.«

»Das sollte sie auch«, betonte Draken kurz und knapp.

»Ich dachte, Ihr mögt es nicht, auf jede Beleidigung zu reagieren, mein Herr«, erwiderte Tyrolean, was Draken ein Grinsen entlockte.

Er ließ die Spöttelei durchgehen. Wie viele Soldaten blühte Tyrolean wahrscheinlich durch die Energie auf, die von einer Schlacht ausging. Sticheleien auszutauschen war eine Möglichkeit, die Spannung zu lösen.

»Wo ist Osias?«, fragte Setia auf einmal. »Ich dachte, er wäre hinter uns.«

Osias. Er hatte versucht, Draken durch Bruche zu kontrollieren. *Er hätte mich vorwarnen können, dass dies ein Nebeneffekt ist, wenn man dich an Bord hat*, sagte Draken zu Bruche. Der Geist antwortete nicht darauf.

Tyrolean hob eine blutbefleckte Hand. »Nur mit der Ruhe, Setia. Er kennt unseren Weg. Wir werden ihn bei den Hafenanlagen am Fluss oder in Reschan treffen.«

Setia beugte sich vor und schlang die Arme um den Hals ihres Pferdes. Einen Moment lang waren Atemlaute die einzigen Geräusche: die Atemzüge der drei Gefährten – noch flach und schnell – und die stoßweisen ihrer Pferde. Draken tätschelte den nassen Hals der braunen Stute, deren Ohren immer noch hin- und herzuckten und auf mögliche Bedrohungen lauschten.

»Wir ziehen am besten weiter«, schlug Tyrolean vor, woraufhin sie ihre widerstrebenden Pferde in Richtung Wasser drängten.

»Auf dem Fluss werden wir ohne Deckung möglichen Angriffen ausgesetzt sein«, warnte Draken.

»Ich weiß«, antwortete der Hauptmann. »Aber die Strömung ist schnell. Mit dem richtigen Kahnführer werden wir sogar im Vergleich zu einem galoppierenden Pferd Zeit gewinnen. Mit den Pferden werde ich genug Söldner kaufen, um mögliche Verfolger an der Brücke festzuhalten, falls es keine Servii in der Nähe gibt.«

Tyrolean trieb sie auf dem am Flussufer gelegenen Pfad voran. Draken beobachtete aufmerksam das umliegende Waldgebiet und das Gewässer. Seine Hände waren kalt, da auch Bruche wachsam blieb. Der Regen lichtete sich, und der kommende Morgen hellte den Himmel auf, während sie im Schritttempo weiterritten. In der feuchten Erde wuchsen die Bäume gerade und kräftig; der Wald hier war so dicht, dass sich in ihm eine ganze Legion von Soldaten gut verstecken konnte. Auf der gegenüberliegenden Seite des breiten Flusses ragte das Ufer in Form roter Lehmschichten steil auf. Auf ihrer Seite war es flacher, und das Wasser schlug bis zu ihrem Pfad hoch.

Die Kahnfahrer trugen mit Perlen versehene Bänder um ihre Stirn geschlungen und lockere, zweckdienliche Kleidung. Mit Stangen stießen sie ihre großen, flachen, floßartigen Gefährte voran, die mit ruhiger Anmut über das Wasser glitten. Einige der Flößer hoben feierlich grüßend die Hände, aber die meisten Augen verengten sich beim Anblick des blutverschmierten Ersten Hauptmanns in seiner grünen Uniform. Schließlich gelangten sie zu einer Brücke aus splittrigem Holz, die zu den Hafenanlagen führte.

Auf der anderen Flussseite, bei einem Dock mit mehreren angebundenen leeren Kähnen, stiegen sie von den Pferden ab. Am gegenüberliegenden Ufer standen primitive Hütten und Buden dicht gedrängt zwischen Bäumen. Nachdem Draken der kastanienbraunen Stute gestattet hatte, kurz aus dem Fluss zu trinken, band er sie an und tätschelte sie; dabei fragte er sich, was wohl mit ihr geschehen würde. Sie drehte den Kopf, um ihm nachzuschauen, als er zu den Hafenanlagen ging.

»Beeilt Euch damit«, sagte Tyrolean zu einer gehetzt wirkenden Frau, die für die Abwicklung der Flussfahrten und das Beförderungsentgelt zuständig war. »Wir verfolgen jemanden.«

»Ohne Zweifel, mein Herr«, antwortete sie und rümpfte die Nase, während sie ihn beäugte.

»Ihr seid ja verletzt«, stellte Draken fest, als er den Hauptmann genauer betrachtete. Er hatte geglaubt, das Blut wäre das des Mannes, den Tyrolean geköpft hatte; aber an der Art und Weise, wie er seinen Arm bewegte, war zu erkennen, dass etwas nicht stimmte.

»Verbindet es auf dem Floß«, entgegnete Tyrolean knapp.

Die Wolken teilten sich, Sonnenlicht breitete sich in der Luft aus und brachte feuchte Wärme mit sich. Der Fluss war von rostbraunen Streifen durchsetzt – es handelte sich um an die Oberfläche gestiegenen Bodenschlamm – und floss schneller, als es vom Pferderücken aus gewirkt hatte; die Strömung riss geradezu an dem Moos auf den Felsen und das Treibholz im Wasser geriet zügig außer Sicht. Die Pflanzen im Wasser wiesen eine rötliche Tönung auf, als klebe dort blutiger Schorf an den Rändern des Grüns.

Draken spürte, dass Blicke auf ihm lagen – von Leuten an den dicht mit Bäumen bewachsenen Ufern, von Kahnführern, die unter der Brücke vorbeikamen, von gelangweilten Passagieren und Dockarbeitern. Er wischte sich den Schweiß aus den Augen und versuchte, das neu erwachte Gefühl von Beunruhigung zu unterdrücken. Tatsächlich schienen die Blicke eher von neugierigem als bedrohlichem Charakter zu sein.

Die Koordinatorin der Flussfahrten schob Tyroleans weitere Ermahnungen, sich zu eilen, beiseite und schickte die drei schließlich nach unten zu einem Wasserfahrzeug. Es war breit, sauber und stabiler, als es auf den ersten Blick aussah. Das Deck hatte man gehobelt; es bestand aus glatten, gut gewachsten Planken.

Nachdem Draken die Vorgänge im Hafenbereich eine kurze Zeit beobachtet hatte, verwandelte sich das Chaos in eine geordnete Struktur. Männer dirigierten den Verkehr, während Flöße hereinkamen und fortfuhren, und andere leiteten die Bewegungen der Waren – von Eimern bis hin zu großen Kisten, für die vier Männer benötigt wurden, um sie anzuheben. Metallene Fässer funkelten in der Mittagssonne, während das leise Stöhnen übel riechender Tiere die entschlossenen Zurufe derer untermalte, die hier ihre Arbeit verrichteten. Einige der flachen Kähne drohten, unter dem Gewicht ihrer Ladung zu kippen, und behände Bootsführer spurteten über sich neigende Decks.

»Ich werde Söldner suchen, um dafür zu sorgen, dass unsere Verfolger langsamer werden, sollten sie uns hierher nachkommen«, sagte Tyrolean. »Wenn Ihr derweil nach dem Mantiker Ausschau haltet, Lord Draken?«

Kahnführer und Passagiere traten vor dem Ersten Hauptmann

beiseite, als er die Hafenanlage hochschritt, und starrten ihm hinterher, nachdem er sie passiert hatte. Es dauerte einige Zeit, bis er zurückkehrte. Er hatte sich im Fluss gewaschen und das meiste Blut von seiner Rüstung entfernt. Seines blutigen Umhangs hatte er sich entledigt.

Er zeigte auf drei Bogenschützen, die auf der Brücke mit angelegten Pfeilen ihre Posten als Wachleute eingenommen hatten. »Es ist alles arrangiert. Die Pferde werden nach Khein zurückgebracht, was am nächsten liegt. Die Männer dort werden Wache stehen. Hat ein anständiges Sümmchen gekostet, doch sie werden die Scheißkerle aufhalten …« Er unterbrach sich selbst mit einem Fluch. »Die Sieben Gottheiten mögen ihn verdammen – wo *ist* der Kahnführer?«

»Bleibt ruhig«, erwiderte Draken, obgleich er Tyroleans Besorgnis teilte. Das Floß fühlte sich allzu sehr wie eine offene Bühne an – sie waren ein leicht zu treffendes Ziel.

»Außerdem müssen wir noch auf Osias warten«, fügte Setia hinzu.

»Eure Zeit ist knapp, höre ich.« Das Floß schaukelte unter dem Gewicht von jemandem, der an Bord trat, und Draken, dessen Augen immer noch die bewaldeten Ufer nach einer Bedrohung absuchten, drehte sich ruckartig herum.

Da war sie: ihre Kahnführerin. Sie trug ebenfalls ein Band um die Stirn, das aus braunem Leder gefertigt war, in das man schwarze Perlen gewoben hatte. Es hielt ihre langen dunklen Haare zurück, die zu etlichen dünnen Zöpfen geflochten waren. Zu beiden Schläfen hing eine mondgeschmiedete Scheibe von dem Band herab. Lange nackte, von der Sonne gebräunte Beine und Füße zeigten sich unter einem ärmellosen Gewand, das bis zu den Knien reichte und das sie ungefähr in der Körpermitte gerafft hatte, als ob dies ein nachträglicher Einfall gewesen wäre. Von ihrem Rücken hing ein zerrissener Umhang herab, den sie auf das Floß fallen ließ, wo er als unordentlicher Stoffhaufen liegen blieb.

»Zur Blutbucht, nicht wahr?« Ihr Halsausschnitt entblößte beinahe ihre Brüste, als sie sich niederkniete, um die Leinen zu lösen; Draken musste sich konzentrieren, ihr weiter zuzuhören, da

Bruche ein leises, wissendes Kichern von sich gab. »Ich finde für Euch die schnellsten Strömungen nach Brîn.«

»Unterwegs müssen wir bei Reschan einen Halt einlegen«, sagte Draken.

Die Flößerin fixierte ihn mit einem abschätzenden Blick. Trotz des hellen Tageslichts wurden die Pupillen in ihren grünen Augen groß, was ihr ein neugieriges, kindliches Aussehen verlieh. Ihr Tonfall jedoch war geschäftsmäßig. »Niemand hält dort an ohne einen guten Grund. Ein gefährlicher, diebischer Ort – schlimmer als die Blutbucht selbst.«

Tyrolean ließ Münzen in ihre ausgestreckte Hand fallen. »Wenn Ihr Probleme mit unseren Plänen habt, werden wir einen anderen Kahn finden.«

Ihr Blick war an dem königlichen Anhänger auf Drakens Brust hängen geblieben. »Ihr werdet für meine Sicherheit garantieren?«

»Mein Herr trägt ein Schwert, oder nicht?«, entgegnete Tyrolean. »Ebenso das Siegel unserer Königin. Ihr werdet ausreichend sicher sein.«

Drakens Aufmerksamkeit war allerdings wieder auf die Brücke gewandert. Eine vertraute silberfarbene Gestalt betrat das Bauwerk.

»Osias!«, rief Setia.

Der Mantiker lächelte zum Gruß, als er näher kam, doch seine Gesichtszüge wirkten abgespannt. »Danke fürs Warten. Es hat Zeit gebraucht, Abwehrzauber auf unserer Spur zu errichten.«

»Aber das war es wert, falls sie uns nicht finden«, sagte Draken.

Als Osias an Bord ging, streckte er ihm die Hand entgegen, um ihn zu begrüßen, doch Draken nahm sie nicht. »Und du hast nicht daran gedacht, mir zu erzählen, dass du mich durch Bruche kontrollieren kannst?«

Osias blickte zur Flößerin. »Nicht gerade jetzt, mein Freund; doch wisse, dass ich dies bin, dein Freund.«

»Mantiker erzählen einem niemals alles«, sagte Tyrolean in angespanntem Tonfall. Sein Gesicht hatte jegliche Farbe verloren.

Die Kahnführerin stupste Draken in die Seite. »Geht zur Mitte hin«, wies sie ihn an. »Ich muss die Leinen in Ordnung bringen.«

Draken fühlte sich besiegt und begab sich zum Zentrum des Floßes, wo er in seinem Bündel nach Verbänden suchte. »Ich heiße Draken. Und wie lautet Euer Name?«, wandte er sich im Aufrichten an die Flößerin.

»Lord Draken«, murmelte Tyrolean ergänzend.

Die Frau erhob sich ebenfalls von ihrer Tätigkeit, dem Aufwickeln von Seilen, warf Tyrolean einen Blick zu und wandte sich an Draken, als sie das Floß mit ihrer Stange abstieß. »Ich bin Shisa, mein Herr.«

Sie unterhielt sich nicht weiter mit ihnen, doch ganz wie versprochen fand sie eine schnelle Strömung. Die Uferabschnitte glitten mit verblüffender Geschwindigkeit an ihnen vorbei. Osias, der trotz des Sonnenscheins den Umhang anbehielt und die Kapuze hochgeklappt, bezog hinten auf dem Floß mit angelegtem Pfeil Stellung. Obgleich sie mehrere andere Kähne passierten, machte keiner der Leute den Eindruck, als interessierte ihn irgendetwas anderes als seine eigenen Angelegenheiten. Auch war auf einer ganzen Reihe von Flößen ein Bogenschütze postiert, sodass niemand Osias einen zweiten Blick schenkte.

Als die Brücke aus ihrer Sicht verschwand, kümmerte sich Draken um Tyroleans Schnittverletzung in der Achselhöhle, aus der immer noch Blut sickerte.

»Es hat keinen Zweck; Ihr müsst den Harnisch ablegen, Ty.«

Tyrolean beugte sich von ihm weg. »Bei drohender Gefahr werde ich meine Rüstung nicht ablegen.«

»Ihr seid nicht der Einzige, der Erfahrungen mit Verletzungen hat, Hauptmann, und ich habe Euch keine Frage gestellt.«

Tyrolean willigte mit einem Nicken ein und erlaubte Draken, ihm aus Ledermontur und Kettenpanzer zu helfen. Shisa schaute zu; ihrem Gesichtsausdruck nach nahm sie es übel, dass Blut auf ihr makelloses Deck tropfte.

Sobald der Hauptmann bis zur Taille entkleidet war, stellte Draken fest, dass er an der Flanke seines Brustkorbs einen tiefen Stich davongetragen hatte, aus dem eine Menge Blut hervorquoll, jetzt, wo keine Rüstung ihn mehr einengte. »Das hier ist schlimmer, als ich dachte.«

»Der Mistkerl hat seine Schwertspitze unter meine Platte rutschen lassen«, murmelte Tyrolean mit angespanntem Gesichtsausdruck, seine Lippen waren weiß. »Direkt bevor Ihr ihn geköpft habt.«

»Versucht Euch zu entspannen. Setia, hast du Wein?«

»Ich habe dieses Gadye-Zeug«, antwortete sie und zog einen flachen Lederbeutel aus ihrem Bündel.

»Trinkt das Heilmittel gegen die Schmerzen und im Anschluss daran den Wein«, sagte Draken. Er holte die kleine Flasche von Galene hervor, und Tyrolean schluckte die Arznei, wobei er das Gesicht verzog. Während er abgelenkt war, goss Draken etwas Wein über Tyroleans Wunde.

»Bei den sieben verfluchten Göttern«, keuchte er und schwankte. Setia packte ihn an den Schultern und half ihm vorsichtig, sich auf die Planken zu setzen. »Ihr könntet einen Mann auch vorwarnen!«

»Das ist alles, was ich habe, um es zu reinigen.« Jetzt konnte Draken die Stelle besser sehen, wo die Spitze der Klinge in den Rumpf gedrungen war. Dazu kam eine gezackte Risswunde in dem ziemlich großen Bizeps des Hauptmanns.

»Schaut in die Kiste hinten auf dem Floß«, forderte Shisa ihn auf. »Ihr werdet finden, was Ihr braucht, um die Wunde zu nähen, dazu etwas, um die Fäulnis zu unterbinden.«

Wie sie gesagt hatte, fand Draken ein ordentliches Päckchen mit Knochennadeln, Wachsfäden und eine kleine Flasche mit dickflüssigem Inhalt.

»Schmiert es auf die Wunde, wenn Ihr mit dem anderen fertig seid«, fügte Shisa hinzu.

»Danke«, sagte Draken. »Ihr könnt Euch ebenso ausruhen, Ty; das hier wird ein bisschen dauern.«

Während er die Schnittwunde nähte, bemerkte er ganze Reihen von erhöhten Narben, die auf der breiten blassen Brust des Hauptmanns angeordnet waren. »Wurdet Ihr gefoltert?«

»Meine Tötungen.« Tyrolean stieß zischend Flüche aus, als Draken an einem Faden zog. »Die Monde seien verdammt.«

»Atmet tief ein. Ich bin fast fertig.«

Tyrolean holte mit einiger Mühe Atem, und Draken legte eine

Pause beim Nähen ein, um ihm zu gestatten, einen großen Schluck Wein zu nehmen. Setia hielt den Beutel an Tyroleans Lippen, während er hastig trank, dann sank sein Kopf nach hinten in ihren Schoß. Die Wunde war tiefer, als Draken gedacht hatte, und erforderte etliche Stiche.

»Habt Ihr in Brîn nicht auch solch einen Brauch?« Tyroleans Stimme war ein heiseres Flüstern.

»Nicht, dass ich wüsste«, antwortete Draken wahrheitsgemäß.

»Es ist auch ein abscheulicher Brauch«, merkte Shisa beinahe flüsternd an.

Draken blickte zu ihr hoch, sagte aber nichts. Sie hatte ihnen den Rücken zugedreht.

Warum diese plötzliche Feindseligkeit?, fragte Draken Bruche. *Zuerst war sie so freundlich, überlässt uns die Nadeln und die Medizin …*

Ein anständiger Gadye wird denen helfen, die in Not sind, aber das Volk der Flößer und die akrasianischen Gardesoldaten haben nichts füreinander übrig, antwortete er.

Und wieso nicht?

Die Akrasianer haben die Flößer für den Überfall in der Blutbucht benutzt. Eine Kompanie verkleideter Servii nahm über den Erros die Bucht ein und bahnte so den Weg für die größere Invasion.

Draken erschien dies vernünftig. Eine Armee pflegte die Transportmittel zu nutzen, die jeweils zur Verfügung standen.

Ach, ein Flößer weiß eben gerne, was für Passagiere gerade befördert werden. Draken spürte, wie sich sein anerkennender Blick – wenn auch nicht ganz bereitwillig – wieder ihrer Flößerin zuwandte. *Doch die Soldaten haben nichts von ihren Plänen erzählt.*

»Ich bin fertig«, verkündete er und wickelte einen Verband um Tyroleans Arm. »Nicht hübsch, aber die Blutung hat aufgehört. In einer Sieben-Nacht werden wir die Fäden wieder entfernen.«

Wenn er bis dahin nicht an der Schwertfäule gestorben ist.

Draken lehnte sich zurück, überging Bruches Bemerkung und wandte seine Aufmerksamkeit Osias zu. »Was ist mit dem Wirtshaus passiert? Und mit Galene?«

Osias schüttelte den Kopf.

Niedergeschlagen senkte Draken den Blick auf das Floßdeck.

Er hatte nichts unternommen, um ihr zu helfen, und er musste den neu aufflammenden Zorn unterdrücken, dass der Mantiker ihn davon abgehalten hatte. »Waren es Leute von Va Khlar?«

»Va Khlar?«, rief Shisa mit schneidender Stimme. »Was wollt Ihr von denen?«

Draken überprüfte seine schmerzende Schulter, indem er sie dehnte. Sie tat wieder sehr weh nach dem Gebrauch des Schwertes und der Konzentration auf die subtile Arbeit mit der Nadel. »Wir wollen gar nichts von denen. Sie verfolgen uns.«

»Und Ihr habt mir nichts davon erzählt?«

»Wir werden Euer Beförderungsentgelt verdoppeln«, nuschelte Tyrolean.

Shisa blickte skeptisch, aber sie sagte nichts mehr dazu. Draken lehnte sich neben Tyrolean zurück und bettete den Kopf auf sein Bündel, doch ihm war unbehaglich in seinem Harnisch. Das steife Leder war nicht gedacht, um darin zu schlafen, und seine Schulter pochte schmerzhaft. Der Wind nahm zu, und das Floß glitt rasch über das Wasser wie ein Stück trockene Rinde. Schließlich setzte sich Draken auf, um Wache zu halten. Er spürte, dass Schweiß seine Untertunika, die er unter der stramm sitzenden Rüstung trug, auf unangenehme Weise durchnässte. Aber an den Ufern tauchte niemand auf. Schon bald ließen sie die anderen, schwerer beladenen Flöße hinter sich.

Osias winkte mit der Hand, als Draken hin und her rutschte, um eine angenehme Position zu finden. »Leg deine Rüstung ab. Wir haben sie recht weit hinter uns gelassen. Tyroleans Bogenschützen und mein Abwehrzauber werden sie lange genug aufhalten, sodass wir in Reschan verschwinden können. Außerdem kommen wir schnell voran, nicht wahr?«

»Ihr macht etwas mit der Strömung«, konstatierte Shisa. »Ich kenne diesen Abschnitt des Flusses, er ist ansonsten deutlich langsamer als jetzt.«

Osias lächelte Draken an, der daraufhin wegschaute. Er war immer noch nicht bereit, mit dem Mantiker ein gesittetes Gespräch zu führen. Zu versuchen, ihn durch Bruche zu kontrollieren, war die schlimmste Form von Verrat: zu lügen, indem man eine wichtige Sache unerwähnt lässt, um sie dann gegen ihn zu verwenden. Der Mantiker hatte jedoch nicht ganz unrecht, was das Ablegen der Rüstung betraf. Die Sonne war heiß, und die Luft hing feucht über dem Fluss. Mit Setias Hilfe schnallte er seinen Harnisch los und zog seine schweißnassen Hemden aus.

»Ihr habt eine dunkle Haut«, bemerkte Shisa. »Ein reinblütiger Brînianer, was?«

Draken nickte resigniert. Er hatte behauptet, ein Brînianer zu sein, und es war besser, ein reinblütiger Angehöriger irgendeines Volkes zu sein als ein Halbblut. In der Heimat hielt man ihn für gut gebräunt mit Blick auf die Monoeaner, die ebenfalls die Sonne liebten; doch die akrasianische Haut von Tyrolean neben ihm wirkte so strahlend wie die Fangzähne eines Berglöwen.

Die Silhouette des ersten Mondes war am blauen Himmel zu sehen und signalisierte das bevorstehende Ende des Tageslichts. Es schien bloß ein halber Tag vergangen zu sein, seitdem sie heute Morgen von dem Wirtshaus fortgehetzt waren. Bald würden die Monde aufsteigen, die sich derzeit jede Nacht langsam auf ihre Fülle zubewegten – es ging auf Sohalia zu; und damit rückten die Geheimnisse näher, die gemäß Galenes Behauptung von den Sieben Augen enthüllt würden, worin auch immer sie bestehen mochten.

Bei Anbruch der Dunkelheit fand Shisa eine verlässliche Strömung, die in einem sehr langen, geraden Abschnitt des Erros verlief, wo ihre Reise nicht von Felsen und herabgefallenen Baumstämmen behindert wurde. Für ungefähr einen Mondaufgang war es ihr möglich, entspannt dazusitzen und ihren Kurs nur gelegentlich mit einem Stoß ihrer Stange zu korrigieren.

Draken lehnte sich auf seinem Ellbogen zurück und gab es auf, die Umgebung aufmerksam beobachten zu wollen. Die Nacht war ausnahmsweise mild; der erste der Monde hatte den Himmel angeschnitten, und die Luft kühlte seine warme Haut ab, wenn auch nicht seine Sorgen.

»Von welcher Menschenart seid Ihr?«, wollte Tyrolean von Shisa wissen, während er sich so weit rührte, dass er den Weinschlauch wieder ergreifen konnte. »Ich kann Euer Gesicht nicht zuordnen.«

»Ich bin zur Hälfte eine Gadye.«

»Ihr seid groß für eine Gadye.«

»Die andere Hälfte ist akrasianisch.« Sie spie das Wort förmlich aus. »Mein Vater war ein reinblütiger Gardesoldat, genau wie Ihr.«

Draken kniff die Augen zusammen. War sie das Ergebnis einer Vergewaltigung? Es mochte der Grund für ihre Verbitterung sein.

Tyrolean setzte sich auf und beugte den Oberkörper vor, die Unterarme ruhten nun auf seinen Knien. Ein Muskel nahe der genähten Wunde zitterte. »Ohne Euren Vater wäret Ihr überhaupt nicht hier, oder?«

»Zugegeben«, antwortete Shisa. Erneut huschte ihr Blick über Draken.

Bruche, der in Drakens Innerem murmelte, fragte sich, ob sie so tiefblickend wie Galene war. *Ihr Gadye-Blut wird dafür sorgen.*

Es scheint jedenfalls nicht so, als ob sie in der Stimmung wäre, ihre Gedanken mit uns zu teilen, erwiderte Draken.

Nein. Andererseits du aber auch nicht.

»Manchmal wirkst du ganz verloren«, sagte Setia und rutschte näher zu ihm. »Geht es dir gut?«

»Mir geht's gut, Setia. Ich denke bloß nach.«

Sie beugte sich nah zu ihm und fragte leise: »Bist du zufrieden?«

Zufrieden. Nicht glücklich, sondern zufrieden. Er dachte an sein altes Leben zurück, daran, wie er seine Frau verloren hatte und dann seine Selbstachtung, nachdem sie gestorben war – nur um hierherzukommen und herauszufinden, dass alles umsonst gewesen war. Lesles Mörder war immer noch frei. Zum allerersten Mal war er versucht, es ganz auf sich beruhen zu lassen.

Es ist jedoch nicht richtig, dachte Draken in einem Anfall von Schuldgefühlen. *Ich darf sie nicht vergessen.* Selbst wenn Rache die einzige Möglichkeit war, ihr Andenken zu ehren, so war dies doch alles, was ihm von ihr geblieben war. Sein Blick glitt über Osias. Dies war einer jener Augenblicke, wo die von Osias ausstrahlende Gefahr sich sehr nahe unter der Oberfläche seiner wunderschönen Fassade manifestierte, obgleich seine Körperhaltung entspannt war: Seine Arme ruhten auf den Knien, während er auf den Fluss starrte. Doch unter dem dunklen Himmel sah sein Haar wie ein schwarzes Leichentuch aus, und das Tattoo auf seiner Stirn wirkte eher wie eine klaffende Wunde, nicht so sehr wie ein Mond.

Setia wartete immer noch auf eine Antwort.

»Ich vermute, dass ich so zufrieden bin, wie ich es jemals sein werde«, erwiderte er.

»Und du hast den Wunsch, hierzubleiben?«

»Ich bleibe hier«, antwortete Draken. »Möchtest du die Wahrheit hören? Ich denke nicht mehr allzu sehr daran.«

Lügner, wisperte Bruche.

Shisa schaute mit Bedacht weg.

»Welche Neuigkeiten habt Ihr?«, fragte Draken sie, der versuchte, freundlich zu klingen und die Unterhaltung auf dem Floß so zu lenken, dass nicht mehr er selbst das Gesprächsthema war.

»Ich kenne die Wahrheit des Flusses.«

Draken ermahnte sich zur Geduld. »Und welche Geschichten erzählt das Wasser Euch?«

»Die Mantiker bleiben uns fern«, antwortete Shisa und warf einen Blick auf den stoischen Osias. »Ihr seid der erste, den ich seit vielen Nächten gesehen habe.«

»Das ist wahr«, stimmte Osias ihr mit nachdenklich klingender Stimme zu. »Wir befürchten, dass alltägliche Sorgen gerade das verdrängen, was eigentlich wichtig ist.«

Shisa gab dem Grund des Flusses einen wilden Stoß. »Und ich habe gehört, dass die Königin sich einen Liebhaber genommen hat.«

Draken bemühte sich, seine Gesichtszüge ruhig zu halten. »Klatschgeschichten von der Bastion interessieren mich nicht.«

»Nein, sprecht nur weiter.« Tyrolean kämpfte darum, ein Lächeln zu unterdrücken, und verlor.

»Akrasianer sprechen von einem brînianischen Lord, der das Herz unserer geliebten Königin erobert hat.« Shisa senkte ihre lebendigen braunen Augen und blickte erneut zu dem Anhänger, der an Drakens nackter Brust hing.

»Ich würde Euch danken, wenn Ihr beim Reden über sie einen angemessenen Ton bewahrt«, sagte Draken.

»Ich bitte siebenmal um Verzeihung, mein Herr«, erwiderte Shisa, die es eindeutig nicht bedauerte.

»Steht Ihr loyal zur Krone?«, verlangte Tyrolean zu wissen, dessen Lächeln verschwunden war.

Draken sagte nichts, aber in Anbetracht von Shisas Einstellung sträubten sich ihm ebenfalls die Nackenhaare. Er mochte es nicht, sich eingestehen zu müssen, dass seine Entrüstung jedoch eher dem Widerstand gegen die eigenen Verantwortlichkeiten und der Vernachlässigung der Trauer, die seiner Frau zustand, geschuldet war. Er nahm hin, dass Shisa sich ziemlich schroff gab. Aber trotz seiner Verärgerung über die Flößerin kam er nicht umhin, Gefallen daran zu finden, dass ihre Kleidung so wenig der Fantasie überließ.

Sie ist eine Süße, ganz recht, wisperte Bruche.

»Meine Loyalität richtet sich nach Strömungen und Geldstücken«, erwiderte Shisa.

Tyrolean gab hustend ein lautes Gelächter von sich. »Sie ist zum Piepen, was, Draken?«

Der warf ihm einen Blick von der Seite zu; er wusste nicht, ob die Bemerkung als Beleidigung gedacht war. Doch Tyrolean hatte sich schon wieder entspannt und einen Arm unter den Kopf gelegt.

»Reschan ist immer noch ziemlich weit weg, selbst mithilfe mantischer Magie. Ich empfehle zu schlafen.« Shisa wandte ihnen den Rücken zu und starrte flussabwärts.

Draken lenkte ein, indem er sich zurücklegte; seinen Umhang benutzte er als Kissen. Nach ein paar Augenblicken ließen sich die anderen ebenfalls nieder. Setia schmiegte sich zwischen Tyrolean und Draken, wobei sie sich gegen den Rücken des Gardisten drückte. Tyrolean kümmerte es entweder nicht, oder er schlief bereits. Osias hingegen blieb auf den Beinen: Er stand nun an der Vorderseite des Floßes und starrte über den schwarzen Fluss hinaus; seine graue Tunika bewegte sich in der schwachen Brise über dem Wasser, und seine langen Finger hielten einen Pfeil an der Bogensehne.

Draken drehte den Kopf und stellte fest, dass Shisa ihn beobachtete. Ohne erkennen zu lassen, dass er sie ansah, oder seinen Gesichtsausdruck zu verändern, schloss er die Augen.

Als er in der Nacht erwachte, stellte er fest, dass Shisa immer noch hinten auf dem Floß stand, die Stange locker in den Händen – und ihr Blick ruhte weiterhin auf seinem Gesicht. Draken erhob sich und schaute auf seine schlafenden Freunde hinab. Osias hatte sich neben Tyrolean ausgestreckt; wahrscheinlich lagen sie dichter beieinander, als der Hauptmann zugelassen hätte, wenn er bei Bewusstsein wäre. Setias nackter Arm war um Tyroleans Körpermitte geglitten, die Flecken auf ihrer Haut leuchteten in der Dunkelheit.

»Das ist von den Monden«, flüsterte Shisa. Sie wies auf zwei Himmelskörper, die am Firmament langsam herabsanken.

»Was ist von den Monden?«

»Die Flecken der Mondling-Frau. Habt Ihr sie nicht an Sohalia gesehen?«

Draken schüttelte den Kopf. »Eine Frau hat mir einmal erzählt, dass Sohalia Geheimnisse verrät, wenn man sie nicht sorgfältig aufbewahrt.«

Shisa lächelte schmallippig. »Ihr habt Freunde unter den Gadye.«

»Ich hatte eine Freundin.« Draken wurde ernst, als er an Galene dachte.

»Ihr seid ein Kuriosum, nicht wahr?«

Eine Warnung zog wie ein kalter Hauch über Drakens nackten Rücken. »Wieso das?«

»Bedenkt Eure Gesellschaft. Ein Brînianer, der mit einem Gardisten reist.«

»Ich bin ebenfalls ein Gardesoldat«, berichtigte Draken sie.

»Gewiss, mein Herr.«

Die mondgeschmiedeten Schmuckstücke an ihren Schläfen schimmerten. Für einen Moment ließ sie das Floß einfach in der Strömung dahingleiten und hielt die Stange wie eine Waffe quer vor ihrem Körper; Draken war nicht entgangen, dass sie den Stab trotz seiner sperrigen Länge mit routinierter Leichtigkeit handhabte. Das Ufer glitt dahin wie schwarzes Öl, das eine Rinne hinunterströmt.

»Ihr liebt den Fluss?«, fragte Draken.

»Er ist mein Zuhause.«

»Schwimmen unten Lebewesen?«

»Viele Tiere schwimmen in diesem Fluss. Sie suchen nach Beute und versuchen zu überleben – so wie wir alle. Die Existenz eines Lebens kostet immer die eines anderen«, antwortete Shisa, die mit ihrer Stange Wirbel im Wasser erzeugte. Sie hatte ihn nicht mehr angesehen während ihrer Unterhaltung. »Der neugierige Va Khlar würde sich für Euch interessieren. Sein Clan lässt sich nicht häufig sehen – außer kürzlich auf dem Fluss und in Reschan.«

»Was wisst Ihr über Va Khlar und seine Leute?«

»Missversteht sie niemals, indem Ihr sie für Verbündete oder auch für Feinde haltet. Sie wenden Liebe und Hass für nichts und niemanden als für sich selbst auf.« Sie hob schließlich den Blick zu seinem Gesicht; zwei Sorgenfalten hatten sich zwischen ihre Augenbrauen gegraben. Ihre Lippen öffneten sich, aber sie sagte nichts mehr.

Er streckte eine Hand aus und legte sie auf Shisas Arm. Ihr Bizeps zitterte unter seinen Fingern. Draken spürte, wie sich Bruche unter seiner Haut regte. Er wollte die Kahnführerin haben. »Ihr kennt mich noch nicht einmal, und dennoch klingt Ihr so, als würdet Ihr Euch um mein Wohlergehen sorgen.«

»Die Menschen brauchen jemanden, dem sie vertrauen können«, flüsterte sie, »und sie scheinen zu glauben, dass Ihr dieser Jemand seid.«

»Dann habt Ihr auf Eurem Fluss von mir gehört?«

»Die Königin nimmt sich einen Nacht-Lord, und die Nachricht darüber verbreitet sich wie eine ansteckende Krankheit.« Draken wurde sich bewusst, dass sie sehr eng beieinander standen; sie hatten die Köpfe nach vorn gebeugt, während sie leise sprachen. Shisas Stange senkte sich wieder ins Wasser, das Floß verlangsamte seine Fahrt. »Ihr seid gut mit dem Schwert?«

»Besser als gut«, antwortete Draken, der dies als ein Kompliment für Bruche meinte.

Das Floß kam mit einem Stoß zum Halten; und als Draken aufblickte, sah er, dass es an einem Hafenkai lag.

»Möge es Euch treulich dienen, mein Herr, denn Ihr werdet es in Reschan benötigen.«

KAPITEL SECHZEHN

Flackernde Fackeln, die angesichts der bevorstehenden Morgendämmerung nur notdürftiges Licht spendeten, enthüllten einen Trupp von Wachmännern, die vor einem hohen Holztor standen. Mauern verschwanden zu beiden Seiten im Wald, ein gigantischer Turm überragte selbst die Bäume. Die Wachleute sahen wie ein bunt zusammengewürfelter Haufen aus; ihre Gesichter waren schmutzig und wirkten nicht gerade vertrauenerweckend. Einige wenige Glückliche trugen Kettenhemden.

Es folgte der Anruf der Schildwache. »Wer trifft zur Mondzeit ein?«

»Shisa von den Flößern hat Passagiere nach Reschan befördert!«, rief Shisa und warf sich dabei ihre Haarflechten über die Schulter.

Ein Wachmann löste sich von dem Trupp und trottete immer schneller werdend den kurzen Abhang zur Hafenanlage hinunter. Sein Gesicht war zunächst unter der Kapuze seines Umhangs verborgen, doch indem er zu ihnen lief, fiel sie zurück, und eine Maske kam zum Vorschein. Sie bestand aus silberweißem Mondgeschmiedetem und war in sein Gesicht eingelassen, sodass seine Haut mit dem Metall bündig abschloss. Sie verdeckte das Auge und die Wange der linken Gesichtshälfte und reichte von der Braue bis zum Kiefer. Auf der Maske war ein Auge geformt und ausgemalt – so schön, leuchtend und dem echten auf der rechten Seite so sehr ähnelnd, dass Draken erstaunt darauf starrte, bis ihm einfiel, wie unhöflich das war.

Der junge Mann sprang an Draken vorbei auf das Floß, wobei er es gefährlich ins Wanken brachte, und anschließend in Shisas Arme. Sie war einen halben Kopf größer und er fünf oder sechs Sohalias jünger als sie. Seine zahlreichen langen Haarflechten hatten genau die gleiche Farbe wie ihre.

Sie küsste ihn auf beide Wangen – auf die von Metall bedeckte ebenso wie auf die warme aus Fleisch und Blut – und schob ihn danach ein Stück weit von sich weg, um ihn genau zu betrachten. »Wieso schiebst du Wache?«, wollte sie wissen. »Du bist viel zu jung dafür, Thom.«

Er machte ein finsteres Gesicht. »Schwester, vergiss deine Besorgnis. Ich bin volljährig, und wir brauchen jeden Mann.« Rasch blickte er über die Gesichter der kleinen Reisegesellschaft, die sich beim Anruf der Wachen aufgerafft hatte. Sein Kinn klappte nach unten, als ihm Elenas Anhänger ins Auge fiel. »Mein Herr.«

»Weshalb braucht Ihr jeden Mann?«, wollte Tyrolean wissen. »Was ist geschehen?«

»Überfälle von Va Khlar, Hauptmann«, antwortete Thom, der dabei den Kopf neigte. »Drei Wachen wurden getötet, und es gibt Warnungen, dass noch mehr passieren wird. Selten bahnen sich diese Leute ihren Weg ohne Blutvergießen. Seid Ihr verletzt? Kann ich helfen?«

»Ich bin auf dem Weg der Besserung, danke«, erwiderte Tyrolean. Rasch zeigte er mit dem Daumen auf Draken. »Mein Herr hat mich beinahe so gut zusammengenäht, wie es ein Gadye tun würde.«

Thom nickte; sein einziges Auge jedoch – das trotz der Jugend seines Besitzers einen Scharfsinn ausdrückte, der den Blick stechend wirken ließ – ruhte inzwischen auf Osias' Gesicht. Er neigte abermals den Kopf, und seine Stimme senkte sich vor Ehrfurcht, als er sagte: »Mein erhabener Mantiker, es ist eine Ehre, Euch begrüßen zu dürfen.«

Osias legte die Finger an seine Stirn und zeigte seine übliche Verbeugung. »Friede sei mit Euch.«

Draken löste seine Aufmerksamkeit von Thoms Maske, indem er sich abwandte, um den Harnisch anzulegen und seine Habseligkeiten aufzusammeln. Feuchte Hitze, die nach den Ausdünstungen vom Dreck des Flusses und ungewaschenen Körpern roch, hing tief über dem Erros; doch eine kühlere Brise zerzauste die Locken, die Setias Gesicht umspielten. Sie schaute zu Draken hoch.

»Mir gefällt dieser Ort nicht«, flüsterte sie. »Die Gadye jagen mir Angst ein.«

Und mir gefällt das Aussehen dieser Wachleute nicht, fügte Bruche hinzu.

»Die sind ganz in Ordnung, Setia«, erklärte Tyrolean, als sie ihm half, seinen Schwertgurt anzulegen. »Sie sind Heiler, keine Krieger.«

»Selbst dann«, wisperte Setia. »Immer hegen sie irgendwelche Geheimnisse.«

Draken schürzte die Lippen, als sie vom Floß heruntertraten, und ging mit ausgreifenden Schritten die Hafenanlagen hoch. Der Geruch frischen Wassers wich dem Gestank von Abfall, schmutzigen Tieren und Schlimmerem.

Osias beeilte sich, Draken einzuholen. »Wo wir gerade davon sprechen, mein Freund – halte dich bedeckt, was deine Geheimnisse betrifft. Eine merkwürdige Magie schützt diesen Ort.« Er blickte zum Wachturm hoch, der von großen Bäumen fast verdeckt wurde, und hielt dann inne, um jemanden von den Torwachen zu befragen. »Ist kürzlich ein Mantiker auf diesem Weg vorbeigekommen?«

»Wir haben keinen gesehen«, antwortete einer von ihnen und bewegte mit schroffem Respekt den Kopf ruckartig auf und nieder.

»Wer ist hier der Hauptmann?«, wollte Tyrolean von den Wachleuten am Tor wissen. Zwei weitere von ihnen waren Gadye, bei dem Rest war nicht auszumachen, welcher Menschenart sie angehörten, obgleich einer umrandete Augen hatte.

Sie traten von einem Fuß auf den anderen, bevor einer nach vorne schritt. Er sprach in einem unwilligen Ton, als er antwortete: »Ich schätze, dass ich das wohl bin, mein Herr.«

»Euer Wachmann berichtet von schwerwiegenden Va-Khlar-Aktivitäten. Ich bin der Erste Hauptmann Tyrolean von der Garde der Königin. Wie kann ich Euch Hilfe leisten?«

Der Mann hob das Kinn, seine Augen waren weiß und nervös, als er den Anblick der kleinen Reisegesellschaft auf sich wirken ließ. »Im Moment haben wir keinen Bedarf an weiteren Gardesoldaten, Erster Hauptmann. Der Baron schafft es recht gut, Reschan zu halten.«

»Auf Euch, dann«, sagte Tyrolean, schlug sich in einer hochmütigen Salut-Geste auf die Brust und drehte sich auf dem Absatz um, bevor sie den Gruß erwidern konnten.

»Der Baron steht nicht loyal zu Elena?«, wollte Draken von Tyrolean wissen, während sie mit langen Schritten fortgingen.

»Urian war loyal zu ihrem Vater, weil der ihm die Adelswürde verliehen hatte. Seinen Empfindungen unserer Königin gegenüber bin ich mir jedoch nicht sicher.«

Der Gestank von Schmutz überwältigte Draken, sobald sie durch die Tore getreten waren. Sie schritten unter den griesgrämigen Blicken von vier weiteren Wachmännern am Wachturm vorbei. Die Posten hier drinnen waren nicht weniger schmutzig als ihre Landsleute am Tor, was auch auf den Rest der Bevölkerung zuzutreffen schien. Bleiche, ungewaschene Gesichter erschienen in Fenstern mit aufgeklappten Läden und in offenen Türeingängen. Das erste Tageslicht enthüllte eine Straße aus hartem Schlamm. An den Ecken, wo die Straße auf die heruntergekommenen Gebäude traf, häuften sich Müll und Matsch. Eine Gruppe von knochendürren, ungestriegelten Pferden, die neben einem Wirtshaus eingepfercht waren, schnupperte nutzloserweise auf dem fleckigen nackten Erdboden herum.

Shisa hielt vor einem Gasthaus an und gestikulierte. »Die saubersten Liegesofas in der Stadt, was wenig besagt. Macht eine Torwache darauf aufmerksam, wenn Ihr wieder gehen wollt. Sie werden schon wissen, wo Thom ist, der wiederum wissen wird, wo ich zu finden bin.« Sie blieb abwartend stehen, während Tyrolean sie bezahlte.

»Eine Hälfte jetzt«, beschied er. »Die andere Hälfte, wenn wir Brîn erreichen.«

Sie drehte die Münzen auf ihrem Handteller herum, dann nickte sie ihm kurz zu und wandte sich ab, um mit Thom im Schlepptau wegzugehen.

»Moment«, sagte Draken und ergriff ihren Arm. »Haltet Euch an einem sicheren Ort auf. Wir werden nicht länger als einen Tag oder so hier sein.«

Sie grinste ihn schief an. »Ihr seid es, der sich an einem sicheren Ort aufhalten sollte – mit dieser hübschen Spielerei um Euren

Hals. Selbst der Baron hat nicht viel übrig für Männer der Königin.« Sie hob den Blick zu Tyrolean. »Und Ihr lasst diese grüne Montur am besten niemanden sehen. Alles wird viel glatter laufen, wenn Ihr das tut.«

Draken ließ sie los, allerdings immer noch mit einem Gefühl des Widerwillens. Sie und Thom trotteten fort, ohne noch einmal zurückzublicken.

So viel dazu, sagte Bruche.

Tyrolean grinste. »Ihr steht auf die Flussfrau, was, Draken? Ein Mann mit breitgefächerten Vorlieben; ich kann das gut nachempfinden.«

Osias legte eine Hand auf Drakens schmerzende Schulter und rieb sie sanft, was dazu führte, dass ein unerwünschtes wohltuendes Zittern seinen Rücken hinunterlief. »Shisa hat recht. Gardesoldaten werden hier nicht gut aufgenommen, wenn das Verhalten der Torwache in dieser Hinsicht irgendwelche Rückschlüsse zulässt.«

»Ich frage mich, ob wir deswegen etwas unternehmen sollten«, merkte Tyrolean an.

»Wir sind nicht auf einer diplomatischen Mission, und wir sind auch nicht hier, um die Leute zu disziplinieren«, entgegnete Draken. »Wir sind nur hier, um Aarinnaie zu finden.«

»Und Leute vor den Flüchen zu warnen, wenn sich dazu eine Gelegenheit ergibt«, ergänzte Osias.

Tyrolean sagte nichts mehr zu diesem Thema. Doch beim Anblick einer Gruppe grün Uniformierter, die in die entgegengesetzte Richtung torkelten und eindeutig betrunken waren, murmelte er leise vor sich hin. Ihre Umhänge waren zerfetzt und voller Schmutzflecken, die Rüstungen unvollständig.

Obwohl es noch früh am Tage war und keiner irgendwelche Gedanken an Schlaf hegte, nahmen sie sich Zimmer, um einen Platz zu haben, wo sie ihre Habseligkeiten lassen konnten. Ohne erst danach fragen zu müssen, versicherte ihnen der Gastwirt, ein dünner, ausgemergelter Mann, dass ihre Unterkünfte ausreichend gesichert seien. Dabei wies er mit dem Daumen auf einen schwergewichtigen Kerl mit einem Schwert, der an der Tür postiert war, die nach oben zu den Zimmern führte.

Sobald sie ihre Räume gefunden hatten – wo sich Tyrolean beklagte, dass die Liegesofas kaum groß genug für ein Kind seien, was Draken mit dem Hinweis abtat, dass sie ohnehin kaum schlafen würden –, legten sie alle Hinweise auf ihre Treue zur Krone ab; die einzige Ausnahme war der Anhänger, den Draken anbehielt. Tyrolean beharrte allerdings darauf, dass er nur dann richtig verkleidet sei, wenn er, so wie die Brînianer, mit nackter Brust ginge und als Beweis für seine Stärke seine Schlachtnarben zeigte. Es war in der Tat schon so heiß und feucht, dass Draken glücklich über die Luft auf seiner Haut war. Er wagte es jedoch nicht, den Anhänger im Zimmer zurückzulassen. Also drehte er ihn herum, sodass die gewundene Schlange seines »Heimatlandes« präsentiert wurde. Nach dem Ankleiden fanden sie einen Tisch in dem überfüllten Gesellschaftsraum. Zwei gehetzte Bedienstete, sicher nicht älter als zwölf Sohalias, eilten zwischen den Tischen umher und versuchten vergeblich, die Schüsseln immer rechtzeitig zu füllen.

»Ein derber Haufen«, stellte Tyrolean fest, während er sich in der Menge umblickte.

Die meisten wirkten, als wären sie Händler: Zu ihren Füßen lagen Warenbündel, die sie aus misstrauischen, zusammengekniffenen Augen bewachten. Die lautstarken Unterhaltungen drehten sich um Marktgeschäfte.

»Ich glaube, wir haben die Aufmerksamkeit der zwei Gadye da hinten in der Ecke erregt«, merkte Osias an.

Mit den Augen überflog Draken den Raum. Er sah die Männer, die Osias meinte, doch er ließ den Blick sogleich weiterschweifen, als hätte er sie nicht bemerkt. Sie sprachen durch Handzeichen.

Tyrolean, der sein Haar locker und wirr ums Gesicht hängen ließ, stützte die Ellbogen auf den Tisch, um seine Schüssel abzuschirmen. Den Rücken hatte er gekrümmt wie die übrigen Gäste. Gekleidet in eine einfache, selbst gesponnene Tunika und bewaffnet mit seinen unkonventionellen, auf den Rücken geschnallten Schwertern, hätte niemand erraten können, dass er der Erste Hauptmann in der Armee der Königin war.

Er nahm ein wenig von der Schleimsuppe in den Mund und gab

sich keine Mühe, eine Grimasse angesichts des armseligen, wässrigen Geschmacks zu unterdrücken. »Richtig, sie sind ziemlich an uns interessiert; ganz recht.« Er griff nach seiner Schnabelkanne und trank einen großen Schluck, wobei er Draken über den Rand hinweg beäugte. »Ihr glaubt doch wohl nicht, dass Ihr Aarinnaie hier finden werdet?«

Draken zuckte mit den Schultern. »Die Wahrheit? Ich weiß es nicht. Falls Va Khlar sie tatsächlich als Geisel genommen hat, dann wäre Reschan der passende Ort, um sie irgendwo festzuhalten.«

»Sie hier bei ihren eigenen Leuten festhalten? Ja, so was machen sie«, stimmte Tyrolean zu.

»Aarinnaie ist schlau«, gab Setia zu bedenken. »Die werden sie nicht lange täuschen können, falls das ihre Absicht ist.«

Sie beendeten ihr Mahl und standen auf, um die Schenke zu verlassen. Als sie zur Tür hinausgingen, kam Draken noch der Gedanke, einen Blick nach hinten zu werfen und nach den Männern in der Ecke zu schauen. Doch die waren verschwunden.

Der Marktplatz lag direkt an einem gewaltigen steinernen Schutzwall. Als sie vor einem Stand mit Früchten stehen blieben, um die armselige Mahlzeit aufzubessern, die sie gerade hinter sich gebracht hatten, fragte Draken den Verkäufer, was hinter der Mauer sei.

»Da ist der Bergfried des Barons. Er lebt stets eingeschlossen in seinem komfortablen Zuhause, weit weg von den gemeinen Leuten.«

»Kommt er denn nicht irgendwann mal raus?«

Der Budenbesitzer dachte nach und kniff dabei sein faltiges Gesicht zusammen. »Das letzte Mal hab ich ihn vor zwei Sohalias gesehen – damals, bevor seine Frau gestorben ist.«

»Wird er diesmal bei Sohalia rauskommen?«

Der Händler am Stand wies die Frage mit einem schnellen Rucken des Kinns ab. »Weiß ich nicht. Er hat jedenfalls keinen Verwendungszweck für seine grünen Wachleute. Und wenn man diesen Haufen freilässt, zieht das sämtliche Arten von Bosheit nach sich. Die sind so schlimm wie Königliche Gardesoldaten«, fügte er noch hinzu, bevor er seine Aufmerksamkeit dem nächsten Kunden zuwandte, einer hübschen brînianischen Frau, die Draken ein bewunderndes Lächeln schenkte. Ein schmuddeliger Junge klammerte sich an ihre Röcke.

Tyrolean schritt voran durch die von den Marktständen gebildeten engen Gänge. Bei den meisten handelte es sich gar nicht um richtige Verkaufsbuden; vielmehr hatte man größtenteils die Waren einfach auf dem Erdboden oder, bei den wohlhabenderen Händlern, auf zweckdienlichen Klapptischen ausgelegt. Draken begutachtete das Angebot mit Interesse: große Körbe mit dreifarbigen Früchten; helle, kreischende Vögel; leuchtende Eidechsen; eine große Marktbude mit gehäuteten und ausgeweideten Tieren; glänzende Harnischteile und andere Lederwaren. Er sah einen kleinen Stand, der etwas anbot, das auf den ersten Blick eine Ansammlung von Nüssen zu sein schien, sich jedoch bei näherer Betrachtung als Lebewesen mit Schalen herausstellte, die dazu gedacht waren, gekocht und gegessen zu werden. Es gab Juwelen und Steine und Lagergüter und Werkzeuge und Klingen und Mondscheiben; köstlich riechende Eintöpfe und stinkende Arzneien; Tierfallen und Waffen. Aufgestapelte Textilien reichten von feinen seidenartigen Geweben bis hin zu groben Kleidungsstoffen, aus denen beispielsweise Tyroleans Tunika hergestellt war. Die Standverkäufer hockten auf ihren Fersen, während das Feilschen langsam zu einem ohrenbetäubenden Lärm anwuchs, der einen Tag lebhaften Handels verhieß.

Unter den Leuten waren alle Menschenarten anzutreffen: akrasianische Frauen, die in feine Seidenstoffe gehüllt waren; brînianische Söldner mit unbedeckter Brust, die Draken mit harten, starren Blicken von Kopf bis Fuß musterten; Priesterinnen in weißen Kutten; Masken tragende Gadye, die Kräuter und Tonika anboten. Bei einer Standverkäuferin musste es sich um eine reinblütige Mondling-Frau handeln; ein winziges Ding mit baumrindenfarbigen Wuschelhaaren, glatter, gesprenkelter Haut und schwarzen Augen, die sich verengten, als sie auf Setias Gesicht fielen.

»Wir erregen Aufmerksamkeit«, stellte Tyrolean fest. »Zu viel von der falschen Art, wie ich glaube.«

»Ich schlage vor, dass wir uns trennen«, sagte Draken. »Dadurch decken wir einen größeren Bereich ab. Tyrolean, Ihr kommt mit mir, und Setia und Osias bleiben zusammen.«

»Aber wir müssen Vorsicht walten lassen«, gab Tyrolean zu bedenken. »Va Khlar ist ein heikles Gesprächsthema.«

»Stimmt. Aber wenn Aarinnaie« – Draken senkte die Stimme bei diesem Namen – »gesehen worden ist, dann finden wir gewiss jemanden, der darüber sprechen wird, wenn nur der Preis stimmt.«

»Dann bis zum zweiten Mondaufgang im Wirtshaus«, sagte Osias.

»Versuchen wir's doch bei dem Stand da«, schlug Tyrolean vor, nachdem sie sich aufgeteilt hatten. »Ich könnte was zu trinken vertragen. Ist ziemlich heiß heute Morgen.«

Es war in der Tat heiß. Der Schweiß rann Draken bereits die Flanken herunter, sodass seine Haut unter dem Schwertgürtel und den geschnürten Lederhosen ganz feucht wurde. Die beiden schritten zu einem primitiven Tresen, der aus einer Holzplatte bestand, die ausbalanciert auf einem großen rechteckigen Stein lag. Der Ladentisch befand sich unter einem mit Zelten bedeckten Areal von Marktständen. Der Stoff über den Köpfen milderte die Sonnenhitze und dämpfte den Lärm des Marktes ein bisschen.

»Aah, die hier weiß genau, was sie bei ihrer Arbeit tun muss«, meinte Tyrolean, nachdem er einige Schluck aus seinem Becher genommen hatte. Der Wein war auf wundersame Weise gekühlt und nicht im Mindesten bitter.

»Ich danke Euch, mein Herr«, sagte die Standverkäuferin und vollführte lächelnd einen Knicks, der ihre großzügigen Brüste sehr vorteilhaft zur Geltung brachte. »Was machen reinblütige Männer wie Ihr in Reschan?« *Und auch noch zusammen?*, lautete eine zweite, unausgesprochene Frage. Trotz ihres Begrüßungslächelns ließ sie die beiden keinen Moment lang aus den Augen.

»Ist es uns nicht erlaubt?« Tyrolean lächelte ebenfalls; der kalte Wein in seinem Pokal hellte seine Stimmung offenkundig auf. Er ließ eine Hand an der Thekenkante entlanggleiten, beäugte den Ausschnitt der Frau und nahm einen weiteren Schluck.

»Wir sehen hier nur nicht so viele Vollblut-Akrasianer.« Ihre

Augen huschten zu Draken. »Obgleich die Halbblütigen hier in der Gegend sich bemühen, als solche durchzugehen.«

Tyrolean schaute sich mit zusammengekniffenen Augen um, als ob sich möglicherweise ein Halbblut-Akrasianer zeigen würde, sodass er ihn töten konnte, weil er von Eltern abstammte, die unterschiedlichen Menschenarten angehörten. Sie beobachtete dies mit einem kleinen, gefühllosen Lächeln. Draken befand, dass ihr Gesicht viel zu hübsch war, um auf solch eine Art zu lächeln. Und sie war doch nicht so jung, wie sie aussah.

»Wir sind auf der Reise«, teilte er mit und schob seinen eingedellten Becher über den Tresen, damit sie nachschenkte. »Von Auwaer. Was für Neuigkeiten erzählt man sich denn hier?«

Sie hielt kurz inne, als sie nach dem Krug griff; ihren Rücken hatte sie ihnen halb zugedreht. »Eine lange Fahrt mit dem Boot.«

»Wir sind auf dem Erros hergekommen«, sagte Tyrolean.

Sie schenkte nach und zog die Nase kraus. »Flussvolk. Schlitzen einem die Kehle auf, sowie sie einen redlich befördert haben.«

»Unsere Kahnführerin war ziemlich redlich.«

»Zweifellos – bei Euch und diesen Schwertern. Also machen wir einen Tauschhandel. Neuigkeiten aus Auwaer für Neuigkeiten aus Reschan.«

»Ich habe gehört, jemand hat einen Mordanschlag auf die Königin verübt«, bot Draken an.

Sie schnaubte. »Pah! Ich habe das Gleiche gehört. Aber wenn dem so wäre, warum sollte dann Lord-Marschall Reavan hierher reisen?«

»Reavan ist hier?« Draken konnte nicht verhindern, dass sein Tonfall schneidend wurde.

»Ich hab ihn mit eigenen Augen gesehen. Ist mit seinem Haufen von Gardisten durchgekommen.« Sie blickte zu Tyrolean. »Ich hab gedacht, Ihr könntet mit ihm zusammen sein. Doch seine Leute sind am Bergfried geblieben – gelobt seien die Sieben Augen! – und mischen sich natürlich nicht unter die Brînianer.«

Draken nickte. Er starrte zum nächsten Stand hinüber, wo eine kleine Kreatur mit langer Nase um eine Steinplatte herumschnüffelte, die voller glänzender Messer war. Sein Schweigen lohnte sich.

»Es gab eine ziemliche Schlägerei am Tor.« Ihre Stimme senkte sich zu einem Wispern, als sie sich näher zu ihnen beugte. »Urians Männer haben ihn nicht richtig durchgelassen, wie sie es sollten. Ein Gardist ist letzte Nacht dort gestorben, wenn man den Gerüchten Glauben schenken darf.«

»Gestorben?«, hakte Tyrolean nach. »Das hört sich nach mehr als einer Schlägerei an.«

»Reavan ist nicht gerade Urians Liebling«, erklärte sie. »Und umgekehrt gilt das Gleiche.«

Sie wollen zu viel von derselben Sache, um miteinander verbündet sein zu können, intonierte Bruche. Draken legte das Kinn in seine Hand und stimmte dem Geist stumm zu. »Was glaubt Ihr also, warum er dann hier ist?«

Sie ließ den Blick an seiner Brust hinabschweifen und folgte dabei der Linie von Elenas Halskette. Bruche veränderte die Blickrichtung von Draken und erwiderte die Geste.

»Womöglich, um Va Khlar das Handwerk zu legen«, antwortete sie. »Tagtäglich gibt es Morde, und ein Ende ist nicht in Sicht.«

»Wurde irgendjemand deswegen geschnappt?«, erkundigte sich Tyrolean.

»Es gibt niemanden, den man beschuldigen könnte.« Sie schnaubte und wischte über eine imaginäre Schweißperle in ihrem Dekolleté. »Doch diese Leute verstehen sich darauf, so etwas zu vermeiden, nicht wahr?«

Tyrolean lehnte sich zurück und überblickte die Scharen von Markthändlern hinter ihnen. Keiner der beiden führte das Gespräch fort, während sie ihren Wein austranken. Sie stießen sich vom Tresen ab, nachdem sie mit Münzen bezahlt hatten, die den Kopf der Königin zeigten. Die Frau starrte argwöhnisch darauf. »Wer seid Ihr, dass Ihr mit Rare bezahlt?«

»Das ist egal«, erwiderte Tyrolean. »Und wenn Ihr sie behalten wollt – wir waren nicht hier.«

Sie verstaute die Münzen tief in ihren Röcken und bückte sich, um einen Krug hervorzuholen; auf diese Weise spendierte sie ihnen einen weiteren Blick tief in ihre Kleidung.

»Warum sollte Reavan herkommen, Ty?«, fragte Draken, als sie fortgingen. »Wo er doch so ein schlechtes Verhältnis zum Baron hat?«

»Es gibt keine vergangene Feindseligkeit, von der ich etwas weiß; aber du hast ja die Frau gehört«, antwortete er. »Ich bin nicht scharf darauf, die Fragen des Lord-Marschalls zu beantworten, falls er uns finden sollte.«

Ich freue mich jetzt schon darauf, diesen Reavan kennenzulernen, sagte Bruche und bewegte Drakens Hand zu seinem Schwertheft.

»Wenn hier jemand Fragen stellt, dann bin ich das. Ich habe einen höheren Rang als er.« Draken hatte eine viel größere Sorge. »Doch wenn er Aarinnaie vor uns findet, ist es sehr gut möglich, dass er sie tötet.«

Und der Fürst würde das niemals durchgehen lassen, ergänzte Bruche in einem nachdenklichen Tonfall. *Das könnte einen blutigen Krieg auslösen.*

»Hmm.« Tyrolean nickte in Richtung einer Reihe ordentlicher Läden, die einer Marktecke gegenüberstanden. »Probieren wir es doch einmal bei einem Schwertfeger. Die Leute, die dieses Handwerk ausüben, neigen dazu, sich mit Söldnern zu treffen. So einer wird das Unheil hier vor Ort kennen.«

Jede Wand der Schmiede war mit glänzenden Klingen vollgehängt. Draken handelte aus, dass für eine Viertel-Rare sein Schwert gründlich geschärft wurde. Die graumelierte Schwertfegerin war schlau genug, wegen der von Tyrolean hervorgeholten Münze mit dem Kopf der Königin keine Fragen zu stellen, und schwatzte munter drauflos, während sie die Klinge bearbeitete.

»Kein hübsches, aber ein ausgezeichnetes Schwert; gut ausbalanciert und mit geschmiedetem Griff. Seht her.« Sie hob die Waffe hoch und zeigte auf die Stelle, wo das mit Leder umwickelte Heft auf die scharfe Schneide traf. »Geformt aus einem einzigen Metallschaft – vom Griff bis zur Klingenspitze. Von Zeit zu Zeit sehe ich Mondgeschmiedetes … ja, wirklich, und zwar bei den alten Schwertern. Heutzutage ist so etwas den Schmuckstücken und Hochzeitsarmbändern vorbehalten.«

Draken nickte zustimmend und dachte dabei an seine Halskette. »Es hat mich bisher nicht im Stich gelassen.«

Die Schwertfegerin beäugte die beiden über das Tuch hinweg, das sie vor ihrem Gesicht trug, um sich vor umherfliegenden Metallteilchen zu schützen, während sie das Schwert schärfte. »Ich wage vorauszusagen, dass dies bestimmt nicht geschehen wird.«

»Was gibt's Neues?«, fragte Tyrolean. »Wir sind eben aus Auwaer hergekommen.«

»Sucht Ihr Arbeit?«

Draken zuckte mit den Schultern. »Wenn die Bezahlung stimmt.«

»Offiziell zugelassene oder unabhängige Arbeit?«, erkundigte sich die Schwertfegerin mit routinierter Beiläufigkeit.

Also vermutete sie, dass Tyrolean und Draken Söldner ohne Konzession waren. Das kam ihren Absichten gelegen. *Sei vorsichtig hier*, warnte Bruche.

»Eher so etwas wie das Letztere«, antwortete Draken.

»Der Va-Khlar-Clan ist gerade dabei, ruhige Schwerthände einzukaufen«, sagte die Schwertfegerin.

»Wirklich?«, entfuhr es Tyrolean mit einem Blick zu Draken.

»Könnten das Geld gut gebrauchen«, meinte der.

Die Schwertfegerin hob die weiße Klinge hoch und begutachtete sie erneut. Sie fuhr mit einem Lappen über die flache Seite der Klinge und fragte mit zusammengekniffenen, blutunterlaufenen Augen: »Wie ist ein Brînianer zu solch einem Schwert gekommen?« Sie klang nicht mehr so unbefangen wie zuvor. »Akrasianer kontrollieren die einzige Erzader für Mondgeschmiedetes, die übrig geblieben ist.«

»Durch Bezahlung«, erwiderte Draken.

»Letztes Sohalia haben wir für eine Gardetruppe gearbeitet«, sagte Tyrolean.

Die Schwertfegerin unterbrach für einen Augenblick ihre liebevolle Behandlung des Schwertes. »Garde.«

»Still und heimlich«, fügte Tyrolean hinzu. »Hässliche Sachen: Sie mögen es nicht, sich bei so was ihre weichen Hände schmutzig zu machen.«

»Dann seid Ihr mit Reavans Haufen reingekommen?«, fragte sie und entspannte sich ein wenig.

»Nein«, erwiderte Tyrolean. »Nein, sind wir nicht.«

Die Schwertfegerin gab Draken die Waffe mit dem Griff voran zurück. »Wenn ich Zeit hätte, würde ich diese Kratzer anständig ausfüllen. Aber die Schneide ist jetzt einwandfrei.«

Draken betrachtete das Schwert genau. Durch das professionelle Schärfen und Polieren sah es besser aus, obgleich das Leder um den Griff immer noch abgenutzt und voller Schweißflecken war. Er steckte das Schwert in seine Scheide zurück. »Wo können wir Va Khlar oder Leute von ihm finden?«, erkundigte er sich. »Um in Erfahrung zu bringen, ob er uns anheuert.«

»In der Backland-Taverne bei den hinteren Toren«, antwortete sie, während sie die Hände in eine Wasserschüssel tauchte und dann an einem schmutzigen Handtuch abwischte.

»Wir kennen das Wirtshaus«, sagte Tyrolean. »Aber Va Khlars Männer führen keine Banner mit sich. Wie sollen wir sie erkennen?«

»Haltet nach denen Ausschau, die mit ihren Fingern sprechen. Sie haben ihre Zungen aufgegeben, um die Geheimnisse ihres Meisters selbst unter Folter nicht preiszugeben. Wenn keiner von denen da ist, fragt nach ihrem Jungen, nach Gusten. Er wird Euch ganz gewiss mit dem Clan zusammenbringen.«

Die Gadye, von denen sie am heutigen Morgen in dem Gasthaus beobachtet worden waren, hatten eine Zeichensprache benutzt. *Sie wissen, dass ihr hier seid*, sagte Bruche.

Und?, erwiderte Draken. *Ich bin niemand für sie.*

Der Geist machte ein Geräusch, das Drakens Kehle erreichte. *Genau. Und ich bin bloß die schlechte Hälfte deiner Fantasie.*

»Verliert nur nicht den Kopf«, fügte die Schwertfegerin hinzu. »Irgendwas ist da los bei Va Khlar und seinen Leuten; außerdem halten sie Söldner von außerhalb für leicht austauschbar. Ganz zu schweigen davon, dass so etwas gegen das Recht ist.«

»Wir sind an diese Kleinigkeit gewöhnt«, sagte Draken. »Danke.«

Während sie zu den hinteren Toren gingen, erzeugte die heiße Sonne Schweißspuren auf Drakens Haut, die den Schleimfährten von Schnecken glichen und den Anhänger auf seiner Brust festkleben ließen. Die Kette juckte in seinem Nacken.

Um zur Taverne zu gelangen, bogen sie bei den hinteren Toren ab. Die wurden von schroffen Männern bewacht, die jeden befragten, der die Stadt zu betreten versuchte. Mehr als nur ein paar Leute wurden abgewiesen. Jenseits der Tore waren einige wenige Bäume zu sehen; sie standen auf weiten, sonnigen Wiesenflächen, die von Reisenden übersät waren.

In der engen, dunklen Taverne war es zum Glück kühl. Mit desinteressierten Gesichtern nahmen die Gäste die Neuankömmlinge zur Kenntnis und kehrten danach zu ihren Mittagsmahlzeiten zurück, zu denen es Klatsch als Beilage gab.

Die beiden nahmen Platz und bestellten etwas zu essen. Draken beugte sich nah zu Tyrolean, um leise zu sprechen. »Hier soll es sein, wo der Clan von Va Khlar neue Mitglieder anwirbt? Sie sind doch die mächtigsten Händler in der Stadt. Dies scheint mir nicht der richtige Ort zu sein.«

»Vielleicht haben sie ja ihre Standards gesenkt«, meinte Tyrolean.

Die meisten Männer sahen wie einfache Arbeiter aus. Ihre Kleidungsstücke waren schmutzig und die Hände rau und rissig. Sie beäugten Draken und Tyrolean misstrauisch, schauten jedoch weg, wenn man sie durch eine Erwiderung des Blicks herausforderte.

»Ich schätze, wenn man einen Krieg plant, geht Quantität vor Qualität«, meinte Draken.

»Das entspricht auch meiner Erfahrung.« Tyrolean fixierte ihn mit einem scharfsinnigen Blick. »Glaubt Ihr das? Streben Va Khlar und seine Leute einen Krieg an?«

»Wer hinter dem Attentatsversuch auf Elena steckt, hat Aarinnaie benutzt, und es kann kein Zufall sein, dass sie jetzt bei Va Khlar ist.« Draken zuckte mit den Schultern. »Ich habe Kriege erlebt, die durch einen geringeren Anlass ausgelöst wurden.«

»Also habt Ihr gekämpft. Ihr habt den Krieg gesehen.«

Während der akrasianischen Invasion in Monoea war Tyrolean in Reschan stationiert gewesen; und er war zu jung, um am Schwertkrieg zwischen Brîn und Akrasia teilgenommen zu haben. In seiner Karriere hatte er wahrscheinlich nichts gesehen, was mehr gewesen wäre als ein Handgemenge. Draken knurrte. »Ihr habt ja keine Ahnung.«

Sie aßen ein annehmbares Mittagsmahl, konnten jedoch keinerlei Fingergebärden ausmachen; auch keine Gadye oder sonst jemanden, der irgendwie anders aussah als der typische einfache Bürger, der Erleichterung von Hitze und Arbeit sucht. Die meisten waren Brînianer oder Mischlinge.

Der Junge, der in dem engen Wirtshaus bediente, erduldete ohne Protest Grabschereien und ordinären Spott. Keine zwei Jahre war er vom Eintritt in das Erwachsenenalter entfernt und schmutzig in der Art, wie es Jungen eben häufig waren, doch wirkte er nicht wie ein unglückliches Kind mit seinen roten Wangen und einem guten Knochenbau. Als er den beiden das Essen brachte und ihre leeren Becher wieder auffüllte, fragte Draken: »Bist du Gusten?«

Die hellblauen Augen des Jungen huschten zu Tyrolean und wieder zu Draken zurück. »Der bin ich, mein Herr.«

»Gibt's jemanden, der dir Ärger bereitet?«, fragte Draken.

Gusten schüttelte den Kopf. Die Haare fielen ihm über die Augen. Mit der freien Hand schob er sie zurück.

»Man hat uns erzählt, dass wir mit dir sprechen sollen, wenn wir uns mit Leuten von Va Khlar treffen wollen.«

Gusten blickte hinter sich und flüsterte: »Nicht jetzt. Lasst diesen Haufen hier erst mit dem Essen fertig werden.«

»In Ordnung«, antwortete Draken. »Wir warten.«

Gusten arbeitete sich durch die Ansammlung derer, die zum Mittagessen hier waren, und warf Draken und Tyrolean hin und wieder kurze, besorgte Blicke zu.

»Ich glaube, Ihr habt ihn verunsichert«, mutmaßte Tyrolean.

Draken stimmte ihm zu. »Haltet nach ihm Ausschau. Achtet darauf, ob er davonläuft.«

Die Taverne leerte sich allmählich, bis nur noch der schläfrige Kneipenwirt und Gusten übrig geblieben waren. Der Kneipenwirt warf ihnen beiden nicht einmal einen Blick zu. Die genaue Beobachtung des Jungen war überflüssig, denn Gusten trat zu ihnen heran, sobald all die anderen Gäste gegangen waren. »Sonst noch etwas, die Herren?«

»Wir waren im Begriff, uns zu unterhalten«, erinnerte ihn Draken.

Gusten blickte zum Kneipenwirt, der sich auf einer Bank niedergelassen hatte; die Arme ineinander verschränkt, das Kinn auf der Brust ruhend. Dann rutschte die schlaksige Gestalt des Jungen auf die Bank, die an der gegenüberliegenden Seite ihres Tisches war. Plötzlich sah Gusten sehr müde aus, wie jemand, dessen Dienst schon zu lange dauerte und für den immer noch kein Ende in Sicht war.

»Du stehst mit dem Clan in Verbindung?«, erkundigte sich Tyrolean.

»Ich hätte nicht geglaubt, dass Söldner sich darum kümmern, woher ihr Geld kommt, solange die Bedingungen erfüllt sind.« Gustens plötzlicher kalter Tonfall täuschte über sein Alter hinweg.

Draken spielte mit dem Messer, das er zum Essen benutzt hatte. »Einige Arbeiten sind einfach der Mühe nicht wert.«

»Willst du die Wahrheit wissen?« Tyrolean beugte sich auf den Ellbogen nach vorne und starrte dem Jungen ins Gesicht. »Wir sind der Gerüchte überdrüssig. Die Leute von Va Khlar sind recht aktiv, so viel ist klar. Aber heuern sie auch neue Mitstreiter an? Gib uns einen Namen, und wir hauen ab.«

Gusten starrte Draken ausdruckslos an. »Euch jedenfalls werden sie niemals anheuern. Sie würden niemals einen Blut-Lord aus den Reihen des Piratenkönigs anheuern.«

König. Der Junge hatte den Fürsten von Brîn König genannt. Genau wie Thronerbe Geord es getan hatte.

»Ich bin kein brînianischer Lord, Junge«, erwiderte Draken. »Schau dir an, in welcher Gesellschaft ich verkehre. Sehe ich etwa so aus, als würde ich den Fürsten lieben?«

Die Stirn des Jungen wurde kraus, als er Draken musterte, der dem Blick standhielt.

»In Ordnung, ich nehme Euch mit«, sagte Gusten.

Ohne noch ein weiteres Mal zurückzublicken, ging er voran zur Tür hinaus.

Doch als sie gerade einmal zwölf Schritte die Straße hinuntermarschiert waren, stoppte ein dumpfer, ekelerregender Schlag ihr

Weiterkommen. Gusten fiel nach hinten gegen Draken, der dadurch ins Straucheln geriet. Draken hatte kaum Zeit, die Bedeutung des perlmuttfarbenen, grauen Schaftes zu begreifen, der aus der Brust des Jungen herausragte, als Tyrolean bereits zischte: »In Deckung!«

Draken zog Gusten in den Schatten des nächsten Gebäudes, und Tyrolean folgte ihnen mit gezogenen Schwertern. Dort fühlte Draken an Gustens Hals nach dem Puls und fand keinen. Der Junge hing schlaff in seinen Armen.

»Wir sind hier draußen auf der Straße ein leichtes Ziel«, murmelte Tyrolean, während er die umliegenden Hausdächer und Türeingänge überflog.

Doch es kamen keine weiteren Pfeile, und nachdem Tyrolean Dächer und Straße mit Blicken abgesucht hatte, erhob er sich und steckte seine Schwerter wieder in die Scheiden. Draken kniete sich mit gebeugtem Kopf nieder und hielt immer noch Gusten in den Armen. Das Gesicht des Kindes erschien ihm auf eine erstaunliche Weise wunderschön, die rosenfarbenen Lippen immer noch geöffnet von seinem letzten Atemzug.

Eine kleine Menschenmenge versammelte sich: Passanten, die neue und abgenutzte Waren trugen, Frauen mit Bündeln auf ihren Schultern, und Kinder, die plötzlich leise wurden. Niemand wagte es, mehr als ein paar Körperbewegungen zu zeigen, die Unbehagen ausdrückten, oder mehr als ein reserviertes Raunen von sich zu geben. Innerhalb von Augenblicken zerstreuten sich die Leute, als ob sie Draken und Tyrolean wiedererkannten und als gefährlichen Umgang ansahen.

Draken seufzte, als er Gustens Leiche in seinen Armen hochhob. Der erste der Gespenster-Monde konkurrierte noch nicht mit der Sonne um die Herrschaft am Himmel, und doch war schon ein Junge tot.

KAPITEL SIEBZEHN

Tyrolean lehnte sich bei seiner Mahnwache auf dem Schlafsofa zurück, während Draken mit staksenden Schritten durch ihr Zimmer im Wirtshaus ging und in seiner ursprünglichen wie auch den neuen Sprachen Flüche murmelte. Osias und Setia waren noch nicht zurückgekehrt, und inzwischen zogen vier Monde über den Himmel.

Draken hatte Gusten zum Wirtshaus gebracht. Vielleicht würde er Drakens Ticket für den Eintritt bei Va Khlar sein, obschon er sich selbst hasste, dass er so etwas dachte. Aber auch ohne diese Überlegung hätte er einen Jungen, der tot im Schmutz der Straße lag, genauso wenig zurücklassen können, wie er seiner Pflicht gegenüber der Königin nicht hätte nachkommen können. Es war ein seltsamer Ort, dieses Akrasia, das solche strengen, widersprüchlichen Anforderungen an sein Verhalten bereithielt.

»Zu grübeln wird ihn nicht zurückbringen«, sagte Tyrolean, gähnte und verschränkte die Arme hinter dem Kopf.

»Wer sonst noch schießt mit diesen Pfeilen aus Ocscherholz?«

»Das habt Ihr mich schon zweimal gefragt.« Tyrolean öffnete nicht die Augen. »Der Pfeil gehörte einem Mantiker, Draken. Darüber zu sprechen wird an der Sache selbst nichts ändern.«

»Verdammt. Verdammt!« Draken schnallte sich den Schwertgürtel ab und ließ ihn auf den Fußboden fallen. Er war ganz verschwitzt von der warmen, abgestandenen Luft in ihrem Zimmer und drehte sich, in der Hoffnung auf eine Brise, wieder dem Fenster zu. Immer noch kein Osias. Hatte der Mantiker den Jungen aus irgendeinem Grund erschossen und war dann weggerannt?

Nein, Draken, sagte Bruche. *Ich vertraue Osias. Selbst wenn er Gusten getötet haben sollte, dann hat er dafür einen guten Grund gehabt. Klage deinen Freund nicht an, bevor du ihn nicht dazu angehört hast.*

Es war ein guter Ratschlag, doch Draken drängten sich Fragen über Osias' mögliche Schuld einfach auf.

»Vielleicht hatte Gusten den Tod verdient und etwas getan, das in keinem Zusammenhang mit uns steht«, gab Tyrolean zu bedenken, der unbewusst Bruches Gedankengang weiterführte. »Er könnte ein Dieb oder Schlimmeres gewesen sein – ein Mitglied von Va Khlar.«

Draken drehte Ty wieder das Gesicht zu. »Er war ein Junge, und er ist tot. Durchbohrt von dem Pfeil eines Mantikers.«

Tyrolean öffnete die Augen und verdrehte sie sogleich, als er Draken ansah. »In Reschan hat das Alter wenig mit Unschuld zu tun.«

Draken beachtete ihn nicht weiter und richtete den Blick auf die Straße. Beim Anzeichen einer Bewegung beugte er sich aus dem Fenster, um genauer hinzusehen. Eine einzelne, verstohlen dahinschleichende Gestalt ging die Straße entlang und betrat das Gasthaus.

»Tyrolean.« Drakens leise Stimme führte dazu, dass sich der Hauptmann aufsetzte. »Setia kommt, aber alleine.«

Nach ein paar Momenten öffnete sie die Tür, ihre Messerklinge drang zuerst in den Raum ein. Einen Augenblick lang starrte sie die zwei Männer an, bevor sie in ihrer angespannten Wachsamkeit nachließ.

»Schließ die Tür«, sagte Tyrolean. »Und erzähl uns, was passiert ist.«

Sie gehorchte, blieb jedoch am Eingang stehen und drückte ihren Rücken gegen die Tür. »Osias ist fort. Festgenommen. Sie haben ihn zum Bergfried gebracht.«

»Warum?«

Sie schien nicht zu wissen, wohin sie ihren bekümmerten Blick wenden sollte. »Heute ist ein Junge gestorben. Durch einen Mantiker-Pfeil. Osias wurde angeklagt.«

»Wir wissen von dem Jungen. Wir waren mit ihm zusammen. Seine Leiche liegt in meinem Zimmer.« Tyrolean zog seine beiden Schwertscheiden an und schnallte die Gurte auf seiner Brust fest. »Erzähl uns alles.«

»Ein Augenzeuge sagte, es wäre ein Mantiker-Pfeil gewesen. Osias war der einzige Mantiker in der Nähe, und Reavan …«

Draken und Ty tauschten Blicke. »Du hast ihn gesehen?«, fragte Tyrolean.

Sie nickte. »Nur einen Moment lang. Osias hat mich fortgeschickt. Ich denke, er hat mir womöglich eine Zauber-Tarnung gegeben, statt sich selbst zu schützen. Es ist alles so schnell passiert.«

Draken sah sie streng an. *Ihre Flecken fehlen*, hob Bruche hervor. Er ging nicht auf sie zu; sie war zu ängstlich. »Ich werde zum Bergfried gehen«, erklärte er. »Ich bekomme ihn zurück.«

Er zog wieder seine Reisekleidung mit den Bannern und Elenas Siegel an, das seinen Rang repräsentierte. Dann drehte er den Anhänger um, sodass Elenas Gesicht zu sehen war. Setia half ihm, seine Rüstung anzuschnallen; ihre besorgten Augen waren so dunkel wie seine Gardisten-Ledermontur.

»Du siehst wie ein richtiger Nacht-Lord aus«, sagte sie und versuchte dabei zu lächeln.

Er nickte grimmig. Falls es nötig war, würde er Reavan seinen Rang spüren lassen.

Der Markt war dunkel und ruhig, als sie ihn durchquerten und auf die sich in die Höhe türmende Mauer des Bergfrieds zugingen. An den hölzernen Toren der Burganlage des Barons wurden sie von einem Trupp abgehärteter Wachleute empfangen. Sie waren sauberer und respektvoller als jene, von denen die am Flussufer gelegenen Tore bewacht wurden. Als Draken ihnen sagte, wer er war, und ihnen den Anhänger zur Ansicht hinstreckte, salutierten drei Wachmänner höflich vor ihm und führten sie in einen Raum, der wie ein leerer Thronsaal ohne Thron aussah.

»War dies einmal der Bergfried eines Königs?«, erkundigte sich Draken, während er die verblassten Wandteppiche musterte, die über dem leeren Podium hingen. Im dämmrigen Licht der Fackeln konnte er nur sehr wenig von dem erkennen, was die Gobelins darstellten.

»Es ist ein alter Bergfried, der bereits vor unseren Königen existierte«, wusste Tyrolean zu berichten. »Zu jener Zeit – bevor die Akrasianer die Herrschaft übernahmen – war Reschan die Hauptstadt der Gadye.« Er zog eines seiner Schwerter und begutachtete die Schneide, wobei er sie im Licht drehte. Dann ließ er die Waffe hochschnellen, fing sie an der Klinge auf und zeigte sie Draken. »Schaut nur.«

Eine fließende, altertümliche Schrift war auf der Klinge eingraviert.

»Ich kann es nicht lesen.«

»›Erkaufe dir den Frieden mit deinem Blute‹«, las Tyrolean vor. »Es ist ein Sprichwort der Gadye. Sie sind alt, diese Schwerter hier, und wurden meinem Großvater von einem Gadye-Friedenswächter gegeben. Zu jener Zeit unterhielt jede Ortschaft einen Trupp von Gadye-Kriegern. Noch als die Akrasianer über das Raureif-Meer kamen und Auwaer gründeten und die Brînianer das Gebiet an der Blutbucht besiedelten, hielten Gadye-Friedenswächter im Landesinneren sie voneinander getrennt.«

»Und was ist dann passiert?«, fragte Draken. Vor lauter Besorgnis summten seine Nerven, was es schwierig machte, sich auf den Geschichtsunterricht zu konzentrieren. »Wie haben die Gadye ihre Macht als Friedensstifter verloren?«

»Einige sagen, die Flüche hätten den Brînianern geholfen, die Gadye-Herrschaft zu zerstören, aber ich glaube, dass dies ein Mythos ist. Ich denke, die Brînianer haben aus eigener Kraft die Macht ergriffen, Sklaven gefangen und den Reichtum gestohlen. Es war ein Prozess, der Jahrzehnte dauerte. Schließlich führte Elenas Vater den Schwertkrieg, um alles zu regeln.« Tyrolean steckte sein Schwert wieder in die Scheide und schaute mit hochgezogenen Brauen zu Draken. »Niemand kann Akrasia standhalten, wenn es unser Wunsch ist, Krieg zu führen.«

Mit Ausnahme der Monoeaner, dachte Draken, der jedoch nicht mehr die Gelegenheit bekam, dies laut auszusprechen.

»Viele verloren ihr Leben«, sagte eine neue, tiefe Stimme. Die Türen waren lautlos aufgeschwenkt worden. »Doch das glückliche Ergebnis des Krieges war, dass wir Akrasianer die Herrschaft übernahmen und der Friede abermals regiert.«

Urian war eingetroffen. Dichtes schwarzes Haar hing gerade und zu Wellen frisiert herab. Seine hellen Kleidungsstücke waren in Schnitt und Stoff verschwenderisch, und ein dünner, mit Edelsteinen besetzter Reif schmückte seine Stirn, was seinem Status als

Baron zukam. Zwei Leibwachen und sechs übertrieben gekleidete Vertraute folgten ihm. Sie starrten Draken an und kicherten verstohlen.

Ihr Götter, ich kenne diese Stimme, sagte Bruche und bewegte Drakens Hand zum Schwertgriff.

»Die Gadye wurden vertrieben, beinahe ausgerottet …« Urians Blick fiel auf Drakens Gesicht, und er verstummte mit einem lauten Zischen. »Ihr!«

»Ja, gewiss«, erwiderte Draken. »Werdet Ihr Euer Versprechen halten, mich zu töten?«

Als Antwort zog Urian seine Schwerter.

Drakens Arme wurden von den Fingerspitzen bis zu den Schultern kalt – Bruche, der Streit suchte. Er zog seine Klinge. Das blasse Metall glänzte, doch etwas Neues lenkte Drakens Aufmerksamkeit auf sich. Schwach zu erkennende schwarze Linien schimmerten unter der Oberfläche des Metalls, wie Adern unter einer papierdünnen Haut.

Beim Anblick der Klinge stockte Urian in seiner Bewegung. »Ahken Khel?«

»Der Nacht-Lord sollte die beste aller Waffen besitzen, um damit seine Königin zu schützen, meint Ihr nicht auch?«, entgegnete Tyrolean.

Urian blinzelte. Das brachte ihn einen Moment lang aus der Fassung. »Elena ist nicht hier.«

»Elena ist die Königin«, erwiderte Draken. »Sie ist überall.«

»Mein Herr?«, sagte Tyrolean und griff nach seinen Schwertern.

»Moment noch, Hauptmann«, antwortete Draken und hob seine freie Hand. Je weniger Klingen gezogen wurden, desto geringer war die Gefahr, dass es zu einem Blutvergießen kommen würde. Bruche allerdings ließ seine Muskeln kalt werden und versuchte, sich in Drakens Bewusstsein weiter voranzuschieben. *Er wird jederzeit zuschlagen.* Draken entspannte sich, und Bruches ätherisches Frostgefühl verzehrte ihn.

Nicht einen Moment zu früh. Urians Klingen wirbelten nah an Draken vorbei, dessen Körper von Bruche schnell in Bewegung gesetzt wurde. Er duckte sich unter den Vorstoß und schlug dann zu: Es gelang ihm, mit seinem Schwert nah an den Gegner heranzukommen, ohne ihn jedoch zu treffen. Er zwang Urian einen Schritt zurück und brachte die Beinarbeit des Barons durcheinander.

»Tötet mich, und Ihr werdet bei der Königin in Ungnade fallen«, warnte Urian, während er wieder zu Kräften kam.

»Aarinnaie«, entgegnete Draken kurz, als Bruche erneut zuschlug. Sein Schwert schnitt vor der Brust des Barons durch die Luft. »Wo ist sie?«

Ein Wachsoldat drohte ihren Kreis zu betreten, doch Urian hielt eines seiner Schwerter hoch, um ihn fernzuhalten. »Du Volltrottel! Er gehört mir!« Er nahm die Augen kein einziges Mal von Draken. »Aarinnaie ist ein Geist. Verschwunden. Ihr werdet sie niemals finden.«

»Sie ist Euch entkommen.« Draken ächzte, als er erneut nach vorne stürzte.

Sein Wunsch, Urian umzubringen, war nicht so stark wie der, ihn zu befragen; doch er hatte wenig Hoffnung, dass er die Gelegenheit dazu bekommen würde. Als sein Schwert zurückschwang, traf Bruche mit einem gewaltigen Schlag der flachen Klingenseite Urians Unterarm. Urian schrie auf, und eines seiner Schwerter wurde weggeschleudert. Mit einem bedrohlichen Geklapper landete es mehrere Schritte entfernt auf dem Boden. Urian korrigierte erneut seine Schrittfolge, um nicht ins Straucheln zu geraten.

Bruche verschwendete keine Zeit, um seinen Vorteil zu nutzen. Er trat nach vorn und verpasste Urian einen Stoß. Der Baron fiel nach hinten und musste seine freie Hand benutzen, um den Sturz abzufangen. Es gereichte ihm zur Ehre, dass er noch seine Waffe schwang, während er zu Boden ging. Das Metall traf gegen den Bereich der harten Lederrüstung, der Drakens Rippen schützte. Er spürte den Schlag, der stark genug war, um Prellungen zuzufügen, aber das Leder hielt stand. Bruche trat Urian das Schwert aus der Hand, bevor der es erneut schwingen konnte.

Urian blickte hoch und spürte Drakens Schwertspitze an seinem Hals. Krächzend sprudelte es aus ihm heraus: »Er hat mir erzählt, wer Ihr seid …«

Bruche stieß das Schwert nach unten. Die Klinge glitt durch butterweiches Körpergewebe und das harte Rückgrat, bis die Spitze über den Steinboden kratzte. Urian gab gurgelnde Geräusche von sich, Blut ergoss sich aus der Wunde, und sein gutaussehendes Gesicht wurde schlaff. Ein lauter Schrei stieg von den Soldaten und Adligen auf. Urians Leibwachen rückten gegen Draken vor.

Ein merkwürdiges Knurren entwich seinem Mund: Bruches Stimme. Und sie sagte: »Ein Leben gegen ein Leben.« Er wirbelte zu den Wachmännern herum. Das weiße Schwert schlug erneut zu, und der erste Leibwächter, der zu ihm vordrang, stürzte zu Boden. Der zweite folgte dichtauf, eine Klinge fuhr mit schabenden Geräuschen aus ihrer Scheide – doch alle hielten inne bei Setias gellendem Schrei.

»Urian – er lebt!«

Draken drehte sich wieder dem Baron zu.

Urians Augenlider zuckten. »Aarin…«, wisperte er.

Draken ging näher heran und stellte sich neben ihn; sein Schwert hielt er locker in der Hand, sein Blick war auf den unversehrten, nicht durchbohrten Hals des Barons geheftet.

»Das macht überhaupt nichts. Wir haben den Bergfried, und wir halten Urian fest. Lasst den ehrwürdigen Mantiker Osias frei.« Tyrolean war so geistesgegenwärtig, dies zu sagen. »Und bringt ihn zu meinem Herrn.«

Die verbliebenen Wachen, schockiert über den Anblick ihres eben noch toten Barons, der sich nun in eine aufrecht sitzende Position hochquälte, eilten fort, um Tyroleans Anordnung Folge zu leisten. Die Adligen, die ein eng zusammenstehendes, stummes Grüppchen bildeten, hielten sich zurück.

Wie ist das passiert?, fragte Draken Bruche.

Ahken Khel leistet deinen Anordnungen Folge, antwortete Bruche. *Wie die Legenden behaupten. Schau drauf. Es spricht noch.*

Draken betrachtete sein blutverschmiertes Schwert. Das Blut auf der Klinge ging auseinander und formte sich windende Linien.

»Steck es weg, Draken«, sagte Osias, der nun den Raum betrat.

Draken wischte das sich so sonderbar verhaltende Blut von

seinem Schwert und schob es in die Scheide zurück, während Tyrolean den benommenen Urian in Schranken hielt.

»Soll ich den Baron verhaften, Nacht-Lord?«, fragte Tyrolean. »Er ist vielleicht später von Nutzen.«

Draken nickte. »Sperrt sie alle ein, bis wir das hier in Ordnung gebracht haben.«

»Hier ist ein ganzer Bergfried voller Leute, die Urian befreien würden«, hob Tyrolean hervor. »Einer von uns wird die ganze Zeit über bei ihm bleiben müssen.«

Osias sprach mit seiner STIMME eine Beschwörungsformel, die einen unleugbaren Gestank und Kälte in der Luft hervorbrachte. »Ich überstelle diesen Mann in Eure Obhut«, sagte er zu den herbefohlenen Geistern, die Draken zwar nicht sehen, aber ganz gewiss riechen konnte. »Tötet jeden, der ihn zu befreien versucht, außer Hauptmann Tyrolean, den Nacht-Lord oder die Königin – und tötet ebenfalls jeden, der verrät, was hier geschehen ist.«

Die Getreuen von Urian wurden ganz weiß bei dieser Geisterbeschwörung; und ein lässiges Wedeln der Mantiker-Hand genügte, um sie dazu zu veranlassen, zu ihren Privatunterkünften fortzutrippeln. Sobald die kleine Gruppe alleine in der Kammer war, wandte Osias sich Draken zu und legte ihm die Hände auf die Schultern. »Bist du in Ordnung?«

Draken knurrte und befreite sich mit einer Schüttelbewegung aus seinem Griff. »Mir geht's gut. Ich habe früher schon getötet, schon vergessen?«

»Mein Herr«, sagte Tyrolean. »Wir müssen das Kommando über den Bergfried haben. Darf ich nach feindlichen Vasallen sowie nach Reavan und seinen Leuten suchen?«

Eine kleine Welle der Erleichterung brach sich durch Drakens Verwirrung. »Das sollten ebenso Eure Leute sein, Tyrolean.«

»Nach Urians Vorgehen muss Reavans Besuch hier als verdächtig betrachtet werden.«

»In Ordnung. Geht«, beschied ihn Draken.

Tyrolean schritt davon, um den Bergfried zu durchsuchen, doch wenig später meldete er, dass Reavan augenscheinlich geflohen war. »Ich glaube, niemand hier wird Euch heute Nacht herausfordern.«

»Vielleicht ist Reavan vor uns davongelaufen«, meinte Draken. Er wurde das Gefühl nicht los, dass Reavan in die Verschwörung gegen Elena verwickelt war.

Könnte es sein, dass du den Mann einfach nicht leiden kannst?, fragte Bruche.

Könnte sein, stimmte Draken ihm zu. *Doch mir gefällt es zu glauben, dass ich vernünftiger bin und dass mein Urteil nicht von derartigen Empfindungen bestimmt wird.*

Bruche schnaubte. *Solange es keine Frau gibt, die in die jeweilige Sache verwickelt ist.*

Draken wandte sich Osias zu. »Erzähl mir mehr von diesem Schwert.«

Osias schüttelte den Kopf. »Es ist eindeutig, dass Aarinnaie nicht hier ist, und dies ist auch kein sicherer Ort, um über etwas so Wichtiges zu sprechen.«

»Sie soll verdammt sein!«, fluchte Draken, als sie den Bergfried verließen. »Dieser Abend ist eine Katastrophe gewesen.«

»Keine totale Niederlage«, erwiderte Osias. »Du hast mich gerettet. Ich danke dir dafür.«

Tyrolean zeigte mit einem Nicken seine Zustimmung, doch Draken schüttelte den Kopf. Er hatte den vergnügten Unterton in Osias' Stimme mitbekommen. »Du hältst mich nicht zum Narren. Du hattest die Situation gut im Griff. Ich weiß nur nicht, warum du die Sache so weit hast fortschreiten lassen.«

»Willst du die Wahrheit hören?«, erwiderte Osias. »Ich habe gehofft, du würdest Reavan antreffen. Aber wie Aarinnaie scheinen Reavan Flügel gewachsen zu sein.«

»Ich möchte gar nicht darüber nachdenken, was Elena möglicherweise tut, wenn Nachrichten über diesen Vorfall sie erreichen«, sagte Draken und rieb sich mit der Hand das Gesicht.

Um ihn zu beruhigen, streckte Osias eine Hand aus und legte sie ihm auf den Arm. Seine Stimme war in den leeren mitternächtlichen Straßen von Reschan ziemlich laut gewesen. Das schräg herabfallende Licht von zwei zunehmenden Monden beleuchtete ihren Weg.

»Ihr habt einen Schock erlitten«, gab Tyrolean zu bedenken.

»Wie wir alle.« Er warf Draken einen Seitenblick zu. »Ich bin niemals zuvor einer Waffe begegnet, die zuschlägt, ohne zu töten.«

Draken verspürte unvermittelt das Verlangen, das eigenartige Schwert wegzuschmeißen – egal, wohin –, um seiner Magie zu entfliehen.

»Du wusstest es«, sagte er zu Osias, wobei ihm bewusst war, dass er nachtragend und nicht mitfühlend klang. *Und du ebenfalls*, fügte er an Bruche gewandt hinzu.

Ich hab's dir gesagt, mein Freund. Aber du hast vorgezogen, es nicht zu glauben.

»Es sollte eine Legende sein«, blaffte Draken.

Osias hob eine Hand, um ihn zu beschwichtigen.

»Nein. Halte mich nicht schon wieder hin! Du wirst mir jetzt alles, was du weißt, erzähl…«

Warte! Bruche fühlte sich wie ein Zug kalter Luft an Drakens Beinen an, als er seine Schritte abbremste. *Was ist das?*

Mehrere verhüllte Gestalten materialisierten sich aus dem Schatten der abgedunkelten Gebäude und kreisten die kleine Gruppe ein. Sie waren ausnahmslos maskiert, hatten jedoch keine Waffen gezogen. Tyrolean nahm die Schwerter in die Hände und ließ seine »Freunde« mit der Klingenspitze nach außen kreisen. Die Fremden hielten großzügigen Abstand, doch Draken und seine Leute waren ihnen unterlegen.

Va Khlar, flüsterte Bruche.

Einer der Fremden ergriff das Wort. »Kommt mit uns, mein Herr.«

Und sie konnten nichts anderes tun als genau das.

KAPITEL ACHTZEHN

Sie gingen eine ganze Weile durch die dunkle Stadt. Ihre Begleitung bestand aus dünnen Schwaden von Unrat und den Kratzgeräuschen wilder Aasfresser. Ihre Entführer, die den Kreis um die kleine Gruppe herum beibehielten, bewegten sich wie Gespenster – so perfekt synchronisiert und einheitlich, dass Draken nicht einen einzigen vom anderen hätte unterscheiden können.

Schließlich kamen sie an einem unbeleuchteten Gebäude an; es war das fünfte in einer Reihe von einem Dutzend ähnlicher Bauwerke, gelegen an einer unscheinbaren, ruhigen Straße, die wiederum fünfzehn Straßen vom Bergfried entfernt verlief. Der Kreis aus geisterhaften Entführern öffnete sich zum Türdurchgang hin, um ihnen den Eintritt zu ermöglichen. Die ungebetenen Begleiter betraten nicht mit Draken und seinen Gefährten das Gebäude, sondern hielten draußen Wache. Das Bauwerk bestand aus einem einzigen Raum und war leer, dunkel und kalt.

»Was ist das für ein Streich?«, fragte Tyrolean, der mit staksenden Schritten zu einer Hintertür ging, wo ein Spalt von Mondlicht hindurchschien. Er rüttelte heftig an der Tür und drehte sich dann mit einem frustrierten Fauchen von ihr weg. »Bei den Sieben-Monden, sie ist zugesperrt.«

»Ihr habt selbst gesagt, dass Va Khlar gerne Geiseln nimmt«, erinnerte ihn Draken, der die Wände abschritt, mit seinen Händen die Steine entlangfuhr und nach einem Ausgang suchte, jedoch keinen fand. »Obgleich ich nach dem Fiasko bei Urian nicht weiß, ob ich viel wert bin.«

»Ihr seid mehr wert, als Ihr glaubt«, sprach eine Stimme, während eine Fackel aufflammte. »Vielleicht nur nicht für den, an den Ihr denkt.«

Draken wirbelte herum und hob sein Schwert kampfbereit, doch ein plötzliches Auflodern von Fackellicht blendete ihn. Tyrolean fluchte erneut.

»Bleibt ruhig. Ich stelle keine Gefahr für Euch dar«, entgegnete die Stimme. »Jedenfalls noch nicht.« Der Fremde zeigte ihnen seine leere Hand, um zu bekunden, dass er unbewaffnet war, bevor er die Kapuze seines Umhangs nach hinten schob und sein Gesicht enthüllte. Das flackernde Licht der Fackel fiel auf weiße Narben, die kreuz und quer über das knochige Gesicht mit den strengen Zügen verliefen. Er war breiter gebaut und dunkler als alle reinblütigen Akrasianer, die Draken gesehen hatte, doch seine Augen waren schwarz umrandet. Er zeigte noch nicht einmal ein Blinzeln unter Drakens prüfendem Blick.

»Es ist mir eine große Ehre, Euch kennenzulernen, Nacht-Lord. Ich bin Va Khlar, der Häuptling meines Clans.« Er verbeugte sich. »Und Euer Freund, wenn Ihr es wünscht.«

Draken vermochte das hässliche, mit Narben übersäte Gesicht nicht zu deuten; Va Khlar allerdings klang ziemlich höflich. Er steckte sein Schwert in die Scheide, was ein leises, bedrohliches Geräusch in dem stillen Raum verursachte, erwiderte aber nichts.

»Die Ehre ist ganz unsererseits«, antwortete Tyrolean, trat nach vorn und ergriff Va Khlars ausgestreckten Unterarm.

»Es sind merkwürdige Zeiten«, sagte Va Khlar, »wenn man so etwas von einem Karrieregardisten wie Euch hört.«

»Ja, merkwürdige Zeiten«, pflichtete Tyrolean ihm bei. »Doch der Brauch verlangt Höflichkeit zwischen allen Akrasianern, ob sie nun Freunde sind oder nicht.«

»Was wollt Ihr von uns?«, fragte Draken.

»Meinen Sohn, Lord Draken«, antwortete Va Khlar. Sein steinhartes Auftreten bekam einen Riss; eine Narbe, die diagonal von seiner Nase bis zu seinem Kieferknochen verlief, bog sich und wurde dann wieder gerade.

»Euren Sohn …« Es herrschte ein langes Schweigen, währenddessen Draken allmählich begriff, wen Va Khlar meinte. »Gusten.«

»Wie habt Ihr davon gehört?«, wollte Tyrolean wissen.

»Gar nicht; zuerst jedenfalls. Er weiß, dass er zurückkehren soll, wenn ich es sage. Doch er verspätete sich. Ich stellte ein paar Nachforschungen an und folgte der Spur des Mantikers zum Bergfried, brachte jedoch in Erfahrung, dass Ihr kurz vor mir dort angekommen wart.«

»Es tut mir leid«, sagte Draken. Ungeachtet des Misstrauens und der möglichen Feindschaft zwischen ihnen – der Mann hatte seinen Sohn verloren.

»Danke. Allerdings würde ich nicht erwarten, dass Ihr mir den Gefallen erweist, ihn zurückzugeben, ohne im Austausch dafür etwas von gleichem Wert zu erhalten.«

»Weshalb nehmt Ihr ihn nicht einfach? Sicherlich wisst Ihr, wo er ist.«

»Ihr hättet ihn auf der Straße liegen lassen können, aber das habt Ihr nicht getan. Ihr hättet Euch von der ganzen Angelegenheit abwenden können, aber das habt Ihr selbst dann nicht getan, als der Verdacht auf Euren Freund fiel. Einen solchen Mann pflege ich nicht zu beleidigen.«

Jetzt, wo er dem Menschen gegenüberstand, hätte Draken gerne Va Khlar dessen Sohn ohne eine Gegenleistung zurückgegeben; aber ein Entgegenkommen abzulehnen wäre möglicherweise als Beleidigung aufgefasst worden. Woher sollte er so etwas wissen? »Ich höre Euch zu.«

»Ich werde Euch die Prinzessin Aarinnaie für meinen Sohn geben.«

Draken entschloss sich, ein riskantes Spiel einzugehen. »Nein. Das ist nicht genug.«

Osias meldete sich zu Wort. »Draken, er hat seinen Sohn verloren.«

»Es ist brutal, aber Aarinnaie ist für ihren Vater zu einer Ausrede geworden, um gegen die Königin mobilzumachen. Gusten ist wahrscheinlich für diese Sache gestorben. Va Khlar hat zumindest teilweise dafür gesorgt, und ich will wissen, wie und warum.«

Va Khlar blinzelte kein bisschen. »Und dafür gebt Ihr ihn mir zurück?«

»Das schwöre ich«, antwortete Draken.

»Dann kommt mit, und ich erzähle Euch alles, was ich weiß.«

Va Khlar drehte sich um und ging voran zu einer Falltür im Fußboden. Seine weichen Stiefel machten keine Geräusche auf dem

Holzboden. Eine steinerne Wendeltreppe führte hinab in das unterirdische Dämmerlicht eines von Fackeln beleuchteten Kellers. Niedrige Liegesofas standen neben einem Tisch, der mit Schnabelkannen und Essen beladen war.

»Nehmt bitte Platz, Nacht-Lord.« Va Khlar ließ sich auf eines der Sofas fallen, und Draken setzte sich ihm gegenüber. Die anderen hielten sich im Hintergrund; dieses Gespräch sollte mit Draken allein geführt werden.

»Natürlich sind früher schon Feinde von Königin Elena an mich herangetreten«, begann Va Khlar, als er die Hand ausstreckte, um zwei Schnabelkannen mit Wein zu füllen. Draken nahm sein Gefäß mit einem Nicken entgegen, doch er trank keinen Schluck – noch nicht.

»In der Vergangenheit haben wir solche Kontakte stets abgelehnt, selbst wenn unsere Ziele miteinander im Einklang standen. Trotz meiner Tradition, allein zu operieren, war Fürst Khel diesmal aber wütend über meine Weigerung, Hand in Hand mit ihm gegen Elena zu arbeiten. Sicherlich wisst Ihr, dass er Enttäuschungen nicht gut hinnimmt.« Va Khlar griff unter seinen Umhang und holte Beutel sowie eine krumme, doppelköpfige Pfeife hervor. Aus zwei verschiedenen Beuteln stopfte er die Pfeife, während er fortfuhr: »Nicht lange danach trat Aarinnaie an uns heran. Natürlich misstraute ich ihren Motiven, aber als sie mir ihre Geschichte von einem lebenslangen Missbrauch durch ihren Vater erzählte, beschloss ich, sie aufzunehmen.«

»Was ganz sicher als reine Gefälligkeit gedacht war«, merkte Draken an.

Va Khlar erwiderte seinen Blick und lächelte. »Die Misshandelten haben ihren Nutzen. Sie will ihrem Vater unbedingt etwas beweisen, was meine eigene Agenda voranbringt.«

»Gerüchte besagen, dass Eure Agenda darin besteht, Geld zu machen.«

Va Khlars Lächeln wurde schmallippiger. »Ich habe nichts gegen Geld, das ist wahr. Aber es ist nicht mein Hauptziel. Nicht dieses Mal.«

Tyrolean stand hinter Draken, und bevor dieser Va Khlar bitten konnte, näher zu erläutern, was seine Ziele waren, ergriff der Gardesoldat das Wort. »Wenn Elena sterben sollte, wird Fürst Khel um ihren Thron kämpfen. Aarinnaie hasst ihren väterlichen Fürsten. Warum sollte sie ihn unterstützen?«

»Ungeachtet seiner zahlreichen Fehler hat sie das Empfinden, dass die Königsherrschaft weiterhin rechtmäßig ihm zusteht.« Va Khlar hielt inne und blickte zu Draken hoch. »Zumindest würde sie es gerne sehen, wenn das Königtum ihrem Geschlecht gehört.«

»Also ist Aarinnaie scharf darauf, selbst Königin zu sein?« Draken beugte sich nach vorn und legte die Ellbogen auf die Knie. Der Anhänger baumelte zwischen seinen Armen.

Va Khlar beäugte das Schmuckstück, während er an seiner Pfeife herumhantierte. »Ihr habt eine andere Meinung, Nacht-Lord?«

Draken zuckte mit den Schultern. »Aarinnaie ist nicht aus dem Stoff, aus dem Königinnen gemacht werden, und die Brînianer hatten vor Elena niemals einen weiblichen Herrscher. Es ist nicht wahrscheinlich, dass sie sie eher akzeptieren werden.«

»Sie?« Va Khlars Augenbrauen hoben sich. »Das ist nicht die Art und Weise, wie ein Mann von seinen Brüdern spricht.«

Draken fuhr fort, als ob Va Khlar nichts gesagt hätte, doch bei dem Lapsus lief ihm ein Schauer der Angst über den Rücken. »Es klingt wie die schlimmste Form von Naivität seitens Aarinnaie, und das kaufe ich Euch nicht ab. Sie ist nicht dumm.«

»Ich widerspreche dem nicht, und wie gesagt, sie hat ihren Nutzen.« Va Khlar hatte Schwierigkeiten, eine Flamme zu entzünden. Osias kam auf leisen Sohlen näher und griff nach der Pfeife. Er legte die Hände um die Pfeifenköpfe und zauberte kleine Flämmchen herbei.

»Ich danke Euch, ehrwürdiger Mantiker.« Va Khlar nahm die Pfeife in den Mund und sog den Rauch ein. Als er ausatmete, erfüllte ein vertrauter, übermäßig süßer Duft die Luft.

»Gadye-Rauch«, bemerkte Draken.

Va Khlar wölbte eine Augenbraue, die von einer breiten Narbe halbiert wurde. »Sie schneiden den Besten, solange sie noch leben; seid Ihr nicht der gleichen Meinung, mein Herr?«

Draken fröstelte; er dachte an Galene und den Überfall im Wald. War das eine höhnische Bemerkung gewesen?

Va Khlar zog noch mehr Rauch ein und fuhr fort: »Aarinnaie ist ein hübsches Risiko und ihr Vater nach ihr. Doch sie hat sich der Aufgabe verschrieben, Elena zu beseitigen, was sich mit meinen Zielen deckt; und sie ist gut. Sehr gut sogar. Sie war beinahe erfolgreich – hätte es geschafft, wäret Ihr nicht dort gewesen.«

Töte ihn!, sagte Bruche. *Er ist ein Verräter.*

Nein. Es gibt noch mehr, was man von ihm erfahren kann. Geschweige denn, dass sie nicht lebendig herauskommen würden, da seine Leute das Gebäude umstellt hatten. Draken unterdrückte das Verlangen, den milchigen Rauch fortzuwedeln, der an seinen Atemwegen haften blieb. »Somit gesteht Ihr ein, Euch verschworen zu haben, um Elena umzubringen. Weshalb hasst Ihr sie so sehr? Was für ein Unrecht hat sie Euch angetan?«

»Mir ein Unrecht angetan?« Va Khlar gab ein Lachen von sich, das dazu führte, dass Draken ihm gleich noch weniger vertraute. »Sie hat nichts getan.«

Draken schüttelte verwundert den Kopf. »Warum dann?«

»Es ist in der Tat genau das, mein Herr. Sie hat nichts getan«, antwortete Va Khlar. »Sie sitzt in ihrer Bastion, während ihr Reich ins Wanken gerät. Die Gesetze werden nicht eingehalten, Söldner verwüsten das Land; es gibt keinen Schutz durch ihre Truppen, weil sie sich verkriechen, so wie sie es tut; und es gibt auch keinen Schutz vor ihnen, wenn sie herauskommen.«

»Der brînianische Fürst ist nicht besser«, warf Tyrolean, der hinter Draken von einem Fuß auf den anderen trat, mit angespannter Stimme ein. Zu einem Feind höflich zu sein, musste ihn maßlos ärgern. »Er zeigt sich nur dann, wenn er Handelsschiffe überfällt. Seine Männer sind Bastarde, die für ihre Grausamkeit hinlänglich bekannt sind.«

»Ob er Euch zusagt oder nicht, der ehrwürdige Fürst Khel steht für die feste Einhaltung der Gesetze in Brîn«, entgegnete Va Khlar. »Besser jedenfalls, als Euresgleichen es tun.«

»Und Euresgleichen ebenfalls,« erwiderte Tyrolean, immer noch in angespanntem Ton.

»Es bedeutet doch unbeschränkte Herrschaft für Euch, wenn die Gesetze nicht eingehalten werden«, sagte Draken rasch, der versuchte, die Unterhaltung auf die aktuellen Themen zurückzulenken. »Ich begreife nicht, was für ein Problem Ihr damit habt.«

»Reschan ist das Zentrum des Handels in Akrasia. Ich kontrolliere jeden Austausch von Geld und Waren hier in der Stadt, oder vielmehr – ich habe ihn kontrolliert.«

»Durch Erpressung.« Draken versuchte erst gar nicht, seine Abscheu zu verbergen.

Va Khlar schüttelte den Kopf. Seine Reibeisenstimme war voller Rauch, als er ausführte: »Ich werde nicht abstreiten, dass ich aus hässlichen Unternehmungen ordentliches Geld gezogen habe. Ich habe aber auch dafür gesorgt, dass der Handel hier friedlich geblieben ist. Doch brînianische Freie bedrängen unsere Märkte, weil sie wissen, dass Elenas Armee keine echte Bedrohung darstellt. Jeden Tag brechen mehr Kämpfe und Blutfehden aus. Ich weiß, man sagt über mich, dass ich nur um des Geldes willen Überfälle durchführe. Aber ich tue das auch, um die Kontrolle aufrechtzuerhalten. Dabei kann selbst ich nicht mit allem Schritt halten. Bald werden die Brînianer sich zusammenschließen und Reschan erneut einnehmen. Und an der Stelle werden sie nicht aufhören. Nachdem sie alle Akrasianer und Gemischte innerhalb dieser Mauern ermordet haben, wird sie ihr neues Selbstvertrauen bis nach Auwaer tragen.«

»Urian ist schwach«, räumte Draken ein. »Das kann auch ich sehen.«

»*Elena* ist schwach.«

Draken lehnte sich zurück, und der Anhänger schlug gegen seine schwarze Rüstung. Er musste nicht auf ihn hinabblicken, um zu sehen, was die anderen sahen: dass das Abbild der Königin an einer Kette um seinen Hals hing. Der Anhänger fühlte sich schwerer als jemals zuvor an. Draken rieb sich den Kopf an der Schädelbasis und dachte nach.

»Auwaers PALISADE hält Feinde recht gut auf«, hob Tyrolean hervor. »Keine Armee wird sie je durchstoßen können.«

»Es sei denn, sie führt einen Mantiker mit sich«, gab Va Khlar zu bedenken.

Drakens Kopf ruckte hoch. »Worauf wollt Ihr hinaus, Sir?«

Va Khlar stieß die Luft aus. »Ich habe Aarinnaie angeheuert, damit sie Elena tötet. Doch es dauerte nicht lange, bis ich begriff, dass sie nicht so sehr für mich arbeitete, sondern vielmehr versuchte, mich in die ganze Sache hineinzuziehen.«

Draken breitete die Hände aus. »Ihr seid bereits darin verwickelt. Ihr habt Eure Schuld eingestanden.«

»So weit, aber mehr auch nicht«, erklärte Va Khlar. »Ich habe Aarinnaie für einen Auftrag angeheuert und sie von der Leine gelassen, um ihn durchzuführen. Nichts weiter. Aber Ihr und ich – wir wissen beide, dass sie nicht allein gehandelt hat.«

Zeit, ein wenig nachzugeben. Draken nickte. »Wir glauben in der Tat, dass ein Mantiker darin verwickelt ist.«

»Und jetzt hat ein Mantiker-Pfeil meinen Sohn getötet«, sagte Va Khlar mit strenger Stimme. »Mit all diesen Informationen solltet Ihr, wie ich glaube, die Grenzen meiner Verwicklung in diese Sache erkennen können. Betrachtet es als Geschenk, als Akt des Friedens, um einen Krieg abzuwenden.«

Schönes Geschenk, was?, klinkte sich Bruche ein.

»Ich verstehe das nicht: Ihr räumt ein, dass Ihr Elena tot sehen wollt, und jetzt versucht Ihr, Euch mit dem Nacht-Lord zu verbünden?«, fragte Tyrolean. »Wenn wir von Rechts wegen Euch töten sollten?«

»Haltet Euch zurück, Hauptmann«, ermahnte ihn Draken. »Es ist heute Abend schon genug getötet worden.«

»Nein. Der Hauptmann stellt eine berechtigte Frage. Ich habe meine Pläne gegen die Königin seither neu durchdacht. Die Situation ist hier schon schwierig genug, und ich würde es nur ungern sehen, wenn sich die Unruhen über Reschan hinaus ausbreiten.« Va Khlar gelang es, ein trockenes Lächeln zu formen. »Das wäre schlecht für den Handel.«

»Ich werde Soldaten anfordern, die nach Reschan kommen«, bot Draken an. »Ein Kontingent zur Friedenssicherung. Reschan kann damit abermals als Mauer zwischen Brînianern und Akrasianern fungieren – vielleicht später sogar als eine Art von Brücke. Sollten wir hier Frieden schaffen können.«

»Ein paar Grünröcke mehr in dieser Stadt werden den Krieg nicht aufhalten können.« Va Khlar sprach in einem spöttischen Ton. »Wir brauchen mehr als ein Kontingent. Wir brauchen eine Armee, und Ihr seid derjenige, der sie anführen sollte.«

Draken lachte; ein rasches, schroffes Geräusch. »Das nenn' ich mal einen gewaltigen Sprung. Ich habe zwar eigene Soldaten, aber ich befehlige nicht die Hauptarmee. Reavan hat diesen Posten inne.«

Va Khlars Blick huschte rasch zu Tyrolean und dann zu Draken zurück. »Ich habe es eingestanden; ich war bereit, eine offene Rebellion in Gang zu setzen. Doch ich habe begonnen, die Angelegenheit neu zu überdenken, und zwar wegen Euch, mein Herr. Nach dem, was ich gehört habe, seid Ihr ein ehrenwerter Mann. Und obgleich Elena Angst haben mag, so ist sie doch nicht dumm. Ich glaube, sie beabsichtigt, dass Ihr das Kommando übernehmt. Ich denke, sie spürt wie wir übrigen auch den drohenden Krieg, und sie glaubt, dass Ihr ihn abwenden könnt.«

Er ist einer von den ganz Scharfsinnigen, dieser Va Khlar, sagte Bruche.

Osias nickte leicht, als sein Blick den Drakens traf.

Draken dachte daran, wie sich Elena ihm anvertraut hatte in der Nacht, als sie zusammen gewesen waren. »Königin Elena möchte Frieden zwischen ihren Völkern«, sagte er leise. »Es ist das, was sie sich vor allem anderen ersehnt. Doch welche Rolle ich entsprechend ihren Erwartungen dabei spielen soll, das weiß ich nicht.«

»Ich würde gerne von Euch hören, weshalb sie Euch ausgewählt hat«, bat Va Khlar.

Ihr Götter, fuhr es Draken durch den Kopf. *Ich bin als Verbrecher hergekommen. Als ein Verbannter. Ich gehöre nicht hierher.*

Aber du gehörst jetzt zu Elena, entgegnete Bruche. *Gib dem Mann eine Antwort als Vertrauensbeweis.*

»Ich denke, Elena fand Gefallen an mir …« Draken dachte darüber nach, wie er es ausdrücken sollte, ohne sie in Verruf zu bringen, und als er sich entsann, was sie gesagt hatte, entschlüpfte ihm ein Lächeln. Doch es war zu vertraulich. »Die Wahrheit? Ich habe Aarinnaie aufgehalten. Deshalb vertraut sie mir.«

»Nachdem ich Euch jetzt kennengelernt habe, verstehe ich ihr Vertrauen in Euch besser und begreife den Fehler, den ich beinahe begangen hätte, als ich sie töten lassen wollte. Es ist ein Fehler, für den ich Euch Wiedergutmachung schulde. Ruft mich in der Not, Nacht-Lord, und mein Clan ist der Eure.«

»Ich nehme Euer Angebot selbstverständlich an, doch mein Hauptziel ist es, den Krieg abzuwenden, indem ich Aarinnaie zu ihrem Vater zurückbringe.«

Va Khlar lächelte. »Ich habe die Absicht, Euch Aarinnaie zu geben, wenn dies Eure Befürchtung ist. Doch ein zufälliger Umstand reicht nicht aus, um den Krieg aufzuhalten. Wir brauchen etwas Größeres. Wir brauchen die Drohung durch die akrasianische Armee in ihrer Gesamtheit, um den Frieden zu bewahren. Und sie braucht Euch an ihrer Spitze, damit sie den richtigen Feind bekämpft.« Er hielt inne und starrte mit zusammengekniffenen Augen Osias an, der ausdruckslos zurückstarrte. »Akrasianer dürfen keine Menschenleben beim Kampf mit Brînianern verschwenden, wenn Flüche in der Nähe sind.«

Osias neigte zustimmend den Kopf.

Nach kurzem Schweigen sagte Draken: »Ihr seid besser informiert, als Ihr durchblicken lasst.«

Va Khlar neigte den Kopf, doch diese Geste verbarg nicht sein Grinsen.

Draken unterdrückte seine Verärgerung und wechselte die Taktik. »Wie passt Urian in all das hinein?«

»Ich glaube, er stellt sich eine Heirat mit der Prinzessin vor, aber sie ist durch Eid an den von ihrem Vater designierten Mann gebunden: Geord. Um dafür zu sorgen, dass diese Verbindung annulliert wird, müsste ihr Vater schon sehr bald sterben, und selbst in Anbetracht ihrer zahlreichen Talente muss Aarinnaie das erst einmal bewerkstelligen. Fürst Khel ist immer noch mächtig und gut geschützt.« In einer Geste widerwilliger Bewunderung tippte er sich mit der Pfeife an die Stirn. Der Rauch aus den Pfeifenköpfen schwebte über seinem Kopf wie ein Glorienschein. »Geord besitzt einen starrsinnigen Ehrgeiz, und Urian ist nicht allzu schlau. Fürst Khel würde gegen jeden Krieg führen, der möglicherweise dafür sorgt, dass Aarinnaies Verlobung aufgelöst wird, was all ihre Vasallen mit hineinziehen würde. Eine solche Auseinandersetzung könnte weit über die Grenzen Brîns hinausschwappen.«

Krieg schien von allen Seiten zu drohen. Draken seufzte. »Ist das alles, was Ihr habt?«

»Ihr wisst alles, was mir über die Handlungen des Fürsten bekannt ist, und mehr über meine eigenen Taten als jeder andere außerhalb meines Clans.«

»In Ordnung«, sagte Draken, der zwar nicht gewillt war, schon zu gehen, dem aber keine weiteren Fragen mehr einfielen.

Tyrolean beugte sich vor und legte beide Hände auf die Rückenlehne von Drakens Sofa. »Weshalb habt Ihr uns an dem Wirtshaus angegriffen?«

»Was für ein Angriff?«, erwiderte Va Khlar in schneidendem Tonfall.

»Als wir die ›Kreuzung‹ verließen, wurden wir angegriffen«, antwortete Tyrolean. »Wir haben geglaubt, dass Eure Leute dahinterstecken, weil wir Eure Siegel in den Bäumen sahen.«

»Ich vermute, es war eine List von Urian, der sie dort hinterlassen hat«, sagte Draken.

»Galene? Ist bei ihr alles in Ordnung?«, erkundigte sich Va Khlar.

Draken schüttelte den Kopf. »Es tut mir leid.«

Va Khlar stieß in zischendem Ton einen Fluch aus. »Das klingt nach Urian – er benutzt meinen Namen, um seine eigene Sache voranzubringen. Wollt Ihr die Wahrheit hören? Hätten wir angegriffen, hättet Ihr nicht überlebt, um davon zu erzählen.«

Sollte Va Khlar tatsächlich für den Überfall verantwortlich gewesen sein, dann war er ein guter Lügner. Sein Stirnrunzeln sah aus wie eine weitere Narbe.

Obwohl der Mann erst kürzlich einen Attentatsversuch auf Elena unternommen hatte, zweifelte Draken nicht daran, dass er heute Nacht die Wahrheit sprach, und er fühlte, dass Bruche ihm darin zustimmte. Jemand hatte die Vorgehensweisen von Va Khlar angewendet in dem Bemühen, ihn zu töten. Aber warum? Va Khlar bekannte sich zu seiner Rolle bei dem Versuch, Elena umzubringen, doch im selben Atemzug behandelte er Draken mit

Respekt; er hatte ihm praktisch seine Loyalität geschworen. Und im Gegensatz zu dem, was er gehört hatte, schien Va Khlar ein guter Verbündeter zu sein …

Eine plötzliche Erkenntnis durchfuhr Draken, während er zu dem Händler hochschaute. Jemand hatte ein Komplott geschmiedet, um sie beide voneinander getrennt zu halten – und dies ging bis zu Gustens Ermordung.

Va Khlar bemerkte es nicht. Er hatte sich Osias zugewandt. »Um zu zeigen, dass ich kein Misstrauen gegen Euch hege, obgleich ein Mantiker-Pfeil meinen Sohn getötet hat, möchte ich gerne, dass Ihr dies als Geschenk annehmt. Es ist ein Gegenstand von den Mondlingen, wertvoll und alt. Damit seid Ihr vielleicht in der Lage, sie im Notfall zu mobilisieren.«

Osias starrte auf die Pfeife. »Sie sind untergetaucht.«

Va Khlar hielt die Pfeife hoch. »Die Mondlinge sind mächtige Verbündete. Ich glaube, sie werden zu denen kommen, die in einer schlimmen Notlage sind und deren Anliegen der Friede ist.«

Osias wurde bleich, doch er nahm die Pfeife. »Ich akzeptiere das Geschenk im Interesse von meinesgleichen, und ich danke Euch.«

Va Khlar erhob sich und streckte Draken die Hand entgegen. »Obgleich es nichts mehr gab, was man für ihn hätte tun können, habt Ihr meinen Sohn mit gütiger Aufmerksamkeit behandelt. Das ist etwas, das ich nicht so schnell vergessen werde. Solltet Ihr in Not geraten, stehe ich zu Eurer Verfügung.«

»Ich bedaure, dass Ihr Euren Sohn verloren habt«, sagte Draken, stand auf und ergriff zögernd Va Khlars Unterarm. »Ich nehme Euer angebotenes Bündnis und die Gefälligkeiten an, was auch immer es mit sich bringen wird.«

Va Khlar zeigte im Gegenzug ein grimmiges Lächeln. »Ich habe gebetet, dass Ihr genau der Mann sein sollt, der Ihr seid, mein Herr.«

»Eine Sache noch«, sagte Draken. »Wie habt Ihr Aarinnaie gefunden? Wir haben den Bergfried gründlich durchsucht.«

»Sogar ein Geist wird sich selbst verraten, wenn er auf die ihm angemessene Weise gerufen wird.« Ohne zu lächeln, ließ Va Khlar seinen Blick zu Osias huschen und dann zu Draken zurück. »Ich habe viele Verbündete und viele Mittel, aber ich habe nicht geschworen, all das mit Euch zu teilen.«

Draken wandte sich ab, um wegzugehen, hielt aber inne, als Va Khlar erneut zu sprechen begann. »Ich möchte gerne mit Euch privat reden, ehrwürdiger Mantiker, wenn Ihr einen Augenblick Zeit habt.« Va Khlar blickte wieder zu Draken. »Seid versichert, dass ich Aarinnaie sogleich übergeben werde, und danach werde ich meinen Sohn zu seiner Mutter bringen.«

Angekettet im Innern eines Planwagens kam Aarinnaie vor dem Wirtshaus an. Sobald der Va-Khlar-Wachmann sie freigelassen hatte, fiel sie mit wild um sich schlagenden Fäusten über ihn her. »Verräter! Mistkerl von einem Gemischten.«

Als Tyrolean Aarinnaie am Arm ergriff, presste er ein Messer an ihren Brustkorb und zerrte sie fort. »Nicht ein einziges Wort im Gesellschaftsraum.«

»Die dritte Tür«, sagte Draken und drückte dem Wächter einen Schlüssel in die Hand.

»Mein Herr.« Der kleine Wachmann, dessen dunkle brînianische Haut mit vielen Flecken übersät war, neigte den Kopf, bevor er in das Wirtshaus trat.

Sobald Draken sich in seinem Zimmer zu Aarinnaie und Tyrolean gesellt hatte, schenkte er Wasser in einen Becher und hielt ihn der Prinzessin hin. »Nur zu, trinkt es. Es ist nicht vergiftet. Ty hat mir das ausgeredet.«

Aarinnaie hob den Becher an ihre Lippen und trank geräuschvoll. Er hielt ihr einen Viertellaib Brot hin, und sie machte sich darüber her. »Und was für eine Rolle spielt Ihr hierbei?«, fragte sie.

»Ich habe Va Khlar unbeabsichtigt einen Gefallen getan. Er hielt es für richtig, meine gute Absicht zu erwidern.«

Draken beobachtete, wie sie sich bemühte, dies zu verstehen. »Er erweist Leuten außerhalb seines Clans keine Gefälligkeiten.«

»Bringt ihm den Leichnam seines ermordeten Sohnes, und Ihr

dürftet einen anderen Mann zu sehen bekommen als denjenigen, den Ihr zu kennen glaubt.«

Das Brot verharrte auf dem Weg zu ihren Lippen. »Gusten? Tot?«

»Durch nichts Geringeres als einen Mantiker-Pfeil.«

Sie drehte sich mit dem Brotlaib in der Hand um und schritt die kurze Strecke zum Schlafsofa hin und wieder zurück; Betroffenheit war an die Stelle von Empörung getreten. »Aber das kann nicht sein …« Sie hob ihren sorgenschweren Blick zu seinem Gesicht. »Etwas erzürnt ihn. Ihr seid viel zu nahe gekommen.«

»Wem?«

Sie senkte den Blick, und Drakens Geduld ließ ihn im Stich. Nach ein paar Schritten war er bei ihr und zog sie in eine erdrückende Umarmung, wobei er ihr den Arm auf den Rücken drehte. Ihre Gesichter waren sich sehr nahe. »Euer Schweigen könnte viele Menschenleben kosten.«

»Was bedeuten schon ein paar akrasianische Dreckskerle?«, spie sie und ächzte auf, als er ihr Handgelenk noch weiter verdrehte.

»Seid keine Närrin. Wenn Euer Vater in Euren Anschlag auf die Königin verwickelt war, dann wird das Krieg bedeuten. Brînianer werden ebenfalls sterben.«

»Es ist ein Krieg, der sich seit langer Zeit anschickt, zurückzukehren, Verräter.«

»Werdet nicht ausfallend!«, schnauzte Tyrolean, der ebenfalls vortrat, und zwar mit gezogenem Messer. »Es ist der Nacht-Lord, den Ihr beleidigt.«

Drakens Stimme wurde streng. »Wir werden es aus Euch herausbekommen, Aarinnaie. Va Khlar hat ziemlich überzeugend geltend gemacht, dass seine Beteiligung an dieser Sache begrenzt war; und dies ist der zweite Mantiker-Pfeil, den wir zu sehen bekamen. Urian bringt Euch hierher, und dann kreuzt Reavan auf, nur um auf die gleiche Weise zu verschwinden, wie Ihr es getan habt. Ich rieche eine recht große Verschwörung, und ich weiß, dass derjenige, der Euch hilft, der Krone nahe ist.«

Moment mal, Draken. Du vergisst da etwas. Es geht noch weiter zurück als das – bis zu Elenas Vater und vielleicht sogar bis zu deiner

Frau. Der alte Krieger zögerte. *Allerdings verstehe ich in keiner Weise, warum ein Mantiker sie töten sollte.*

Draken schluckte und verstummte. Lesle. Hatte er sie so schnell vergessen?

»Draken?«, fragte Tyrolean. »Seid Ihr in Ordnung?«

Er wurde sich bewusst, dass Aarinnaie zu ihm hochstarrte. Etwas, das er gesagt hatte, musste sie getroffen haben; sie zeigte einen Ausdruck, der dem eines verwundeten Beutetiers glich. Doch sie wusste anscheinend nicht, was verwundet war, was für ein Schaden vorlag. Er versteifte sich. »Es wird für Euch schlecht ausgehen, wenn Ihr jetzt nicht sprecht.«

»Mein Vater wird Krieg gegen Elena führen, wenn Ihr mir etwas zuleide tut!«, entgegnete Aarinnaie, die in kurzen, keuchenden Atemzügen nach Luft rang. »Ihr seid sozusagen die Königin, nicht wahr?«

»Ich habe Möglichkeiten, jemanden zu verletzen, ohne dass dies Spuren hinterlässt. Wer hat Euch geholfen?«

Sie keuchte gegen ihren Willen auf – er hatte seine Finger in eine Körperstelle gebohrt, die einen schmerzhaften Druckpunkt barg.

Die Tür schwang auf. Osias war dort – eine bleiche Geistererscheinung im abgedunkelten Korridor – und Setia direkt hinter ihm. »Genug, mein Freund.«

Aarinnaie wandte dem Mantiker ihren ungläubigen, stechenden Blick zu, Draken jedoch ließ ihren Arm nicht los.

»Draken«, sagte Osias, kam ins Zimmer hinein und schloss die Tür. »Ich kenne die Antworten, die du suchst, und ich werde sie dir jetzt geben. Es ist nicht nötig, ihr etwas zuleide zu tun.«

»Es ist Euer König«, zischte Aarinnaie. »Er steht hinter alldem.«

»Va Khlar und ich sind zu der gleichen Schlussfolgerung gekommen, als wir miteinander gesprochen haben. Die Mantiker-Pfeile, die Flüche, mein verschwundener König.« Osias wurde weich, nickte schwach und senkte die Stimme. »Mein Vater, sollte ich wohl sagen. Wir glauben, er will Elenas Tod.«

Draken lachte ungläubig. »Dann bist du also … was? Ein Prinz?«

Osias nickte. »Ein Prinz, der jetzt gegen seinen König Krieg führen muss.«

KAPITEL NEUNZEHN

Sie vermieden es, einander in die Augen zu blicken, während sie sich in dem überfüllten kleinen Raum umherbewegten. Tyrolean fesselte Aarinnaie und zwang sie dazu, sich auf den Fußboden zu setzen. Er stellte sich mit verschränkten Armen neben sie. Osias öffnete den Fensterladen und beobachtete die Straße unten. Setia hielt an der Tür Wache. Draken zog seine Rüstung aus, um sie zu waschen.

»Wir müssen darüber reden, was mit Urian geschehen ist«, sagte er, während er sich mit einem nassen Tuch über Hals und Gesicht rieb. Es blieb an seinen kurzen, borstenförmigen Haaren hängen, und als er es schließlich weglegte, war es grau vor Schmutz.

»Was ist geschehen?«, fragte Aarinnaie.

»Ihr seid ruhig«, wies Draken sie an.

Osias' Tonfall war beinahe ehrfurchtsvoll, als er erklärte: »Du hast die Magie heraufbeschworen, als du beschlossen hast, den Leibwächter des Barons an seiner Stelle zu töten.«

Das war augenscheinlich. »Es war nicht meine Entscheidung, Urian durch den Tod seines Leibwächters zu retten. Ich wollte, dass er tot bleibt. Er *war* tot.«

»Ihr habt ihn getötet?«, schrie Aarinnaie. »Urian!«

»Still jetzt«, knurrte Draken.

Osias nickte ungeduldig. »›Ein Leben gegen ein Leben‹, wie du gesagt hast.«

Das Schwert lag verstaut unter seinem Bündel – wie eine schlafende Schlange. Draken beäugte es und erwartete halb, dass das Ding aus seiner Scheide springen würde. Er schüttelte den Kopf. »Bruche sprach diesen Satz, nicht ich.«

»Wer auch immer ihn hat fallenlassen – die Worte haben die Magie heraufbeschworen.« Osias schob seinen Ärmel hoch, um eine graue Metallmanschette freizulegen. »*Akhen Khels* Magie wird für ein Ammenmärchen gehalten. Ich habe etwas bei dieser Klinge gespürt, doch meine Fessel würde es mir nicht erlauben, es zu erproben.«

»Wahrhaftig, es wäre eine riskante Sache, es zu erproben, mein Herr«, meinte Tyrolean.

Aarinnaie versuchte aufzustehen. »Meergeboren? Es ist hier? Ihr habt es?«

»Das hier ist nicht Euer Gespräch.« Draken starrte sie zornig an, bis sie auf den Boden zurücksank. Dann wandte er sich Osias zu. »Wolltest du mir jemals irgendwas darüber sagen?«

»Zuerst hatten wir nicht die Zeit für ein privates Gespräch«, antwortete Osias. »Und willst du die Wahrheit wissen? Du konntest keine Ablenkung gebrauchen.«

»Es war meine Entscheidung. Meine. Nicht deine.« Draken stakste eine kurze Strecke durchs Zimmer und wirbelte dann wieder zum Mantiker herum. »Zuerst versuchst du, mich zu kontrollieren, indem du … Nun ja, und jetzt diese Sache. Woher ist dieses Schwert gekommen, Osias? Oder soll ich dich Prinz Osias nennen?«

»Keine Titel, danke sehr. Was das Schwert anbelangt: Es ist genau dasjenige, das Elenas Vater von Brîn nahm, als er das Land eroberte. Es heißt *Akhen Khel* auf Brînianisch. Meergeboren auf Akrasianisch.« Osias blickte zu Aarinnaie. »Die Prinzessin könnte uns weiter darüber aufklären.«

Aarinnaie schnaubte und schaute weg. »Ich würde einem Verräter niemals seine Kräfte offenbaren.«

»Was ist nun mit dem Mantiker-König? Was sollen wir wegen ihm unternehmen?«

»Wenn mein Vater bösartig ist, wenn er hinter den Angriffen auf Elena steckt, dann hat er ohne Zweifel auch die Flüche freigelassen und stellt somit eine Gefahr für uns alle dar.« Osias blickte finster. »Ich glaube, wir können augenblicklich nichts anderes tun, als Aarinnaie zu ihrem Vater zurückzubringen und ihn zu warnen. Eidola liegt neben Brîn; vielleicht weiß der Fürst etwas, das uns nicht bekannt ist.«

Draken schob Sachen in seinen Beutel und versuchte, nicht so zu erscheinen, als ob er mit dem Schwert besonders vorsichtig umging, während er es sich um die Hüften schnallte. Aarinnaie schaute die ganze Zeit mit hungrigen blauen Augen zu ihm herüber.

»Ich mache mir so meine Gedanken, mein Herr«, sagte Tyrolean, als ob er dem ganzen Gerede über ein magisches Schwert keine Beachtung geschenkt hätte. »Werdet Ihr Soldaten nach Reschan kommen lassen?«

Draken hielt inne, um auf die Straße vor dem schäbigen Gebäude hinabzustarren. Ein feindseliger Ruf folgte einem krachenden Geräusch. Ein Baby schrie. Erschöpfte Pferde schritten über die schmutzige Straße, von knallenden Peitschen angetrieben. Leises Gemurmel aus dem Gesellschaftsraum drang durch die Stockwerke zusammen mit den Gerüchen von Essenszubereitung und Abfall zu ihnen hoch.

Die Idee, Soldaten in Bewegung zu setzen und Elena darüber Rechenschaft ablegen zu müssen, bereitete ihm große Sorgen. Dies war auch teilweise der Grund für seine schlechte Laune. Er konnte sich nicht vorstellen, wie er Königin Elena erklären sollte, dass er das Hilfsangebot von Va Khlar angenommen hatte, dem Mann, der die Verschwörung gegen sie angestiftet hatte. Dennoch, welche Fehler Va Khlar auch immer hatte, er schien derjenige zu sein, der in der Lage war, den Frieden in Reschan zu bewahren. Die Lage war schlecht, und sie konnten die Stadt nicht einfach an Urians Stelle jemand anderem überlassen. Zu guter Letzt nickte Draken. »Lasst jemanden Zuverlässiges aus Urians Leibwache in strammem Tempo nach Khein reiten.«

»Khein, Nacht-Lord?« In seiner Verblüffung sprach Tyrolean ihn mit dem Titel an. »Nicht Auwaer?«

»Ich will Königin Elena nicht jetzt schon aufscheuchen. Ungeachtet dessen, was Va Khlar sagt, sollten zweitausend Soldaten aus meiner persönlichen Garnison genügen, um zu helfen, den Frieden hier einstweilen zu wahren. Va Khlar kann sie ruhig an meiner Stelle mithilfe der Pferde-Marschälle befehligen.« Er schüttelte den Kopf. Der Plan war vernünftig – mit Ausnahme einer Sache: Seine Soldaten kannten ihn nicht. Würden sie wirklich auf die Befehle eines abwesenden Nacht-Lords reagieren?

»Wenn die Nachricht an die Öffentlichkeit dringt, dass Ihr akrasianische Truppen in Bewegung setzt, und zwar unter keinem Geringeren als Va Khlar, wird der brînianische Fürst uns vielleicht nicht als Abgesandte willkommen heißen, sondern versuchen, uns als Geiseln zu nehmen«, gab Tyrolean zu bedenken.

»Richtig«, stimmte Draken ihm zu. »Dann fügt dies hinzu: Eintausend weitere Soldaten sollen uns nach Brîn folgen, sich allerdings von der Stadt deutlich fernhalten. Wir werden sie benachrichtigen, falls wir sie benötigen.«

Tyrolean salutierte vor ihm – Draken war sich sicher, dass er dies wegen Aarinnaie tat. »Zu Befehl, mein Herr.«

»Aber was ist mit Urian?«, fragte Setia, nachdem der Hauptmann fortgegangen war. »Er könnte etwas über den Mantiker-König wissen.«

Draken blickte zu Aarinnaie, die ihn während der gesamten Unterhaltung genau beobachtet hatte. Welche Kenntnisse besaß sie, die sie immer noch verschwieg? Er glaubte nicht, dass ihre Angst um Urians Leben ein Bluff gewesen war. Sie erschien ihm dafür zu emotional. Möglicherweise liebte sie den Baron. Aber es musste noch mehr dran sein. »Va Khlar hat gesagt, dass Urian nichts weiß. Osias' Geister können ihn behalten, bis Elena ihn abfertigt«, sagte er. »Im Moment ist er ihr Problem.«

»Ihr lasst ihn einfach da?«, fragte Aarinnaie, deren Stimmlage sich vor Besorgnis veränderte.

Nein. Ihre Angst um den Baron war bestimmt kein Bluff.

»Er ist dort in ausreichendem Maße sicher«, antwortete Osias, während er ihr auf die Beine half. »Die Gesetze sind eindeutig. Akrasianische Servii werden einem Adligen ohne ein Gerichtsverfahren nichts zuleide tun, selbst wenn er ein Verräter ist. Nur der Nacht-Lord kann ihn geradeheraus töten.«

Und hat es bereits einmal getan. Bruche kicherte tief in Drakens Brust.

»Aber was ist, wenn der Mantiker-König kommt? Oder Reavan?« Aarinnaies Stimme klang schrill vor Panik.

Draken war nicht in der Stimmung, einer jungen Liebe einen Gefallen zu erweisen. Er brachte sie mit der kühl übermittelten

Drohung zum Schweigen, dass er Urian endgültig töten würde, wenn sie ihn weiter bedrängte, und schritt als Erster zur Tür hinaus.

Wenig später trafen sie sich mit Tyrolean in den Hafenanlagen. Er kam mit Shisa, Thom und der Zusicherung, dass er einen verlässlichen Soldaten aus dem Bergfried des Barons mit einer Nachricht nach Khein geschickt hatte.

Thom lächelte mit strahlenden Augen, was in Anbetracht des aufgemalten bemerkenswert war, und Shisa blickte typischerweise grimmig. »Ich nehme Thom mit. Allein in der letzten Nacht wurden vier Torwachen ermordet. Ich bin nicht bereit, ihn hier zurückzulassen.« Sie beäugte Draken, als der seinen Umhang mit den grünen Streifen anzog. »Brînianer sind nicht gerade die Lieblinge Va Khlars, insbesondere jene nicht, die im Dienst von Elena stehen. Seid am besten vorsichtig, Nacht-Lord.«

Draken widerstand der Versuchung, in den Köder zu beißen oder sie über sein neues Bündnis aufzuklären. »Dann sollten wir am besten aufbrechen.«

Beschleunigt von Osias' Magie, brachten die Strömungen sie innerhalb weniger Augenblicke aus Sichtweite der Hafenanlagen. Der stark befahrene Fluss – mit unentwegt rufenden Flößern und Passagieren, die geschäftlich in Reschan zu tun hatten – wurde leerer, als sie Abstand zu der Stadt gewannen. Doch während sie weiterfuhren, erregte eine Bewegung in den dicht beieinanderstehenden Bäumen entlang des Ufers Drakens Aufmerksamkeit. Es war ein schnelles Wesen – ein funkelnder Blitz und ein nachfolgender Schatten –, was nahelegte, dass jemand am Ufer entlangrannte und sich mit der gleichen Geschwindigkeit wie das rasch dahinfahrende Floß bewegte. Bruche hatte es ebenfalls gesehen; Draken spürte die Zunahme von kalter Besorgnis unter seiner Haut.

Stell den Gadye-Burschen zur Beobachtung ab, riet Bruche. *Wenn etwas nicht in Ordnung ist, wird er es erspähen.*

Er hat doch nur ein Auge, fuhr es Draken durch den Kopf.

Bruche kicherte. *Hast du noch immer nicht kapiert, dass es sich um mehr als ein* Bild *von einem Auge handelt, was da auf seine Maske gemalt ist?*

»Thom?«, rief Draken mit leiser Stimme.

»Mein Herr?« Thom saß neben seiner Schwester hinten auf dem Floß.

»Beobachte einige Zeitlang den Wald, ja?«

Thom wandte seine Augen – das glänzende haselnussbraune und dessen aufgemaltes Gegenstück – dem Waldbereich zu, auf den Draken gezeigt hatte. »Wonach soll ich Ausschau halten, mein Herr?«

»Bloß … nach irgendetwas Ungewöhnlichem.«

Als jedoch die Sonne den Himmel hochkletterte und Thom meldete, dass er nichts gesehen hatte, verabschiedete sich Draken von seinen Befürchtungen. Wahrscheinlich war es ein Tier gewesen.

Das Flussufer stieg zu beiden Seiten allmählich an; und es wäre sogar geradlinig und glatt verlaufen, wenn da nicht noch alte Narben von Trocken- und Flutperioden gewesen wären. Eine deutlich sichtbare Aufteilung entstand zwischen dem Wasser und dem Land flussabwärts, als ob beide um eine seit Langem strittige Grenzfläche kämpften. Die rote Erde am Ufer verwandelte sich in tristen grauen Dreck, der hart wie Stein und rissig von der Trockenheit war, und der Bestand der Bäume lichtete sich, bis es fast keine mehr gab. Die wenigen armseligen, spindeldürren Holzgewächse, denen es gelang, dem rauen Untergrund ein Dasein abzutrotzen, schafften dies zwischen Felsen und harten Bodenbereichen. Befreit von den Unterbrechungen durch den Wald, verschwand das Gelände im alles verbergenden Dampf der Tageshitze.

»Verflucht heiß«, merkte Draken an. Der Schweiß rann ihnen den Rücken hinunter, durchnässte ihre Tuniken und begann, unter ihren Rüstungen übel zu riechen.

»Wir werden bald im Schatten der Berge von Eidola sein«, versprach Osias.

Draken starrte in die Richtung, in die Osias wies, dachte an seine Frau und an die Puzzlestücke, die er gründlich sortieren musste, um seine Gelegenheit zur Rache zu bekommen. Betrieb der Mantiker-König Blutzauberei? Hatte ein König von Magiern tatsächlich seine Frau ermordet? Er starrte in den Dunst hinein, bis er nichts mehr sehen konnte, und schüttelte den Kopf. Sicherlich nicht. Und wie konnte er überhaupt an einem Mantiker Rache nehmen? Er wusste es nicht, und er konnte auch nicht ergründen, ob Osias ihm dabei helfen würde.

Als die Berggipfel sich aus dem Nebel erhoben, standen sie in einer solch plötzlichen Monumentalität da, dass Draken nichts anderes tun konnte, als sie anzustarren. Er hatte den sonderbaren Verdacht, dass sie lediglich zum Vorschein gekommen waren, weil er sie erwartet hatte – so groß wie die aufgehenden Monde, ohne auch nur die Andeutung eines Hügels im Vorfeld. Ein paar Bäume und Sträucher trotzten dem kahlen Gelände. Draken erspähte auf einem hohen Felsvorsprung ein aufgegebenes Bauwerk: eine alte Festung aus bröckelndem Gestein, die grau-weiß vor dem Hintergrund einer steilen geschwärzten Felswand leuchtete.

»Die Berge erscheinen nicht als das, was sie wirklich sind«, erklärte Draken langsam, der immer noch dorthin starrte. »Vielmehr wirken sie nur so, wie man es von ihnen erwartet, wie eine Mauer.«

»Du hast die Sache in äußerst kluger Weise getroffen«, sagte Osias. »Nur Mantiker sind dafür bestimmt, sie zu überqueren. Und die nicht beanspruchten Toten.«

»Warum passierten deine Leute sie wieder?«, wollte Draken wissen.

»Ja, das ist mal eine Frage«, sagte Tyrolean, der den Mantiker beäugte.

Osias antwortete nicht sofort. Er krümmte einen Finger, und obwohl Setia mit geschlossenen Augen geruht hatte, stand sie augenblicklich auf und kam zu ihm, um sich an ihn zu lehnen. Osias entzündete die Pfeife von Va Khlar, und der Rauch schwebte im sanften Hauch der stillen, über dem Fluss hängenden Luft. Die Sonne senkte sich hinter die Berge, und Draken verstand nun, weshalb das Tageslicht kürzer wurde, je mehr sie sich Brîn näherten. Hinter der großen Gebirgskette musste der Tag wahrlich sehr lang sein.

»Es ist nichts Romantisches. Wir sind größtenteils Torwächter«, erklärte Osias schließlich. »Und wenn Flüche hinüberfliegen, müssen wir ihnen folgen.«

»Was ist dann Bruche? Er ist kein Fluch.«

»Nein. Er ist kein Fluch. Doch er ist nicht imstande, das Leben hinter sich zu lassen. Er hat hier unerledigte Angelegenheiten.«

Draken nickte, als würde er es verstehen, obgleich er es nicht begriff. Er hatte keine unerledigten Angelegenheiten in Bruches Erinnerungen entdeckt, lediglich Bedauern darüber, dass er am Ende nicht in der Lage gewesen war, seinen König zu beschützen.

Von mir hast du nichts zu befürchten, beteuerte Bruche und kicherte in Drakens Kehle. *Um dich zu überwältigen, müsste ich in Kauf nehmen, dass du mir hart zusetzen würdest.*

Aber nur in einem fairen Kampf, erwiderte Draken. Der Gedanke drängte sich ihm auf, dass Osias und Bruche sich während des Angriffs am Wirtshaus gegen ihn verbündet hatten.

Wir haben dennoch nicht gewonnen, entgegnete Bruche sachlich. *Erst als wir dein Pferd schlugen, war ich in der Lage, dich überhaupt da herauszubekommen.*

»Vielleicht überbringen die Toten uns irgendeine Weisheit in diesen harten Zeiten«, mutmaßte Tyrolean.

»Die ist für die Toten verloren, denn die Lebenden besitzen sämtliche Weisheit aller Zeiten.« Obwohl Osias Tyroleans Aufmerksamkeit hatte, blieb sein Blick auf Draken geheftet. »Die Akrasianer sind gegenwärtig in ihrem Besitz, vielleicht aber kommt die Zeit für eine andere.«

Draken wand sich von seinem prüfenden Blick ab.

»Weisheit? Ha! Die Akrasianer machen den Krieg schlimmer als irgendein anderes Volk«, warf Aarinnaie ein. »Sie sind reale lebende Feinde Brîns, nicht Ammenmärchen wie die Flüche.«

Draken holte tief Luft, um sich zwingen, ruhig zu bleiben. »Ihr habt keine Ahnung, worüber Ihr sprecht.«

»Und Ihr habt keine Ahnung, wozu ich imstande bin«, konterte sie.

Tyrolean sah sie mit einem brutalen Grinsen an. »Ihr tretet am besten behutsam gegenüber Lord Draken auf. Ich habe seine

Blutrünstigkeit im Gedächtnis behalten, seit er davon sprach, den Mörder seiner Frau zu jagen. Man kann einem Mann nicht ganz vertrauen, der aus Rache töten wird.«

»Aus der Dunkelheit heraus, wenn Ihr Euch erinnert.« Draken und der Hauptmann grinsten sich gegenseitig an; denn Ty stichelte nur, wie er wusste.

Aarinnaies Ketten klirrten, als sie ihre Position veränderte.

»Ihr habt noch was hinzuzufügen, Prinzessin?«, fragte Tyrolean, der immer noch in guter Stimmung war.

»Es kann gute Gründe geben, jemandem das Leben zu nehmen«, sagte Aarinnaie zu ihm; ihre Lippen hatte sie zu ihrem allzu bekannten spöttischen Grinsen gekräuselt. »Und sie haben nichts zu tun mit Geld oder Rache, sondern mit Ehre. Das ist etwas, Hauptmann, über das Ihr sicherlich nichts wisst, da Ihr nichts als das Blut einfacher Leute in Euren Adern habt.«

»Euer Gehabe, Ansprüche zu stellen, funktioniert möglicherweise bei Eurem Vater, und es hat vielleicht bei Urian geklappt, aber es wird nicht bei uns funktionieren«, stellte Draken klar.

»Lasst es sein, mein Herr.« Tyrolean winkte träge mit einer Hand. »Die Prinzessin hasst mich, aber ich werde damit leben können.«

Shisa hielt ihre Stange wie einen Stock quer vor ihrem Körper, die Finger um das Holz herum wurden weiß. Bevor Draken ihr versichern konnte, dass sie taktvoll bleiben würden, erschütterte etwas den Boden des Floßes. Shisa drehte sich auf der Suche nach der Ursache um. Thom sprang von den Knien auf die Füße, was das Floß ins Schwanken brachte.

Drakens Arm wurde taub vor Kälte. Er hörte mehr, als dass er es spürte, dass sein Schwert gezogen wurde.

Moment, sagte er gereizt zu Bruche. *Zuerst horchen.*

Mehrere Sekunden lang blieben sie sehr still und starrten umher auf das schwarze, leise Wasser. Der Fluss war an dieser Stelle breit und ruhig, Shisa hatte allerdings vor Stromschnellen gewarnt, die ihnen bevorstünden. Im Sog der Strömung begann das Floß sich ein wenig zu drehen, weil Shisa es nicht mehr länger mit ihrer Stange auf Kurs hielt.

Tyrolean seufzte und bewegte sich, um aufzustehen. »Ich schlage vo…«

»Schsch!« Shisa bedeutete ihm, zu verharren. Das Floß wurde erneut durchgerüttelt; und Thom musste sich auf die Knie fallen lassen, um zu vermeiden, über Bord geworfen zu werden.

»Bringt uns zum Ufer«, befahl Draken, doch seine Worte wurden übertönt von einem plötzlichen Schäumen im Wasser. Überall um sie herum tauchten schlanke graue Köpfe auf. Die kleine Reisegesellschaft starrte sie entsetzt an.

»Ihr Götter, das sind Erringe!«, schrie Tyrolean.

Bruche handelte am schnellsten. Draken schaute zu, wie sein Schwert die Gliedmaße eines Errings durchschnitt, als der versuchte, Halt auf dem Floßdeck zu finden, und dann jagte Bruche das Schwert in den Rücken der Kreatur. Der Körper glitt in das Wasser zurück, aber ein anderer Erring folgte sofort.

Sein Blut ist so rot wie das meine, dachte Draken, während er beobachtete, wie sein Schwert auf einen weiteren Erring einschlug, der ihn mit starrem, leerem Blick fixierte.

Draken verspürte eine Aufwallung von Hilflosigkeit, während Bruche an der Seite der anderen kämpfte. Shisa durchbohrte einen Erring mit dem spitzen Ende ihrer Stange. Doch obwohl er aufgespießt war und Blut aus seinem Körper spritzte, kämpfte er weiter, bis Thom herbeisprang und ihn mit seinem Messer erledigte. Tyrolean hatte seine beiden Schwerter gezogen und kämpfte gleichzeitig gegen zwei dieser Kreaturen. Durch die Wucht des Angriffs geriet das Floß in eine gefährliche Schieflage. Das Grauen begann, Bruches betäubende Kälte zu erodieren, angespornt durch den Geruch von etwas Ekelerregendem und Verdorbenem.

Aarinnaie war inzwischen auf ihren Beinen und stand am Ende ihrer Kette. »Bei den Sieben Verdammnissen, gebt mir ein Schwert!«

Aber dafür war keine Zeit, selbst wenn Draken gewillt gewesen wäre, ihr eine Waffe zu geben. So weit er flussaufwärts und -abwärts sehen konnte, war das Wasser von diesen hassenswerten Wesen in Aufruhr versetzt worden. Und dann lenkte Bruche mit einem Ruck Drakens Aufmerksamkeit auf Shisa.

Sie war in einen Kampf mit einem Erring verwickelt, der sich zu sterben weigerte; er schob sich von einer Seite zur anderen in dem vergeblichen Versuch, sich von der Stange in seinen Eingeweiden zu befreien. Shisas dünne Muskeln schienen unter dem Gewicht der Kreatur bis zum Reißen angespannt. Draken war der Einzige, der ihren Kampf bewusst mitbekam; jeder andere war zu sehr mit seinem eigenen in Anspruch genommen.

Plötzlich warf sich der Erring auf Shisa: Er gab sich dadurch selbst den Todesstoß, als ihre Stange die Schuppen auf seinem Rücken durchstach. Doch er kam ihr nah genug, um seine nadelspitzen Zähne in ihren Hals zu bohren. Shisas Kreischen endete in einem Gurgeln. Thoms Schrei jagte dem hinterher, als sie verstummte; er kämpfte sich zu seiner Schwester vor. Aber er kam einen Schritt zu spät. Das durchbohrte Geschöpf und die erschlaffende Shisa, die in ihrem eigenen Blut ausrutschte, stürzten in das aufspritzende Wasser, und mehrere der anderen Kreaturen folgten ihnen. Eine strudelnde blutrote Wolke verfärbte die Oberfläche des Flusses. Draken wirbelte instinktiv herum und schaute zum Heck des Floßes, das sich immer noch flussabwärts bewegte, während sie kämpften. Die rote Sudelei lief auseinander und kam im Kielwasser des Gefährts wieder zum Vorschein.

Bruche gestattete sich nicht, auch nur einen Moment lang unter Schock zu bleiben und die Klinge langsamer zu handhaben, sondern übernahm die Kontrolle und wirbelte um die eigene Achse, um zu sehen, ob andere Erringe an Bord geklettert waren.

Aarinnaie stand immer noch hilflos da mit ihrer Kette und spreizte die Beine, damit sie in dem Aufruhr auf dem Floß nicht stürzte. Es mochte Draken gewesen sein, der bemerkte, dass sie sich in Gefahr befand, doch es war Bruche, der zu ihr hinübersprang. Eines der Wesen hatte sich mit einer Klaue Halt auf dem glatten Holz des Decks verschafft und glitschte mit seinem nassen Körper auf Aarinnaie zu; den Rachen zu einem ausgehungerten Grinsen geöffnet. Draken oder Bruche – sie schienen in dem Moment so vollständig miteinander vereint, dass es schwer zu sagen war, wer Drakens Muskeln steuerte – schlug mit Wucht das Schwert nach unten. Der Kopf rollte weg, und der durchtrennte Hals pulste einen

Eimer übelriechendes Blut über Aarinnaie. Sie kreischte, als würde es sie verbrennen. Draken trat gegen den Körper, um das Wesen zurück ins Wasser zu seinen Artgenossen zu befördern.

Sein Fuß ging geradewegs durch den Erring hindurch, als ob der ein Schatten wäre anstelle einer realen, kürzlich noch lebendigen Kreatur; und Draken fiel rücklings aufs Deck.

KAPITEL ZWANZIG

Bruche vollführte das beeindruckende Kunststück, Draken in einem einzigen Bewegungsablauf vom Rücken auf die Füße hochschnellen zu lassen, und zog sich dann augenblicklich so weit zurück, dass nur der Schwertarm kalt blieb. Draken blickte zu seinen Gefährten: die einzigen lebendigen Wesen in der dunstigen, regungslosen, stillen Welt. Sein Verstand weigerte sich, zu akzeptieren, was seine Augen sahen; daher trat er erneut starrsinnig nach dem Erring. Nichts.

»Elegant in seiner Schlichtheit«, sagte Osias.

Sein Umhang war unten durchtränkt von Blut und Flusswasser. In seiner Hand hielt er die Pfeife, die knisterte und von Rauch und Flammen umgeben war; der Duft von zuckersüßen Gadye-Blättchen war der einzige in einer geruchlosen, geräuschlosen Welt. »Wir haben seit Langem vermutet, dass sie zu so etwas fähig sind – und sie können es in höchstem Maße.«

Draken war nur dazu fähig, ein einzelnes Wort heraussprudeln zu lassen, und er war sich noch nicht einmal sicher, ob es die richtige Frage war. »Wer?«

Osias schwenkte den Arm in einem weiten Bogen über das Ufer hinter Draken. »Sie.«

Er drehte sich um. Am Ufer sah er eine Menge von Leuten, die mit Speeren bewaffnet und in Fellen gekleidet waren. Sie hatten die Größe von Kindern, standen dort und beobachteten das Geschehen mit Blicken, die so grimmig und alt wie die Ewigkeit waren.

»Ihr wart es also nicht, ehrwürdiger Mantiker, der dies bewirkt hat?«, fragte der schwer atmende Tyrolean. Er senkte die blutverschmierten Schwerter.

»Sie kamen, als ich rief, aber ich glaube nicht, dass sie wegen mir gekommen sind«, antwortete Osias. »Dies ist ein Anblick, den wenige je gesehen haben: Das ist eine Kriegsgesellschaft der Mondlinge, die aus dem Schutz von Bäumen und Dunkelheit herausgetreten ist. Fühlt Euch geehrt, und seid wachsam.«

»Kommt zu uns!«, rief eine der Mondling-Frauen und trat aus dem Verbund hervor. Ihre Gefolgsleute wechselten die Positionen und schlossen die Reihen hinter ihr; die Speere wurfbereit in den Händen.

Die Frau hatte eine melodische, leichte und irgendwie kleine Stimme, die genau zu Drakens unmittelbarem Eindruck von ihr passte. Eine äußerst dünne Spirale aus Mondmetall schmückte die kurzen dunklen Locken und kennzeichnete sie möglicherweise als Anführerin.

»Wie gelangen wir zu Euch, meine Dame?«, rief Draken zurück. »Wir werden tief in den Fluss hinabsinken, wenn wir es versuchen.«

»Dies hier ist der SCHWEBEZUSTAND.« Der Hauch eines Lächelns zeigte sich auf ihren Gesichtszügen. »Ihr seid außerhalb des Wassers und all dieser Kreaturen – außerhalb von allem Leben und Tod. Ihr könnt gehen, wohin Ihr möchtet.«

Setia wagte als Erste, einen tastenden Schritt zu machen. »Es fühlt sich an wie Luft und Wolken«, sagte sie verwundert.

Während Draken sich niederkniete, um Aarinnaie zu befreien, folgten die anderen Setia zum Ufer. Erring-Blut tropfte vom Körper der Prinzessin herab, und sie öffnete den Mund, um etwas zu sagen, sobald seine Finger ihre Fußschellen berührten.

Draken gab ihr keine Gelegenheit zum Reden. »Seid Ihr unverletzt?«

Sie schloss den Mund und nickte kurz.

»Dann tut uns allen einen Gefallen und sagt nichts.«

Er führte sie über den Fluss zu ihren Rettern und dem Rest ihrer kleinen Gesellschaft. Setia hatte recht. Auf dem Wasser und dem Erdboden zu gehen fühlte sich irgendwie »wolkig« an, als ob man durch knöchelhohen Nebel watete. Als Draken diese Hypothese überprüfte, schritt er geradewegs durch den Rücken eines Errings, doch an irgendeinem mysteriösen Punkt unterhalb der Wasseroberfläche wurde er aufgehalten.

Als sie das Ufer erreichten, ließ sich die Mondling-Frau kurz auf ein Knie hinab, was sie sogar noch winziger erscheinen ließ, dann erhob sie sich wieder. Der Scheitel ihres Kopfes reichte kaum bis zu Drakens Brust. Die dichten Locken spiegelten im schwindenden Sonnenschein Strähnen aus dunklem Gold wider, obgleich ihre Haare so schwarzbraun wie ihre Augen waren. Ihre Haut war noch intensiver gesprenkelt als die von Setia; die bleicheren Flecken erweckten den Anschein, als ob sich die Frau selbst bei hellem Licht im Schatten von Blättern aufhielt. Obwohl sie klein war, schien alles an ihr einfach *noch kleiner* zu sein.

»Draken von Brîn und Akrasia und … anderweitig. Ein herzliches Willkommen von meinem Volk. Ich bin Oklai, und es ist mir eine große Ehre, Euch kennenzulernen.«

Obwohl sie scheinbar das Leben selbst angehalten hatten, waren die Mondlinge ängstlich im offenen Gelände. Sie bewegten sich mit einer vorsichtigen Langsamkeit, doch mit ihren schnellen Blicken nahmen sie ihre Umgebung in sich auf und ließen auch Draken und seine Freunde nicht aus den Augen.

Draken kniete sich ebenfalls nieder, mit beiden Beinen, und neigte sein Haupt. Sie waren Auge in Auge, als er den Blick hob. Ihre Augen hatten die Farbe von schwarzbraunem fruchtbarem Erdboden. »Die Ehre ist ganz auf meiner Seite, meine Dame.«

»Hilfe zu leisten, selbst wenn sie in einer schweren Notlage dringend gebraucht wird, ist für einige ein Leichtes«, erklärte Oklai ernst. »Ich habe nie den Wunsch, jemanden zu kränken, der so ehrenvoll wie Ihr ist. Sollte ich es jedoch getan haben, dann dürft Ihr mir eine gleichwertige Ehrenkränkung zufügen.«

»Ich fühle mich nicht beleidigt, Lady Oklai«, erwiderte Draken. »Ich spreche Euch fürwahr meinen herzlichen Dank aus.«

»Wir hofften, dass eine Einmischung nicht notwendig wäre. Aber nachdem die Flößerin ihr Leben verloren hat und so viele Erringe aufgetaucht sind, hatten wir das Gefühl, dass wir helfen sollten.«

»Die Ehre ist ganz die unsere, dass wir Eurer Bemühungen für würdig erachtet wurden«, sagte Osias.

»Wir sind Euch den Schutz schuldig, da Ihr zu Beginn Eurer Ankunft hier jemanden von unserer Art beschützt habt.«

Drakens Augenbrauen senkten sich. »Die Mondling-Frau, die ich aus Reavans Händen befreite … Ihr kennt sie?«

»Sie ist meine Schwester.«

Er dachte darüber nach und nickte dann. »Sie ist mir gefolgt, bevor man sie gefangen hat, nicht wahr? Ich dachte mir schon, dass jemand mir folgte.«

»Das hat sie getan. Wir fragten uns, was Ihr vorhattet.« Oklai wandte ihre dunklen Augen Osias zu. »Es darf kein Wort über den SCHWEBEZUSTAND zu anderen gesagt werden, Prinz Osias.«

Osias neigte den Kopf. »Und kein einziges wird gesagt werden.«

»Dann kommt mit.« Oklai klatschte in ihre winzigen Hände, und ihr Volk begann, sich in Bewegung zu setzen. »Wir wollen damit beginnen, es unseren Gästen angenehm zu machen.«

Die Mondlinge errichteten ein Sonnensegel und stellten Erfrischungen bereit. Oklai zog zwei weibliche Mondlinge beiseite und gab ihnen in ihrer eigenen Sprache Anweisungen, wobei sie auf Aarinnaie zeigte. Aber als sie die Prinzessin wegführten, verspürte Draken das Bedürfnis, sich einzumischen.

»Sie ist meine Gefangene, bis ich sie zu ihrem Vater zurückgebracht habe«, erklärte er. »Ich würde mich besser fühlen, wenn es mehr Wachen gäbe, die darauf achten, dass sie nicht wieder flieht.«

»Wohin soll ich denn laufen?«, fragte Aarinnaie. »Etwa in den Nebel und den Himmel hinein?«

Oklai warf ihm ebenfalls einen verblüfften Blick zu. Aber nach einem Nicken in Richtung ihrer Leute wurden zwei weitere Wachen, die mit Speeren bewaffnet waren, den Frauen hinzugefügt, die sich um Aarinnaie kümmern sollten.

Anschließend lud die Mondling-Frau sie ein, sich hinzusetzen, und ihnen wurden Wein, weiche Brote und kalte, süße schwarze Früchte serviert. Tage waren vergangen, seitdem die kleine Gruppe zuletzt frisches Essen zu sich genommen hatte: Die Verpflegung in Reschan war kaum erträglich gewesen, und auf dem Fluss waren sie mit wenig Gepäck gereist.

»Ich möchte ja keinen Anstoß erregen«, begann Draken. »Aber wie … wie habt Ihr das gemacht? Habt Ihr die Zeit angehalten?«

»Die Schleier zwischen den Welten sind zerrissen, instabil und vielfältig. Wie das Meer, das die Küste fortwährend küsst, sodass ihre Grenzen sich immer wieder überlappen und ständig einer die Stellen füllt, von denen sich sein Gegenpart zurückgezogen hat.« Oklai wölbte eine winzige Augenbraue und fügte pointiert hinzu: »Oder vielleicht könnte man die Welten mit einem Mann vergleichen, der zwei Seelen hat, die getrennt und dennoch gleich sind.«

Eine Kälte durchfuhr ihn, die nichts mit Bruche zu tun hatte. »Ist das hier Ma'Vannis Welt? Sind wir gestorben?«

Oklai schien amüsiert zu sein. »Ihr glaubt, Ma'Vanni wird Euch bekommen, obwohl Ihr ihrem Bruder Khellian zu Euren Kriegen folgt?«

Unter ihrem tadelnden Blick schluckte Draken den Rest seiner Fragen hinunter.

Osias wechselte das Thema und unterhielt sich eine Zeitlang mit Oklai in deren weich klingender Sprache; hin und wieder unterbrach er sich selbst, um Draken über das zu informieren, was sie gerade beredeten. Er erzählte ihr von den Flüchen, von dem vermutlichen Verrat seines eigenen Königs, berichtete die Neuigkeiten aus Auwaer und von all dem, was geschehen war, seitdem er Draken im Wald gefunden hatte.

»Dies beunruhigt mich«, sagte Oklai auf Akrasianisch. »Denn Ihr liefert zusätzliches Zeugnis über etwas, das wir selbst gesehen und gehört haben.«

Draken wusste, dass er aufmerksam zuhören sollte, doch Thom fiel ihm ins Auge. Der junge Gadye saß zusammengekauert in seinem Umhang und war so bleich wie seine mondgeschmiedete Maske. Zu guter Letzt konnte Draken es nicht mehr ertragen. Er setzte sich neben ihn und sprach ihn in einem leisen, freundlichen Ton an.

»Eure Schwester hat tapfer gekämpft. Ich bedaure zutiefst ihr Hinscheiden.«

»Danke, mein Herr.« Thoms Stimme war so leise, dass Draken sich anstrengen musste, um ihn zu verstehen.

»Ich habe Verständnis dafür, wenn Ihr zurückgehen wollt«, sagte Draken. »Aber Euer Wagemut während des Kampfes ist nicht unbemerkt geblieben. Ich könnte einen tapferen Mann wie Euch gut gebrauchen.«

»Ich wäre geehrt, die Aufgabe meiner Schwester zu Ende zu führen. Ich werde Euch bis nach Brîn befördern, und dann … werde ich sehen.« Der junge Gadye beschwor ein Lächeln herauf, doch es war so gezwungen und von solcher Grässlichkeit, dass Draken es nicht zu erwidern vermochte. Er berührte kurz Thoms steife Schulter und wandte die Aufmerksamkeit wieder ihrer Gastgeberin zu.

Oklai hatte die Unterhaltung mit Neugier verfolgt. »Ihr werdet geachtet, und das mit gutem Grund, Lord Draken. Ihr seid jemand mit starkem Schwert und edelmütigem Herz.«

»Wo wir gerade von Schwertern sprechen …«, sagte Osias. »Ich möchte gerne, dass Ihr Euch die Klinge des Nacht-Lords anseht. Draken, wenn du so gut sein würdest.«

Draken zog sein Schwert und legte es zwischen ihnen auf die Reisedecke.

Oklais dunkle Augen weiteten sich. »Darf ich es hochheben?«

»Selbstverständlich«, antwortete Draken.

Das Schwert und seine schwarzen, unlesbaren Zeilen flimmerten, als sie es berührte, dann hellte es sich auf und wurde wieder weiß. Doch die Zeichen glühten heiß in Drakens Verstand, als ob sie darin eingebrannt worden wären. *»Akhen Khel«*, hauchte Oklai. Selbst das kehlige Brînianisch klang leicht, wenn sie es aussprach.

Ein Gemurmel erhob sich unter den Mondling-Wachleuten.

»So hat man es mir gesagt. Ihr kennt dieses Schwert?«, fragte Draken.

Sie hob den Blick zu seinem Gesicht, ihre Miene so verschleiert wie die einer Gadye. »Wie seid Ihr daran gekommen?«

»Ein Geschenk von meiner Königin«, erwiderte Draken und ließ den Oberkörper in einer anmutigen, beinahe unterwürfigen Verbeugung nach vorne sinken.

Oklais Augen fielen auf den Anhänger, der an seinem schwarzen Lederharnisch hing. Sie hob das Schwert. »Ihr müsst etwas Besonderes sein, wenn sie Euch solch ein Geschenk gegeben hat.«

»Ich bin ihr Nacht-Lord«, erklärte Draken und widerstand dem

Verlangen, mit den Schultern zu zucken. Die Mondlinge würden eine solche Geste wohl kaum wiedererkennen und sie womöglich für unhöflich halten. »Das ist alles, was ich über ihre Ansichten im Hinblick auf das Geschenk weiß, Lady Oklai. Wollt Ihr die Wahrheit hören? Ich habe gerade erst erfahren, was Meergeboren ist.«

»Sie hat es Euch nicht erzählt.« Erneut zeigte sich Oklais durchdringender Blick; das Misstrauen war jetzt weniger verschleiert.

Etwas in ihren Augen regte Draken zur Ehrlichkeit an. »Ich glaube, sie dachte, ich wüsste es. Sie nimmt an, dass Brîn meine Heimat ist.«

»Und Eure Schwerthand?« Sie sprach jetzt abgehackt, der melodische Tonfall war vollkommen verschwunden. »Hat er erkannt, um was es sich handelt?«

Gewiss; sag ihr, dass ich es wusste. Oder vielmehr zu wissen hoffte.

»Er sagt, dass er es wusste.«

Ihr Ausdruck wurde härter, wenn dies überhaupt möglich war. »Er sollte es wissen. Immerhin wurde er durch dieses Schwert getötet.«

Bruche veränderte seine Position im Innern von Drakens Muskeln. Ein kaltes, Übelkeit erregendes Zittern in seinen Eingeweiden machte sich bemerkbar, als Bruches Begreifen sich ausbreitete. Er hatte keine wirkliche Erinnerung an seinen Tod – in seinem Gedächtnis waren nur der Kampf und dann die Finsternis von Ma'Vannis Unterwasserhöhle.

»Was könnt Ihr mir von dem Schwert erzählen, Lady Oklai?«, fragte Draken schroff. Dieser Angriff aus dem Hinterhalt gefiel ihm nicht.

Bei ihrer Antwort klang ihre Stimme gleichgültig und matt. »Geschmiedet unter dem siebten Mond, wurde das Schwert im Wasser Eurer Blutbucht gehärtet. Die Legende besagt, dass es jenen, die es über dem Meer schwingen, Botschaften der Götter übermittelt.«

Ein Trick ist nicht genug?, dachte Draken. Doch Oklais Ernst verbot ihm, die flapsige Bemerkung laut zu äußern. Anstatt zu reden, neigte er den Kopf.

Nun wurde ihre Stimme härter. »Tiefe Magie ist in diese Klinge eingebettet: mächtige natürliche Kräfte, die seit sehr langer Zeit ungenutzt sind. Woher nehmt Ihr, ein Ausländer, den Glauben, dieses Schwert kontrollieren zu können?«

Draken brauchte einen Moment, um seine Abwehrhaltung zu unterdrücken. »Ich weiß nur eines: Wenn das, was Osias – Prinz Osias – über die Flüche sagt, der Wahrheit entspricht, dann muss ich mich jeder Waffe bedienen, die mir zur Verfügung steht.« Er zögerte. »Kann es die Flüche denn zerstören?«

»Sie müssen durch etwas Heiliges zerstört werden. Durch etwas, das von der Kraft der Götter erfüllt ist. Möglicherweise ist dieses Schwert so ein Objekt. Vielleicht aber auch nicht.« Oklai hielt das Schwert immer noch in die Höhe, und obwohl es halb so lang wie sie groß war, schien das Gewicht ihrem Arm keine Mühe zu bereiten. Nach einiger Zeit drehte sie es der Länge nach herum und bot Draken das Heft dar. Er nahm das Schwert an und senkte dabei das Kinn. »Es ist eine von Mondlingen geschmiedete Klinge, und wir führen eine von Göttern geschenkte Magie mit uns. Es wurde gefertigt aus dem Metall der khial-akrasianischen Erzader, gleichwohl haben wir es trotzdem bearbeitet.«

Tyrolean, der gerade mit seinen langen Fingern eine Frucht entkernte, schaute auf. »Eine legendäre Erzader, Lady. Sie wird nur ›akrasianisch‹ genannt, weil wir lange nach ihr gesucht haben …« Er hielt inne, und zum ersten Mal sah Draken ihn verlegen dreinschauen. Er legte die Frucht hin. »Viele Mondlinge sind durch unsere Anstrengungen gestorben.«

Oklai erwiderte ein freundliches Lächeln. »Ich mache Euch nicht verantwortlich für die Taten Eurer Vorfahren, Erster Hauptmann.«

Tyroleans Stirn über seinen schwarz umrandeten Augen legte sich in Falten. »Doch wir müssen sie auch nicht entschuldigen. Mondlinge werden als Feinde Akrasias betrachtet. Wir versklaven Euch, tun Eurem Volk Leid an.«

Oklai neigte den Kopf. »Betrachtet Ihr mich als Feindin?«

»Nein, meine Dame. Ich habe jedoch immer an die akrasianische Herrschaft geglaubt.« Tyrolean blickte seine Gefährten reihum an.

»In letzter Zeit frage ich mich allerdings, ob wir nicht in einem gleichberechtigten Frieden leben sollten.«

»Noch geht das nicht, fürchte ich.« Bei dem traurigen Lächeln der Mondling-Frau legte sich die dünne Haut um ihre Augen in Falten. Dennoch schien sie irgendwie immun gegenüber dem Alter zu sein: so zufrieden wie ein Kind und so weise wie ein alter Baum. »Ich erwarte für gewöhnlich, dass jemand wie Ihr, der aus einem aufgeklärten, gebildeten Haus ist, sein eigenes Volk und dessen Geschichte zu schätzen weiß. Es macht Eure Seele nicht ärmer, Hauptmann.«

»Jetzt, wo ich Eure Liebenswürdigkeit und Eure gütige Gastfreundschaft kenne, muss ich unsere Geschichte – vielleicht mit offeneren Augen als früher – neu überdenken.« Zu Drakens Verblüffung beugte Tyrolean den Kopf vor der Mondling-Dame, wobei seine Hände auf den Oberschenkeln ruhten.

Oklai streckte den Arm aus und legte die Finger an Tyroleans Wange. »Ihr seid weiser, als es Euch selbst bewusst ist, Hauptmann, und mit Euren Worten gebt Ihr mir große Hoffnung.«

Sie wandte ihre Aufmerksamkeit abermals Draken zu. »Nacht-Lord, Ihr wünscht die Geschichte Eures Schwertes zu kennen. Es wurde von Mondlingen hergestellt für einen bestimmten brînianischen König, den man für einen Halbgott hielt.« Ihr starrer Blick schien direkt durch Draken hindurchzugehen; er unterdrückte das Verlangen, zur Seite zu schauen. »Seine Familie herrschte eine längere Zeit über Brîn, als es für Sterbliche normal war – über Dutzende von Generationen. Als er schließlich starb und das Schwert an seinen Sohn weitergereicht wurde, versuchte der akrasianische König Hekron, Elenas Großvater, es zu stehlen. Er glaubte, die Macht, Akrasia zu beherrschen, und eine Form von Unsterblichkeit würden dem Schwert innewohnen, und er hielt Akrasianer für aufgeklärter als Brînianer. Nachdem die Akrasianer die Gadye besiegt und Reschan eingenommen hatten, wandten sie ihre Anstrengungen Brîn zu. Doch sie vermochten es nicht zu erobern, und sie konnten das Schwert nicht finden. König Hekron starb während des Feldzugs. Eine ganze Generation lang – eine von unzähligen Scharmützeln geprägte Zeitspanne – wurde das Schwert in keiner Schlacht gesehen, und man hielt es schon für verloren, obgleich dieselbe brînianische Königsfamilie weiterhin über Brîn herrschte.«

»Welche Familie, meine Dame?«, wollte Draken wissen, der von ihrer melodischen Stimme verzückt war.

»Meine. Das Haus Khel.« Aarinnaie war zurückgekehrt – gewaschen und in frischer Kleidung, die für Mondlinge hergestellt war. So trug sie eine lange Tunika, die ihr kaum bis zu den Knien reichte. Sie kniete sich nun bei ihnen nieder und streckte die Hand aus, um das Heft des Schwertes anzufassen. »Meergeboren war versteckt worden, doch mein Vater holte es hervor, als er ein Prinz war.«

Oklai ergriff Aarinnaies Handgelenk mit flinken Fingern. »Es ist Euch nicht erlaubt, das Schwert zu berühren, ohne vorher zu fragen.«

Aarinnaie hob ihre blauen Augen und sah Draken an.

»Ich möchte, dass Lady Oklai ihre Geschichte zu Ende erzählt«, sagte er.

Aarinnaie sank in eine Pose der Niedergeschlagenheit zurück – mit Ausnahme ihrer Augen, die sich verengten und sich keinen Moment von der schlicht bearbeiteten Klinge abwandten.

»Aarinnaie hat recht«, erklärte Oklai. »Ihr Großvater, der brînianische König, war so weise, das Schwert versteckt aufzubewahren, und zwar lange genug, dass selbst seine Legende verblasste. Mein Volk hoffte, dass es seinen letzten Ruheplatz auf dem Grunde der Blutbucht gefunden hatte. Aber die akrasianische Krone vergisst niemals. Und Prinz Khel war …« – Oklai blickte verstohlen zu Aarinnaie – »… von ganz anderer Art: verdorben und schlecht. Und das ist er bis zum heutigen Tag. Wegen einer simplen Geringschätzung machte er sich daran, einen jungen Gadye-Sklaven zu töten. Die Mutter des Jungen flehte, sie würde ihr Leben für seines geben. Prinz Khel tötete den Jungen und dann auch die Mutter, dabei rief er nur aus Spaß den Zauberspruch. Zuschauer berichteten, dass die Schnittwunde des Jungen heilte, während die Mutter starb, und er so gesund war, als ob er niemals eine Verletzung erlitten hätte. Dies erinnerte zu sehr an die Legende, als dass man es ignorieren konnte. Elenas Vater schickte seine gesamte Armee, um das Schwert wieder aufzufinden und Brîn einzunehmen. Das wuchs sich zu einem Krieg um Meergeboren aus. Brînianer wurden aus ihrem Zuhause vertrieben und kämpften wie wilde Kreaturen, jedoch ohne Erfolg. Viele flohen nach Eidola und schlugen die Tore ein. Den Lebenden ergeht es dort aber nicht gut, und der Mantiker-König sandte sie zurück – halb tot von ihrer Drangsal oder mit Flüchen infiziert.«

Auf Schritt und Tritt tauchte dieser Mantiker-König auf. Draken blickte zu Osias, doch der beachtete ihn nicht.

»Die Legende besagt, dass der durch Flüche ausgelöste Wahnsinn Mütter, Väter und Kinder über die Klippen und hinab in die Blutbucht trieb …« Oklai lächelte bitter. »Die Legende ist auf Wahrheit gegründet. Ich war Zeugin des Massakers. Der Angriff wurde erst beendet, als Aarinnaies Großvater dem Vater von Elena das Schwert und seine Treuepflicht anbot. Sein Sohn jedoch, Prinz Khel, war leider verschwunden. Die meisten dachten, er wäre nach Eidola gegangen oder in der Bucht gestorben. Der akrasianische König glaubte, Prinz Khel hätte sich versteckt, um sich auf eine zukünftige Rebellion vorzubereiten; doch obwohl er den brînianischen König zu Tode folterte, gab dieser nicht preis, wo sich sein Sohn versteckte.«

»Er wusste es nicht«, sagte Aarinnaie.

Draken ertappte sich dabei, dass er laut dachte. »Ich glaube diese Sache mit dem ›Ein Leben gegen ein Leben‹; ich habe es selbst gesehen. Doch das Übrige …«

Damit hatte er Oklais angespannte Aufmerksamkeit gewonnen. »Ihr habt diesen Austausch von Lebensenergie selbst erlebt?«

Draken nickte und erzählte, was mit Baron Urian geschehen war.

»Also haucht Meergeboren immer noch seine animalische Magie aus«, stellte Oklai fest. Sie sah nicht glücklich darüber aus.

»Animalisch? Wild, meint Ihr. Unkontrollierbar.« Draken seufzte und rieb sich mit der Hand über die Stirn in dem Versuch, seine Sorgenfalten glattzustreichen. »Die Macht zu herrschen kann nicht diesem Schwert innewohnen. Wäre es so, dann hätte

Elena es mir niemals gegeben. Sie ist schließlich die Königin. Sie ist meine Herrin, ich bin ihr Diener.«

Die Mondling-Frau hob eine Hand und ließ sie dann in einer Geste der Entschuldigung sinken. »Wie ich gesagt habe, weiß ich nicht mit Sicherheit, ob die Herrschaft ein Teil seiner Magie ist. Doch ich weiß, dass die Geschichte behauptet, derjenige, der das Schwert handhabt, sei häufig auch ein Herrscher.«

Draken lehnte sich zurück; er brauchte einen Moment, um nachzudenken. Es ergab alles einen entsetzlichen Sinn, wenn man der Legende glaubte, aber, schlimmer noch, es stank nach Manipulation. Was hatte Elena beabsichtigt, als sie ihm das Schwert übergab? Versuchte sie etwa, ihn zu einem brînianischen Fürsten zu machen, der ihrer Krone gegenüber loyal war? Dass sie ihn in ihr Bett genommen hatte, ließ ihn sogar noch misstrauischer werden, was ihre Motive anbelangte. Va Khlars Stimme hallte in seinem Kopf wider. *Ich glaube, Elena beabsichtigt, dass Ihr das Kommando übernehmt.*

Die Augen aller waren auf ihn gerichtet. Sie warteten darauf, dass er etwas sagte. Drakens Kehle schnürte sich zu.

Bruche? Was denkst du?

Du bist mein König, ob du eine Krone trägst oder nicht.

Draken fand schließlich seine Stimme wieder. »Ich will es nicht. Ich werde Elena das Schwert zurückgeben.«

»Das könnt Ihr selbstverständlich tun«, erwiderte Oklai. »Doch Ihr solltet lange darüber nachdenken, ob sie die geeignete Person ist, es zu handhaben.«

»Ihr glaubt, der brînianische Fürst sollte es zurückbekommen? Ist das der Grund, weshalb sie es mir gegeben hat – damit ich es ihm bringen kann?«

Die Mondling-Frau hob abermals ihre Hand. »Das weiß ich nicht. Ich weiß nur, dass die Kriege dieser Völker uns alle mit einbeziehen.«

Draken offerierte ihr das Schwert. »Dann nehmt Ihr es, Lady. Die Mondlinge haben es schließlich gemacht.«

Sie zuckte schaudernd zurück. »Ich will es nicht, mein Herr. Ich möchte mein Volk nicht für das Schwert sterben sehen.«

»Dann die Mantiker«, sagte Draken, der sich zu Osias umdrehte. »Du bist der Prinz, und dein König ist verwerflich. Du nimmst es und benutzt es, um gegen ihn zu kämpfen.«

»Wir herrschen nur über die lebenden Toten«, erwiderte Osias. Er lachte unvermittelt. »Und die genügen völlig.«

»Meergeboren zu schwingen ist eine große Bürde, mein Herr«, hob Oklai hervor, »aber es muss keine schreckliche sein.«

Draken war so aufgewühlt, dass er sich krank fühlte. Königin Elena musste die Geschichte und Legende des Schwertes kennen. Und Reavan … Er hatte sich gewünscht, das Schwert selbst zu halten. Kein Wunder, dass er so wütend gewesen war, als Elena es Draken gegeben hatte.

Nur Tyrolean war mutig genug, um das auszusprechen, was sie alle dachten. Seine schwarz umrandeten Augen blieben fest auf Drakens Gesicht geheftet, als er erklärte: »Vielleicht ist unsere Königin weiser, als sie zu sein scheint, mein Herr.«

Obgleich es als Kompliment gemeint war, stellte es doch keinen Trost für Draken dar. Er seufzte, erschöpft von dem Anhänger, der an seiner Brust hing, und dem Schwert, das so schwer an seinem Gürtel lastete. »Oder sie ist weniger weise, als sie zu sein scheint.«

KAPITEL EINUNDZWANZIG

Den Reisenden wurde von Oklai in der Art einer freundlichen, jedoch resoluten Mutter befohlen, sich auszuruhen. Osias legte sich gehorsam nieder und schloss die Augen. Aarinnaie zog sich in eine Zeltecke zurück. In kameradschaftlichem Schweigen hielt sich Tyrolean in der Nähe von Thom auf.

Draken jedoch saß getrennt von den anderen, mit den Unterarmen auf die Knie gestützt: Er starrte die schrecklichen Flusskreaturen und das leere Floß an. Allzu deutlich sah er, wie rasch sie überwältigt worden wären – magisches Schwert hin oder her –, wenn die Mondlinge sie nicht gerettet hätten.

»Sie verfügt über eine erdverbundene Magie«, hatte Osias einmal gesagt, als er Setia beschrieb. Aber diese Mondling-Magie schien anders zu sein: Die Mondlinge hatten die Gesetze des Lebens und der Zeit aufgehoben und ihnen zu fliehen ermöglicht. Er war dafür dankbar, doch wusste er auch, dass er es niemals verstehen würde.

Dinge zu verstehen ist auch keine Stärke von Menschen, die so wie ich sind, flüsterte Bruche. *Ich bin dazu bestimmt, Befehle entgegenzunehmen und diese zu befolgen. Und ich bin zufrieden damit, mein Freund. Doch weiß ich, dass du es nicht bist.*

Er war es früher einmal gewesen. Zufrieden. Entschlossen, Befehle zu befolgen, und manchmal hatte er auch welche gegeben. Aber es war niemals so gewesen wie jetzt hier. Niemals so, dass das Schicksal einer Nation auf dem Spiel stand.

Sklaven haben keine große Wahlmöglichkeit. Bruche hielt inne. *Ich werde dir helfen.*

Du hast mir bereits geholfen. Draken meinte dies ernst. Er verdankte dem Geist in seinem Innern sein Leben, und er verspürte nicht länger Unmut darüber, dass er seinen Körper mit ihm teilte. *Aber warum hast du mir nicht von dem Schwert erzählt?*

Hättest du mir denn geglaubt? Ein magisches Schwert? Und hättest du es mich schwingen lassen? Du vertraust der Magie nicht.

Wie hast du es vor mir verheimlicht?

Willst du die Wahrheit hören? Ich hielt es für eine schöne, nützliche Klinge, kam aber gar nicht auf die Idee, es könnte sich um Meergeboren handeln. Man möchte doch glauben, ein solches Schwert würde einen mit Edelsteinen besetzten Griff haben.

Setia, die sich zu ihren Blutsverwandten gekniet und sich mit ihnen in deren Sprache unterhalten hatte, kam zu Draken. Sie setzte sich eng neben ihn und lehnte ihre Wange an seinen Arm. Im Geiste verglich er sie mit den reinblütigen Mondlingen. Sie war nicht viel größer als diese, die jedoch eine drahtige Flinkheit an sich hatten, über die sie nicht verfügte.

»Was haben sie zu dir gesagt?«, erkundigte sich Draken. »Waren sie freundlich?«

»Freundlicher, als ich es verdiene, da ich keine von ihnen bin.« Setia klang bekümmert. »Ich war niemals so sehr ein Mondling, als ich nun eine Mantikerin bin. Ich bin mit Osias verbunden.«

Jedes Gesprächsthema war einer Unterhaltung über das verwünschte Schwert vorzuziehen. »Wo wir hier schon Geschichtsunterricht haben – würde es dir etwas ausmachen, mir etwas über dich und Osias zu erzählen?«

Die Frage berührte sie. Er spürte die instinktive Anspannung ihrer Muskeln.

»Glaubst du, ich sollte es nicht wissen?«, hakte er nach. »Ich habe wochenlang neben euch geschlafen, und trotzdem weiß ich so wenig von euch beiden.«

Sie blieb lange Zeit stumm – so lange, dass Draken das Gefühl hatte, sie werde nicht mehr antworten. Doch schließlich seufzte sie und sprach: »Ich habe ebenfalls die Klinge von Meergeboren gespürt.«

Die Bedeutung dieser Worte zu erfassen dauerte beinahe genauso lange, wie er darauf gewartet hatte, sie zu hören. Ein kalter Knoten bildete sich im Zentrum seiner Brust. Sie war Sklavin im Hause Khel gewesen.

Draken bemühte sich, die Tatsache zu verkraften, dass sie eine Augenzeugin des Gemetzels gewesen war – ganz zu schweigen davon, dass sie zu seinen Opfern gezählt hatte. Doch sein Verstand und seine Gefühle hatten sich verschlossen. Er veränderte seine Position, und sein Handgelenk stieß gegen den Schwertgriff. »Und Osias hat dich gerettet?«

»Er benutzte einen Teil seines eigenen Lebens, um meines wiederherzustellen. Mantiker benötigen eigentlich keinen Schlaf und kein Essen. Osias ist anders. Er muss ruhen und essen, um die Energie wiederherzustellen, die ihm durch mein Leben genommen wurde.«

Draken nickte. Dadurch ergab manches andere einen Sinn. »Aus dem Grund ist er nicht zu Hause, nicht wahr? Aus dem Grund streift er umher und bleibt nicht in Eidola. Er wurde wie ich verbannt.«

»Genau. Ihr seid aus demselben Holz, ihr beiden. Ich glaube, das ist der Grund, warum er so bestrebt ist, dich stets in Sicherheit zu wissen.« Sie sah nach oben, um ihn anzuschauen, wobei ihre Wange immer noch an seiner Schulter lehnte. »Sei nicht verärgert. Er spricht nicht mehr darüber. Selbst zu mir nicht.«

»Du hast gesagt, dass du weißt, wohin der Fürst nach der Schlacht ging.«

Sie biss sich auf die Lippe. »Ja, das weiß ich.«

»Willst du es mir sagen?«

Sie nickte. »Wenn es nicht so gefährlich für dich wäre, es zu wissen, mein Herr.«

Draken seufzte. In der Nacht, als er Aarinnaie gefangen hatte, war ihm schon gesagt worden, dass dies gefährliches Wissen sei. Er blickte über seine Schulter nach hinten zu den Mondling-Soldaten. Mehrere von ihnen beobachteten ihn, und Oklai klatschte hart in die Hände. Daraufhin wandten sie ihm den Rücken zu. Er ließ eine Hand auf das Schwertheft an seiner Seite fallen, sein Daumen spielte mit dem vertrauten locker sitzenden Leder, das den Griff umhüllte.

»Sie verehren dich«, sagte Setia.

»Sie glauben doch wohl nicht, dass ich irgendeine Art von …«

Die Worte ließen ihn im Stich, und Setias gesprenkelte Stirn legte sich in Falten.

»Was soll's.« Draken empfand eine gewisse Wertschätzung für

das Schwert, welches mit Bruches Hilfe bei einigen Gelegenheiten sein Leben gerettet hatte. Doch er wollte es nicht benutzen, um über irgendjemanden zu herrschen.

Die Sehnsucht nach seiner Heimat schlug wie eine gigantische Welle über ihm zusammen. Ihn verlangte es nach dem Vertrauten. Er wollte wie eine normale Person Freunde und eine Familie haben. Er wünschte sich eine Arbeit, die ihn herausforderte, jedoch nicht überforderte. Er sehnte sich zurück nach seinem alten Leben, seinem königlichen Cousin, seiner Ehefrau, seinem Zuhause. Er versuchte, sich auf Lesle zu konzentrieren, hatte aber Mühe, sich ihr Gesicht zu vergegenwärtigen. Bevor ihn Panik überkam, erinnerte er sich daran, dass sie blondes Haar gehabt hatte. Sie pflegte ihn zu küssen und zum Lachen zu bringen, wenn sie dachte, dass er das Leben zu ernst nahm. Diese Erinnerungen waren jedoch nur ein schwacher Trost.

Lesle ist tot, mein Freund, sagte Bruche, *und im Grunde bist du es auch – zumindest für Monoea.*

Nein. Ich werde Lesles Mörder jagen. Ich werde dafür sorgen, dass sie Ruhe findet.

Der alte Geist antwortete nicht, doch Draken spürte sein Einverständnis. Lange Zeit saß er da und starrte in die zeitlose Leere. Als die Mondlinge sich rührten und signalisierten, dass es Zeit für sie war, sich der Welt wieder anzuschließen, hatte er immer noch keine Antworten. Da war nichts als eine ihn anwidernde, unlösbare Besorgnis, die sich um sein Herz gelegt hatte.

Die Mondlinge allein schienen durch die Schleier von Zeit und Raum vordringen zu können. Ihre Speere erreichten die Flusskreaturen auf eine Art und Weise, wie es selbst Drakens Schwert nicht konnte. Er und Tyrolean fühlten sich nicht wohl dabei, als sie zuschauten, wie der Mondling-Trupp den Rest der Kreaturen – unglückselig in ihrem erstarrten Zustand – über und unter Wasser vernichtete und das Floß aus ihren Klauen befreite.

Die Stelle, wo Shisa gestorben war, kennzeichneten sie mit Steinen am Ufer, und Oklai erklärte: »Bei der Verteidigung ihrer Passagiere ist sie einen ehrenvollen Tod gestorben.«

Thom nickte wortlos, er war immer noch ergriffen. Draken versuchte, ihn nicht anzustarren, doch er sah, dass eine einzelne Träne die unbewegliche mondgeschmiedete Maske hinunterlief.

»Ihr seid nur einen Mondaufgang von der Mündung in die Bucht entfernt«, sagte Oklai zu Draken und starrte mit dunklen Augen zu ihm hoch. »Seht zu, dass sie Euch nicht verschlingt, denn die Erringe sind nicht die einzige Gefahr, die das brînianische Land bereithält. Fürst Khel darf niemals vertraut werden, und ich fürchte den Mantiker-König.«

Draken und Osias gesellten sich zu den anderen auf dem Floß, und die Mondlinge wirkten ihre Magie, um sie vom SCHWEBE-ZUSTAND zu befreien. Ihre feierlichen Gesänge wurden von den gelösten Winden weitergetragen. Als der Fluss zu strömen begann, erhoben die Mondlinge ihre Speere zu einem Salut für die kleine Gruppe; und ihre Kriegsrufe klangen wie die von weit entfernten hungrigen Raubtieren, die um einen Bissen Fleisch kämpften.

Das einzige Geräusch war das Plätschern des Wassers um Thoms Stange. Draken war eine lange Zeit stumm gewesen, um über alles nachzudenken, was er in Erfahrung gebracht hatte. Jetzt rieb er sich mit der Hand den Nacken und sprach in die stille Dunkelheit hinein, die über dem Floß herrschte. »Ich kann mich des Gefühls nicht erwehren, dass wir in Brîn eine Höhle des Unheils betreten.«

»Zweifellos ist es eine heikle Situation«, meinte Tyrolean. »Der Fürst hat stets etwas von einem Schweinehund gehabt.«

Aarinnaies Haare waren zu dichten Ringellocken getrocknet und von der Brise auf dem Fluss aufgetrennt worden. Sie hatte die Hände fest zu Fäusten geballt, umklammerte mit ihnen den Saum ihrer Tunika und drückte ihn an ihre Oberschenkel. Mit einer Handschelle war sie an einen Ring in der Mitte des Floßes gefesselt. Der Ring wurde normalerweise benutzt, um Frachtgut zu fixieren – und in dieser Nacht war Aarinnaie nicht mehr als Frachtgut. Dabei sah sie jung und schmächtig aus, wie sie dort zusammengekauert und in Ketten gelegt in der Dunkelheit saß.

Draken sprach sie in sanftem Tonfall an. »Der Mantiker-König hat Euch das Töten gelehrt, nicht wahr?«

Aarinnaie senkte den Kopf. »Ja.«

Osias nahm seine Pfeife heraus und stopfte getrocknete Blätter hinein. Ein süßlicher, moschusartiger Duft erhob sich von ihnen, und Draken ertappte sich dabei, dass er den Wunsch hatte, auch einmal den Rauch zu inhalieren, um seine Nerven zu beruhigen.

»Ist er mit Eurem Vater im Bunde?«, fragte er.

Sie schaute hoch. »Vater glaubt, dass sie Verbündete gegen Elena sind. Doch die Wahrheit? Ich denke, dass der Mantiker-König ausschließlich seinen eigenen Willen verfolgt.« Ihr Blick fiel auf die schimmernde Klinge in seinen Händen. »Ich denke, er will das Schwert wie jeder andere auch. Nachdem ich Elena getötet hätte, sollte ich das Schwert finden und es zu ihm bringen.«

»Und? Hättet Ihr es getan?«

Sie schnaubte. »Natürlich nicht.«

Draken nickte und schaute zu Osias. »Wie viel von dieser Geschichte hast du gewusst?«

Der Mantiker zog an seiner Pfeife. »Sehr wenig. Nach dem Attentat mit dem Mantiker-Pfeil auf Elena habe ich lediglich vermutet, dass mein König den brînianischen Fürsten manipuliert.« Er blickte zu Aarinnaie, und sie nickte.

»Ich habe an dem Tag, an dem Ihr angekommen seid, auf sie geschossen«, gab sie zu.

»Wie habt Ihr Euch getarnt?«, wollte Draken wissen.

»Ich habe einen Wachmann verführt und ihn mit Schlafwein versorgt. Er hat ihn mit seinen Kollegen geteilt, wie ich es hoffte. Ich bin hineingeschlichen und habe eine grüne Gardeuniform gestohlen. Und dann, als die Leute im Turm damit beschäftigt waren, sich zu betrinken, bin ich mit einem Seil das Gebäude von außen hochgeklettert und habe geschossen.«

»Ist der Mantiker-König auch in Monoea gewesen?«, fragte Draken.

Sie blinzelte ihn überrascht an, als ob sie vergessen hätte, wer er in Wirklichkeit war. »Nein. Aber er ist von dem Land besessen.

Vor knapp einem Jahr hat er zwei Brînianer dorthin geschickt. Ich weiß nicht, weshalb und ob sie zurückgekehrt sind.«

Draken vermutete allerdings, dass sie den Grund kannte. Er dachte zurück an den Mord an seiner Frau. So viel Blut, von Wachleuten zu …

Die Wachleute. Abgeschlachtet wie Tiere draußen vor der Tür der Königin. Wie seine Frau!

Er rückte näher an Aarinnaie heran und senkte die Stimme wie bei einem vertraulichen Gespräch. »Ihr hattet ein Messer mit dabei, um Königin Elena zu töten. Wie wolltet Ihr es eigentlich ausführen?«

Ihre Lippen zuckten, bevor sie antwortete: »In der entsetzlichsten Weise, die möglich ist – mit der Absicht, den Akrasianern bis ins Mark Angst einzujagen.«

»Ihr wolltet sie ausweiden«, sagte Draken, der weiterhin leise, fast zischend sprach. »Ihr wolltet sie an Schnüren hochziehen und das Blut aus ihr herauslaufen lassen. Ihr wolltet ihre Innereien dem Mantiker-König bringen, sodass er damit irgendeine verfluchte Zauberei hätte durchführen können. Ihr seid nicht besser als er. Ihr seid nicht besser als ein Tier …«

»Draken. Genug.« Osias – seine Stimme wie leiser, gefährlicher Donner zwischen den hohen Ufern des Erros.

Das Mondlicht wurde von den glitzernden Tränen reflektiert, die Aarinnaies Wangen hinunterliefen. Sie schlang die Arme um ihre Knie herum und starrte Draken an.

»Niemand verdient es, auf diese Weise zu sterben«, hielt er ihr vor.

»So hat er es mich gelehrt. Für seine Magie. Es ehrt die Toten, sagte er.«

»Es verwandelt ihre Seelen in Flüche.« Bei Osias' weicher Stimme zuckte Aarinnaie heftig zusammen und zog den Kopf ein.

Draken straffte sich. Lesle … »Mord ist Mord.« *Und der Mantiker-König wird dafür bezahlen*, dachte er. *Das werden sie alle.* Er rieb sich mit Zeigefinger und Daumen die Augen. Als er aufschaute, waren Osias' Gesichtszüge finster und sorgenvolle Schatten lasteten auf ihnen. Die Falten unterstrichen seine Erschöpfung, ließen ihn düster und hässlich erscheinen.

»Draken«, sprach Osias. »Du musst deine Rache vergessen. Einer solch negativen Eingebung kann nichts als Krieg entspringen.«

»Meine Herren«, warf Thom ein. »Ich denke, wir sollten diese Angelegenheiten am besten alle beiseitelegen. Die brînianische Garde ist über uns.«

Als Draken seine Aufmerksamkeit von dem verstörenden Gespräch löste, stellte er fest, dass der Fluss-Canyon tiefer geworden war. Die Wände der Schlucht, die zu dem sich erweiternden Mündungsgebiet führte, ragten vierzig Handspannen über ihren Köpfen auf. Helle Fackeln und die Helme von vielen, vielen Soldaten leuchteten im Mondlicht auf den schroffen Abhängen am Flussufer. Hinter ihnen stieß ein großer Turm eine Flamme in den Himmel. Die Bucht erstreckte sich vor ihnen, und schwarze Wellen veränderten die sich ständig bewegenden, erdgebundenen Reflektionen der Monde. Doch schwarze Schatten liebkosten sie, verdeckten die Sicht auf sie und lösten sich dann wieder von ihnen ab, sodass sie abermals zum Vorschein kamen. Draken brauchte einen Augenblick, um zu erkennen, dass es sich um große Banner handelte: die rote, sich windende Schlange, auf schwarzes Tuch genäht.

»Banner für den Krieg«, murmelte Tyrolean. »Die Schlangen tragen ihre Köpfe.«

»Bei den Sieben-Monden«, sagte Draken. »Wir sind ein leichtes Angriffsziel; hier unten ist alles weit offen. Wieso hat mich niemand davor gewarnt?«

»Ich habe gedacht, dass sie den Fluss nicht so scharf bewachen, nachdem Vater die Erringe freigelassen hat«, merkte Aarinnaie an, die blauen Augen zu der stummen Truppe über ihnen erhoben.

Draken drehte sich zu ihr um. »Ihr wusstet, dass möglicherweise Erringe im Fluss sein würden? Euer Schweigen hat Shisa das Leben gekostet!«

Aarinnaie antwortete nicht. Mit erhobenem Kinn saß sie in ihren Ketten da.

Draken wandte ihr wieder den Rücken zu und murmelte: »Ihr

denkt, Ihr wüsstet so viel, doch das Problem ist, dass Ihr überhaupt nicht *denkt*, Aarinnaie. Es ist, als ob Ihr Euch jede lebende Seele zum Feind machen wollt.«

Gemalte Bilder und in den Stein geritzte Reliefs von Schlachtszenen bedeckten die obere Hälfte der Felswand am Fluss, erhellt vom Schein der Monde. Es gab keine äußerlich sichtbaren Hafenanlagen, doch als Draken die Schatten auf Höhe der Wasseroberfläche genau betrachtete, entdeckte er Eingänge im Fels, die von fleckigen Metalltoren gesichert wurden. Tief im Innern der Hohlräume dahinter flackerten dämmrige Lichter.

Als der Anruf der Schildwache kam, hallte er wie Donner wider, da er von den Canyon-Wänden mehrfach zurückgeworfen wurde. »Wer befährt ungebeten unsere Gewässer?«

»Die Reisegesellschaft von Draken, Nacht-Lord von Akrasia«, rief er zurück. »Wir ersuchen um eine sichere Fahrt und eine Audienz bei Seiner Hoheit, Fürst Khel von Brîn.«

Die nachfolgende Stille dauerte lange genug, dass Draken unaufhörlich Schreckensschauer den Rücken hinabjagten. Doch er blieb stumm und starrte zu den vorbeiziehenden Felswänden hoch. Die Monde zeigten sich hinter den Bannern, dann straffte der Wind den schwarzen Stoff, um sie abermals zu verstecken.

Schließlich entgegnete die Stimme: »Wer sonst ist in Eurer Gesellschaft?«

»Tyrolean, Hauptmann der Garde der Königin, Prinz Osias von den Mantikern, Setia von den Mantikern, Thom von den Gadye und Prinzessin Aarinnaie von Brîn.«

Du hast mich vergessen, intonierte Bruche.

Das führte zu einem weiteren sehr langen Schweigen oben bei den Wachposten. Während Draken wartete, starrte er in die Höhe auf das hellste und größte der Sieben Augen, Ma'Vanni. *Große Mutter, lass sie Vernunft annehmen*, betete er. Die Sieben Augen schwebten wie finster blickende Himmelskörper aus weißer Flamme, gleichgültig gegenüber dem Kommen und Gehen der Lebenden wie der Toten.

Wasser sang durch die metallenen Pforten; ein Geräusch ähnlich der Laute, die Schlägel auf fernen Tempelglocken erzeugen mochten. Es wäre ein sanftes, beruhigendes Lied für Draken gewesen, wenn nicht das Echo einer Herausforderung in seinem Kopf nachhallen würde. Dann klirrte eine Kette in der Strömung, und Thom senkte seine Stange, um nach dem Grund des Flusses zu fühlen, vergeblich. Eine entsetzliche, kalte Stille lag unter der sanft gekräuselten Oberfläche des Wassers.

Endlich rief die Stimme: »Ihr dürft passieren. Ein Führer wird Euch zu unserem König bringen.«

Erneut »König«, dachte Draken. Er und Tyrolean tauschten Blicke.

Jeder, mit Ausnahme von Aarinnaie, zuckte zusammen, als ein metallisches Scheppern erklang. »Das Bootshöhlentor«, erklärte sie.

Als sie sprach, dämpfte sich das Geräusch zu einem rhythmischen, tröpfelnden Echo: Ketten zogen das schwere Metalltor in die Höhlenwand hoch.

»Wir haben kein Paddel, und wir können den Flussgrund nicht mit der Stange erreichen«, sagte Thom. »Wie sollen wir hineinfahren?«

Aarinnaie warf ihm einen eisigen Blick zu, als sie auf die Beine kam, wobei ihre Ketten klirrten. »Seid einfach still und schaut zu.«

Vor ihnen erhob sich eine glitschige, niedrige Wand im Fluss. Wasser schwoll dagegen und ergoss sich in einen Hohlraum. Die Strömung veränderte sich nur langsam, aber ein allmählich entstehender Sog lenkte den Kurs des Floßes um. Unter dem geöffneten Schlund des Tores – es glänzte vor einer den Mechanismus offensichtlich seit Langem bedeckenden Schleimschicht – glitten sie feinsäuberlich durch die Höhlenwand.

»Waffen«, murmelte Draken.

Osias, dessen Augen so dunkel wie die See im Sturm waren, legte einen Pfeil an die Sehne. Das Ziehen ihrer Schwerter war so leise, wie es nur sein konnte, doch Aarinnaie rief: »Sie sind bewaffnet!«

Draken fluchte. Dann packte er sie und riss sie an seine Brust, als sie gegen das unterirdische Hafenbecken stießen. »Wenn ich untergehe, geht sie mit mir!«

»Ich kann schwimmen«, zischte Aarinnaie.

»Mit durchschnittener Kehle? Das bezweifle ich«, gab er murmelnd zurück.

Er überflog die Männer auf dem Kai und glaubte, die verantwortliche Person ausfindig gemacht zu haben: ein riesiger dunkelhäutiger Bursche, auf dessen Gesicht eine höhnisch grinsende Fratze gemalt worden war, die schreckliche Parodie einer koketten Sohalia-Maske. Er stand vor seinen Brüdern und wartete.

Draken hielt Aarinnaie fest gepackt, doch niemand auf dem Kai bedrohte sie oder bewegte sich auch nur in ihre Richtung, als das Floß gegen die Seite eines Steinpiers stieß. In regelmäßigen Abständen angebrachte Fackeln brannten an den Höhlenwänden und hinterließen geschwärzte, ölige Markierungen sowie einen widerlichen, rußigen Gestank.

»Bindet das Floß fest, Thom«, befahl Draken.

Thom trat mit dem Seil in der Hand vom Floß herunter und kniete sich nieder, um ihr Gefährt an einem rostigen Ring zu sichern. Niemand bemühte sich, ihnen zu helfen oder sie zu behindern, als sie auf den Kai traten, ein steinernes Sims, das in die sich krümmende Felswand des Tunnels gehauen worden war.

Trotz der feuchten Kälte in der Nähe des Wassers waren die muskelbepackten Brustkörbe und Füße der Brînianer nackt. Schwertgürtel hielten die breiten Hosen um ihre Hüften fest. Handgelenke und Fußknöchel waren voller Bänder und Ketten, und die Finger strotzten vor Ringen. Jedes mögliche charakteristische Körpermerkmal war gepierct: Augenbrauen, Lippen, Nasenflügel, Ohren, Brustwarzen.

Für einen Moment sprach kein Mensch. Dann trat der Riese mit dem bemalten Gesicht vor; es klimperte ein wenig, während er ging.

»Ich werde Euch nach oben geleiten, mein Herr.« Das Akrasianische war ihm fremd und kam nur langsam über seine Zunge; die Lippen formten jedes Wort mit solcher Mühe, dass die Sprache jeglicher Lyrik beraubt wurde. Die drei Ringe, die durch seine Oberlippe gestochen waren, führten auch nicht dazu, diesen Eindruck zu verbessern.

Er beachtete die Prinzessin gar nicht, sondern sprach zu Draken, als ob er der offenkundige Anführer wäre. Blicke glitten mit einigem Interesse über Tyrolean und Osias, jedoch ohne sichtbare Feindseligkeit. Vielleicht würden sie am Ende doch als Gäste willkommen geheißen, anstatt wie Eindringlinge behandelt zu werden.

»Waffen weg«, befahl Draken und steckte sein Schwert zurück in die Scheide. Tyrolean und Thom folgten seinem Beispiel.

Doch als die fünf Brînianer sie umkreisten und ihre Schwerter zogen, kribbelte Drakens Rücken vor Besorgnis. »Wir haben lediglich die Absicht, Prinzessin Aarinnaie zu ihrem Vater zurückzubringen. Dies ist ein diplomatischer Besuch.«

»Die Wachen sind zu ihrem Schutz hier, mein Herr, und zu dem Euren.«

Draken nickte, doch er machte sich Gedanken über mögliche Gefahren auf dieser schmalen Felsenbank. Als er dem Riesen näher war, erkannte Draken die Gesichtszüge unter der Farbe wieder. »Ich habe Euch mit dem Thronerben Geord in Auwaer gesehen. Wie heißt Ihr?«

»Halmar, mein Herr. Wenn Ihr mir folgen möchtet.«

Während sie den schmalen, steinernen Kai entlanggingen, an dem alle Arten von Seefahrzeugen vertäut waren, fragte Draken Bruche: *Was hältst du davon?*

Ich liebe Brîn, seine Bewohner sind meine Landsleute. Doch ich habe selten einem von ihnen länger vertraut, als er brauchen würde, um meine Kehle aufzuschlitzen.

Er blickte zu einem großen Boot, das von zehn Rudern durchstochen war und tief im Wasser fuhr. Ketten und Taue klimperten, als Wasser gegen die Steinwände schlingerte. Draken fragte sich, wie tief die Höhle wohl unter die Oberfläche reichte. Das schwarze Wasser reflektierte kaum das Schimmern der Fackeln, die den Hohlraum mit ihrem öligen Rauch füllten. Es roch ein bisschen stärker als der Gestank von verfaultem Fisch und Schweiß.

Halmar ging voraus auf dem von Fackeln beleuchteten steinernen Kai. Das Klingeln seiner vielen Ketten strafte seinen grimmigen Gesichtsausdruck Lügen. Stimmen erstarben, als sie näher kamen, und andere brînianische Wachleute sprangen an Bord gesicherter Boote, um ihnen Platz zu machen. Sie meisterten das Schaukeln des Wassers mühelos, während sie ihre dunklen, argwöhnischen Blicke auf Draken und seine Freunde hefteten.

Halmar blieb stehen und hob eine Fackel aus ihrer Halterung. »Hier hinein.«

Im Felsgestein war ein schwarzes, mannshohes Loch aufgetaucht, das von Fackeln flankiert und nur so breit war, dass jeweils einer bequem hindurchgehen konnte. Halmar duckte sich durch die Öffnung, ohne zurückzuschauen.

Draken schob Aarinnaie hinein und murmelte dabei: »Geht nicht zu weit voraus.«

»Als ob ich in großer Eile wäre, zu meinem Vater zurückzukehren.« Doch ihr Tonfall war nicht so schneidend wie üblich.

Der Boden des anschließenden Tunnels führte zunächst allmählich nach oben, doch innerhalb von zwanzig Schritten ging er in Stufen über, die in einer Spirale immer weiter aufwärts führten. Sie stiegen sie so lange hoch, dass Draken die Anstrengung in den Oberschenkeln spürte. Er fragte sich, ob irgendein schädliches Gas in den gewundenen Tunnel eingedrungen war. Schlecht genug roch die Luft allemal. Geschwängert mit dem Gestank von Schweiß und Körperausscheidungen, lag der Gedanke an giftige Ausdünstungen nah. Schließlich wurde Aarinnaie langsamer und ermöglichte es Halmar, ein paar Schritte Vorsprung zu gewinnen.

»Geht weiter«, drängte Draken sie.

Zwar stieg sie weiter nach oben, doch widerwillig und drehte sich zu ihm um. »Tut dies nicht, ich flehe Euch an.«

Ihr klagender Tonfall überraschte ihn. »Aarinnaie, wir sind fast da.«

»Werdet Ihr mich vor ihm beschützen? Wie Ihr die anderen beschützt?«

»Geht weiter, Aarinnaie.«

Aber diese späte Bitte beunruhigte ihn. Er hatte zuvor schon Angst in ihrer Stimme hören können, doch nicht in dem Maße wie jetzt. Er holte tief Luft und beschloss, dass er ruhig bleiben würde, gleichgültig, wie sehr der brînianische Fürst spotten oder drohen mochte.

Die Stufen endeten im Freien auf einer Klippe, wo Draken die Seeluft tief einsog, um seine Lungen vom Gestank zu reinigen. Sie waren in einem Garten an der Klippenseite, der von hohen Wänden und Sträuchern geschützt wurde. Der Wind war kalt und feucht, doch sauber, und der Geruch salziger Gischt umschmeichelte die Nase nach dem Gestank in der Höhle. Weit jenseits der Wände, hunderte von Pferdeschritten entfernt, waren graue Stadtmauern zu sehen. Sie erstreckten sich in die Dunkelheit hinein, umarmten die Klippen an der Meerseite und verschwanden landeinwärts in den dichten Waldgebieten. Im Innern der Stadt glänzten etliche gedämpfte Lichter, doch wie geschäftig es dort zuging, war daraus nicht abzuleiten.

Brîn, sagte Bruche. *Ich habe nicht mehr geglaubt, dass ich die Stadt jemals wiedersehen werde. Und schau dorthin! Der Tempelturm. Seebergfried. Wo wir den Göttern Opfer dargeboten haben.*

In größerer Nähe – an dem Punkt, wo sich die Klippen mit dem Fluss und dem Meer trafen – ragte ein Turm aus grauem Stein in den Himmel. Ganz oben brannte ein großes Feuer in einem Becken. Alles, was er von dem Turm wissen musste, erfuhr Draken, indem er in Bruches Erinnerungen umherstreifte. Der Turm war für Flammen- und Blutopfer an den Gott Khellian bestimmt. An wichtigen Feiertagen wurden Opfersklaven von seiner Spitze geworfen und die Leichen dann nach oben zurückbefördert, um die ewige Flamme zu nähren. Draken zog Khellians Siegel auf seiner Stirn nach, und erst danach wurde ihm bewusst, dass er dies getan hatte. Er begriff, dass diese Geste von Bruche ausgegangen war und nicht von ihm selbst.

Vielleicht war es aber doch zum Teil eine Geste von ihm. Er hatte ebenfalls zu Khellian gebetet, damit der Gott ihm bei Krieg und Rache half. Allerdings hatte er niemals unter dem Opfer des Blutes anderer Menschen darum ersucht.

Eine kleine Gruppe hatte sich am gegenüberliegenden Ende des Gartens versammelt. Ein Mann trat vor und breitete die Arme weit aus. »Willkommen zu Hause, mein Kind.«

Trotz seines Entschlusses, ruhig zu bleiben, zuckte Draken heftig zusammen. Er konnte das Gesicht des Mannes noch nicht sehen, doch er kannte die Stimme. Sie wurde zwar nie von einer Tracht Prügel, Beleidigungen oder Ohrfeigen begleitet, doch er kannte sie immer noch gut. Fackeln loderten; der Mann trat einen weiteren Schritt vor, und sein Gesicht wurde sichtbar. Faltig, verändert, ergraut. *Nein.* Doch selbst als Drakens Herz es abstritt, bestätigte sein Verstand, dass er recht hatte.

Aarinnaie schreckte zurück und stieß gegen Draken. Er legte den Arm fest um sie, ohne nachzudenken.

»Die Sieben Augen mögen mich verdammen«, flüsterte er auf Monoeanisch. »Das kann nicht sein.«

Aarinnaie wandte sich in seinem Griff, um zu ihm hochzustarren, er jedoch konnte den Blick nicht von dem Fürsten abwenden.

»Weshalb bist du hier?« Draken fühlte sich sehr kalt und leer, von nichts erfüllt als einem unstillbaren Zittern. »*Wie* bist du hierhergekommen? Du warst ein Sklave, ein Söldner …«

Fürst Khel zuckte zusammen, sodass seine Ketten klimperten, doch er erholte sich rasch von seiner Verblüffung. Gekleidet in traditionelle brînianische Tracht, war er so mit mondgeschmiedeten Preziosen geschmückt, dass er im Licht der sechs Monde leuchtete. »Ich bin kein Sklave. Ich bin König.«

»Du bist kein König. Auch kein Fürst!«, spie Draken voller Wut. »Nicht so, wie ich dich kenne.«

Die dichten, gepiercten Augenbrauen senkten sich. »Du lügst. Ich habe niemals …«

Draken straffte sich. »Gewiss kennst du deinen eigenen Sohn.«

KAPITEL ZWEIUNDZWANZIG

Fürst Khel lächelte. Es formte einen grässlichen Schlitz in seinem dunklen Gesicht. »Ich habe zu meiner Zeit ein paar Bastarde gezeugt, das ist wahr. A…«

»Aber du hast nur einen mit einer Angehörigen des monoeanischen Königshauses gezeugt! Und dann hast du mich verlassen, einen Sklavenjungen im Hause des Königs.«

Der Fürst trat einen Schritt vor. »Das kann nicht sein. Ich hatte einst einen Sohn namens Drae, das ist wahr. Doch er starb …«

»Ich bin nicht gestorben. Ich bin hier, und ich bin dein Sohn.« Draken zog Meergeboren mit seiner eiskalten Hand und schob Aarinnaie aus dem Weg, hin zu Tyrolean. »Ich sollte dich auf der Stelle töten.«

Das Zischen dutzender herausgerissener Schwerter und in die Höhe gestoßener Speere beantwortete das Ziehen seiner Waffe. Doch Fürst Khel starrte nur auf Drakens Schwert. »Die Götter seien gepriesen, da ist es ja«, flüsterte er. »Wieder zu Hause.« Er blinzelte und konzentrierte sich erneut auf Drakens Gesicht. Er lachte hämisch. »In den Händen meines Sohnes – keines Geringeren. Truls hat dies bewerkstelligt.«

Draken überflog die Gesichter des ziemlich großen Trupps hartgesottener Wachsoldaten. Halmar hatte sich neben den Thronerben Geord gestellt, dem er direkt unterstand und der nun näher rückte, bewaffnet mit einem höhnischen Grinsen und einem gebogenen Schwert. Der Fürst reckte den Arm in die Höhe, und Geord trat einen Schritt zurück. Doch seine Waffe hielt er gezückt. Plötzlich bekam Draken ein Gespür dafür, was für eine große Bedrohung er für Geord geworden war. Der Thronerbe würde ihn bei der ersten sich bietenden Gelegenheit umbringen.

»Wie weit geht diese Verschwörung zurück?«, fragte Draken, der immer noch sein Schwert hochhielt, die Spitze auf den Fürsten gerichtet. »Wann hast du entdeckt, dass ich hier bin?«

Die Lippen seines Vaters öffneten sich. Er blinzelte mühevoll, sein Blick wanderte umher. Für einen langen Moment sagte er nichts. Als er dann sprach, klang es, als wolle er eine Offenbarung verkünden, prophetisch. »Es gibt keine Entdeckung, mein Sohn. Nur eine Inszenierung.«

Drakens Schwertspitze senkte sich ein wenig. Bruche fing seine Hand mit einer geisterhaften Kälte ein und hob die Waffe erneut. »Wessen Inszenierung?«

Fürst Khel klatschte in die Hände, ein überlautes Geräusch, das wie Donner durch Draken fuhr. »Holt das Schwert, und fesselt meinen Sohn.«

»Du hast meine Frau umgebracht«, behauptete Draken. »Warum?«

»Ich werde dich zu denen bringen, die deine Antworten kennen – und noch weitere.«

»So! Und wer wäre das?«

»Die Götter.«

Als die brînianischen Wachen sich vorwärtsbewegten, hob Draken Meergeboren noch weiter an: Seine Hände waren eiskalt, ein Ausdruck von Bruches Kampfbereitschaft, sein Herz pumpte Hass durch die Adern. Er war erfüllt von dem Gedanken, wie Meergeboren seinem Vater den Kopf von den Schultern trennte, und er wusste, dass er dann zufrieden sterben konnte. Doch Gedanken an Elena huschten ihm durch den Kopf. Dank der Götter – welche auch immer ihm zuhörten – war sie in Sicherheit, zu Hause in der Bastion. Einstweilen. Denn den Fürsten zu töten, wäre eine Kriegshandlung.

Und eine nahezu selbstsüchtige, meinte Bruche.

Draken zitterte am ganzen Körper; er war kaum in der Lage, seinen Wutanfall zu zügeln. *Er hat meine Frau getötet.*

Das weißt du nicht mit Sicherheit.

Osias ergriff das Wort. Seine Stimme war leise, doch sie trug mühelos bis zu Drakens Ohren. »Lass dein Schwert ruhen, Draken, und hör mich an.«

»Nein, ich werde viele von ihnen mitnehmen, bevor ich sterbe.«

Die Augen des Fürsten verengten sich, die Lippen gekräuselt

zu einem leichten Lächeln. Mit einem Schlag wurde Draken klar, dass er die Aufmerksamkeit seines Vaters hatte, vielleicht sogar seinen Respekt. Und das zum ersten Mal in seinem Leben. Eine plötzliche schmerzliche Sehnsucht führte dazu, dass ihm schlecht wurde. Die Vergangenheit zu erinnern war gefährlich. Nichts Gutes konnte daraus hervorgehen.

»Ihr kennt mich«, erklärte Osias, der nun Fürst Khel ansprach. »Oder Ihr wisst von mir. Ich bin Prinz Osias von den Mantikern, und sich mit mir zu streiten bedeutet, mit den Göttern zu streiten. Euren Kampf führt Ihr nicht gegen mich und auch nicht gegen Euren Sohn, Fürst Khel.«

Draken nickte innerlich. Je mehr sie den Fürsten zum Nachdenken und Reden bringen konnten, desto länger würden sie den Angriff der vielen eifrigen Brînianer um sie herum hinausschieben. Doch sollte es darauf hinauslaufen, dass Khel zu angestrengt nachdachte, mochte er mit einer schlimmeren Idee aufkommen, als sie gefangen zu nehmen. Draken hatte es erlebt, als er noch der Sklavenjunge Drae gewesen war.

»Weshalb seid Ihr hier?«, fragte Fürst Khel den Mantiker. »Warum beschützt Ihr meinen Sohn?«

»Ich glaube, Euer Wille ist nicht ganz Euer eigener, ehrwürdiger Fürst«, erklärte Osias und schritt an Draken vorbei. »Ihr könntet wieder Euer eigener Herr sein. Lasst mich Euch helfen.«

»Ihr beleidigt mich mit der Andeutung, ich stünde unter einer Verzauberung?«

Die Brînianer ringsum schienen noch stärker angespannt, und Osias antwortete rasch. »Nicht unter einer Verzauberung, mein Herr, sondern unter einem fehlgeleiteten Bündnis. Ich habe lange darauf gewartet, Euer Ohr zu bekommen. Vergesst Euer Gezänk über Schwerter und darüber, wer herrschen sollte. Ein größerer Feind von ganz Akrasia liegt auf der Lauer.«

Fürst Khel starrte Osias mit strengen Augen und undurchsichtigem Gesichtsausdruck an. Etliche Augenblicke verstrichen. »Ich möchte mehr hören«, sagte er schließlich und schnipste mit den Fingern. Die Schwertspitzen der Brînianer senkten sich.

»Eidola verbreitet in letzter Zeit eine furchteinflößende Atmosphäre, nicht wahr? Nichts wächst auf den Bergen – aus Furcht davor, von den auferstandenen Toten zertrampelt zu werden.«

»Flüche?«, hakte Khel mit schneidender Stimme nach.

»Ja, gewiss«, antwortete Osias. »Einige sind entflohen. Oder befreit worden.«

Fürst Khel starrte ihn an. »Ihr lügt.«

»Draken«, sagte Osias. »Gib deinem Vater das Schwert.«

»Was? Aber …«

»Glaub es mir unbesehen, mein Freund. Vertrau mir.«

Draken hielt sich einen langen Moment zurück. Jeder Instinkt wehrte sich dagegen, Meergeboren aufzugeben. Aber er vertraute Osias … oder etwa nicht?

Er tat es. Jemand hatte ihn verraten, wahrscheinlich waren es mehrere gewesen. Doch Osias war nicht unter ihnen, konnte es nicht gewesen sein. Er hatte Draken nicht belogen. Selten sagte er die ganze Wahrheit, das nicht, aber er hatte niemals gelogen. Und er hatte ihm das Leben gerettet. In dem Moment, als der Fluch Draken ergriffen hatte, war er allzu bereit gewesen, zu sterben, nicht nur aufgrund der entsetzlichen Manipulation. Doch Osias hatte ihm den Weg zurück ins Leben gezeigt. Die Flüche waren real und sie waren schlimmer als alles, was sein Vater getan hatte – sogar noch schlimmer, als der Verlust von Lesle gewesen war. Er war sein ganzes Leben lang dem Tod entgegengetreten; aber was konnte schlimmer sein, als sterben zu wollen?

Das Licht der Monde umgab die geschmeidige Gestalt des Mantikers mit einem unscharfen, silbrig glänzenden Glorienschein. Sein Gesicht schien vollkommen, als ob es von einem meisterhaften Bildhauer geformt worden sei. Draken sog scharf den Atem ein. Nein, als ob es von einem Gott geformt worden sei.

»Nehmt das verdammte Ding. Ich will es nie mehr wiedersehen.« Draken senkte das Schwert und warf es seinem Vater vor die Füße. Es blitzte im Mondlicht auf, doch das Leuchten verschwand sogleich.

Khel nahm es und hielt es gegen das Mondlicht hoch. In dem glänzenden Licht verdunkelte sich die Klinge – es war bloß noch ein Schwert. Er schaute mit zusammengekniffenen Augen zu

Draken. »Was ist das? Was hast du damit gemacht? Wo ist die Magie?«

Draken schluckte; er hatte gerade die Schlacht verloren, bevor sie überhaupt begonnen hatte. Seine Hände wurden warm, da Bruche sich zurückzog. Meergeboren sah so grau und tot aus wie ganz gewöhnliches geschmiedetes Eisen – so grau und tot, wie Draken sich in diesem Moment fühlte.

»Ihr wolltet Euer Schwert, ehrwürdiger Fürst, und jetzt habt Ihr es«, sagte Osias. »Ihr werdet es recht gewöhnlich finden. Die Magie, die durch Meergeboren ausgeübt wird, hat einen neuen Meister.«

Khels Blick wechselte vom Mantiker zu Draken, dem der grüblerische, abwägende Anstrich, den die Augen seines Vaters angenommen hatten, nicht gefiel. Aber ihm gefiel sein neuer Vorteil. Osias hatte ihn ihm auf die einzige Weise verliehen, die ihm zur Verfügung stand. Draken lächelte grimmig über die hinterhältige Höflichkeit des Mantikers. Fürst Khels Lippen strafften sich zu einem bleichen Schlitz in seinem dunklen Gesicht.

»Geord, kümmert Euch um die Angelegenheiten hier. Der Rest von euch bringt sie zum Schiff«, befahl Khel schließlich. »Sohalia wartet.«

Sie alle, einschließlich Aarinnaie, wurden gefesselt und zurück durch den übelriechenden Tunnel nach unten gezerrt. Osias wurde sogar in Ketten gelegt und geknebelt, um ihn daran zu hindern, Magie auszuüben. Draken wurde gestattet, mit hinter dem Rücken gefesselten Armen zu gehen; sein Vater allerdings stieß ihn vorwärts. Selbst schlafend behielt Meergeboren seine Schärfe und stach Draken mehr als einmal. Am Ende des Tunnels wartete ein Boot auf sie. An Bord des kleinen Schiffes zogen die Männer des Fürsten Draken den Harnisch trotz heftigen Widerstands aus. Seine Beine und Arme wurden gespreizt, und er wurde bäuchlings an Ringen auf das Schiffsdeck gekettet, die für diesen Zweck dort angebracht waren.

»Ich wünsche nicht, dir etwas zuleide zu tun, mein einziger Sohn. Doch ich wünsche zu wissen, was die Götter sagen. Du musst die Magie des Schwertes wirken lassen.«

»Nimm deine Wünsche mit dir nach Eidola«, knurrte Draken, während er gegen die Ketten ankämpfte.

»Begreifst du das nicht? Dies ist unsere Chance, unseren rechtmäßigen Platz einzunehmen. Aber wir können das nicht tun, ohne zu wissen, was die Götter vorhaben. Sie werden es dir sagen – mit dem Schwert über der Bucht. Sie werden dir ihre Pläne erzählen. Und wir werden die Macht erringen. Ein solches Wissen könnte unser Leben retten.«

»Hör auf mit dem ganzen Blödsinn, Vater. Du bist verrückt! Wir sind keine Götter, wir sind …«

»Dann eben Peitschenhiebe«, unterbrach Khel ihn mit ruhiger Stimme. »Aber verteilt über zehn Ruderschläge. Gebt dem Burschen Zeit, jeden einzelnen Hieb ordentlich zu würdigen.«

Bevor Bruche in der Lage war, seine Haut kalt werden zu lassen, schnitt die schlangengleiche Peitsche in seinen Rücken hinein. Der Schock führte dazu, dass er lautstark ächzte. Der Schmerz begann wie eine Messerwunde, die man zuerst kaum spürte, nur dass die Haut auf eine für Peitschenhiebe typische Weise zerfetzt wurde. Die Wucht des Schlages drückte seine Brust auf das Deck nieder. Dann schien es ihm, als ob jemand einen Feuerstreifen quer über seinen Rücken entzündet hätte. Im Geiste konnte er jeden Zoll der Wunde nachzeichnen, und in einem sinnlosen Fluchtversuch begann er, sich zu drehen und zu winden. Sein Angreifer wandte sich ab, als ob er von der ganzen Sache gelangweilt wäre.

»Mein Herr!« Tyrolean verrenkte sich in den Seilen, die ihn an einen Mast banden. Sein Gesicht war voller Zornesfalten.

Draken schluckte. Seine Freunde würden mit Sicherheit die Nächsten sein. Er hätte niemals herkommen sollen. »Es tut mir leid, Ty«, stieß er hervor.

»Die Götter mögen Euch behüten, mein Herr.«

»Das ist wirklich anrührend«, sagte Drakens Vater. Er drehte sich zu dem Mann mit der Peitsche. »Nochmals.«

Die Peitsche schlängelte sich über Drakens Rücken, bevor sie zurückgrissen wurde, um erneut seine Haut zu zerfetzen. Er ächzte noch schwerer in dem Bemühen, nicht zu schreien. Dann trat der Mann mit der Peitsche zur Seite, um die Schläge in aller Ruhe zu zählen.

Die Abstände der Stille zwischen zwei Schlägen waren beinahe schlimmer als die schneidenden Schmerzensblitze: Sie wurden ausgefüllt von den Geräuschen der straff gespannten Leinen, die durch Flaschenzüge schrammten, des Wassers, das gegen den knarrenden hölzernen Schiffsrumpf plätscherte, des Großsegels, das langsamer, stärker geluvt wurde – und von entsetzlicher Erwartung. Draken lauschte wider Willen den Ruderschlägen, deren Rhythmus jeweils durch einen einförmigen Trommelschlag markiert wurde. Selbst Bruches Kälte konnte den Schmerz nicht vollständig überdecken. Beim fünften Peitschenhieb war Draken zu schwach, um mehr als ein Stöhnen von sich zu geben. Beim achten verzehrten ihn heftige Qualen, und eine schmerzhafte Verspannung breitete sich von seinem Rücken in alle Gliedmaßen aus.

»Bist du bereit zu kooperieren, mein Sohn?«

Draken hatte sich in die Zunge gebissen. Er spuckte Blut aus. »Korde möge dich ergreifen.«

Ein bekümmerter Seufzer. »So sei es.«

Drakens Geist trieb dahin; ihm war durch Bruches Bemühungen zu kalt, um richtig einzuschlafen. Und der Schmerzensschock jedes neuen Peitschenschlags weckte ihn, wenn er einen Moment des Friedens in der Bewusstlosigkeit suchte.

Der Sohalia-Tag brach an, und Khel war allem Anschein nach zufrieden damit, die Sonne die Arbeit für ihn machen zu lassen. Während sein Vater im Schatten der Segel sein Fasten brach, schwamm Drakens Kopf vor Durst und Erschöpfung. Der Seewind stach in jeden Zoll seines Rückens. Draken schaute nicht zu seinen Freunden, die gefesselt waren und ihre eigenen persönlichen Qualen erduldeten; er konnte es nicht ertragen, daran zu denken, dass er sie in diese Situation gebracht hatte. Doch noch lebte er und sie ebenfalls. Er klammerte sich an diese Wahrheit, die ihm wie ein ausgefranstes Seil vorkam, das ihn davor bewahrte, eine Klippe hinunterzustürzen.

Sohalia-Monde gingen immer früh auf. Bei Erstmond trieb Draken in einem Dunstschleier der Hoffnungslosigkeit dahin und wusste nur, dass er nicht sterben wollte. Ihm gelang es jedoch nicht, zu ergründen, wie dies nicht geschehen könnte.

Als die volle Nacht gekommen war und sieben strahlende Vollmonde von den Schrecknissen auf dem Deck stumme Kunde ablegten, war Drakens Rücken zu blutigen Fetzen geschlagen worden. Sohalia war in vollem Gange, jeder Finger an Drakens rechter Hand war gebrochen. Obwohl Bruche imstande war, das qualvolle Hämmern zu einem erträglichen Schmerz zu verringern, schreckte ihn jedes Knacken eines Knochens zurück zu vollem Bewusstsein. Er besaß kaum noch die Energie, um aufzuschreien.

Khel übernahm die Arbeit, seinen Sohn zu brechen, selbst, nachdem er wütend die Männer beschimpft hatte, von denen er sich im Stich gelassen fühlte. Der Fürst wandte sich der Aufgabe zu, Draken Schnittwunden zuzufügen, die heftige Schmerzen verursachten, ohne dass sie mit einem zu gefährlichen Blutverlust einhergingen. Er fand die empfindlichsten Nerven in Drakens Körper: seine Fingerspitzen, die dünne Haut an den Handgelenken und das Gewebe unterhalb seines Brustkorbs sowie die Rückseiten seiner Oberschenkel. Bruche gab den Versuch auf, die Spur der Folter nachzuverfolgen. Ein »Kurs« mit dem Messer ganz nahe an Drakens lebenswichtigen Organen erweckte wieder jeglichen Schrecken, der in den vergangenen Stunden verblasst war. Schreie überfielen ihn wieder hinterrücks, obwohl es seine Stimme inzwischen nicht mehr schaffte, mehr als heisere, wortlose Ausrufe hervorzubringen.

»Ich verliere die Geduld. Du musst das Schwert aufnehmen«, murmelte Khel.

Draken holte so tief Luft, wie er es nur fertigbringen konnte, doch er konnte bloß den Kopf schütteln. Er verschloss die Augen vor Osias' flehentlichem Blick.

Khel benutzte Meergeboren, dessen Klinge erst vor Kurzem von Tyrolean geschliffen worden war, um noch mehr unerträgliche Qualen entlang der Rückseite von Drakens Oberschenkel zu ritzen. Anschließend kniete er sich nahe Drakens Gesicht nieder.

»Mein Sohn. Mir gefällt es nicht, dich auf diese Weise zu sehen. Als du zurückkamst, hatte ich die Hoffnung, wir würden uns wieder näherstehen können, du und ich.«

Draken verfügte nicht mehr über die Stimme, um zu entgegnen, dass sie einander niemals nahegestanden hatten – und auch nicht, dass er bei der Schwarzen Garde ein ausgiebiges Training sowohl im Zufügen als auch im Überleben von Folter absolviert hatte. Ihm war nicht einmal genug Flüssigkeit geblieben, um zu spucken. Also schloss er einfach die Augen. Seine gesamte Rückseite brannte, als hätten sich tausend stechende Insekten darauf niedergelassen, und ein Krampf verbog die Muskeln in seinem linken Bein. Der Schmerz stieß tief und heiß in sein Gehirn, das Pochen blieb im Takt mit dem Schaukeln des Decks unter seiner Brust. Jede Körperzelle bettelte um Unterwerfung. Was bedeutete es schon, das Schwert hochzuheben? Was könnte als Schlimmstes geschehen, wenn er dies täte? Vielleicht könnte er, wenn er das Schwert aufnahm, sich selbst und das von Göttern verdammte Ding in die See werfen.

Doch ein winziger Gedanke nagte an ihm. Sein Vater wollte, dass es getan wurde. Das allein war Grund genug, nicht zu kooperieren. Wenn Khel es wollte, dann war es falsch. Einfach so. Ohne Einschränkung. Drakens Entscheidung war gefallen.

Er starrte in die dunkelblauen Augen seines Vaters. Draken hatte die Farbe geerbt, die er lange Zeit verabscheut hatte, denn jedes Mal, wenn er sein Spiegelbild erblickte, sah er das Blut dieses Schweinehunds, das durch seine Adern floss. Aber etwas flackerte dort jetzt: eine neue Dunkelheit. Bevor Drakens Neugier richtig erwachen konnte, erhob sich der Fürst, und Draken starrte auf dessen Fußknöchel, die mit mondgeschmiedeten Ketten überfrachtet waren. Er erwartete einen Tritt, doch der kam nicht.

Draken stöhnte unter den heftigen Qualen. *Schau auf das, was du da gerade tust, Vater*, dachte er. *Wie entwickelt sich jemand zu einem solchen Menschen? Zu einem sadistischen, herzlosen Schweinehund …*

»Also, bringt sie her!«, befahl Khel. »Bringt Aarinnaie.«

Die sich wehrende Aarinnaie, geknebelt und mit vom Schweiß verfilzten Locken, wurde dorthin geschleppt, wo Draken sie trotz seiner eingeschränkten Sicht gut sehen konnte. Ein kräftig gebauter brînianischer Seemann hielt sie an seine Brust gedrückt, den breiten Arm um ihren Körper geschlungen. Sie strampelte, doch sie war gefesselt und konnte nicht entfliehen.

»Ich werde sie meinen Männern aushändigen«, verkündete Khel, »und sobald sie mit ihr fertig sind, wird das, was von ihr übriggeblieben ist, den Erringen übergeben …«

Der Brînianer leckte an Aarinnaies Hals.

Du hast keine Wahl, sagte Bruche. *Du hast gewusst, dass es hierzu kommen könnte. Wie viele wirst du von ihnen töten lassen?*

Aarinnaie, die ihn seit jenem ersten Pfeil heimgesucht hatte, die ihm getrotzt hatte, verhöhnte ihn. Von allen wusste sie am besten, was es bedeutete, Khel als Vater zu haben. Sie hatte sogar mehr Jahre mit diesem Mann ertragen als Draken. Khel hatte sie in eine Attentäterin verwandelt, hatte sie offenkundig missbraucht und sie nur wenig besser behandelt als ein Messer, das es nun nicht länger wert war, geschliffen zu werden. Sie brauchte Draken. Das musste doch etwas zählen.

Draken schloss resigniert die Augen. »In Ordnung, Vater.«

Die zahlreichen Verletzungen hielten ihn davon ab, sich von allein zu bewegen, doch sobald die Ketten entfernt waren, zerrten ihn zwei Männer auf die Beine. Er ergriff den Mast mit der unverletzten Hand, um eine aufrechte Körperhaltung zu erlangen. Seine rechte Hand hing nutzlos an der Seite herab. Er keuchte und konzentrierte sich auf den Schmerz, weil das seine Sinne schärfte.

Khel zeigte mit Meergeboren auf das Deck des Schiffes. »Knie dich nieder.«

Draken ließ sich auf ein Knie fallen. Er wehrte sich nicht. Er hatte nicht den Wunsch, die Peitsche erneut zu spüren, genauso wenig wie er sich wünschte, das verdammenswerte Schwert über die Meere zu heben, aus denen es geboren worden war.

»Ganz nach unten.«

Draken senkte sein anderes Knie, stützte sich auf seine unverletzte Hand und senkte die Stirn auf das Deck des Schiffes. Elenas Anhänger klimperte gegen das Holz. Sein Vater steckte Meergeboren fort in eine Scheide an seiner Hüfte, und Draken hörte, wie etwas Flüssiges ausgegossen wurde.

»Erhebe dich, Kronprinz von Brîn, und stehe unerschütterlich zu mir.«

Das Schwert zu wirken war eine Sache. Aber seinem Vater Treue zu schwören?

Täusche es vor, riet Bruche. *Um der Götter willen, mach es ihm weis. Es ist unsere einzige Chance. Mit dem Schwert in deiner Hand kann ich ihn vielleicht erschlagen.*

»Lass alle frei«, würgte Draken heraus, das Gesicht immer noch gegen das raue Holz gedrückt. Als keine Antwort kam, hob er mühsam den Kopf, um seinen Vater anzuschauen.

Fürst Khel hielt ihm eine Schnabelkanne mit Wein hin. »Ich bin dein König, und du wirst mich als solchen ansprechen. Du tust, wie dir befohlen wird, Prinz, und ich werde dein Ersuchen in Betracht ziehen.«

Konnte dieser Mann wirklich sein Vater sein? Waren sie von gleichem Blut? Draken wollte dringend den Becher wegschlagen – ebenso das Grinsen aus Khels faltigem Gesicht. Doch Bruche gab ihm den pragmatischen Rat: *Trink! Du bist durstig.*

Draken erhob sich, nahm den Becher in seine linke Hand und schluckte den warmen Wein hinunter. Jetzt, wo er aufrecht stand, bemerkte er, dass der Wind über der Bucht zugenommen hatte; von Meernebel durchtränkte Böen peitschten gegen die Fetzen seiner Kleidung und riefen schneidende Schmerzen an seinen diversen Verletzungen hervor. In seinem Kopf schwamm alles vor Erschöpfung und Qual.

Sein Vater starrte ihn abwartend an.

»Danke, Eure Majestät.« Es war leichter, als er gedacht hatte. Er war zu erschöpft, um sich an die Verachtung zu klammern.

Fürst Khel trug Meergeboren in einer juwelenbesetzten Scheide. Als er das Schwert abermals herauszog, war es immer noch so tot und grau, wie Draken sich fühlte. Khel machte Anstalten, es ihm zu übergeben, zog die Waffe aber sogleich zurück, als sein aufmerksamer Blick an Draken vorbeiglitt. »He, was ist denn das?«

Draken wandte sich um und schaute. Ein helles Licht flammte

an der Küste auf, und ein Feuerball ließ das Wasser am Vorschiff hochspritzen. Draken strengte sich an, etwas zu sehen, doch er hörte nur ein Zischen von Flammen, bevor etwas hart auf das Deck schlug. Ein feuriger Ball drehte sich auf einen Haufen aufgerollter Seile zu, und ein Seemann trat mit seinem nackten Fuß dagegen. Der Feuerball kullerte durch die Reling aus Stricken und fiel spritzend ins Wasser. Ein anderer Flammenball segelte durch die Luft und beförderte einen Seemann aus der Takelage kreischend ins Meer. Das Großsegel rauchte, dann leckten gierige Flammenzungen über den Stoff, immer schneller, als ob es in Petroleum getränkt worden wäre.

Drakens steifer Rücken verspannte sich weiter. Er wirbelte herum, bedauerte diese Aktion jedoch sogleich, als seine Nerven in Protest aufkreischten; aber er bemühte sich, mehr zu sehen. Er wollte Befehle rufen, doch war dies nicht sein Schiff, und er konnte das wahre Ausmaß der Bedrohung nicht erfassen.

»Vom Seebergfried!«, schrie ein Matrose. »Die Akrasianer.«

Die Akrasianer halten die Garnison am Seebergfried, erklärte Bruche, bevor Draken eine Frage dazu formulieren konnte.

Oder es sind meine Soldaten, mutmaßte Draken.

Fürst Khel bellte seiner Crew Befehle zu. »Ihr seid allesamt Dummköpfe – steht nicht einfach herum! Zündet die Pfeile an, ladet die Armbrüste!« Er rempelte einen wie vom Blitz getroffenen Seemann an. »Sorg dafür, dass die Männer uns herausrudern. Und falls gleich das Großschot nicht unten ist, wenn ich den Mast erreiche, werde ich deine Eier an den höchsten Leinen auffädeln!«

Der Seemann, ein narbenbedeckter Brînianer mit mehr Ohrringen, als Draken zählen konnte, hastete die Takelage hoch, um die Flammen zu löschen, während ein anderer Eimer mit Wasser füllte, die er mithilfe von Seilen an einem Flaschenzug nach oben beförderte. Als Draken die Idee kam, in diesem hektischen Moment seine Freunde zu befreien, setzte er sich in Bewegung, doch Fürst Khel drehte sich rasch wieder zu ihm.

»Kein kluger Gedanke, Draken!«, rief er und stieß das Schwert in seine Richtung. »Halt es über das Wasser!«

Zwei weitere Kugeln krachten gegen die Schiffsflanke, und Schreckensrufe waren zu hören. »Bresche im Rumpf!«

Draken überblickte rasch die Brînianer auf dem Schiff; jeder von ihnen war auf seine Aufgabe konzentriert.

Du bist auch ein Brînianer, und du bist ein Prinz, flüsterte Bruche. *Diese Leute sind dein Volk, ob du nun Anspruch auf sie erhebst oder nicht. Nimm dein Schwert an dich und verteidige sie.*

Groll über seinen aufsässigen Gegenpart flammte auf, als zwei weitere Schleuderkugeln das Schiff trafen und neue Schreie erklangen, die vor der nächsten Bresche im Schiffsrumpf warnten.

Jedermann war so damit beschäftigt, die Feuer zu bekämpfen, dass niemand Draken auch nur die geringste Aufmerksamkeit schenkte, abgesehen von seinen Freunden und seinem Vater. Die lodernden Kugeln wurden im Mondlicht kurz unsichtbar, als sie in Richtung des Schiffes durch die Luft flogen, nur um aufzuflammen, wenn sie das Seefahrzeug trafen oder ins Wasser fielen. Die Gottheit Zozia hatte nicht den größten Mond – er war noch nicht einmal vom halben Umfang des größten –, doch er brannte wie Höllenfeuer am Himmel. Draken schaute auf das schwarze Meer, das plötzlich kein Licht mehr reflektierte, und drehte sich wieder zu seinem Vater um.

»Ich bin dein König«, sprach Khel, »gehorche meinen Befehlen.«

»König? König von was?« Draken wies auf die Bucht, indem er seinen schmerzenden Arm in einem weiten Bogen bewegte, die feurigen Kugeln ignorierend, die hinter ihm durch die Luft zischten. »König einer toten Bucht und eines lecken Schiffs? Bist du verrückt geworden?«

»Nimm das Schwert, Draken, oder – so wahr mir die Götter helfen – ich werde dich damit töten.«

»Elena wird die Brînianer wegen unseres Verrats niedermetzeln«, erwiderte Draken. »Bring mich nicht dazu, dies zu tun, Vater. Lenke ein. Du bist kein König, und ich bin kein Prinz.«

Khel Szi, wisperte Bruche. *Du bist der Prinz. Nimm das Schwert.*

Draken rieb sich das stoppelige Gesicht mit der schmutzigen linken Hand. Die rechte hing unbrauchbar an seiner Seite; sie schmerzte und war geschwollen, und dort, wo man ihm die Nägel gezogen hatte, tropfte immer noch Blut von den Fingern. Ebenso aus seinen vielen Schnittwunden. Sein lädierter Rücken protestierte bei jeder Bewegung. Ein Sonnenbrand kaschierte das Ausmaß seiner Verletzungen, aber das würde nicht lange Zeit währen. Das Weiterleben versprach qualvoll zu werden.

Er streckte den Arm aus, und sein Vater drückte ihm das inzwischen vertraute Heft in die Hand.

Toller Prinz, dachte Draken. *Ich brauche ein Bad und einen Heiler.* Er blickte abermals zu den Monden, insbesondere zu Zozia, die ihn beobachtet hatte, seitdem er in diesem von Göttern verlassenen Land angekommen war, und ging zur Schiffsreling. Er holte Luft und hielt das Schwert über dem Wasser.

Das Licht setzte an der Klingenspitze ein und fuhr hinab bis in den Griff, senkte sich in seine Hand und das Handgelenk hinein. Es loderte heiß in all seinen Wunden und brannte in seinem Unterleib. Das Schwert drehte sich auf das Meer zu und führte dabei Drakens Hand so schnell mit sich, dass er dachte, er könnte vom Deck gerissen werden. Er griff mit der verletzten Hand nach der Reling und stellte fest, dass er das Seil neben seiner Hüfte nicht würde festhalten können.

»Verdammt noch mal, Draken, lass es nicht fallen!«, schnauzte sein Vater; es sollten die letzten Worte sein, die Draken für eine lange Zeit von einem Sterblichen hörte. Ein Dröhnen, das seine Seele erbeben ließ, übertönte die Geräusche der Menschen, des Schiffs und der Schleuderkugeln – und das Schwert zog ihn hinab in die See.

Draken wäre nicht imstande gewesen, es loszulassen, selbst wenn er es versucht hätte. Doch er wollte Meergeboren auch gar nicht loslassen. Niemals wieder. Durch seine Adern pumpte heiße Magie. Als er auf das kalte Wasser traf, überschwemmte ihn Erleichterung, denn seine Schmerzen waren ausgelöscht. Eine Verzückung, wie er sie sonst nur in den Armen einer Frau empfand, streichelte seine Lenden, strich über jeden Zoll seiner Haut. Eine Musik, schöner als jede, die an einem königlichen Hof gespielt werden mochte, durchrieselte ihn.

Draken starrte hingerissen auf Meergeboren, das in der See

schimmerte. Etwas unter ihm bewegte sich und funkelte. Die Muttergottheit. Ma'Vanni …

Schwimm, Draken! Das war Bruche.

Doch umgeben vom weißglühenden Rausch der Magie, schien das Überleben ihm nicht wichtig. Er vermochte nur auf das Schwert zu starren, paralysiert im Griff der göttlichen Zauberei. Draken betete ohne Worte, dass Ma'Vanni ihn nach Hause bringen würde. Geblendet von der Ausstrahlung der Magie, brannten seine Augen. Er konnte noch nicht einmal blinzeln.

Das Schwert zog ihn in einem geisterhaften Flug durch das Wasser und doch auch auf die Monde zu – es sang dabei seine letzten Schmerzen und Ängste fort. Von hoch oben starrte er auf die Bucht und Brîn hinab. Die Schleuderkugeln waren nunmehr zu klein, um sichtbar zu sein. Die Berge von Eidola berührten den grell strahlenden Himmel. Das Schiff war ein kleines Ding auf einem ungeheuer großen Meer, das ärmliche Sorgen nicht länger tolerierte.

Etwas Bedeutungsvolles kam dann zu ihm, strömte durch ihn und um ihn herum, bis er die Wahrheit erkannte. Die Götter hatten einen Plan, oder vielmehr war es eine heimtückische List in diesem Krieg, den der Mantiker-König gegen sie führte. Vollkommener Treuebruch stellte die einzige Chance auf Frieden dar, eine so unmögliche Sache, wie sie Draken nie in den Sinn gekommen wäre. Der Schrecken ersetzte heimlich den Rausch. Draken war am Boden zerstört, als die Magie ihn verließ. Die Monde waren verschwunden, und alles war schwarz. Sohalia hatte geendet.

»Elena«, flüsterte Draken und durchbrach keuchend die Wasseroberfläche. Die Luft fror sein Gesicht ein und stach in seinen Lungen, bis eine Welle ihn nach unten drückte.

KAPITEL DREIUNDZWANZIG

Draken erwachte mit dem säuerlichen Geschmack des Weins seines Vaters im Mund. Mit einer Deutlichkeit, die ihn erschaudern ließ, schoss die Erinnerung in sein Bewusstsein zurück: die Folter, das Schwert, der Weg, den die Götter ihn hatten erkennen lassen. Bruche hatte seine Gliedmaßen mit Eis gefüllt und seine Muskeln zu einer steifen Starre verfestigt. Als ob ihm nicht schon kalt genug wäre. Dann begriff er, dass Bruche sein Äußerstes getan hatte, um ihn zu wecken.

Wie lange war ich fort?

Ungefähr die halbe Nacht, schätze ich. Ich habe dich zum Boot zurückgeschwommen, und dein Vater hat dich zur Küste gebracht. Wir sind in einem Gebäude beim Seebergfried.

Seebergfried? Aber was ist mit den Angriffen auf das Schiff?

Die kamen nicht von hier. Ich bin mir nicht sicher über ihren Ausgangspunkt. Wie es scheint, gibt es irgendeine Art von Rebellion in Brîn, aber dein Vater hat die Sache allem Anschein nach unter Kontrolle.

Die anderen?

Immer noch auf dem Schiff.

Verdammt. Draken hätte Osias' Hilfe gebrauchen können, um seinen königlichen Vater umzubringen.

Ich weiß, was du denkst, Draken. Es wird niemals funktionieren. Mir missfällt dieser Plan der Götter auch, aber es gibt keine andere Möglichkeit …

Ich werde für sie töten, weil wir einen gemeinsamen Feind haben, erklärte Draken. *Doch das Übrige werde ich nicht tun.*

Die Götter nehmen Ungehorsam nicht auf die leichte Schulter. Sie zeigten dir, was passieren könnte, wenn ihr Wille missachtet wird –

Dann lass sie diesen Krieg ohne mich führen.

Bruche wurde nüchtern. *Sie brauchen dich, und sie wissen es.*

Ja, gewiss. Doch ich werde mich von ihnen nicht in etwas verwandeln lassen, das ich nicht bin.

In einen Prinzen?

Und auch nicht in eine kleine Schachfigur.

Draken öffnete die Augen und schaute sich um. Die Kälte ging nicht allein von Bruche aus. Ein kühler Wind fegte von der Bucht herüber und zog durch die Fensterläden des ärmlichen kleinen Raums, in dem er auf einer steifen Pritsche lag. Man hatte all seine Kleider entfernt und eine kratzige Decke über ihn gelegt.

Sein Vater stand neben ihm. »Nun?«

Draken drückte sich in eine sitzende Position hoch. Elenas Anhänger war auf seinen Rücken gerutscht. Als er den Schmuckanhänger an die richtige Stelle legte, bemerkte er, dass seine vielfältigen Verletzungen verschwunden waren. Sein Rücken sollte eigentlich brennen von den Peitschenhieben, seine rechte Hand gebrochen und unbrauchbar sein. Er bog die Finger. Keine Schmerzen. War es die Magie der Götter gewesen, die ihn geheilt hatte? Das musste es gewesen sein.

Sie brauchen mich gesund, damit ich ihre schmutzige Arbeit tun kann, dachte er grimmig.

Dein Körper war dazu fähig, zum Schiff zurückzuschwimmen und an Bord zu steigen. Es ist wahr – die Götter müssen dich geheilt haben. Andernfalls wärest du niemals in der Lage gewesen, wieder bis zum Dollbord des Schiffes hochzuklettern. Du konntest kaum stehen, als du in das Wasser gestürzt bist.

Draken wusste, sein Plan würde nur funktionieren, wenn sein Vater glaubte, dass er ein veränderter Mann war – der ihm gegenüber loyal oder zumindest gewillt war, zu seinem eigenen Vorteil die Magie von Meergeboren zu wirken und Akrasia und dessen Königin zu verraten. Aber er durfte es nicht übertreiben. Er beabsichtigte, einen arroganten Ton anzuschlagen, als er nun Halmar ansprach, der mit einem kleinen Trupp von Gardesoldaten in der Nähe stand. »Ihr Dummköpfe, wollt ihr nur dastehen und mich anglotzen? Soll ich den Mantiker-König nackt begrüßen?«

Bruche schnaubte. *Du klingst wie Reavan.*

Draken lächelte innerlich über die Stichelei, als Fürst Khel mit den Fingern schnipste und zwei Soldaten davontrippelten, um den Anordnungen Folge zu leisten. *Du kennst ihn nur durch meine Erin-*

nerungen, schoss Draken zurück. *Wenn du ihn tatsächlich kennengelernt hättest, wärst du von meiner Imitation noch beeindruckter.*

Als die Soldaten gegangen waren, drehte sich Khel zu Draken um; ein gequältes, hässliches Lächeln dehnte seine Lippen. »Du gibst meinen Männern also Befehle?«

»Jemand muss es tun, wie es scheint. Und ich bin der Sohn meines Vaters.« Das Gesicht des Fürsten verfinsterte sich, doch Draken fuhr fort: »Um was für eine Art von Rebellion handelt es sich hier? Leute aus Brîn erheben sich gegen dich, ihren geliebten *König*?« Er ließ seine Stimme vor Sarkasmus triefen. Das brachte seinen Vater in die Defensive. Khels Stolz würde ihn dazu nötigen, Draken die Informationen zu geben, die ihm fehlten.

»Keine Rebellion«, blaffte Khel zurück, »sondern das fehlgeschlagene Komplott eines bald toten Prinzchens. Halmar hat Geord und seine sogenannte Rebellion fest in der Hand.« Khel hielt inne und überdachte seine Worte, doch Draken übte weiter Druck aus, gewillt seinen Vater in einem emotionalen Ungleichgewicht zu halten.

»Also … Ich werde mich ankleiden, und dann wirst du mich zu König Truls bringen. Ich denke, es ist an der Zeit, dass er und ich ein Gespräch über seine Pläne für die Flüche führen, die er aus Eidola befreit hat. Und über diesen Krieg, den er gegen die Götter zu führen versucht.«

Die blassen Lippen seines Vaters öffneten sich, seine Zungenspitze fuhr heraus, um sie anzufeuchten – eine fahle Nacktschnecke im weißen Gesicht. »Du hast wirklich mit den Göttern gesprochen.«

»Ich hatte sehr viel davon geklärt, bevor wir herkamen. Die Götter bestätigten meinen Verdacht. Wo ist der Mantiker-König?«

Die Soldaten kehrten mit Kleidung zurück und hielten sie, als ob sie bereit wären, Draken beim Anziehen zu helfen. Khel nahm sie ihnen ab. »Lasst uns allein.« Er stieß die Kleidungsstücke Draken in die Hand. »Du erwartest, dass ich dich auch bewaffne?«

»Du erwartest, dass ich vor König Truls trete ohne den einen Gegenstand, der mich für ihn wertvoll macht?« Draken zog eine weite brînianische Hose über seine feuchten Beine und warf sich einen Umhang über die nackten Schultern; dabei biss er die Zähne zusammen, um zu verhindern, dass sie klapperten. Wie konnten diese Brînianer ohne Tuniken und haufenweise Unterwäsche in den Stürmen herumlaufen, die von der Bucht kamen?

»Draken …«

»Mein Schwert, Va…« Er mäßigte seinen Ton und senkte das Kinn. »Wenn es Eurer Majestät gefällt.« Die Worte schmeckten schlimmer als die Überreste des Weins.

Nach einigem Zögern ging Khel zu einem Tisch hinüber und wickelte dort ein Bündel auseinander. »Man kann das verdammte Ding nur berühren, wenn man sich seine Hand umwickelt. Es brennt wie die Feuer der Unterwelt, seitdem du mit ihm aus der Bucht zurückgekommen bist.«

Draken nahm Meergeboren aus seiner Umhüllung. Es strahlte weiß, als ob es frisch geölt worden wäre, und hatte beim Eintauchen in die See keinerlei Schäden davongetragen. Gelassenheit durchströmte ihn. »Für mich fühlt es sich gut an.«

»Ich kann nur hoffen, dass unser Blutrecht nicht deinen Tod bedeuten wird. So die Götter wollen, wird ihr Rat dich erretten.«

Drakens Blick verfinsterte sich. Sein Vater hatte nicht wie er selbst geklungen.

Halmar trat wieder in den Raum. »Er ist bereit, Euch jetzt zu sehen, Khel Szi.«

Als Draken und der stämmige Soldat hinter Fürst Khel zur Tür hinausgingen und ihm zum Turm folgten, sagte Bruche: *Ich frage mich, ob dein Vater bemerkt hat, dass Halmar beim Sprechen dich anschaute?*

Schwarz wie ein Schlafzimmerfenster nach einem Albtraum ragte der Turm drohend über ihren Häuptern auf und beschattete sie vor dem karmesinroten Mondlicht, das den Himmel hinter dem Bauwerk mit seinem blutigen Schein erfüllte. Elenas Banner, das weiße Sohalia-Monde auf grünem Grund zeigte, hing über den Toren an der Meeresseite. Es drehte sich an seiner Schnur, wirbelte umher, flatterte unermüdlich. Eiskalte Winde fuhren durch Drakens Umhang, und die Flagge peitschte plötzlich hinter ihm durch die Luft, als sie den Turm betraten. Sie stiegen ein paar Stufen hoch und betraten einen kleinen runden Saal. In der Mitte des Raumes stand ein einziger Mann, der im dämmrigen Licht der Fackeln, die ringsum an den Wänden hingen, beinahe schmächtig aussah.

»Reavan«, murmelte Draken angewidert – größtenteils zu sich selbst. »Ich hätte wissen sollen, dass Ihr Euch ins Zentrum dieser Geschichte schlängeln würdet.«

Reavan kam ihnen entgegen. Draken hatte nie zuvor bemerkt, wie anmutig sich der Lord-Marschall bewegen konnte. Die Leichtigkeit seines Schrittes erinnerte ihn an Osias. Und bevor er sich diese neue Erkenntnis erklären konnte, wusch die Zauber-Tarnung von Reavan ab, als tauche er aus einem Nebel auf. Das dunkle Haar verwandelte sich in silberfarbene Flechten, die wie auf Hochglanz poliert erschienen. Seine Augen stellten sich schräg, und die Wangenknochen formten sich neu; das dunkle Mantiker-Mal auf seiner Stirn wurde langsam sichtbar. Seine Extremitäten wurden schmaler, seine Grazie schwoll zu vertrauter Eleganz. Der Mantiker-König leuchtete hell in dem finsteren Saal.

»Zu guter Letzt lernen wir uns in Wirklichkeit kennen, Draken, Nacht-Lord und rechtmäßiger *Khel Szi*. Ich bin König Truls von den Mantikern.«

Als er seine Rechte ausstreckte, rutschte der Ärmel zurück und enthüllte einen Arm ohne Fesseln. Draken biss die Zähne zusammen und packte zu: Seine Finger legten sich um den warmen, starken Unterarm.

»Was haben die Götter Euch gesagt?«, wollte Truls wissen.

Draken kniff die Augen zusammen und verpflichtete sich zur ungeschminkten Ehrlichkeit. »Das, was Euch zu erwarten hat. Ich soll Euch nahe genug kommen, um Euch umzubringen.«

Truls breitete die Arme aus. »Und hier stehen wir. Und doch schlagt Ihr nicht zu.«

»Wollt Ihr die Wahrheit wissen? Im Augenblick mag ich die Götter nicht viel mehr als Euch. Ich wäge immer noch ab, was ich für meinen Einsatz erhalten kann. Ich berechne gewissermaßen noch den angemessenen Wert meines Tuns.«

Truls Augenbrauen hoben sich, und er formte ein kaltes Lächeln. »Also soll ich glauben, Ihr würdet gegen Eure Königin und den Rest Eures Volkes kämpfen, sogar gegen die Götter höchstpersönlich?«

»Die Akrasianer sind nicht mein Volk, und dieser Krieg richtet sich nicht gegen sie.« Draken gestikulierte mit dem Schwert. »Doch ich wäre ein Narr, würde ich nicht über meine Optionen nachdenken, solange ich die einzige Waffe besitze, die den Göttern Angst einjagt.«

»Selbstverständlich ist Euch nicht entgangen, dass dies auch die einzige Waffe ist, die mich zu töten vermag, nicht wahr?«, sprach Truls.

Draken begutachtete sein Schwert betont ausführlich und drehte es so, dass die Klinge das Fackellicht einfing. »Ja, ich vermute, dass dem so ist. Aber was bringt mir das, wenn Ihr so viele Leute tötet, dass die Götter schwächer werden und scheitern?« Abrupt richtete er den Blick auf Truls' Gesicht. »Wollt Ihr die Wahrheit wissen? Ich möchte einen Handel mit Euch schließen. Ich schmeichle mich bei den Sieben Augen nicht ein. Sie haben mich hier ausgesetzt und mit diesem Schwert verflucht. Diese Waffe ist nichts anderes als ein Dorn in meinem Auge, seit ich das Ding zum ersten Mal erblickte. Ich bin mein ganzes Leben lang ein Feind von Akrasia gewesen. Nichtsdestoweniger sehe ich keinen Sinn darin, massenweise Menschen zu töten. So was macht die Angelegenheit unnötigerweise … komplizierter, nicht wahr?«

»Menschen müssen sterben, um die Götter in den Kampf hineinzuziehen und sie zu schwächen«, erwiderte Truls. »Ihre Kraft liegt in der Kraft unseres Glaubens an sie. Bricht man diesen Glauben, bricht man den Griff, mit dem sie uns halten – und ebenso die Götter selbst.«

»Warum? Das scheint mir ein recht großes Ungemach zu sein, wo das Schwert sie doch unmittelbar töten …«

»Wie?«, fiel Fürst Khel ihm ins Wort. »Wie tötest du die Götter mit dem Schwert?«

Draken blinzelte sowohl Truls als auch seinen Vater an. »Ich dachte, *Ihr* wüsstet es.«

»Ihr wart nie ein Ratgeber in den Kriegen Eures Heimatlandes«, erklärte Truls. »Ihr versteht, warum das so war, oder? Ihr seid bloß ein einfacher Soldat. Stark, gewiss, mit einer guten Schwerthand in Eurem Innern, die für Euch tätig ist, und mit dem Blut in Euren Adern, Magie auszuüben. *Das* ist Euer konkreter Wert. Euer königlicher Cousin wusste dies, und ich weiß es. Tatsächlich bin ich sehr froh, Euer Schwert und Euch zu haben. Doch die Strategie überlasst mir.«

Draken wurde steif, und Bruche überschwemmte ihn mit Kälte. In vollkommener Harmonie ließen sie Meergeboren in einem Bogen hochsausen, um einen Schlag zu führen, der für Truls' Kehle bestimmt war.

Truls hob die Hände, und Draken erstarrte; das Schwert hielt mitten in der Luft inne.

Eis füllte Drakens Extremitäten, wand sich spiralförmig um sein Herz und füllte seinen Kopf. Er stand da mit erhobenem Schwert und war nicht imstande, die Lippen zu öffnen, um zu protestieren.

Ich kann mich nicht bewegen, sagte er zu Bruche.

Ich auch nicht. Der Mantiker soll verflucht sein.

Genau das, was ihm das Leben gerettet hatte – Mantiker-Zauberwerk, das ihm eine Schwerthand verliehen hatte –, genau die gleiche Form von Zauberei würde jetzt wahrscheinlich sein Tod sein. Eine nervöse Beklommenheit durchströmte Draken. Sein Magen ballte sich zu einer heißen, angespannten Faust. Bruche und er kämpften gegen den Zauberbann, doch die Muskeln wollten sich nicht lösen.

Truls umkreiste ihn. Er bewegte sich völlig entspannt. Dabei verschwand er aus Drakens Sicht, der jedoch fühlte, wie ihm eine Hand über den Rücken fuhr. Er konnte sie noch nicht mal mit einer Schulterbewegung abschütteln.

»Ich gestehe, dass ich leicht enttäuscht bin«, sagte Truls. »Nachdem Ihr an jenem ersten Tag im Wald entschlüpft wart, nur um dann meine Mondling-Gefangene zu befreien und mich gefesselt zurückzulassen, hegte ich die Hoffnung, dass Ihr besser wäret als einfach nur listig. Da gehört schon etwas dazu, zwei Mantiker zu schlagen.«

Draken folgte Truls mit seinem starren Blick, als der Mantiker wieder vor ihm auftauchte. Er bewahrte Abstand.

»Doch Ihr seid bloß ein einfacher Soldat, nicht? Ich sollte eigentlich erkannt haben, wie schwach Ihr seid, als mein Fluch Euch beinahe dazu brachte, Euch selbst umzubringen. Es ist so, als tragt Ihr Scheuklappen. Ihr habt nicht die Fähigkeit, alle Seiten eines Spielsteins zu sehen.«

Die Worte schienen in der stillen Luft hängen zu bleiben.

Fürst Khel verlagerte sein Gewicht, öffnete den Mund, als ob er sprechen wollte, überlegte es sich dann aber anders.

Truls schnipste mit den Fingern.

Bruche drehte Drakens Körper rasch herum, sprang vorwärts und schlug mit dem Schwert zu. Blut sprudelte aus dem Hals seines Vaters. Die farblosen Lippen taten sich auf, und seine Hände hoben sich, doch er fiel nach vorne auf sein Gesicht, bevor die Finger die Wunde erreichten. Draken, der im Innern seines Körpers eingekerkert war, konnte nur zusehen, wie die eigene Hand seinen Vater tötete. Truls befreite Bruche danach aus seinem Griff, und Draken fiel keuchend auf die Knie.

Blut lief in einer Sturzflut aus der Wunde seines Vaters, füllte jede Ritze im Boden und bedeckte die Steine mit einer ständig wachsenden Lache, die sich in Richtung von Drakens Knie ausdehnte.

»Ihr glaubt, ich bin wie das Schwert? Ihr glaubt, ich treibe Handel mit dem Leben?« Erneut zeigte sich Truls' kaltes Lächeln. »Nein. Wir Mantiker treiben hauptsächlich Handel mit dem Tod.«

KAPITEL VIERUNDZWANZIG

Meergeboren fiel klappernd zu Boden. Draken sank schwach vor Erschütterung auf Hände und Knie hinab. Er registrierte kaum, dass er die Befehlsgewalt über seinen eigenen Körper zurückbekommen hatte. Auf Truls' Wort hin kamen mehrere Wachen herein, die einen Windstoß kalter Luft mit sich brachten, was Draken so aufschreckte, dass er in die Wirklichkeit zurückkehrte. Sein Vater war tot – gefällt von seiner eigenen Hand.

Bei den Göttern, Draken, es tut mir leid.

Draken ließ ein paar Herzschläge verstreichen und versuchte sich zu erinnern, wie man atmete. *Es ist nicht dein Fehler. Ich hätte wissen sollen, dass Truls dich kontrollieren kann.*

Immerhin hatte Osias es ihm gezeigt. In Wahrheit war er so schockiert darüber gewesen, dass sein Vater in die Verschwörung verwickelt war, dass seine Verärgerung über Osias' Einfluss auf Bruche verblasst war. Dennoch … Es war ihm eigentlich schon zu viel Mühe, sich über sich selbst zu ärgern. Er fühlte sich geschlagen. Niedergeschmettert. Er erinnerte sich daran, dass sein Vater nichts anderes getan hatte, als ihn in ihrer gemeinsamen Zeit in Drakens Kindheit zu hintergehen – und dann erneut, als sie beide erwachsene Männer waren.

Doch dieser Mann war sein Vater gewesen.

Osias hätte mich niemals zu dir bringen sollen, unterbrach Bruche den Gedankengang.

Nein. Der Schwerthand-Geist hatte sein Leben gerettet. *Ich wäre nicht mehr am Leben, wenn du nicht wärest. Ich hätte Meergeboren niemals in die Hand genommen oder überhaupt gewusst, dass ich es kann.*

Er verdiente es zu sterben, Draken. Es ist hart, so etwas zu hören. Sogar noch härter, es zu glauben. Und doch ist es die Wahrheit.

Halmar hob Drakens blutüberströmten Vater auf seinen Armen hoch und trug ihn fort. Draken verfolgte den kräftig gebauten

Gardesoldaten mit den Augen und schaute dann zu Truls, der ihn mit zusammengezogenen Brauen beobachtete. Als ob der Mantiker-König zum ersten Mal in seinem von den Göttern verlassenen Leben eine gewisse Sorge verspürte. Oder in seinem Leben nach dem Tode. Oder in welchem Zustand auch immer Mantiker leben mochten. Osias behauptete, dass sie – die Mantiker – Geister in ihrem Innern trügen. Also führte Truls gerade vielleicht seine eigene private Diskussion, so wie Draken es mit Bruche tat.

Seit wann?, fragte er schwach. *Seit wann hat Truls das hier geplant?*

Von dem Augenblick, als er erfuhr, dass dein Vater einen Sohn hat; dessen bin ich mir sicher, antwortete Bruche in sanftem Ton.

Es ist mein Fehler. Ich hätte –

Vollkommener Blödsinn, Draken. Du konntest es nicht wissen.

Das Übrige, was der Geist zu bedenken gab, bestand nicht aus Wörtern, sondern aus Erinnerungen, die sie schon so häufig unwillig miteinander geteilt hatten: Lesle, die von einem Haken für Wildbret hing; ihr Tod, der benutzt wurde, um Drakens Verbannung sicherzustellen; ihre Innereien, die wahrscheinlich eingesetzt wurden, um weitere Flüche zu befreien; Draken, wie er den Ersten Hauptmann umbrachte, der wie Reavan ein betrügerischer Mantiker gewesen war; der Angriff durch den Fluch, der gewiss ebenfalls von Truls inszeniert worden war. Truls hatte Draken mit Lesles Mord hier so sicher angebunden, als wäre er in Brîn geboren worden. Der Mantiker hatte ihm alles geraubt, was wertvoll und gut in Drakens Leben gewesen war, und ihm keine andere Alternative gelassen, als an diesem fremden Ort ein neues Leben zu führen. Und jetzt hatte er Draken gezwungen, den eigenen Vater zu töten.

Die Erkenntnis, wie Truls ihm sein Leben geraubt hatte, ließ Draken so angespannt werden wie ein straff gezogener Bogen. Er presste die Zähne aufeinander, als die Wut ihn übermannte und so ins Leben zurückholte. Er mühte sich auf die Beine und näherte sich Truls. »Was werdet Ihr jetzt machen? Wen werdet Ihr töten? Mich? Ihr würdet mir damit einen ziemlichen Gefallen tun.«

»Könnte ich das doch nur«, entgegnete Truls. »Aber ich benötige Euch. Für Meergeboren.«

Meergeboren. Draken begann, ebendiesen Namen zu hassen. »Ich wünschte, Elena hätte mir dieses verfluchte Ding niemals gegeben.«

»Ach ja. Sie hätte das nicht getan, wenn ich es nicht vorgeschlagen hätte. Habt Ihr schon vergessen, dass sie mir dafür gedankt hat?«

»Ich erinnere mich, dass Ihr *dagegen* argumentiert habt.«

Truls seufzte und erwiderte langsam: »Es bringt nichts, Königinnen herumzukommandieren. An so etwas sind sie nicht gewöhnt.«

Draken starrte ihn an, während er versuchte, sich an das Gespräch zwischen Reavan und Elena zu erinnern. Er hatte vorgeschlagen, dass sie Draken das Schwert geben sollte – ja, gewiss, aber im Zorn. Und Draken dachte nun daran, wie sie sich darüber beklagt hatte, dass Reavan redete und redete, als ob er ihren Kopf mit seinen Gedanken anstatt mit ihren eigenen füllen wolle. Sie musste ziemlich resistent gegenüber seinen Vorschlägen geworden sein. Also war er auf eine andere Taktik verfallen. »Ihr habt Euer Spiel mit ihr getrieben.«

Truls gab den brînianischen Gardesoldaten mit der Hand ein Zeichen. »Fesselt und knebelt diesen Bastard Fürst Khels.«

Zwei Brînianer pressten ihn zu Boden und unterdrückten seine Abwehrbemühungen, indem sie seine Arme fast aus den Schultergelenken rissen. Sie streiften ihm den Umhang ab und banden ihm die Arme fest hinterm Rücken zusammen. Ein anderer knebelte ihn mit weichen Lederstreifen, die er Draken in den Mund stopfte, und einem breiten Lederband, das er in Höhe des Kiefers um den Kopf herumwickelte und verschnürte. Draken versuchte, ihn in die Finger zu beißen, aber das brachte ihm nur eine saftige Ohrfeige ein. Das Halteband um sein Gesicht saß ungemütlich fest, und die Lederstreifen schnürten ihm die Kehle zu. Er hustete und schob sie mit der Zunge nach vorne, als Truls sich über ihn beugte, um in sein Ohr zu sprechen.

»Ich muss niemanden töten. Wenn die Königin eintrifft, werde ich ihr einfach ihren Verräter präsentieren.«

Bei den Worten wurde Draken ganz kalt. Selbst Bruche hatte

resigniert. *Also sollst du der Köder sein, um Elena und ihre Soldaten in irgendeine schändliche Zauberfalle zu locken.*

Truls drehte sich auf dem Absatz herum und ging fort; Draken wurde mit einer Wache zurückgelassen. Es würde lange bis zur Rückkehr des Mantiker-Königs dauern. Draken lag ganz still da und starrte das Blut seines Vaters an, wie es in den Ritzen des Steinbodens trocknete. Die Winde schirmten das Gebäude gegen jegliche Geräusche von draußen ab. Draken trieb in einem Meer aus Bruches Kälte, sodass die Zeit ebenso sehr zu kommen und zu gehen schien, wie in dem Moment, als er das Schwert den Göttern präsentierte.

Irgendwann kehrte Halmar zurück, allerdings allein. Truls war nirgends zu sehen. Halmar und der andere Wächter schleiften Draken gemeinsam aus dem Raum heraus und in den kalten Sturm hinein. Der raue, steinige Untergrund hinterließ stechende, blutende Wunden. Der Schmerz der verletzten Schulter, die ihm mit dicken Schnüren nach hinten verdreht worden war, zog sich bis tief in seinen Unterleib hinein, obgleich Bruche sein Bestes tat, um die Qualen zu überdecken. Niemand redete ein Wort, nicht einmal Bruche ließ sich hören.

Lauter als Donner schlugen die Tore hinter ihnen zu, und Draken erhaschte einen Blick auf den Seebergfried. Den Leichnam seines Vaters hatte man von den Zinnen über den Toren herabgehängt. Der Mund des Fürsten war zu einem stummen Leidensschrei aufgerissen, seine Augen starrten voller Entsetzen … auf Korde: Draken jedenfalls konnte sich nur vorstellen, dass sich der Blick seines Vaters auf den Gott des Todes richtete, der gekommen war, um die vor Kurzem Gestorbenen für Ma'Vanni einzusammeln. Oder, was im Falle seines Vaters wahrscheinlicher war, um den strampelnden und kreischenden Fürsten nach Eidola zu schleifen, damit er die Ewigkeit als Fluch durchlitt.

Absolut nichts kann jetzt noch für ihn getan werden, Draken.

Der steinige Untergrund scheuerte an seinem nackten Rücken und riss ihm die Haut auf, als ob die magisch verheilten Wunden von der Auspeitschung, die er an Bord des Schiffes erlitten hatte, wieder geöffnet werden sollten. Die Verletzungen waren sicherlich spektakulär, doch er spürte wenig dank Bruches betäubender Kälte. Dann blieb Halmar stehen, ohne irgendein Wort zu sagen. Draken versuchte schwer atmend Kraft zu sammeln, um dem gegenüberzutreten, was ihm bevorstand. Er weigerte sich, den Kopf einzuziehen oder wegzusehen, selbst wenn er gefesselt und blutbeschmiert war.

Vor ihnen lag das eigentliche Brîn: eine Stadt, die von Mauern aus grauem Stein umgeben war und die man augenscheinlich viel später erbaut hatte als die Festung Seebergfried. Die Stadtmauer wurde in regelmäßigen Abständen von Fackeln erhellt, und nach dem, was Draken von seinem ungünstigen Blickwinkel aus erkennen konnte, waren die Tore verschlossen. Weiter landeinwärts bildeten dichte Wälder ein tiefschwarzes Schattendach, das nicht einmal die Sieben Augen zu durchdringen vermochten. Bruche hatte jene Waldgebiete durchsucht, rief sich Draken aus dem Gedächtnis des Geistes in Erinnerung. Er konnte sehen, dass der Rand des Waldes, die Mauern der Stadt und die Felswände entlang des Erros ungefähr ein Dreieck bildeten. Und an der oberen Spitze dieses Trigons, wo der Erros in die Blutbucht mündete, lag der Seebergfried.

In der Mitte zwischen Wald und Seebergfried glänzten Tausende von Speerspitzen im Mondlicht. Grüne Banner versteiften sich im Wind. Reihen von Gardesoldaten füllten die andere Hälfte des zur Stadtmauer führenden Graslands; sie waren gänzlich außerhalb der Reichweite von Pfeilen, die vom Seebergfried kommen könnten. Draken hatte nicht die geringste Chance, von seinem Blickwinkel am Boden die Reihen zu zählen. *Sind das fünftausend Soldaten?*, fragte er sich. *Oder zehntausend?* Warum hatte Elena ihre Armee hierher gebracht? Wie hatte sie wissen können, dass die Ereignisse sich gerade jetzt überschlugen?

Doch was das kleine persönliche Truppenkontingent seines Vaters anbelangte, das jetzt unter Truls' Kommando stand, hatte es den Anschein, dass der Großteil der Brînianer es vorgezogen hatte, hinter ihren Toren die Anordnung der Königin abzuwarten.

Die akrasianische Armee hielt, als eine einzelne Gestalt zu Pferde sich aus ihren Reihen löste. Draken stockte der Atem. Das war Elena!

Sie leuchtete wie eine weiße Flamme, während ihr Pferd den Abstand von zwanzig Längen zwischen ihnen schloss, haltmachte und dann etwas zur Seite auswich. Truls wartete in seiner Zauber-Tarnung als Reavan auf einem gebeugten Knie. Elena hob das Kinn, und Draken drehte sich, um zu sehen, worauf sie schaute: auf den Seebergfried, dessen ewige Flamme hoch oben finster blickte wie ein missachtetes Leuchtfeuer für die gleichgültigen Götter.

»Ihr habt mich und meine Armee nach Brîn gerufen, Reavan. Jetzt zeigt mir meinen Feind.«

Truls erhob sich. »Ich habe Euren Attentäter gefunden, Königin Elena. Euer Nacht-Lord ist Fürst Khels Sohn. Ein Bastard, aber loyal gegenüber seinem Vater.«

Elena wandte Draken nicht einmal den Blick zu. »Khels Sohn?«

»Er nahm den Seebergfried ein und tötete seinen Vater. Er hatte die Absicht, die Brînianer gegen Euch marschieren zu lassen. Das Blut auf seinem Schwert ist frisch, und ich bin auf die Leiche seines Vaters gestoßen, die dort oben von den Toren herabhängt.« Truls neigte den Kopf in einer perfekten Karikatur von Scham. Drakens Schwert hielt er mit dem Heft voran Elena entgegen. »Ich denke, es war eine recht komplexe Verschwörung. Ich habe sie zu spät aufgelöst, meine Königin. Ich bitte Euch deswegen um Gnade.«

Trotz all der Magie, die Truls zur Verfügung stand, trotz seiner ungehinderten Macht, die selbst mit der der Götter konkurrieren konnte, hatte er Elena mit einer bloßen Lüge hintergangen.

Draken spannte die Bauchmuskeln an und wehrte sich gegen den Zug des Seils, mit dem er nach vorne geschleift wurde. Die Bewegung stoppte, als einer der Soldaten ihn so hart gegen den Kopf schlug, dass die Monde plötzlich schwarz zu werden schienen. Dann wandte er den Kopf hin und her in dem aussichtslosen Bemühen, den Knebel loszuwerden, aber das führte nur dazu, dass sich ein dumpfer, erstickter Hustenanfall seiner Kehle entrang. Die anderen warteten ab, Draken konnte Elena nur noch mit seinem Blick anflehen.

Ihre Gestalt steckte in einer mondgeschmiedeten Rüstung, weiße Schleier flatterten wie hauchdünner Nebel um ihr ausdrucksloses Gesicht. Sie wirkte vollkommen gelassen, eine atemberaubende, undurchdringliche Mauer. Hatte er sie wirklich jemals berührt? Konnte es sein, dass er mit dieser eiskalten Schönheit tatsächlich geschlafen hatte? Die Erinnerung daran erstarrte und zersplitterte unter ihrem starren Blick.

»Ist das der Punkt, bis zu dem das Ganze geht, Reavan?«, fragte Elena und streckte die Hand aus, um Meergeboren zu nehmen, das düster-rot war wie der stürmische Himmel. »Endet es mit ihm?«

»Nein, Eure Majestät. Er hat brînianische Möchtegern-Rebellen aufgestachelt. Sie bewaffnen sich bereits in der Stadt. Diese Soldaten hier haben sich ergeben. Wenn ich so kühn sein darf, Euch einen Rat zu geben – wir könnten an ihnen ein Exempel statuieren.«

»Nein«, widersprach Elena.

Reavan verstummte – und war damit zufrieden, Elena den letzten Schritt in seine Falle hinein machen zu lassen. Nicht einer der wenigen Brînianer protestierte gegen seine Lügen. *Verzaubert*, sagte Draken zu Bruche, wobei ihm bang ums Herz wurde.

Gewiss. Kontrolliert von Flüchen, die wiederum Truls unterstehen.

Elena hielt Drakens Blick so lange stand, dass seine Nerven entlang der Wirbelsäule in Brand gesetzt wurden. Er hielt den Atem an und wartete ab. Ihr Nacht-Lord sollte sie bis zum Tode beschützen, doch er konnte nichts unternehmen, um das hier zu verhindern. Er schüttelte den Kopf und ächzte; mit eindringlichem Blick flehte er sie an: *Tu dies nicht, Elena. Er hat Lesle getötet. Er hat meinen verfluchten Vater getötet. Er wird auch dich töten –*

»Ich verstehe jetzt, weshalb er so eifrig darauf bedacht war, dass Aarinnaie am Leben blieb und freigelassen wurde.« Elena sprach, als ob sie sich über Handelsbilanzdefizite zwischen Reschan und Auwaer erkundigte und nicht das Schicksal eines Mannes diskutieren würde.

»Lasst ihn mich töten, dann haben wir diese Angelegenheit beendet. Ohne Anführer werden die Brînianer sicherlich nachgeben, ohne weitere Umstände zu machen. Wir können seinen Leichnam an den Toren zu Brîn aufhängen, und all Eure Feinde werden entsetzt die Flucht ergreifen«, schlug Reavan vor.

Elena streifte die Schleier aus ihrem Gesicht nach hinten: ein hauchdünner, leuchtender Schimmer vor dem Schwarz ihrer losen, wirren Haare. Der Anblick brachte mit großer Wucht die Erinnerung an ihre gemeinsame Nacht in Drakens Herz und Verstand zurück. Ihr Götter, er hatte befürchtet, halb in sie verliebt zu sein. Doch in ihrem Gesichtsausdruck zeigte sich jetzt keine Spur von Mitgefühl. Draken schloss die Augen. Er wollte nicht sehen, wie sie die Zustimmung zu seiner Exekution gab, und noch weniger, wie sie – falls sie dies tun sollte – ihr Schwert zog und ihn persönlich tötete. Es wäre besser, nicht den genauen Augenblick zu kennen, da die Klinge seinen Lebensfaden durchtrennte.

»Nein«, erwiderte sie. »Wie Draken selbst hervorhob, als wir Aarinnaie gefangen nahmen: Diese Verschwörung ist möglicherweise sehr weitreichend. Sie könnte aus mehr Personen bestehen als bloß ihm und seiner Schwester.«

»Gewiss, meine Königin.« Reavan fügte sich mit einem heftigen Seufzer, der vortäuschen sollte, dass er mit Elenas Entscheidung nicht einverstanden war.

Draken schnitt rund um den Knebel eine Grimasse. *Oh ihr Götter, er hat erneut sein Spiel mit ihr getrieben.*

»Bringt ihn in den Seebergfried. Ich werde ihn später persönlich befragen, nachdem ich die Angelegenheit mit Brîn erledigt habe.« Elena wendete ihr Pferd, und ihre Stimme gab laut schallend Befehl. »Übernehmt diese brînianischen Gefangenen, bis wir Zeit haben, über ihre Absichten zu befinden! Sichert den Seebergfried! Reavan, Ihr kommt mit mir zur Stadt.«

Reavan bestieg ein Pferd, das ihm von einem Servii besorgt worden war, und galoppierte mit der Königin in Richtung Armee und der Stadt Brîn zurück.

Es dauerte ein bisschen, die brînianischen Wachsoldaten zu ordnen, und noch länger, um zu klären, wer die Verantwortung für Draken übernehmen würde. In der Zwischenzeit drehte er sich herum, sodass er sehen konnte, was Elena unternahm. Eine Kompanie von akrasianischen Servii unter der Führung eines Pferde-Marschalls näherte sich den Stadttoren, aber ein Schwarm von Speeren, der von den Stadtmauern geschleudert wurde, stoppte ihr Vorrücken. Ein laut geschriener Befehl, und innerhalb von Sekunden wichen sie zurück in ihre Schlachtordnung. Bogenschützen knieten sich hinter Schilde, um auf die Mauern zu schießen. Elena rief Anweisungen, um zu veranlassen, dass die Soldaten einen Sturmbock bereitmachten, und es folgte eine Reihe von Schlachtsignalen, die von einem Horn gegeben wurden.

Alles Blödsinn! Brîn ist entschlossen, gegen Elena zu kämpfen. Es wird einen Krieg geben.

Ihr Fürst ist tot, gab Draken zu bedenken.

Nein. Ist er nicht. Er liegt hier, gebunden wie ein gefangenes Wild.

Draken entschied, dies zu ignorieren; stattdessen fragte er sich, wie die Akrasianer imstande gewesen waren, einen Rammbock oder andere Kriegsmaschinen herzubringen und überhaupt so schnell quer durch das ganze Land zu ziehen.

Sie werden im Seebergfried ein Lager für Großwaffen haben, das es wahrscheinlich seit der Einnahme dieser Festung dort gibt. Erinnerst du dich an die Geschichten über dieses Land und seine Eroberung? Ty hat sie dir während eurer Reise erzählt. Brînianer dienen im Seebergfried als Vertrauensbeweis, doch Akrasianer behalten ihn hübsch in ihrer Gewalt. Siehst du? Jetzt kommt das Gerät.

Zwei Servii ergriffen Draken jeweils an Schultern und Füßen, um ihn zum Seebergfried zurückzutragen; doch sie hielten an, als ein quietschender Rammbock durch die Tore rollte. Ein Mann mit einer Peitsche stand auf einem Absatz, den man in den Sturmbock eingebaut hatte, und schlug die acht Arbeitspferde, die das Kriegsgerät zogen, damit sie weiterliefen. Sie schnaubten protestierend und entblößten ihre Zähne, doch sie gehorchten. Draken konnte spüren, wie der Erdboden unter ihm bebte, als sie an ihm vorbeigaloppierten. Der Rammbock kam verblüffend schnell über das Feld voran. Drakens Servii-Wachen beobachteten die Vorwärtsbewegung einige Augenblicke lang, dann hoben sie ihn mit einem kollektiven Seufzer wieder auf und setzten ihren langsamen Marsch zu den Toren fort.

Draken schaute zum Seebergfried und dessen gigantischem Turm hoch; stumm verfluchte er die Götter und ihr Licht, das auf diese Betrügerei und die anstehende Schlacht hinabschien. Sein Vater hing immer noch dort, ein beinahe vergessener Ansporn zu

Truls' Krieg. Draken schluckte schwer. Wenn die Servii ihn durch die Tore vom Seebergfried trugen, würde er diese niemals wieder von außen sehen.

Urplötzlich begann er zu kämpfen; er drehte sich in seinen Fesseln und versuchte, die Lederstreifen aus seinem Mund zu drücken. Er ächzte, doch lautere Töne wollten seiner Kehle nicht entspringen. Seine Hände begannen, kalt zu werden – Bruche hatte ebenfalls genug von der Situation. Gemeinsam ließen sie ihre vereinten ätherischen und körperlichen Kräfte spielen. Ungeachtet dessen hielten die Fesseln und schnitten ihm in die Handgelenke, bis sie vor lauter Blut glitschig waren. Die Servii ließen ihn wieder nach unten auf den Boden fallen und traten ihn, weil er Ärger machte. In dem Nebel aus blendendem Schmerz und ätherischer Kälte hörte er Donner.

Nein, Draken. Hufe!

Eine seiner Servii-Wachen fiel und schlug wie ein nasser Getreidesack auf dem Boden auf; Blut spritzte aus dem Gefallenen. Der andere folgte ihm sogleich; schwer und schlaff landete er auf Drakens Beinen. Das Pferd hielt in seinem Schritt kaum inne, schwenkte aber herum.

Draken drehte sich, um zu sehen, was da vor sich ging; er kämpfte gegen das tote Gewicht auf seinen Beinen an und erblickte ein blutiges Schwert. Das Pferd rannte nicht auf die akrasianische Armee zu, sondern auf das Waldgebiet – weg von der nahenden Schlacht. Der Reiter hockte tief über dem Nacken des Reittiers, sein Umhang war von einem farblosen Grau. Draken drehte den Kopf, um den auf ihm liegenden Wachsoldaten zu betrachten. Der Mann war der Länge nach hingefallen und regungslos wie ein Stein; blutiger Speichel glänzte auf seinen Lippen, heißes Blut tropfte auf Drakens Beine. Ein Blick nach vorne: Auch der zweite Wächter war tot.

Doch er hat dich zurückgelassen, um im Dreck zu liegen?, wunderte sich Bruche.

Oder er hat geglaubt, ich wäre schon tot. Merkwürdig war es trotzdem. Jemand hatte zwei Akrasianer getötet, was ihn auf die Seite von Brîn stellte. Oder?

Bevor Draken über diese Entwicklung weiter nachdenken konnte, sah er, dass sich ihm mit schnellen Schritten eine Gestalt mit hochgezogener Kapuze näherte. Sie trug das Grün der Königlichen Garde und hielt ein Messer in der Hand.

KAPITEL FÜNFUNDZWANZIG

In Ordnung – ich habe genug, dachte Draken, während er die Gestalt anstarrte, als handelte es sich um Korde persönlich, der seinen Krummsäbel schwang. *Genug von dieser Welt und ihren unmöglich zu überwindenden Hindernissen. Bring mich aus meinem Elend heraus!*

Die Gestalt fiel auf ein Knie und packte mit fester Hand Drakens schmerzende Schulter, um ihn auf die Seite zu rollen; dann zog sie ein Messer durch das Band um seinen Kopf.

»Ich bin's, Aarinnaie«, sprach sie, und mit geschickten Fingern zog sie die Lederstreifen aus seinem Mund.

Draken erbrach erbärmlich Galle in den Schmutz.

»Was bist du nur für ein Anblick«, murmelte sie. Ihre Hand lag auf seinem bebenden Rücken.

Er starrte sie an, während seine Muskeln sich immer noch nicht ganz von dem Schock, endlich wieder frei zu sein, erholt hatten. Ihre Augen waren schwarz umrandet.

»Das bist du auch, Geist«, stieß er hervor.

Sie lächelte ihn kurz an. »Mantische Zauber-Tarnung. Wir müssen uns beeilen. Kannst du dich bewegen?«

Als Antwort drückte sich Draken hoch, wobei er Hände benutzte, die so gefühllos und ungelenk wie zwei Holzknüppel waren. Die Welt drehte sich um ihn herum. »Die Akrasianer … der Seebergfried …«

»Nur mit der Ruhe.« Sie ergriff Drakens Arme und zog ihn in eine stehende Position. Er musste sich anstrengen, um die Beine unter sich zu behalten, doch sie nahm den Großteil seines Gewichts auf sich. »Du bist unter Freunden. Brîn hat den Seebergfried zurückerobert. Halmar hat das Sagen, bis du da drinnen bist.«

In Drakens Kopf überschlugen sich die Gedanken. Wie hatten die Akrasianer die Kontrolle über den Seebergfried verloren? War Truls' Verrat bereits im Gange? Hatte er die Königin und ihre Armee auf dem mörderischen Gelände zwischen der Stadt und dem Bergfried verlassen, wo sie in der Falle saßen? »Halmar …? Und warum hilfst du mir?«

Sie lachte freudlos, während sie die Arme um seine Körpermitte schlang, um ihn zu stützen. »Hast du nichts von deinem verdammten Schwert gelernt? Ein Leben gegen ein Leben. Du hast meines gerettet, und ich rette deines.«

Halmar? Ein Verbündeter? Er hatte Draken mit dem Fürstentitel angesprochen, doch das schien ihm jetzt wie ein Traum; so viel war in der kurzen Zeit seither passiert. Der Schmerz stach durch seine Gliedmaßen, und während des qualvollen Wiedererwachens seiner Glieder schwindelte es ihn. Er stützte sich schwer auf Aarinnaie, weigerte sich jedoch, einen Schritt zu machen.

»Nein«, brachte er hervor. »Elena …«

Aarinnaie, die ihn missverstand, schüttelte den Kopf. »Sie ist zu weit weg, um sie zu töten, von Tausenden von Soldaten umgeben.«

Ein Donner bebte durch die nächtliche Luft. Aarinnaie zog stärker an ihm. »Sie klopfen schon an den Toren von Brîn an. Es wird heute Nacht eine Schlacht geben, und du wirst sterben, wenn du dorthin gehst.«

»Du verstehst das nicht. Ich muss zu Elena gelangen. König Truls …«

Aarinnaie zerrte erneut an seinem Arm, sodass er beinahe auf die Knie sank. »Geh zum Seebergfried! Du kannst sie nicht töten. Wir müssen von dort den Gegenangriff organisieren.«

»Nein«, flüsterte Draken. Er atmete zittrig ein, sog die Luft durch seine brennende Kehle, dann taumelte er einen Schritt voran und zog Aarinnaie mit sich. »Ich will sie nicht umbringen. Sie hat Meergeboren. Das Schwert ist das einzige Objekt, das Truls töten kann. Und er ist hier, Aarinnaie.«

Truls sieht dich kommen, er braucht mich dann nur noch aufzuhalten, sagte Bruche. *Begib dich in Sicherheit, Khel Szi.*

Aarinnaie blickte über das Feld der kämpfenden Soldaten. »Selbst wenn sie am Leben ist, können wir nicht zu ihr gelangen.«

Eine Gestalt, die sich im hinteren Bereich der Truppe aufhielt, fiel auf dem Schlachtfeld durch ihr Glitzern auf: Elena, wie Draken hoffte. Wenn seine Vermutung stimmte, war sie gar nicht so weit weg. Es ging nicht nur um das Schwert. Durch einen Eid hatte er sich ihr verpflichtet, und er musste versuchen …

Wumm! Der Sturmbock prallte gegen die Stadttore.

Draken schluckte schwer und zwang sich zum Reden. »Sie wird versuchen, mich zu töten, wenn sie mich sieht, und du kannst sie dann ergreifen.« Oder umgekehrt. Er musste an das Schwert gelangen. Elena retten. Truls töten. Das war alles, was er wusste.

Wumm! Jubel erhob sich unter den Akrasianern, der jedoch schnell unterbrochen wurde durch eine Menge feuriger Pfeile und Speere, die von den Mauern der Stadt Brîn auf sie zuflogen.

Brillanter Plan, sagte Bruche. *Nachdem er mich gestoppt, dich getötet und die Flüche auf die anderen losgelassen hat, was kommt dann? Die Flüche werden Elena ergreifen. Und sie wird gegen dich bis zum Tod kämpfen; Truls hat dafür gesorgt. Bei Kordes Eiern, sie braucht wahrscheinlich noch nicht einmal einen Fluch in ihrem Innern, um dich zu hassen.*

Draken hatte zu wenig Kraft, um zu streiten – selbst wenn es in seinem eigenen Kopf war. »Meergeboren beschützt sie«, wisperte er. *Sie wird wissen, dass ich die Absicht habe, sie zu retten. Sie muss das wissen.*

Der Geist schnaubte entrüstet.

»Es ist alles, was ich tun kann«, sagte Draken. »Ich muss es versuchen.«

Auch Aarinnaie schaute skeptisch, doch sie half Draken beim Gehen. Nach einigen Augenblicken verringerte sich der schneidende, heftige Schmerz in seinen Gliedmaßen auf ein erträgliches Maß, und mit einem Schütteln befreite er sich aus ihrem Griff. Gemeinsam – Draken gebeugt und humpelnd – begannen sie, auf die akrasianische Armee zuzugehen.

Knack! Ein Gebrüll stieg von den Akrasianern in die Luft; die Augen aller waren auf den Sturmbock und die Stadtmauern gerichtet.

»Sie sind durchgebrochen!«, schrie Aarinnaie in sein Ohr, als ob er schwerhörig wäre und es nicht selbst vernommen hätte.

Kriegshörner schmetterten, und ein Teil von Elenas Armee

brandete auf die Tore zu. Die große Anzahl von Servii und Pferde-Marschalls versperrte Draken die Sicht, er konnte sich nur vorstellen, wie brînianische Krieger herausströmten: todbringend bis auf den letzten Mann; gewillt, für ihre Stadt zu bluten; den Tod auf ihren Lippen. Zu Hause hatte er sie oft genug kämpfen sehen, um sich ausmalen zu können, mit welcher Tatkraft sie sich verteidigten. Er fühlte beinahe die Feindseligkeit durch die Luft treiben, die Mordlust gegenüber den Eroberern – gegenüber denen, die sie in Sklavenkrieger auf Monoea verwandelt hatten, gegenüber denen, die sie für schuldig am Tod ihres Fürsten in dieser Nacht hielten.

»Ich werde das Pferd packen. Du lenkst sie ab.« Draken begann stolpernd loszulaufen.

Aarinnaie zog ein Schwert und sprintete an ihm vorbei; ihr Zweifel hatte sich offensichtlich gelegt und war der Entschlossenheit gewichen. Absurder Plan oder nicht – sie würde handeln, wie Draken es ihr sagte. Er hielt kurz inne, um sich über ihre geringen bis nicht existenten Erfolgschancen zu wundern. Aarinnaie war dazu ausgebildet worden, im Dunkeln anzugreifen und geräuschlos zu töten, doch sie schien sich den Herausforderungen des Schlachtfeldes gut angepasst zu haben. Sie schlitzte mit ihrer Klinge das Bein eines Gardesoldaten auf, der sich am äußeren Rand von Elenas Gruppe aufhielt, und verschwand zwischen den anderen Gardisten, die ihre Königin umgaben. Irgendwie schaffte sie es, unter ihnen Verwirrung zu stiften, huschte dabei zwischen tänzelnden Pferdebeinen und Schwertstößen umher.

Es stach in Drakens Kehle, sein Magen war aufgewühlt, und jeder Schritt führte zu einem neuen Streit mit seinen gequälten Muskeln. Doch selbst mit diesen Schmerzen erinnerte sich sein Körper ans Kämpfen, Adrenalin durchströmte ihn. Seine Zeit in der Schwarzen Garde war blutig und gefährlich gewesen, genau wie jetzt. Die Bewegung lockerte seine Muskeln, Bruche kümmerte sich um die Schmerzen. Als er schließlich in Elenas Nähe angelangt war, sich schubsend einen Weg durch das Gewirr suchend, ruhte seine Welt wieder in gewohnten Bahnen.

Elena konzentrierte sich noch immer auf die Schlacht; offensichtlich war sie davon überzeugt, dass ihre Gardesoldaten jegliche Störung bewältigen konnten. Draken konnte Truls nirgendwo entdecken, auch nicht in seiner Gestalt als Reavan. Er duckte sich hinter der Kruppe eines Gardistenpferdes, das rechts neben Elena stand, schlüpfte herum zum Hals ihres Rosses und ergriff die Zügel ihrer linken Hand. Er manövrierte das Pferd so, dass die Sicht auf ihn für ihre Gardesoldaten versperrt wurde.

Elena starrte zu ihm herab: Ihr Mund war geöffnet zu einem verblüfften Schrei, ihre Hand lag auf dem Heft von Meergeboren. Der Gardist neben ihr griff sich an seine plötzlich blutende Seite. Er kippte von seinem Pferd, ohne einen Laut von sich zu geben. Zwei weitere Gardesoldaten bewegten sich auf sie zu, doch ein ahnungsloser Servii drängte sich zur Königin vor und versperrte ihnen den Weg – zweifellos ein Bote von der Front.

Auf der rechten Seite der Königin hob Aarinnaie ihr Messer und drückte es ihr gegen die Rippen. »Keinen Mucks!«

»Zu mir!«, schrie Elena. »Angriff! Zu mir!«

»Los!«, rief Aarinnaie Draken zu. »Nimm sie!«

Er fluchte, hielt jedoch nicht inne, um zu schauen, ob Gardisten auf die Schreie reagierten. Er packte Elenas Sattel und hievte seinen schmerzenden Körper hinter ihr aufs Pferd. Ohne zu warten, bis er Halt gefunden hatte, trat er dem Tier in die Flanken, sodass es lospreschte. Rasch schlang er die Arme um die Königin und zerrte mit einem Ruck den Pferdekopf auf Meergeboren zu. Dann klammerte er sich fest an Elenas in einen Kettenpanzer gehüllten Körper. Er konnte nicht nach Aarinnaie sehen, vermochte nicht zu erkennen, ob sie den Ansturm der wütenden Gardesoldaten überlebte. Die Stimmen der Götter brannten in seinem Schädel, und er wusste nur, dass er Elena aus der Schlacht entführen musste. Er würde sich später damit befassen müssen, Truls zu töten.

Die Gardisten schrien hinter ihnen und nahmen sogleich die Verfolgung auf. Elenas Pferd streckte sich zu einem Galopp, angetrieben von Drakens Tritten, sauste es über das Feld hinweg auf den Seebergfried zu. Die Königin wurde von Drakens Körper auf den Hals des Tieres gepresst. Er hörte Rufe und das Aufeinanderprallen von Schwertern, nachdem er durch die Tore geritten war.

Draken drehte sich in dem Sattel, um sich aufzurichten, doch verlor das Gleichgewicht. Ob es an seiner Erschöpfung lag oder an der sich windenden Königin unter ihm, wusste er nicht. Er wusste nur, dass ihm im nächsten Moment der harte Untergrund entgegenzuschlagen schien.

Die knarrende Unmutsbekundung von Hölzern, die gegen den Wind protestierten, weckte ihn. In einem Zimmer mit Wänden aus Stein, hatte man Draken auf eine Pritsche gebettet. Der anlandige Meerwind rüttelte immer noch die Fensterläden durch, doch er hörte keine Schlachtgeräusche mehr.

»Mein ehrwürdiger Fürst.« Thom saß auf einem Schemel in der Nähe und beobachtete ihn genau. »Seid Ihr in Ordnung?«

Draken begann, sich in eine sitzende Position hochzudrücken, besann sich aber sogleich eines Besseren. Jeder Knochen tat ihm weh, seine Schulter pochte, und ein stechender Schmerz bohrte sich in seine Schläfen. Er war zu schwach und fiel nach hinten – dabei wurde ihm die Luft aus der geprellten Brust gepresst –, dann hob er die Hand zu seinen Augen.

Er nennt mich Fürst.

Und wieso nicht? Du bist Khel Szi.

»Elena?«

Thom wandte den Blick zu den leeren Pritschen, als ob es respektlos wäre, Draken in solch einem geschwächten Zustand zu sehen, obwohl er zweifellos all seine Verletzungen versorgt hatte. »Der Königin geht es gut. Sie war so wütend, dass Halmar nicht wusste, was er tun sollte. Also hat er sie entwaffnet und in einem Raum eingesperrt. Das hat etwas gedauert.«

Sie entwaffnet. »Meergeboren …« Seine Stimme arbeitete immer noch nicht vollständig mit.

»Das Schwert ist in Sicherheit. Bloß dort …« Er blickte Draken immer noch nicht in die Augen. »Mein ehrwürdiger Fürst, sie kämpfen dort draußen. So was … so was habe ich noch nie gesehen.«

Er wünschte, dass er sich stark genug fühlte, um sich aufzusetzen, und griff nach Thoms Handgelenk. »Erzähl mir alles.«

Die glatte Haut über der Maske legte sich vor Kummer in Falten. »Prinz Osias …« Thom schluckte, und seine Stimme wurde stärker. »Nachdem Euer Vater Euch an Land brachte, segelten wir schließlich zurück.« Er hielt inne, sein Gesicht war bleich. »Aber als wir landeten, verwandelten sich die brînianischen Seeleute an Bord in wilde Wesen. Sie begannen, gegeneinander zu kämpfen und sich gegenseitig zu töten. Und es waren nicht nur sie. Ich schäme mich, mein Herr, wegen der Gedanken, die ich hatte, und der Taten, die ich versuchte …«

»Es ist nicht Euer Fehler.« Seine Kehle brannte bei jedem Wort, doch Draken konnte den Gadye nicht gehen lassen, ohne sich einer Sache zu vergewissern. Er hustete. »Osias brachte Euch zurück.«

Thom nickte. »Uns gelang die Flucht nur, weil sie so aufeinander fixiert waren. Prinz Osias blieb an Bord des Schiffes und sagte, er würde gegen die Flüche kämpfen. Setia weigerte sich, ihn zu verlassen. Sie erklärte, ihr Leben sei ohne das seine verwirkt.«

Jetzt nickte Draken. Setia würde niemals aus freien Stücken von Osias' Seite weichen. »Und Ty?«

»Der Hauptmann kam mit uns auf das Boot, aber als er die Schlacht sah, rannte er dorthin. Wir konnten ihn nicht aufhalten. Und die Prinzessin …« Thom schüttelte den Kopf. »Ich habe sie nicht mehr gesehen, seit sie hinausgegangen ist. Halmar und die anderen haben die akrasianischen Gardesoldaten zurückgeschlagen, die Euch verfolgten, und die Tore vor ihnen verriegeln können.«

Draken versuchte, sein Augenmerk zur Decke zu lenken. Aber Bruche änderte seine Blickrichtung wieder zu Thom hin, wodurch ihm erneut schwindlig wurde. Er war von Aarinnaie gerettet worden, doch er hatte sie hintergangen und sie zum Sterben auf dem Schlachtfeld zurückgelassen. Er hatte sie nicht besser behandelt als ihr gemeinsamer Vater es getan hatte. Er schluckte den üblen Geschmack des Selbsthasses hinunter.

Du hast getan, was du musstest, sagte Bruche. *Aarinnaie ist klug und stark. Sie kann sich um sich selbst kümmern.*

Eine Tür ging auf, und Halmar trat ein. Der riesige Brînianer neigte sein Haupt. »Ich habe Geord weggesperrt. Er ist es gewesen, der den Angriff auf das Schiff Eures Vaters begonnen hat.«

Es würde noch genügend Zeit geben, die Verantwortlichkeiten später zu klären. Oder auch nicht. »Es gibt da noch etwas, oder? Ich kann es von Eurem Gesicht ablesen.«

»Es ist noch schlimmer, ehrwürdiger Fürst«, sagte Thom und beugte den Kopf, sodass seine zahlreichen Haarflechten seine Augen verbargen. »Osias wollte nicht, dass die Seeleute an Land kommen – nicht in dem Zustand, in dem sie waren. Es gelang ihm, so viele Flüche unter seine Kontrolle zu bringen, dass er und Setia mit den Seeleuten wieder auf das Meer hinaussegeln konnten. Doch Geord und seine Getreuen versammelten sich auf den Festungsmauern. Es dauerte ziemlich lange, bis wir durchbrachen und sie gefangen nahmen. In der Zwischenzeit hatten sie begonnen, das Schiff erneut anzugreifen …« Seine Stimme wurde leiser. »Es lief mit Wasser voll und sank.«

Draken setzte sich auf. »Was?«

Halmar nickte zustimmend. »Der Sturm war schlimm dort draußen in der Bucht, Khel Szi.«

Draken schloss die Augen. Er schluckte seinen Gram hinunter. Er hatte jetzt nicht genug Zeit, um zu trauern.

Es wird niemals genug Zeit geben, um sie zu betrauern, wisperte Bruche.

»Könnt Ihr stehen, Khel Szi?«, fragte Halmar, der die Worte wegen der Ringe in seiner Lippe undeutlich aussprach. »Die Akrasianer versuchen mit aller Macht die Mauer einzunehmen, seitdem wir Elena gefangen genommen haben. Eure Männer brauchen ihren Fürsten.«

Thoms Kopf war gebeugt, doch bei Halmars Stimme schaute er auf. Tränen glitzerten auf seiner mondgeschmiedeten Maske.

Draken war plötzlich erfüllt von einem kalten, rücksichtslosen Gefühl der Bestimmung. Er musste zu Truls gelangen, um ihn zu töten, falls er irgendwie dazu in der Lage war. Wenn nicht für das Volk, dann zumindest für Lesle. Sie war das erste Todesopfer dieses Krieges gewesen, und zwar lange bevor er gewusst hatte, dass er sich in einem befand. Er zwang sich dazu aufzustehen und wartete, bis er sich gewiss sein konnte, dass ihn seine Stimme nicht im Stich lassen würde. Feuchte Kälte kribbelte auf seiner nackten Brust, als er Elenas Anhänger an seinen Platz zog.

»Bringt mir mein Schwert und irgendeine Rüstung. Anschließend werden wir entscheiden, was als Nächstes zu tun ist.«

Zum Schutz gegen die bittere Kälte hatten sich Halmar, Thom und Draken in schwere Umhänge gehüllt, die sie jetzt fest umklammert hielten. Das Fackellicht warf Schatten unter ihre Augen und verlieh ihren grimmigen Gesichtern eine hässliche Blässe. Anstatt die Mauer emporzusteigen, um die Schlacht zu beobachten, hatten sie beschlossen nachzuschauen, welche Ressourcen ihnen noch zur Verfügung standen, um zu kämpfen oder – was schlimmer wäre – einer Belagerung standzuhalten.

Im Seebergfried waren die Großwaffen untergebracht: ein weiterer Sturmbock und vier mit Rädern versehene Ballisten, die immer noch an den zur Meeresseite gelegenen Wehrgängen standen, wo Geord und seine Männer die Wurfgeschütze benutzt hatten, um das Schiff zu versenken. Diese Waffen waren jedoch nutzlos gegen die Akrasianer, die sich direkt außerhalb des Seebergfrieds befanden. Draken war froh, dass den Akrasianern die Ballisten vorenthalten waren, doch selbst ohne diese Speerschleudern würden die Servii schon bald eine Möglichkeit finden, die Mauern hochzuklettern oder das Tor niederzureißen. Und sobald dies passierte, würde es nicht genug Brînianer im Innern vom Seebergfried geben, um zu kämpfen und zu gewinnen.

Die großen Waffen waren intakt, doch alles andere war zerstört. In den Lagerräumen im Kellergeschoss hatte man jedes Fass durchstochen, jede Kiste aufgerissen und jeden Sack aufgeschlitzt. Getreidekörner, die im verschütteten Wein aufgeweicht waren, klebten wie nasser Sand an ihren Stiefeln. Pfeile und Speere hatte man zerbrochen und wie Zündholz auf einen Haufen geworfen. Winzige aasfressende Käfer stoben in Drakens Fackellicht auseinander. Frustriert trat er gegen einen zersplitterten Speer. *Verdammter Truls. Wir können entweder verhungern oder uns gegenseitig umbringen.* Der Mantiker-König hatte seinen Plan für den Krieg zwischen Akrasianern und Brînianern bis ins letzte Detail durchdacht.

»Lasst es mich tun, und wir sind den Thronerben los, Khel Szi«, sagte Halmar, der mit seinen Worten eine Diskussion fortsetzte, die sie schon einmal geführt hatten. »Gegenwärtig haben wir eine Menge Probleme, und Geord ist eines, das leicht zu lösen ist.«

Draken legte die hohlen Hände über seine müden Augen: ein alter Trick, um die bleierne Müdigkeit ein wenig zurückzudrängen. An seinen schmerzenden Armen klirrte ein schweres Kettenhemd, und der ausgeliehene Platten- und Lederpanzer fühlte sich unbequem und steif an. »Keiner tötet irgendjemanden jetzt schon, Halmar.«

»Geord wird Euch nur verraten«, warnte er. »Und er verfügt noch über Getreue im Seebergfried. Sie warten still und leise, um zu sehen, aus welcher Richtung der Wind weht.«

Draken gab darauf keine Antwort. Ein gefährlicher Plan, der dem Vorschlag von Halmar sehr nahekam, war langsam in sein Bewusstsein eingesickert, seitdem die Götter gesprochen hatten. Er sagte nichts mehr. Vielleicht würde Halmar eine Möglichkeit finden, sich davonzustehlen und Geord unbemerkt zu töten, und die Entscheidung würde nicht in Drakens Hand liegen. Es schien bereits so zu sein, dass nur noch eine einzige echte Entscheidung zu fällen war, nämlich die, wo er sterben sollte.

Ich bin in dieser Sache auf Halmars Seite. Lass ihn Geord töten. Vollkommener Blödsinn, Draken, dein Plan ist …

Es ist der Plan der Götter, nicht meiner.

Sie haben dich im Stich gelassen und verraten.

»Wie lange können wir durchhalten?«, fragte Draken – mehr, um Bruche nicht weiter beachten zu müssen, als aus Wissbegierde.

»Sie haben die Mauern noch nicht beschädigt, mein Herr«, hob Thom hervor. »Und die Situation hat sich erheblich beruhigt.«

»Nur weil die Hälfte der Akrasianer tot ist«, entgegnete Draken. Meldungen zufolge gingen die Brînianer und der Rest mit allergrößtem Einsatz aufeinander los und kämpften wie Wilde, wie Tiere, unter dem rötlichen, finsteren Blick der Sieben Augen.

Thom senkte den Kopf, und Draken schaute weg. Es war nicht seine Absicht gewesen, dass der Gadye sich schlecht fühlte, doch er schaffte es nicht, einen beruhigenden Tonfall anzuschlagen – nicht bei dem Blutbad dort draußen.

All dies zögerte nur das unvermeidliche Treffen mit Elena hinaus. Falls sie ihn jetzt für einen Verräter hielt, was würde sie dann denken, wenn er ihr seinen Plan darlegte? Er ergriff das Heft von Meergeboren, als ob es ihm eine Antwort bieten könnte, doch es schien mit dem Erteilen von Ratschlägen abgeschlossen zu haben.

Ein vorsichtiges Schreiten auf den Stufen, die nach unten zum Lagerraum führten, unterbrach sie. Ein Wachposten, der jung und knochendürr unter seinem Kettenhemd wirkte, tauchte auf und sank auf ein Knie.

»Rede«, forderte Draken, als er sich erinnerte, dass die brînianischen Soldaten ihn ohne ausdrückliche Erlaubnis nicht ansprechen würden.

»Die Akrasianer erklimmen die Mauern, Khel Szi, und unsere Pfeile werden sie nicht mehr lange zurückhalten.«

Draken gab ihm ein Zeichen, dass er aufstehen sollte. »Greifen sie immer noch die Stadt an?«

Der Wachposten nickte. »Da draußen ist die Schlacht in vollem Gange.«

Draken spürte, wie sich seine Augenbrauen zusammenzogen. »Und Truls?«

»Der Mantiker-König ist nicht gesehen worden; aber überall auf dem Schlachtfeld brennen rätselhafte Feuer. Und …«

Draken nickte, um ihn zum Weiterreden zu ermuntern.

»Und das Meer, Fürst Draken. Die Blutbucht weissagt unseren Untergang. Das Wasser ist rot geworden.«

Unter sämtlichen anderen Umständen hätte Draken Argumente gegen dümmlichen Aberglauben vorgebracht. Doch er hatte Truls kennengelernt. Er hatte die Flüche persönlich gespürt. Er hatte die Magie gesehen und die Götter gehört. »Geh zur Mauer zurück.

Sag den Männern, die Götter mögen sie vielleicht verlassen haben, ihr Khel Szi hat das jedoch nicht getan.«

Es gab einen Moment der Stille, als der Wachposten ein Knie senkte und sich dann wegdrehte. Trotz Harnisch und Umhang sah er von hinten schmächtig aus. Sein Köcher mit den Pfeilen wirkte zu groß für ihn und war bei Weitem nicht genug gefüllt für die anstehende Schlacht.

Aha, du hast also gelernt, einen toten Mann zu erkennen, wenn du ihn siehst.

»Halt's Maul, Bruche«, erwiderte Draken, was ihm einen verwunderten Blick von Halmar einbrachte, aber er hatte weder die Zeit noch die Lust, ihn über seine Schwerthand aufzuklären. »Bringt mich zu Elena.«

Halmar ging voran, als sie wieder die Stufen hochstiegen. Die Wände aus grauem Stein flimmerten im Fackellicht, und Draken streckte den Arm aus, um eine große, glatte schillernde Stelle zu berühren.

»Es gibt keine Gefängnisse im Bergfried?«, erkundigte er sich atemlos, als sie die vierte enge, steile Treppe in Angriff nahmen. Ein Teil von ihm wollte stehen bleiben und hinter jede geschlossene Tür spähen.

»Derjenige, der über das Leben herrscht, soll nicht auch über den Tod herrschen.« Halmars Lächeln war flüchtig und fahrig, er glitt mit einer Hand über Wörter, die auf einem dunklen Wandteppich standen, während sie daran vorbeigingen. »Aus dem Geschichtsunterricht meiner Jugendzeit. Der Erzieher des Prinzen zog den friedvollen Shaim Khellian vor. Ich frage mich, was er von Shaim dachte, als er mit dem Rest des Haushalts Eures Großvaters starb.«

»Wie habt Ihr es überlebt?«, fragte Draken barsch und blieb stehen, um einige harte Klumpen aus Getreide und Wein von seinem Stiefel zu kratzen und Luft zu holen, die Hände in die Hüften und auf den Schwertgriff gestützt. Seine vom Sturz noch schmerzende Brust nahm das angestrengte Atmen nicht gut auf.

»Als sein engster Freund ermutigte ich Euren Vater, sich während des Angriffs zu verstecken.« Halmar blieb vor einer verschlossenen Tür stehen. »Königin Elena ist hier, Khel Szi.«

»Und wie kam es, dass mein Vater ein Sklave wurde, Ihr jedoch nicht?«

»Es war die einzige Möglichkeit, ihn in Sicherheit zu bringen: nach Monoea. Truls hat uns geholfen.«

Draken starrte Halmar an. »*Was?*«

Halmar nickte. »Truls rettete Euren Vater im Austausch für einen neuen Khel Szi. Euch. Ein Kind, das möglicherweise Meergeboren würde handhaben können, wenn dieses Schwert sich nicht für Euren Vater erleuchtet.«

Der Atem gefror Draken in der Brust. Es dauerte mehrere Sekunden, bis er wieder sprechen konnte. Er packte den Griff des Schwertes fester und machte sich bereit, es zu ziehen. »Ihr seid immer noch loyal gegenüber meinem Vater.« Die Worte klangen barsch – eine Herausforderung.

»Nein. Ich bin loyal gegenüber dem Haus von Khel«, erwiderte Halmar.

»Dem Haus, ehrwürdiger Fürst, und nicht einfach dem Mann gegenüber«, ergänzte Thom, »wenn ich so offen sein darf.«

»Der Gadye spricht die Wahrheit«, sagte Halmar und neigte den Kopf. »Ich war noch sehr jung, als ich Fürst Khel half, und ich wünschte schon oft, dass es nicht so gewesen wäre. Ich hätte möglicherweise etwas unternommen, um König Truls aufzuhalten. Aber trotzdem, urteilt nicht zu streng über Euren Vater. Er ist … war ein schwieriger Mann. Doch er schätzte sein Haus über alles andere. Ich glaube, er ließ Euch in Monoea zurück, weil er das Gefühl hatte, dass die Sklaverei ein besseres Schicksal war als dasjenige, was Ihr hier vorgefunden hättet.«

Bruche lockerte Drakens Hand um das Schwert; und Draken nickte zufrieden. Er war nicht bereit, seinem Vater Anerkennung zu zollen, aber er hoffte, dass er Halmar vertrauen konnte. »Bringt Geord zur Mauer. In Kürze werde ich mich mit Euch treffen.« Er packte den Gardesoldaten am Arm. »Und Halmar, wenn Ihr stets loyal gegenüber dem Haus von Khel gewesen seid, dann ist heute der Tag, dies zu beweisen.«

»Gewiss, Khel Szi.« Nicht das geringste neugierige Zucken beeinträchtigte seinen gelassenen Gesichtsausdruck.

Als Halmar und Thom sich abwandten, atmete Draken einige Male tief ein, bis er ruhig geworden war; dann öffnete er die Tür und trat ein.

Der Raum wurde erleuchtet von der roten Farbtönung, die durch das offene Fenster hineinschien. Elena stand davor und starrte hinaus, ihren Umhang drückte sie fest um sich.

»Ich werde mir für immer die Stille als etwas Rotes vorstellen«, offenbarte Elena, ohne sich umzudrehen.

»Wir müssen miteinander reden, du und ich«, sagte Draken.

Elena wandte sich nicht zu ihm um. »Ich vermute, du willst mich benutzen, um deinen Sieg in dieser Schlacht zu erschachern. Du willst meine Soldaten dazu bringen, sich zu ergeben. Ich hoffe nur, du tust dies rasch. Sie sterben da draußen.«

»Ich würde dafür an König Truls vorbeikommen müssen. Außerdem sind deine Soldaten nicht sie selbst. Die Flüche haben angegriffen – es ist genau das geschehen, wovor Prinz Osias gewarnt hat. Das ist der Grund, weshalb sie dort draußen sterben, nicht, weil du hier drinnen eingesperrt bist.«

»Ich wurde nicht von den sogenannten *Flüchen* beeinflusst«, entgegnete sie streng.

»Meergeboren hat dich geschützt.«

Sie drehte sich schließlich herum und schaute ihm ins Gesicht. Ihre Augen verengten sich, aber sie gab keine Antwort.

»Genau. Hasse mich, wenn es dir gefällt«, fuhr er fort. »Du kannst sogar versuchen, mich zu töten, wenn dies alles vorüber ist. Doch in diesem Kampf müssen wir Verbündete sein.«

»Ich werde nicht mit jemandem Hand in Hand arbeiten, der mich verraten hat.«

»Erinnerst du dich, was Prinz Osias gesagt hat? Wir müssen uns verbünden, oder wir werden alle zugrunde gehen. Truls führt Krieg gegen die Götter, und sie benötigen unsere Hilfe.«

»Sie sind die *Götter*!«

»Und Truls ist im Begriff, uns zu benutzen, um sie zu zerstören.«

»Zeig mir dein Gesicht.«

Er fuhr sich mit einer Hand über den Kopf und schob die Kapuze nach hinten zurück. Sie erforschte seine Augen und blickte finster.

»Du hast deine Schwester geschickt, um mich zu töten«, sprach sie. Jedes Wort war ein Stein in einer Mauer.

Gut. Er brauchte sie so – erfüllt von Zorn. Er brauchte sie mit Wut auf ihn. Hass könnte vielleicht dafür sorgen, dass es ein bisschen leichter ginge. »Nein.«

»Wie kannst du mir ins Gesicht sehen und abstreiten …«

Er dachte an etwas, das Va Khlar gesagt hatte, verhärtete sein Herz und versuchte, jenen verhassten Tonfall unbedachter Gleichgültigkeit zu treffen, der seinem Vater zu eigen gewesen war. »Wenn ich dich tot sehen will, dann wirst du tot sein.«

Sie schnappte nach Luft. »Wie kannst du es wagen? Du hast dich selbst durch einen Schwur an mich gebunden. Bedeutet das nichts? Werden die Götter dich nicht dazu bewegen, dass du dich daran hältst?«

Ein gewichtiger Teil von ihm wollte sich in die Defensive begeben und ihr erzählen, wie die Götter ihn dazu gebracht hatten, den Eid ihr gegenüber aufzugeben für den Eid seiner Blutlinie gegenüber Meergeboren. Er war bereits Fürst – mit ihrer Unterstützung oder ohne sie –, und er wusste bereits, womit sein Volk und ihres konfrontiert wurde. Truls hatte die Grenze gezogen, die Götter trieben Draken darüber hinweg. Doch er lehnte es ab, sich ihr oder den Göttern zu erklären. Die Zeit für Abrechnungen war vorüber.

»Du hast einmal gesagt, du wärest bereit, für dein Volk zu sterben«, sagte er. »Ich denke, du solltest wissen, dass du in Kürze die Gelegenheit dazu bekommst.«

Sie hob das Kinn. Sogar jetzt – gekleidet in ihren schmutzigen Aufputz für die Schlacht, ihren zerrissenen zweiteiligen Reitrock und ihre blutverschmierten, verschrammten Stiefel – sah immer noch jeder Zoll an ihr wie die Königin aus, die sie war. Ihr Kettenpanzer funkelte tausend winzigen Sterne gleich über ihren steifen Schultern.

Selbst wenn sie ihm vielleicht eines Tages glauben mochte, dass er sie nicht verraten hatte – er hatte ihr gedroht. Das war nichts, das sie so schnell vergessen würde. Wenn sie überlebten, würde sie in ihm einen Toten sehen.

Zumindest würde er sich dann ausruhen können.

Draken wandte sich um, ging von ihr fort, verschloss die Tür. Das Geräusch des fallenden Riegels war wie ein Echo dieser Todesdrohung.

KAPITEL SECHSUNDZWANZIG

Thom wartete draußen und begleitete ihn zur Mauer. Draken musste gegen den Drang ankämpfen, sich die Nase zuzuhalten, während sie die Stufen hochstiegen. Der widerliche Geruch von brennendem Fleisch durchzog die trübe, rötlich getönte Luft.

Auf den landeinwärts gelegenen Wehrgängen war die Lage ruhiger, als er erwartet hatte, obgleich Geords Anwesenheit keine geringe Aufmerksamkeit erregte. Die Brînianer rückten von ihm ab und mieden den Bereich, wo er stand: Seine Arme und Fußknöchel waren mit Ketten gefesselt, in seinem Mund steckte ein Knebel, und Halmar bedrohte ihn mit vorgehaltener Klinge. Draken vergewisserte sich, dass alles unter Kontrolle war, und wandte dann seine Aufmerksamkeit wieder dem Schlachtfeld zu.

Rauch erfüllte seine Atemwege, und der salzig-süße Geruch von frischem, geronnenem Blut, der von der Feldschlacht aufstieg, legte sich auf seine Zunge. Unten fochten Servii und brînianische Krieger wahllos gegeneinander. Die Kämpfenden griffen jeden in Reichweite an, ohne darauf zu achten, welcher Menschenart er angehörte. Die Erde hatte sich in blutrot gefärbten Schlamm verwandelt. Das mochte auch vom Mondlicht herrühren, doch Draken bezweifelte dies. In der Mitte des Feldes leuchtete eine Explosion auf. Draken bildete sich ein, dass er die Schreie von Männern hörte.

»Truls legt die Feuer«, sagte er, während er über das Schlachtfeld starrte, auf dem sich verstreut Flammen zeigten. »Wir dürfen uns nicht zu schnell gegenseitig umbringen.«

»Wie werdet Ihr ihn töten, Khel Szi?«, fragte Halmar.

Draken schüttelte den Kopf. »Ich muss nahe an ihn herankommen.«

Hinter den Mauern von Brîn flackerten Feuer. Der Wachturm bei den Stadttoren brannte, der Rauch war ein sich bewegender Schatten, der weit über den Wall emporragte. Jenseits davon glänzte eine große Kuppel blutrot unter den Monden. War das ein Tempel oder ein Palast? Draken wusste es nicht. Er hatte seine eigene Stadt noch kein einziges Mal gesehen – die Stadt, für die er tausend Tode gestorben war und für die er heute Nacht einmal mehr sterben würde.

Er schritt fort und starrte dabei nach vorn, die Krieger ignorierend, die vor ihm die Köpfe neigten, während er an ihnen vorbeimarschierte. Er ging dorthin, wo sich die meisten Brînianer versammelt hatten: zu den Zinnen direkt über den Toren, wo die Leiche seines Vaters hing und wo Geord wartete.

Draken zog sein Schwert. »Ihr habt Brîn verraten, das königliche Haus von Khel und mich. Ich bin Euer Szi. Kniet nieder.«

In Ketten gelegt, starrte Geord ihn trotzig an; die Knie blieben ungebeugt, der Rücken gerade.

Draken schwang Meergeboren und schlug dem Thronerben die flache Seite der Klinge gegen den Kopf. Geord fiel auf den steinernen Wehrgang, Draken drückte ihm die Schwertspitze auf die Brust.

»Kann mir jemand einen Grund nennen, warum ich ihn verschonen sollte?«, rief er.

»Ihr solltet ihn nicht schonen«, sagte Thom und blickte auf den blutenden Geord hinab, der nur noch halb bei klarem Verstand war.

Ohne zu zögern, stieß Draken das Schwert durch Geords Brust, bis es auf den Steinboden darunter traf. Geord wälzte den Kopf hin und her, und aus seiner Kehle kam ein Gurgeln. Draken empfand nichts als den Sog einer hasserfüllten Unvermeidlichkeit.

In dem furchterfüllten Augenblick, bevor das Entsetzen sich in Handeln verwandelte, hob Draken Meergeboren über seinen Kopf. Mehrere Brînianer rückten vor, die Hände an ihren Waffen. Draken schüttelte den Kopf. »Versucht es nicht mit mir! Halmar, geht Elena holen und bringt sie nach unten zum Tor.«

»Aber, mein Herr …«

»Keine Frage. Ihr habt eingewilligt. Geht.«

Ein weiteres Zögern, dann eilte Halmar fort.

»König Truls!«, rief Draken.

Als ob das Schwert sich weigerte, an solch heimtückischem Tun teilzuhaben, blieb es glanzlos. Die Augenblicke verstrichen, und Drakens Besorgnis wuchs mit jedem widerhallenden Donner, während ein Feuer nach dem anderen in der Stadt explodierte. Die blutroten Monde schienen herab – ekelerregend, teilnahmslos.

»Du gehörst mir«, sagte Draken zu seinem Schwert. »Du musst mir gehorchen, gleichgültig, was für eine Aufgabe ich dir auferlege. Die Götter verlangen es. Ich verlange es.«

Am Rande seines Sichtfeldes erblickte er zwei tapfere Brînianer, die sich mit gezogenen Schwertern näherten. Sie stockten, als ein winziges Schimmern an Meergeboren entlangfunkelte: Das Schwert zog alles weiße Licht an sich, das in der Welt noch übrig geblieben war. Draken streckte den Arm geradeaus, und das Schwert leuchtete auf.

»Ich werde wieder töten – so viele Menschen wie nötig sind, um ihn zu mir zu bringen«, verkündete er, ohne den Männern den Kopf zuzudrehen. Dann hob er seine Stimme zu einem lauten Ruf. »Kommt schon, Mantiker-König! Wenn irgendetwas Euch aus der Reserve locken sollte, dann ist's der Tod!«

»Ihr wagt es, mich herauszufordern?« Die schreckliche STIMME hallte in der schweren blutroten Luft wider. Bruche krümmte sich in Drakens Haut, doch sie konnten sich immer noch bewegen. Die Worte füllten den hohlen Ort in Drakens Brust aus. Er straffte sich und schob seine Furcht beiseite. Er wollte dies tun. Er tat dies jetzt.

»Ich habe meinen Fehler eingesehen«, sagte er und senkte sein Schwert, um es auf die brînianischen Krieger zu richten, die es wagten, den Abstand zwischen ihnen zu verringern. *Geord verdiente es*, flehte Draken stumm die Götter an, *aber bringt mich nicht dazu, dass ich noch mehr von ihnen töte.*

Die Götter gaben keine Antwort. Truls' donnerndes Gelächter ließ kleine Mörtelstücke zerbröckeln und herabfallen. »Jetzt versucht Ihr es mit einer Täuschung?«

Bevor der Nachhall seiner Worte verklungen war, sprang Draken von der Mauer.

Magische Tentakel schienen sich um seinen Körper zu legen,

ihn wie eine Schlange zu umwickeln und bremsten seinen Fall ab. Draken kam in geduckter Haltung am Boden auf: mit einer Hand auf der Erde, die andere hielt immer noch das Schwert fest gepackt.

Von diesem neuen Blickwinkel aus sah die Lage auf dem Schlachtfeld vollkommen anders aus. Die Akrasianer waren nicht halb so zielstrebig wie sie, von oben betrachtet, erschienen. Allerdings stieg eine Schar von Pfeilen in die Höhe. Und bevor er sich in Bewegung setzen konnte, bohrten sie sich in den Boden vor ihm, wo sie bis zu den Federn versanken. Er hatte die Fertigkeiten von akrasianischen Bogenschützen gesehen. Truls hatte die Pfeile umgeleitet. Draken begann voranzuschreiten.

Du hast seine Aufmerksamkeit gewonnen, Draken.

Eine weitere Reihe von Pfeilen durchlöcherte die Luft hinter ihm. Zwei akrasianische Gardesoldaten rannten auf ihn zu, doch bevor sie ihn erreichten, gingen sie aufeinander los. Flüche. Draken wich dem umherspritzenden Blut nicht aus.

»Weshalb seid Ihr gesprungen?« Truls klang wirklich neugierig.

»In meiner alten Heimat gibt es ein Spiel, bei dem ein Kind sich nach hinten fallen lässt und ein anderes es auffängt. Das baut Vertrauen auf.« Er schaute sich überall um, suchte den blutroten Himmel ab, überflog die Rauchsäulen und die nervösen akrasianischen Soldaten. Kein Mantiker in Sicht. Das Meer schlug gegen die Klippen hinter dem Seebergfried. »Ihr habt mein Vertrauen verdient. Nun bin ich an der Reihe, Eures zu verdienen. Wo seid Ihr?«

»Ich bin überall.«

Draken spürte, wie sich Bruche in seinem Innern unter dem Druck von Truls' ohrenbetäubender STIMME regte.

Die Akrasianer stellten den Beschuss ein, da sie augenscheinlich realisierten, dass es fruchtlos war, auf Draken zu schießen. Sie beobachteten ihn misstrauisch und hielten ihre Schwerter still, während Feuer golden im roten Licht flackerten und die Rauchschwaden wie Gespenster über ihren Köpfen wehten.

Drakens Lachen klang ausgetrocknet in der verqualmten Luft, doch er hakte nach. »Diese Welt hat eine Menge Götter, König Truls, und Ihr seid keiner von ihnen. Noch nicht. Nicht ohne mich.« Unvermittelt stoppte er. Er wollte sich nicht zu weit von den Toren entfernen. »Ich habe ein Geschenk für Euch – eine Kriegsgabe, wenn Ihr so wollt.«

»Beleidigt mich nicht.« Truls' Verstimmung war ein heißer Wind, der in Drakens Lungen brannte. »Ich bin kein Sterblicher, der sich mit mondgeschmiedeten Kinkerlitzchen bestechen lässt.«

Was treibe ich hier eigentlich? Er musste mit allem, was er hatte, dagegen ankämpfen, einfach fortzurennen. *Ich kann das nicht machen …*

Bruche kühlte die Angst ab, die Truls in Draken anfachte, indem er ihn mit seiner Anwesenheit erfüllte. *Du hast begonnen, diesen Weg zu gehen. Jetzt musst du es beenden.*

Draken schloss die Augen und holte tief Luft; zwang sich dazu, den Geruch von Blut und brennenden Körpern zu akzeptieren. So viele waren heute gestorben. Alles wurde still. Zu still. Er öffnete die Augen.

Truls stand zehn Schritte entfernt vor ihm, deutlich außerhalb der Reichweite seines Schwerts. Fünf Mantiker flankierten ihn. Draken schnappte nach Luft beim Anblick ihrer reinen, wunderschönen Gesichter, von denen jedes mit der Mondsichel gekennzeichnet war. Nicht eine Wange zuckte, kein einziges Auge blinzelte. Sie waren wie silberne Statuen, ihre Haut wie alte Spiegel. Auch jetzt waren sie so atemberaubend, dass Draken sich nicht dazu bringen konnte, sie zu hassen. Geschwächt von ihrer vertrauten Schönheit, senkte er sein Schwert und stützte sich darauf. Die Klingenspitze sank in den vor Blut schwammigen Erdboden.

Vorwärts, Fürst. Ihre Schönheit reflektiert die Richtigkeit deines Handelns. Die sich von seinen Händen bis zum Bizeps ausbreitende Kälte spornte Draken an.

»Öffnet die Tore«, sagte er zu Truls.

»Wir haben keinen Sturmbock.«

»Ihr habt mich gerade aufgefangen, als ich im freien Fall hundert Handspannen tief gestürzt bin«, fiel Draken ihm ins Wort. »Ihr habt mit diesen Leuten gespielt.«

Truls' Lächeln löste sich auf. »So wie Ihr mit mir gespielt habt, als Ihr gesprungen seid?«

»Die Spiele sind vorüber.«

»Ihr verhaltet Euch nicht wie jemand, der sich mit mir verbünden würde, insbesondere wenn man in Betracht zieht, dass wir vor Kurzem noch Feinde waren.«

Der Einwand war Drakens größte Befürchtung gewesen, doch ein heiliger Zorn kam zu seiner Rettung. »Wie sollte ich mich denn verhalten? Ich dachte, ich könnte all diese Leute retten, und ich habe mich geirrt. Ich beuge mich Eurer Magie und Eurem Krieg.« Er fiel auf ein Knie, doch die Augen blieben auf das blasse Gesicht des Mantiker-Königs geheftet. »Besser, sich zu irren und am Leben zu bleiben, als recht zu haben und tot zu sein. Jetzt öffnet die verdammten Tore.«

Augenblicklich, ohne dass Truls auch nur einen Finger in Richtung der Mauer gehoben hätte, ertönte ein markerschütternder Widerhall. Es war ein Klang, so wie ihn ein großer Baum verursacht, wenn er fällt. Die Tore zersprangen in tausend Bruchstücke. Der Leichnam seines Vaters verschwand in dem Wirrwarr und Staub.

Draken biss die Zähne zusammen, um zu verhindern, dass er überreagierte. Das Echo der Zerstörung erstarb draußen auf den Meeren und im blutroten Himmel und kehrte nicht wieder zurück. Weder Akrasianer noch Brînianer sprachen, da sie begriffen, dass sie sich inmitten von Kräften befanden, die größer waren als selbst die ihrer vereinten Tausendschaften. Truls mochte kein Gott sein, aber er war abscheulich nahe dran.

»Halmar, bring sie her!«, rief Draken.

Zwei Gestalten kamen aus der staubigen Öffnung zwischen den Steinmauern des Bergfrieds zum Vorschein und stolperten über die Trümmer hinweg. Halmar hielt Elena am Arm fest, sie versuchte allerdings gar nicht, ihm zu entkommen. Der Brînianer überragte sie. Sie zögerte ein einziges Mal, als sie Truls erblickte, und ging anschließend mit erhobenem Haupt weiter. Als sie Drakens Seite erreichte, schob sie ihre Kapuze nach hinten, um das Gesicht zu enthüllen.

Die Mantiker würden natürlich niemals vor Elena in die Knie gehen, doch sie sah aus, als wäre sie bereit, genau dies zu fordern. »Ich erkenne, dass Ihr die Ursache von alldem hier seid.«

Drakens Entschlossenheit geriet beim Anblick ihres stolzen Gesichtes ins Wanken, bis Truls ihr antwortete.

»Ich stand immerhin in Euren Diensten, als ich Fürst Khel tötete«, sagte er. »Es ist nur recht, dass Ihr für die Sünden Eures Lord-Marschalls Buße tut.«

Reavan schimmerte plötzlich durch Truls' Erscheinungsbild hindurch: die hohlen Wagen, die dunklen umrandeten Augen, der arrogante Gesichtsausdruck. Und dann kehrte König Truls zurück: eine Geistererscheinung im Rauch mit weit auseinanderstehenden Augen, die darum baten, dass man ihnen glaubte, mit bleichen, perfekt geformten Lippen, die vor Boshaftigkeit und Hass lächelten – und eben nicht aus Liebe und Freundschaft.

»Es war ein Fehler, Euch zu vertrauen«, sagte Elena. Ihr Blick glitt zu Draken.

Jetzt, wo sie hier stand, so wunderschön und stolz, wusste er nicht, ob er es schaffen würde, sie den Preis für das Leben ihrer Völker bezahlen zu lassen. Welche grausamen Götter hatten den Weg bereitet, der zu diesem Moment führte? Vielleicht hatte Truls recht. Vielleicht waren sie ja die Spielbälle von Göttern, und sogar seine eigenen Hassgefühle waren Karten in ihrem göttlichen Spiel.

Truls sprach erneut, diesmal an Draken gewandt. »Die Brînianer hätten Elena schon bald getötet und unseren Krieg vorangebracht. Warum habt Ihr sie geschont? Um sie mir jetzt zu zeigen?«

Drakens Finger legten sich fest um den Schwertgriff. Seine Hand war warm und vollständig unter seiner eigenen Kontrolle. Obgleich Bruche billigte, was Draken zu tun gedachte – als ein gerechter Weg zum Frieden –, würde er nicht daran beteiligt sein.

Dies ist deine Schlacht, und der erste Schlag soll von dir geführt werden.

»Ich brauchte sie lebendig, um Euch zu beweisen, dass Ihr mein Schwert habt.« Draken wirbelte herum und stieß Meergeboren in Elenas Brust.

Elena schrie nicht auf, sie röchelte bloß wortlos und fiel auf die Knie. Als er das Schwert mit einem Ruck herauszog, sackte sie im Schmutz zusammen. Draken und der Mantiker-König schauten zu, wie ihr Körper ruhiger wurde und ihr Blut den Boden tränkte.

KAPITEL SIEBENUNDZWANZIG

Gebrüll setzte auf dem Schlachtfeld ein, und ohne auf die schussbereiten brînianischen Bogenschützen zu achten, brandete die verbliebene akrasianische Armee auf sie zu. Draken löste seine Aufmerksamkeit von Elenas Leiche und verstärkte den Griff um sein Schwert, das bis zum Heft schwarz vom Blut der Königin war. *Sind es die Flüche – oder ist das ehrliche Wut über den Tod ihrer Königin?*

Truls klang erfreut. »Kommt, Fürst Draken. Wir müssen nicht im Weg stehen, wenn sie sich auf ihre Weise gegenseitig umbringen.«

Draken kam noch nicht einmal dazu, Halmar anzublicken, bevor die magischen Ranken ihn abermals ergriffen. Sie setzten ihn in der Nähe des Flusses ab, weit weg von der erneut entbrannten Schlacht, aber nahe genug, um das Gedränge rund um die Tore erkennen zu können. Er trat von einem Fuß auf den anderen, Besorgnis lastete auf seinem Herzen. Was war mit Elenas Leiche passiert? Er konnte Halmars massige Gestalt nicht mehr sehen und wandte sich von dem Treiben ab, starrte blind auf den Fluss in seinem Canyon. Er hatte nicht damit gerechnet, dass Truls die Tore zerstören würde. Dumm – er hatte geglaubt, der Mantiker-König würde sie einfach öffnen.

In der von den Monden rötlich gefärbten Dunkelheit brauchten seine Augen einen Moment, um sich auf die Düsternis in der Flussschlucht einzustellen. Von oben sah der Canyon sogar noch tiefer aus. Ein Sturz aus dieser Höhe würde mit Sicherheit den Tod bedeuten. Zu langsam, um sich gewiss zu sein, dass er sie nicht aus dem Gedächtnis nachbildete, wurden die Wandzeichnungen für ihn sichtbar. Gigantische Schlachten; Monde, die im Kontrast zu einem blutroten Meer weiß reflektiert wurden; die teilnahmslosen Gesichter der Götter, die dies alles überblickten. Er hatte gehandelt, so wie sie es ihm gesagt hatten, doch es war falsch gewesen. Es hatte lediglich Truls' Krieg gegen das Volk von Akrasia gefördert.

Das Geräusch des rasch dahinströmenden Flusses drängte sich in den Vordergrund seiner Überlegungen. Draken spähte nach unten. Der Erros, rot im gespenstischen Mondlicht schimmernd, stieg stetig an. Das Wasser schwappte durch die Tore und verschluckte die Wandzeichnungen weiter unten.

Der Lärm der Gefechte klang weit entfernt, wie das Echo einer Erinnerung. Eine neue Angst griff mit Krallen nach Drakens Innereien und tilgte augenblicklich den Schmerz und die Furcht wegen dem, was er soeben Elena angetan hatte. »Schaut auf das Wasser.«

Truls' Lippen pressten sich zu einer schmalen Linie zusammen, doch er gab keine Antwort.

Das ist nicht, was er erwartet hat, meinte Bruche. *Und mir gefällt es auch nicht.* Während sie zuschauten, schwoll das Wasser alarmierend weiter, sodass es schließlich eine Mannshöhe unter der Stelle, wo sie standen, gegen die Wände schlug.

»Wir sollten von hier weg«, sagte Draken.

»Nein«, widersprach Truls. »Dies ist ein Angriff, und wir werden ihn erwarten.«

»Ein Angriff …?« Drakens Stimme verklang, während sein Blick dem Weg des Flusses folgte, der zum Meer hin breiter wurde. Ein flüchtiger Eindruck eines Schillerns, wie das Glimmen eines blassen Mondes, der zwischen den Wolken hervorspähte, spiegelte sich draußen in der Bucht wider. Draken schaute zum Himmel empor. Hatte sich das blutrote Strahlen ein wenig verringert? Und die Luft fühlte sich nicht mehr so entsetzlich drückend und düster an. Er zog erneut sein Schwert und streckte es über dem Erros aus. Kein Nebel hing über dem Flusscanyon, und trotz der roten Monde leuchtete das Spiegelbild von Meergeboren in einem reinen Weiß vor dem Hintergrund des steigenden Wassers.

»Steckt dieses Schwert in die Scheide!«, zischte Truls und griff nach seinem Arm.

Draken riss sich von ihm los und schwang das Schwert in einem weiten Bogen gegen ihn, doch die Klinge traf nur auf leere Luft.

»Ich wusste, dass es eine Lüge war!«, rief Truls, eine körperlose Stimme. »Ihr habt Eure geliebte Königin umsonst getötet.«

Draken drehte sich, um dem Mantiker-König entgegenzutreten, als der hinter ihm wieder zum Vorschein kam. Er schluckte trocken. Es war sinnlos, jetzt noch etwas vortäuschen zu wollen. Gerade als er sprach, überstieg das Wasser den Rand des Canyons und benetzte Drakens Stiefel. Truls allerdings war ein gutes Stück von ihm entfernt – zu weit für einen Schwerthieb.

»Genug von diesem Spiel, wie Ihr es genannt habt«, verkündete Truls, ganz in seiner eigenen Sprache: Worte von rücksichtsloser Gehässigkeit. Für einen Moment schienen sie nichts zu bewirken. Das Wasser jedoch wirbelte nun um Drakens Fußknöchel und durchtränkte den Saum seines Umhangs.

Dann warf Bruche, wie von Truls befohlen, Meergeboren zu Boden – wortlos, erbarmungslos. Truls hob das Schwert hoch.

»Ihr habt mir den Gefallen getan, Elena zu töten«, sagte er. »Wegen ihrer Loyalität Euch gegenüber hatte ich ziemliche Bedenken. Dennoch. Es ist eindeutig, dass Ihr mehr Belastung als nützlich seid.«

Eine bösartige Kälte ergriff Draken. Unter entsetzlichen Qualen verkrampfte sich sein Rücken, er fiel nach hinten. Sein Körper geriet in eine starre Haltung, und sein Blut schien zu gefrieren, während sein Schrei in den Wassern das Erros ertrank. Sein Herz kämpfte, um zu pumpen – ein einziges Mal. Doch es zuckte nurmehr in seiner Brust und blieb dann stehen. Es konnte kein Eis bewegen. Nur eine Stelle gab es, wo er Hitze empfand: ein Fluch, der in seiner Brust brannte.

Bruche bewegte sich unter seiner Haut und durch seine Muskeln. Seine schnellen, scharfen Stöße fühlten sich an, als würden sie Draken von innen nach außen zerreißen. Der alte Krieger sprach nicht, er bewegte sich bloß und wirbelte umher, während er den giftigen Fluch bekämpfte. Draken vermochte nicht zu denken, konnte sich nicht bewegen, konnte nicht kämpfen. Abscheu und Hoffnungslosigkeit flammten in seinem Innern auf. Eine lockende Hitze drängte ihn, näher zu kommen. Es wäre eine Erleichterung, sich einfach zu füg…

NEIN! Bruches verzweifelte Stimme in seinem Kopf.

Ich will doch nur schlafen. Jeder seiner Muskeln protestierte gegen die Qualen, die es sie kostete, Widerstand zu leisten, doch Bruche weigerte sich, ihn gehen zu lassen. Wasser schwappte über sein Gesicht.

Glühend heißes weißes Feuer spaltete den blutroten Himmel über ihm. Draken starrte hoch, unfähig, auch nur zu blinzeln. Heiße Tränen strömten ihm aus den Augen. Ein Nachwehen des brennenden Windes fegte herab und ließ das Wasser um ihn herum kochen. Bruche fuhr fort, den Fluch in eisigem Schweigen zu bekämpfen. Der Lärm des Schlachtfelds schwoll an im Einklang mit Truls' Feuern – Akrasianer und Brînianer standen in Flammen. Das Wasser würde sie niemals rechtzeitig erreichen. Sinnlos, dagegen anzukämpfen …

Wende dich jetzt nicht von mir ab, Draken. Es ist der Fluch. Das bist nicht du!

Bruches Stimme war ein atemloses Gespenst, das über sein Gesicht strich und seine Haut kühlte, doch sie schaffte es nicht, den Hass zu durchdringen, der durch seine Adern strömte. Der Geist-Krieger stieß sich selbst in Drakens Herz hinein. Sein kalter Mut flutete Drakens Brust, dann drängte glühend heißer Hass ihn wieder zurück. Die zerklüftete, schwer erkämpfte Schlachtlinie verzog sich, brach, gestaltete sich um.

Die ätherische Kälte gewann an Einfluss und verärgerte Drakens Bewusstsein, selbst als das Wasser an seinen Lippen vorbeiquoll, seine Nasenlöcher füllte. Es war so warm wie ein Bad, wurde erhitzt durch die Wut von Truls' Feuersturm. Draken versuchte ebenso verzweifelt wie vergeblich Luft zu holen. Sein Kopf spaltete sich schmerzhaft, als Bruche und der Fluch erneut aufeinanderprallten. Hass versengte ihm die Lungen und stieg wie Lava seine Kehle hoch. Eine Litanei des Todes paradierte durch seine Gedanken: Shisa, Osias, Setia, sein Vater, seine Schwester …

Lass zu, dass das Wasser mich wegschwemmt. Bitte, Bruche …

Lesle … Sie lächelte, lachte, beugte sich vor, um ihn zu küssen. Elena … Ihre Hände um seine Schultern geschlungen, als er sie nahm.

Erinnerst du dich an sie, Draken? Erinnerst du dich, wie sie dich geliebt haben? Sie können sich nicht irren.

Lesle, die von ihren Handgelenken herabhing … ausgeweidet wie ein Tier.

Elena, zusammengesackt auf dem Erdboden … leblos.

Lass zu, dass es mich mit sich nimmt, Bruche. Lass mich gehen.

Nein! Du wirst nicht dort liegen und sterben. Ich werde es nicht zulassen.

Der Fluch brüllte erneut auf, flammend heiß, und traf auf eine Wand aus Eis. Bruche forderte ihn, und eine sprachlose Kälte zerrte Draken in den Kampf. Sie standen nicht Seite an Seite, nicht mehr länger zerstritten in ein- und demselben Körper, sondern als ein einziges Wesen. Draken ließ zu, dass Bruche ihn zog, so wie Meerwasser Sand mit sich führt. Ohne Worte flutete Bruche Drakens Körper mit geisterhafter Kälte. Der Fluch durchbohrte das Eis und packte Bruche, der vor Schmerz ächzte. Sie rangen miteinander und krümmten sich. Eis und Feuer verflochten sich in Drakens Körper, so wie sich Sohalia-Bänder im Haar einer Dame gegenseitig umschlangen. Und dann schloss sich das anschwellende Hochwasser über Drakens Kopf. Seine Seele riss sich von seinem Herzen los.

Bruche?

Wie zur Antwort durchbohrte ein Blitz den Himmel. Selbst mit dem Wasser über seinem Gesicht, das seine Augen schützte, konnte Draken nicht direkt hinschauen. Er blinzelte … und begriff, dass er blinzeln *konnte.*

Bruche …

Seine Lungen zogen sich schmerzhaft zusammen, rangen nach Luft. Sein Körper stieß sich nach oben, er hustete und warf einen Schwall voll Wasser aus. Flusswasser lief seinen Kopf und Rücken herab, sein durchnässter Umhang drohte, ihn wieder nach unten zu ziehen. Mit einer Hand griff er nach der Spange, und der schwere Stoff fiel von seinen Schultern, die immer noch vom Kettenpanzer und dem hinderlichen, nicht passenden Harnisch niedergedrückt wurden.

Bruche. Gib mir Antwort!

Truls, dessen Gewänder in knietiefen Wellen trieben, stand ein paar Schritte entfernt; das Kinn hoch erhoben, seine Lippen bewegten sich in stummer Anrufung. Ein Blitzstreifen schloss sich dem nächsten und noch einem weiteren an. Sie verzweigten sich zwischen den roten Monden, umzuckten deren Helligkeit. Das Gebrüll der Himmelsfeuer hinter Truls übertönte den Schlachtenlärm der Menschen. Draken konnte keine individuellen Gestalten erkennen, sondern nur die Menge, die wie die Gezeiten gegeneinander anrauschten.

Er und Truls standen allein in dem düsteren Meer aus kniehohem Wasser, vor dem Flammen zischelten. Ein Feuerblitz stieß vom Himmel auf Brîn zu und löschte das Kreischen entsetzter Menschen innerhalb der Mauern aus. Im flackernden Licht war ein Schwert zu sehen, das von der Hüfte des Mantiker-Königs herabhing. Meergeboren. Flammen schlugen hinter den Mauern von Brîn in die Höhe. Rauch verschmutzte die Luft.

Brîn. Seine Stadt.

Er war niemals innerhalb ihrer Mauern gewesen.

Truls lächelte sein herrisches Lächeln. Ein schreckliches, kaltes Lächeln war auch das Letzte gewesen, was Lesle gesehen hatte.

Draken dachte nicht nach, zögerte nicht. Auf den Knien taumelte er nach vorn, warf sich auf den Mantiker-König und stieß mit genügend Wucht gegen seine Beine, um ihn zu Fall zu bringen. Der Mantiker brüllte auf vor Wut, ein weißer Feuerblitz knisterte auf der Wasseroberfläche. Draken schenkte dem keine Beachtung, während er mit Truls rang und versuchte, die Finger um seinen Hals zu legen und ihn unter Wasser zu drücken. Das flache Wasser brannte in seinen Augen, blendete ihn, und Truls stieß ihn mehrere Schritte von sich. Tropfen spritzten auf, als Draken auf den Rücken fiel, sein Kopf tauchte erneut unter.

Keuchend kam er hoch, aber Truls war schon da, drückte ihn auf den Grund, hielt ihn unter der Wasseroberfläche. Seine STIMME grollte durch das Wasser hindurch, doch Draken konnte nicht verstehen, was er sagte. Er griff nach den Händen, die um seinen Hals lagen, und hielt sie einen einzigen, langen Herzschlag gepackt, während er darauf wartete, dass Bruche die Kontrolle übernahm. Der Geist jedoch war still.

Verschwunden.

Jahrelanges Training als Soldat flutete Drakens Muskeln wie das Wasser seinen Brustkorb. Eine Hand glitt zum Schwert an Truls' Gürtel. Seine Finger fanden das vertraute, mit Leder umwickelte Heft, und er versuchte, es herauszureißen. Ein verzweifelter Ruck, dann noch einer – und das Schwert war frei. Truls hatte ihn losgelassen, um ihn daran zu hindern, die Waffe an sich zu nehmen; doch es war zu spät. Drakens Gesicht durchbrach die Wasseroberfläche genau in dem Moment, als das Schwert aus der Scheide rutschte. Er spie unverständliche Laute, als er die Klinge gen Himmel und Flammen stieß, die das Leder am Heft zu Asche verbrannten, seinen Handteller versengten. Trotz des Schocks angesichts des plötzlichen Schmerzes, hielt Draken das Schwert fest umklammert.

Die Flammen ließen Truls zurücktaumeln. Draken wurde beinahe aufgezehrt von seinem Keuchen und Husten, doch ließ das brennende Schwert nicht los. Laut durchs Wasser spritzend taumelte er nach vorn, fiel auf ein Knie, kämpfte darum, das Schwert über dem Wasser zu halten; Verzweiflung trieb ihn auf den Mantiker-König zu. Planlos schwang er die Klinge, die bei Berührung mit dem Wasser laut zischte. Dann erwischte er den Oberschenkel von Truls. Der Mantiker-König brüllte abermals und erhob die Hände.

Eine weiße Flamme ließ das Wasser auf Drakens Gesicht sieden. Das Schwert riss erneut Truls' Feuer aus der Luft, nahm es in sich auf und blitzte so strahlend, dass Draken die Augen schließen musste. Er drängte sich noch näher heran, hinein in das Herz der Helligkeit, hinein in den Kern von Truls' Hass. Seine Kehle war von der Hitze versengt, sodass er kaum zu wispern vermochte.

»Euer Leben gegen Elenas.«

Er torkelte vorwärts und stieß blind mit dem Schwert zu. Es traf auf Haut und Gewebe und stockte kaum beim Kontakt mit

Knochen. Truls' Finger krallten sich so fest um Drakens Arme, als seien sie die Zähne eines Errings, die sich im Fleisch der Beute festhakten. Doch Draken stieß das Schwert noch tiefer, spießte Truls auf und nagelte ihn im schlammigen Untergrund fest. Dieser schlug heftig um sich, als sich das Wasser über seinem Gesicht schloss.

»Euer Leben gegen Elenas!«, schrie Draken erneut – ein heiserer, kehliger Ausdruck von Leid und Verlust. Dann bohrte er das Schwert noch tiefer in den feuchten Untergrund, bis der Knauf gegen den Körper drückte.

Hände ergriffen ihn von hinten und zerrten ihn fort.

»Du hast es beendet«, flüsterte Osias.

Draken brach zusammen und kippte rückwärts gegen den Mantiker-Prinzen. Der hielt ihn leise summend fest. Truls' silberfarbenes Haar wogte in dem wirbelnden Wasser wie ein zusammengefallenes Kriegsbanner. Schwarzes Blut verdunkelte die weißgekleidete Gestalt und trieb dann fort, als das Wasser zurückging und über die Klippe zum Flussufer herabstürzte.

»Du kannst dich nicht lange ausruhen. Deine Arbeit ist noch nicht erledigt.«

Draken prüfte seine Gliedmaßen und rappelte sich hoch. Er riss das Schwert aus dem Leib des toten Mantiker-Königs, doch es rutschte ihm aus der Hand und fiel neben ihm auf den schlammigen Boden. Er war ausgekühlt, diesmal jedoch infolge der normalen, elenden, feuchten Kälte. Die Abwesenheit Bruches ließ ihn schwindeln. Jede Bewegung schien eine größere bewusste Anstrengung zu erfordern.

»Ich dachte, du wärst tot.« Seine Stimme klang belegt und voller Trauer.

»Wir Mantiker sterben nicht so leicht, wie du zweifellos bemerkt hast«, erwiderte Osias. »Hab Hoffnung. Die Flüche sind schwächer geworden durch das Hinscheiden ihres Meisters. Ich und meine Brüder werden sicherstellen, dass sie Akrasia nicht erneut Schaden zufügen.«

»Doch sie kämpfen immer noch«, wisperte Draken. Die Akrasianer und Brînianer hassten einander. Sie benötigten keine Flüche.

Sie brauchten lediglich einen Vorwand. Truls hatte gewusst, dass die Leute ihre eigene Zerstörung vollenden würden.

»Dann geh und beende es. Finde Elena und beende es.«

»Ich werde sie niemals in diesem Chaos finden.«

Stille rollte über sie hinweg wie eine Welle. Geräusche, die Draken noch nicht einmal bemerkt hatte, wurden immer leiser: Stiefel und Hufe, die auf den Boden und gegen Überreste der Schlacht traten, das Zurückfallen der Fluten, das Platschen von Matsch unter Füßen. Der Geruch von Rauch löste sich auf. Nebelschwaden umhüllten die Ränder der Welt und verbargen ihren schlammigen Untergrund.

Draken drehte sich langsam um und starrte in den SCHWEBEZUSTAND hinein. Fünf Mantiker und Setia beobachteten ihn und Osias; eine Warnung stand auf ihren wunderschönen Gesichtern geschrieben. Weit hinter ihnen wartete die Kriegsgesellschaft der Mondlinge, deren Speere im Nebel glänzten.

Draken schaute wieder auf seine Stadt. Brîn bildete den Hintergrund einer Tragödie; Flammen und Rauch verbargen die Mauern und das Schlachtfeld wie ein öliger Nebel. Elena war immer noch irgendwo in diesem Durcheinander am Tor. Selbst wenn die Magie gewirkt hatte, war sie möglicherweise erneut getötet worden, diesmal durch ein gewöhnliches Schwert.

»Du hast Truls ein Ende bereitet. Und du kannst auch seinen Krieg beenden«, erklärte Osias. Er stand auf und zog Draken auf die Beine, als ob er ein Kind wäre. Das Wasser war deutlich verebbt.

»Ihr wart bei ihm – bei Truls«, sagte Draken zu den fünf Mantikern.

Sie vollführten ihre Geste des Friedens und Respekts, indem sie mit den Fingerspitzen beider Hände ihre Stirn berührten. Trotz der Flut und Truls' feurigem Zerstörungswerk waren sie alle sauber, leuchtend und atemberaubend, selbst Setia.

»Wir folgen unserem König«, antwortete einer von ihnen und schaute zu Osias.

»Setia?«, hauchte Draken.

Sie trat näher heran. »Ich kann uns nicht lange Zeit im SCHWE-

BEZUSTAND halten, selbst mithilfe der Mondlinge. Geh. Finde Elena.«

Wut loderte in ihm hoch. Elena war wahrscheinlich tot. »Ihr habt ihn nicht aufgehalten«, empörte er sich. »Niemand von euch hat ihn aufgehalten!«

»Es steht uns nicht zu, die Feinde von Akrasia zu bekämpfen«, entgegnete Osias, dessen strenge Stimme wie Donner war. »Es ist nicht unser Heimatland. Es ist deines. Nimm dein Schwert auf und geh.«

Draken streckte die Hand nach dem Heft aus. Die Erschöpfung überkam ihn, und er sank neben dem toten Mantiker-König auf die Knie. Selbst im Tode leuchteten dessen bleiche Gesichtszüge. »Ich kann dem nicht entgegentreten, all diesem Tod … Sie sind alle tot, nicht wahr? Ich kann dies nicht allein schaffen.«

Osias griff nach Drakens Hand und führte ihn auf die Klippe zu. »Erhebe dich, Fürst von Brîn, und schau auf den Erros.«

Draken taumelte, das Schwert hing kraftlos von seiner Hand herab. Auf dem erstarrten Fluss unten wimmelte es von Flößen und Booten aller Art, regungslos wie Skulpturen.

»Va Khlar«, wisperte Draken.

»Sein neuer, wertvoller Verbündeter wird bedroht, also ist er gekommen«, sagte Osias. »Und schau dorthin, zu der fernen Grenze der Stadt.«

Tausende von berittenen Soldaten, die in grüne Umhänge gekleidet waren, füllten in geordneter Formation den Raum zwischen dem Fluss und der Stadt; durch den SCHWEBEZUSTAND waren sie in strengen, stillen Reihen eingerastet.

»Tyrolean führt die Nacht-Lord-Legionen, die du klugerweise in die Nähe gesandt hattest. Weitere dreitausend Servii sollen in zwei Tagen von Khein herkommen. Va Khlar bringt eintausend. Deine Armee ist hier.«

Draken straffte sich und zwang seinen schmerzenden Rücken, sich aufzurichten. Er zog sein Schwert durch eine Pfütze, um es zu säubern, und hob es anschließend hoch. Es leuchtete in seiner Hand, doch es verbrannte ihn nicht. »Ich werde gehen.«

Er drehte sich um und stolperte erneut, weil er die glatte, wolkenähnliche Beschaffenheit des SCHWEBEZUSTANDS vergessen hatte. Doch schon bald verfiel er ins Laufen.

Auf dem Schlachtfeld lagen zerrissene Körper in Pfützen aus blutdurchtränktem Meerwasser. Die Randbereiche und die Farben waren gedämpft im SCHWEBEZUSTAND. Draken musste sich immer noch zwingen, direkt nach vorn zu blicken. Er wusste nicht, was er tun würde, falls Elena irgendwo da mittendrin wäre – tot.

Sollte ich fliehen?

Keine Antwort.

»Du bist niemals vor einem Kampf davongelaufen, nicht wahr, Bruche?«, murmelte Draken heiser.

Nachdem er mehrere Körper umgedreht hatte, überblickte er hilflos das Schlachtfeld mit den Tausenden von toten Menschen. Wie lange konnte Setia sie in dem SCHWEBEZUSTAND halten? Wenn die Schlacht wiederaufgenommen wurde, bevor er Elena entdeckte, würde gewiss jemand sie umbringen – falls sie überhaupt noch lebte.

Ein weißer Schimmer zwischen den grauen und schwarzen Splittern des zerbrochenen Tores fiel ihm ins Auge. Er stolperte darauf zu – die Hoffnung verdrängt von der Erschöpfung – und fiel auf die Knie. Halmar lag quer über der blutbefleckten Königin und bedeckte einen Großteil ihres Körpers. Doch Drakens Hände glitten durch den Körper des Brînianers, als ob er nicht da wäre.

»Die Randbereiche überlagern sich nicht immer«, murmelte er zu sich selbst, stand auf und hob das Schwert, brachte es durch Willenskraft zum Leuchten. Es schoss einen Strahl hinauf in den stummen, ergrauten Himmel. Als Antwort bewegten sich die Mantiker bei der Klippe am Flussufer.

Zuerst begann das Lärmen der Schwerter, verwirrte, angsterfüllte Stimmen. Als Nächstes der Fluss: Er rauschte den Canyon hinunter und führte die Rufe von Va Khlars Leuten mit sich, während sie darum kämpften, ihre Flöße und Boote über Wasser zu halten. Danach das Donnern von eintausend Pferden, die auf Brîn vorrückten, um den Kampf zu beenden. Größtenteils aber waren es die Gerüche, die Draken mitteilten, dass sich der SCHWEBEZUSTAND zurückgezogen hatte: Rauch, Blut, Meerwasser, frisch durchwühlter Dreck.

Er kniete sich nieder und zerrte Halmar von der Königin herunter; seine Muskeln spannten sich mit voller Kraft an, um den massigen Brînianer zu bewegen.

»Khel Szi«, nuschelte Halmar.

Doch Draken, ganz fokussiert auf Elena, gab keine Antwort. Ihre Kleidung war immer noch zerrissen und blutig von seinem Schwert, verzweifelt suchte er mit seinen Fingern nach der Wunde an ihrer Brust. Sie war verschwunden. Weshalb bewegte sie sich dann nicht? Er beugte sich über sie und hob ihre Hand an seine Stirn.

»Khel Szi, die Akrasianer kommen«, sagte Halmar.

In diesem Moment flatterten Elenas Augenlider, und ihr Kopf rollte zur Seite.

Die Geräusche herangaloppierender Pferde und die Rufe ihrer Reiter beeinträchtigten Drakens Hoffnung, doch er schaute nicht von Elenas Gesicht auf. Ihre dunklen Augen öffneten sich endlich und trafen auf seine. Er ließ ihre Hand los und bot an, ihr beim Sitzen aufzuhelfen. Aber sie starrte nur auf das Schwert in seiner linken Hand. Es leuchtete immer noch schwach.

Er erhob sich und trat von ihr zurück.

Tyrolean stoppte sein Pferd bei ihnen und saß ab. Er ging mit großen Schritten auf sie zu, hielt jedoch inne, als Elena den Kopf hob, den Blick auf Draken geheftet.

»Der Mantiker-König ist tot?«, fragte sie ihn.

Draken beugte den Kopf. »Das ist er, Eure Majestät.«

Sie zuckte zusammen, als er ihren Titel benutzte, und schaute fort. »Dann muss ich meiner Armee Einhalt gebieten«, sagte sie. »Das Gefecht ist vorbei.«

»Ich werde mit Euch gehen«, bot Draken an und trat einen Schritt näher. »Ihr werdet meine Hilfe brauchen.«

Sie ging auf Tyrolean zu, schüttelte den Kopf und starrte immer noch auf sein Schwert. »Nein. Begleitet mich nicht.«

Ein Servii bot ihr sein Pferd an, und sie stieg auf.

Tyrolean hielt inne, beugte sich in Drakens Richtung. »Mein Herr?«

»Geht, Hauptmann«, antwortete Draken. »Geht mit ihr.«

Mit offensichtlicher Mühe riss Tyrolean den Blick von ihm los. Er folgte Königin Elena zu den eintreffenden Soldaten und ließ Draken zurück, der allein in den Trümmern des Tores stand und ihnen nachsah.

KAPITEL ACHTUNDZWANZIG

Er war nicht lange allein. Va Khlar schritt zu ihm und führte eine Gruppe seiner eigenen Männer und Frauen an, die bis an die Zähne bewaffnet waren. Weitere trotteten hinterher; der lange Aufstieg von den Bootshöhlen hatte sie langsamer werden lassen. Sie starrten ringsum auf das blutige Schlachtfeld und die Mantiker, als diese näher kamen; die meisten hatten ihre Waffen gezogen und zeigten die harten Mienen von Leuten, für die Blutvergießen nichts Ungewohntes ist.

»Was wollt Ihr, dass ich tue, Nacht-Lord?«, fragte Va Khlar. Er richtete den Blick auf den kleinen Trupp, der gerade wegritt.

»Ich glaube nicht, dass der Titel noch länger zutrifft«, antwortete Draken.

»Wie soll ich Euch dann nennen?«

»Augenscheinlich bin ich der Fürst von Brîn.«

Va Khlar beugte sein Haupt. »Dann also ehrwürdiger Fürst. Wie kann ich Euch zu Diensten sein?«

Draken wandte den Blick der brennenden Stadt zu. »Werdet Ihr mit mir nach Brîn kommen und helfen, die Stadt wiederaufzubauen?«

Va Khlar nickte, ein trauriges Lächeln legte sein Gesicht in Falten. »Ich würde gerne Frieden in Brîn sehen, Eure Hoheit, und wenn es nur darum geht, die Situation des Handels zu verbessern.« Er schlug Draken auf die Schulter und begann, in einem Gemisch von Sprachen lautstark Befehle zu erteilen.

Die Stadttore waren immer noch verschlossen, doch die brînianischen Soldaten öffneten sie ziemlich schnell, als Draken sein Schwert in die Höhe hob. Augenscheinlich half es, den berühmt-berüchtigten Va Khlar, den massigen Halmar und sechs Mantiker in seinem Rücken zu haben.

Sein erster Eindruck von der Stadt war der einer ermatteten Schönheit: die Kanten abgestumpft, die Farben verblasst durch das Zusetzen der Salzluft. Die Straßen waren voller hartgesottener Soldaten mit nackter Brust. Sie verstummten, als er zwischen ihnen hindurchspazierte, einige knieten nieder. Schilder baumelten, kurz vorm Herunterfallen, an quietschenden Ketten, während Blumengirlanden die rostigen Gitter der Balkone hoch droben drapierten. Auf ihnen drängten sich Frauen und Kinder, die farbenprächtige Gewänder und ihren schönsten mondgeschmiedeten Schmuck für Sohalia trugen. Ein Dunstschleier trübte die Luft über der Stadt und erschwerte die Sicht auf die geschwärzten Berge von Eidola, die über die Turmspitzen, Dächer und fernen Mauern emporragten.

Drakens nasse Kleidung klebte an ihm, seine geliehene Rüstung fühlte sich an, als säße sie zu straff und schränkte ihn ein; sein schlimmes Knie zwang ihn zu humpeln, und er musste die Zähne zusammenbeißen, um zu verhindern, dass sie laut aufeinanderschlugen. Da er nicht genau wusste, wohin er gehen sollte, blieb er in der Mitte der Hauptstraße stehen, die von den Toren wegführte. Tyrolean hätte gewusst, was zu tun war. Elena ebenfalls. Selbst Bruche hätte ihn in die richtige Richtung gewiesen. Er hörte leises, angespanntes Gemurmel und ein Pferd, das mit einem Huf aufstampfte, doch die meisten Leute waren still und warteten ab. Trotz all der Menschen, der Nähe von Osias und Setia sowie Va Khlars respektvoller Dienstbeflissenheit hatte er sich nicht mehr so verlassen gefühlt, seit die monoeanische Kapitänin ihn gezwungen hatte, in der Bucht nahe Khein von dem Gefängnisschiff zu springen.

Er atmete den widerlichen Rauch von Truls' Feuern ein und stellte sich vor, wie Brîn wohl an einem gewöhnlichen Tag riechen würde: nach frischer Salzluft, dem Brauen guter Biere und den Kochfeuern aus Tavernen. Nun war niemand da, der die jüngst Verstorbenen betrauerte. Und niemand sank auf die Knie, obwohl ihr neuer Fürst gerade die Stadt betreten hatte.

Wie hätte sein Leben ausgesehen, wenn er hier aufgewachsen wäre? Zumindest hätte er sich in der Stadt ausgekannt.

»Bringt mich zum Haus meines Vaters«, wies Draken Halmar an; er bediente sich holprig der brînianischen Sprachkenntnisse aus den Überresten von Bruches Erinnerung. »Wenn ich herrschen soll, kann ich genauso gut dort beginnen.«

Drei Tage später fanden immer noch Begräbnisfeiern für die vielen Toten und die Familien statt, die ihrer Liebsten beraubt worden waren. Der Lärm der Beerdigungsumzüge diente als ständige Mahnung Drakens für seine Fehler. Haussklaven ließen fortwährend Weihrauch in der einem Landgut ähnelnden Stadtburg brennen, welche die Mitglieder des brînianischen Herrscherhauses ihr Heim nannten. Aber das konnte nicht den Rauch kaschieren, der von den Scheiterhaufen herüberwehte – und auch nicht den von Truls' verfluchten Feuern, die immer noch schwelten. Die Mantiker taten ihr Bestes, um die Verzauberungen aufzulösen, doch Osias musste einräumen, dass Truls seine Banne sehr gut geschützt hatte.

Während Draken auf den nächsten Besucher in der Zitadelle wartete, hob er den Blick zum Innenbereich der großen Kuppel über seinem Kopf. Bilder von den Göttern tanzten auf der Oberfläche, die Farben immer noch leuchtend trotz der salzigen Luft. Die Kuppel überdeckte die Audienzhalle, die er während der hellen Tagesstunden aufgrund des kontinuierlichen Stroms von Besuchern nicht verlassen konnte.

Drei in blutrote Gewänder gehüllte Tempel-Älteste näherten sich soeben dem Podium. Draken erhob sich, um sie zu begrüßen. Halmar, der neben dem Thron stand, trat von einem Fuß auf den anderen; ihm gefiel es nicht, wenn Draken aufstand. Für einen Khel Szi wäre es angemessen sitzen zu bleiben, während er seine Untertanen empfing, pflegte er zu sagen. Draken entgegnete stets darauf, dass er als Fürst so handeln werde, wie er es wollte.

Allerdings bot er nicht seine Hand an. Er hatte längst gelernt, dass außer seinen Leibsklaven niemand es wagte, ihn zu berühren. »Wie kann ich Euch helfen?«

»Könntet Ihr zu Khellian in dessen Tempel beten? Wir müssen ihm dafür danken, dass er unsere Schwerter geführt hat«, erwiderte einer von ihnen, ein ergrauter, sanftmütiger Kamerad. Draken bezweifelte, dass er jemals in seinem Leben ein Schwert angefasst hatte.

Glücklicher Bursche, dachte Draken.

»Ich werde darüber nachdenken«, antwortete er. Die gleiche Antwort hatte er Shaims Jüngern gegeben und dabei gewusst, dass er damit die unausweichliche Absage bloß hinausschob. Er hatte nicht die Absicht, Dankgebete zu irgendwelchen Göttern zu sprechen: nicht wenn Va Khlars Männer immer noch die Straßen überwachten, um Shaims Frieden aufrechtzuerhalten; nicht wenn Khellians Schwerter die seit langer Zeit bestehende Feindschaft zwischen Akrasianern und Brînianern nur verschlimmert hatten.

Höflich und mit fester Stimme verabschiedete er die Bittsteller und seufzte, während er auf die nächsten wartete. Er sehnte sich nach Neuigkeiten vom Seebergfried, wo Elena vorübergehend Hof hielt, doch …

»Brînianische Händler möchten Euch sehen, mein Herr«, teilte Halmar ihm mit.

Wohlhabende Händler verlangten andauernd Beweise dafür, dass er der war, der er zu sein behauptete, und sie befragten ihn ebenfalls nach Va Khlars Einfluss auf die Politik. Als ob er in den letzten drei Tagen die Zeit gehabt hätte, sämtliche Feinheiten auszuarbeiten, geschweige denn zu schlafen.

»Khel Szi?« Jemand näherte sich dem Podium von der Seite. Als Draken nicht antwortete, versuchte der Mann es abermals, diesmal lauter. »Ehrwürdiger Fürst Draken?«

Draken zuckte zusammen. Die Titel drangen noch nicht so in sein Bewusstsein, als gehörten sie zu ihm. »Tut mir leid. Was gibt es?«

Doch er bedauerte, so freundlich reagiert zu haben, als er sah, wer ihn da ansprach. Die Haushofmeister belästigten ihn ständig mit häuslichen Angelegenheiten. Frustriert hatte er Setia die Verantwortung für diese Leute übertragen. Sie sperrten sich jedoch dagegen, sich gegenüber einer ehemaligen Sklavin zu verantworten, bei der es sich zudem um einen Mischling handelte. Diese Leute hatten natürlich keine Ahnung, dass ihr neuer Fürst einst selbst ein Sklave gewesen war. Das Konzept der Sklaverei wurmte ihn immer noch gewaltig: Er würde sich darum kümmern, die Diener in der Stadt zu befreien, und wenn es das Letzte war, was er jemals tun würde.

Va Khlar hatte ihm allerdings versichert, dass es das Letzte sein würde. »Jetzt so eine Sache durchzuführen würde die Wirtschaft zerstören und die Leute in Aufruhr versetzen. Wartet noch eine ganze Weile, nachdem Ihr gekrönt worden seid, und versucht dann, eine solch drastische Veränderung in Schritten vorzunehmen.«

Draken gefiel es nicht, damit warten zu müssen, aber er hörte auf Va Khlar. Wenn jemand wusste, wie man Wirtschaft und gesellschaftliche Gewohnheiten manipulierte und Vorteile aus den Verbindungen dieser beiden Bereiche zog, dann war es der zynische, mit Narben übersäte Händler.

Der Haushofmeister wippte ruckartig mit dem Kopf. »Ihr habt Besucher vom Seebergfried, Khel Szi.«

Draken erhob sich und trat einen Schritt vor. »Die Königin?«

»Nein, mein Herr, ein akrasianischer Hauptmann und ein Gadye. Soll ich sie vor den anderen hereinführen?«

Tyrolean und Thom. Draken machte sich daran, vom Podium herunterzusteigen, und beäugte die sich nähernden Händler. Die Besucherschlange dehnte sich über die halbe Strecke rund um die Stadtburg aus. Die meisten von ihnen warteten seit Stunden, und es waren alles Einheimische. Es würde keine gute Politik sein, zu gestatten, dass ein Akrasianer und ein Gadye die Warteschlange auslassen durften.

Er seufzte. »Bring sie zu meinen Privatgemächern und mach es ihnen dort bequem: Wein, Essen, was immer sie wünschen. Ich werde so bald wie möglich da sein.« Der Haushofmeister verbeugte sich und schritt weg. Draken fügte noch hinzu: »Und lass Va Khlar kommen. Er kann sie in meiner Abwesenheit unterhalten.«

Die anschließende Gruppe von Edelleuten war recht höflich, aber vorsichtig. Er zeigte ihnen Meergeboren und ließ das Schwert für sie aufleuchten, wie er es bei den anderen getan hatte, die ihm misstrauten. Und wie diese knieten sie daraufhin nieder und schworen ihre Loyalität. Er war so besorgt wegen Tyrolean und Thom, dass er der Besuchergruppe kaum die geziemende Aufmerksamkeit schenken konnte. Und als schließlich der Tag in den Abend überging, gelang es ihm immer noch nicht zu entkommen.

Nachdem er die letzten Besucher beruhigt hatte – vier brînianische Pferde-Marschalls, die berichteten, dass die Mauerwache einen Angriff irgendwelcher starrköpfigen akrasianischen Servii hatte unterbinden müssen, die nicht glaubten, dass Elena lebte, und die im Übrigen Teil von Drakens eigenen Nacht-Lord-Divisionen waren –, wurden die Türen geschlossen, und Draken flüchtete.

Seine Privatunterkünfte, die kürzlich noch seinem Vater gehört hatten, waren großzügig eingerichtet und behaglich. Farbenprächtige Webereien und Bildteppiche schmückten jede Wand, verschachtelte Fliesenmosaike erstreckten sich über die Fußböden. Ein niedriger Tisch, der von dicken Kissen umgeben war, stand in der Mitte des Raumes. Die Gruppe lag nach brînianischer Sitte um ihr Mahl herum. Er zögerte am Eingang und beobachtete sie einen Augenblick lang. Setia und Osias hatten sich den Besuchern zugesellt, und Va Khlar hatte in Drakens Abwesenheit das Kommando übernommen. Mit irgendeiner Geschichte hatte er sie zum Lachen gebracht – alle außer Tyrolean, der mit dem Rücken zum Inneren des Raums am Fenster stand, hinausstarrte und immer noch seinen Umhang trug. Es war augenscheinlich, dass er sich nicht einmal hingesetzt hatte.

Thom sah Draken zuerst und erhob sich. »Mein ehrwürdiger Fürst.«

Tyrolean drehte sich herum. Er salutierte nicht, er lächelte nicht. Er starrte Draken an, als ob der ein Fremder wäre, was daran liegen musste, wie er aussah: Er war gekleidet in die traditionelle brînianische Haustracht – mit einer weiten Hose und nackter Brust.

»Ich bin überrascht, Euch hier zu sehen, Thom«, sagte Draken auf Akrasianisch, hakte seinen bestickten, für offizielle Zwecke bestimmten Umhang auf und gab ihn einem Haussklaven. Ein Feuer brannte im Kaminboden, und es war zu warm im Raum trotz des anlandigen Seewinds, der durch die Fensterläden drang. »Ich dachte, Ihr würdet möglicherweise nach Reschan heimkehren.«

Thom hatte sich auf ein Knie niedergelassen und beugte den Kopf. »Ich habe nach Eurer Schwester gesucht.«

Hoffnung sickerte durch Drakens sorgfältig aufrechterhaltene Fassade. »Irgendwas herausgefunden?«

»Nein, mein Fürst. Es tut mir leid.«

»Danke für die Suche.« Er zwang sich, mit der Hand zu winken. »Steht auf. Ich bin nicht Euer Souverän.«

»Ich möchte allerdings, dass Ihr es seid, ehrwürdiger Fürst«, antwortete Thom. »Falls Ihr mich haben wollt.«

Draken war immer noch zu argwöhnisch, um über ein Kompliment erfreut zu sein. Er blickte zu Tyrolean, um zu sehen, wie der über diesen landesverräterischen Antrag urteilte, doch der Hauptmann zeigte keine Regung. Draken beugte den Kopf zu einem Nicken, und ihm wurde klar, dass er darüber würde nachdenken müssen, dem jungen Gadye einen Titel zu verleihen oder ihn zu einem Blut-Lord zu machen. »Natürlich. Es wird immer einen Platz für Euch an meinem Hof geben, Thom, wenn Ihr das wünscht. Aber warum seid Ihr hier, Tyrolean?«

Der Hauptmann straffte die Schultern. »Ich habe eine Botschaft von Königin Elena, mein Herr. Wir haben den Leichnam Eures Vaters gefunden, als die Trümmer bei den Toren weggeräumt waren. Sie möchte Euch den Seebergfried für die Bestattungsriten anbieten.«

Draken ging zu einem Tisch hinüber und goss sich ein Glas Wein ein; dabei drehte er den anderen im Raum den Rücken zu, um sich selbst einen Moment zu geben, die Fassung wiederzuerlangen. »Ist das alles?«

»Nein, mein Herr.«

Draken starrte zum Wandteppich hoch, der über dem Tisch hing; auf dem Gobelin tollten Meerestiere mit heiratsfähigen brînianischen Frauen herum. »Was sonst noch?«

»Ich möchte mich für meine Abwesenheit in den vergangenen Tagen entschuldigen.«

Draken drehte sich herum. »Ihr gehört zu Elena, nicht zu mir.«

»Dennoch.« Tyrolean salutierte vor ihm, wobei er die Faust länger an seiner Brust hielt, als es Brauch war. »Ich habe mit meinen Loyalitätsgefühlen gekämpft, und meine Königin ist ziemlich frustriert, was mich angeht.«

Draken starrte ihn an. Er wollte, dass Normalität zwischen ihnen herrschte und sie wieder Freunde wurden – so freundschaftlich verbunden, wie ein brînianischer Fürst und ein akrasianischer Hauptmann es nur sein konnten.

Osias hob seinen Becher und zerstörte den Moment. »Kommt, esst mit uns am Tisch und seid unbefangen.«

Tyrolean und Draken nickten beide, beäugten sich immer noch gegenseitig und nahmen Platz.

»Geht es ihr gut, unserer Königin?«, erkundigte sich Draken – wobei er versuchte, beiläufig zu klingen –, während einer der Sklaven seinen Teller füllte.

»Sie ist in einer merkwürdigen Stimmung«, antwortete Tyrolean. Er stach mit einem Messer in ein Stück Fleisch. »Wie ich sagte, habe ich ihr nicht gedient, wie ich es sollte.«

Draken schluckte seinen Wein hinunter und setzte die Schnabelkanne ab. Setia streckte eine Hand aus und füllte sie wieder. »Zumindest hat sie Euch nicht geschickt, um mich wegen Verrats gefangen zu nehmen«, sagte er. »Ich vermute, dass das schon etwas ist. Und es ist vielleicht sogar genug, um zu fragen, ob sie mich zum Fürsten krönen könnte.«

»Davon hat sie nicht gesprochen. Sie sagte nur, ich solle Euch dienen – wenn Ihr mich haben wollt.«

Drakens Schnabelkanne hielt auf halbem Weg zu seinem Mund inne. »Das klingt so, als wäre der Dienst für mich eine Bestrafung. Ist es das, was Ihr möchtet? Ihr wollt bei mir bleiben?«

»Wenn es meine Loyalität zu Euch beiden beweist«, antwortete Tyrolean. »Ich weiß nicht, was meine Königin denkt, doch ich glaube, Ihr gehört an ihre Seite und ich an Eure.«

Er starrte in Tyroleans dunkle Augen. »Ich vermute, ich könnte etwas Schwertkampftraining gebrauchen. Ich habe meinen bisherigen Fechtlehrer in der Schlacht verloren.«

»Es tut mir leid, diese Neuigkeit zu hören, mein Herr.« Doch der Anflug eines Lächelns durchbrach die ernste Miene des Gardesoldaten. »Es würde mir eine Freude sein, Euch in dieser Weise zu dienen.«

»Es würde Euch eine Freude sein, meint Ihr, mich jeden Morgen mit einem Übungsschwert durchzuprügeln.«

Tyroleans Lächeln wurde breiter. »Bruche würde es für angebracht halten.«

Nach mehreren Kelchgläsern Wein und dem Abendessen fühlte sich alles zwischen ihnen fast wieder normal an, abgesehen von der vermissten Aarinnaie. *Merkwürdig, was für einen Unterschied einige Tage bewirken können*, überlegte Draken. Noch vor einem Sieben-Mond war seine Verärgerung über die eigene Schwester groß genug gewesen, um sie mit einem Schwert zu durchbohren. Jetzt aß er mit Thom, Ty, Setia, Osias und Va Khlar zu Abend und tat nichts anderes, als sich um sie zu sorgen.

»Gibt es wirklich keinerlei Hinweise auf Aarin?«, fragte Draken Thom. Er versuchte nicht einmal mehr lässig zu klingen.

»Ich habe jeden gefragt, den ich finden konnte, und mehr Leichenhaufen durchsucht, als ich hier erwähnen möchte«, antwortete Thom. »Die Prinzessin ist nicht unter diesen Toten gewesen, und keine Gardistin der Königin passt zu ihrer Beschreibung.«

»Geister können sich leicht verstecken«, warf Va Khlar ein.

»Es sein denn, jemand hat sie heimlich getötet«, gab Draken zu bedenken, »und dann ihre Leiche auf einen Scheiterhaufen geworfen. Jemand könnte das getan haben, wenn er wusste, wer sie ist.«

»Leichter gesagt als getan«, hob Thom hervor. »Sie ist eine gute Kämpferin.«

»Und es ist nicht wahrscheinlich, dass so was passiert, wenn Befehle, die von der Königin höchstpersönlich gegeben worden sind, im Widerspruch zu solchem Handeln stehen«, unterstrich Tyrolean. »Sie ist ebenfalls ziemlich besorgt um die Prinzessin.«

Draken hob die Augenbrauen. »Tatsächlich?«

»Sie vertraut sich mir nicht an, mein Herr«, erwiderte Tyrolean, der so förmlich klang, wie ein akrasianischer Gardehauptmann es nur konnte. Er hatte eine ganze Menge mehr Wein gehabt als gewöhnlich.

»Bei Khellians Eiern!«, platzte es plötzlich aus Draken heraus, der sich erhob und auf das Fenster zuging, dessen Läden geschlossen waren. »Ich hasse es, nicht in der Lage zu sein, sie suchen zu können. Ich habe sie da draußen zurückgelassen – und das auch noch, nachdem sie mich gerettet hat.«

»Auf jeden Fall ist es unwahrscheinlich, dass Ihr sie findet«, meinte Va Khlar. »Zweifellos hat sie irgendeinen akrasianischen Servii, der sie in seinem Zelt versorgt und jedes garstige Wort aus ihrem Mund mit Schmeicheleien beantwortet.«

Draken versuchte, seine Verärgerung über diese Stichelei im Zaum zu halten. Er wusste, dass diese Worte nur fielen, damit er sich besser fühlte.

»Schickt Va Khlar aus, um sie zu finden«, riet Tyrolean, zeigte auf den Genannten und beugte sich nach vorn, um die Schnabelkanne des Händlers mit Wein wieder zu füllen. Auch er hatte die besonderen Talente des Mannes aus Reschan zu schätzen gelernt. »Er hat ein Händchen für so etwas.«

Va Khlar hob die Schnabelkanne in einer Ehrenbezeigung für Draken. »Wenn Ihr das wünscht, werde ich Euch selbstverständlich in dieser Weise dienen.«

Draken fuhr sich mit den Fingern über das Kinn. Eine banale Annehmlichkeit, wenn man der Khel Szi war, bestand darin, sich jeden Tag rasieren zu lassen. »Setzt Eure Leute darauf an, doch Euch brauche ich hier.«

Setia kam herbei und stellte sich zu Draken, der sich wieder dem Fenster zuwandte, um auf die Menschen hinabzustarren, die darauf warteten, einen Blick auf ihn zu erhaschen. Er war einmal ausgegangen, doch das hatte nur dafür gesorgt, noch mehr Leute zu ermutigen, hierherzukommen; also war er seit zwei Tagen nicht mehr draußen gewesen. Sie legte ihre warme Hand um seinen Bizeps.

»Sie sollten zu Hause sein«, murmelte er, »und dort alles saubermachen, das Heim wiederaufbauen und ihre Läden öffnen.«

»Verkünde einen Erlass«, schlug Setia vor. »Genau das hätte dein Vater getan.«

»Ich möchte die Dinge nicht so tun, wie er es gemacht hat.«

»Die Leute wissen, dass du nicht dein Vater bist, Draken. Doch das Regieren besteht nun einmal genau darin: Regeln festzulegen.«

»Ich bin nicht erstaunt über Elenas Ungewissheit, was die Krönung anbelangt.« Drakens verletzte Schulter, die immer noch von Truls' Fesseln gezerrt war, fühlte sich angespannt an, und seine wachsende Nervosität wegen des Begräbnisses seines Vaters war auch nicht hilfreich.

»Zum Kuckuck mit ihrer Einwilligung«, sagte Va Khlar. Er wurde bissig, wann immer sich das Gesprächsthema um Elena drehte. »Ihr solltet über Akrasia herrschen, mein Herr, und nicht sie, und sie weiß das nur zu gut. Das ist der Grund für ihre ›Ungewissheit‹, wie Ihr es so höflich ausdrückt. Lasst Euch von den Mantikern im Namen der Götter krönen, und damit wäre die Sache erledigt.«

Jedes Gefühl, das Draken für Elena empfand, verwirrte ihn. Im einen Moment vermisste er sie, im nächsten hasste er sie dafür, dass sie so stoisch und schweigsam war, während er sie im übernächsten um ihre politische Begabung beneidete. Doch am allermeisten verspürte er schreckliche Scham darüber, wie er sie benutzt hatte. Trotz Va Khlars Erklärung war Elena immer noch Königin. Seine Königin. Er hatte sich ihr durch einen Eid verpflichtet, und das war nichts, was er leichthin beiseitelegen konnte, gleichgültig, wie sehr er sich dies auch wünschte. *Ich habe bereits einen Herrscher verraten*, dachte er. Die dezente Pracht des monoeanischen Hofes, der von seinem standfesten, gelehrten königlichen Cousin geführt wurde, fühlte sich schon wie ein weit entfernter Traum an.

Ty schnaubte, jedoch gut gelaunt. »Ich bin recht vertraut mit der Zurückhaltung meiner Königin, insbesondere wenn es bedeutet, etwas zu tun, das sie nicht mag. Ich würde sagen, sie ist verärgert über Euch, Draken, und versucht zu beweisen, dass sie ein Recht dazu hat.«

»Natürlich ist sie verärgert! Ich habe sie richtiggehend getötet, nicht wahr? Verdammt, wie wurden wir nur darauf gebracht?« Draken ließ die Latten des Fensterladens nach unten einrasten, drehte sich um und entdeckte, dass die anderen im Raum ihn beobachteten. Er schaute weg, da er sich unter ihren prüfenden Blicken unbehaglich fühlte, wobei seine neuen Ohrringe leise klimperten. In brînianischer Kleidung war er immer noch befangen, doch Halmar hatte vorgeschlagen, dass er sie als Geste tragen sollte, die zeigte, dass er sich anpasste.

Draken schüttelte den Kopf. »Es tut mir leid.«

»Ihr seid unter Freunden, mein Herr«, hob Va Khlar hervor. »Niemand hier erwartet, dass Ihr ununterbrochen stoisch seid.«

Draken fuhr sich mit der Hand über den Kopf. »Die Wahrheit ist, dass ich nicht ganz ich selbst bin. Ich glaube, ich werde mich zur Nacht zurückziehen.«

Die anderen standen auf, als er den Raum verließ, und murmelten: »Gute Nacht, Fürst Draken. Angenehme Nachtruhe.«

Osias eilte ihm hinterher, um im Gang mit ihm zu sprechen, wobei er seine Stimme leise hielt; denn die gefliesten Korridore ließen jedes Wort den Gang entlanghallen, oftmals in unerwünschte Ohren. »Sei nicht besorgt, mein Freund. Du hast Frieden nach Akrasia gebracht, und er wird halten; dessen bin ich mir sicher.«

Draken beugte den Kopf. »Ich bin mir nicht sicher, was ich als Nächstes tun soll, Osias.«

»Mit der Erholung werden die Antworten kommen. Du bist erschöpft. Komm, ich werde mit dir gehen.«

Osias küsste Drakens Wangen, als er ihn an seiner Schlafzimmertür ablieferte.

Draken schaute zu, wie der Mantiker durch den Gang zurückschritt, um sich wieder den anderen anzuschließen; die silberfarbenen Strähnen in seinem Haar fingen dabei den Schein der niedrigen Fackeln ein. Vor langer Zeit war er aus Eidola verbannt worden und hatte nach einem König gesucht, der ihn wegen seiner Loyalität zu den Göttern beinahe getötet hätte. Draken war nicht der Einzige mit einer Stadt, die in Ordnung gebracht werden musste, und er konnte seinen Freund nicht mehr viel länger in Brîn festhalten.

Sobald er im Bett war, versuchte er, sich nicht die wärmespendende Anwesenheit seiner Freunde herbeizuwünschen. Osias hatte ihm davon abgeraten, mit einem Mantiker und einer ehemaligen Sklavin zu schlafen, da es sich für den Kronprinzen von Brîn nicht geziemte. Draken schätzte, dass er recht hatte, obwohl er die unterwürfige Einstellung, die Osias den Sitten plötzlich entgegenbrachte, paradox fand. Allerdings könnte letztendlich nicht einmal Osias' Berührung die Sorgen lindern, die ihm ständig durch den Kopf gingen.

Schließlich warf er die Decken zurück und schritt mit nackten Füßen über den ausladenden Läufer, um den Weihrauch zu ersticken, der auf einem geschnitzten Tisch brannte. Für gewöhnlich mochte er ihn; der Duft erinnerte ihn an Gadye-Rauch. Doch heute Nacht musste er deshalb an Galene denken, eine von vielen, die durch Truls' Hand gestorben waren. Hätte sie ihn als Fürsten gutgeheißen? Hätte es Shisa getan? Oder Lesle? In diesem Moment konnte er sich selbst nicht dazu bringen, dies zu glauben.

Er hob den Verschluss an den Fensterläden und öffnete sie. Dann trat er hinaus auf den langen, schmalen Balkon, der von allen oberen Räumen aus zugänglich war, die es im Hause seines Vaters gab. Es war durch einen privaten, luxuriösen Hofraum mit der überkuppelten Audienzhalle verbunden. Eine schwache Rauchsäule strömte aus dem Altarkamin des weißen königlichen Tempels auf der linken Seite. Pferde wieherten, während sie sich für die Nacht schlafen legten. Hoch oben gurrte ein Vogel und schwang sich in die Lüfte. Draken blickte an der schattigen, mit Steinplatten ausgelegten Terrasse und dem Balkon rauf und runter, doch er war allein. Die Einsamkeit empfand er ohne Bruches ständige Neckerei sogar noch stärker. Selbst der Hof unten, der von wenigen Fackeln erhellt wurde, war still. Wie in Elenas Bastion erreichten ihn keine Geräusche von der Stadt jenseits des Anwesens. Vier abnehmende Monde beleuchteten die Bäume mit dezentem Licht.

»Eine wunderschöne Nacht, meinst du nicht auch?«

Draken wirbelte herum, als er die geflüsterte Stimme vernahm, und zog den Dolch aus seiner Klammer am Arm.

»Du kannst die Waffe wegstecken. Ich bin nicht hier, um ein Attentat auf dich zu verüben.« Aarinnaie beäugte den Dolch und lächelte, während sie näher trat. »Jedenfalls nicht heute Nacht.«

»Aarinnaie! Ihr Götter … Mädchen, das waren drei Tage. Wo bist du gewesen?«

»Nun ja, die Lage wurde heikel, als du mich verlassen hattest. Doch ich habe ein Pferd gefunden und bin vom Schlachtfeld geritten.«

»Und die Flüche?«

Ihr Lächeln verblasste. »Osias hatte mir auf dem Schiff geholfen, als die Flüche uns dort bedrängten, ich erinnerte mich an dieses Gefühl. Es kostete etwas Mühe, doch ich wehrte sie allein ab. Vielleicht haben wir ja wirklich ein ordentliches Quäntchen von den Göttern in uns, wie jedermann sagt, was meinst du?«

Draken nickte. Wenn jemand dickköpfig genug war, einen Fluch abzuwehren, dann war es seine Schwester. Und er hatte aufgehört, den Einfluss der Götter auf sein Leben und ihres abzustreiten.

»Sonderbarerweise stieß ich auf die Soldaten, die dir unterstanden, und die Akrasianer nahmen mich als eine der ihren auf.« Sie lächelte und zeigte auf ihre umrandeten Augen. »Osias' Zauber wirkt. Ich muss zusehen, dass es rückgängig gemacht wird.«

»Ich habe das vergessen«, sagte Draken. »Du sahst merkwürdig aus, als du mich losbandest.«

»Nicht halb so merkwürdig wie du«, entgegnete sie. »Es tut mir leid wegen deiner Sorge, aber ich war noch nicht ganz bereit, gefunden zu werden. Ich musste mich um ein paar Sachen kümmern. Außerdem habe ich dich im Seebergfried bei deiner Königin vermutet.«

»Du hast Elena aufgesucht?«

Ein Schulterzucken. »Nicht so, dass sie mich erkannt hätte. Stell dir meine Überraschung vor, als ich dich dort nicht vorfand.«

Aarinnaie lächelte immer noch wissend. *Sinnlos, ihr etwas vortäuschen zu wollen.* Er ergriff das glatte Metallgeländer und dachte an seine Audienz mit Elena am nächsten Tag. »Du meinst, mich nicht vorzufinden, wie ich mit durchgeschnittener Kehle von den Toren herabhänge.«

»Sie ist zweifellos verärgert«, sagte Aarinnaie. »Du hast sie schlecht behandelt. Hast sie getötet und all das.«

»Du hörtest davon?«

»Oh, ich habe genug gehört. Den halben Tag bin ich in den Tavernen herumgehangen, bevor ich herkam, und habe dort den Geschichten über meinen Bruder, den Kronprinzen, gelauscht.«

»Du bist nicht wiedererkannt worden?«

Sie warf ihm einen vernichtenden Blick zu, der ihm inzwischen vertraut war.

»Tut mir leid.« Er zögerte. »Wegen mehr als nur ... Es tut mir leid, dich zurückgelassen zu haben. Das war nicht richtig.«

»Es war die angemessene Revanche. Immerhin hatte ich dich unserem Vater übergeben.«

»Hör zu«, sagte er. »Ich weiß, wie er war. Ich verstehe, dass du gedacht haben musst, dass ich genauso wie er sein würde.«

»Bist du aber nicht«, erwiderte sie. »Du bist ganz anders als er.«

»Danke.« Sein Nacken schmerzte und war steif vor Anspannung. »Zumindest hatte er den Anschein von Kontrolle über Brîn. Ich habe nicht die leiseste Ahnung, was ich tun soll.«

»Oh, ich glaube, du machst deine Sache ordentlich. Sänger trällern eine freudige Geschichte.« Sie streifte eine Locke ihres krausen Haars zur Seite, als eine Brise sie anhob. »Sie machen ein reges Geschäft, indem sie Erzählungen über dich verkaufen.«

Draken gluckste tief in seiner Kehle. Wenn sie nur die Hälfte von allem wüssten! »Wie absurd.«

»Nun, du bist aufregender als die Königin, die schmollt und nicht essen will. Ich glaube, sie ist bekümmert. Oder krank.«

»Krank?«, wiederholte Draken in scharfem Tonfall.

Aarinnaie lächelte durchtrieben, ihr Blick war auf den Innenhof unten gerichtet. »Zweifellos schmachtet sie nach ihrem Fürsten.«

Draken beschloss, dies zu ignorieren. Sie ließen ein paar Augenblicke schweigend verstreichen, wobei Draken an Elena dachte. Die Wiederversöhnung schien ein ferner Traum zu sein. Weshalb sollte sie ihn jemals wieder wollen? Ihr Götter, weshalb wollte er sie überhaupt? *Schuld?*, dachte er. Doch er brauchte nicht Bruche, um ihm zu sagen, dass er sich selbst anlog.

»Darf ich dir eine Frage stellen?«

Sie nickte.

»Woher wusstest du, wer ich bin, als wir uns das erste Mal begegneten?«

»Wir wurden außerhalb von Auwaer von einem monoeanischen Verbrecher angegriffen.«

»Verdammt. Sarc.«

Sie nickte. »Das ist nicht alles. Vater pflegte manchmal von dir zu sprechen, wenn er darüber klagte, dass ich eine Frau bin und den Thron nicht übernehmen kann. Er bedauerte immer, dich zurückgelassen zu haben. Als König Truls von jemand anderem zu reden begann, der vielleicht das Schwert handhaben könnte – jemand, um Brîn anzuführen und Elena zu töten –, und insbesondere als ich dich sah, habe ich alles zusammengefügt. Du siehst Vater ziemlich ähnlich, weißt du. Dass dein Mitgefangener über einen monoeanisch-brînianischen Gemischten plauderte, der ein Mörder und mit dem König von Monoea verwandt wäre, schadete auch nicht.«

Er hätte Sarc töten sollen, als er die Gelegenheit dazu hatte. »Wusste Geord es?«

»Er vermutete es. Ich sagte ihm, er wäre ein Narr, so etwas zu denken.«

»Truls tötete meine Frau, um mich hierher zu bekommen, nicht wahr?«

Aarinnaie nickte. »Und er benutzte Blutmagie, um sicherzustellen, dass du darin verwickelt und hierhin verbannt werden würdest.«

Draken fluchte im Flüsterton und starrte hinaus auf Brîn. Rauch verdunkelte die Türme und Gebäudespitzen der Stadt.

»Khel Szi, hast du etwas dagegen, wenn ich offen spreche?«

»Wann hast du das jemals nicht getan?«

»Deine Frau, König Truls, Monoea. Es liegt alles in deiner Vergangenheit …«

»Bittest du mich, es zu vergessen?«

»Ich bitte dich, es niemals zu vergessen, denn ich glaube, es wird dich zu einem guten Khel Szi machen. Aber das kann nicht dein

Hauptfokus sein. Du bist jetzt Szi, dem Blut und dem Recht nach. Unser Volk braucht dich gekrönt, um sich wieder sicher zu fühlen.«

Draken sträubte sich. »Es sind erst drei Tage vergangen.«

»Trotzdem: Fünftausend akrasianische Servii und Pferdemeister, die draußen vor den Stadttoren herumhängen, ängstigen dein Volk. Du brauchst Elenas offizielle Zustimmung, und zwar rasch.«

Er seufzte und dachte an den Angriff auf die Mauer. »Tyrolean sagt, ich soll sie morgen sehen. Sie haben Vaters Leichnam.«

Sie wurde ernst. »Ich hörte es.«

»Ich bin verwundert, dass Osias das nicht wusste.«

Sie lachte. »Oh, er wusste es. Begreifst du denn immer noch nicht, dass es vieles gibt, was der Mantiker nicht sagt?«

Draken lachte ebenfalls – gegen seinen Willen. »Ihr Götter, ich kann nicht glauben, dass ich im Begriff bin, dies zu sagen: Aber es ist verdammt gut, dich zu sehen, Aarin.«

Sie streckte die Hand aus, um mit einem Zeigefinger seine neuen Ohrringe zum Klimpern zu bringen. »Nun, ich gehe jetzt weg, um Unheil anzurichten, bevor Osias die Zauber-Tarnung entfernt und mir all meinen Spaß nimmt.« Sie rutschte mit einem Bein über das Geländer.

»Gerate nicht in zu viele Schwierigkeiten«, ermahnte er sie. »Möglicherweise brauche ich dich bald hier in der Gegend.«

Sie lächelte ihn frech an, dann kletterte sie hinunter und war rasch außer Sicht.

Draken starrte über seine Stadt hinweg, beobachtete die Monde und lauschte den Geräuschen der Menschen. Seiner Menschen. Anschließend ging er wieder zu Bett. Er fiel in einen tiefen, stundenlangen Schlaf – es war die erste Nacht seit Wochen, in der dies geschah. Er bewegte sich kaum, selbst als eine Dienerin früh seine Fensterläden öffnete und den Weihrauch wieder entzündete. Er hob lediglich den Kopf lange genug, um den Duft einzuatmen, schlummerte dann erneut ein und schlief bis Mittag.

KAPITEL NEUNUNDZWANZIG

Draken kleidete sich an und schritt zu der überkuppelten Audienzhalle, in der sich zurzeit keine Besucher aufhielten, denn der Khel Szi »war unpässlich«. Er traf Osias und Setia an, die auf ihn warteten. Die zwei hatten sich neben das Schwert gestellt, das auf einem Altar auf dem Podium lag. Ein stummer, steifer brînianischer Soldat stand in der Nähe, die muskulösen Arme vor der Brust gekreuzt. Er bewachte das Schwert.

»Wie geht es dir an diesem Tag, Fürst Draken?«, erkundigte sich Osias.

»Ziemlich gut, danke«, antwortete er. »Du hattest wie üblich recht. Die Ruhe hat geholfen, ebenso wie eine ganz bestimmte nächtliche Besucherin.«

Osias lächelte und streckte die Hand aus. Als Draken seinen Unterarm ergriff, spürte er das kalte Metall um den Arm des Mantikers.

»Was glaubst du, wie Truls seine Fesseln lösen konnte?«, fragte er.

Osias wandte den Kopf und schaute zu Meergeboren zurück. »Es braucht sicherlich ein magisches Instrument, um ein anderes zu zerstören. Sobald er Reavan tötete und sich selbst durch Zauber in ihn verwandelte, hatte er Zugang zum Schwert auf der Bastion.«

»Ich dachte, du könntest nicht auf magische Gegenstände einwirken?«

»Ich konnte es nicht. Der Mantiker-König aber war weitaus mächtiger.« Er sah Draken mit einem rätselhaften Lächeln an.

»Und du, Mantiker-König? Willst du nicht deine Fesseln ebenfalls entfernen?« Draken hob sein Schwert hoch, steckte es aber nicht in die Scheide.

»Ich bin damit zufrieden, so zu bleiben, wie die Götter es beabsichtigen.«

»Etwas hat mich beschäftigt. Das Gewebe … in der Bastion. War das ebenfalls Truls?«

Osias nickte. »Gewiss. Er muss es gewesen sein.«

»Es hätte mich getötet. Er brauchte mich jedoch lebendig.«

»Nein, es hätte *mich* getötet. Ich glaube, das war seine Absicht. Wenn du dich daran erinnerst – er stand direkt draußen vor der Tür und stürzte in unser Zimmer herein … Er war nahe genug, um dich retten zu können. Und außerdem hätte es so ausgesehen, als wärst du von mir mit mantischer Magie getötet worden.«

»Schlau gemacht«, sagte Draken trocken. »Wusstest du, wer ich bin?«

»Ich erriet es im Laufe der Zeit.«

»Du hast es mir nicht gesagt.«

»Du hast nicht Khel Szi sein wollen.«

Draken seufzte. Das war allerdings wahr.

Osias verschränkte die Hände hinter seinem Rücken. »Wir müssen heute nach Hause gehen.«

Draken wandte sich dem Wächter zu. »Lass uns bitte allein.« Er wartete, bis der Wachsoldat sich verbeugt und aus dem Raum zurückgezogen hatte. »Mir gefällt es nicht, aber natürlich musst du gehen. Du bist jetzt König in Eidola.«

»Ich weiß, dass du in Sorge bist, aber meine Heimat ist in der Nähe von deiner, nicht wahr? Wir werden einander oft genug sehen.« Osias zeigte in Richtung der Berge, die über der Stadt emporragten. Einen kurzen Blick auf das Gebirge konnte Draken durch die Lücke ganz oben in der Decke erhaschen, durch die Luft in die Halle strömte.

»Zwei Mantiker werden bleiben, um sich um die Feuer zu kümmern«, fügte Osias hinzu. »Ich glaube, sie haben während der Nacht Fortschritte gemacht.«

»Ich las einen Bericht, in dem behauptet wird, die meisten von ihnen wären gelöscht«, sagte Draken. »Osias, Setia, ich möchte euch sagen … Ihr Götter, es klingt banal, es auf diese Weise auszudrücken. Aber ich danke euch.«

»Wir haben getan, was wir konnten«, erwiderte Osias. »Ich wünschte, es wäre mehr gewesen.«

Draken schaute weg – auf den gefliesten Innenraum der Kuppel und den Thron auf dem Podium, der aus dem Holz eines uralten siegreichen Kriegsschiffs geschnitzt war. Er schluckte die Trauer über die Straße des Todes hinunter, die ihn hergeführt hatte. Vielleicht war es ja so, wie Aarinnaie gesagt hatte. All das gehörte der Vergangenheit an. »Ihr habt mich nach Hause gebracht, und das reicht vollkommen.«

Osias lächelte. »Wir werden einander bald sehen.«

Draken stand eine lange Zeit in dem leeren Saal, nachdem sie fortgegangen waren, und dachte an Elena und den kommenden Tag. Korde mochte ihn verfluchen, doch er fürchtete das Begräbnis seines Vaters. Eine Seebestattung, vermutete er. Langsam drehte er Meergeboren und betrachtete die Klinge genau. Stumm spiegelte sie die Vielzahl an Fliesenmosaiken um ihn herum wider und sah genauso überladen aus, wie er sich fühlte. Er legte das Schwert auf den Altar nieder und wandte sich ab.

»Was will sie wohl von mir?«, fragte er sich selbst, unbewusst laut. Er schenkte sich Wasser ein und trank, senkte jedoch den Pokal, als ihm der geschnitzte Holzthron ins Auge sprang. Sein Vater hatte dort gesessen. Sein Großvater. Männer, die in einer langen Ahnenreihe zurückreichten – vielleicht sogar zurück zu einem, der von Khellian höchstselbst gezeugt worden war, wenn die Legenden die Wahrheit erzählten. Wie viele von ihnen waren grausam wie sein Vater gewesen? Wie viele waren Todesspuren gefolgt wie Draken? Handelte es sich um etwas, das in die Khel-Linie hineingezüchtet war – irgendein Defekt wie eine Hasenscharte oder eine deformierte Wirbelsäule?

In einem plötzlichen Anfall von Frustration und fehlgeleiteter Trauer warf er die Schnabelkanne auf das Podium, wo sie scheppernd über den Boden rollte.

»Khel Szi?« Eine Küchenmagd war mit einer Mahlzeit eingetroffen. Sie stand jedoch zögernd mit dem Tablett in der Hand im Türrahmen.

»Ich habe bloß … Entschuldigung.« Er wedelte mit der Hand in Richtung eines Tischs. »Danke.«

Daraufhin neigte sie den Kopf, stellte das Tablett ab und wandte sich zum Gehen. Sie war ein hübsches Mädchen mit hochroten, runden Wangen, und ihr dunkles Haar war in einem dicken Zopf nach hinten gebunden, aus dem sich krause Strähnen gelöst hatten.

»Warte«, sagte Draken. »Wenn du Königin Elena wärst, würdest du mich dann hassen?«

Sie blinzelte. »In Wahrheit, Khel Szi, könnte ich Euch nicht hassen.«

»Aber wenn du ihr …« Seine Stimme verstummte. Was machte er da? Drangsalierte er ein Sklavenmädchen, sich vorzustellen, was eine Königin möglicherweise dachte? Nur weil sie eine Frau war? Das war vollkommener Blödsinn. »Es tut mir leid. Geh weiter deinem Tagewerk nach.«

Sie zögerte. »Fürst Draken, dürfte ich wohl sprechen?«

»Rede offen.«

»Ist es möglich«, fragte das Mädchen, »dass die Königin glaubt, Ihr würdet sie hassen?«

Bei dem Gedanken schüttelte Draken den Kopf. »Das kann ich mir nicht vorstellen …« Doch er hielt inne und dachte scharf nach. Könnte das stimmen? Glaubte Elena, dass er sie hasste? Nach allem, was er getan hatte …

Draken grinste hämisch über sich selbst. Angesichts seiner eigenen niedrigen Herkunft war es passend, dass eine Küchenmagd ihm die Einsicht vermitteln musste, zu der er selbst nicht gekommen war.

Er packte sein Schwert, steckte es in die Scheide an seinem Gürtel und gab rasch Befehle: »Hol Hauptmann Tyrolean vom Tempel, und lass Pferde vorbeibringen. Ich brauche Trauerkleidung – welche auch immer dem Anlass entsprechend ist. Wo ist Halmar? Er muss die Leitung der Prozession übernehmen, er muss sie schnell vorbereiten. Und schick nach Thom. Ich werde sogleich draußen sein.«

Seine Schritte hallten von den Fliesen des Saals wider, während er zu seiner Unterkunft eilte, um etwas Passendes zum Anziehen zu finden. Näherinnen waren Tag und Nacht auf gewesen, um ihm eine Garderobe anzufertigen, die sich für einen Fürsten ziemte. Er hatte auf ein wenig Grün bestanden, um seine Loyalität zur Königin zu zeigen, doch er hatte keine Ahnung, ob es für Elena irgendeinen Unterschied machte. Den Ratschlägen seines Leibsklaven folgend, warf er sich rote brînianische Trauerkleidung über, richtete Elenas Anhänger gerade und zog die Gurte der Schwertscheide auf der Brust fest, die er auf dem Rücken trug. Als er auf dem Weg zum Hofeingang war, holte ihn Thom ein. Der Gadye musste traben, um mit Draken Schritt halten zu können.

»Ihr habt nach mir gerufen, ehrwürdiger Fürst?«

»Benachrichtigt meine Gardesoldaten. Versammelt eintausend Servii, damit sie mich zum Seebergfried begleiten. Sie müssen bereitstehen, wenn die Prozession die Stadttore erreicht.«

Vor lauter Überraschung begann Thom hastig zu sprechen. »Eintau…«

»Thom, unterschätzt nicht den Willen meiner Soldaten, die Wünsche ihres Nacht-Lords auszuführen. Und ich bin noch Nacht-Lord.« Er befingerte den Anhänger, während er ungeduldig auf sein Pferd wartete.

»Nachrichten über Eure Eile gehen Euch voran, mein ehrwürdiger Fürst«, teilte Tyrolean mit, als er ihn am Türeingang zum Innenhof traf. Auf seiner Stirn haftete Asche und Blut von seinen Gebeten. »Ich weiß, Ihr beabsichtigt, Euch heute um Euren Vater zu kümmern. Doch es gibt keine Eile. Der Tote wird warten.«

»Aber die Königin nicht. Und ich auch nicht.« Draken schritt hinaus in den Hof, ungeachtet Tyroleans verblüfftem Blick. Wartend stand er da und klopfte mit den Fingern gegen den Schwertgriff. Die Pferde trafen ein – glänzende Geschöpfe, an denen jeder weiße Fleck geschwärzt worden war –, und Thom folgte ihnen atemlos.

»Sie machen gerade den Weg für die Prozession frei, mein Herr, und ich habe Eure Soldaten benachrichtigt, wie Ihr befohlen habt. Ich möchte Euch jedoch warnen: Die Straßen sind voller Leute. Die Nachricht hat sich verbreitet, dass Ihr Euch heute zeigen werdet.«

»Lasst alle schauen, die es möchten«, antwortete Draken, als er in den Sattel stieg, »immerhin gehöre ich zu ihnen.«

Kurze Zeit später ritt er durch Brîn und staunte darüber, wie seine Entschlossenheit die Verwirklichung seiner Wünsche beschleunigt hatte. Brînianische Leibgarden, Szi Nêre, kamen zuerst und sorgten dafür, dass die Straßen freigehalten wurden. Draken folgte zu Pferde. Dann kam Tyrolean in grüner Uniform, dessen zusammengekniffene Augen auf der Suche nach Gefahren über die Menschenmenge hinwegjagten. Thom führte das Pferd von Drakens Vater, einen scheuen kastanienbraunen Hengst.

Die Straßen waren so voll, dass sie mehrere Male Pausen einlegen mussten. Während dieser Unterbrechungen begrüßte Draken die Menge würdevoll. Die Scharen von Brînianern jubelten nicht, schließlich war dies eine Begräbnisprozession. Aber die meisten von ihnen knieten nieder oder fassten sich an die Brust und verbeugten sich, wobei sie seinen Namen sprachen. Draken benötigte den Großteil des Nachmittags, ehe er schließlich die Tore erreichte.

Sobald er dort war, hielt er einen Moment an, um mit einem Pferde-Marschall seiner eigenen Divisionen akrasianischer Servii zu sprechen. Sie warteten auf ihn und standen in geordneten Reihen.

Ein Erster Pferde-Marschall kam hoch zu Ross heran und legte seine Faust an die Brust. »Nacht-Lord.«

»Seid Ihr bereit?«

»Gewiss, mein Herr.«

»Gut. Gebt den Befehl, dass so wenig Lärm wie möglich gemacht wird. Heute bette ich meinen Vater, einen brînianischen Fürsten, den Sohn eines Königs und Nachkommen Khellians, zu seiner letzten Ruhe. Ich möchte angemessenen Respekt von meinen Soldaten sehen.«

Der Pferde-Marschall salutierte und machte sich auf den Weg zurück zu den wartenden Reihen.

Das Gebiet, auf dem die Schlacht stattgefunden hatte, war durch Osias' Flut vom Blut reingewaschen worden, das Gras jedoch völlig zertrampelt. Feuer brannten inmitten zahlreicher Zelte, welche die Gardesoldaten beherbergten, und Servii standen auf und salutierten, als die Prozession vorüberzog. Draken atmete die vertrauten Lagergerüche ein: Kochfeuer und ungewaschene Körper.

Im Innern der torlosen Öffnung des Seebergfrieds hielten sie an und warteten. Elena konnte die Prozession, die sich in ihre Richtung bewegt hatte, nicht übersehen haben: zweihundert in schwarze Umhänge gehüllte Szi Nêre, denen eintausend in Grün gekleidete akrasianische Servii folgten.

Eine gehetzt wirkende akrasianische Offizierin kam näher. Ihre Tunika trug Elenas Siegel, das von drei Streifen durchschnitten wurde. »Ich bin Oroli«, stellte sie sich vor. »Lord-Marschall der Königin Elena. Sie wird in Kürze anwesend sein, Lord Draken. Wenn Ihr im Thronsaal auf sie warten wollt.«

Draken saß ab und salutierte vor ihr. Es war eine Herausforderung, zu bestimmen, woher der Wind blies, was seine Position als Nacht-Lord anbetraf. Tyrolean salutierte ebenfalls.

Oroli zögerte, dann aber erwiderte sie den militärischen Gruß. »Wenn Ihr mir einfach folgen wollt, Nacht-Lord, Hauptmann«, forderte sie die beiden auf.

»Ich werde hier auf Euch warten, Nacht-Lord«, erwiderte Tyrolean.

Also stieg Draken die Stufen allein hoch.

Er begutachtete den Steinboden und die Gobelins an den Wänden. Er identifizierte sie als brînianisch, obwohl die akrasianische Krone Rechte auf den Seebergfried besaß – für alle Zeiten, soweit es ihn anbelangte. Mehrere Augenblicke lang mied er die niedrige Plattform in der Mitte des Raums, wo der eingewickelte Leichnam seines Vaters ruhte. Schließlich ging er darauf zu, stand für eine ganze Weile nur da und starrte auf die in Weiß gehüllte Gestalt hinab. Ein mondgeschmiedeter Kronreif hielt das Tuch am Kopf zusammen. Die kleine Krone war mit einer brînianischen Inschrift versehen und in Steine gefasst, die so grau wie das Meer waren.

Drakens Augen blieben glücklicherweise trocken, obwohl sein Herz in Aufruhr war. *Er hat mich gefoltert. Der Scheißkerl hat es verdient, zu sterben*, sagte er voller Bitterkeit zu sich selbst.

Er senkte den Kopf.

Wie viele Menschen hatte Draken an den Mantiker-König verloren? Sein Vater hatte sich gewiss als Erster von ihm abgewandt und war vielleicht niemals ganz er selbst gewesen, während er sich im Dienst des Monsters befand. Welche Art von Mann hätte er sein können ohne den Einfluss des Mantiker-Königs? Draken würde es niemals wissen.

»Ich hoffe, Ihr seid damit einverstanden, wie mit ihm verfahren wurde«, sagte Königin Elena.

Überrascht von ihrer Stimme, drehte sich Draken herum und ließ sich dann auf ein Knie herab; er versuchte, unauffällig zu sein, während er sie musterte. *Sie sieht traurig aus*, dachte er. *Und sie ist bleich*. Sie sah tatsächlich ein wenig krank aus.

»Er war kein guter Mann, aber er war ein Fürst«, antwortete er. »Das hier erscheint mir angemessen.«

Sie betrachtete ihn, während er an ihr vorbeistarrte, abwartete und versuchte, das rechte Gleichgewicht zwischen Respekt und Bequemlichkeit zu finden. Ihr Blick ruhte schließlich irgendwo in der Nähe der neuen Ringe in seinem linken Ohr.

»Steht auf«, sagte sie.

Er schluckte und fand seine Stimme wieder. »Geht es Euch gut, Eure Majestät?«

»Recht gut, Draken.«

Er schaute nach unten und dann wieder hoch, suchte nach etwas, das er sagen konnte. Sie schien nicht bereit zu sein, ihm dabei zu helfen. »Ich danke Euch dafür, mir Tyroleans Dienste anzubieten.«

»Er kann bei Euch bleiben, solange er möchte, und nach seinem Belieben zu mir zurückkehren.«

Draken konnte nichts aus ihrem Gesichtsausdruck herauslesen. Sie war regungslos, stoisch. Etwas schmerzte tief in ihm für einen Augenblick, dann verstrich es und hinterließ eine vertraute, unbestimmbare Leere. Er nickte. »Nun, es bedeutet ziemlich viel für mich, meine Königin.«

Bevor er darüber nachdenken konnte, was er sonst noch sagen sollte, erklärte sie rasch: »Ich hatte gehofft, Ihr würdet vor dieser Sache zu mir kommen.«

»Ihr hättet mich nur aufzufordern brauchen«, antwortete er zögernd. Sie war die Königin. Sie war es, die Aufforderungen aussprach, nicht er.

»Ihr wart ziemlich beschäftigt, und gerade heute nehmen wir

Euch in Anspruch, als hättet Ihr den ganzen Tag Zeit.« Es war eindeutig: Sie entließ ihn.

Draken, jetzt vollkommen verblüfft – immerhin hatte sie ihn aufgefordert, sie zu besuchen –, brauchte einen Moment, bevor er darauf Antwort gab. »Meine Hauptaufgabe am heutigen Tag ist das Begräbnis meines Vaters; allerdings habe ich noch ein anderes Anliegen. Ich möchte Meergeboren in akrasianische Verwahrung zurückgeben.« Er zog das Schwert und legte es ihr zu Füßen, wobei er sich abermals auf ein Knie niederließ. Diesmal blieb er unten; voller Spannung, während er sie scharf einatmen hörte.

Die Augenblicke verstrichen. Draken hob den Kopf nicht.

Sie ergriff das Schwert und streckte ihm das Heft hin. »Es gehört nach Brîn. Mir gefällt der Gedanke, dass mein Vater sein zeitweiliger Wächter war, um Euren davon abzuhalten, zu viel Macht zu erlangen.«

»Euer Vater hat damit Familieangehörige von mir getötet«, murmelte Draken. Er hatte sie nicht gekannt, hatte niemals die Gelegenheit dazu gehabt.

»Sie wären sowieso gestorben. Mein Vater kannte den König der Mantiker besser als jeder andere von uns. Er wusste, dass die Übereinkunft zwischen den Mantikern und Akrasia eine Lüge war. Er wusste, dass Truls' wahres Bündnis das mit dem Haus von Khel war.«

»Und Ihr wusstet es auch?«

»Nicht alles. Doch ich vermutete, dass jemand aus meiner Nähe mich verraten hatte. Das ist der Grund, weshalb ich vorgetäuscht habe, ich würde mich über die Geschichten von Flüchen lustig machen, als Ihr Nachricht davon brachtet.« Sie starrte ihn unverwandt an. »Erinnert Ihr Euch, wie ich Prinz Osias über unser Übereinkommen befragt habe?«

Drakens Augen weiteten sich, als er begriff. »Ihr habt ihn auf die Probe gestellt, um zu sehen, ob man ihm vertrauen kann.«

»Ein kluger Mann, mein Vater. Er hat mich gut unterrichtet. Ich denke, Ihr hättet ihn geachtet, ihn sogar gemocht.« Sie hielt inne und schaute auf den toten Fürsten. »Ich glaubte wirklich, dass ein Fluch Euch zum Ziel genommen hatte. Und weshalb sollte

Truls Euch angreifen, wenn Ihr mit ihm verbündet wart? Er hasste Euch, verachtete Euch auf Schritt und Tritt. Selbst Geord tat dies, und das war echt genug, dachte ich. Das Schwert gab ich Euch, weil ich hoffte …« Ihr Lächeln war schwach, doch es war ein Lächeln. »Ihr seht Eurem Vater ziemlich ähnlich, wisst Ihr. Das war unverkennbar, sobald der Gedanke mir einmal kam.«

»Ich weiß«, sagte er grimmig. Er steckte das Schwert in die Scheide zurück und hoffte dabei, dass dies das letzte Mal war. »Ich möchte jetzt meine Leibwachen rufen und ihn zur Ruhe betten.«

Brînianische Leibgarden hoben den Leichnam seines Vaters an und bewegten sich vorsichtig die Treppe hinunter. Ihnen folgten Draken und Elena, denen sich Aarinnaie und Tyrolean angeschlossen hatten. Dann schritten sie die Reihen der akrasianischen Gardesoldaten entlang, die bei der meerwärts gelegenen Mauer mit der Faust an der Brust in Habachtstellung standen.

»Mit Eurer Erlaubnis, mein Herr?«, fragte Halmar leise.

Draken nickte. »Ihr kanntet ihn am besten.«

Halmar hob stumm den Leichnam des Fürsten hoch und brachte ihn zu Draken und der Königin. Elena entfernte die Krone vom Kopf des Toten. Dann warf Halmar, dessen Größe den Körper des Leichnams winzig wirken ließ, ihn über die Mauer ins Meer. Die weiße, eingehüllte Form blieb oben auf dem Wasser. Gerade als Draken dachte, er könnte es keinen weiteren Moment mehr ertragen, begann ein Priester von Khellian zu beten, und eine Woge rauschte über die Leiche hinweg, die dadurch hinuntergezogen wurde. Sie tauchte nicht wieder auf. Draken konnte nicht zuhören, schloss jedoch die Augen und konzentrierte sich auf seine eigenen Gebete. *Gewähre ihm Frieden im Tod, Ma'Vanni. Er hatte ihn nie in seinem Leben.*

Elena wandte sich ihm zu.

»Kniet nieder, Draken von Brîn«, sagte sie in schroffem Ton.

Draken kniete sich verblüfft vor ihr auf den Boden.

»Wir dürfen nicht die Zeit bis zur förmlichen Erbfolge verstreichen lassen, damit nicht irgendjemand Brîn in Eurer Abwesenheit verrät. Daher erkläre ich Euch offiziell von diesem Tage an zum Fürsten von Brîn.«

Er schaute erschrocken auf, als sie ihm den Kronreif seines Vaters auf den Kopf drückte. Das breite Metallband fühlte sich kalt auf der verbrannten Haut seiner Stirn an.

»Außerdem, Fürst Draken, fordere ich ein, dass Ihr mein Verbündeter und Gleichgestellter in den Augen der Götter und unserer Vasallen seid. Erhebt Euch, und kniet nie wieder vor mir.«

Er erhob sich langsam auf seine Füße.

»Ich habe in diesen wenigen Tagen ein Festbankett vorbereitet«, sagte Elena sanft. »Ich hoffe, Ihr werdet Euch zu uns gesellen, bevor Ihr heute Nacht die Festlichkeiten in Brîn fortsetzt? Ich kann mir vorstellen, dass die Brînianer in höchstem Maße zu einer Feier bereit sind, da Sohalia unterbrochen wurde.«

Draken schüttelte den Kopf und widerstand dem Verlangen, nach der Krone auf seinem Haupt zu greifen. »Wollt Ihr einen Moment mit mir spazieren gehen, Königin Elena?«

»Wenn Ihr es wünscht.« Erneut huschte ein Lächeln über ihr Gesicht, und er verfluchte innerlich die Hoffnung, die es in seinem Herzen aufflammen ließ.

Die anderen zerstreuten sich, um den Bankettsaal aufzusuchen, während Elena entlang der niedrigen Mauer vorausging. Gardisten nahmen Habachtstellung ein, als die beiden an ihnen vorbeikamen, doch Draken konzentrierte sich auf das Meer. Der Wind von der Bucht zerrte an seinem Umhang. Der Kronreif saß eng an seiner Stirn, bereitete ihm jedoch kein Unbehagen.

Elenas leise Stimme unterbrach seine Gedanken. »Tyrolean achtet Euch sehr.«

Draken legte die Hände hinter den Rücken. »Verwundert Euch, dass wir Freunde geworden sind?«

»Ein wenig. Er ist sehr traditionell. Und gläubig.«

Draken dachte daran, wie Tyrolean im Tempel von Auwaer gekniet und zur Göttin Zozia gebetet hatte. Dass sie sich gegenseitig nicht hatten ausstehen können und wie weit sie seitdem gekommen waren. »Er war den ganzen Morgen im Tempel. Er hat es nicht gesagt, aber ich weiß, dass er um Weisheit für mich betet.«

»So wie er auch um die meine betet«, sagte Elena. »Aber er braucht sich wegen Euch keine Sorgen machen. Selbst meine eigenen Gardisten nennen Euch den ›Fürsten der Götter‹.«

War es Ärger, den er da heraushörte? Oder Sarkasmus? Wahrscheinlich nicht das Letztere; denn Ironie nahm keinen großen Raum ein in der akrasianischen Kultur. Das Wasser unten schwappte langsam gegen die Klippe, friedlich glitzerte es in der Sonne. Er starrte hinunter und versuchte, nicht an die Leiche seines Vaters zu denken, die sich mit den Gezeiten drehte und auf den Grund der Bucht sank.

»Habe ich etwas getan, das Euer Missfallen erregt, Elena?«, fragte Draken. Er vermochte beinahe Bruches imaginiertes Schnauben zu hören: *Das heißt, außer dass ich Euch getötet habe.*

»Ihr? Nein. Ihr gefallt jedem.«

»Ich bin Euer Nacht-Lord. Es wirft ein gutes Licht auf Euch.«

»Ich kann einen brînianischen Fürsten nicht als Nacht-Lord behalten.« Einfach so. Als wäre es die einfachste Sache der Welt. Sie schaute nicht auf den Anhänger. »Ich kann diese Position verwenden, um erneut die Loyalität einer Person zu gewinnen, so wie ich es bei Euch getan habe.«

Das versetzte ihm einen Stich. »Ich möchte Euer Nacht-Lord bleiben. Es kümmert mich nicht, was es politisch bedeutet.«

»Warum?«

»Ich habe Euch gegenüber nicht richtig gehandelt. Ich wollte Euch niemals verletzen.« *Oder genauer gesagt – Euch töten und darum beten, das Schwert möge noch einmal tun, was es für Urian bewirkt hatte.* Aber er konnte sich nicht dazu überwinden, diese Worte auszusprechen. »Ich hatte vielmehr die Hoffnung … sobald dieses Durcheinander vorbei wäre, könnten wir vielleicht …« – *vollkommener Schwachsinn, das hier ist so peinlich* – »… enger zueinander stehen«, sagte er in dem verzweifelten Versuch, nicht verzweifelt zu klingen.

»Wir sind enge Verbündete, Draken, was eine enorme Verbesserung gegenüber den vorherigen Verhältnissen darstellt. Aber Ihr seid der Fürst von Brîn, und ich bin die Königin …«

»Von ganz Akrasia und den Meeren darüber hinaus«, beendete er leise den Satz.

Ihr Lächeln war kurz. »Ich vermute, es wird nicht für lange Zeit sein. Die Leute lieben Euch mehr als mich.«

Das hier verlief überhaupt nicht gut. Einen Moment lang dachte Draken über ihre letzte Aussage nach. »Und Ihr? Was glaubt Ihr?«

Sie gab ihre Antwort in bedächtigem Tonfall. »Ich ärgere mich nicht über die Liebe, die sie Euch entgegenbringen, wenn es das ist, wonach Ihr fragt.«

»Danach nicht.«

Sie erwiderte nichts darauf, sondern blickte von ihm weg, hinaus zum Meer.

»Ihr Götter … Schaut, es tut mir schrecklich leid, Elena. Ich habe niemals gewollt, dass sich die Dinge zwischen uns auf diese Weise entwickeln. Ihr wisst nicht, was es mir angetan hat …«, er hielt inne und schluckte, zwang seine unwillige Stimme zum Weiterreden, »… Euch zu töten. Die Wahrheit ist – ich kann an fast nichts anderes mehr denken. Wie auch immer Ihr über mich denkt: Als ich diesen Anhänger entgegennahm, glaubte ich um nichts in der Welt, ich könnte Euch je etwas zuleide tun. Ich glaubte es nicht, bis ich es tatsächlich tat.«

»König Osias hat mich aufgesucht«, sagte sie, so leise, dass er sich näher zu ihr beugen musste, um zu hören. »Seltsam, dass man eine so starke Neigung hat, sich ihm anzuvertrauen.«

»Ja, richtig«, stimmte er ihr zu. Er schalt sich selbst, dass er sich verunsichert fühlte. Osias hatte ihm nicht mitgeteilt, dass er bei Elena zu Besuch gewesen war, doch er musste Draken gegenüber wohl kaum Rechenschaft ablegen. »Er ist einstweilen nach Eidola gegangen.«

Sie nickte, und beide waren eine Zeitlang still. Draken fühlte sich immer unwohler. Er dachte gerade darüber nach, wie sie sich zum Fest begeben konnten, ohne Elena weiterhin zu kränken, als sie sich umdrehte und ihn anschaute.

Draken verlagerte sein Gewicht, verschränkte die Arme vor der nackten Brust, nahm sie jedoch ebenso schnell wieder runter. Er hatte sich entschuldigt, jetzt musste er herausfinden, was er ihr wirklich angetan hatte. Eine gerechte Sühne dafür, jemanden getötet zu haben, den zu beschützen er geschworen hatte.

Elena hob eine schmale Hand und blickte darauf, dann senkte sie sie und ließ sie auf der Steinmauer ruhen. »Erst heute Morgen habe ich eine Kerze mit meinen eigenen Fingern angezündet. Ich habe allem Anschein nach ein wenig mantische Magie angenommen.«

Draken widerstand dem Verlangen, den Arm auszustrecken und ihre Hand mit seiner eigenen zu bedecken. »Weil Truls für Euch gestorben ist.«

»Genau das denkt König Osias. Aber ich glaube, auch aufgrund von etwas anderem. Ich fühle mich höchst … merkwürdig.«

»Seid Ihr krank, meine Königin?«, fragte er. Aarinnaie hatte dies angedeutet.

»Ich bin nicht krank«, antwortete sie und lehnte sich an die meerseitige Mauer. Sie sprach so leise, dass der Wind ihre Worte beinahe fortfegte, bevor Draken sie verstand. »Ich erwarte ein Kind.«

Draken hatte Bruche nicht mehr, um ihm einen Stups zu geben, damit er innerhalb einer angemessenen Zeitspanne sprach. Siebenmal schlug die Meeresströmung gegen die Mauern vom Seebergfried, während er Elenas bleiches Profil genau betrachtete. Der Wind riss Strähnen ihres dunklen Haars aus dessen Bändern. Doch sie machte keine Anstalten, ihre Frisur zu richten.

»Euer Gadye, Thom. Er hat es zuerst angedeutet«, fuhr sie schließlich fort. »Er sagte etwas höchst Merkwürdiges: Er wäre dafür dankbar, dass Euer Schwert treu zu meinem Herzen war. Als ich ihn befragte, erzählte er mir, er sähe ein Kind in unserer Zukunft.«

Schließlich fand Draken seine Stimme wieder und einen leisen Anflug von Logik. »Unsere Zukunft? Eure und meine?«

»Es ist noch früh, aber Gadye irren sich selten in solchen Sachen.«

Ein Gefühl winziger Hoffnung kribbelte an seinem Halsansatz.

»Dann werde ich Euer Nacht-Lord bleiben. Es scheint doch nur recht zu sein.«

Sie nickte. »Wenn Ihr es wünscht.«

Seine Kehle war knochentrocken. »Und … vielleicht … möchtet Ihr etwas mehr von mir?«

Sie schaute ihn an. Ihre Lippen öffneten sich, als ob sie sprechen wollte, doch sie äußerte keinen Laut. Er verstand mit plötzlicher Klarheit, wie es sein konnte, dass jemand die Sache, die er am meisten zu sagen wünschte, nicht rausbekam. Gardesoldaten und Diener waren in ihrer Nähe, doch er zog sie an sich und legte die Hände zärtlich um ihr Gesicht. Dann küsste er sie mit dem Gefühl, als wäre dies eine Mutprobe. Sie wich nicht zurück, aber als es vorüber war, konnte er immer noch nichts von diesen dunklen Augen ablesen.

Bis sie lächelte. »Willst du die Wahrheit hören?«, antwortete sie. »Ja, etwas mehr möchte ich noch.«

DANKSAGUNG

Es ist ein Klischee und dennoch wahr: Das Schreiben selbst stellt eine einsame Betätigung dar, aber einen Roman zum Leben zu erwecken nicht. Der vorliegende hat sehr große Unterstützung erfahren, seit ich vor so vielen Jahren damit begann, ihn zu verfassen. Die Redakteurskollegen des Magazins *Electric Spec* – Lesley Smith, David Hughes und Renata Hill – waren die ersten Leser dieses Buches, und ich wäre überhaupt keine Schriftstellerin ohne die Mitarbeiter von Boulder Inklings, Adrianne und Rebecca, und auch nicht ohne die Rocky Mountain Fiction Writers.

Meine zahlreichen Online-Freunde und -Leser halten mich geistig gesund. Meine Schriftstellerfreunde Barth Anderson, Bree Erwin, Carol Berg, Christine Hardy, Courtney Schafer, David Boop, Esri Allbritten, Jeanne Stein, Karen Duvall, Lynda Hilburn, Mario Acevedo, Marne Ann Kirk, Stephen Parrish, Susan Smith, Vicki Law und Warren Hammond zeigen mir ständig, wie es gemacht wird. Stuart Neville ist in einer ganz anderen Liga – als Schriftsteller und als Freund. Ihr seid alle der absolute Hammer.

Ein besonderes Dankeschön an die Freunde unserer Familie: speziell an Becky, Perry, Paris und Carter, an Lori, Rob, Allie, Abby und Anna sowie an Michelle, Matt, Aston und Carrera. Ihr erinnert mich daran, dass ich nicht *nur* eine Schriftstellerin bin, ihr toleriert meine Seltsamkeit und gebt mir eine Menge Gründe, mich aus meinem Büro zu schleppen und Orte wie Bars und Konzerthäuser sowie die Pisten aufzusuchen.

Ich bin in der Tat eine glückliche Schriftstellerin, weil ich Sara Megibow als Agentin habe. Deine liebevolle und professionelle Aufmerksamkeit für meine Karriere lässt mich machen, was ich am besten kann. Danke auch an Angie Hodapp und an alle bei der Nelson Literary Agency.

Ich danke meinem Lektor Jeremy Lassen – dessen Kunstfertigkeit beim Redigieren mir geholfen hat, meine Vorstellung von

Draken vollständiger zu begreifen –, Ross Lockhart und dem ganzen Team von Night Shade Books für alles, was ihr getan habt. (Ihr habt ganz gewiss wunderschöne Bücher veröffentlicht, insbesondere meins!) Dank an John Stanko für seine beeindruckende Kunst, Bucheinbände zu gestalten, und der Mannschaft von Night Bazaar, diese neue Schriftstellerin so warmherzig bei der Worldcon empfangen zu haben.

Ein Dankeschön an meine erweiterte Familie, die ich beinahe nicht oft genug zu sehen bekomme: Al, Jo, Emily, Jenny, Jono (und Baby Mara!) und Natalie; Jordy, Julie, Kelly und Kevin; Jimmy, Tiffany, Hunter und Kolby; Tiff und KK; Mom und Dad; Karen und LaRoux; Grandpa Dan; Pierre O'Roarke und all meine Cousinen, Tanten und Onkel. Ebenso an Charlotte Holland, die sowohl Freundin als auch Familienangehörige ist.

Danke, Gott, obgleich ich mir manchmal nicht sicher bin, ob diese Sache mit dem Schreiben ein Segen oder ein Fluch ist.

Meine Mom, Dorinda Hunt, spornt mich immer an. Ich liebe dich, Mom. Dieser Roman hier ist für dich.

Mein Sohn Alex spielt Schlagzeug für mich und bringt mich jeden Tag zum Lachen. Ich liebe dich.

Meine Tochter Gracie erinnert mich daran, jeden Tag kreativ zu sein. Die Unordnung ist es immer wert. Ich liebe dich.

Und zu guter Letzt mein Mann Carlin: Er erträgt mehr Unsinn, als er es jemals eingestehen wird, und liebt mich immer noch am allermeisten. Danke schön. Ich liebe dich für immer.